中国大学MOOC配套教材

大成通识书系

中国古代文学

ZHONGGUO GUDAI WENXUE

张新科　主编

高等教育出版社·北京

图书在版编目(CIP)数据

中国古代文学 / 张新科主编. —北京：高等教育出版社，2020.4

ISBN 978-7-04-053455-9

Ⅰ. ①中… Ⅱ. ①张… Ⅲ. ①中国文学—古代文学史—高等学校—教材 Ⅳ. ①I209.2

中国版本图书馆CIP数据核字(2020)第022429号

策划编辑 张晶晶 **责任编辑** 张晶晶 时俊龙 **封面设计** 张文豪 **责任印制** 高忠富

出版发行	高等教育出版社	**网　　址**	http://www.hep.edu.cn
社　　址	北京市西城区德外大街4号		http://www.hep.com.cn
邮政编码	100120		http://www.hep.com.cn/shanghai
印　　刷	上海师范大学印刷厂	**网上订购**	http://www.hepmall.com.cn
开　　本	787mm×1092mm 1/16		http://www.hepmall.com
印　　张	20.5		http://www.hepmall.cn
字　　数	415千字	**版　　次**	2020年4月第1版
购书热线	010-58581118	**印　　次**	2020年4月第1次印刷
咨询电话	400-810-0598	**定　　价**	45.00元

本书如有缺页、倒页、脱页等质量问题，请到所购图书销售部门联系调换

物 料 号 53455-00

撰 稿 人

先秦两汉魏晋南北朝文学

张新科　杨晓斌　刘银昌

唐宋文学

刘锋焘　魏景波　王　伟

元明清文学

高益荣　刘军华　陈　刚

目 录

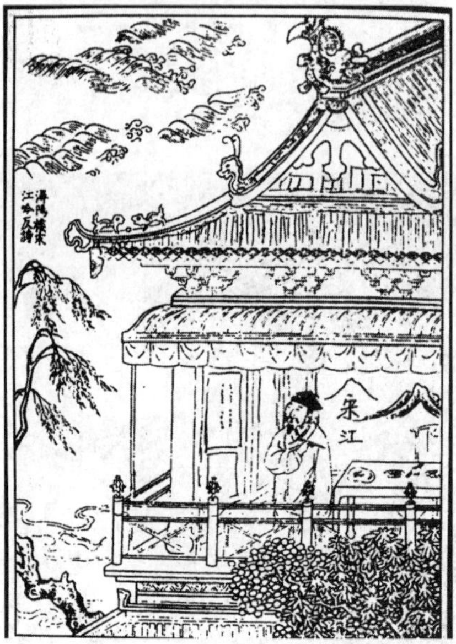

学习文学经典
弘扬中华优秀传统文化(代序)

授课视频

中国古代文学史是一部漫长而辉煌的历史,作家辈出,作品众多,流派纷呈,内容丰富,体式多样,影响深远。它是我们民族成长、历史演进的忠诚记录,是民族发展的心路历程,是中华民族精神瑰宝的重要组成部分,是构筑中华民族内心世界的伟大基石。学习中国古代文学,对传承中华优秀传统文化,陶冶高尚情操,具有重要的作用和意义。

中国古代文学的教学,以弘扬中华优秀传统文化为宗旨,以能力培养为核心,以提高学生的人文素养和道德修养为目标。本书跨越历朝,从先秦到明清,比较系统地讲述中国古代文学的发展过程、重要作家的经典作品、中国文学文化精神的民族特色以及现代意义。本书在章节安排上以时代为线索,在内容上以每个时期的代表性文学成就为核心,以正确领会中国文学价值与传统文化精神内涵为目标。

由于古代文学时间跨度长,空间地域广,经典作品多,我们在学习中总体上要把握以下几个方面:

一是文体发展的特殊性。学习古代文学,要先从"体"入手,由表及里,由外到内,逐渐深入作品的思想内涵。中国古代文学之"体"与我们今天文学之"体"有许多相同处,又有许多不同处。而且,从诗、文、词、赋到戏曲、小说,每个文体都有一个从萌生到形成再到成熟的过程。文体发展的不平衡表现在:一方面,各种文体形成和成熟的时代不同,有先有后;另一方面,各种文体从萌生形成再到成熟,其过程的长短也不同,文体特征也有很大差异。所谓"凡一代有一代之文学",楚之骚,汉之赋,六朝之骈文,唐之诗,宋之词,元之曲,明清之小说,都是典型的代表。

二是各时期文学发展的总体面貌。由于各历史时期时间长短不一,又由于社会政治、经济、文化等差异,各个朝代的文学成就总体上也各不一样,显示出不同的精神面貌和精神品格,如我们常常说的"建安风骨""汉唐气象",就是典型代表。

三是不同的地域特色。由于各种外部因素和内部因素,在不同的朝代,不同地区、不同民族文学的发展也呈现出不同的特色,同时也有盛衰的变化,呈现此盛彼衰、此衰彼盛的状况。

四是文人创作与民间创作的融合。一部中国文学史,其中既有大量的文人创作,又有许多民间的大众文学创作,而且两者紧密联系,甚至许多文体和作品都来自民间。

本书的学习,从大的方面说,第一,必须广泛阅读,多方积累;第二,要有深厚的文献基础；第三，要掌握整个中国文学、文化发展的线索和基本特征；第四，要具备文（形象思维）史哲（抽象思维）的开阔视野。具体来说：

一是细读文本。文学作品中隐含着作者设置的“密码”，只有仔细阅读，反复琢磨，方能找到打开作品思想内涵的“密码”。

二是前后联系。每个作家、作品都不是孤立的存在的，要将其放到文学发展的长河中去认识。如此，才能确定其在文学史上的承继关系和艺术地位，做到知其然并知其所以然。

三是纵横对比。文学史上的流派与流派之间、作家与作家之间、作品与作品之间，只要有相通之处，皆可进行对比，如屈宋、班马、李杜、韩柳、苏辛、《西厢记》与《牡丹亭》、《红楼梦》与《聊斋志异》等，甚至于放在世界文学的大格局中进行比较。在纵横对比之中，可以深入探讨同类作品的高下长短、继承与发展。

四是分清文体。不同文体有着不同的发展演变过程和内在渊源关系，明确主要文体的发展演变过程和文体本身的特点，对把握文学特点具有十分重要的作用。正如曹丕《典论·论文》指出：“夫文本同而末异，盖奏议宜雅，书论宜理，铭诔尚实，诗赋欲丽。”只有把握文体，理解作品才能有的放矢，不至于分析每个作品时都是“语言生动”之类标签式的话语。

另外，要课内讲授和课外阅读相结合，大量作品需要在课外阅读；本学科与其他学科结合，如与历史、哲学等学科的结合；讲和练相结合，把学到的知识用到实际的文学活动之中，进行文学创作等；课堂学习与课外实践考察相结合，尤其是一些重要的文化古迹需要现场观览。

陕西师范大学位于十三朝古都长安，在中国古代文学的教学与研究方面有得天独厚的地理优势。本书由九位教师共同编写，师资阵容强大。九位教师分别结合个人的研究特长，专门设计了教学内容和教学重点。本书以作为民族心灵史的上古神话为序幕，最后以中国古典小说中的经典《红楼梦》结束课程。本书在传统内容的基础上大胆创新，并且注重借鉴和引用当前的学术研究成果，挖掘中华传统文化的精神，探索传统文学的现代魅力，从而理性而深刻地阐述和解读历史与现实中的文学现象。

下面，就让我们随着九位老师的引导，进入中国古代文学的神圣殿堂吧。

张新科

2020 年 3 月

上编　先秦两汉
魏晋南北朝文学

神话：民族的心灵史

授课视频

［东晋］顾恺之《洛神赋》(局部)

一说到神话，很多人马上会想到《西游记》《封神演义》，甚至有人会想到时下流行的玄幻、穿越小说。其实，作为一种各民族早期的文学形式，神话有着较为清晰的内涵。如果按照神话的内涵，《西游记》《封神演义》都不属于神话的范畴，玄幻、穿越小说更不属于神话。

那么，什么是神话呢？神话是原始先民对大自然、人类自身和社会现象的非理性的认识形式，它以叙事的形式，体现着先民丰富的愿望和情感体验，“也就是已经通过人民的幻想用一种不自觉的艺术方式加工过的自然和社会形式本身”①，是最早产生的口头文学形式之一。对这样一个概念，我相信大家都听晕了。我觉得可以从四个方面来把握这个概念。

第一，神话所产生的时代为上古时期，创作神话的主体是上古初民，而且神话创作属于集体创作。因此，后世文人有意创作的一些文学作品，尽管也使用了一些想象、夸张甚至幻想的形式，表现了一些超人的力量，但都不属于神话的范畴。它们不符合神话产生的时间和创作主体的规定。

第二，神话属于叙事类的口头文学，口耳相传，当时尚未形成文字。这说明神话起源古老，主要通过口头形式在某一族群内部传播，在传播的过程中，某一神话会保留核心的故事情节或意象元素，但时间与传播地域的变化，尤其是传播者的变化，会使得某一神话的细节发生变化，由此出现诸多版本。其总体趋势是后来者居上，即越到后来，故事文本越丰富生动，符合顾颉刚先生所说的“层累地造成的中国古史”②。从口头文学这一层面讲，神话属于民间文学研究的范畴。

第三，神话的内容主要是一种认识，关于人和自然以及人类社会现象的认识，这种认识无所谓对错，最重要的是它蕴含了先民的思维方式、内心愿望和情感体验。神话的这些内容大部分是通过象征和隐喻来实现的，还有一些是通过仪式来表达的，其

① 《马克思恩格斯选集》第 2 卷，人民出版社 2012 年版，第 711 页。

② 顾颉刚：《古史辨》第 1 册，上海古籍出版社 1982 年版，第 52 页。

中包括先民的信仰、思想感情、社会结构和对自然界的各种各样的地方性解释，这些解释构成地方性知识，使神话成为民族志的重要组成部分。

第四，神话的创作方式主要是想象和幻想，但这种想象和幻想是不自觉的。作为上古先民重要认知体现的神话，其认知方式和认知水平受限于当时的社会发展水平。先民对社会与自然乃至自身的认识，更多的是一种想当然的幻想与想象。但这种幻想与想象没有直接的功利目的，只是服从于心理需要，满足自己认知方面的好奇心，而不是像后世作家那样，为了达到某种表达效果而自觉地使用幻想和想象。如《山海经·海外北经》：

> 钟山之神，名曰烛阴，视为昼，瞑为夜，吹为冬，呼为夏，不饮，不食，不息，息为风。身长千里。在无膂之东。其为物，人面，蛇身，赤色，居钟山下。

此则神话表明，当时的人们对昼夜、四季和风等自然现象的成因很好奇，于是认为有个钟山之神，他睁开眼睛就形成白昼，闭上眼睛就形成黑夜，他吹气就是冬天，呼气就是夏天，当他呼吸的时候，就形成了风。关于钟山之神以及他的形象的描述都是一种想象和幻想，所解释的自然现象的成因更是一种想当然。这些解释完全是根据自身的生理体验形成的，其思维方式就是以己观物，以己感物。但这些解释绝不是为了创作一篇玄幻小说，也绝不是为了哄一个淘气的孩子而有意发挥自己的想象能力编造出一个离奇的故事，所以，神话的想象或幻想都是不自觉的。但正是因为不自觉，神话才更多地流露出先民内心的情感体验和思维秘密，如集体无意识。因此，在这个意义上说，神话对了解一个民族内心的秘密非常重要，比起其他的文献记载更为真实，因为它是不自觉的，没有后世那些自觉的创作所呈现的伪装、造作和作秀。比如这一则神话中对钟山之神形象的描述："人面蛇身赤色，居钟山下。"蛇是先民惧怕的动物之一，不管是东方还是西方，至今还有很多人莫名其妙地怕蛇。基督教文化传统中，蛇是引诱人类变坏的动物，上帝惩罚蛇永远用腹部走路，终生吃土，惩罚被蛇欺骗的女人，使她的后代与蛇的后代终生为敌，蛇咬女人的脚，女人踩蛇的头。而在中国的文化传统中，蛇最早用两个汉字表达，一个是"它"字，另一个是"虫"字，两个字都是象形字，字形像一条吐着信子的蛇。在早期文献中，有"有它""无它"的说法，其最早的意思就是问有蛇还是没蛇，后来这种说法就泛化为指有没有危险、有没有意外，可见蛇是危险的象征，折射出先民对蛇的恐惧。"虫"一开始作为蛇的专名，后来泛指一切动物，也表明蛇这种动物在先民观念中的非同寻常。后来，"虫"与"它"合一，就成了今天的"蛇"字。蛇能屈伸，能冬眠复苏，这些在先民眼中，就是能变化、能死而复生的神奇表现，后世很多关于蛇的神奇故事，都多多少少表现出对蛇的敬或畏。而红色的意象早在旧石器时代就已经出现，如北京周口店山顶洞遗址可分为四个空间：洞口、上室、下室、下窨。在下室部分，考古队员们发现了古人类遗骸，人骨周围散布着红色的赤铁矿粉末及随葬品。这些红色的东西很容易令人想到血液，代表着生命和能量。

所以，先民们认为钟山之神是人面蛇身红色的怪物，潜伏在钟山之下，完全是出于对蛇的联想。这种联想也是下意识的。

我们可以试着分析几则神话。

我国的创世神话——“盘古开天地”：

> 天地混沌如鸡子，盘古生其中，万八千岁，天地开辟，阳清为天，阴浊为地。盘古在其中，一日九变，神于天，圣于地。天日高一丈，地日厚一丈，盘古日长一丈，如此万八千岁，天数极高，地数极深，盘古极长，后乃有三皇。（《艺文类聚》卷一引徐整《三五历纪》）

这是一则典型的卵生神话，认为宇宙是从一个卵中诞生出来的。这种看法在世界各地的原始初民中普遍存在。先民看到身边很多生命都是从卵中出生的，对卵就产生了神秘感，于是幻想宇宙也是一枚鸡蛋一样的卵，且其状态为混沌。混沌与昆仑、囫囵、糊涂、葫芦等词音义相似，而据闻一多先生《伏羲考》①，盘古就是匏瓠，与伏羲一样都指葫芦，它们都表示宇宙未分化的浑然一体的状态。而这种洪荒混沌、天地宇宙尚未分化的状态就是“壹”，在《说文解字》中，“壹”是个形声字，从“壶”，“吉”声。所以，“壹”描述的就是宇宙像个闷葫芦的尚未爆炸的质点状态。由“壹”分化出阴阳天地，天为气而上升，地为质而下降，这叫一生二，再加上万物之灵的盘古，就是二生三，于是万物化生，森罗万象。这其实是我们的祖先对宇宙创生哲学的形象表达。圆形也就成为最完美、最圆满、最本源、最有生机的几何图形。

我们的始祖神话是女娲造人，这个故事描述，天地开辟之初未有人类，女娲就用黄土捏人，造的就是我们中国人，黄皮肤，这是对我们肤色的认识。一开始女娲用手捏泥人，捏出的就是富贵的上等人。后来觉得太慢太累，就用绳子蘸着泥浆甩，甩出的泥点子就是社会底层的人。和我们现在一样，手工定制的金贵，批量生产的就不值钱。这是对社会现象的认识，设想贵贱的根源在女娲造人时就出现了。这则神话认为创造人类生命的是女娲，这是有别于西方父系传统的母系传统，而女娲的名字则蕴含着先民对蛙（蟾蜍）的崇拜，蟾蜍多子，生育能力强，能冬眠“死”而复生，所以后来蟾蜍到了月亮当中，仍然是生殖崇拜的体现。后世与娲字同声符的字多和圆形有关，如窝、蜗、涡、锅等，这说明我们的祖先认为生命是从一个圆形的洞穴出来的，这个圆形的洞穴就是《道德经》所说的“玄牝之门”，也就是宇宙妈妈的生殖器。关于洞穴的崇拜，后来在苗族等兄弟民族文化中还有遗存。

按照马林诺夫斯基功能主义神话学的理论，原始先民通过想象和幻想的形式，用神话建立了一套对外部世界的认识，不管这种认识正确与否，但至少在他们内心深处构建了一个有序的世界，这种内在的有序世界消除了他们对未知的恐惧，避免了精神

① 闻一多：《神话与诗》，上海人民出版社2006年版，第47页。

焦虑和生存危机。后来，神话口耳相传，尽管社会发展和认知水平提高，神话中的某些片段、故事模式、人物形象和动植物的意象却像文化基因一样随着文化遗传根植于后人的内心深处，成为意识深处潜在的力量，这也就是荣格说的原型和集体无意识。

这些原型通过文化积淀的形式传承下来，它们蕴含了我们祖先所遗留下来的情感体验，也正是因为神话是一个民族集体无意识的体现，我们还可以从中窥知一个民族的文化根基，这也正是神话的价值所在。

所以，神话是意蕴深厚的精神宝库，正如马克思所言："(神话)就某方面说还是一种规范和高不可及的范本。"[①]在这种意义上，神话解读与研究是一种关于知识和观念的考古，是打开民族心灵史的一把钥匙。

①《马克思恩格斯选集》第2卷，人民出版社2012年版，第711页。

《诗经·蒹葭》的空灵与企慕

授课视频

《诗经》是我国第一部诗歌总集，也是儒家六经之一，其中有中华民族最为古老、最为纯真自然的歌唱。在众多的歌唱中，《秦风·蒹葭》尤其引人注目，以至于王国维先生在《人间词话》中说："《诗·蒹葭》一篇，最得风人深致。"①这首诗很短，只有三章，每章八句，共二十四句：

蒹葭苍苍，白露为霜。所谓伊人，在水一方。溯洄从之，道阻且长。溯游从之，宛在水中央。

蒹葭凄凄，白露未晞。所谓伊人，在水之湄。溯洄从之，道阻且跻。溯游从之，宛在水中坻。

蒹葭采采，白露未已。所谓伊人，在水之涘。溯洄从之，道阻且右。溯游从之，宛在水中沚。

诗歌采用了《诗经》典型的重章叠句的格式，仅凭意象和韵律，就可以感受到它的满纸空灵。

但是，关于这首诗的主旨，却有不同的说法：

(1) 讽刺说。《毛诗序》："《蒹葭》，刺襄公也。未能用周礼，将无以固其国焉。"

(2) 诗意不定说。宋代朱熹作《诗集传》指斥《毛诗序》穿凿附会，认为："言秋水方盛之时，所谓彼人者，乃在水之一方，上下求之而皆不可得。然不知其何所指也。"

(3) 求贤说。清代学者姚际恒认为"伊人"是春秋时代的一位隐居水边的贤人，该诗表达了君主求贤招隐之意。(《诗经通论》)

(4) 怀人说。清代学者汪凤梧认为这首诗描写了主人公怀友访旧而不得见的惆怅之情。(《诗学女为》)

(5) 求爱说。当代学者余冠英："这篇似是情诗，男或女词。"(《诗经选》)

(6) 朦胧诗说。陈子展："诗境颇似象征主义，而含有神秘意味。"(《诗经直解》)林兴宅："《蒹葭》所表现的企恋是人类追求真、善、美的最高境界的象征。"(林兴宅《艺术魅力的探寻》)"伊人"象征着美好的理想，这种理想可遇不可求，可望而不可即，正是这样的矛盾冲突构成了审美的境界。

细读《蒹葭》的内容，可知此诗在写怀人之情，但所怀的对象却无定论，《毛诗序》以

① 王国维著，徐调孚校注：《校注人间词话》，中华书局2003年版，第11页。

为“《蒹葭》，刺襄公也。未能用周礼，将无以固其国焉”，此说以为所谓的伊人，就是“知周礼之贤人”。朱熹在《诗集传》中已斥责此说为穿凿附会。今从内容分析，此诗歌为抒写追求意中人而不得的思慕恋歌，全诗情景交融，空灵缥缈，透露出一种淡淡的忧伤。

在一个深秋的早晨，河边芦苇上的露珠还没有干。抒情主人公于此时此地寻找那心中难以向人诉说的伊人。伊人仿佛在那流水环绕的洲岛上，他上下左右求索，但始终是可望而不可即。细玩诗味，好像是情诗，但伊人的不确定性，给全诗增加了许多朦胧的意境。王照圆《诗说》云：“《蒹葭》一篇，最好之诗，却解作刺襄公不用周礼等语，此前儒之陋，而《小序》误之也。自朱子《集传》出，朗吟一过，如游武夷、天台，引人入胜，乃知朱子翼经之功不在孔子下。”①自此以后，或以为襄公求贤尚德之作，或以为思贤招隐之词，或以为朋友想念之吟，或以为贤人肥遁之诗，皆不出朱子范围。从诗歌中种种难以言说的思慕之情推测，它应该是一首情诗。

诗的第一章：

> 蒹葭苍苍，白露为霜。所谓伊人，在水一方。溯洄从之，道阻且长。溯游从之，宛在水中央。

蒹葭，水中植物，即芦荻。苍苍，深青色。溯洄，逆流而上。阻，指道路艰难漫长，为水所阻。溯游，顺流而下。宛，宛然，好像。

诗的首章前两句采用了比兴手法，交代时间和地点。“蒹葭苍苍”一句，意境广阔，意味深远，唐代白居易《琵琶行》中“枫叶荻花秋瑟瑟”及刘禹锡《西塞山怀古》“故垒萧萧芦荻秋”可作其注脚。而“白露为霜”一句，又有曹丕《燕歌行二首》其一“草木摇落露为霜”的意境。陈奂《毛诗传疏》云：“白露为霜，乃在九月已后。”此时此地在烟波浩渺之中，一位伊人若隐若现，逆流寻之，历尽艰险，走近之后，却又倏忽不见。顺流寻之，却又仿佛在水波之间。“宛在”一词，灵空飞动，神来之笔，让人无限遐思。

接下来的两章：

> 蒹葭凄凄，白露未晞。所谓伊人，在水之湄。溯洄从之，道阻且跻。溯游从之，宛在水中坻。
>
> 蒹葭采采，白露未已。所谓伊人，在水之涘。溯洄从之，道阻且右。溯游从之，宛在水中沚。

凄凄，湿润的样子。晞，晒干。湄，水与草交接之处，也就是岸边。跻，上升，攀登。坻，水中高地。采采，众多的样子。未已，尚未干的意思。涘，岸边，水边。右，《毛传》曰：“出其右也。”即道路弯曲之意。马瑞辰《毛诗传笺通释》云：“周人尚左，故

① 转引自陈子展：《诗经直解》，复旦大学出版社1983年版，第386—387页。

《笺》以右为迂回。”沚，水中高地。

这两章和第一章的意思基本相同，作了换韵换字的处理。这种叠章的结构方式，正如方玉润所说：“三章只一意，特换韵耳。其实首章已成绝唱。古人作诗多一意化为三叠，所谓一唱三叹，佳者多有馀音，此则兴尽首章，不可不知也。”①方氏的评论，未必尽然。首章“蒹葭苍苍，白露为霜”，写的是秋晨露寒霜重之景，第二章“蒹葭凄凄，白露未晞”，写的是旭日初升、霜露渐融之状，第三章“蒹葭采采，白露未已”，则已是阳光普照、露珠将收的时刻了。三章兴句，交待了诗人追求伊人的时地，渲染出三种深秋早上河边不同时间的背景，生动地描写了找寻伊人，由于时间推移而越来越迫切的心情，并非“兴尽首章”。

这首诗意境飘逸，神韵悠长，从文学角度来说实在是不可多得的佳作。王照圆云：“《小戎》一篇古奥雄深，《蒹葭》一篇夷犹潇洒。”方玉润云：“此诗在《秦风》中，气味绝不相类，以好战乐斗之邦，忽遇高超远举之作，可谓鹤立鸡群，翛然自异者矣。”② 他们两位从整体点出了此诗的风格和特点。诗以“蒹葭苍苍，白露为霜”起兴，这是诗人触景生情的歌唱，不但将深秋早晨凄清明净的景色写得很美，而且点明了时间地点。其下“所谓伊人，在水一方”，是虚点其地，似乎近在眼前。《古诗十九首》：“河汉清且浅，相去复几许。”意境仿佛近之。然后转过一笔：“溯洄从之，道阻且长。溯游从之，宛在水中央。”诗人在上下左右地求索，然而远道阻隔，可望而不可即。真是“盈盈一水间，脉脉不得语”。一个“宛”字，又将实在的处所一笔拎空，所以姚际恒称赞道：“遂觉点睛欲飞，入神之笔。”全诗不着一个思字、愁字，然而读者却可以体会到抒情主人公那种深深的企慕和求之不得的惆怅。全诗一唱三叹，具有一种循环往复之美。细细吟哦，馀音隽永。综观全诗，以萧萧秋色定下忧伤的背景，以朦胧的想象托出深切的期望，以“宛在”一词寄托求之不得的无穷惆怅，一往情深，一唱三叹，是一篇极其出色的即景抒怀的爱情诗，它所歌唱的“秋水伊人”，婉转缠绵，滋味隽永，世代相和。

钱锺书先生在《管锥编》中说，“在水一方”为企慕之象征，并列举大量例证。陈启源《毛诗稽古录・附录》曰：“夫说之必求之，然惟可见而不可求，则慕说益至。”企慕在文学方面的反映众多。《诗经・汉广》：“汉有游女，不可求思。汉之广矣，不可泳思。江之永矣，不可方思。”汉乐府《有所思》：“有所思，乃在大海南。”《焦氏易林》《屯》之《小畜》：“夹河为婚，期至无船。摇心失望，不见所欢。”《屯》之《蹇》：“为季求妇，家在东海。水长无船，不见所欢。”《观》之《明夷》：“家在海隅，桡短流深。企立望宋，无木以趋。”《古诗十九首》：“迢迢牵牛星，皎皎河汉女……河汉清且浅，相去复几许。盈盈一水间，脉脉不得语。”诸如此类，均有“在水一方”的意象。不仅文学如此，宗教文化也用这种象征，如佛教之“彼岸”、道教之“蓬莱”“三山”等。

总之，《蒹葭》空灵缥缈的风格、朦胧多义的内容、和谐婉转的节奏，使其秋水伊人、在水一方的意象流传深广，影响至远。

①② 方玉润：《诗经原始》，中华书局1986年版，第273页。

《七月》:《诗经》时代的农业生活

授课视频

《豳风 · 七月》是《诗经》中最长的一首诗。这首诗,堪称我国早期农业生活写照的史诗巨作。全诗共八章八十八句,描写了农业生产者一年四季的劳动过程和生活情况,基本上可以视为一首苦难的农业生产者之歌。

关于这首诗的主题,《毛诗序》认为:"《七月》,陈王业也。周公遭变,故陈后稷先公风化之所由,致王业之艰难也。"而崔述《丰镐考信录》则说:"玩此诗醇古朴茂,与成、康时诗皆不类……然则此诗当为大王以前豳之旧诗,盖周公述之以戒成王而后世因误为周公所作耳。"①方玉润在《诗经原始》中也说:"《豳》仅《七月》一篇所言皆农桑稼穑之事。非躬亲陇亩,久于其道者,不能言之亲切有味也如是。周公生长世胄,位居冢宰,岂暇为此?且公刘世远,亦难代言。此必古有其诗,自公始陈王前,俾知稼穑艰难,并王业所自始,而后人遂以为公作也。"②以上崔、方二氏所言,皆极中肯。此诗绝非一人所作,其中有古代农谣,有豳地民歌,乃集腋成裘之作,有一个流传加工的过程。

让我们来看一下这首诗的内容。

第一章:

> 七月流火,九月授衣。一之日觱发,二之日栗烈。无衣无褐,何以卒岁?三之日于耜,四之日举趾。同我妇子,馌彼南亩,田畯至喜。

七月:夏历七月,即今农历七月。火:大火星,心宿二,夏季大火星位于南方,七月向西移,故云"流",流为下移之义。授衣:马瑞辰《毛诗传笺通释》:"凡言授者,皆授使为之也。此诗'授衣'亦授冬衣使为之。盖九月妇功成,丝麻之事已毕,始可为衣,非谓九月冬衣已成,遂以授人也。"③一之日:指周历的正月,即夏历十一月,正为冬天。后文二之日、三之日、四之日分别为周历的二月、三月、四月,相当于夏历的十二月、正月和二月。觱发:风寒。栗烈:凛冽。于耜:修耒耜。田畯:田大夫,指监工农官。馌:送饭。至喜:甚喜。

此章写春耕之忙。

---

① 崔述:《考信录》(2),商务印书馆 1937 年版,第 323 页。

② 方玉润:《诗经原始》,中华书局 1986 年版,第 303—304 页。

③ 马瑞辰:《毛诗传笺通释》,中华书局 1989 年版,第 451 页。

第二章：

七月流火，九月授衣。春日载阳，有鸣仓庚。女执懿筐，遵彼微行，爰求柔桑。春日迟迟，采蘩祁祁。女心伤悲，殆及公子同归！

载：开始。仓庚：黄鹂鸟。懿筐：深筐。微行：小路。“春日迟迟……殆及公子同归”，东汉郑玄笺：“春，女感阳气而思男；秋，士感阴气而思女。是其物化，所以悲也。悲则始有与公子同归之志，欲嫁焉。”若如此，则《七月》为我国伤春诗之祖。

此章主要写采桑养蚕。全诗充满一种男性阳刚质朴风格，只有此章是女性化的优美。

第三章：

七月流火，八月萑苇。蚕月条桑，取彼斧斨，以伐远扬，猗彼女桑。七月鸣鵙，八月载绩。载玄载黄，我朱孔阳，为公子裳。

条：通“挑”，修剪。猗：通“掎”，斜拉。女桑：嫩弱的桑枝。

此章写采桑、织布、染布、制衣。

第四章：

四月秀葽，五月鸣蜩。八月其获，十月陨萚。一之日于貉，取彼狐狸，为公子裘。二之日其同，载缵武功。言私其豵，献豜于公。

秀：不开花而结子。葽：植物名，远志。鸣蜩：蝉鸣。获：收获。陨萚：草木枝叶脱落。于貉：猎取狐狸。同：会合。缵：继续。武功：指狩猎。豵：小兽，原指一岁的小猪。豜：大兽，原指三岁的猪。

此章主要写冬猎。

第五章：

五月斯螽动股，六月莎鸡振羽。七月在野，八月在宇，九月在户，十月蟋蟀入我床下。穹窒熏鼠，塞向墐户。嗟我妇子，曰为改岁，入此室处。

斯螽：类似蝈蝈的昆虫。莎鸡：纺织娘。穹窒：堵塞室中孔隙。向：北窗。墐：糊墙。改岁：此“十月”为夏历十月，相当于周历十二月，故云改岁。

此章主要写艰苦的居住条件。

第六章：

六月食郁及薁，七月亨葵及菽。八月剥枣，十月获稻。为此春酒，以介眉寿。七月食瓜，八月断壶，九月叔苴。采荼薪樗，食我农夫。

郁：郁李。薁：野葡萄。亨：通“烹”。葵：芹菜。《本草纲目》：“古者葵为五菜之主……葵菜古人种为常食。”剥：通“扑”，敲打。壶：葫芦。樗：臭椿。叔：拾。苴：麻籽。食：饲。

此章主要写所食之物及造酒。

第七章：

九月筑场圃，十月纳禾稼。黍稷重穋，禾麻菽麦，嗟我农夫，我稼既同，上入执宫功。昼尔于茅，宵尔索绹。亟其乘屋，其始播百谷。

重：先种后熟的谷。穋：后种先熟的谷。上：通“尚”，尚且。执：从事。宫功：收拾、拾掇房子。于：收割。乘：登上。

此章主要写秋收及修屋。

第八章：

二之日凿冰冲冲，三之日纳于凌阴。四之日其蚤，献羔祭韭。九月肃霜，十月涤场。朋酒斯飨，曰杀羔羊。跻彼公堂，称彼兕觥，万寿无疆。

二之日：周历二月，为夏历十二月，《礼记·月令》：“季冬之月……冰方盛，水泽腹坚，命取冰。”可知当时有采冰习俗。《焦氏易林》中《需》之《豫》云：“冬无藏冰，春阳不通。阴流为贼，国被其殃。”亦云此事。蚤：通“早”。肃霜、涤场：王国维以为“肃爽”“涤荡”，可参考。朋：两。跻：登上。兕觥：兕牛角制的酒器。

此章主要写祭祀祝寿。

通过我们对全诗的了解，可以发现本诗按季节和时令的转移，记叙了农业生产者一家从春忙到夏，从秋忙到冬，一年四季，永无止息地为农奴主种田、采桑、养蚕、织布、染帛、裁衣、收割、打猎、筑场、盖房、凿冰、造酒，自家却一无所获。没有一件粗布衣御寒，只能堵起破旧的门窗；没有一口像样的饭菜果腹，只能吞食臭椿烧熟的苦菜叶；没有一天可以轻松，岁末年终，仍要强为欢笑，向主人献酒、祭拜；织布做衣服，把颜色最好看的给主人，冬天打猎，把最大的猎物给主人。口气似老农叙家常，满腹辛酸，絮絮叨叨，所言景物，切合农时，是丰富的农耕生活体验的自然流露，增强了诗歌直陈其事的美感和情景交融的氛围，逼真感人地描绘出当时社会底层的农业生活。

其艺术特色在于赋法的运用，平铺直叙。另外就是对比手法的运用，揭露出社会的不公。其艺术风格，如崔述所说：“读《七月》，如入桃源之中，衣冠朴古，天真烂漫，熙熙乎太古也。”[①]不着意于构造，信口而出，天真纯朴，乃此诗特点。至于章法，前人苦究其妙，莫衷一是。然其不苦心经营，可以想见，因其处于诗歌萌芽期。

另外，关于诗中流露的情感，古代学者有认为是写农家田园之乐的，如方玉润《诗经原始》：

> （一章）首章衣食双起，为农民重务。（二章）以下四章，皆跟衣字。此章先言蚕事，为女功之始。间着怀婉之词，何等风韵！（三章）此言纺绩成裳，仍带定“公子”字，妙！（四章）此兼言田事，集腋以成裘，而“献豜于公”，忠爱之忱可见矣。（五章）此言卒岁，可以御寒完衣一面事。而自五月以至十月，一气说下，朴直之至。然其体物微妙，又何精致乃尔！（六章）以下专言食。（七章）此章穑事正面，后半兼及治屋。（八章）至此农功既毕，可以献羔荐庙，登堂称觥，田家之乐无逾此矣。[②]

我们细味此诗，何乐之有？中国古代写农业田园的诗有两种类型，一种是《七月》所开创的农家苦，后来被陶渊明、白居易继承下来；另一种是农家乐，将农业、农村生活描写为田园牧歌，如唐代的王维、孟浩然。其实，农家何曾有乐？只要躬耕陇亩，都会体验到为了争取衣食的稼穑艰辛。只有农业生产的旁观者或想象者，才会描绘一派田园之乐。轻松优美容易入诗，艰辛沉重活着已经不易，若能有诗情而以诗叙述，则更高出一筹。陶渊明做到了，杜甫也做到了。在他们之前，《七月》也做到了。

《七月》属于叙事诗，而中国诗歌的传统是诗言志、诗缘情，抒情诗是主流。中国传统诗歌中，优秀的叙事诗屈指可数。抒情诗可以虚构，可以想象，闪展腾挪的空间比较大。叙事诗则以事件为基础，尤其是在古代，叙事很注重写实性，所以自由发挥的空间不足。叙事诗很容易写成流水账，但《七月》不是流水账，它通过自己的节奏、不同的物象传达了其中人物的感情，自然而有诗意。

---

① 崔述：《考信录》(2)，商务印书馆1937年版，第323页。

② 方玉润：《诗经原始》，中华书局1986年版，第307页。

《诗经》的赋比兴

赋比兴是《诗经》最为重要的艺术手法，对后世文学影响深远。那么，赋比兴到底是什么样的艺术手法呢？

授课视频

我们先看赋：

郑玄："赋之言铺，直铺陈今之政教善恶。"（《周礼》注）

钟嵘："直书其事，寓言写物，赋也。"（《诗品序》）

刘勰："赋者，铺也。"（《文心雕龙·诠赋》）

挚虞："赋者，敷陈之称也。"（《文章流别论》）

朱熹："赋者，敷陈其事而直言之者也。"（《诗集传》）

李仲蒙："叙物以言情谓之赋，情物尽者也。"（《斐然集》卷十八）

综合以上，我们认为，赋就是直陈其事的表现手法。

我们再看比：

郑玄："比者，比方于物也。"（《周礼》注）

刘勰："比者，附也。"（《文心雕龙·比兴》）

挚虞："比者，喻类之言也。"（《文章流别论》）

钟嵘："因物喻志，比也。"（《诗品序》）

朱熹："比者，以彼物比此物也。"（《诗集传》）

黄彻："比者，引物连类。"（《诗人玉屑》）

李仲蒙："索物以托情，谓之比，情附物者也。"（《斐然集》卷十八）

综合以上，我们认为，比就是比喻、打比方。

最后说兴：

郑玄："兴者，托事于物。"（《周礼》注）

刘勰："兴者，起也。"（《文心雕龙·比兴》）

挚虞："兴者，有感之辞也。"（《文章流别论》）

钟嵘："文已尽而意有余，兴也。"（《诗品序》）

黄彻："兴者，因事感发。"（《诗人玉屑》）

朱熹："兴者，先言他物以引起所咏之辞也。"（《诗集传》）

李仲蒙："触物以起情，谓之兴，物动情者也。"（《斐然集》卷十八）

综合以上，我们认为，兴就是先言受触发之物，而后写触发之情、意，有领起、发端与映射的作用。

我们可以举一些《诗经》中的例子来说明以上的理解。

赋：

氓之蚩蚩，抱布贸丝。匪来贸丝，来即我谋。送子涉淇，至于顿丘。（《卫风·氓》）

比：

自伯之东，首如飞蓬。岂无膏沐，谁适为容？（《卫风·伯兮》）

手如柔荑，肤如凝脂，领如蝤蛴，齿如瓠犀，螓首蛾眉。巧笑倩兮，美目盼兮。（《卫风·硕人》）

硕鼠硕鼠，无食我黍！三岁贯女，莫我肯顾。逝将去女，适彼乐土。乐土乐土，爰得我所。（《魏风·硕鼠》）

兴：

关关雎鸠，在河之洲。窈窕淑女，君子好逑。参差荇菜，左右流之。窈窕淑女，寤寐求之。（《周南·关雎》）

桃之夭夭，灼灼其华。之子于归，宜其室家。桃之夭夭，有蕡其实。之子于归，宜其家室。桃之夭夭，其叶蓁蓁。之子于归，宜其家人。（《周南·桃夭》）

《周南·桃夭》

赋比兴三种艺术手法在《诗经》中各有呈现，但表达效果各有不同。

赋：洗尽铅华呈素姿，即客观呈现，直陈其事（位置不固定）。

比：浓妆淡抹总相宜。其主要目的是突出、形象、直观、生动，用修饰来突出表达的效果（位置不固定）。

兴：犹抱琵琶半遮面，即使诗歌的表达效果含蓄委婉，欲说还休，朦胧多义。这种表现手法最能体现《诗经》的艺术魅力，因为它存在一种呈现与遮蔽的张力（多用在开头）。

刘勰："观夫兴之托谕，婉而成章，称名也小，取类也大。"（《文心雕龙·比兴》）

钟嵘："若专用比兴，则患在意深，意深则词踬。若但用赋体，则患在意浮，意浮则文散，嬉成流移，文无止泊，有芜漫之累矣。"（《诗品序》）

闻一多："隐语古人只称作隐，它的手段和喻一样，而目的完全相反，喻训晓，是借另一事物来把本来说不明白的说得明白点；隐训藏，是借另一事物来把本来可以说得明白的说得不明白点。"①

对于兴的先言他物与所咏之词之间有无意义，学者们聚讼纷纭，莫衷一是。一派说无意义，另一派说有意义。

魏源："《三百篇》言取妻者，皆以析薪取兴。盖古者嫁娶必以燎炬为烛，故《南山》之析薪，《车舝》之析柞，《绸缪》之束薪，《豳风》之《伐柯》，皆与此错薪、刈楚同兴。"②

闻一多："《国风》中凡言鱼，皆两性间互称其对方之廋语，无一实指鱼者。"（《诗经通义》）

魏耕原先生在《毛公标兴分类普查与取义特征》③一文中，将兴分为五种类型：

(1) 触物起兴，即触景生情式的即兴起兴。如《关雎》见雎鸠而闻关关鸣声，引发男求女之思；《桃夭》见桃树先出嫩芽而后花绽放，触发新娘嫁到好人家之念。

触物起兴是人与自然的"对话"，感情抒发的过程是"物动情者也"。这种"对话"方式，由外界自然一草一木、一虫一鸟、一山一水的触发，而引发出一种感发力量，情动于衷，则歌之唱之，诗歌所由生焉，所以在起兴中最朴素自然，也是最基本的一种方式。

(2) 经过情感过滤的索物起兴。如《召南》之《摽有梅》的"其实七兮""其实三兮"，只是借梅子的凋落引发大龄姑娘急于求婚的"广告"，而非看到梅子只有七成才想到婚事。这只是构想，属于经过感情过滤的索物起兴。这种方式，不是以眼前景物起兴，而是以爱憎去选择更能表达理念的景物，目的在于表达一种观念，不是憎恶讥讽，而是赞美祝颂。

(3) 强调对比反差的反兴。如《周南》之《卷耳》，以所采之少，形思夫之深。

(4) 思理起兴。与触物起兴相反，除了索物起兴以外，还有讲一个道理来起兴的方式，即事理起兴，加上物理起兴，可统称为"思理起兴"。事理起兴，如《召南・行露》："厌浥行露，岂不夙夜，谓行多露？"此诗说一个已婚男子欺骗一个女子，并以诉讼要挟结婚，女子坚决拒婚。首章说早晚露水湿漉漉，难道早晚不行路，还怕路上露水多？这是正言反说：只要早晚不上路，就不怕路上露水多。表示只要不做亏心事，就不怕你去打官司。沾湿衣鞋的露水象征男子的强逼。此章先讲出一个事理，表明坚拒，然后引发以下的拒婚之词。《王风・扬之水》以"扬之水，不流束薪"，引发所怀念之人不和自己一块儿戍守边地，此以物之理引起对人事的联想，属于物理起兴。

(5) 模式化的套语起兴。如水与束薪模式，《诗经》有三首同题的《扬之水》，均属此例。

① 闻一多：《神话与诗》，上海人民出版社 2006 年版，第 98 页。

② 魏源：《诗古微》，岳麓书社 1989 年版，第 424 页。

③ 魏耕原：《毛公标兴分类普查与取义特征》，《文学遗产》2017 年第 5 期。

通过上述分析，魏耕原先生认为：毛公标兴均具有意义，且可分为触物、索物、反兴、思理四种，前两种最为基础；还可以有各种套语起兴，套语起兴则是以上四种基本起兴方式的滋衍，具有规律化的表现形态。

此外，扬之水在《诗经别裁》中也认为："兴之特殊，即在于它于诗人是如此直接，而于他人则往往其意微渺，但我们若解得诗人原是把天地四时的瞬息变化，自然万物的死生消长，都看作生命的见证，人生的比照，那么兴的意义便很明白了。它虽然质朴，但其中又何尝不有体认生命的深刻。"①

这正是兴的意义与魅力。

① 扬之水：《诗经别裁》，江西教育出版社2000年版，第4页。

《左传》中的辞令与战争

《左传》是《春秋左氏传》的简称，又叫《左氏春秋》。传统的观点认为，《春秋》的注释有三个本子，分别是《春秋穀梁传》《春秋公羊传》和《春秋左氏传》。而关于《左传》的作者却有三种不同的说法：第一种说法承袭司马迁和班固的说法，认为是左丘明所著；第二种说法认为非左丘明著，作传人不受经于孔子，《左传》也并不传《春秋》；第三种说法认为《左传》是西汉刘歆伪造的，成书于西汉末年，这种观点最早由康有为提出，后来崔适进行了补充。这三种说法中以第一种说法影响较为广泛，但也缺少足够的史料作为支撑。今人一般认为此书大约成书于战国早期，最后编定者是一位儒家学者。但是《左传》不同于其他两传的是，它可以独立成书，内容也比《春秋》详细得多，其他两传却依附于《春秋》。

授课视频

《左传》在先秦叙事散文之中文学成就突出。其最为人们所称道者，为辞令与战争描写。

所谓辞令，即社交、外交场合中得体的应对言辞。

又如"僖公二十三年"所记重耳避难至楚，与楚成王的一段对话：

> 及楚，楚子飨之，曰："公子若反晋国，则何以报不穀？"对曰："子女玉帛，则君有之；羽毛齿革，则君地生焉。其波及晋国者，君之余也。其何以报君？"曰："虽然，何以报我？"对曰："若以君之灵，得反晋国，晋楚治兵，遇于中原，其辟君三舍。若不获命，其左执鞭弭，右属櫜鞬，以与君周旋。"

这一段对话，将楚成王施恩望报、乘机索取的心理和重耳自重自信、不卑不亢的态度，都表现得淋漓尽致。

《左传》写行人辞令，尤有独擅之处。书中有许多脍炙人口的篇章均是如此，如"僖公四年"屈完对齐侯：

> 齐侯陈诸侯之师，与屈完乘而观之。齐侯曰："岂不穀是为，先君之好是继。与不穀同好，何如？"对曰："君惠徼福于敝邑之社稷，辱收寡君，寡君之愿也。"齐侯曰："以此众战，谁能御之？以此攻城，何城不克？"对曰："君若以德绥诸侯，谁敢不服？君若以力，楚国方城以为城，汉水以为池，虽众，无所用之！"

这一段对话的背景是齐桓公率领诸侯联军讨伐楚国，屈完为楚国使臣。它表现了齐桓公的自大和骄横，同时也表现了屈完不卑不亢、义正词严。另外像“僖公五年”宫之奇谏假道，“僖公二十六年”展喜犒师，“宣公三年”王孙满对楚子，“襄公三十一年”子产坏晋馆垣等，这些辞令由于行人身份不同以及对象的不同，语言风格也各异，有的委曲谦恭，有的不卑不亢；有的词锋犀利，有的刚柔相济。这些辞令又因事因人不同而具有不同的特点，但都用词典雅，渊懿美茂，生气勃勃，简洁精练，委曲达意，婉而有致，栩栩如生，能够表现人物的鲜明个性特征。

关于《左传》的辞令，刘知几在《史通·申左》中说：“寻左氏载诸大夫辞令，行人应答，其文典而美，其语博而奥。述远古则委曲如存，征近代则循环可覆。必料其功用厚薄，指意深浅。谅非经营草创，出自一时，琢磨润色，独成一手。”[1]《左传》中富有文采的行人辞令显然是经过加工和润饰的，论理的逻辑更为严密，已经有剪裁和选择性，用词洗练，更有说服力和感染力。《左传》的行人辞令开启了战国时代纵横驰骋、酣畅淋漓的文风，是历代文人讽诵和学习的楷模。

战争，是所有矛盾最为集中最为直接的呈现。《左传》在叙事、写人和语言三方面的文学特点，在对战争的描写中表现得最为集中和充分。《左传》长于写战争，历来为人们所道，书中有许多生动而精彩的片段。春秋时期有数百次军事行动，《左传》详细地记载了其中十三次比较重要的战争。《左传》善于调动各种表现手法记载了许多战争实例，力图从中探索出得失成败的经验，对各次大战不同侧重面的描写，反映了作者对每次战事成败的看法。在记载战争全过程的前提下，战争在哪个阶段上失误、在哪个阶段上取胜，这一部分就成为作者描写的重点。冯李骅说：“左氏极工于叙战，长短各极其妙……篇篇换局，各各争新。”（《左绣·读左卮言》）《左传》描写战争之所以精彩生动，各不雷同，其奥妙就在于此。

晋楚城濮之战

如晋楚城濮之战，《左传》重在描写战前酝酿的过程，从晋伐曹、卫的外围战写起，继而写宋国告急，晋设连环计分曹、卫之地给宋国，然后又私下拉拢曹、卫使之与楚国绝交，子玉治兵，晋师退避三舍，直写到重耳占梦坚定了出战的信心，两国才开始正式交兵，因为此战胜利是晋文公和将帅谋划的结果。

《左传》还善于抓住战争中的主要矛盾，通过个别场面和情节的描写来反映战争的全貌。描写角度的不断转换，充分反映了战争的多样性和复杂性。例如齐鲁长勺之战，从战争的发动到结束是围绕曹刿的言行来写的。通过曹刿请战、与鲁庄公论战、同乘指挥战斗的前前后后，将这次战争的全过程展现出来。

《左传》重视人在战争中的作用，用了大量笔墨描写战争中的人。《左传》中的一些重要人物往往在战争中大显身手。这些人物形象，有的足智多谋、运筹帷幄，有的优柔寡断、坐失良机，有的英勇善战、视死如归，有的轻狂骄纵、败死敌手。如《城濮之战》中写楚帅子玉，楚王本不欲与晋国开战，楚国将士也不愿打仗，但是子玉为了自己的面子问题，执意要打，这已经暗含了其内部的上下不和。楚君也是故意和他过不

① 刘知几：《史通》，上海古籍出版社2008年版，第303—304页。

去，赌气不给他太多的军队。与晋军交锋前，子玉违背了晋楚之间的约定，晋军退避三舍，子玉步步紧逼，主动挑战，在大战打响前夕，他还非常自负地说："今日必无晋矣。"最后一败涂地。文章在后面还写到子玉在战前为自己的战马用美玉做了非常漂亮的马冠、马鞅，还没有给自己的马配用，晚上梦见黄河之神向他要这件饰物，并答应给他一定的好处。子玉在梦中没有答应。后来有人劝他，只要对国家有利，生命都可以奉献，何况如粪土一般的美玉呢。子玉还是没答应。于是劝告的人得出一个结论，不是神让子玉失败，而是子玉"不勤民，实自败也"。由此可以看出，子玉是一个刚愎自用、自私自利、狂妄自大而又轻敌的将帅。反观晋国，晋文公重耳君臣上下一心，大臣先轸、子犯也都老于谋划，谨小慎微。重耳一直在等待时机交战，他听到舆人之诵，觉得民心已经可用，但战前仍然做了一个与楚王单挑的噩梦，后来子犯解梦，对他进行心理安慰，直到他检阅自己的军队，发现"少长有礼"，才觉得战争的时机真正到来了。城濮之战结束，直到听说子玉死了，"晋侯闻之而后喜可知也，曰：莫余毒也已！"重耳的形象跃然纸上。

《左传》作者善于在差别中写人，例如同样是英勇善战的武士，或同样是足智多谋的将帅，书中通过种种细节的描写来展示人物的不同表现；即使是类似的情节，作者也注意到不同性格人物所持态度的细微差别。《城濮之战》中子玉的意气用事与轻敌，与子犯、先轸的冷静沉着形成对比。即使是子犯与先轸之间，尽管二人都足智多谋，但先轸的谋略似乎更胜一筹。正是这些数以百计栩栩如生、千差万别的人物形象，给《左传》的战争描写增添了无穷的艺术魅力。

另外，《左传》对有些战争的描写还表现了作者先进的军事思想。如《城濮之战》"有德不可敌""师直为壮，曲为老，岂在久乎"的论述。另外，《城濮之战》还写了一些精彩的战术运用，如"胥臣蒙马以虎皮""栾枝使舆曳柴而伪遁"等。

总之，《左传》的战争描写是全书中最精彩的部分，对后代以战争为题材的小说以及历史演义等其他小说中的有关战争的描写产生了深远的影响。

《战国策》之策士冯谖与孟尝君

授课视频

《战国策》共三十三卷，主要记录了春秋战国时期谋臣策士游说诸侯或进行谋议、论辩时的政治主张和斗争策略。其最初的作者，应该是各国的策士，后来，西汉的刘向将之编校成书，使之成为记录纵横家言行的史料。

《战国策》的文学成就，古人曾一致给予肯定。宋李格非欣赏“其说之工”“文辞之胜”[①]，王觉说它“辩丽横肆，亦文辞之最”[②]，鲍彪认为：“其文辩博，有焕而明，有婉而微，有约而深，太史公之所考本也。”[③]

《战国策》写策士，栩栩如生，光彩照人，如苏秦和张仪。但还有一些小人物也工于谋划，《战国策》对他们的描写，也能以波澜起伏的情节、个性化的言行、传神的形态和细节来立此存照。《战国策》还发展了集中许多事件来写人的方法，并把它们放在一篇，为纪传体的创立开了先例，如《齐策四》写冯谖与孟尝君之事。

孟尝君为战国四大公子之一，喜欢养士，鸡鸣狗盗之徒也能收容。

齐人有冯谖者，贫乏不能自存，使人属孟尝君，愿寄食门下。孟尝君曰：“客何好?”曰：“客无好也。”曰：“客何能?”曰：“客无能也。”孟尝君笑而受之曰：“诺。”

左右以君贱之也，食以草具。居有顷，倚柱弹其剑，歌曰：“长铗归来乎！食无鱼。”左右以告。孟尝君曰：“食之，比门下之客。”居有顷，复弹其铗，歌曰：“长铗归来乎！出无车。”左右皆笑之，以告。孟尝君曰：“为之驾，比门下之车客。”于是乘其车，揭其剑，过其友曰：“孟尝君客我。”后有顷，复弹其剑铗，歌曰：“长铗归来乎！无以为家。”左右皆恶之，以为贪而不知足。孟尝君问：“冯公有亲乎?”对曰：“有老母。”孟尝君使人给其食用，无使乏。于是冯谖不复歌。

后孟尝君出记，问门下诸客：“谁习计会，能为文收责于薛者乎?”冯谖署曰：“能。”孟尝君怪之，曰：“此谁也?”左右曰：“乃歌夫长铗归来者也。”孟尝君笑曰：“客果有能也，吾负之，未尝见也。”请而见之，谢曰：“文倦于事，愦于忧，而性懧愚，沉于国家之事，开罪于先生。先生不羞，乃有意欲为收责于薛乎?”冯谖曰：“愿之。”

于是约车治装，载券契而行，辞曰：“责毕收，以何市而反?”孟尝君曰：“视吾家所寡有者。”驱而之薛，使吏召诸民当偿者，悉来合券。券遍合，起，矫命，以责

①② 四部备要本《战国策》附录。

③ 刘向集录，姚宏、鲍彪注：《战国策》，上海古籍出版社 2015 年版，第 735 页。

赐诸民。因烧其券。民称万岁。

长驱到齐，晨而求见。孟尝君怪其疾也，衣冠而见之，曰："责毕收乎？来何疾也！"曰："收毕矣。""以何市而反？"冯谖曰："君云'视吾家所寡有者'。臣窃计，君宫中积珍宝，狗马实外厩，美人充下陈。君家所寡有者，以义耳！窃以为君市义。"孟尝君曰："市义奈何？"曰："今君有区区之薛，不拊爱子其民，因而贾利之。臣窃矫君命，以责赐诸民，因烧其券，民称万岁。乃臣所以为君市义也。"孟尝君不悦，曰："诺，先生休矣！"

后期年，齐王谓孟尝君曰："寡人不敢以先王之臣为臣。"孟尝君就国于薛，未至百里，民扶老携幼，迎君道中。孟尝君顾谓冯谖："先生所为文市义者，乃今日见之。"冯谖曰："狡兔有三窟，仅得免其死耳；今君有一窟，未得高枕而卧也。请为君复凿二窟。"孟尝君予车五十乘，金五百斤，西游于梁，谓惠王曰："齐放其大臣孟尝君于诸侯，诸侯先迎之者，富而兵强。"于是梁王虚上位，以故相为上将军，遣使者黄金千斤，车百乘，往聘孟尝君。冯谖先驱，诫孟尝君曰："千金，重币也；百乘，显使也。齐其闻之矣。"梁使三反，孟尝君固辞不往也。

齐王闻之，君臣恐惧，遣太傅赍黄金千斤、文车二驷，服剑一，封书，谢孟尝君曰："寡人不祥，被于宗庙之祟，沉于谄谀之臣，开罪于君。寡人不足为也；愿君顾先王之宗庙，姑反国统万人乎！"冯谖诫孟尝君曰："愿请先王之祭器，立宗庙于薛。"庙成，还报孟尝君曰："三窟已就，君姑高枕为乐矣。"

孟尝君为相数十年，无纤介之祸者，冯谖之计也。

整篇情节曲折，出人意料，人物语言极有特点，人物形象自然鲜活丰满。谋篇布局前后照应，但叙事又很简洁。此外，篇中的"狡兔三窟"已成为经典成语流传至今。《战国策》的艺术成就于此可见一斑。

《论语》：残破的文学故事

授课视频

《论语》记载孔子（前 551—前 479）及其弟子的言行，由孔子弟子及再传弟子纂录而成。作为说理文，《论语》还很幼稚。但先秦说理文的一些文体特征在《论语》中已有萌芽，如形象化的说理方式。

《论语》中也包含了一些较长的段落，其中的对话和情节描写也较为传神，确实可以称得上是文学的故事。但是，这样的故事毕竟太少，而且有一些还是残缺不全的。

在这些文学故事中，《先进》篇的“子路、曾皙、冉有、公西华侍坐”，详细记载孔子与门生间的一场谈话，叙述清晰，间有一定的人物描写，作为叙述性的文字比较成功，几个人物形象也较为鲜明。

下面，我们对这一文学故事进行分析。

> 子路、曾皙、冉有、公西华侍坐。

这是“以齿为序”。子路年龄最大，小孔子 9 岁，曾皙可能小孔子 20 多岁，冉有比孔子小 29 岁，公西华最小，小孔子 42 岁。

> 子曰：“以吾一日长乎尔，毋吾以也。居则曰：‘不吾知也！’如或知尔，则何以哉？”

夫子循循善诱，诱导式教学。

> 子路率尔而对曰：“千乘之国，摄乎大国之间，加之以师旅，因之以饥馑，由也为之，比及三年，可使有勇，且知方也。”
>
> 夫子哂之。
>
> “求，尔何如？”
>
> 对曰：“方六七十，如五六十，求也为之，比及三年，可使足民。如其礼乐，以俟君子。”

孔门有“四科十哲”。德行：颜渊、闵子骞、冉伯牛、仲弓；言语：宰我、子贡；政事：冉有、季路；文学：子游、子夏。

“赤，尔何如？”

对曰：“非曰能之，愿学焉。宗庙之事，如会同，端章甫，愿为小相焉。”

“点，尔何如？”

鼓瑟希，铿尔，舍瑟而作。对曰：“异乎三子者之撰。”

由动作、声音构成的场景，延缓叙述节奏，预示变化。（思所以对，故音稀。《少仪》云：“侍坐，弗使，不执琴瑟。”则点之鼓瑟，必夫子使之。《曲礼》：“侍坐于君子，君子问更端，则起而对。”前三子不言“作”，此独言之，特写以铺垫也。）

子路也会弹琴。子曰：“由之瑟，奚为于丘之门？”门人不敬子路。子曰：“由也升堂矣，未入于室也。”《孔子家语》云，子路鼓瑟“有北鄙杀伐之声”。

子曰：“何伤乎？亦各言其志也。”

曰：“莫春者，春服既成。冠者五六人，童子六七人，浴乎沂，风乎舞雩，咏而归。”

夫子喟然叹曰：“吾与点也！”

三子者出，曾皙后。曾皙曰：“夫三子者之言何如？”

子曰：“亦各言其志也已矣。”

曰：“夫子何哂由也？”

曰：“为国以礼，其言不让，是故哂之。”

“唯求则非邦也与？”

“安见方六七十，如五六十而非邦也者？”

“唯赤则非邦也与？”

“宗庙会同，非诸侯而何？赤也为之小，孰能为之大？”

夫子哂由：为国以礼，其言不让。儒家讲究礼，礼以谦让为基础。

故事一开始交代按照年龄顺序侍坐的孔门四子，老师让他们各言其志，于是便有了儒门“曾点之乐”一桩公案。

前三人言志，夫子表现平淡，而唯独“与点也”。

曾皙出场甚是不同，写其动作、语言及琴音，如在目前。“鼓瑟希”，言其虽在弹琴，却在倾听，有所思，故“希”，与后面“异乎三子者之撰”构成对应——不听不能知其异。写琴声，“铿尔”，乃洪亮之收刹，说明其已胸有成竹；“作”，说明其谦恭郑重，前三人不明言作，于此独言，乃文学叙事手法，以突出其对，犹如特写镜头，为“吾与点也”作铺垫。以其鼓瑟，故夫子先问求、赤，后问曾点。此种郑重之态的描写与其所言近乎随意之志形成鲜明对比，不闻其言，颇以为其有异乎神圣高远之志。然其所言之志，看似平常人生活，却现场感极强，可谓“诗意地栖居在大地上”。此种描述颇有诗意的感发与共鸣作用，何况是对“载之空言不如见之行事”的孔子而言？一下子将迟暮的夫子(以公西华年龄推断,此时孔子应在60岁以上)拉回理想的生存之境。其感发夫子之志,此所谓“兴”也,故夫子“叹”之。叹,不是一般的赞许,是“于我心有戚戚焉”。夫子评前三子之志,是理论层面的抽象思辨,与生存体验犹隔一层;与曾点,则是诗性艺术之域的“以心传心”,直指心灵深处,对夫子是一种激活,夫子自然受震撼而“叹曰:‘吾与点也’”。此乃脱口而出,亦是真性流露。然曾皙说者无心,是夫子听者有意。故夫子之叹,曾皙尚未解味,方有后来之问。

北大的李零先生有《丧家狗》一书,对此章解读非常精辟。根据李先生的解读,我们可以得到如下认识①:

第一,孔子问大家,照古代的礼貌规定,回答者应左右观望,看看有没有人发言。但子路“率尔而对”,旁若无人,毫不谦让,脱口即出,说话很冲。孔子一撇嘴,露出嘲笑之意,学生都看在眼里,所以一个赛一个谦虚,先从大国变小国,再从小国变小相,一直到什么官也不当。

第二,子路讲的是“不挨打”,属于“强兵”,是最大的硬道理;冉有讲的是“不挨饿”,属于“富国”,也是硬道理。他们都没提到“礼”。公西华讲的是“礼”,而且是富起来才有的“礼”。古人说“仓廪实而知礼节,衣食足而知荣辱”(《管子·牧民》)。解决温饱,才能讲礼貌。道德文明建设是软道理。曾皙的道理更软,干脆是享受生活:享受和平,享受富裕,享受文明。它们是建筑在前三位的理想之上的:和平靠子路之志,富裕靠冉有之志,文明靠公西华之志。没有和平、富裕和文明,曾皙就逍遥不起来。曾皙的回答本来只是随口一说,但孔子听了,另有想法。他把四子之志看成互相补充。他欣赏曾皙之志,主要是因为前面三位讲治国,最后要落实到个人幸福,这是目标性的东西,但他欣赏曾皙之志,并不是否定子路等人,因为过程也很重要。他笑子路不谦虚,但对冉有和公西华也有所保留。因为他们再怎么谦虚,也都是以治国安邦为己任,大国是国,小国也是国,大官是官,小官也是官,过分谦虚和不谦虚,都无改于事实。

曾皙为什么问孔子,因为他并不明白孔子为什么夸他。其实,他们每个人都只是抓住了问题的一面,都对也都不对。从前,朱熹以为此章是夸曾皙,贬子路、冉有、公西华,因而把曾皙说得神乎其神。晚年他很后悔,说是“留为后学病根”(杨慎《丹铅录》)。但清张履祥说,四子之志是讲治道先后(《备忘录》),值得注意。李泽厚说,他的想法“非常牵强但有意思”。张履祥的说法不但有意思,也很有道理。

另外,《侍坐章》中孔子几个弟子的发言似乎也可以看作儒学的几种形态:子路、冉有谈的,属于政治儒学;公西华谈的,属于礼仪儒学;曾点谈的,似乎属于古典的儒学。

这一篇代表了《论语》文学艺术的较高水准:一是出现了虽极简略、却颇为传神的神态、动作和场景的描写;二是谈话的过程首尾完具,内在的节奏跌宕有致;三是蕴含着丰富的思想情感和人生况味。

---

① 李零:《丧家狗》,山西人民出版社2007年版,第220—221页。

有浩然之气的《孟子》

孟子(前 372—前 289),名轲,字子舆,邹人。他是儒家在战国时期的主要代表人物,他的思想主要有“仁政”、民贵君轻以及“性善论”和“良知论”。他一生游说诸侯,希望推行“仁政”,显示了激越的情感和刚直的个性。他在后世的地位仅次于孔子,被称为“亚圣”。

授课视频

《孟子》一共七篇,主要记载了孟子的谈话,是孟子和其弟子共同所著的。长于论辩,是《孟子》的特征。孟子曾说:“予岂好辩哉?予不得已也。”(《滕文公下》)在百家争鸣的时代,要阐明自己的观点,维护自己的立场,批评其他的学派,就不得不进行论辩。《孟子》中的辩论,灵活地运用了逻辑推理的技巧,表现出了缜密纯熟的论辩技巧。他所使用的方法主要是类比推理,往往欲擒故纵,反复诘难,迂回曲折地把对手引入自己的结论。不仅如此,孟子的辩论还体现出一种具备浩然之气的文风。孟子说:“我善养吾浩然之气。”因此,《孟子》一书也充分体现了孟子的鲜明个性和精神面貌,气势浩然也就成为《孟子》散文的重要风格特征。孟子本人的精神与人格修养,使他作文时自然就情感激越,词锋犀利,气势磅礴。这正如苏辙所说:“今观其文章,宽厚宏博,充乎天地之间,称其气之小大。”(《上枢密韩太尉书》)

《梁惠王上》中的“齐桓晋文之事”章,就充分体现了以上我们所说的特点。

齐宣王想学霸术,向孟子了解齐桓公晋文公的事情:“齐桓、晋文之事可得闻乎?”孟子说:仲尼之徒不讲齐桓晋文之事,要讲的是王道。齐王问他怎样才可以王天下?孟子说:“保民而王,莫之能御也。”齐王说:像我这样,可以保民吗?孟子说可以。齐宣王一听就很开心,没想到自己这样的人也可以实施王道,当时就有受宠若惊的感觉,就问孟子,你是怎么知道的。孟子就举齐王不忍以牛衅钟为例,说我听您的大臣胡龁说,您坐在大殿上,有个人牵牛从殿下走过。您看见这个人,问道:“牛(牵)到哪里去?”(那人)回答说:“准备用它来祭钟。”您说:“放了它!我不忍看到它那恐惧发抖的样子,这样没有罪过却走向死地。”(那人问)道:“既然这样,那么,废弃祭钟的仪式吗?”您说:“怎么可以废除呢?用羊来换牛吧。”不知道有没有这件事?

齐桓晋文之事章

这么有爱心的事情,齐宣王马上往自己脸上贴金,说确实有这回事。孟子就说:“有您这爱心就足以称王天下了。百姓都认为您太抠门,我却知道您是因为有仁爱之心。”这其实是孟子有意拍马屁,目的是让齐宣王树立起实施仁政的信心。

齐宣王不知是计,顺杆往上爬,说:“的确如此,小老百姓误解我,齐国虽然不大,我还不至于吝啬一头牛,我只是不忍看它那恐惧战栗的样子,这样无罪却走向死地,因此用羊去换它。”

孟子照例恭维齐宣王："您不要怪那些百姓误会您。以小换大，他们又哪里有您这种认识高度呢？您如果不忍牛无罪却走向死地，那么牛和羊又有什么区别呢？"注意，孟子要开始挖坑下套了。

齐宣王这时就笑着说："这种想法我也说不清，但我的确不是吝啬财物才以羊换牛的，老百姓说我吝啬也可以理解。"

孟子一看时机成熟，就说："没有关系，您这是仁爱之心的体现，但是您看到牛发抖而没看到羊发抖。君子对于禽兽，见其生，不忍见其死；闻其声，不忍食其肉。是以君子远庖厨也。"

齐宣王一听孟子对他行为的解读，更加开心，于是两人相互吹捧："《诗经》说'他人有心，予忖度之'，说的就是先生您这样的人啊。我这样做了，回头再去想它，却想不出是为什么。先生您说的这些，于我心有戚戚焉，说到我的心窝里了。但我这种用心为什么就符合王道呢？"齐宣王这时已经掉进孟子的陷阱。

孟子说："假如有人报告大王说：'我的力气足以举起三千斤，却不能够举起一根羽毛；我的眼力足以明察秋毫之末——动物秋天的毛羽很细微，却看不到整车的柴草。'大王您相信吗？"孟子要类比论证了。这么极端的事情，当然不可信，所以齐宣王不假思索地说："我不相信。"

于是孟子就说："今恩足以及禽兽，而功不至于百姓者，独何与？然则一羽之不举，为不用力焉；舆薪之不见，为不用明焉；百姓之不见保，为不用恩焉。故王之不王，不为也，非不能也。"这是第一大段，说明行王道并不难。周文麒说："只开首数行文字，便如生龙活虎，不可捉摸。"(《〈孟子〉读法附记》)

一听到孟子说自己不实施王道不是能力的问题，而是不想做的问题，齐宣王心里有点不高兴，所以故意装糊涂，问孟子不能和不为的区别。孟子又举了两个极端的例子：用胳膊挟着泰山去跳过大海，告诉别人说："我做不到。"这确实是做不到。向长辈弯腰行礼，告诉别人说："我做不到。"这是不肯做，而不是不能做。所以齐宣王不能实施王道，不属于(用胳膊)挟泰山去跳过大海这一类的事；而是属于对长辈弯腰作揖一类的事。

接着，孟子反问齐宣王，为什么不行王道呢？是不是要"兴甲兵，危士臣，构怨于诸侯"，然后才痛快呢？齐宣王说不是，"我将求吾所大欲也"，我有我远大的理想和目标。孟子明知所谓"大欲"是什么，偏偏故意发问，齐宣王笑而不答。孟子还装糊涂："为甘肥不足于口与？轻暖不足于体与？抑为采色不足视于目与？声音不足听于耳与？便嬖不足使令于前与？"是吃的不能满足口舌之欲吗？是衣服不保暖不轻便吗？是看到的颜色不足以满足视觉吗？是音乐不足以满足耳朵吗？还是身边宠幸的人不够使唤？这一系列发问，排山倒海，大气磅礴，属于"空中撰设，以廓其势。此文章家故做挪展挑弄处"(牛运震《〈孟子〉论文》)。经过一而再地欲擒故纵，敛气蓄势已足，孟子最后才挑明："然则王之所大欲可知矣。欲辟土地，朝秦楚，莅中国，而抚四夷也。"一语道破了齐宣王的隐秘。说齐宣王的大欲望就是称霸中国。紧接着孟子不留喘息之机，立刻指出，“以若所为，求若所欲，犹缘木而求鱼也”，“尽心力而为之，后必有灾”。这就类似于恐吓了，目的是引起齐宣王的重视。

但是齐宣王不相信。

孟子便以邹国与楚国打仗设喻，说明小固不可敌大，弱固不可敌强，齐只有天下的九分之一，以一服八，岂不像以邹敌楚吗？这是第二大段。苏洵点评说：“至此上下之间，呼吸变化，奔腾控御，若捕龙蛇，真至文也。”①

把利害关系分析清楚之后，孟子才提出，还是从根本上着手，实施仁政，那样谁也比不过你。接下去便大谈实行王道的具体内容，作为第三大段，其文曰：

> 是故明君制民之产，必使仰足以事父母，俯足以畜妻子；乐岁终身饱，凶年免于死亡；然后驱而之善，故民之从之也轻。今也制民之产，仰不足以事父母，俯不足以畜妻子；乐岁终身苦，凶年不免于死亡。此惟救死而恐不赡，奚暇治礼义哉！王欲行之，则盍反其本矣。五亩之宅，树之以桑，五十者可以衣帛矣；鸡、豚、狗、彘之畜，无失其时，七十者可以食肉矣；百亩之田，勿夺其时，八口之家可以无饥矣；谨庠序之教，申之以孝悌之义，颁白者不负戴于道路矣。老者衣帛食肉，黎民不饥不寒，然而不王者，未之有也。

文势亦由浩瀚奔腾转为平恬清畅。最后再以王道必然胜过霸道作结，与首句照应。这篇文章虽然属于问答体，可是起伏开阖，波澜曲折，摇曳多姿，具有步步入胜的情致。牛运震说：“篇中勾勒顿挫，千回百转，重波迭浪，而后归于王道。有纲领，有血脉，有过峡，有筋节，意在不使一直笔，又不使一呆笔，读者熟复于此，其于行文之道思过半矣。”（《〈孟子〉论文》）

由以上具体文本，我们可以看出孟子辩论的技巧，以及辩论当中那种势不可挡的浩然之气。孟子说，“我善养吾浩然之气”，浩然之气至大至刚，塞于天地之间。只有理解了浩然之气，才能理解孟子的思想，更能领会孟子的文风和文章中体现的孟子性情。

① 苏洵：《苏批孟子》，上海坤元堂 1932 年版，第 15 页。

哲学与文学双美的《庄子》

授课视频

在先秦说理散文中，最有文学价值的是《庄子》。它是庄子及其后学所著的。庄子（约前 369—前 286），名周，战国时期宋国蒙人，即今河南商丘人。他生活的时代比孟子稍晚而略早于屈原。他一生穷困潦倒，只做过漆园小吏，但鄙弃荣华富贵，不慕权势名利，力图在乱世保持自己独立的人格，一生都在追求逍遥无待的精神自由境界。

《庄子》一书今存 33 篇，其中内篇 7 篇，外篇 15 篇，杂篇 11 篇。宋朝时，苏轼就怀疑《庄子》中杂有伪作，经过历代学者的考证，一般认为《庄子》内篇思想一贯，风格一致，构成比较完整的思想体系，当出自庄子手笔；外篇和杂篇思想倾向存在一定的差异，且多为对内篇某一思想的演绎和发挥，当为庄子门人和后学所作。但从总体风格看，内篇、外篇和杂篇基本上还是一致的，都集中体现了庄子一派的哲学。

在百家争鸣的时代，庄子思想与各家迥然不同。诸子百家都在寻找济世的良方，庄子像其他人一样，也开出了自己的药方。可能别人开的是补药，而庄子开的却是泻药。但庄子一样有救世的情怀，只不过别人向东走，他向西走。因为他的另类，有人就认为他消极，其实这是对他的误解。他是冰山下的火种，外表冷艳，阴阳怪气，说话刻薄，其实是因为对这个世界爱得太深。

在先秦诸子中，也只有庄子一人将哲学与文学完美地结合在了一起，达到了说理散文艺术的空前高度。庄子所有的散文都是要阐述他的哲学思想，文辞只是他的手段而已。

庄子的最终哲学境界是逍遥，即精神的高度自由，逍遥的手段是齐物，即建立万物齐一思想，不要太执着于自己的成心和成见，因为是非、彼此都是相对的，没有一个绝对的标准。在庄子看来，什么都是相对的，只有相对是绝对的。而且，为了逍遥，必须破除世俗的有用无用观，人都困于所用、溺于所爱，无用之用才是大用。为了表达他的哲学，他大量使用了寓言这种语言手段，“以卮言为曼衍，以重言为真，以寓言为广”。

我们不妨以《庄子》第一篇《逍遥游》为例来作说明。

《逍遥游》一开始讲了一个故事，北海的大鱼鲲变成了一只大鸟——鹏，它要从北海飞往南海。为了颠覆大家的视觉局限，庄子描绘了鱼鸟的大：“鲲之大，不知其几千里也；化而为鸟，其名为鹏。鹏之背，不知其几千里也；怒而飞，其翼若垂天之云。”这么大的动物，还要变化，那是何等的惊心动魄。这个故事在《逍遥游》中出现了三次，庄子也明白，“重要的话说三遍”。所以，他的目的是要大家注意这个“大”。

揭示大之后，继而作小大之辩：

且夫水之积也不厚，则其负大舟也无力。覆杯水于坳堂之上，则芥为之舟，置杯焉则胶，水浅而舟大也。风之积也不厚，则其负大翼也无力。故九万里，则风斯在下矣，而后乃今培风；背负青天，而莫之夭阏者，而后乃今将图南。蜩与学鸠笑之曰："我决起而飞，抢榆枋而止，时则不至，而控于地而已矣，奚以之九万里而南为？"适莽苍者，三餐而反，腹犹果然；适百里者，宿舂粮；适千里者，三月聚粮。之二虫又何知！小知不及大知，小年不及大年。奚以知其然也？朝菌不知晦朔，蟪蛄不知春秋，此小年也。楚之南有冥灵者，以五百岁为春，五百岁为秋；上古有大椿者，以八千岁为春，八千岁为秋，此大年也。而彭祖乃今以久特闻，众人匹之，不亦悲乎？

小大之辩的目的是告诉大家要取其大。只有大，才能破除小我产生的执着与固执。于是自然而然引出无己、无功、无名：

故夫知效一官、行比一乡、德合一君、而征一国者，其自视也，亦若此矣。而宋荣子犹然笑之。且举世誉之而不加劝，举世而非之而不加沮，定乎内外之分，辩乎荣辱之境，斯已矣。彼其于世，未数数然也。虽然，犹有未树也。夫列子御风而行，泠然善也，旬有五日而后反。彼于致福者，未数数然也。此虽免乎行，犹有所待者也。若夫乘天地之正，而御六气之辩，以游无穷者，彼且恶乎待哉？故曰：至人无己，神人无功，圣人无名。

至此，揭示出逍遥就是"乘天地之正，而御六气之辩"，这样的话就可以无己、无功、无名，其基础是无己，也就是《齐物论》中的"吾丧我"，把一己之私去掉了。

接下来庄子讲了一个无功无名的故事，即儒家所谓的禅让：

尧让天下于许由，曰："日月出矣，而爝火不息；其于光也，不亦难乎？时雨降矣，而犹浸灌；其于泽也，不亦劳乎？夫子立而天下治，而我犹尸之；吾自视缺然，请致天下。"许由曰："子治天下，天下既已治也；而我犹代子，吾将为名乎？名者，实之宾也；吾将为宾乎？鹪鹩巢于深林，不过一枝；偃鼠饮河，不过满腹。归休乎君，予无所用天下为！庖人虽不治庖，尸祝不越樽俎而代之矣。"

讲完无功无名，庄子又讲无己。只不过在讲无己之前，庄子又一次回应了前面的小大之辩，这次讲的是小知不及大知。

肩吾问于连叔曰："吾闻言于接舆，大而无当，往而不反。吾惊怖其言，犹河汉而无极也；大有迳庭，不近人情焉。"连叔曰："其言谓何哉？"曰："藐姑射之山，有神人居焉。肌肤若冰雪，淖约若处子，不食五谷，吸风饮露，乘云气，御飞龙，而游乎四海之外；其神凝，使物不疵疠而年谷熟。吾以是狂而不信也。"连叔曰："然。瞽者无以与乎文章之观，聋者无以与乎钟鼓之声。岂唯形骸有聋盲哉？夫知亦有之！是其言也，犹时女也。”

人的智慧也有聋盲。

在讲无己的时候，庄子自黑了一下，拿宋国人说事，而且说的是有己。

宋人资章甫而适诸越，越人断发文身，无所用之。尧治天下之民，平海内之政，往见四子藐姑射之山，汾水之阳，窅然丧其天下焉。

尧做到无己的时候，天下也就不存在了，自然没有了功名之想。

最后，庄子又回到大小之辩，申明大用和小用以及无用之用方为大用的道理：

惠子谓庄子曰：“魏王贻我大瓠之种，我树之成，而实五石。以盛水浆，其坚不能自举也。剖之以为瓢，则瓠落无所容。非不呺然大也，吾为其无用而掊之。”庄子曰：“夫子固拙于用大矣！宋人有善为不龟手之药者，世世以洴澼絖为事。客闻之，请买其方百金。聚族而谋曰：‘我世世为洴澼絖，不过数金；今一朝而鬻技百金，请与之。’客得之，以说吴王。越有难，吴王使之将，冬，与越人水战，大败越人，裂地而封之。能不龟手一也，或以封，或不免于洴澼絖，则所用之异也。今子有五石之瓠，何不虑以为大樽，而浮于江湖，而忧其瓠落无所容？则夫子犹有蓬之心也夫！”

惠子谓庄子曰：“吾有大树，人谓之樗。其大本拥肿而不中绳墨，其小枝卷曲而不中规矩，立之涂，匠人不顾。今子之言大而无用，众所同去也。”庄子曰：“子独不见狸狌乎？卑身而伏，以候敖者；东西跳梁，不辟高下；中于机辟，死于罔罟。今夫斄牛，其大若垂天之云。此能为大矣，而不能执鼠。今子有大树，患其无用，何不树之于无何有之乡，广莫之野，彷徨乎无为其侧，逍遥乎寝卧其下。不夭斤斧，物无害者，无所可用，安所困苦哉！”

庄子最后谈了要善于用大，而且有用和无用只是相对的，要做到无待，就没有了有用无用的二元对立思维，这样就不会困苦。

庄子用他的哲学实现了生活的诗意化，他这么说，也是这么做的。我们可以发现，他的语言如行云流水，汪洋恣肆，跌宕跳跃，节奏鲜明，音调和谐，具有诗歌语言的特点。清代人方东树说：“大约太白诗与庄子文同妙，意接而词不接，发想无端，如天上白云卷舒灭现，无有定形。”①。

庄子开创了不同于儒家的新文学传统。金圣叹甚至称《庄子》为“天下第一奇书”。庄子其人及《庄子》一书为后世文人的思想和生存方式提供了另外一种可能。

---

① 方东树：《昭昧詹言》，人民文学出版社 1961 年版，第 249 页。

屈原的苦闷与象征

授课视频

屈原，名平，字原，是与楚王同姓的楚国贵族。他的先祖是楚武王熊通的儿子，因为被封于屈这个地方，所以以“屈”为氏。关于屈原的生平事迹，司马迁《史记·屈原贾生列传》是主要史料，另外《史记·楚世家》和刘向的《新序·节士》篇也有所记载。这些记载都很简略，甚至还有矛盾之处。我们至今还无法搞清楚屈原的生卒年月。学者们通过有限的记载，推断屈原大约生于楚宣王三十年，即公元前340年，死于楚顷襄王二十二年，即公元前277年，也有人认为屈原死于公元前278年。这些不同的算法，大多是对屈原《离骚》中“摄提贞于孟陬兮，惟庚寅吾以降”的不同理解。早在司马迁的时代，与屈原相关的几个核心问题已经搞不清楚了，如屈原何时作《离骚》，屈原为何被放逐、被放逐了几次等。大体看来，屈原生活在楚怀王和楚顷襄王的时代，曾任楚怀王左徒，“博闻强识，明于治乱，娴于辞令”，“入则与王图议国事，以出号令；出则接遇宾客，应对诸侯”，又曾任三闾大夫的职务，对内主张举贤任能，对外主张联齐抗秦，最初深得楚怀王的信任。上官大夫靳尚由于嫉妒屈原，就在楚怀王面前诬陷他，于是屈原“信而见疑，忠而被谤”，被楚怀王疏远，曾一度流于汉北。屈原被疏远，奸佞小人得势，楚国政治日益腐败。楚怀王昏庸贪婪，刚愎自用，当时又被张仪欺骗，愤怒报复，两度伐秦，均遭惨败。公元前299年，楚怀王入秦被扣留，三年后客死秦国。楚顷襄王即位后，屈原又受到令尹子兰和上官大夫靳尚的谗害，再后来秦将白起攻下楚国国都，屈原绝望至极，饮恨投汨罗江而死。史书留下的关于屈原的资料很少，以至于晚清学者廖平质疑屈原是否真的存在。

屈原的作品，后人归入楚辞一类。楚辞是我国文学花园中的一朵奇葩，它和《诗经》一起构成了我国诗歌的源头。楚辞产生于公元前四世纪我国南方楚国一带，是战国时代楚文化高度成就在文学方面的集中体现，受到楚国风俗尤其是民间巫术信仰的影响，借鉴楚地民歌、巫歌的艺术形式，大量使用楚地方言，书写楚地风物。同时，它也受到中原文化的一些影响。

屈原的作品保存在西汉刘向辑录的《楚辞》中。《汉书·艺文志》记载有25篇，而东汉王逸的《楚辞章句》却认定有24篇。长期以来，在楚辞研究学界，屈原作品的真伪成为一个热点，然而，由于文献的散佚，我们仍无法确切地认定屈原作品的数量。就目前的研究来看，王逸的《楚辞章句》目录中，除去《远游》《卜居》《渔父》《大招》，屈原的作品共计23篇，这些作品奠定了屈原在文学史上的地位。

我们大致了解屈原的一些情况之后，会觉得屈原的一生就是苦闷的一生。苦闷到极致，屈原便觉得活着也没有意思，于是投江而死。在屈原众多作品中，《离骚》充分表达了屈原的苦闷。按照学者们的理解，“离骚”可以有三种解释。一是司马迁和班固的说法，司马迁在《史记》中说：“《离骚》者，犹离忧也。”班固《离骚赞序》也说：“离，犹遭也；骚，忧也。明己遭忧作辞也。”离骚，即遭受苦闷与忧愁。二是王逸在《楚辞章句・离骚经序》中的说法：“离，别也；骚，愁也。”把离骚理解为离开故国、离开君王的一种苦闷忧愁。三是现代学者游国恩的看法，他认为“离骚”是楚国乐曲名称，其意义和‘牢骚’二字相同①。不管哪种观点，都认为《离骚》所反映的是屈原的苦闷。

屈原的苦闷，主要来自以下几个方面：

其一，楚王的昏庸和对屈原忠心的误解。《离骚》这样描述这种苦闷：“惟夫党人之偷乐兮，路幽昧以险隘。”那些结党营私的小人苟安享乐，国家的前途充满黑暗与危险。“岂余身之殚殃兮，恐皇舆之败绩”，我难道是害怕自己倒霉吗？我是担心国君乘坐的车辆倾覆。皇舆是国王乘坐的车子，这里代指国家。“忽奔走以先后兮，及前王之踵武”，我在国君的前前后后奔走，是希望国君能沿着祖先的足迹前进。“荃不查余之中情兮，反信谗而齌怒”，国君不理解我的良苦用心，反而听信谗言对我大发雷霆。荃，本来是一种香草，这里作为楚王的象征。“余固知謇謇之为患兮，忍而不能舍也”，我固然知道尽忠直言会惹祸上身，但为了国家的前途命运，我不忍放弃直言。“指九天以为正兮，夫惟灵修之故也”，我可以指着九天发誓，我所做的一切，都是为了国君灵修是个褒义词，意思为神明而有远见，这里指代楚王。“曰黄昏以为期兮，羌中道而改路”，本来约好了黄昏时候我们见面的，没想到你却中途改变了主张而爽约。“初既与余成言兮，后悔遁而有他”，一开始和我约定好了，后来你变心而有了他意。“余既不难夫离别兮，伤灵修之数化”，离开你并不是一件难事，我只是伤心大王朝三暮四。这一大段倾诉哀怨而又充满愤怒，很容易令人误会。尤其是其中说，和楚王约定黄昏见面，让人想起后世的“人约黄昏后”。楚辞《九歌》中的湘君与湘夫人约会，也是在黄昏。于是有人猜想，屈原和楚王是不是同性恋。其实，这是一种象征。朱自清先生在《诗言志辨》中讲到比体诗，认为艳情诗以男女比主臣②。男女关系与君臣关系在古人看来是同一个类型，男人和君王都可以用《易经》中的乾卦表示，女人和臣子都可以用坤卦表示，天尊地卑，乾坤定矣。卑高以陈，贵贱位矣。这就是古人的思维，所以，很多文人写男女之间的关系，其实是含蓄地写君臣，写上下级关系。

其二，奸佞小人的嫉妒陷害。《离骚》这样交代：“众女嫉余之蛾眉兮，谣诼谓余以善淫”，这些女人嫉妒我的眉毛比她们长得好看，对我造谣中伤，诋毁我太放荡。这里仍然是象征，“众女”指的就是楚王身边的奸佞小人。“固时俗之工巧兮，偭规矩而改错”，周围流行的都是阿谀奉承、巧言令色，他们违背规则，改变措施。“背绳墨以追曲兮，竞周容以为度”，他们背离正道，专走邪道，彼此之间苟合取容。“忳郁邑余侘傺兮，吾独穷困乎此时也”，我内心忧伤苦闷，在这个时代穷途末路。“宁溘死以流亡兮，

① 游国恩：《楚辞概论》，商务印书馆1934年版，第124—125页。

② 朱自清：《诗言志辨》，凤凰出版社2008年版，第89页。

余不忍为此态也”，我还不如赶快死了或者流亡外地，因为我实在不能忍受如此恶心地活着。可见，屈原与周围的那些奸巧同事格格不入。

其三，求女不得。人在事业失意的时候，很容易想到在爱情方面寻找寄托，或者寻找一个红颜知己倾诉衷肠。《离骚》中写到屈原三次求女：“吾令丰隆乘云兮，求宓妃之所在”，这是要追求宓妃；“览相观于四极兮，周流乎天余乃下。望瑶台之偃蹇兮，见有娀之佚女”，这是追求有娀氏之佚女；“欲远集而无所止兮，聊浮游以逍遥。及少康之未家兮，留有虞之二姚”，这是追求二姚。但结果都失败了。屈原哀叹：“闺中既以邃远兮，哲王又不寤。怀朕情而不发兮，余焉能忍而与此终古？”女人们离我越来越远了，国君又昏庸不明。事业和爱情都没有希望了，我苦闷的心情焉能忍受千古而不发？这真是旷古的哀伤与苦闷！没有办法，屈原通过占卜来排遣自己的苦闷，占卜之后，他幡然悔悟：“何所独无芳草兮，尔何怀乎故宇。”哪里没有芳草呢，没必要留恋故国。

其四，亲信的变节。一开始屈原大量培植国家英才，《离骚》这样说：“余既滋兰之九畹兮，又树蕙之百亩。畦留夷与揭车兮，杂杜衡与芳芷。”兰、蕙、留夷、揭车、杜衡、芳芷都是香草的名字，象征国家忠臣。“冀枝叶之峻茂兮，愿俟时乎吾将刈”，屈原希望这些香草枝叶繁茂，长成以后自己就可以收割了，象征这些人才以后能为国家所用。可是，令屈原没想到的是，“兰芷变而不芳兮，荃蕙化而为茅。何昔日之芳草兮，今直为此萧艾也”？兰和芷都不再芬芳，荃和蕙也变成茅草，为什么往日的香草，今天变成臭气难闻的艾蒿？屈原百思不得其解。最后，他领悟到，“岂其有他故兮，莫好修之害也”，难道是有别的外在原因吗？都是因为这些香草不喜欢追求美好造成的。内因还是最重要的。

这么多的苦闷，屈原又怎能承受？他佩戴奇花异草，以彰显自己的高洁与忠贞。但他最终无法消释这苦闷，于是，他选择了死亡。苦闷出诗人，屈原是苦闷的。伟大的诗人不能没有象征，屈原使用了大量香草美人的象征意象。因此，屈原是伟大的诗人。他用他瑰丽的诗篇哺育了一代又一代仁人志士，直到今天。

政论家贾谊的悲剧人生

授课视频

西汉前期政论文的代表人物是贾谊和晁错，两个人都很有思想，很有文采，但都是悲剧人物。我们单说贾谊。

据《史记》和《汉书》记载，贾谊（前200—前168）是洛阳（今河南省洛阳市东）人，只活了33岁，经历了高后（吕雉）和文帝（刘恒）两个时期。但其政治生涯主要是在文帝时期。

贾谊是一位青年才俊。高后五年（前183），贾谊18岁，因为能诵《诗经》《尚书》和撰著文章而闻名于河南郡，出类拔萃，才华横溢，得到河南郡守吴公赏识。高后吕雉死，代王刘恒被拥立为帝，即汉文帝。文帝元年（前179），吴公被征召到中央政府，任命为廷尉（最高司法长官）。吴公向汉文帝推荐贾谊，文帝就把贾谊征召到中央政府，任命为博士。至此，贾谊以为可以在政治舞台上施展个人才华、实现理想抱负了，但实际上等待他的却是悲剧的命运，而且这种命运陪伴了他的一生。

汉朝的博士是一种备皇帝咨询的官员。每次当文帝提出问题让博士们议论时，别人还没有应答，甚至一些有资历的老臣还没有任何思想准备的时候，贾谊就首先发言，而且对答如流，这让许多人感到尴尬和不满。不到一年时间，贾谊就被破格提为太中大夫（比博士更为高级的议论政事的官员），更引起其他大臣的嫉妒。文帝二年，贾谊针对现实给文帝上《论积贮疏》，强调重视农业生产，积贮粮食，预防饥荒，被文帝采纳，这对巩固封建统治的经济基础起了积极作用。贾谊还帮助汉文帝修改和订立了许多政策法令，制定了遣送列侯离开京城到自己封地的措施。但这些法令和措施的实行，尤其是让列侯到各自封地的主张，触动了周勃等功臣元老和权贵的利益，长期积压的怨气都借此爆发出来，在种种诋毁面前，文帝不但不主持公正，反而将贾谊贬到长沙，做长沙王的太傅。这是贾谊走上政治舞台后第一次大的挫折和打击，他感到人生的孤独和失望。他南行途经湘水时，想起了战国时代沉江自杀的屈原，颇有同病相怜之感，就写了一篇《吊屈原赋》，作品中写道：

> 呜呼哀哉！逢时不祥。鸾凤伏窜兮，鸱枭翱翔。阘茸尊显兮，谗谀得志；贤圣逆曳兮，方正倒植。谓随、夷溷兮，谓跖、蹻为廉；莫邪为钝兮，铅刀为铦。吁嗟默默，生之亡故兮；斡弃周鼎，宝康瓠兮。腾驾罢牛，骖蹇驴兮；骥垂两耳，服盐车兮。章甫荐履，渐不可久兮；嗟苦先生，独离此咎兮。

这篇作品是汉初骚体赋的代表，既表达对屈原遭遇的同情，也抒发自己的怨愤之情，也可以说是借屈原的影子写自己的不幸遭遇。

贾谊到长沙后，虽远离政治中心长安，但对朝廷大事仍然非常关注。当时，文帝把蜀郡的严道铜山赐给邓通，允许他自铸钱，因此，“邓氏钱”遍布天下；还有吴王刘濞开豫章铜山铸钱，吴钱也遍布天下。贾谊在长沙向文帝上《谏铸钱疏》，尖锐地指出私人铸钱于国于民都很不利，建议文帝下令禁止。但邓通是文帝的宠臣，铜山又是文帝赐给他并允许他铸钱的，而吴王刘濞控制地区离皇帝较远，也难以禁止。因此，贾谊的建议在当时没有被采纳，一片忠心不被理解，他在政治上再次受挫。

贾谊在长沙第三年的一天，有一只鹏鸟飞进了他的住处。鹏鸟就是猫头鹰，当地人认为这是一种不吉利的鸟。《西京杂记》说“长沙俗以鹏鸟至人家，主人死”。贾谊谪居长沙，本来心情郁闷，加上长沙卑隰，自以为寿命不长，如今猫头鹰进宅，更使他伤感不已，于是就写了一篇《鹏鸟赋》，借与鹏鸟的对话表达对世界万物的变化和人世沧桑的感慨，并以老庄思想来宽慰自己：

> 万物变化兮，固无休息。斡流而迁兮，或推而还。形气转续兮，变化而嬗。沕穆无穷兮，胡可胜言！祸兮福所倚，福兮祸所伏；忧喜聚门兮，吉凶同域。彼吴强大兮，夫差以败；越栖会稽兮，勾践霸世。斯游遂成兮，卒被五刑；傅说胥靡兮，乃相武丁。夫祸之与福兮，何异纠纆；命不可说兮，孰知其极！水激则旱兮，矢激则远；万物回薄兮，振荡相转。云蒸雨降兮，纠错相纷；大钧播物兮，坱圠无垠。天不可预虑兮，道不可预谋；迟速有命兮，焉识其时。且夫天地为炉兮，造化为工；阴阳为炭兮，万物为铜。合散消息兮，安有常则？千变万化兮，未始有极！忽然为人兮，何足控抟；化为异物兮，又何足患！

政治上遭到同僚的嫉妒、诋毁，遇到文帝的不理解、不支持，贾谊陷入深深的悲怨之中。一切无可奈何，也就在这种境遇之中，他把生死看透，祸福看透，荣辱看透，人生看透，从中得到自我解脱。

汉文帝七年(前173)，文帝又把贾谊从长沙召回长安。文帝在未央宫祭神的宣室接见了贾谊，但并没有咨询国家政治大事，而是询问有关鬼神的事情，听得还很入神，一直谈到半夜方止。对于这件事，唐朝诗人李商隐曾写了一首诗批评汉文帝：“宣室求贤访逐臣，贾生才调更无伦。可怜夜半虚前席，不问苍生问鬼神。”

文帝征召贾谊回长安后，只是把他分派到梁怀王那里去当太傅，并没有委以重任。梁怀王刘揖，又名刘胜，是文帝最喜爱的小儿子。贾谊虽在诸侯国，但他所关心的仍然是国家的政治形势。当时，西汉王朝的政治局势虽说基本稳定，但也面临许多问题，如《汉书·贾谊传》所说：“是时，匈奴强，侵边。天下初定，制度疏阔。诸侯王僭拟，地过古制，淮南、济北王皆为逆诛。谊数上疏陈政事，多所欲匡建。”国家外部是汉王朝与匈奴之间的矛盾，内部是各种制度还不完备，尤其是中央政权同地方诸侯王之间的矛盾非常尖锐。贾谊对此深为关切和忧虑，多次向文帝上疏，其中最著名的是在文帝七年(前 173)所上的《治安策》(又名《陈政事疏》),一开篇就说:“臣窃惟事势,可为痛哭者一,可为流涕者二,可为长太息者六,若其他背理而伤道者,难遍以疏举。进言者皆曰天下已安已治矣,臣独以为未也。”真是盛世危言,见识超前。他还根据诸侯王反叛的历史教训和眼前的危险,向文帝提出了“众建诸侯而少其力”的方针,主张在原有诸侯王的封地上分封更多的诸侯,从而削弱他们的力量。《治安策》除了论述了地方诸侯王的问题外,还对其他政治问题,以及经济、军事等问题提出了自己的看法。这是贾谊作为政论家政治眼光、政治见解的集中体现,当别人以为天下太平无事、可以高枕无忧的时候,贾谊却独自忧虑,高瞻远瞩,为国家的长治久安着想,真是“众人皆醉我独醒”。但是,一个社会、一个国家,只有少数人清醒的时候,真的就很危险了。

文帝八年(前 172),文帝封淮南王刘长的四个儿子为列侯。贾谊担心文帝接着还要将列侯进封为王,就从梁国上疏给文帝,进行劝告,但是文帝并没有采纳贾谊的建议。他的一腔悲愤无处诉说,他的担忧好像成为多余的了,这使贾谊政治上又一次遭到挫折和打击,可以想到,贾谊是多么的痛苦和无助。

文帝十一年(前 169),梁怀王入朝时骑马摔死,贾谊感到自己身为太傅,没有尽到应有的责任,深深自责,心情十分忧郁,处于人生的最低谷。尽管如此,他还是一心为文帝出谋献计。梁怀王没有儿子,按例他死后封国就要撤销。当时文帝的两个亲侄儿刘武为淮阳王,刘参为代王。贾谊上疏建议为梁王立继承人,或者让代王刘参迁到梁国来,并且扩大梁国和淮阳国的封地,使梁国封地北到黄河,淮阳封地南到长江,如果国家有事,梁王国足以抵御齐赵,淮阳王国足以控制吴楚。这次文帝采纳了贾谊的建议,迁淮阳王刘武为梁王。后来吴楚七国之乱,梁王刘武坚决抵御,可见贾谊的这个建议确有先见之明。

但是,好景不长。文帝十二年(前 168),贾谊在忧郁中死去,当年他才 33 岁。

作为出色的政论家,贾谊的散文富有气势和力量,除以上所提到的作品外,还有大家最熟悉的《过秦论》,旨在总结秦亡的历史教训,为汉王朝建立制度、巩固统治提供借鉴,颇有纵横家的遗风。司马迁在《史记·秦始皇本纪》中全文引用,可见其重要性。

贾谊是一位悲剧人物,他有才华而被人嫉妒,他的理想抱负与现实形成了尖锐的矛盾冲突,他的超前眼光不被现实所认可,他的忧国情怀不被现实所接纳,最终以悲剧结束了年轻的生命。他的悲剧一生,也给后人留下许多思考的问题。《汉书·贾谊传》赞引刘向语曰:“贾谊言三代与秦治乱之意,其论甚美,通达国体,虽古之伊(尹)、管(仲)未能远过也。使时见用,功化必盛。为庸臣所害,甚可悼痛。”的确如此。

《史记》的“一家之言”

司马迁(前 145—?)是西汉时期伟大的史学家、思想家、文学家,左冯翊夏阳(今陕西韩城)人。他撰写的《史记》是我国第一部纪传体通史,起于传说中的黄帝,终到汉武帝,涵盖上下三千年历史。《史记》不是简单的历史资料整理,而是独立思考社会问题,把史书当作“子书”来写,发表自己的一家之言,正如梁启超在《要籍解题及其读法》中所说:“迁著书最大目的乃在发表司马氏一家之言,与荀况著《荀子》、董生著《春秋繁露》性质正同,不过其一家之言乃借史的形式以发表耳,故仅以近代史的观念读《史记》,非能知《史记》者也。”鲁迅先生称之为“史家之绝唱”。所谓“绝唱”,就是前无古人,后无来者。

授课视频

《史记》思想的独特性,在于它突破了传统史书为尊者、亲者、贤者讳的樊篱,以“实录”精神记载历史;突破了传统史书对待下层人物的态度,把游侠商人乃至农民起义领袖写入历史;突破了传统的义利观,重义而不轻利,第一个在历史著作中写入经济问题,《货殖列传》中的商贾人物有名有姓的达三十二人之多,等等。司马迁在《报任安书》中明确说《史记》要“究天人之际,通古今之变,成一家之言”,这是《史记》创作的主旨和核心,也是《史记》“一家之言”的关键所在。

一、究天人之际

“究天人之际”就是探讨“天”与“人”之间的关系,这是每个史学家、哲学家面临的首要问题。先秦时期的诸子百家已经对此展开了热烈的讨论。尤为重要的是,殷商时期干支配人的观念到春秋战国时发生了重大变化,人是社会发展的主体的思想逐步形成。到司马迁时代,董仲舒又宣扬“天人感应”思想。司马迁向董仲舒学过《公羊春秋》,但反对天人感应的神学思想。在《史记》中,他以人为中心来反映社会历史的变化,形象地说明了支配历史发展的是人而不是天。我们看《高祖本纪》中刘邦对自己取天下原因的分析:

> 夫运筹策帷帐之中,决胜于千里之外,吾不如子房。镇国家,抚百姓,给馈饷,不绝粮道,吾不如萧何。连百万之军,战必胜,攻必取,吾不如韩信。此三者,皆人杰也,吾能用之,此吾所以取天下也。

刘邦的总结无疑说明了一个道理,个人的成功、历史的发展不是天意支配的,而是靠人的力量来推动的。《项羽本纪》中项羽临死前多次称“天亡我,非战之罪也”,司马迁则批评道:

> 自矜功伐，奋其私智而不师古，谓霸王之业，欲以力征经营天下，五年卒亡其国，身死东城，尚不觉寤，而不自责，过矣。乃引“天亡我，非用兵之罪也”，岂不谬哉！

显然，司马迁认为项羽的失败并不在天命，而在于他本人。司马迁在《伯夷列传》中更大胆地对天道提出质疑：

> 或曰：“天道无亲，常与善人。”若伯夷、叔齐，可谓善人者非邪？积仁洁行如此而饿死！且七十子之徒，仲尼独荐颜渊为好学。然回也屡空，糟糠不厌，而卒蚤夭。天之报施善人，其何如哉？盗跖日杀不辜，肝人之肉，暴戾恣睢，聚党数千人，横行天下，竟以寿终，是遵何德哉？此其尤大彰明较著者也。若至近世，操行不轨，专犯忌讳，而终身逸乐，富厚累世不绝。或择地而蹈之，时然后出言，行不由径，非公正不发愤，而遇祸灾者，不可胜数也。余甚惑焉，傥所谓天道，是邪非邪？

这种对天道的怀疑建立在对历史和现实的分析之上，也是司马迁思想的进步所在。当然，司马迁的天人观也有一定的局限，如《天官书》中，也记载了一些天人感应的事情。可见，司马迁在天人关系上有一定的矛盾之处，这也是时代的局限，因为司马迁处在那样的时代，不可能不受一点天人感应思想的影响，但从总体上说，他还是以人事为中心的。

二、通古今之变

“变”是司马迁朴素唯物主义历史观的核心，从思想来源说，这是《易传》精神的继承和发展。“通变”一词源于《易传·系辞》。《系辞下》云：“变通者，趋时者也。”由自然界的变化论及社会的变化，指出人们必须随着时势发展而有所变化。司马迁将《周易》的通变思想运用到人类社会历史领域，提出了在旧时代的历史条件下如何保持社会制度的活力的问题。这里的“通”即司马迁所说“原始察终，见盛观衰”之意。司马迁在《太史公自序》中谈作八书的目的：“礼乐损益，律历改易，兵权山川鬼神，天人之际，承敝通变，作八书。”社会不仅在“变”，而且往往朝着相反的方向转化：“物盛而衰，天地之常数也。”“是以物盛则衰，时极而转，一质一文，终始之变也。”“物盛而衰，固其变也。”（《史记·平准书》）他在《高祖本纪赞》中说：“周秦之间，可谓文敝矣。秦政不改，反酷刑法，岂不缪乎？故汉兴，承敝易变，使人不倦，得天统矣。”说明汉朝接续秦建立后采取了相应的变革措施，使社会得以进步发展。司马迁的《史记》处处体现出“通变”思想，如从秦楚之际的战争风云到刘邦建国，社会急剧变化。司马迁从“通变”思想出发，在《秦楚之际月表序》中对这段历史作了高度概括：“初作难，发于陈涉；虐戾灭秦，自项氏；拨乱诛暴，平定海内，卒践帝祚，成于汉家。”在《高祖功臣侯者年表序》中又说："居今之世，志古之道，所以自镜也。""今"以"古"为鉴，可以明得失，可以知教训，这即是"通"；但"今"与"古"又不相同，一切都处在变化之中，这即是"变"。所以，司马迁对古今关系的认识也包含着深刻的"通变"思想。整部《史记》，记载了上下三千年的历史，司马迁注意到历史发展的阶段性，如"十表"，司马迁用共和、孔子卒、秦亡、陈涉起义、刘邦称帝等作为"表"的分界线，可见他对历史的敏锐观察和深刻认识。当然，不只社会在变，处在社会中的人也在变，李斯、陈涉、韩信、项羽、刘邦等，都是典型的例子。司马迁的通变思想有四大核心内容：一是时势之变，二是兴亡之变，三是成败之变，四是穷达之变①。这种通变观通过对历史现象的记载挖掘历史变化的本质原因，使人们从纷乱的历史变化中找到社会发展的规律。

三、成一家之言

"成一家之言"的思想，明显受到先秦诸子百家学术思想的影响。司马迁的思想是综合了先秦各家思想之后形成的自己独特的一家思想。上面所说他对传统的突破、对天人关系的认识、对古今之变的认识，都是一家之言的体现。再进一步看，司马迁以自己的思想选择人物，给人物立传，如陈胜、吴广农民起义，司马迁在《太史公自序》中说："桀纣失其道而汤武作，周失其道而《春秋》作，秦失其政而陈涉发迹，诸侯作难，风起云蒸，卒亡秦族。天下之端，自涉发难。"这与一般史学家把农民起义视为"贼""寇"大不一样。司马迁还是第一个在历史著作中写入经济问题的史学家，《平准书》详细记载了汉兴以来经济政策的发展变化，并且提出了"物盛而衰"的道理。《货殖列传》专门记载商人发家致富的事迹，强调物质财富的重要性。司马迁敢于对秦代历史作出公允的评价，在《六国年表序》中认为"秦取天下多暴，然世异变，成功大……学者牵于所闻，见秦在帝位日浅，不察其终始，因举而笑之，不敢道，此与以耳食无异"。当主流舆论指责讥笑秦王朝时，司马迁却独树一帜，强调秦王朝"世异变，成功大"。还应特别注意的是，《史记》一书创立了民族史传，如《匈奴列传》《南越列传》《东越列传》《朝鲜列传》《西南夷列传》《大宛列传》，记录了各民族的发展历史及生活习俗。司马迁之前的民族观一直是歧视少数民族的，如《诗经》称"戎狄是膺，荆舒是惩"，《左传》宣扬"尊王攘夷"，《公羊传》强调"内诸夏而外夷狄"。司马迁突破以往的观念，把四周少数民族纳入华夏民族的版图，体现了大一统思想。司马迁还认为各民族都是黄帝的子孙。《五帝本纪》中记述了传说中"五帝"的事迹，他们是黄帝、颛顼、帝喾、唐尧、虞舜，并且说颛顼、帝喾、唐尧、虞舜都是黄帝的子孙。中华民族的历史就从黄帝这里发源，绵绵不断。

《史记》的"一家之言"体现了这部著作思想的深刻性、丰富性，也体现出这部著作不朽的魅力和生命力，《史记》因而成为中国文化史上一座巍峨的丰碑。

---

① 安平秋等：《史记教程》，华文出版社2002年版，第72页。

《史记》的写人艺术

授课视频（上）

《史记》是历史著作，同时又是散文作品。司马迁在真实的历史基础上施展文学才华，化腐朽为神奇，可以说是“戴着镣铐跳舞”。《史记》写人最主要的特色在于以下几方面。

一、典型性

《史记》是以人为核心的纪传体，其人物上有帝王将相，下有平民百姓，乃至于游侠、刺客、商人等，形成了一幅五彩缤纷的画图。《史记》的成功在于写出了个性化的人物。其对人物个性的描绘，首先在于典型化的处理。一个人的一生有许多事迹，司马迁不是记流水账，而是选择典型的事例表现人物的个性，如《廉颇蔺相如列传》通过“完璧归赵”“渑池会”“将相和”三个重要事件刻画出蔺相如智勇双全的爱国形象。韩信的形象比曹参清晰，原因之一就是作者在写韩信，尤其是写其武功时，很具体地一一写出，其中几场关系韩信成就事业的关键战斗写得极有声色。而写曹参时多是概括性叙述，很少选取具体场面。

为了刻画典型人物，《史记》注意多侧面写人，使人物由平面化转向立体化。《淮阴侯列传》写韩信一生的主要事迹，除正面写他辅佐汉王的功绩外，还多次从侧面写其才智谋略。传记开始写萧何追韩信和刘邦设坛拜将，已说明韩信的不同凡响。还多次写刘邦在韩信胜利后“辄使人收其精兵”之事，一方面表现了汉王的猜忌，另一方面也说明韩信的无心顾忌。即使被诬告反汉、降为淮阴侯，他仍与刘邦从容言诸将能否。最后写烹蒯通一事，也从一个侧面写了韩信。整个传文空间位置的不断变更使人物的活动交错进行，避免了一般化和平面化。又如《魏公子列传》写信陵君不耻下交、自迎侯生一段：

> 公子于是乃置酒大会宾客。坐定，公子从车骑，虚左，自迎夷门侯生。侯生摄敝衣冠，直上载公子上坐，不让，欲以观公子。公子执辔愈恭。侯生又谓公子曰：“臣有客在市屠中，愿枉车骑过之。”公子引车入市，侯生下见其客朱亥，俾倪，故久立与其客语，微察公子。公子颜色愈和。当是时，魏将相宗室宾客满堂，待公子举酒。市人皆观公子执辔，从骑皆窃骂侯生。侯生视公子色终不变，乃谢客就车。至家，公子引侯生坐上座，遍赞宾客，宾客皆惊。酒酣，公子起，为寿侯生前。

作者从不同的角度来刻画信陵君的恭谦态度，人物的神态、形象非常生动。注意从侧面描写各种人的反应，阴阳向背，四面来写，其艺术效果正如清人吴见思《史记论文》所说："将相宾客、市人、从骑，四面照耀，遂令一时神采，千古如生。"

《史记》的典型化，还在于它尽量用人物自己的语言表现其个性。叙述语言在肖像描写、环境描写、背景介绍、连贯情节等方面具有不可低估的作用，但用于表露人物的性格、思想就不如人物自身的语言得力。因为叙述语言是客观性的叙述，是静的语言；人物自己的语言是自我表现，具有动态。如能化静为动，动静结合，让人物个性在动态中表现出来，就能增加真实感。如项羽、刘邦，他们二人在见到秦始皇时发出不同的感叹。项羽说："彼可取而代也。"刘邦说："嗟乎！大丈夫当如此也！"二人的个性完全不同。又如吕不韦是商人出身，当他看到安国君的儿子子楚在赵国作人质时，就想利用他以"钓奇"，作政治赌注，说："此奇货可居！"这绝对是商人的语言。总之，《史记》中的人物语言是极有个性的，而且是为刻画人物的形象服务的。

司马迁还善于在相互比较中显出人物个性。《魏其武安侯列传》中"东朝廷辩论"一场，是写人物个性的精彩片段之一。在这场涉及整个封建统治阶级上层内部矛盾总暴露的斗争中，田蚡血口喷人，窦婴以理相辩，韩安国老于世故，郑当时首鼠两端，汉武帝左右为难，王太后仗势压人。司马迁以"东朝廷辩论"这一块石头激起了千层浪花，使每个人出场亮相，增加了对比度，显示了人物的个性特征。又如战国四公子，养士三千，名震一时，但他们或以士兴，或以士亡，性格相异，结局不一。孟尝君是个骄肆、任性的贵公子，司马迁认为"世之传孟尝君好客自喜，名不虚矣"，"自喜"是其养士本质。平原君养士是为了装门面，摆阔气，因此像毛遂那样有才能的人处门下三年而不识。但他有时也听取别人的意见，并不一意孤行。信陵君为人谦恭，养士是尊重人才的一种表现，司马迁称赞说："天下诸公子亦有喜士者矣；然信陵君之接岩穴隐者，不耻下交，有以也。名冠诸侯，不虚耳！"春申君养士的目的在于抬高自己的身份，甚至把他们作为争取名利、夸耀富贵的工具，最后身败名裂。《史记》能够把同类人的不同情趣清晰地展现出来，千载而下，犹如目前，其艺术才能不能不令人钦佩。

《史记》为了写出人物个性，注意揭示人物的内心世界。《史记》能准确地把握住人物性格，为人物安排一些言辞，让其内心自我暴露，有时则通过人物的神态举止表现其心理活动，《司马相如列传》写卓文君偷听相如弹琴时，"心悦而好之，恐不得当也"。仅用"悦""好""恐"三字，就把她的心理发展过程表露无遗。《酷吏列传》写王温舒任河内太守时，捕郡中"豪猾"，连坐千余家，二三日内，大举屠杀，"至流血十余里"。汉朝惯例，春天不杀人，王温舒顿足曰："嗟乎！令冬日益展一月，足吾事矣！"一句独白，就把一个杀人成瘾的酷吏形象展示出来。《万石张叔列传》有一处写石建的谨慎："建为郎中令，书奏事。事下，建读之，曰：'误书，马者与尾为五，今乃四，不足一，上谴死矣。'其惶然。"由于"马"字的笔画少写了一点，就吓得要死，其人的个性就可想而知了。《史记》写人物的内心独白，有时可以构成全篇的一条线索，最突出的如《李斯列传》，李景星《史记评议》对其有精彩评论："行文以五叹为筋节……'于是李斯乃叹曰人之贤不肖'云云,是其未遇时而叹不得富贵也;'李斯喟然而叹曰嗟乎'云云,是其志满时而叹物极将衰也;'斯乃仰天而叹,垂泪大息曰'云云,是已坠赵高计中不能自主而叹也;'仰天而叹曰嗟乎悲夫'云云,是已居囹圄之中不胜怨悔而叹也;'顾谓其中子曰'云云,是临死时无可奈何,以不叹为叹也。以上所谓'五叹'也。"整个传记,洋洋洒洒,几及万言,却以李斯的五次叹息为内在线索,勾画出李斯不同处境时的内心世界,给人留下深刻印象。

为了写出人物的个性,《史记》还用了大量的细节描写。提起李斯,人们就会想到"官仓鼠";谈到韩信,人们忘不了他所受的"胯下之辱";论及酷吏,"张汤治鼠"人们记忆犹新。再如《张丞相列传》中刘邦骑在周昌的脖子上问话。周昌口吃,当刘邦打算废太子之时,他极力劝谏,加之又在盛怒之时,作者用"期期"二字描绘出周昌口吃的特点。这段细节描写非常富有个性色彩,同时也极富讽刺意味。

二、戏剧性

戏剧性是指激烈的矛盾冲突和波浪起伏的情节以及重要的场面描写。有了矛盾冲突,传文犹如波涛汹涌,跌宕起伏。《项羽本纪》以项羽为中心集中重大事件,随着时间的不断推移,场所的不断变更,故事情节也随之起伏发展。中心人物悲壮地死去了,传文仍余波荡漾,时间继续延长,空间继续扩展,给人留下无限韵味。如其中的钜鹿之战,是项羽一生的关键一仗,打败了秦军的主力,为起义军在军事上的彻底胜利奠定了基础。我们看作者对这场大战高潮的叙述:

> 项羽已杀卿子冠军,威震楚国,名闻诸侯。乃遣当阳君、蒲将军将卒二万渡河,救钜鹿。战少利,陈馀复请兵。项羽乃悉引兵渡河,皆沉船,破釜甑,烧庐舍,持三日粮,以示士卒必死,无一还心。于是至则围王离,与秦军遇,九战,绝其甬道,大破之,杀苏角,虏王离。涉间不降楚,自烧杀。当是时,楚兵冠诸侯。诸侯军救钜鹿下者十余壁,莫敢纵兵。及楚击秦,诸将皆从壁上观。楚战士无不一以当十,楚兵呼声动天,诸侯军无不人人惴恐。于是已破秦军,项羽召见诸侯将,入辕门,无不膝行而前,莫敢仰视。

作者不仅将项羽破釜沉舟的过程、结果写得明了清晰,而且极为生动形象。《廉颇蔺相如列传》也是在激烈的矛盾冲突中表现人物个性,矛盾时而在秦,时而在赵,但人物穿插其间,不显其乱;矛盾一会儿是外部的,一会儿是内部的,但万变不离其宗,人物是主要的。外部矛盾的解决,引起了内部矛盾(廉颇和蔺相如);内部矛盾和解了,外部矛盾又随之产生。由此,时间延续,空间拓宽,引出赵括、赵母等人,而这些人的出场又与廉颇有着千丝万缕的联系,使廉颇的命运发生了悲剧性的变化。又如《魏其武安侯列传》"灌夫骂座"一段也极有个性,这场骂座,引发了灌夫与武安侯之间的矛盾冲突,成为后来两人斗争的焦点,作者通过这个场面,刻画出一个狂傲不羁的武夫形象。《留侯世家》写张良劝阻刘邦立六国后代的场面也极有特点。郦食其建议刘邦分封六国后代，以此来牵制项羽，张良左一个“不可”，右一个“不可”，一连摆出九条理由，步步为营，使刘邦无言以对，体现出张良“王者师”的风度，而刘邦则文过饰非，将错误全推到郦食其身上。再如《刺客列传》写“荆轲刺秦王”一节，由于刺秦王就在一刹那之间发生，极为紧张突然，因此，作者在叙述时也用极短促的语句描绘出这个场面，带有力量、速度，在这种激烈的矛盾冲突中展现出人物的个性特征。

三、完整性

授课视频(下)

完整性是指《史记》刻画的人物不是只有单一的某一方面的性格，而是具有多种性格的完整的人物形象，人物性格具有流动性和复杂性，因为社会生活丰富多彩，人与人的关系复杂多变，时光转逝，场所变更，地位升降，都是加速思想性格变化的催化剂，人的性格不会是铁板一块。同时，《史记》在写人时运用互见法，本传中详写其主要性格，在其他人物传记中补写该人性格的某些侧面，使人物形象更为鲜明。如汉高祖刘邦，司马迁在《秦楚之际月表序》《太史公自序》《高祖本纪》等篇章中，对他善于用人、博采众议等优点给予应有的褒扬。同时，对他身上的一些流氓恶习也给予无情讽刺。除在《高祖本纪》中作了记述外，其他传中也时有揭露，《项羽本纪》写刘邦在彭城战败后仓皇逃走，三次把自己的儿女从车子上推下去；当项羽要烹太公时，他竟然说：“吾翁即若翁，必欲烹而翁，则幸分我一杯羹。”《郦生陆贾列传》写刘邦“不好儒，诸客冠儒冠来者，沛公辄解其冠，溲溺其中”。另外，《楚元王世家》《萧相国世家》等篇章，对刘邦的恶习均有记述。综合这些传记，我们就会看到一个真实的刘邦。再如项羽，司马迁写其一生，既是顶天立地的英雄，又是眼光短浅的懦夫。钱锺书先生在《管锥编》中历举《项羽本纪》《高祖本纪》《淮阴侯列传》等篇章，对项羽的性格作了精辟的概括，指出“言语呕呕”与“喑恶叱咤”，“恭敬慈爱”与“剽悍滑贼”，“爱人礼士”与“妒贤嫉能”，“妇人之仁”与“屠坑残灭”，“分食推饮”与“玩印不予”，“皆若相反相违，而既具在羽一人之身，有似两手分书，一喉异曲，则又莫不同条共贯，科以心学性理，犁然有当。《史记》写人物性格，无复综如此者”①。再如《李将军列传》所刻画的李广，作为将军，打仗时有胜利有失败，甚至被匈奴俘虏；既有心胸开阔的一面，也有心胸狭小的一面，给我们描绘出一个完整、真实的将军形象。其他如廉颇的负气好胜与爽直服善，陈胜的勇于反抗与沾沾自喜等，都为史传文学中人物形象的塑造树起了不朽的典型。当然，人的性格结构是一个统一体，具有一定的稳定性，有一个定向性格统摄其他性格。项羽性格的“音响”是多方面的，但其“主旋律”仍是“力拔山兮气盖世”的英雄魄力。

人物传记的完整性还体现在叙事的线索方面。历史著作的基本要求就是线索清晰，前因后果一目了然，《史记》确实做到了这一点。司马迁对事件、人物的出处经历有明确交代，即使再复杂的矛盾也能写得一清二楚。如《魏其武安侯列传》揭露统治

① 钱锺书：《管锥编》(第一册)，中华书局1979年版，第275页。

阶级内部的矛盾斗争，窦婴、田蚡、灌夫三人的矛盾纠织在一起，难解难分，但司马迁笔力不凡，“以魏其、武安为经，以灌夫为纬，以窦、王两太后为眼目，以宾客为线索，以梁王、淮南王、条侯……许多人为点染，以鬼报为收束，分合联络，错综周密，使恩怨相结，权势相倾，杯酒相争，情形宛然在目”（李景星《史记评议》）。《高祖本纪》写刘邦一生，既有本纪的纲领性，又有列传的生动细致性，大小事件纷繁，但司马迁写得有条不紊。《李斯列传》通过李斯的一生展现出秦王朝由盛到衰再到亡的全过程，虽是列传却有本纪的特点。

另外，《史记》具有整体观念。它是一部通史，改变了过去仅着眼于一时、一地的史书体裁，在体例上也体现出整体系统性，反映出社会的整体面貌。五种体例互相配合，构成一个整体系统，堪称体大思精，反映了作者对历史的看法，也反映了作者描绘历史的高超技艺。这就提示我们，要真正认识《史记》的人物，必须了解《史记》全书，把人物放到整个的历史长河中进行认识，这样才能完整地了解一个人的历史。

四、抒情性

《史记》虽是历史著作，但充满强烈的感情色彩。司马迁遭受李陵之祸后，世态的炎凉、酷吏的残暴、社会的不公使他心灵上受到极大的震撼，对人生、社会有了更深层次的认识。因此，《史记》是以生命的体验实现“立言”的崇高目标，有独特的韵味，因而鲁迅先生称之为“无韵之《离骚》”。司马迁将自己的情感渗透在字里行间，我们看《李将军列传》中一段：

> 广廉，得赏赐辄分其麾下，饮食与士共之。终广之身，为二千石四十余年，家无余财，终不言家产事……广之将兵，乏绝之处，见水，士卒不尽饮，广不近水；士卒不尽食，广不尝食。宽缓不苛，士以此爱乐为用。

叙事看来很平常、淡然，但对李将军廉洁和爱护士卒的品格，作者是持褒扬态度的。《屈原列传》用散文诗的语言揭示屈原《离骚》创作的原因，充满强烈的感情色彩。司马迁的感情深深地渗透进对历史人物的刻画，几乎每篇都是基于一种人生的体验去写的，整部《史记》中，处处时时都有司马迁的影子存在。我们看《管晏列传》中的一段：

> 管仲曰：“吾始困时，尝与鲍叔贾，分财利多自与，鲍叔不以我为贪，知我贫也。吾尝为鲍叔谋事而更穷困，鲍叔不以我为愚，知时有利不利也。吾尝三仕三见逐于君，鲍叔不以我为不肖，知我不遭时也。吾尝三战三走，鲍叔不以我为怯，知我有老母也。公子纠败，召忽死之，吾幽囚受辱，鲍叔不以我为无耻，知我不羞小节而耻功名不显于天下也。生我者父母，知我者鲍子也。”

从管仲发自肺腑的言语中，我们可以清楚地看到司马迁本人的影子，尤其是“知我不羞小节而耻功名不显于天下也”一语，更是司马迁一生的真实写照。在自己“幽囚受辱”时，他多么希望遇到鲍叔牙这样的知己，但是“交游莫救，左右亲近不为一言”，使他不得不借古代的圣贤之人来抒发自己的不平之气。在《史记》中，这种人生体验渗透在作品中的例子很多，尤其是在写历史上的奇人、悲剧人物时，这种倾向更为明显，如孔子、魏公子、廉颇、蔺相如、屈原、李广等，无不打上司马迁主观感情的烙印，因为司马迁本人就是一个奇人和悲剧人物，历史人物在他心灵上引起强烈的共鸣。

由于司马迁对人生有太多的体验，所以，整部《史记》渗透着他的感情。当用渗透法不能淋漓尽致地表达思想时，司马迁就公开站出来，直抒胸臆。不仅如此，司马迁在读前人作品时也常常将自己的体验融入其中，时而悲，时而愤，时而赞，时而叹，一任性情之所至。《屈原列传》曰：“余读《离骚》《天问》《招魂》《哀郢》，悲其志。适长沙，观屈原所自沉渊，未尝不垂涕，想见其为人。”《孟子荀卿列传》曰：“余读孟子书，至梁惠王问‘何以利吾国’，未尝不废书而叹也。”《十二诸侯年表序》曰：“太史公读《春秋历谱谍》，至周厉王，未尝不废书而叹也。”于此可见，司马迁丰富的人生体验贯穿在《史记》的每一篇之中。

五、多样性

《史记》写人具有多样化的风格，司马迁能根据不同人物运用不同的笔法。宋代的马存曾结合司马迁的经历对其不同的艺术风格进行了高度概括：

> 子长……南浮长淮，泝大江，见狂澜惊波，阴风怒号，逆走而横击，故其文奔放而浩漫；望云梦、洞庭之陂，彭蠡之潴，涵混太虚，呼吸万壑，而不见介量，故其文停蓄而渊深；见九疑之绝绵，巫山之嵯峨，阳台朝云，苍梧暮烟，态度无定，靡曼绰约，春妆如浓，秋饰如洗，故其文妍媚而蔚纡；泛沅渡湘，吊大夫之魂，悼妃子之憾，竹上犹有斑斑，而不知鱼腹之骨尚无恙者乎？故其文感愤而伤激；北过大梁之墟，观楚汉之战场，想见项羽之喑呜，高帝之嫚骂，龙跳虎跃，千兵万马，大弓长戟，交集而齐呼，故其文雄勇猛健，使人心悸而胆慄；世家龙门，念神禹之巍功，西使巴蜀，跨剑阁之鸟道，上有摩云之崖，不见斧凿之痕，故其文斩绝峻拔而不可攀跻。讲业齐、鲁之都，睹夫子之遗风，乡射邹、峄，彷徨乎汶阳、洙、泗之上，故其文典重温雅，有似乎正人君子之容貌。(《史记评林》卷首引)

这样的评论是很有见地的。清代刘大櫆在《论文偶记》中以“奇”“高”“大”“远”“疏”“变”来概括《史记》文章的风格。不难看出，《史记》文章绝不是千篇一律的，而是根据不同情况采取不同的艺术手法。《史记》每一篇作品都有一个主脑，我们试举几例：

> 《曹相国世家》：“‘清静’‘宁一’四字，一篇之大旨也。”(茅坤《史记钞》卷

二八)

《陈丞相世家》:"太史公通篇以'奇计'两字作案。"(茅坤《史记钞》卷三十)

《孙子吴起列传》:"通篇以'兵法'二字作骨。"(陈仁锡《史记评林》卷六五)

《商君列传》:"通篇以'法'字作骨,……血脉何等贯串!"(陈仁锡《史记评林》卷六八)

《李将军列传》:"以'不遇时'三字为主。"(陈仁锡《陈评史记》卷一百九)

由于每篇作品都围绕一个主题来写,因此,《史记》散文既能纵笔挥洒,又能收笔从容。而每一篇主题都是作者思想的体现。

《史记》风格的多样化还体现在语言方面。人物自身的语言富有个性,作者的叙述语言生动活泼,每篇的评论语言丰富多彩,并且广泛吸收民间语言,改译先秦的古奥语言,呈现出多样化的风格。

《汉书》的缜密风格

授课视频

东汉时期著名史学家、文学家班固(32—92),字孟坚,扶风安陵(今陕西咸阳东北)人,他撰写的《汉书》是继《史记》之后又一部史学兼文学巨著,也是第一部纪传体断代史,专写西汉一代二百多年历史。司马迁《史记》传世之后,先后有刘向、扬雄等十多位学者加以续写。到了东汉初年,班彪认为前人续写《史记》多鄙俗之作,所以采集前朝遗事,作《史记后传》六十五篇(《史通·古今正史》)。班固继承父志,编纂前汉一代历史。著史之初,曾受人诬陷,以私改国史之罪名下狱,幸得其弟班超奋力营救,加之所写之史受到汉明帝赏识,班固不但被释放,而且被授为兰台令史,潜心著述二十多年,终于将《汉书》基本写成。汉和帝永元四年(92),班固因事被连累下狱,并死于狱中。当时,《汉书》八表及《天文志》还未完成,和帝诏令班固之妹班昭续写而成之。

从体例上看,班固根据西汉政治的实际状况,删去《史记》的世家一体,而设立纪、表、志、传四体,共有 12 纪、8 表、10 志、70 传。四体相互贯通,全面反映了西汉一代的历史。《汉书》武帝以前的史料主要依据司马迁的《史记》,武帝以后主要由班固整理。总的来看,《汉书》对《史记》既有继承又有发展。《汉书》更注重历史文献材料,收载经世之文,特别是对武帝以后事;叙事周详、细腻,形成了自己独特的风格,以至于后人将它与《史记》并称。

从思想倾向上看,《汉书》不像《史记》那样富有批判精神。这种情况的出现有多方面原因。从时代氛围来看,班固时期儒家思想已成正统思想,尤其是班固曾参加章帝时期经学的重要会议——白虎观会议,并成为《白虎通义》的定稿人,这对《汉书》正统思想的形成有重要影响。由于个人思想受到禁锢,他不可能像司马迁那样发表一家之言。从写作目的来看,他在《叙传》中说:"固以为唐虞三代,《诗》《书》所及,世有典籍,故虽尧、舜之盛,必有典谟之篇,然后扬名于后世,冠德于百王,故曰:巍巍乎其有成功,焕乎其有文章也!汉绍尧运,以建帝业,至于六世,史臣乃追述功德,私作本纪,编于百王之末,厕于秦、项之列。太初以后,阙而不录,故探纂前记,缀辑所闻,以述《汉书》……旁贯《五经》,上下洽通。"可以看出,《汉书》的创作要为巩固王权而服务。

与《史记》相比,《汉书》的感情色彩较为轻淡。《后汉书·班固传》云:"若固之叙事,不激诡,不抑抗,赡而不秽,详而有体。"所谓"不激诡,不抑抗"即不偏激、不任意抬高或贬低之意。《汉书》基本上以客观叙述为主,不动声色。当然,《汉书》中也有些篇章感情充沛,如《李陵传》《苏武传》,清人赵翼《廿二史札记》说:"《史记》无《苏武传》,

盖迁在时，武尚未归也。《汉书》为立传，叙次精采，千载下犹有生气，合之《李陵传》，慷慨悲凉，使迁为之，恐亦不能过也。”如《苏武传》写苏武在艰苦环境中坚持民族气节：

律知武终不可胁，白单于。单于愈益欲降之，乃幽武置大窖中，绝不饮食。天雨雪，武卧啮雪与旃毛并咽之，数日不死。匈奴以为神，乃徙武北海上无人处，使牧羝，羝乳乃得归。别其官属常惠等，各置他所。武既至海上，廪食不至，掘野鼠去草实而食之。杖汉节牧羊，卧起操持，节旄尽落。

匈奴逼苏武投降，但苏武始终正气凛然，字里行间充满钦佩之情。又如李陵劝降一段：

初，武与李陵俱为侍中，武使匈奴明年，陵降，不敢求武。久之，单于使陵至海上，为武置酒设乐，因谓武曰：“单于闻陵与子卿素厚，故使陵来说足下，虚心欲相待。终不得归汉，空自苦亡人之地，信义安所见乎？前长君为奉车，从至雍棫阳宫，扶辇下除，触柱折辕，劾大不敬，伏剑自刎，赐钱二百万以葬。孺卿从祠河东后土，宦骑与黄门驸马争船，推堕驸马河中溺死，宦骑亡，诏使孺卿逐捕不得，惶恐饮药而死。来时，大夫人已不幸，陵送葬至阳陵。子卿妇年少，闻已更嫁矣。独有女弟二人，两女一男，今复十余年，存亡不可知。人生如朝露，何久自苦如此！陵始降时，忽忽如狂，自痛负汉，加以老母系保宫，子卿不欲降，何以过陵？且陛下春秋高，法令亡常，大臣亡罪夷灭者数十家，安危不可知，子卿尚复谁为乎？愿听陵计，勿复有云。”武曰：“武父子亡功德，皆为陛下所成就，位列将，爵通侯，兄弟亲近，常愿肝脑涂地。今得杀身自效，虽蒙斧钺汤镬，诚甘乐之。臣事君，犹子事父也。子为父死亡所恨。愿勿复再言。”

李陵的劝降以情动人，想用苏武一家的不幸打动苏武，但苏武仍然不动摇。这样的作品颇具情感色彩。《汉书》写人物的感情虽较隐蔽，但从每篇后面的“赞曰”可以看出作者的褒贬态度。如《王莽传赞》：“自书传所载，乱臣贼子无道之人，考其祸败，未有如莽之甚者也。昔秦燔诗书以立私议，莽诵六艺以文奸言。同归殊涂，俱用灭亡。”作者对王莽深恶痛绝之情于此可见。《文帝纪赞》：“孝文皇帝即位二十三年……专务以德化民，是以海内殷富，兴于礼义，断狱数百，几致刑措。呜呼，仁哉！”《景帝纪赞》：“汉兴，扫除烦苛，与民休息。至于孝文，加之以恭俭，孝景遵业，五六十载之间，至于移风易俗，黎民醇厚。周云成康，汉言文景，美哉！”对文帝、景帝的赞美之情溢于言表。

《汉书》写人继承了《史记》的许多手法，如烘托对比、场面描写、语言描写等，但总体上更加细腻。《汉书》也有许多细节描写，甚至有些描写很风趣。如《陈万年传》写陈万年教子一段颇为风趣且具讽刺意味：

> (万年)子咸字子康，年十八，以万年任为郎。有异材，抗直，数言事，刺讥近臣，书数十上，迁为左曹。万年尝病，召咸教戒于床下，语至夜半，咸睡，头触屏风。万年大怒，欲杖之，曰："乃公教戒汝，汝反睡，不听吾言，何也？"咸叩头谢曰："具晓所言，大要教咸谄也。"万年乃不复言。

又如《朱买臣传》中的朱买臣"负薪读书""行歌道中""休妻"等情节都非常生动有趣。

《汉书》人物传记，在《史记》风格之外，以繁复凝重另辟蹊径。《汉书》写人，以细密周严见长，刘知几称《汉书》"究西都之首末，穷刘氏之废兴，包举一代，撰成一书，言皆精练，事甚该密"(《史通·六家》)。班固继承了司马迁写人物的艺术方法，而又能以"详密"独树一帜。《霍光传》《王莽传》足以代表《汉书》的这种风格。《霍光传》写霍光一生，他一方面对汉朝忠心耿耿，具有安定社稷之大功，接受武帝遗命，废立昌邑王，辅佐汉昭帝，谨慎小心，不失分寸；另一方面权欲熏心，在主持朝政的二十多年里，子弟姻亲皆为朝廷显贵，即使皇帝对他也"虚己敛容，礼下之已甚"。传记还写了他与上官桀等人的斗争以及死后霍家的败亡过程。整个传记波澜起伏，极为细腻。"叙废立事尤为出色，当是时也，以一弱龄女主端坐于上，众文武大臣罗列于旁，一昏庸废帝匍匐于下，挨次写来……摹绘如画矣。"(李景星《汉书评议》)《王莽传》不仅是《汉书》，而且是整个古代正史列传中最长的一篇(约4万字)，由王莽年轻时"折节为恭俭"写起，一直写到其篡权、被杀，展示出一个极有个性的大奸巨猾的形象。清人李景星《汉书评议》评此篇说，全篇围绕"以诈立心"来写，分"外交英俊""内事诸父""匿情求名"三个层面，"而又每叙一事，前必有提纲，后必有收结，绝无平铺直叙之弊。更步步照应，处处点醒，如常山之蛇，击首则尾应，击尾则首应，击中间则首尾俱应，是以篇幅虽长，读之者不厌其烦。"这个评论是十分精彩的，由此可以看出《汉书》详赡严密的风格。明代凌约言将《史记》《汉书》的不同特点区别为："子长之文豪，如老将用兵，纵骋不可羁，而自中于律；孟坚之文整，方之武事，其游奇布列不爽尺寸，而部勒雍容可观，殆有儒将之风焉。"(《史记评林》引)茅坤《刻汉书评林序》认为"《史记》以风神胜，而《汉书》以矩矱胜"。清人章学诚《文史通义·书教下》也说："马则近于圆而神，班则近于方以智……迁书通变化，而班氏守绳墨。"可见，《汉书》人物传记确实以缜密见长，与《史记》纵横驰骋的风格迥然不同。

另外，《汉书》语言以凝练见长，喜欢用古字，而且向着骈偶方向发展，尤其是传后的赞语，改变了《史记》那种参差不齐的长短句格式，大都由单而复，整齐划一，这对后来的史传论赞和骈文产生了一定的影响。

“双城记”：班固与张衡笔下的长安和洛阳

授课视频

长安和洛阳是我国历史上著名的古都，历史悠久，文化积淀深厚。从历史来看，长安和洛阳最繁盛的时期都是汉、唐两代。要认识和了解、研究这两个古都，除了一些出土文物、历史文献及地方志如《三辅黄图》《长安志》《洛阳县志》外，文学作品也是不可忽视的一个重要方面，诗歌、散文、辞赋、小说中都蕴含非常丰富的资料。就西汉的长安、东汉的洛阳而言，班固的《两都赋》和张衡的《二京赋》可说是研究汉代长安和洛阳最早、也是最具综合性的历史资料。这两位东汉作家的作品都是汉代京都大赋的代表。

班固的《两都赋》包括《西都赋》和《东都赋》两篇。根据赋的序言，我们可以了解它的创作背景。东汉建都洛阳之后，有些人小看洛阳都城，以“西土耆老”为代表的一批人仍然希望以长安为首都，因此班固作《两都赋》反驳“西土耆老”。《西都赋》虚设人物“西都宾”，叙述长安地理形势险要、物产丰富、宫苑华丽等情况，以表明建都长安具有绝对的优越性；《东都赋》则虚设人物“东都主人”，以封建礼法为准则，对建都洛阳后的各种政治措施进行美化和歌颂，意谓洛阳当日的盛况已远远超过了西汉首都长安。最后西都宾折服。这种艺术手法和司马相如《上林赋》结尾亡是公压倒子虚、乌有先生完全一样。但整体说来，班固的《两都赋》在此基础上又有更大的创新和发展，开头、结尾、过渡等章法更为严谨、自然。

《两都赋》也借鉴学习了西汉扬雄的《蜀都赋》，但创造性地发展出对京都山河形势、城市内外布局和雄伟气象的描写，多角度、全方位地展现了一个时代政治、经济、文化的发展状况，后世许多作家学习《两都赋》的写法，形成了“京都赋”的类型。南朝梁代萧统《昭明文选》开卷即为赋选，分赋为十五类，“京都赋”就列在第一，而班固《两都赋》就是京都赋的第一篇。尽管在班固之前已有京都赋之作，但能使这类题材被人认可而且从内容到形式形成大赋的一种门类，确实有赖于《两都赋》的创新。尤其是《两都赋》创立了描写两个都城，且两篇连成一气的新体制，成为京都赋的典范。

班固之后，张衡学习和接受《两都赋》，创作了《二京赋》，同样是写西京长安和东京洛阳。可以想见，同题创作有较大的难度，要想超越前人就必须在思想和艺术方面有所创新。实际情况确实如此，《后汉书》本传说张衡写《二京赋》“精思傅会，十年乃成”，可见其用力之勤。张衡继承了班固描写两个都城且两篇连成一气的体制，分《西京赋》和《东京赋》。《西京赋》虚设人物“凭虚公子”，铺叙长安的地理位置、宫殿建筑、市区布局、皇家上林苑、天子狩猎、娱乐场景等。《东京赋》虚设的人物是“安处先生”，铺叙洛阳地理位置、宫殿、祭祀天地、朝会、田猎、劝农耕等内容，最后凭虚先生折服。

《二京赋》的主旨，据《后汉书·张衡传》记载，“时天下承平日久，自王侯以下，莫不逾侈，衡乃作《二京赋》”，可见其重点在于讽谏。从描写内容来看，除写京都及帝王贵族生活外，还描写了一些风俗民情、文化艺术，如《西京赋》就描写了商贾、游侠、辩士的活动以及杂技艺术表演等。《东京赋》中描写洛阳的宫殿、飞阁、楼榭、湖苑，内外结合，动静结合，点面结合，声色结合。《二京赋》铺张扬厉，极尽夸张之能事，辞藻愈加华美。清人程廷祚《骚赋论》说：“平子（张衡）宏富，风度卓然。《二京》之于《两都》，犹青之于蓝也。”有一定的道理。

综合起来看，《两都赋》和《二京赋》描述汉代长安和洛阳的范围十分广博，主要包括京都的地理形势及周边环境、城市的繁荣景象、帝王的宫殿建筑、帝王后宫的情形、田猎的壮观场面、游娱的盛况、节日的礼仪等。如果说司马相如《子虚赋》《上林赋》铺写这些内容比较笼统而“虚”的话，《两都赋》《二京赋》则更细致而“实”，因此，《两都赋》《二京赋》不仅具有文学价值，而且具有重要的历史价值。我们看几段描写。

班固《西都赋》描写长安地理形势：

> 汉之西都，在于雍州，寔曰长安。左据函谷、二崤之阻，表以太华、终南之山。右界褒斜、陇首之险，带以洪河、泾渭之川。众流之隈，汧涌其西。华实之毛，则九州之上腴焉。防御之阻，则天下之隩区焉。是故横被六合，三成帝畿，周以龙兴，秦以虎视。及至大汉受命而都之也，仰悟东井之精，俯协河图之灵。奉春建策，留侯演成。天人合应，以发皇明，乃眷西顾，寔惟作京。于是睎秦岭，睋北阜，挟沣灞，据龙首。图皇基于亿载，度宏规而大起。

这段铺叙有夸张色彩，但更多的是写实，把长安的四周位置，尤其是以秦岭和泾水、渭水、沣水、灞水为代表的长安地标展示出来，如果画成地图，是十分清晰的。

再如班固《西都赋》描写长安繁荣景象：

> 披三条之广路，立十二之通门。内则街衢洞达，闾阎且千。九市开场，货别隧分。人不得顾，车不得旋。阗城溢郭，旁流百廛。红尘四合，烟云相连。

长安城内道路四通八达，车水马龙，商铺林立，人来人往，一派繁荣景象。

在张衡的《西京赋》里，除这些内容之外，我们还应特别注意张衡对“百戏表演”的描述，如举鼎、爬竿、穿刀圈、翻筋斗跳过水盘、吞刀、吐火、戏车、走绳索、跳丸剑等。这些记载为中国古代百戏史的研究提供了珍贵的资料。

对于洛阳的铺叙，班固的《东都赋》、张衡的《东京赋》也都与写长安一样，由地理山川到城市布局以及宫殿建筑等。当然，由于要突出建都洛阳的重要性和必要性，铺写洛阳更加细致。如张衡《东京赋》，将洛阳的历史、山川地理、宫殿建筑到城的东、南、西、北布局等，一一罗列。其中写到的年终举行驱除恶鬼的大傩仪式，与《西京赋》

写长安百戏一样值得我们注意。道方相氏手执斧钺，男巫和女巫操起笤帚，一百二十名驱鬼童子跳着万舞，头上戴着红头巾，身上穿着黑衣服；桃木弓箭向四面八方射击，恶鬼全部毙命；明亮的火把如流星般飞驰，将赤疫恶鬼驱逐到四海之外；然后登上天池，截断桥梁，使众鬼无路返回原处；还要杀死山泽的各种鬼怪，八方的精怪都震慑恐惧；用桃木做符梗木偶来辟邪，门前有神荼、郁垒守护，二人手执束鬼的绳索，搜寻捉拿那些逃窜的鬼怪妖魔。从此京城宫廷平安无事，再也没有妖怪厉鬼作恶。铺排出的场面如同一幅风俗画，形象而逼真。

总之，《两都赋》和《二京赋》所写的长安和洛阳是多方面的。除了辞赋的夸饰色彩以外，我们可以清楚看到城市的各个方面。两位作家笔下的双城各有韵味，各有千秋，我们从中既可得到艺术的享受，同时也能看到历史的画卷。这样的作品，对后来左思的《三都赋》等产生了重要的影响。

司马相如与《子虚赋》《上林赋》

赋是介于诗和文之间的一种特殊文体，在先秦时代就已经产生，在汉代达到兴盛。清人刘熙载《艺概·文概》云："文之道，时为大。"文学的发展与时代变迁紧密相连，汉赋也是如此。从刘邦建国、文景之治到武帝前期，基本上是汉代社会的休养生息阶段，当时的主要任务是拨乱反正，恢复经济。辞赋创作主要是继承楚辞传统，以骚体抒情为主，贾谊的《吊屈原赋》《鹏鸟赋》等是其代表作品。这个时期应特别关注的作家是枚乘，他在文景时期曾游于吴、梁，是汉赋发展史上一位重要人物。他的代表作《七发》写楚太子有疾，吴客去看望，用音乐、饮食、车马、游观、田猎、观涛及方术之士所陈要言妙道七件事情启发楚太子，说明奢侈、淫靡的生活是贵族子弟致病的根源，目的在于讽谏诸侯王，告诫他们不要忘记治国的根本大道。作品铺张扬厉，很有气势，如其中描写江水一段：

授课视频

> 似神而非者三：疾雷闻百里；江水逆流，海水上潮；山出内云，日夜不止。衍溢漂疾，波涌而涛起。其始起也，洪淋淋焉，若白鹭之下翔。其少进也，浩浩溰溰，如素车白马帷盖之张。其波涌而云乱，扰扰焉如三军之腾装。其旁作而奔起也，飘飘焉如轻车之勒兵。

此段用夸张、排比、比喻等手法写出江水的壮观景象。这篇作品规模宏大，形式上大肆铺排，讽谏得体，成为汉代散体大赋形成的标志，也成为后来文人学习的榜样，以至

［明］仇英《上林图卷》(局部)

于形成了辞赋史上的一种体式，人们称之为“七林”或“七体”。

汉武帝时期国家实现了大一统，社会经济、文化呈现出蒸蒸日上的气象。张骞通西域，打开了汉帝国向西的大门；卫青、霍去病、李广征讨匈奴，显示汉威。文化方面的代表人物有董仲舒、司马相如、司马迁等。汉武帝对辞赋颇有兴致，不仅大力提倡，而且自己创作。班固《两都赋序》说：“至于武、宣之世，乃崇礼官，考文章……故言语侍从之臣，若司马相如、虞丘寿王、东方朔、枚皋、王褒、刘向之属，朝夕论思，日月献纳。而公卿大臣御史大夫倪宽、太常孔臧、太中大夫董仲舒、宗正刘德、太子太傅萧望之等，时时间作。或以抒下情而通讽喻，或以宣上德而尽忠孝，雍容揄扬，著于后嗣，抑亦《雅》《颂》之亚也。”这段序言对汉大赋创作的背景、创作方式、创作特点，都进行了明确交代。大一统的政局下，文人心向中央，盛世激发了作家的情怀。于是，规模宏大、歌颂为主的大赋兴盛，这是时代的产物。这些大赋基本采用对话体，以状物为主，风格上呈现出“全”而“大”的特点。大肆铺排是这类赋的主要特点。司马相如的《子虚赋》《上林赋》就是其中的代表作。

大赋创作很不容易。《西京杂记》载司马相如曾说：“赋家之心，苞括宇宙，总览人物。”这正是汉帝国一统天下的真实反映。也正因此，典型的大赋创作颇费心血，司马相如创作《子虚赋》《上林赋》，“意思萧散，不复与外事相关。控引天地，错综古今，忽然如睡，焕然而兴，几百日而后成”。

《子虚赋》创作于景帝时期。当时，司马相如为梁孝王宾客，与梁孝王的文学侍从枚乘等交游。武帝即位后读了此赋，极为赞赏，召见他，他又写了《天子游猎赋》(即《上林赋》)献给武帝。《史记·司马相如列传》对这两篇赋的结构和主旨作了说明：“相如以‘子虚’，虚言也，为楚称；‘乌有先生’者，乌有此事也，为齐难；‘亡是公’者，无是人也，明天子之义。故空藉此三人为辞，以推天子诸侯之苑囿。其卒章归之于节俭，因以风谏。”《子虚赋》写楚国使者子虚出使齐国，在应邀参加了齐国国君的田猎后，遇到齐国大臣乌有先生和朝廷官员亡是公。子虚便在他们面前夸耀楚国的云梦泽和楚王出猎的盛况，乌有先生听了不服，夸耀齐国地域辽阔，“吞若云梦者八九于其胸中，曾不芥蒂”，从气势上压倒了子虚先生。《上林赋》是《子虚赋》的姊妹篇，写亡是公听了子虚、乌有先生争夸诸侯“游戏之乐，苑囿之大”后，以天子代表的身份，指出诸侯国应纳贡述职、封疆禁淫，尖锐地批评子虚、乌有两人“不务明君臣之义而正诸侯之礼，徒事争游猎之乐，苑囿之大，欲以奢侈相胜，荒淫相越”，并指出这样做“不可以扬名发誉，而适足以贬君自损也”。但这还不够，他的重点又转向汉天子上林苑的“巨丽”以及汉天子游猎的无比壮阔场面，气势上又压倒了子虚和乌有。上林苑是汉武帝于建元三年(前 138)在秦代的一个旧苑址上扩建而成的宫苑，地跨今天陕西长安区、鄠邑区、咸阳、周至县、蓝田县五区县境，有渭、泾、沣、涝、潏、滈、浐、灞八水出入其中。上林苑自然景物优美，宫室组群分布其中，是秦汉时期宫苑建筑的典型。《上林赋》借亡是公之口压倒子虚、乌有先生，目的就在于贬斥诸侯，巩固中央集权。这样的作品显然具有现实意义。而“天子之事”中，那种磅礴的气势、宏大的景象、雄壮的声威，无不体现着大汉帝国的时代精神。

这两篇赋通过子虚、乌有先生、亡是公的对话，客观上暴露了诸侯王和天子生活的极端奢侈淫靡，作者采用“以颂作讽”的手法表达了劝诫之意。在内容上，它以宫殿、园囿、田猎为题材，以维护国家统一、反对帝王奢侈为主旨，既歌颂了大一统帝国无可比拟的声威，又对最高统治者有所讽谏，开创了汉代大赋的一个基本类型。

作为典型的汉大赋，它规模宏大，在形式上，以“子虚”“乌有先生”“亡是公”为假托人物，设为问答，大肆铺写，层次严密，语言富丽堂皇，句式亦多变化，加上对偶、排比手法的大量使用，使全篇显得气势磅礴，形成铺排张扬的风格，确立了汉代大赋的体制。如《子虚赋》一节铺排：“云梦者，方九百里，其中有山焉。其山则……其土则……其石则……其东则有……其南则有……其高燥则……其卑湿则……其西则有……其中则有……其北则有……其上则有……其下则有……”对云梦泽的山、土、石、水、草、木、鸟、兽，作者从东、南、西、北、中、上、下，将其全方位地展现出来。这种铺排代表了汉赋兴盛时的基本特点。

《子虚赋》《上林赋》作为司马相如最重要的代表作，是全面体现汉赋特色的大赋。明代王世贞在《艺苑卮言》中评价说：“《子虚》《上林》，材极富，辞极丽，而运笔极古雅，精神极流动，意极高，所以不可及也。”由于成就巨大，它们成为后来辞赋家学习的典范，如汉代扬雄“每作赋，常拟之以为式”。东汉杜笃在上《论都赋》的奏章中说：“窃见司马相如、扬子云作辞赋以讽主上，臣诚慕之。”西晋左思《咏史诗》说自己“作赋拟《子虚》”。可见这两篇作品在文学史上的地位之高、影响之大。

东汉时期的抒情小赋

授课视频

东汉中后期，赋这种文体发生了重要变化。从西汉武帝时期到东汉前、中期，是大赋的天下，歌功颂德，体现盛世豪情，代表性的人物有所谓汉赋四大家：司马相如、扬雄、班固、张衡。此后，随着社会政治、经济以及文化思想的变化，大赋逐渐衰落，代之而起的是抒情小赋，也就是由“体物”转向了“写志”。

东汉和帝以后，皇权旁落。据《后汉书》“帝纪”所载，和帝至献帝，大多冲龄践祚，享寿不永，社会走下坡路，整个社会动荡不安，尤其是“党锢之祸”使无数士人惨遭迫害，于是士人与社会逐渐疏远。还有一个值得注意的现象，自和帝以降，自然灾害频繁发生，据《后汉书》“帝纪”和《五行志》《天文志》等资料粗略统计，和帝永元元年(89)到献帝建安二十五年(220)间共发生水灾 54 次，旱灾 40 次，地震 69 次，蝗、螟灾 29 次，瘟疫 18 次，大风冰雹等 41 次，基本上每个年头都有灾害发生，甚至一年有多种灾害发生，仅《后汉书》记安帝永初元年至六年间，全国范围内地震、洪水、大风、雨雹、地震、蝗虫、山崩等几乎年年都有。灾害给社会经济和人民生命造成了严重损害，也直接影响到社会的稳定，文人士大夫的内心世界发生了重要变化，深感人生迷惘。此期文化思想方面，经学也走向衰落，道家思想又占据了重要位置。这些情况在文学作品中也有充分的体现。

东汉社会的巨变带来汉赋的新变，文人鸿篇巨制的大赋作品逐渐减少，代之而起的是以抒情为主的小赋，这种赋继承屈原、贾谊的传统，代表人物和作品有张衡《归田赋》、赵壹《刺世疾邪赋》、蔡邕《述行赋》等，他们突破汉大赋的创作模式，由对外部世界的描绘转向对内心世界的抒写，由体物转入写志，个人的思想、感情成为作品的主要内容，这是东汉后期社会带来的影响，而且不同程度地受到了道家思想的影响。如《后汉书·仲长统传》载仲长统向往的逍遥生活：“使居有良田广宅，背山临流，沟池环匝，竹木周布，场圃筑前，果园树后……安神闺房，思老氏之玄虚：呼吸精和，求至人之仿佛。与达者数子，论道讲书，俯仰二仪，错综人物。弹《南风》之雅操，发清商之妙曲。逍遥一世之上，睥睨天地之间。不受当时之责，永保性命之期。”这代表了当时许多文人的人生理想。文人的这种选择是在多种压力作用下产生的。

张衡既是大赋的代表人物，同时又是由大赋向抒情小赋转变的关键人物。张衡一生经历了章帝、和帝、殇帝、安帝、顺帝五朝，可以说处于东汉由盛到衰的时期。顺帝时，在“京师大疫”“京师地震土裂”的情况下，张衡也曾多次上书提出对策。他的《应闲赋》《思玄赋》《髑髅赋》《归田赋》等真实地表达了他的心路历程。由早期的积极入世到最后的归隐田园，其心灵的变化代表了东汉中后期文人的普遍心理。他的《归田赋》是抒情小赋的代表作。这是张衡在顺帝永和三年(138),也就是他去世前一年创作的一篇小赋。当时张衡任河间相,他深感宦官小人当道,朝政日非,自己既无法等到社会清明之时,又没有实现理想之路,就向朝廷自请退职,决心远离污浊的社会和世间的杂务,归隐田园,“超埃尘以遐逝,与世事乎长辞”。其中写田园生活的舒适美好:

于是仲春令月,时和气清。原隰郁茂,百草滋荣。王雎鼓翼,鸧鹒哀鸣;交颈颉颃,关关嘤嘤。于焉逍遥,聊以娱情。

天气是那样的晴朗,百草是那样的丰茂,鸟儿是那样的欢跃,心情也不由得从抑郁不欢转向了开朗舒展。作品最后借老庄思想寻求自我解脱和安慰:

于时曜灵俄景,系以望舒。极般游之至乐,虽日夕而忘劬。感老氏之遗诫,将回驾乎蓬庐。弹五弦之妙指,咏周孔之图书;挥翰墨以奋藻,陈三皇之轨模。苟纵心于物外,安知荣辱之所如。

受道家思想的影响,决心回归田园,弹五弦之琴,咏周孔之书,陈三皇之法则,纵心于物外,达到齐荣辱、忘得失的境界,心安理得地生活下去。

我们可以看到,这篇作品内容上转向了个人思想情感的抒发,体制上与大赋决然不同,篇幅短小,情景交融,语言自然清新,无雕琢痕迹,是抒情小赋的代表作。马积高先生在《赋史》中提出,这篇赋有三点特别值得注意:第一,它是我国文学史上第一篇以田园隐居的乐趣为主题的作品;第二,它是现存的第一篇比较成熟的骈赋;第三,它是现存第一篇完整的东汉抒情小赋。

东汉时期抒情小赋的另一代表作是赵壹的《刺世嫉邪赋》。据《后汉书》记载,赵壹为人耿直清高、狂傲不羁,遭到乡里豪贵的排挤和打压,多次抵罪,后来几乎被陷害致死,幸为友人所救,方免于死。为此,他曾作《穷鸟赋》,借一只处于困境中的鸟的遭遇,写自己的身世不幸和对援救自己恩人的感谢,构思巧妙,感情强烈。东汉后期,桓帝、灵帝之世,政治极端黑暗,宦官集团把持朝政,卖官鬻爵,贿赂公行,正直之人则受到打击排斥,仕进之路艰难,整个社会贤愚混淆不清,忠奸颠倒不分。赵壹生活在这个时代,有许多的感慨。他的《刺世疾邪赋》就是在这种社会背景下创作的。作品先从历史上的五帝、夏商周三代到春秋战国秦汉说起,认为社会的混乱、黑暗愈演愈烈,然后直接揭露当代社会:

于兹迄今,情伪万方:佞谄日炽,刚克消亡。舐痔结驷,正色徒行。妪嫣名势,抚拍豪强。偃蹇反俗,立致咎殃。捷慑逐物,日富月昌。浑然同惑,孰温孰凉?邪夫显进,直士幽藏。

作品用铺排的手法，揭露种种社会弊病，尤其是正直之人与趋炎附势之人的对比，使读者感受到了社会的极度不公平。那么，出现这些社会弊病的原因何在呢？作者非常大胆，将矛头直接指向最高统治者：

> 原斯瘼之所兴，实执政之匪贤。女谒掩其视听兮，近习秉其威权。所好则钻皮出其毛羽，所恶则洗垢求其瘢痕。虽欲竭诚而尽忠，路绝险而靡缘。九重既不可启，又群吠之狺狺。安危亡于旦夕，肆嗜欲于目前。奚异涉海之失柂，积薪而待燃？

可以看出，由于"执政者匪贤"，乱象丛生，国家已经到了危险的境地，如同大海航行失去了舵手，堆积柴薪等待燃烧。在此状况下，自己怎么办？作者明确表示了自己的态度：

> 宁饥寒于尧舜之荒岁兮，不饱暖于当今之丰年。乘理虽死而非亡，违义虽生而匪存。

这几句表明一个正直的士人在黑暗现实面前的追求，显示出个体人格的傲岸。作品最后通过秦客与鲁生的两首五言诗，再次对社会的黑暗进行揭露，同时也表示自己的痛心：

> 有秦客者，乃为诗曰：河清不可俟，人命不可延。顺风激靡草，富贵者称贤。文籍虽满腹，不如一囊钱。伊优北堂上，抗脏倚门边。
>
> 鲁生闻此辞，系而作歌曰：势家多所宜，咳唾自成珠；被褐怀金玉，兰蕙化为刍。贤者虽独悟，所困在群愚。且各守尔分，勿复空驰驱。哀哉复哀哉，此是命矣夫！

作品的主旨很明确，"刺世疾邪"四个字高度概括了这篇赋的思想和情感。作品用五言诗作结，也很独特新颖，不落俗套。

东汉后期的蔡邕主要生活在桓帝、灵帝和献帝时期，他的抒情小赋也很有特色，他的《述行赋》虽然学习刘歆的《遂初赋》和班彪的《北征》，但又有新发展、新特点。作品写他在桓帝延熹二年(159)被发遣京师一路的所见、所闻、所感，以行踪为线索，把写景、吊古、抒情融为一体，针砭时弊，情感丰富，尤其对现实的大胆批判，显示出他独特的个体人格，鲁迅先生说，看见《述行赋》，"那些'穷变巧于台榭兮……下糠秕而无粒'的句子，才明白他并非单单的老学究，也是有血性的人"(《题未定草》)，确实如此。

汉代乐府民歌的现实主义精神

乐府原是音乐机关，在汉武帝以前只管宫廷音乐，武帝以后称太乐，专管祭祀音乐。整个汉代，乐府都是指音乐机关。汉代人把乐府的诗称歌诗(可以演唱的诗)。到了六朝，乐府概念有了改变，乐府中能合乐唱的诗被称为乐府，和徒诗区别开来，这样，乐府由一个音乐机关变为诗体，取得了文学上的身份，从此，乐府就和《诗经》《楚辞》等一样，成为文学作品的一类。萧统《昭明文选》专设乐府一类，刘勰《文心雕龙》也有专门的《乐府》篇。

授课视频

汉乐府从思想、艺术上说，其中最有价值的是民歌，民歌继承和发扬了《诗经》的现实主义精神，“感于哀乐，缘事而发”。汉乐府既具有音乐性，又具有现实性，而后代的乐府或只重音乐性，或只重现实性，两者能兼备的作品不多。当然，也有一些既无音乐性，又无现实性的作品，主要是从形式上进行模仿，但这也说明了乐府诗的影响之大。

据有关史料记载，在秦代已有乐府机关的设置。《汉书・百官公卿表》载，秦代有“奉常”机关，这个机关下又有六个机关，其中有一个是“太乐”。“奉常”掌宗庙礼义，“太乐”在祭祀天地、鬼神、祖先时管音乐。另外又有“少府”机关，管理宫廷事务。这下面又设几个机关，其中有“乐府”，给皇帝管宫廷音乐。后来许多人同意这观点。唐代杜佑《通典》中讲官职时说：“秦汉奉常属官，有太乐令臣，又少府属官，并有乐府令臣。”宋代郑樵《通志》、元代马端临《文献通考》和班固的说法一致。1976 年陕西临潼秦始皇陵出土的钟上有“乐府”二字，足以说明在秦代已有乐府机关。西汉建立后，在具体官制上也袭用了秦制。汉武帝时，“崇礼官，兴乐教”，要用礼乐实行封建教化，对原有的乐府机构进行了改革扩充，《汉书・礼乐志》：“自武帝定郊祭之礼……乃立乐府，采诗夜诵。”《艺文志》云“有赵代之讴，秦楚之风，皆感于哀乐，缘事而发，亦可以观风俗，知薄厚云”。乐府机构的任务主要有二：一是采集民歌，二是为文人的作品谱曲。

据《汉书・艺文志》，西汉乐府民歌有 138 首，来源遍及黄河和长江流域，可惜并未全部流传下来。现存的西汉乐府共 40 首左右，可见亡佚之多，现存的乐府民歌中东汉作品占多数。宋人郭茂倩所编的《乐府诗集》是收罗乐府民歌最完备的一部总集。他将自汉至唐的乐府分为十二类，汉乐府民歌主要存在“相和”“鼓吹”“杂曲”三类中。

汉乐府民歌的现实主义精神主要体现在以下几个方面：

(1) 反映恋爱婚姻。恋爱婚姻是文学的永恒主题，《诗经》已开先河，汉乐府对其继承和发展。如《有所思》：

有所思，乃在大海南。何用问遗君，双珠玳瑁簪。用玉绍缭之。闻君有他心，拉杂摧烧之。摧烧之，当风扬其灰！从今以往，勿复相思，相思与君绝！鸡鸣狗吠，兄嫂当知之。妃呼狶！秋风肃肃晨风飔，东方须臾高知之！

爱得深，恨得深，由爱到恨到矛盾，表达感情极为真挚、细腻。使用加重描写的句子表达强烈的感情，如“双珠”再“用玉”，“摧烧之”后又用“当风扬其灰”，“勿复相思”后再加一句“相思与君绝”，并且用接字钩句法表示回环往复的思绪。又如《上邪》：

上邪！我欲与君相知，长命无绝衰。山无陵，江水为竭。冬雷震震，夏雨雪，天地合，乃敢与君绝。

作品所体现的是渴求爱情永恒的愿望。于是，日月星辰、河流山川，无不呈现为他们感情的外化。在古人心目中，山河都是永恒的象征，如成语“青山不老，绿水长流”。此诗的比喻从日常生活中信手拈来，非常贴切，而且联想丰富，比拟奇特，感情热烈如火山爆发。又如《青青河边草》：

青青河边草，绵绵思远道。远道不可思，宿昔梦见之。梦见在我傍，忽觉在他乡。他乡各异县，展转不可见。枯桑知天风，海水知天寒。入门各自媚，谁肯相为言。客从远方来，遗我双鲤鱼。呼儿烹鲤鱼，中有尺素书。长跪读素书，书中竟何如。上言加餐食，下言长相忆。

以思念为核心，多次转折，表达感情极为缠绵细腻。这类诗歌中最有代表性的是《孔雀东南飞》，通过刘兰芝和焦仲卿的爱情悲剧故事，对不合理的封建家庭制度、封建道德作了激烈的批判和反抗，表现出被压迫的青年男女的强烈斗志和渴望光明的愿望。

（2）反映战争。历史上战争不断，造成了无数灾难，乐府诗对此有真实描绘。如《战城南》：

战城南，死郭北，野死不葬乌可食。为我谓乌：且为客豪！野死谅不葬，腐肉安能去子逃？水深激激，蒲苇冥冥；枭骑战斗死，驽马徘徊鸣。梁筑室，何以南？何以北？禾黍不获君何食？愿为忠臣安可得？思子良臣，良臣诚可思：朝行出攻，暮不夜归！

作者以奇特的想象，通过人和乌鸦的对话表达悲愤之情，催人泪下。此诗字字抓住战后场景，把重点放在尸体等方面展开描写，语言纯朴自然，接近口语，且多用反诘句与感叹句表达强烈的感情。又如《十五从军征》：

十五从军征，八十始得归。道逢乡里人，家中有阿谁？遥看是君家，松柏冢累累。兔从狗窦入，雉从梁上飞。中庭生旅谷，井上生旅葵。舂谷持作饭，采葵持作羹。羹饭一时熟，不知贻阿谁？出门东向看，泪落沾我衣。

作品围绕家破人亡的情景，依照人物返回家园的过程，从远而近进行描述，描述中渗透着人物强烈的感情。从“得归”到遥望家园，走进家门，再到进入家屋，而后又步出家门，感情被逐步引向高峰，由热望到失望。乡人的回答似乎答非所问，实则包含二意：一是说明老兵的家舍已经荒废；二是暗示其亲人已经死光，再没什么亲人了。杜甫的《无家别》受到了此诗影响。

(3) 反映社会底层的苦难生活。汉代社会的底层平民生活艰难，社会矛盾日益尖锐。如《东门行》：

出东门，不顾归。来入门，怅欲悲。盎中无斗米储，还视架上无悬衣。拔剑东门去，舍中儿母牵衣啼：他家但愿富贵，贱妾与君共餔糜。上用仓浪天故，下当用此黄口儿。今非！咄！行！吾去为迟！白发时下难久居。

主人公是一个被贫困所陷而欲铤而走险的男子。不足八十字的短诗描写出男女主人公的生活处境，没有吃的，没有穿的，生活把他们逼上了绝路，其中令人揪心的对话像一出短剧。最后大幕急落，一片黑暗，没有告诉读者主人公的命运如何，却留下回味余地。《孤儿行》全篇集中写一个“苦”字。开始三句“孤儿生，孤儿遇生，命独当苦”就确定了诗的基调和线索，以下分写其苦：行贾生活之苦，归来办饭、视马之苦，冬天踏雪打水之苦，冬无棉衣夏无单衣之苦，收瓜之苦，最后归结为与兄嫂久居之苦。这虽是家庭悲剧，也从一个方面反映了社会的普遍问题，展现了社会人情的冷漠与人们道德观念的扭曲。还有《妇病行》也表现了一出家庭悲剧，通过病妇临终时对丈夫的嘱咐，以及病妇死后丈夫沿街乞讨、幼儿索母的情景，反映了社会惨状。

(4) 揭露上层社会的腐朽和丑恶。最有代表性的作品是《陌上桑》。作品通过采桑女罗敷与太守面对面的斗争，揭露了当时上层社会的丑恶，刻画了一位既有外表美又有心灵美而且机智勇敢的女子，以喜剧的形式讽刺太守的无耻行为，给读者留下深刻印象。

另外，汉乐府诗歌中还有一些反映当时生死观念、神仙观念的作品，也从一个侧面说明乐府诗较为全面真实地反映了社会各方面的问题。

汉乐府民歌的现实主义精神对后代诗歌产生重要影响，由汉乐府的“感于哀乐，缘事而发”发展到建安时代曹操等人“借古题写时事”，再到唐代杜甫新题乐府的“即事名篇，无复依傍”、白居易新乐府的“歌诗合为事而作”等，形成了一条现实主义的文学长河。

从《孔雀东南飞》看汉代叙事诗的发展

授课视频

中国古典诗歌，从《诗经》开始，基本上以抒情为主，《楚辞》也是如此。但其中也有叙事的作品，如《诗经·大雅》中的周民族史诗《生民》《公刘》《绵》《皇矣》《大明》等，还有国风中的一些作品如《卫风·氓》等。《楚辞》的代表作《离骚》虽是政治抒情诗，但也具有叙事的成分，如其中的虚设人物、三次求女等，具有一定的情节性，但这是一条副线，是为抒情而服务的。

就叙事而言，乐府诗尤其是民歌是汉代诗歌最主要的代表。以叙事为主是汉乐府最明显的特点，如《孤儿行》写孤儿在父母离世后的痛苦生活，其中有行贾、汲水、收瓜等细节；《妇病行》写常年得病的妇女临终前的嘱托、丈夫的沿街乞讨、孤儿的哭索母亲；《东门行》虽然很短，但也写出一个城市平民被生活所迫的情景以及妻子善良本分的性格；《十五从军征》写一个老兵返回家园，其中有与乡人对话、烧饭做羹等情景；《陌上桑》写罗敷与太守面对面斗争的故事情节，非常具有喜剧色彩；《孔雀东南飞》的故事情节更加完整。这些作品充满着真切感情，有的写家庭悲剧，有的写人生遭遇，有的写片段，有的写完整的故事，但并不是单纯的叙事，里面凝注着作者的感情，是用真切的感情与生动的事实拨动读者心弦。因为是民歌，所以这些诗语言素朴自然，而且口语化，明代胡应麟说它们“质而不俚，浅而能深，近而能远，天下之文靡以过之”。大量采取对话也是其语言特色之一。同时，乐府叙事诗形式灵活多样，篇幅上有长有短；句式上既沿用了《诗经》中的语言形式，又包括了《陌上桑》之类整齐的五言诗，并且有杂言诗，形式上更显灵活多样，不拘一格，在中国诗歌史上谱写了新的篇章。可以说，乐府叙事诗的出现，标志着中国古代叙事诗的成熟。

在众多的叙事诗中，《孔雀东南飞》无疑是最具代表性的经典作品。全诗 357 句，1 785 字，是中国五言叙事诗中少有的长篇。此诗最早见于南朝徐陵编选的《玉台新咏》，题目为《古诗为焦仲卿妻作》，宋代郭茂倩《乐府诗集》题为《焦仲卿妻》，现代选本大都以诗歌第一句“孔雀东南飞”为题。这是发生在汉末的悲剧故事。建安年间有一个名叫刘兰芝的少妇，美丽、善良、勤劳。她与庐江小吏焦仲卿结婚后，夫妻俩感情深挚，不料偏执顽固的焦母却看她不顺眼，说“此妇无礼节，举动自专由”，并威逼焦仲卿将她休掉。焦仲卿迫于母命，无奈只得劝说兰芝暂避娘家，待日后再设法接她回家。分手时两人盟誓，永不相负。不料兰芝回到娘家后，趋炎附势的哥哥逼她改嫁太守的儿子，她只好假装同意。焦仲卿闻讯赶来，两人约定“黄泉下相见”，最后在太守儿子迎亲的那天，刘兰芝投水自尽，焦仲卿也徘徊树下，自缢而死。

主人公刘兰芝和焦仲卿为了追求爱情幸福，与封建家长、封建礼教进行了坚决斗争，最后以悲剧结局。也正是在他们的毁灭之中，显示出作品的震撼力量和悲剧精神。作品热情歌颂了刘兰芝、焦仲卿两人忠于爱情、反抗压迫的叛逆精神，寄托了人们对爱情自由的热烈向往。

从叙事诗的角度来看，作品的成功之处在于：

第一，鲜明的人物形象。作品的主要人物都具有鲜明的个性。刘兰芝具有强烈的反抗性格，为了追求爱情自由，不惜以死抗争，但在别小姑、别仲卿时，赠物留言、订立蒲石之盟，又体现出她非常温柔的性格。她感情丰富，形象饱满，不是性格单一的形象。焦仲卿的性格也很复杂。他身为府吏，不能不顾及社会影响；他是儿子，不能不忍让母亲；他是丈夫，不能不爱护妻子，因此，他的性格显得多样化。但他又对母命阳奉阴违，表面上驱遣兰芝，私下却密约重娶，表明他对爱情的忠贞不渝。当刘兰芝死后，他也以死殉情，充分显示了焦仲卿的反叛性格。虽然死前徘徊，但最终还是从犹豫走上了反抗的道路，环境和现实的矛盾造就了焦仲卿这种复杂的性格。诗中的主要人物是如此，对于次要人物，如刘母和焦母，作者同样注意性格描写，能写出同类人物的不同特点。

第二，完整的故事结构。《孔雀东南飞》以人物为中心铺叙故事，情节曲折，首尾完整。其情节的组织采取双线交替推进的方式，一条线索是刘兰芝和焦仲卿夫妇之间的爱情矛盾；另一条线索是刘兰芝、焦仲卿夫妇同焦母、刘兄之间的矛盾冲突，也就是叛逆者与封建家长之间的斗争，这在全诗中占主导地位。由于故事完整，人物形象也就鲜明生动。

第三，个性化的对话。为了表现人物个性，作品大量运用对话，而且符合人物的身份和场景。诗中有三分之二的篇幅写人物对话，达到两百多句，这对叙事诗来说是一个很大的发展。比如刘兰芝对焦仲卿、对焦母、对小姑、对自己的哥哥和母亲讲话时的态度与语气各不相同，正是在这种不同中可以感受到她那勤劳、善良、备受压迫而又富于反抗精神的个性。她对焦仲卿说“君当作磐石，妾当作蒲苇；蒲苇纫如丝，磐石无转移”，表现出对爱情的忠贞不渝。同样，从焦仲卿在各种不同场合的对话，如对刘兰芝、对自己母亲等，我们可以看出他忠于爱情但又迫于母亲威逼的矛盾心理。“吾意久怀忿，汝岂得自由！”“阿母得闻之，槌床便大怒：小子无所畏，何敢助妇语！吾已失恩义，会不相从许！”于此可立见焦母身为封建家长的蛮横。“作计何不量！先嫁得府吏，后嫁得郎君。否泰如天地，足以荣汝身。不嫁义郎体，其往欲何云？”由此可见刘兰芝兄长的势利。

第四，人物行动的刻画。通过人物的行动刻画个性，也是叙事诗的一大特征。如太守家迎亲前刘兰芝做衣裳：

阿女默无声，手巾掩口啼，泪落便如泻。移我琉璃榻，出置前窗下。左手持刀尺，右手执绫罗。朝成绣夹裙，晚成单罗衫。晻晻日欲暝，愁思出门啼。

默默无语、强忍悲伤、自做嫁衣的形象通过她的一系列动作展现出来。焦仲卿临死前“府吏再拜还，长叹空房中，作计乃尔立。转头向户里，渐见愁煎迫。……徘徊庭树下，自挂东南枝”，表现出他既坚决叛逆而又对母亲顾念的心情。刘兰芝死时义无反顾，“揽裙脱丝履，举身赴清池”。同样是母亲，焦母“槌床便大怒”的态势，刘母见兰芝回家时惊异而“大拊掌”，都很传神。

第五，环境景物的衬托。太守家迎亲的场面描写非常热闹：

> 交语速装束，络绎如浮云。青雀白鹄舫，四角龙子幡。婀娜随风转。金车玉作轮。踯躅青骢马，流苏金镂鞍。赍钱三百万，皆用青丝穿。杂彩三百匹，交广市鲑珍。从人四五百，郁郁登郡门。

一个被休弃的妇女竟然受到县令、太守相继登门为子求婚的殊遇，不仅反映出刘兰芝之美，更衬托出刘兰芝忠贞专一、不为金钱权势所动摇的品格。

第六，浪漫主义色彩。诗歌结尾：

> 两家求合葬，合葬华山傍。东西植松柏，左右种梧桐。枝枝相覆盖，叶叶相交通。中有双飞鸟，自名为鸳鸯，仰头相向鸣，夜夜达五更。

在刘、焦合葬的墓地，松柏、梧桐枝枝叶叶覆盖相交，鸳鸯双双成对，通宵达旦鸣叫。二人生前不能在一起，死后也要在一起，表现出人们的美好愿望，闪现出无比灿烂的理想光辉。

总之，这是一首经典的叙事诗。明代王世贞《艺苑卮言》评价说：“质而不俚，乱而能整，叙事如画，叙情如诉，长篇之圣也！”清代沈德潜《古诗源》评价说：“共一千七百八十五字，古今第一首长诗也。淋淋漓漓，反反复复，杂述十数人口中语，而各肖其声音面目，岂非化工之笔！”

从《诗经》到《孔雀东南飞》，我们可以看出叙事诗的发展。《诗经》中虽然可以看到某些具有叙事成分的作品，如《国风》中的《氓》《谷风》等，但其叙事还是通过主人公诉说来表达的，仍是抒情形式，还缺乏完整的人物和情节，缺乏对一个中心事件的集中描绘，而《孔雀东南飞》在诗的故事性、戏剧性方面比《诗经》大大提高，标志着叙事诗的成熟和发展。具体来说，主要表现在：① 故事结构完整；② 通过个性化的对话表现人物的性格；③ 注意人物行动的刻画；④ 场面描写对人物形象的塑造产生了很好的效果；⑤ 人称的改换，通过第三人称叙事。这些变化都显示了叙事诗成熟的特征。

《古诗十九首》与文人五言诗

授课视频

中国古代第一部诗歌总集是《诗经》，以四言诗为主。汉代出现了五言诗，后来成为中国古典诗歌的重要体式之一。

五言诗起源于民间，是在长期酝酿中逐步形成的。关于它的起源，前人有不同的说法。有的说起于西汉的枚乘，如刘勰《文心雕龙·明诗》、徐陵《玉台新咏》等。有的说起于李陵，如《文选》中有李陵诗三首，钟嵘的《诗品》于古诗以后，以李陵为第一家，并在自序中说五言诗起于李陵。这些说法都有人提出过怀疑。实际上，五言诗的出现应在东汉末、建安时代。

那么，五言诗到底是如何发展的呢？虽然西汉时代没有成熟的五言诗，但还是有五言为主的作品诗，只是处于酝酿时期，在形式上还不够完备。如李延年《李延年歌》："北方有佳人，绝世而独立。一顾倾人城，再顾倾人国。宁不知倾城与倾国，佳人难再得。"其中有一句不是五言，这是早期五言诗的体式。

到了东汉，纯粹的五言诗出现了。现存最早的文人五言诗是班固的《咏史》，咏的是缇萦救父的故事，但钟嵘《诗品》评价说"质木无文"，缺乏文采。班固之后出现了张衡的《同声歌》、秦嘉的《赠妇诗》、郦炎的《见志诗》、赵壹的《疾邪诗》、蔡邕的《翠鸟诗》、蔡琰的《悲愤诗》等。《古诗十九首》大约也就出现在此时。所以，我们可以说西汉是五言诗的酝酿期，班固、张衡时代是五言诗的成立期，建安前后是五言诗的成熟期。《古诗十九首》是文人五言诗的代表作。它是一组无名氏的作品，产生在东汉末年，内容上大都是逐臣弃妇、朋友阔绝、游子他乡、死生新故，充满感伤情调，艺术上以抒情为主。《文选》在"杂诗"类下收录时标示"古诗十九首"，后人沿用这个名称，于是成为固定的说法。刘勰《文心雕龙》的《明诗》篇对《古诗十九首》予以高度评价："直而不野，婉转附物，怊怅切情，实五言之冠冕也。"我们分析其中的几首作品。

行行重行行

行行重行行，与君生别离。相去万余里，各在天一涯。道路阻且长，会面安可知？胡马依北风，越鸟巢南枝。相去日已远，衣带日已缓。浮云蔽白日，游子不顾反。思君令人老，岁月忽已晚。弃捐勿复道，努力加餐饭。

这是一首思妇诗，写一位女子思念在外漂泊的丈夫。前六句写离别，后十句写相思。由于是文人诗，用典不露痕迹。"与君生别离"用《楚辞·九歌·少司命》"乐莫乐兮新相知，悲莫悲兮生别离"的句子，但只用"生别离"，隐含着深层的"悲"；"道路阻且长"

出自《诗经·秦风·蒹葭》"溯回从之，道阻且长"，隐含着要去追随对方但道路遥远而艰难之意。诗句具有很强的概括力，等于每一句话表达两层意思，而且把更深的情感隐藏其中。作者还以习见事物作比喻，抒发了深刻曲折的思想感情。"胡马依北风，越鸟巢南枝"比喻人的思乡之情；"浮云蔽白日"比喻游子在外另有所爱，把女子内心细腻的情感表现出来；"衣带日已缓"又是很形象的语言，表现女子因思念而寝食难安，以至于人都变得憔悴不堪。作品还采用优美而单纯的语言，通过回环反复咏叹以渲染气氛。"万余里""日已远"，空间、时间构成思念的广阔背景。作品结尾"努力加餐饭"既回应"衣带日已缓"，又给人留下想象的空间，也许就像乐府诗所说的"上言加餐饭，下言长相忆"，因无法相见而留下深深的思念之情。我们再看一首：

明月何皎皎

明月何皎皎，照我罗床帏。忧愁不能寐，揽衣起徘徊。客行虽云乐，不如早旋归。出户独彷徨，愁思当告谁？引领还入房，泪下沾裳衣。

这首诗的特色在于能对抽象的情感进行极细致的具体刻画。主人公是一位女子（也有说是思乡游子），床前明月引发她的思念之情，因"忧愁"而"不寐"，因"不寐"而"起"，既"起"而"徘徊"，因"徘徊"而"出户"，既"出户"而"彷徨"，因彷徨无告仍"入房"，十句中层次井然而一节紧一节。这十句所写的，以及最后一句"泪下沾裳衣"的"泪下"，都是极其具体的行动，而这些行动一个紧接一个，这种外在表现的过程不但完全符合诗人内在心情的矛盾，而且深刻地反映了这种矛盾状态，神情全在"徘徊"二字。以"不寐"开头，以"泪下"结尾，中间插以"客行虽云乐，不如早旋归"的心理活动，表达了复杂的感情。读者可以深思主人公忧愁、落泪背后的社会原因。后来阮籍《咏怀》其一受此影响。原诗是这样的："夜中不能寐，起坐弹鸣琴。薄帷鉴明月，清风吹我襟。孤鸿号外野，翔鸟鸣北林。徘徊将何见？忧思独伤心。"可以看出阮籍对这首诗的继承与发展。

涉江采芙蓉

涉江采芙蓉，兰泽多芳草。采之欲遗谁，所思在远道。还顾望旧乡，长路漫浩浩。同心而离居，忧伤以终老。

这首诗同样也是思妇诗（也有说是游子思念妻子之作），最大的特点在于继承前代诗歌传统而又创造出新的意境。《诗经》中已有采香草送人的意象，而《楚辞》更为突出。这首诗充满《楚辞》香草美人气息。我们看其中的语词："涉江"，本来就是《楚辞》的一个篇目；"芙蓉"，《离骚》中有"集芙蓉以为裳"；"芳草"，《离骚》"何昔日之芳草兮"；"采之欲遗谁"，《楚辞·山鬼》"折芳馨兮遗所思"；"旧乡"，《离骚》"忽临睨夫旧乡"；"长路漫"，《离骚》"路漫漫其修远兮"；"浩浩"，《楚辞·九章·怀沙》"浩浩沅湘"。最后两句

"同心而离居,忧伤以终老"是诗的关键,引发读者的许多思考,反映了更深刻的思想内容。诗的结构回环曲折,相思—采芳草—望故乡—相思,具有非常细腻而又缠绵的感情。可以看出,《楚辞》对这首诗产生了重要影响,作者把《楚辞》的韵味融入诗句中,给读者留下无限遐思。再如:

迢迢牵牛星

迢迢牵牛星,皎皎河汉女。纤纤擢素手,札札弄机杼。终日不成章,泣涕零如雨;河汉清且浅,相去复几许。盈盈一水间,脉脉不得语。

这首诗的特点非常明显。第一,表面写天上牛郎织女隔着银河不得相见的故事,实际上表现的是人间爱情的悲欢离合,即所谓"天上人间",诗歌具有浪漫主义色彩。写天上主要写织女星,那么人间的主人公就是一位女性。第二,它大量使用叠词,十句诗有六句用叠词,"迢迢""皎皎""纤纤""札札""盈盈""脉脉"等词语增加了作品的形象性和节奏美,是一首非常优美的抒情诗。

《古诗十九首》代表汉代文人五言诗的最高成就。通过对以上作品的分析可以看出,其最大的特点是长于抒情,在具体手法上常常采用比兴手法,能够做到情景交融。整体上语言洗练自然而有韵味。钟嵘《诗品》评价《古诗十九首》说它"惊心动魄,可谓几乎一字千金",确有一定的道理。

曹操与建安诗风的开创

授课视频

“建安”本来是汉末时期汉献帝刘协的年号，共包含从公元196年到220年的25年。文学史上所说的“建安文学”则以建安时代为核心上推下延，是大致从汉灵帝末年到魏明帝太和时期，前后总共四五十年间的文学。

这段时期战乱不断，加上水旱天灾，经济萧条，民不聊生。经历了长期的战乱和接连不断的饥荒、瘟疫，人口大量丧亡，到处都是惨不忍睹的景象。人们在忧时伤乱的同时，更强烈地感受到人生短暂的悲哀。“出门无所见，白骨蔽平原”（王粲《七哀》），“铠甲生虮虱，万姓以死亡。白骨露于野，千里无鸡鸣。生民百遗一，念之断人肠”（曹操《蒿里行》）。以曹操为首的建安文学家遭遇残破的社会现实，面对苦难的社会人生，他们没有像写作《古诗十九首》的文人那样表现出消沉和颓废的情绪，而是强烈希望改变社会现实，渴望建立不朽的功业。表现在诗歌创作中，忧时伤乱、悲叹人生的短暂、渴望建立不朽的功业，三种强烈、浓重的感情融合在一起，使得建安文学具有超乎寻常的感染力，形成了新一代的诗歌风格——建安风骨，在诗歌的思想内容、情感取向、精神气度上为后世树立了范式。

前人评价建安文学“悲凉慷慨”，刘勰《文心雕龙·时序》中说：“观其时文，雅好慷慨，良由世积乱离，风衰俗怨，并志深而笔长，故梗概而多气也。”钟嵘在《诗品序》里将其概括为“建安风力”。后来人们用“建安风骨”来概括建安诗歌的主要风格特征。

“建安风骨”就是指作品内在的思想情感、精神气度、感染力与语言表达上的简练刚健相结合。后世的作家在反对片面追求形式和单纯的修辞之美、强调文学的精神气度和感染力时，往往标举“建安风骨”的旗帜。

曹操和曹丕、曹植父子三人既是建安时代政治的中枢，也是文坛的领袖。他们以自己的特殊身份吸引了许多文人，创作出许多优秀作品，共同形成了“彬彬之盛”的建安文学的繁荣局面，开创了一代文学风气。

曹操（155—220），字孟德，沛国谯（今安徽亳州）人，是杰出的政治家、军事家和文学家。曹操既是建安文坛的领袖，也是建安文学风气的开创者。

曹操的家庭出身具有特殊性，他的家族文化与汉代主流的经学文化不同，他本人的思想也较少有儒家思想的成分。他的祖父曹嵩是宦官曹腾的养子，原来的出身是很低贱的，但是汉末宦官专权的形势却使他们显赫一时。他的家族原本并没有什么经学或儒学的传统，加上汉代后期儒学的衰落，所以曹操很少受儒家传统伦理观念和价值标准的束缚。在政治上，他重视实效，蔑视烦琐虚伪的礼仪与道德，崇尚刑名之学。曹操生性机警，为人通脱，无所拘泥，能够随机应变。曹操少年时代就表现出了

“机警，有权数”的性格，得到当时名士许劭“治世之能臣，乱世之奸雄”的品评。曹操从建安元年(196)迎汉献帝以后，长期居于“一人之下，万人之上”高位，凭恃着强大的政治军事实力，“挟天子以令诸侯”，因此常表现出自信、自负、直率、坦露的“强势”性格。因此他说话、写作时较少顾忌，想说什么便说什么，他的个性和思想感情也在文学作品中真实地表现了出来。

由于特殊的宦官家庭出身以及性格与文化选择，曹操喜欢汉代俗乐，酷爱乐府歌诗。《三国志·魏书·武帝纪》记载曹操“好音乐，倡优在侧，常以旦达夕”，“登高必赋，及造新诗，被之管弦，皆成乐章”。

曹操今存诗歌共二十多首，全部都是乐府诗。曹操对汉乐府既有继承，又有创新发展。曹操诗歌大多用乐府旧题抒写全新的时代感受，开拓了乐府诗写作的新道路。正如沈德潜《古诗源》中所说，“借古乐府写时事，始于曹公”。如汉乐府《薤露》《蒿里》本来是挽歌，曹操却用来写政治现实。《陌上桑》本是写罗敷之事的，他却改而写求仙。《秋胡行》本来写秋胡戏妻之事，他却用来述志。《短歌行》本来是写人生短暂的，而曹操在咏唱“对酒当歌，人生几何”的同时，又加进了求贤的内容。全诗由两个相互联系的主题组成：一是感叹时光易逝、人生短暂；二是渴慕贤才，希望得到他们的帮助，表达建立功业的雄心。正是因为生命短暂，对功业的追求才显得更加珍贵。

无论何种题材、何种主旨，曹操诗歌都有一种情感基调——悲凉慷慨。“慨当以慷，忧思难忘”，实际上就是曹操诗歌风格的自我概括。

短歌行

《短歌行》的主题之一在于求贤，然而全篇“忧从中来，不可断绝”，“何以解忧，唯有杜康”，诚如陈祚明《采菽堂古诗选》卷五所说：“跌宕悠扬，极悲凉之致。”《步出夏门行》所写的“老骥伏枥”“烈士暮年”，悲凉气氛浓烈。《苦寒行》极力渲染悲哀凄凉的气氛。还有《却东西门行》《薤露行》《蒿里行》等作品，其基调大多如此，形成了曹操以沉雄浑厚、壮烈劲健、慷慨悲凉为特征的诗歌风格。钟嵘《诗品》中说“曹公古直，甚有悲凉之句”。敖陶孙《诗评》说：“魏武帝如幽燕老将，气韵沉雄。”胡应麟《诗薮·内编》中说：“魏武深沉古朴，骨力难侔。”王世贞《艺苑卮言》说：“曹公莽莽，古直悲凉。”冯班《钝吟杂录》评价其诗“慷慨悲凉”。

曹操是建安文学风气的先觉者和开创者，是他奠定了建安诗歌“慷慨悲凉”的基调和主体风格。

蒿里行

如果从诗歌体式来看，三曹互有优长，都有创新和贡献。曹操改造了传统的四言诗，使之获得了新的生命。曹丕的贡献主要在于七言诗。曹植的贡献主要在五言诗。

自从汉代《诗三百》被尊为“经”以来，四言诗一直被认为是诗歌的“正统体式”。文人写作四言诗时，态度是非常严肃恭敬的，使用的语言也是典雅庄重的，模拟《雅》《颂》，其内容主要是歌功颂德、讽谏、劝诫、自励，难以突破《诗经》四言诗的牢笼和束缚，失去了生命和活力。

曹操对其进行大胆改造，横槊赋诗，即兴遣词，将源于民歌俗乐的乐府民歌形式和人们视为正体的传统四言诗结合在了一起，表达“慷慨”“悲凉”的情感，或抒发人生短暂的感慨，或书写建功立业的雄心，或展现博大的胸怀，摆脱了《雅》《颂》的束缚，开拓了四言诗的新境界。现存曹操四言诗《短歌行》二首、《善哉行》《步出夏门行》，都是他诗歌中非常成功的作品。

诚如吴乔《围炉诗话》所说："作四字诗，多受束于《三百篇》句法，不受束者，惟曹孟德耳。"沈德潜《古诗源》说："曹公四言，于《三百篇》外，自开奇响。"钟惺《钟伯敬合集》中说："夫《风》《雅》后，四言法亡矣。然彼法中有两派：韦孟和，去《三百篇》近，而韦有韦之失；曹公壮，去《三百篇》远，而曹有曹之得。"所谓"去《三百篇》远"，正是曹操通达作风与创新精神的体现，他不拘泥于《三百篇》旧法的束缚，才能脱颖而出，开辟出四言诗写作的新天地，使传统的四言诗再次焕发了生机，"曹之得"正体现于此。

曹操从诗歌体式、题材内容、诗歌风格、精神气度等多个方面开创了建安诗风，他与儿子曹丕、曹植，还有"建安七子"和蔡琰等人，共同创造了"彬彬之盛"的建安文学新局面，形成了一代文学新风气。

骨气奇高的曹植诗歌

钟嵘《诗品》评论曹植诗歌说:“骨气奇高,词采华茂。”曹植诗中的“骨气”,就是《诗品序》所谓“风力”,即风骨,主要指的是诗歌中所体现的诗人主体情志,集中表现为慷慨之气。曹植既是建安风骨的主要代表,又是正始诗风的先导。

授课视频(上)

为了能够较为深入地理解曹植诗歌,我们首先来大致梳理曹植的生平主要经历及其遭遇。

一、从贵公子到阶下囚

曹植(192—232),字子建,是曹操的儿子,曹丕的同母兄弟。曹植的一生以建安二十五年(220年)为界,可以分为前后两个时期。

曹植出生于汉献帝初平三年(192),此时正是汉末军阀混战的时期。先一年,董卓火烧洛阳城,胁迫汉献帝迁都长安,于是各路军马联合起来讨伐董卓。就在初平三年这一年,司徒王允、司隶校尉黄琬和中郎将吕布等人联手诛杀董卓,董卓的部将李傕、郭汜等攻陷长安城,又杀了司徒王允、司隶校尉黄琬等人,并灭其族。就在这一年,曹植出生,幼年即随曹操四方征战。他在《陈审举表》中自称“生乎乱,长乎军”。

曹植自小受到很好的文学教育,《三国志·陈思王传》说他十多岁就“诵读诗论及辞赋数十万言”。曹植天资聪颖,才思敏捷,他的杰出的文学才华也很早就显露出来。建安十五年(210)冬天,邺城铜雀台建成,曹操命儿子们登台作赋,19岁的曹植“援笔立成”,又写得很得体,因而得到曹操的赞赏。在时代的影响和曹操的熏陶之下,曹植树立雄心,以“戮力上国,流惠下民”(《与杨德祖书》)自期。曹操也一度认为曹植是兄弟间“最可定大事”的,几次打算立曹植为魏太子,让他来继承自己的事业。

在立嗣的问题上,曹操一直犹豫不决。曹丕和曹植两大集团为此也展开了一些争斗。曹操最终选择了曹丕,在建安二十二年立曹丕为魏太子。出于这个缘故,后来曹植遭到曹丕的猜忌。建安二十五年(220),曹操病逝,曹丕继任魏王,紧接着废了汉献帝,登上了皇位。从此开始,曹丕便对曹植进行了一系列的迫害,先是杀死了一向拥护曹植的丁仪、丁廙兄弟,接着就把曹植赶往封地,置于监国使者的严密监视之下,又借故贬削他的爵位,屡次改变他的封地。曹丕死后,他的儿子曹叡做皇帝,情况也没有转变。

曹植在曹丕父子两代皇帝的排挤下生活了11年,曾经六次变更爵位,三次迁徙封地。曹植《迁都赋序》中说:“号称六易,居实三迁。连遇瘠土,衣食不继。”他一直处于被监视、受压抑的境况,甚至像软禁的囚犯一样,动辄获罪,不仅被剥夺了参与国家政治生活的权利，连与亲朋兄弟往来的自由也没有，物质生活条件也十分恶劣。长期受到严重压制使他满怀忧愤。就这样，到了魏明帝曹叡太和六年(232)，他正当41岁的壮年，就“汲汲无欢”，郁郁而终了。曹植最后一任徙封陈王，卒后谥为“思”，故后人又称他为陈思王。

在建安作家中，曹植是留存作品最多的一个，对当时及后代文学影响很大，后代多数人对他的评价也非常高。

曹植的诗歌创作也以公元220年曹丕称帝为界，明显分为两个时期。

二、曹植早期诗歌创作

曹植早期的诗歌创作也有悲凉慷慨的一面，其作品主要有两类：

(1) 描写社会乱离的诗歌。曹植早年处于连年战争和动乱之中，目睹了社会所遭到的巨大破坏。《送应氏》和《泰山梁甫行》直接描绘社会乱离的景象。如《送应氏》：

> 步登北邙阪，遥望洛阳山。洛阳何寂寞，宫室尽烧焚。垣墙皆顿擗，荆棘上参天。……中野何萧条，千里无人烟。念我平常居，气结不能言。

曾为东汉都城的洛阳一度繁华无比，经董卓之乱，已成为一片废墟。此诗由皇宫到民居，从城市到乡村，逐步展开，描绘出一派萧瑟悲凉的景象。诗人的心灵因见此景受到巨大的冲击，心情郁闷沉重，最后到了“气结不能言”的地步。

(2) 抒写个人志趣与抱负之作。《白马篇》是游侠题材，以抒述功名信念和报国壮志为主题。全篇写得慷慨激昂，勇烈雄壮。诗中描写的游侠儿武艺超群，豪情满怀，甘赴国难，视死如归，实际上是诗人自我的化身与豪情壮志的寄托。

三、曹植后期诗歌创作

授课视频(下)

曹植后期的诗歌创作充满追求与反抗，悲愤慷慨。

曹植后期在曹丕和曹叡父子的猜忌、迫害之下忍辱求生，心情极为悲愤苦闷，诗歌的内容与风格也发生了显著变化。后期作品主要表达由理想与现实的矛盾所激起的悲愤，诗人遭遇挫折后壮志不减，转多激愤之情，所以诗歌内容充满追求与反抗，富有气势和力量。

表现对遭受迫害者的同情和对英雄少年的赞美的作品。如《野田黄雀行》：

> 高树多悲风，海水扬其波。利剑不在掌，结友何须多！
> 不见篱间雀，见鹞自投罗。罗家得雀喜，少年见雀悲。
> 拔剑捎罗网，黄雀得飞飞。飞飞摩苍天，来下谢少年。

这首诗如同天真的童话，诗中以鹞和罗网代表恶势力，黄雀象征受害者，少年则代表曹植的理想。英雄少年路见不平，拔刀相助，解救了遭受迫害者，表达了诗人的美好愿望。我们可以看到，此诗虽有愤懑不平之情，但充满着理想。

他的《赠白马王彪》一诗则是在沉痛绝望的心情之下赠送给白马王曹彪的，以示从此永别。全诗七章，以感情活动为线索，集中抒发了诗人数年来屡受迫害而积压在心头的愤慨，悲凉慷慨。其中写到秋野傍晚一派萧条的景象，诗人触景生情，产生伤感情绪。回顾任城王曹彰的暴卒，抒发了生死无常、人生短暂的悲哀。

曹植在后期诗歌中依然表达用世之志，有的抒发壮志被压抑的激愤之情，具有慷慨之音。如《杂诗》(其五)：

> 仆夫早严驾，吾行将远游。远游欲何之？吴国为我仇。
> 将骋万里途，东路安足由？江介多悲风，淮泗驰急流。
> 愿欲一轻济，惜哉无方舟。闲居非吾志，甘心赴国忧。

这首诗表达为伐吴效力的愿望，抒发诗人的怀抱和壮志，有甘心赴难、为国立功的壮志，但报国无门，又有不能实现壮志的苦闷。

《杂诗》(其六)：

> 飞观百余尺，临牖御棂轩。远望周千里，朝夕见平原。
> 烈士多悲心，小人偷自闲。国仇亮不塞，甘心思丧元。
> 拊剑西南望，思欲赴太山。弦急悲声发，聆我慷慨言。

此诗表达愿为伐蜀不惜丧命的壮志雄心，但又包含着壮志被压抑的激愤情绪，充满慷慨之情。

随着时光的流逝，壮志雄心一点一点地被消磨，曹植的诗歌开始表达时不我待、美人迟暮的感慨。诗人用比兴、象征的手法，借助思妇、弃妇的形象来寄托身世、表白心迹，曲折地反映了内心的不平与哀怨。

《杂诗》(其四)：

> 南国有佳人，容华若桃李。朝游江北岸，夕宿潇湘沚。
> 时俗薄朱颜，谁为发皓齿？俯仰岁将暮，荣耀难久恃。

此诗以佳人的不为世俗所重比喻有才能的人得不到统治者的赏识，抱负不能施展，抒发怀才不遇、时光飞逝、功业无成的感慨。同样，《美女篇》中描写的美女具有美丽的容貌和高洁的品质，但找不到品德高尚的贤人，因此“盛年处房室，中夜起长叹”，寄寓了诗人怀才不遇的悲哀心情，抒发自己壮志难酬的感慨。

这类诗歌都将自己怀才不遇的苦闷和对有限生命的悲叹结合在一起，显得苦闷伤感，而又慷慨不平。

随着壮志雄心逐渐被磨灭，曹植后期诗歌中的苦闷之情愈加浓烈，由理想走向幻想，最终幻想也破灭了。

《七哀》：

> 明月照高楼，流光正徘徊。上有愁思妇，悲叹有余哀……愿为西南风，长逝入君怀。君怀良不开，贱妾当何依？

在这首诗中，曹植以孤妾自喻后来的遭遇，含蓄蕴藉，意味深长。独守空房的思妇也有美好的希望与生活的愿景，愿意化作西南长风，与夫君团聚，但“君怀良不开，贱妾当何依”，夫君不接纳她，最终愿望落空，幻想破灭。

再比如《杂诗》（其一）：

> 高台多悲风，朝日照北林。之子在万里，江湖迥且深。
> 方舟安可极，离思故难任。孤雁飞南游，过庭长哀吟。
> 翘思慕远人，愿欲托遗音。形影忽不见，翩翩伤我心。

思念远方之人看到南飞的“孤雁”，希望嘱托“孤雁”来传递音讯，但是最后“形影忽不见”，这最后的一丝希望也破灭了，唯有伤心而已。

曹植在现实世界中备受压制和打击，感慨时光流逝，怀才不遇，功业无成。由于在现实世界中理想消逝、幻想破灭，他幻想在神仙世界中得到解脱，写下了许多游仙诗，如《游仙诗》《仙人篇》《升天行》《五游咏》《远游篇》等。这些诗中所描绘的神仙境界都是明净、高洁的世界，生活在其中的神仙都长生不老、自由自在。仙境与仙人，其实都是诗人幻想世界的象征。

曹植对神仙之事本来是持否定态度的，其《辨道论》中说神仙之事“虚妄”，“不信之矣”。《赠白马王彪》一诗中也说“虚无求列仙，松子久吾欺”。可见曹植的游仙诗实际上是其忧生之心、忧患之词，表现出从根本上对现实人生的怀疑和否定。他在现实世界中得不到人生价值的实现，又看不到解决现实矛盾的可能，理想彻底消退，幻想破灭。人寿不永，壮志难酬，而天命可疑，神仙虚妄，现实世界只是一片黑暗，看不到前途和光明。

本来，建安诗歌在表现悲凉的社会人生的背景下具有一种开朗刚健、积极向上的精神气度。这种精神气度是建立在要求积极改变现实、追求人生价值的自信的基础之上的，当现实中严酷的权力斗争破坏、磨灭了人生信仰和壮志雄心之后，诗歌的格调就随之改变，从关注整个社会民生走向了关注自我之境遇，从忧时伤乱转变为忧时嗟生，主要抒发个体的苦闷忧伤，表现出迷茫无助的情绪，由此也开启了正始诗歌风气。

阮籍与正始诗风

正始是魏齐王曹芳的年号(240—249)。文学史上所说的正始文学，是指从魏明帝曹叡青龙元年(233)到魏元帝曹奂咸熙二年(265)这段时间的文学，即从曹植去世到司马炎代魏称帝(265)之前的文学。

授课视频

这段时期正是魏、晋易代之际，政局混乱，曹芳、曹髦等皇帝既昏庸无能又荒淫无度，代表世族大地主利益的司马氏在逐渐掌握了曹魏的军政大权之后废了曹芳，杀了曹髦，与曹魏统治者展开了激烈的争夺政权的斗争，残暴地屠杀异己，形成了恐怖的政治局面。

此时文人的命运与建安时期大不相同，很多文人往往被动地卷入曹魏集团和司马氏集团的政治斗争的漩涡，招来横祸。拥曹的何晏、夏侯玄等人被司马氏杀害，嵇康拒绝与司马氏合作，也惨遭杀害。阮籍本有济世之志，但不满于司马氏的统治，故以酣饮和故作旷达来逃避迫害。因此正始诗人的政治理想出现落潮，普遍产生危机感和幻灭感。

此期的士人群体主要有“正始名士”与“竹林七贤”。“正始名士”包括何晏、王弼、钟会、夏侯玄等人，文学创作成就不高。“竹林七贤”包括阮籍、嵇康、向秀、刘伶、王戎、山涛、阮咸，实际上是个名士集团，他们起初是因为相同的志趣而聚集在一起的。但山涛、王戎后来投靠司马氏，其余五人都崇尚老庄，任性嗜酒，寄情山水，反对礼法名教，对司马氏的篡权夺位不满。从文学成就来看，“竹林七贤”中真正能代表正始文学最高成就的是阮籍和嵇康。

此时的诗歌也与建安诗坛风貌迥异，反映民生疾苦和抒发豪情壮志的作品减少了，抒写个人忧愤的诗歌增多了。阮籍诗“颇多感慨之词”(钟嵘《诗品》)和“忧生之嗟”(李善《文选注》)，嵇康诗“多抒感愤”(陈祚明《采菽堂古诗选》卷八)。同时由于受正始玄风的影响，诗歌逐渐与玄理结合，诗风由建安时的悲凉慷慨变为词旨隐晦、寄托遥深。

阮籍(210—263)，字嗣宗，陈留尉氏(今河南开封)人。司马氏集团在与曹魏争夺政权的过程中打着名教的旗号，而阮籍、嵇康以“任自然”来与司马氏的名教礼法相对抗。阮籍为人“旷达不羁，不拘礼俗”。据《晋书·阮籍传》记载，阮籍处在魏、晋易代之际，看到天下名士多数被杀，常恐遭祸，于是不问世事。为了避祸，他经常醉酒。司马昭在控制了曹魏的军政大权之后，极力拉拢阮籍这样的名士，甚至为儿子司马炎(后来的晋武帝)向阮籍求婚，阮籍大醉六十日，不能够说话，这件事就这样不了了之了。当然，如果真正从生命科学的角度来考察，“大醉六十日”是不可能的，史书的记载或许有夸张的成分。但是我们知道，阮籍“大醉六十日”中多数时间恐怕是有意装醉。要叫醒一个醉酒的人容易，要叫醒一个故意装醉的人很难。司马氏多次要治阮籍的罪责，阮籍都“因酣醉获免”。醉酒——装醉，这正是阮籍在特殊时代保全性命的独特方式。

对于司马氏的拉拢利用，阮籍没有像嵇康那样激烈反抗，而是持敷衍的态度，消极对抗，内心却极度痛苦。《晋书》本传记载，阮籍“时率意独驾，不由径路，车迹所穷，辄恸哭而反”。他经常任由马拉着车，到了无路可走、没有人迹的地方便恸哭一场，然后回来。他内心的极度痛苦在这恸哭之中得到暂时的宣泄和缓解。

阮籍处于政治高压之下，常恐遭祸，故处世极为谨慎。他将真实的自己严严实实地包裹起来，他的真实想法、真实情感都深深地隐藏了起来。“喜怒不形于色。”但是阮籍善作“青白眼”，见到礼俗之士，他作“白眼”；见到志趣相投之人，则作“青眼”。从他的“青白眼”之间，世人才可洞见他的爱憎。他“发言玄远，口不臧否人物”。他说的话题都远离现实政治，不会在口头上批评或赞扬某个人。他同情曹魏，不满于司马氏的做法，然而又不敢公然反抗，虽然满腹愤懑不平，却不能也不敢直接说出来。

在这样的心态下，他的诗歌写作也与其生活中“发言玄远”“口不臧否人物”的作风相一致，不敢明白地宣泄对现实的不满，只好更深地走向内心世界，隐晦地表达灵魂深处的苦闷与抗争。这样，在阮籍的创作中，以明朗自然为特征的乐府诗开始衰落，五言徒诗却得以发展。阮籍的八十二首《咏怀》诗是这一阶段的代表作，表现了他在上述背景下忧时嗟生、苦闷彷徨的心情。

比如《咏怀》(其一)：

> 夜中不能寐，起坐弹鸣琴。薄帷鉴明月，清风吹我襟。
> 孤鸿号外野，翔鸟鸣北林。徘徊将何见，忧思独伤心。

在一个清冷的夜晚，诗人忧心如焚，夜不能寐，起坐弹琴，企图求得排遣和发泄。然而冷风瑟瑟，野外孤鸿翔鸟的哀鸣不但不能排遣诗人心中的孤独，反而更加深了诗人的忧思和伤心。这里表面写的是外在的景物，实则写诗人的心境并暗示出他未来的命运。全诗用明月、清风、孤鸿、翔鸟勾画出一幅凄清的夜景；无寐、弹琴、徘徊、忧思，正是诗人在此背景下的一系列心理活动的展现。以景衬情，情又外化为人的行为。至于诗人因何忧思、为何伤心，未经挑明，也不必挑明，因为这里所描绘的并非实景，也未必隐喻着什么具体的事件，而是借助诗歌意象，用象征手法寄托一种孤独感和忧思情。这首诗奠定了组诗的情感基调，也可以代表《咏怀》组诗的总体风格。

《咏怀》(其三)：

> 嘉树下成蹊，东园桃与李。秋风吹飞藿，零落从此始。
> 繁华有憔悴，堂上生荆杞。驱马舍之去，去上西山趾。

一身不自保，何况恋妻子！凝霜被野草，岁暮亦云已。

全诗用春的繁华、秋的衰败、冬的凋零暗喻魏、晋易代之际险恶的政治环境，抒写诗人在强大的政治高压之下的忧愤之情和忧生之嗟，最后表达了诗人向往隐居生活的愿望。

《咏怀》(其三十三)：

一日复一夕，一夕复一朝。颜色改平常，精神自损消。
胸中怀汤火，变化故相招。万事无穷极，知谋苦不饶。
但恐须臾间，魂气随风飘。终身履薄冰，谁知我心焦！

这首诗反复诉说日复一日的焦虑与苦闷，对自身生存与生命的失望伴随始终，体现出深沉的忧时嗟生和伤感情绪。

由于所处特殊时代的政治与生存环境，阮籍的作品大多都有兴寄，隐晦曲折地表现思想感情。诗歌常常借比兴、象征的手法来表达感情、寄托怀抱，或借古讽今，或用自然事物象征，或借美人香草寓写怀抱，或用神化游仙来暗示，都是言在此而意在彼，用隐晦曲折的手法来表现。《咏怀》取材随意，往往偶然意念，信手拈来，便成篇章；其命意旷远萧散，多在若即若离之间，难以落到实处；其文字自然浑朴，不作刻意雕琢，形成了蕴藉含蓄的诗歌风格。

蕴藉含蓄即钟嵘《诗品》所说"《咏怀》之作，可以陶性灵，发幽思。言在耳目之内，情寄八荒之表；厥旨渊放，归趣难求"，刘勰在《文心雕龙·明诗》中所说"阮旨遥深"。

自从五言诗产生以来，还没有一位诗人完全脱离乐府，专门写作五言徒诗，五言诗的发展始终受到乐府诗的牵制。阮籍是第一个全力写作五言徒诗的诗人。这样，他就为五言古诗完全脱离乐府的影响而独立发展奠定了基础。这是阮籍在诗体发展上的第一个贡献。

阮籍在诗体发展上的第二个贡献是开创了大型五言组诗的形式。阮籍的代表作就是《咏怀》八十二首。这些诗都非一时一地所作，是其政治感慨的记录，总题为"咏怀"。这些诗抒感慨、发议论、写理想，充满苦闷和孤独的情绪，开创了中国文学史上政治抒情组诗的先河，对后世产生了重大影响。

此外，阮籍运用五言诗细腻准确地刻画内心感受、形象生动地传达思想意绪的杰出本领，以及蕴藉含蓄、婉而多讽的艺术风格，也都给后人以无穷的启示，对五言诗的发展起到了重大的推动作用。

繁缛与刚健并存的西晋诗风

授课视频

西晋时期，门阀士族制度已经形成。士族垄断了政治、经济乃至文化，加深了阶级鸿沟，也造成了寒门与士族的尖锐矛盾。文学的发展也出现了明显的转变。士族文人生活方式优越，远离社会苦难和民生疾苦，使他们的创作缺乏现实内容，缺乏关注和反映社会现实的热情，尽力追求形式技巧和语言的华美。“采缛于正始，力柔于建安”（《文心雕龙・明诗》），“体情之制日疏，逐文之篇愈盛”（《文心雕龙・情采》）。诗歌的风貌以繁缛为主，代表作家有三张（张载、张协、张亢）、二陆（陆机、陆云）、两潘（潘岳、潘尼）。有些出身较为低下的文人则站在寒门文人的立场批判和控诉门阀制度，抒发内心的真实情感，形成慷慨悲歌的刚健诗风，代表作家是左思。

一、繁缛的陆机诗歌

陆机（261—303），字士衡，西晋吴郡人。陆机的祖父陆逊曾是东吴丞相，其父陆抗是东吴大司马，家族地位显赫。东吴被灭之后，陆机与弟陆云以文才被召入洛阳，得到了北方士大夫的器重。张华赏识说“伐吴之役，利获二俊”，“二俊”就指的是陆机、陆云兄弟。陆机曾任平原内史。晋惠帝时宗室相争，陆机为成都王司马颖率大军讨伐长沙王司马乂，兵败，为司马颖所杀。

陆机是西晋文坛上最著名的作家，作品多、影响大，能够代表西晋一代文学风气。《诗品》中说陆机诗“其源出于陈思”。可以说，陆机是曹植之后又一个关键性的人物，他以“缘情绮靡”的诗歌主张将诗歌进一步推向文人化、贵族化，倡兴了华丽雅致的诗风，流播久远。

陆机诗内容题材相对贫乏，大多是士大夫的一般感慨，却极力追求辞藻和对偶。或机械模拟前人诗作，如模拟乐府，因袭旧题，大多是严格按照乐府古题的题义仿照早期歌辞写作，难以看出其个人生活的内容。另外又模拟《古诗十九首》作《拟古诗》十二首，按照各篇原来的内容用不同的语言重写了一遍。这一类作品用力全在于修辞。

现在来看，陆机诗歌中成就较高的作品主要在于日常自我情感的抒发，以表现两方面内容为主：一是追求功名不能遂意时的忧思，二是在洛阳宦游时的孤独心情。

如《赴洛道中作》（其二）：

远游越山川，山川修且广。
振策陟崇丘，安辔遵平莽。

夕息抱影寐，朝徂衔思往。
顿辔倚嵩岩，侧听悲风响。
清露坠素辉，明月一何朗！
抚枕不能寐，振衣独长想。

此诗作于陆机三十岁应诏赴洛阳途中，写离家到洛阳旅途中所见景物和引起的感触。曾经的名门之后、贵胄公子，如今变为一介亡国之人，赶赴洛阳，用命新朝，前途未卜。辞别故土亲人，不免顿生悲情，山川明月、野途孤兽、虎啸鸡鸣、悲风清露，所见所闻都是凄惨萧索的景象，触物所兴无非孤独悲伤之感。即将前去的洛阳，未知莫测；而乡情缠绵，使游子永叹长想。诗中景象物色丰富，寓意真切，感染力很强。

与汉魏古诗相比，以陆机为代表的太康诗风以"繁缛"为主要特征。"繁"指描写繁复、详尽，不避烦琐；"缛"指色彩华丽。主要表现在语言由朴素古直趋向华丽藻饰，描写由简单趋向繁复，句式由散行趋向骈偶。

二、慷慨悲歌的左思《咏史》

左思（约250—305），字太冲，齐国临淄（今山东淄博）人。他出身寒微，貌寝口讷，但文才出众，辞藻壮丽。泰始八年（272）他的妹妹左棻入宫拜为修仪，于是左思也移家京师，官秘书郎。晚年移居冀州，病卒。

左思才秀人微，但其诗风在西晋诗坛上独树一帜。

左思现存诗歌一共十四首。《文心雕龙 · 才略》说他"尽锐于《三都》，拔萃于《咏史》"。《咏史》八首是他的代表作，大都通过对古人古事的歌咏来抒写自己的怀抱，题名"咏史"，实际是咏怀。

自班固《咏史》之后，建安诗人也有借史咏怀者，但把历史的现象、经验与个人的现实遭遇、情感体验成功地融入诗歌，是从左思开始的。

左思的妹妹左棻虽为贵嫔，但左思一生仍不得志，主要是由于出身寒门而得不到门阀社会的重视。正因为此，诗人把批判的矛头对准了门阀制度，对其进行抨击和控诉。

《咏史》非作于一时，其主要内容或诉说胸襟怀抱（其一），或表达对门阀制度的不满（其二），或抒写愤激之情（其六），或宣言大释大悟（其八），不仅生动地展现了左思的生活与精神历程，也深刻地揭露了门阀士族制度的本质特征。

《咏史》（其二）：

郁郁涧底松，离离山上苗。
以彼径寸茎，荫此百尺条。
世胄蹑高位，英俊沉下僚。
地势使之然，由来非一朝。

金张藉旧业，七叶珥汉貂。
冯公岂不伟，白首不见招。

诗歌开头用自然现象来比喻社会现象，涧底的松树纵然高大挺拔，可是生长在卑下的地方，竟被山顶的小苗所遮盖。社会也是如此，寒士无所凭依，纵然“英俊”，也只能沉沦下僚。这首诗写由于门第的限制，有才能而出身寒微的人只能屈居下位，而士族子弟则窃居高位，对不合理的门阀制度提出了抗议和控诉，深沉刚健，语言浅近自然。

不过，《咏史》之所以形成刚健豪迈的艺术风格，根本因素并不在于它的政治批判性质，而在于诗人始终自居于很高的精神地位来展开他的政治批判。有这种自傲的精神，才足以与社会的压迫相抗，从而使诗中的感情表现得激荡有力。这在第五首“皓天舒白日”中表现得尤为明显，它不仅仅揭露了门阀制度的腐朽，而且对门阀士族制度表现出了鄙视与反抗：

皓天舒白日，灵景耀神州。
列宅紫宫里，飞宇若云浮。
峨峨高门内，蔼蔼皆王侯。
自非攀龙客，何为欻来游？
被褐出阊阖，高步追许由。
振衣千仞岗，濯足万里流。

诗歌开头极力描写京都宫室的高大豪华，接下来说自己要离开京都，归隐不仕。但诗中没有嗟叹感伤，而是傲视权贵、俯笑王侯，所以意境自然高远。开头两句的景象就很阔大，下面“飞宇若云浮”“蔼蔼皆王侯”，完全是俯视的写法，末尾用“振衣千仞岗，濯足万里流”来表现自己的高情逸致，对功名富贵表示出了极度的鄙视，贯注了豪迈的气概，用这样一种特殊的鄙视方式来表示对门阀士族制度的反抗。

左思的《咏史》八首开创了咏史诗借咏史来咏怀的新道路，成为后世诗人效法的范例，这是他对中国诗歌史的独特贡献。陈祚明《采菽堂古诗选》评论说：“创成一体，垂式千秋。”

左思在西晋作家中别具一格。他的《咏史》八首以刚健质朴的语言表现了对士族门阀制度的强烈不满与控诉，在这种对抗与冲突之中体现出豪迈与力度，富有反抗精神。他的诗歌笔力雄健，情调高亢，气势充沛，显然是“建安风骨”的继承与发扬，所以钟嵘《诗品》对此有“左思风力”的评价。

东晋的玄言诗与游仙诗

一、玄学与玄言诗的形成

授课视频

东晋文学带有深刻的时代烙印。东晋社会最主要的特点就是偏安政局与门阀政治，这两点对东晋文学特点的形成至关重要。

东晋政权僻处江左，与盘踞北方中原地区的民族政权彼此互有攻伐而难以取胜，于是形成了长期对峙局面。这种情势一般来说，应当引起朝野各阶层强烈的兴亡之思和民族激情，然而事实上并非如此，他们并没有恢复中原的强烈愿望。偏安江左的苟安心态对东晋文学有直接的影响。如果与局势相仿的南宋文坛作比较，与陆游、辛弃疾等人泣血慷慨的诗风作比较，东晋文坛上的平静风气确实令人惊讶。东晋诗赋中很少有对国家民族灾难的反映，就好像这一历史上的重大事实不曾发生过一样。普遍的偏安心态产生了一代偏安文学，其基本表现就是不关心国家社会前途命运，缺乏崇高精神，缺乏慷慨风格。

东晋的门阀政治基本表现为皇室政治大权旁落，掌握在若干门阀人物之手。前期的王导、王敦、庾冰、庾亮，中期的桓温、谢尚、谢安、谢玄、谢石，后期的王珣、桓玄等人都是世家大族，执政治军事之牛耳，权倾人主，皇帝反而成了附庸和傀儡。

门阀势力的强大也反映在文坛上，东晋文士出身大族者很多，他们常居于文坛核心，引领文坛风气。

这些门阀士族既享有政治上的高位和特权，又拥有富足的物质享受，还拥有较高的文化修养，他们平常过着悠闲萧散、舒适的庄园生活，成为物质与精神上的双重贵族。这种生存和生活方式影响到文学创作上，就使文学以旷放闲适、不涉世务为基调。于是遗落世务、旷放闲适便成了东晋士族文学创作的基本情趣和格调。

当时的主流社会思潮是玄学，其主要内容就是《周易》和《道德经》《庄子》，号称“三玄”。

玄学在东晋的极其盛行有其特定的原因。面对事实上的国家残破、家园沦丧、异族入主中原，东晋士人夫们无论多么通达平和，也难以摆脱精神上的困扰和失落。而玄学崇尚虚无的本质特征正好给士大夫们提供了精神上的良方以及实现心理平衡的支撑点。更重要的是，玄学的虚冲退静思想正适合偏安政治及门阀士族闲适生活的需要，因此成为东晋士大夫阶层推崇的思想文化风尚，历百年而不衰。

玄学对文学的影响首先表现在文学的内容和情调风气上。刘勰在《文心雕龙·时序》中说：“自中朝贵玄，江左称盛。因谈余气，流成文体，是以世极迍邅而辞意夷泰。诗必柱下之旨归，赋乃漆园之义疏。”东晋文学在内容上严重脱离现实；在艺术上

"理过其辞，淡乎寡味"，失去了艺术的形象性和生动性。由于玄学的影响，东晋诗歌一方面缺乏遒劲的风力，体质弱于建安；另一方面又缺少华丽的词采，外观藻饰不及西晋。

玄学对文学题材的影响主要体现在玄言诗的产生上。

东晋王朝建立之初曾数次北伐，均告失败。北方既不可恢复，江南又山清水秀，南渡士人就在此安居下来。起源于中朝的清谈之风也被过江诸人带到东晋，并且风气日盛，是否善于谈玄成为分别士人雅俗的重要标准。东晋历史上两位最重要的丞相王导和谢安都善谈玄，处理朝政也务在清静。王导"为政务在清静"(《晋书·王导传》)，谢安"德政既行，文武用命，不存小察，弘以大纲"(《晋书·谢安传》)。这种心态对东晋文人影响很大。玄言诗的兴盛便是老庄玄理与山水之美在这种心态下相结合的产物。

东晋玄言诗的发展还与佛教的流行大有关系。玄释合流在当时很普遍，如王导、谢安、简文帝、孙绰、许询、王羲之等人都与名僧支遁、竺法深、释道安等过从甚密，佛学与玄学受到同样的尊重。名士孙绰、许询都精通佛理，名僧支遁等又深谙老庄之学，玄佛互相渗透。

玄释合流，给东晋玄言诗人的生活和思想带来很大影响。东晋士人处于较为安定富足的生活环境之中，没有采取老庄以至阮籍、嵇康那样鄙弃功名、追求自然的生活方式，而是追求"心隐"，无论在朝在野，只求适意而已，以幽雅从容的风度过着风流潇洒的生活。当时方内名士与方外高僧无不追求这种生活方式，而这一生活的主体便是山水、清谈和诗酒风流。当时有代表性的玄言诗人有孙绰、许询、谢安、王胡之、王羲之等。

二、孙绰、许询与玄言诗

谈及东晋玄言诗的主要特点，钟嵘《诗品序》说："永嘉时，贵黄老，稍尚虚谈，于时篇什，理过其辞，淡乎寡味。爰及江表，微波尚传，孙绰、许询、桓、庾诸公诗，皆平典似道德论，建安风力尽矣。"从现存玄言诗来看，玄言诗以阐发玄言佛理为主要内容，的确淡乎寡味。但玄言诗中也有形象性较强的作品，能够借助山水景物来抒情、议论，发表感想。

比如，孙绰《秋日诗》：

萧瑟仲秋月，飙戾风云高。
山居感时变，远客兴长谣。
疏林积凉风，虚岫结凝霄。
湛露洒庭林，密叶辞荣条。
抚菌悲先落，攀松羡后凋。
垂纶在林野，交情远市朝。

澹然古怀心，濠上岂伊遥。

此诗写仲秋时万木萧条的景象和诗人的感慨。“抚菌”句用《庄子·逍遥游》“朝菌不知晦朔”的语义，写悲秋之感，寓人生短促之意。“攀松”句用《论语·子罕》“岁寒，然后知松柏之后凋”语义，写自己的节操志向。“垂纶”二句直接抒发厌弃市朝之情。最后两句用《庄子·秋水》的典故，说自己这种逍遥林野的生活，跟庄子的濠上之游已没有什么区别。从景与情、象与理的角度来看，此诗首先描写秋天到来时山中自然景物的变化，借助于这些自然物象来传递思想，抒发感慨。秋景中寄托性情，物象中蕴含哲理，不同于一般写秋景的肃杀凄凉，而是处之淡然，不喜亦不忧。

玄学对东晋文学的影响使其“理过其辞，淡乎寡味”，总体来看成就不高。但也应该充分认识到并非只有负面影响，在以下三个方面，玄学对诗歌的发展也起到了一定的积极作用：一是促进了哲理诗之逐渐成熟；二是促进了诗歌清虚恬淡风格的形成；三是玄言诗中有较多的山水景物描写的成分，为之后山水诗的形成打下了基础。“山水以形媚道”，玄谈之人常借助山水来体悟哲理、抒发哲思。

三、郭璞与游仙诗

诗歌用“游仙”来名篇始于曹植。曹植写游仙，实际上是其忧生之心、忧患之词。之后，郭璞的《游仙诗》数量较多，今存有十九首。

郭璞《游仙诗》的写作有很强的现实性，又富于想象，虚中见实。钟嵘《诗品》中评价郭璞的《游仙诗》说“词多慷慨，乖远玄宗”“乃是坎廪咏怀，非列仙之趣也”，这是很确切的评价。他的《游仙诗》写隐居高蹈，乃是仕宦失意的反映，而不是和道家一样的鄙弃仕途。他所抒发的不是庄子的那种逍遥精神，而是儒家“达则兼济天下，穷则独善其身”的精神。他的游仙是其仕途不顺、壮志难酬时的精神寄托，是抒发其苦闷情怀的一种特殊方式。

郭璞像

《游仙诗》的第一和第二首集中写其隐逸之情。如其一：

京华游侠窟，山林隐遁栖。
朱门何足荣，未若托蓬莱。
临源挹清波，陵冈掇丹荑。
灵溪可潜盘，安事登云梯？
漆园有傲吏，莱氏有逸妻。

进则保龙见，退为触藩羝。
高蹈风尘外，长揖谢夷齐。

此诗写仕宦之求不如高蹈隐逸，山林之乐胜于求仙。隐居高蹈，可以保持品德完好和自身的自由；退回尘世，则会陷入进退维谷的境地。此诗表现出对仕宦的蔑视、对高蹈隐居生活的赞美。

《游仙诗》中也有几首是写神仙世界的，但多别有寄托，比如第三首就有讽刺权贵势要的含义。正如陈祚明《采菽堂古诗选》所说：郭璞"《游仙》之作，明属寄托之词，如以'列仙之趣'求之，非其本旨矣。"

郭璞借游仙寄托其仕途困顿、不得志的怀抱，继承了《诗》《骚》的比兴寄托传统。朱自清在《诗言志辨·赋比兴通释》中说："后世的比体诗可以说有四大类。咏史，游仙，艳情，咏物……游仙之作以仙比俗，郭璞是创始的人。"郭璞借游仙来写困顿和失意的心情，与左思借咏史来抒发牢骚不平有异曲同工之妙。

陶渊明的诗歌成就

陶渊明（365—427），字元亮，一说名潜，字渊明，号五柳先生，浔阳柴桑（今江西九江）人。

授课视频

陶渊明的一生大体可以分为三个时期：29 岁以前，在家闲居读书。29 至 41 岁，时官时隐，在前后 13 年中，他多次出仕，又多次归隐，反反复复。41 岁那年，辞去彭泽县令，自此长归田园，再不出仕，彻底结束了时官时隐的生活，亲自劳作，终老于家。

陶渊明在当时只以隐士著称，他的文学创作没有得到充分的注意。南朝梁萧统是第一位发现陶渊明文学价值的人，既推崇其人格，也推崇其文学。初唐王绩开始自觉地学习陶诗，但在崇尚兴象与激情的唐诗时代，陶渊明的诗歌并不受重视。到了宋朝，特别是经过苏轼、朱熹的弘扬，以及南宋汤汉对其作品的诠释（即汤汉《陶靖节先生诗注》），陶渊明在文学史上的崇高地位才真正确立。以今天的文学眼光来看，陶诗是那个时代最有滋味、成就最高的作品。陶渊明的诗歌成就主要体现在以下几个方面。

［明］马轼《归去来兮图》（局部）

一、田园诗为中国诗坛开辟了新天地

陶渊明的诗作现存 120 多首，内容相当丰富。但其中最能代表其诗歌风格、最具个性、自成一体的，就是其“田园诗”。田园诗主要写田园风光、乡居生活，以及处于这种生活环境之中的切身感受，多作于弃官归田之后。田园诗是陶渊明对中国文学的最大贡献。以自己的田园生活为内容，并真切地写出了躬耕之甘苦，陶渊明是中国文学史上的第一人。

其田园诗的内容，本身也是丰富多样的。

有的是通过描写田园景物的恬美、田园生活的简朴，表现自己悠然自得的心境。如《归园田居》（其一）：

少无适俗韵，性本爱丘山。
误落尘网中，一去三十年。
羁鸟恋旧林，池鱼思故渊。
开荒南野际，守拙归园田。
方宅十余亩，草屋八九间。
榆柳荫后檐，桃李罗堂前。
暧暧远人村，依依墟里烟。
狗吠深巷中，鸡鸣桑树颠。
户庭无尘杂，虚室有余闲。
久在樊笼里，复得返自然。

守拙与适俗、园田与尘网，两相对比之下，诗人归田后感到无比愉悦。南野、草屋、榆柳、桃李、远村、近烟、鸡鸣、狗吠，眼之所见、耳之所闻，无不惬意，这一切最为平常的景物，经过陶渊明的点化，也都诗意盎然了。

再如《归园田居》（其二）写乡居的清静生活和感想：

野外罕人事，穷巷寡轮鞅。
白日掩荆扉，虚室绝尘想。
时复墟曲中，披草共来往。
相见无杂言，但道桑麻长。
桑麻日已长，我土日已广。
常恐霜霰至，零落同草莽。

《饮酒》（其五）写悠闲自得的隐居生活：

结庐在人境，而无车马喧。
问君何能尔？心远地自偏。
采菊东篱下，悠然见南山。
山气日夕佳，飞鸟相与还。
此中有真意，欲辨已忘言。

有的田园诗着重写躬耕的生活体验，这是其田园诗中最有特点的部分，也是最为可贵的部分。《诗经》中有农事诗,那是农夫们一边劳动一边歌唱。至于士大夫亲自参加农耕并写出农耕体验的,陶渊明是第一位。《归园田居》其三就是这方面的代表作:

种豆南山下,草盛豆苗稀。
晨兴理荒秽,带月荷锄归。
道狭草木长,夕露沾我衣。
衣沾不足惜,但使愿无违。

这是一个从仕途归隐田园从事躬耕者的切实感受,带月荷锄、夕露沾衣,实景实情,生动逼真。在农耕生活的描写背后,包含有农耕与为官两种生活的对比,以及对理想人生的追求。再如《庚戌岁九月中于西田获早稻》,写出了人生的理念:

人生归有道,衣食固其端。
孰是都不营,而以求自安?
开春理常业,岁功聊可观。
晨出肆微勤,日入负耒还。
山中饶霜露,风气亦先寒。
田家岂不苦?弗获辞此难。
四体诚乃疲,庶无异患干。
盥濯息檐下,斗酒散襟颜。
遥遥沮溺心,千载乃相关。
但愿长如此,躬耕非所叹。

在陶渊明看来,衣食是人生之道的开端,不劳动什么都谈不到。诗中写到劳动的艰辛,写到一天劳动之后回家休息时感到的欣慰,都是真切的生活体验,写出了一个从仕途归隐的躬耕士人的特殊感受。

有些田园诗是写农村的凋敝和自己的穷困生活。如《怨诗楚调示庞主簿邓治中》:"炎火屡焚如,螟蜮恣中田。风雨纵横至,收敛不盈廛。夏日长抱饥,寒夜无被眠。造夕思鸡鸣,及晨愿乌迁。在己何怨天,离忧凄目前。"通过这些诗句可以看到,受战乱和自然灾害的影响,农村的凋敝和生活秩序的破坏使他穷困到连最基本的温饱问题都无法解决,但陶渊明没有怨天尤人,而是依然要坚守自己当初的选择。

二、对四言诗的改造发展

曹操将传统四言诗与乐府的形式结合了起来,并发展了四言诗散文化的一面。

嵇康四言诗发展了四言原有的赋化倾向。陶渊明则采用魏晋以来注重实字四言和对偶的形式，用《诗经》的典型体式来改造魏晋四言的多章结构，创造了《停云》《时运》《荣木》《归鸟》《赠长沙公》《酬丁柴桑》《答庞参军》《劝农》《命子》等四言诗，使四言诗在体式上向《诗经》体回归，提供了活用《诗经》体式的范例。

首先，在章法结构上。《停云》《时运》《荣木》《归鸟》都是每首四章，每章八句，这种整齐的分章形式正是《诗经》风诗和小雅的规范体式。

其诗在结构上对《诗经》有明显的继承与改造：一种是重章式结构法。以《归鸟》最为典型，还有《停云》《时运》《荣木》三篇，以重章为基础，又进行了改造。另二种表现形式则接近《大雅》中的《生民》《绵》《大明》，篇幅较长。如《劝农》48 句，《命子》80 句。《命子》以时间为线，叙述先祖功德，更接近《诗经》中史诗的写法。

停 云

其次，在句式和语言上。陶渊明四言诗在语言上也很接近《诗经》：一是有的直接运用《诗经》中的原句；二是大量使用了《诗经》的典型句式，如《停云》中“平路伊阻”“搔首延伫”“愿言怀人”“人亦有言，日月于征”“岂无他人，念子实多。愿言不获，抱恨如何”，等等；三是有的运用《诗经》构句的语法原理，通过活用词语来改造旧句式，如“有风自南，翼彼新苗”的“翼”字，“山涤余霭，宇暖微霄”中的“涤”字、“暖”字。

第三，比兴的使用。《停云》《时运》《荣木》《归鸟》这四首诗，每章的前四句都是起兴，同时各章兴句之间相互呼应，产生复沓的效果。这都是《风》诗和《小雅》起兴的常见格式，而魏晋其他人的四言诗中则没有。

第四，题目。《停云》《时运》《荣木》《归鸟》四篇，篇题都是取第一句的后两个字作为题目，这也是《诗经》编辑时常用的标题法。

总体来说，陶渊明四首诗的体式是改造后向《诗经》体的回归。陶渊明四言诗综合了《诗经》体四言和魏晋实字四言的优长，使四言诗再次获得了新的生命力，《诗经》之后的四言诗在陶渊明手里达到了最高峰。

三、创造了平淡自然的诗风

陶诗的自然风格首先是出于其“质性自然”的气质和性情。陶渊明为自然之人，遂有自然之诗。自然不仅仅是陶渊明的人生旨趣，也是其诗歌的总体艺术特征。他作诗不存功利之心，生活中有了感触就诉诸笔墨，既不矫情也不矫饰。他在《五柳先生传》中说：“常著文章自娱，颇示己志。忘怀得失，以此自终。”在《饮酒》诗的小序中说：“既醉之后，辄题数句自娱，纸墨遂多。”可见他的创作态度不是娱人，更不是要借此邀取功名，而是“自娱”，不带有任何的功利目的，自自然然，自然而然。

陶渊明田园诗主要写平淡的田园风光、普普通通的田园生活，用家常话写家常事，却写得诗意盎然。陶渊明描写景物并不追求物象的形似，叙事也不追求情节的曲折，而是透过人人可见之物、普普通通之事表达高于世人之情，写出人所未必能够悟出之理。恬淡的田园风光、简朴的田园生活引发了他于世事无争无求、心与自然相契合的人生境界的自然流露。因此，他的创作并不是随意地摄取田园生活中的景象，而是把最能引起自己思想感情共鸣的东西摄取到诗中来，营造出和谐的意境，创造了以冲淡为美的境界。

最后，我们应该认识到陶渊明诗歌风格的丰富性。陶渊明的诗歌由于题材内容不同，风格也不完全相同。正如鲁迅在《题未定草》中所说，陶渊明并非浑身“静穆”，也有“金刚怒目”式的一面。他的田园诗风主要是平淡自然，而咏怀诗和咏史诗则或慷慨激昂，或伤感悲凄，或豪迈雄壮。《杂诗》第二首说：“日月掷人去，有志不获骋。念此怀悲凄，终晓不能静。”可以看到诗人因觉得光阴虚掷而伤感悲凄。在《咏荆轲》一诗中，他热情地歌颂勇于除暴而不惜牺牲生命的壮士荆轲说：“其人虽已没，千载有余情。”写得慷慨激昂，充满着豪迈之气。《读山海经》第十首歌颂了精卫和刑天至死不屈的斗争精神：

精卫衔微木，将以填沧海。
刑天舞干戚，猛志故常在。
同物既无虑，化去不复悔。
徒设在昔心，良辰讵可待。

这是诗人至死不屈的意志的表现。“猛志故常在”则是诗人的理想和壮志永不磨灭的表现。

这“金刚怒目”式的一面也是诗人性格和诗风的一个重要部分，是其诗风多样性的体现。这些咏怀诗、咏史诗明显地继承了阮籍、左思的诗歌创作传统，又有陶渊明自己的特点。钟嵘《诗品》说陶渊明的诗“又协左思风力”，是符合实际的。

杂诗（其二）

南朝文人诗歌

授课视频

我国历史上的南朝从宋武帝刘裕代晋(420)起,至隋开皇九年(589)止,共170年,经历了宋、齐、梁、陈四朝。

南朝文人诗歌的发展主要有三个阶段,分别以元嘉体、永明体和梁陈宫体为代表。

一、元嘉体与诗风的转变

元嘉体是南朝文人诗歌发展的第一阶段,代表作家是谢灵运、颜延之、鲍照。元嘉是宋文帝刘义隆的年号,共30年(424—453)。元嘉诗歌除了元嘉时期,上起晋、宋之交,下迄宋大明、泰始之交,前后总共五十多年。与东晋诗歌相比,这个时期的诗歌风格开始转变,最明显的现象是摆脱了玄言诗形而上的哲思,而重新把注意力转移到日常生活,再度恢复了诗歌缘情言志的功能,扩大了诗歌的题材内容。从艺术形式来看,诗歌中的用事、排偶、声律成为诗人有意识追求的技巧。《文心雕龙·明诗》中说:"宋初文咏,体有因革。庄老告退,而山水方滋。俪采百字之偶,争价一句之奇;情必极貌以写物,辞必穷力而追新。"元嘉诗歌还表现出了对不同创作风格与个性的追求,谢灵运诗清新自然,颜延之诗典丽雅正,鲍照诗俊逸豪放。

谢灵运(385—433)出身于士族家庭,才华出众,文学为"江左第一",他门第观念极强,自负门第之高、才能之大而看不起出身寒门的新朝天子。他性格狂傲不羁,偏偏又热衷政治。而宋武帝刘裕采取压抑士族的政策,谢灵运由公爵被降为侯爵。他不可能倔强新朝,一再受到政治打击,心怀愤恨。《宋书》本传说他"自谓才能宜参权要,既不见知,常怀愤愤"。为了稀释、化解和宣泄心中的愤恨,他向往栖隐,纵情山水,逃避现实,以求得心理上的平衡。故自出任永嘉太守之后,无论是在任还是隐居,他总是纵情山水,肆意遨游,且"所至辄为诗咏,以致其意"。一方面以此来对抗当政,发泄不满;另一方面也在山水清音之中得到心灵的慰藉。正如白居易《读谢灵运诗》所说:"壮士郁不用,须有所泄处。泄为山水诗,逸韵谐奇趣。"

谢灵运的诗歌成就首先在于,在他的手里正式形成与确立了新的诗歌题材与表现领域——山水诗。

他的山水诗大部分是任永嘉太守以后所写,代表作有《登池上楼》:

潜虬媚幽姿,飞鸿响远音。
薄霄愧云浮,栖川怍渊沉。

进德智所拙，退耕力不任。
徇禄反穷海，卧疴对空林。
衾枕昧节候，褰开暂窥临。
倾耳聆波澜，举目眺岖嵚。
初景革绪风，新阳改故阴。
池塘生春草，园柳变鸣禽。
祁祁伤豳歌，萋萋感楚吟。
索居易永久，离群难处心。
持操岂独古，无闷征在今。

这首诗写他在永嘉久病初起时登楼所见，同时也表现了诗人不得志的感伤情绪。全诗共二十二句，竟全用对偶，已将其发展到了极致。对偶句不仅用得多，而且比之前的诗作要工整精细。同时，此诗还注重声律，统一使用隔句押韵。追求对偶、声律等写作技巧，这也是谢灵运诗歌的贡献与成就。

谢灵运山水诗的代表作还有《入彭蠡湖口》《石壁精舍还湖中作》《过始宁墅》《登江中孤屿》《初去郡》等，这些诗以富丽精工的语言，生动细致地描绘了永嘉、会稽、彭蠡湖等地的自然景色。诗风鲜丽清新，正如钟嵘《诗品》中记载时人汤惠休所说“谢诗如芙蓉出水”，这是谢灵运诗歌的又一成就。当人们读厌了那些“淡乎寡味”的玄言诗，而接触到谢诗中那些山姿水态的描写与典丽新声的时候，会感到耳目一新，其诗鲜丽清新，自然可爱。

谢灵运诗二首

二、永明体与诗歌声律

永明体是南朝文人诗歌的第二阶段，盛行于齐的初年到梁的中期。永明体一词最早见于《南齐书·陆厥传》：“永明末盛为文章，吴兴沈约、陈郡谢朓、琅邪王融以气类相推毂，汝南周颙善识声韵，约等文皆用宫商，以平、上、去、入为四声，以此制韵，不可增减，世呼为‘永明体’。”齐武帝永明年间，周颙发现汉字的平、上、去、入四种声调，著《四声切韵》，同时期的著名诗人沈约、谢朓、王融等人又根据四声和双声叠韵来研究诗句中声、韵、调的配合问题，指出平头、上尾、蜂腰、鹤膝、大韵、小韵、旁纽、正纽这八种声病必须避免，从而做到“一简之内，音韵尽殊；两句之中，轻重悉异”。这样，“四声”“八病”的声律理论和晋宋以来诗歌中对偶的形式结合，就形成了永明体这一新诗体。这种新的诗体是我国格律诗产生的开端，它的出现反映了诗歌从比较自由发展到讲究格律的必然趋势，其代表作家主要有沈约、谢朓、王融等。

谢朓是永明体诗人中成就最高的作家。谢朓最突出的贡献就是对山水诗的发展和对新诗体的探索。比如他的名作《晚登三山还望京邑》：

灞涘望长安，河阳视京县。

白日丽飞甍，参差皆可见。
余霞散成绮，澄江静如练。
喧鸟覆春洲，杂英满芳甸。
去矣方滞淫，怀哉罢欢宴。
佳期怅何许，泪下如流霰。
有情知望乡，谁能鬒不变？

此诗隔句押韵，大量运用对偶，词语精警工丽。诗人用自然流畅的语言，将眼前清丽多姿的自然景观编织成了一幅色彩鲜明而又和谐完美的画面，使读者感受到春天的色彩、春天的声音和春天的气息；而这明媚秀丽的景物又与诗人思乡的情感自然融合，显得深婉含蓄，具有很强的艺术感染力。李白在《金陵城西楼月下吟》一诗中就赞叹道："月下沉吟久不归，古来相接眼中稀。解道澄江静如练，令人长忆谢玄晖。"直接化用谢朓的诗句，足见其感人之深。

谢朓继承了谢灵运山水诗巧似、清新的特点，但又不同于谢灵运那种对山水景物作客观描摹的手法，而是通过对山水景物的描写来抒发情感意趣，达到了情景交融的境界，从而避免了谢灵运山水诗的词句晦涩及情景不够和谐的弊端，同时还摆脱了玄言的成分，形成了清新流丽的风格。

三、梁陈宫体

"宫体诗"是南朝文人诗歌发展的第三阶段，从梁的中期到陈的末年。萧梁时期，梁简文帝萧纲提倡写一些艳情诗。《梁书·简文帝纪》记载，萧纲自己说："余七岁有诗癖，长而不倦。然伤于轻靡，时号'宫体'。""宫体"的名称，即由此而来。在萧纲的积极倡导下，当时的宫廷文人庾肩吾、庾信父子和徐摛、徐陵父子等人奉其旨意，大力扇扬，形成了当时一种创作风气，并且一直延续到了陈，因此宫体诗又叫"梁陈宫体"。

宫体诗的主要特点有三：① 题材内容狭窄、贫乏，主要是以宫廷生活为描写对象，具体的题材以描写女性和咏物为主。对女性的审美观照与描写，包括她们的容貌、体态、服饰等方面，也和对器物的审美观照的心理是一样的。② 在声律、对偶上，在永明体的基础上踵事增华，变本加厉，要求更为精致、工整。③ 风格由永明体的清绮而变本加厉，注重辞藻，过分追求华丽，情调和风格轻艳柔弱。

客观地来看，梁陈宫体诗出自宫廷文人之手，主要是用来供宫廷娱乐而已。其最大的缺陷是内容的贫乏，单纯咏物而毫无寄托，情趣和品格不高，诗风轻艳柔弱。然而就艺术形式和技巧而言，宫体诗仍有其贡献。诗人们努力的方向在于诗歌的形式美，即声律、对偶、用事等技巧，在格律化方面比永明体有了进一步的发展。正是在这种趋势下，中国的古诗得以多向发展，新体诗得以形成，并为近体诗的出现做了一定的准备和贡献。

庾信与南北文风的融合

从东晋开始一直到隋朝完成统一，我国南北政权长期对峙。但是政权的对峙并未造成文化的隔绝，这一时期南北之间仍然有文化的接触与交流。表现在文学上，一方面是南方和北方逐渐形成了各自的风格，有了南北文风的差异。《北史·文苑传》指出："江左宫商发越，贵于清绮；河朔词义贞刚，重乎气质。"南方的文风清绮，而北方的文风质朴。另一方面，南北之间通过使臣往来等途径，有人才的交流与书籍的流通，这逐渐促进了南北文风的交融。庾信是由南入北的最著名的诗人，他饱尝分裂时代特有的人生辛酸，却结出"穷南北之胜"的文学硕果。他入北之后的文学创作，昭示着南北文风融合的新成就和发展前景。

授课视频

一、由南入北的经历

庾信(513—581)，字子山，南阳新野(今河南新野)人。他的一生以 42 岁出使西魏并从此流寓北方为标志，分为前后两个时期。

他在南朝梁度过的前期生活正处于梁代立国最为安定的阶段。他青年时期就随父亲庾肩吾出入萧纲的宫廷，后来又与徐陵一起任萧纲的东宫学士，成为宫体文学的代表作家。他们在东宫时所作的风格绮艳流丽的诗文被称为"徐庾体"。

沉醉于五十年太平景象的梁朝政权因侯景之乱而破碎。梁简文帝萧纲大宝二年(551)，侯景杀了萧纲。湘东王萧绎在江陵称帝，即梁元帝。梁元帝承圣三年(554)，庾信奉萧绎之命出使西魏，年 42 岁。在出使期间，梁为西魏所灭。

北朝君臣一向倾慕南方文学，庾信又久负盛名，因而他既是被强迫，又是很受器重地留在了西魏，官至车骑大将军、开府仪同三司。北周代魏后，更迁为骠骑大将军、开府仪同三司，封侯。北周与南朝陈通好，流寓北方的人士可以归还故国，只有庾信与王褒不得回南方。所以，庾信一方面身居显贵，被尊为文坛宗师，受皇帝礼遇，与诸王结布衣之交，另一方面又深切思念故国乡土，为自己身仕敌国而羞愧，因不得自由而怨愤。如此到老，卒于隋文帝开皇元年(581)，享年 69 岁。

庾信的文学创作也可以以他 42 岁出使西魏为界分为两个时期。

二、庾信在梁的创作

庾信前期在梁的作品主要是奉和、应制之作，多为宫体性质，题材基本上不出风花雪月、醇酒美人、歌声舞态、闺房器物的范围，轻艳流荡，富于辞采之美。就其文学渊源而言，是沿着永明体讲究声律、辞藻的方向进一步发展而来的。

萧纲等人力主新变，影响所及，促使当时的创作争奇斗巧，追求写作技巧，在形式上打破陈规，为唐诗、律赋的发展开启了道路。庾信前期诗歌的成就正是在诗歌的篇制、声律、对偶等方面，开启了律诗的发展，并在这方面颇有贡献。如《乌夜啼》：

促柱繁弦非《子夜》，歌声舞态异《前溪》。
御史府中何处宿，洛阳城头那得栖？
弹琴蜀郡卓家女，织锦秦川窦氏妻。
讵不自惊长落泪，到头啼乌恒夜啼。

这首诗表现了一个女子听到《乌夜啼》引起的怨恨。写儿女之情，是宫体诗常用的题材，但此诗在形式上七言八句、声调铿锵，已基本符合律诗的平仄，是七言律诗的雏形，对唐代律诗的形成有一定的影响。清代刘熙载《艺概·诗概》中说"《乌夜啼》开唐七律"。庾信早期对诗歌形式的多方面探索是值得肯定的。

三、庾信入北后的创作

庾信羁留北方，虽官位通显，但颇多感伤。其诗赋大量抒发了自己怀念故国乡土的情绪，以及对身世的感伤，风格也转变为苍劲、悲凉。《周书》本传说他"虽位望通显，常有乡关之思"。他将乡关之思发为哀怨之辞，蕴含丰富的思想内容，充满深切的情感，刚劲苍凉，艺术上也更为成熟。杜甫在《戏为六绝句》中说"庾信文章老更成，凌云健笔意纵横"，又在《咏怀古迹》中说"庾信平生最萧瑟，暮年诗赋动江关"，正是指他后期作品的特色和成就。

感伤时变、魂牵故国，是其"乡关之思"的一个重要方面。庾信遭逢亡国之变，内心受到巨大震撼。他在抒发个人的亡国之痛时，也能以悲悯的笔触反映人民的苦难。久居北方的庾信渴望南归，魂牵梦绕故国山河，看到渭水，眼前便幻化出江南风景，如《望渭水》："树似新亭岸，沙如龙尾湾。犹言吟溟浦，应有落帆还。"接到南方故人的来信，更禁不住悲慨万端，如《寄王琳》："玉关道路远，金陵信使疏。独下千行泪，开君万里书。"送别南归的友人，触动了自己深沉而又陷于绝望的相关之思，如《重别周尚书》："阳关万里道，不见一人归。唯有河边雁，秋来南向飞。"

身仕敌国、叹恨羁旅、忧嗟身世，是其"乡关之思"的另一重要方面。虽然他北迁以后得到的"高官美宦，有逾旧国"，但内心深处感到无异于"倡家遭强聘，质子值仍留"（《拟咏怀》其三），责备自己的羁留为"遂令忘楚操，何但食周薇"（《谨赠司寇淮南公》），其身仕敌国的羁旅之恨与忧生之嗟是交织在一起的。

他的《拟咏怀》二十七首以五言组诗的体制，从多个角度抒发凄凉哀怨之情，直承阮籍《咏怀》组诗的抒情传统，成就颇高。比如其七：

榆关断音信，汉使绝经过。

胡笳落泪曲，羌笛断肠歌。
纤腰减束素，别泪损横波。
恨心终不歇，红颜无复多。
枯木期填海，青山望断河。

这首诗借流落胡地、心念汉朝的女子寄托自己身仕敌国的隐恨与南归的渴望，真挚感人。

再如《秋夜望单飞雁》：

失群寒雁声可怜，夜半单飞在月边。
无奈人心复有忆，今暝将渠俱不眠！

在月光皎洁的夜晚，诗人听到一只孤雁凄厉的叫声，想起了无限的往事。他想起自己的遭遇如同孤雁失群，就怎么也不能入睡了。短短二十八字，表达了丰富的生活内容。这首小诗虽然在平仄上与后来成熟的七绝律调不合，但基本的篇制形式，短小精练、含蓄蕴藉的艺术魅力，对后来七绝的形成有一定的影响。

庾信的七言《燕歌行》在七言古诗的演进道路上也多有贡献。《燕歌行》古辞不存，文人乐府以曹丕七言《燕歌行》为最早，此后模拟者很多，有魏明帝曹叡、陆机、谢灵运、谢惠连、梁元帝萧绎、萧子显、王褒、庾信等。其中庾信《燕歌行》成就最高，无论在体制还是内容、风格上都有了新变，开了唐代七古的风气。

代北云气昼昏昏，千里飞蓬无复根。
寒雁嗈嗈渡辽水，桑叶纷纷落蓟门。
晋阳山头无箭竹，疏勒城中乏水源。
属国征戍久离居，阳关音信绝能疏。
愿得鲁连飞一箭，持寄思归燕将书。
渡辽本自有将军，寒风萧萧生水纹。
妾惊甘泉足烽火，君讶渔阳少阵云。
自从将军出细柳，荡子空床难独守。
盘龙明镜饷秦嘉，辟恶生香寄韩寿。
春分燕来能几日，二月蚕眠不复久。
洛阳游丝百丈连，黄河春冰千片穿。
桃花颜色好如马，榆荚新开巧似钱。
蒲桃一杯千日醉，无事九转学神仙。
定取金丹作几服，能令华表得千年。

全诗共二十八句，拓展了七言古诗的体制，不但篇幅变长以便铺叙，而且配合情感的起伏，变逐句押韵为数句一转韵（转韵的时候或者四句一转，或者六句一转，或者八句一转；韵随义转，押韵随着内容与感情的变化而转变）。内容上，此诗改变了前代（尤其是梁、陈）文人的歌行体写作重点常在“思妇”一边的现象，将描写的重心转到了“征夫”身上，主要写关塞景象与边关生活，同时也写到了后方的思妇。其贞刚与柔媚并存，既有刚劲的骨力，又有缠绵的柔情，体现了南北诗风的交融。庾信《燕歌行》是对之前《燕歌行》的变革与发展，开创了新的体制和风气。清代刘熙载《艺概・诗概》中说：“庾子山《燕歌行》，开初唐七古。”

由南入北的经历使庾信的艺术造诣达到“穷南北之胜”的境界，这在中国文学史上具有典型的意义。庾信汲取了齐梁文学声律、对偶等修辞技巧，并接受了北朝文学质朴刚健的风气，从而开拓和丰富了诗歌的内容、意境和风格，完成了南北文风的融合，为唐代南北文学的合流、新的诗风的形成作了必要的准备。

《西洲曲》《木兰诗》：南北朝民歌的双璧

南北朝长期处于对峙的局面，在自然风光、生活环境以及政治、经济、文化、民族风尚等方面存在着明显的差异，南北朝民歌也因而呈现出不同的情调与风格。南朝民歌清丽缠绵、细腻委婉，更多地反映了真挚纯洁的爱情生活。北朝民歌质朴刚健、粗犷豪放，广泛地反映了北方动乱不安的社会现实和北方人民的生活风貌。南朝民歌中的抒情长诗《西洲曲》和北朝民歌中的叙事长诗《木兰诗》，分别代表着南北朝民歌的最高成就。

授课视频

一、《西洲曲》与南朝民歌

南朝民歌大部分都收录在郭茂倩《乐府诗集》的“清商曲辞”中，“杂曲歌辞”和“杂歌谣辞”中也收录有一小部分。

清商曲辞主要有“吴歌”和“西曲”两类，其主要内容为江南民间细腻柔媚、婉转多情的男女恋歌。吴歌产生于江南吴地，在长江下游。西曲的产生地则主要在长江的中游和汉水流域。《乐府诗集》卷四十四引《晋书·乐志》说：“吴歌、杂曲，并出江南。东晋已来，稍有增广。其始皆徒歌，既而被之管弦。盖自永嘉渡江之后，下及梁、陈，咸都建业（今江苏南京），吴声歌曲起于此也。”又卷四十七引《古今乐录》说：“西曲歌出于荆（今湖北江陵）、郢（今江陵附近）、樊（今湖北襄樊）、邓（今河南邓县）之间，而其声节送和与吴歌亦异，故因其方俗而谓之西曲云。”可见吴歌与西曲虽同属南朝民歌，但因为产生地域不同，所以在音乐的声节和歌唱方式上也有所差异。从时间上来说，吴歌多产生于东晋及刘宋时期，西曲产生于宋、齐、梁、陈的居多。

现存南朝民歌的题材比较狭窄，绝大多数是情歌，其风格清丽缠绵而又含蓄委婉。

在篇制形式上，南朝民歌体制小巧，大多为五言四句，语言清新自然，正如《大子夜歌》所说“慷慨吐清音，明转出天然”“不知歌谣妙，声势出口心”。清妙的歌谣随口唱来，不雕饰，不做作，便将内心深处细腻缠绵的情感真切地表现出来，清丽缠绵。在表现手法上，大量运用双关语是南朝民歌，尤其是吴歌的显著特点。双关语大致可分为两类：一类是同音异字的双关，如以莲藕的“藕”双关配偶的“偶”，以莲子的“莲”双关怜爱的“怜”，以丝线的“丝”双关思念的“思”，以篱笆的“篱”双关分离的“离”等；另一类是同音同字的，如用布匹的“匹”双关匹配的“匹”，用药名或曲名的“散”双关聚散的“散”，用关门的“关”来双关关念的“关”，用黄连的“苦”双关相思的“苦”等。这些巧妙的双关语的运用不仅使得语言更加活泼，而且在表情达意上也更加含蓄委婉。

《西洲曲》是《杂曲歌辞》中的一篇抒情长诗：

忆梅下西洲，折梅寄江北。
单衫杏子红，双鬓鸦雏色。
西洲在何处，两桨桥头渡。
日暮伯劳飞，风吹乌臼树。
树下即门前，门中露翠钿。
开门郎不至，出门采红莲。
采莲南塘秋，莲花过人头。
低头弄莲子，莲子青如水。
置莲怀袖中，莲心彻底红。
忆郎郎不至，仰首望飞鸿。
鸿飞满西洲，望郎上青楼。
楼高望不见，尽日栏干头。
栏干十二曲，垂手明如玉。
卷帘天自高，海水摇空绿。
海水梦悠悠，君愁我亦愁。
南风知我意，吹梦到西洲。

这首诗写一个青年女子的相思之情，通过从春到夏、到秋的季节转换，充分表现出对情郎无限的爱怜。本诗由一个“忆”字统领，女子以采莲来表达对情郎的思念，继而“忆郎”“盼郎”“梦郎”，一系列地、层层地展开思念，最后把自己的心意寄托于南风，希望南风可以帮助自己达成愿望，多层次地展现女子缠绵的情思，情感的表现细腻缠绵，语言清新，大量使用语义双关，委婉含蓄。全诗基本四句一换韵，又运用了连珠格的修辞手法，从而形成了回环婉转的旋律，形成一种似断似续的声韵之美，声情摇曳，余味无穷，代表了南朝民歌的最高成就。

二、《木兰诗》与北朝民歌

北朝民歌大部分收录在《乐府诗集・横吹曲辞》的“梁鼓角横吹曲”中，此外在《杂曲歌辞》和《杂歌谣辞》中也有一小部分。《乐府诗集》卷二十一说：“横吹曲，其始亦谓之鼓吹，马上奏之，盖军中之乐也。北狄诸国，皆马上作乐，故自汉已来，北狄乐总归鼓吹署。其后分为二部，有箫笳者为鼓吹，用之朝会、道路，亦以给赐。汉武帝时，南越七郡，皆给鼓吹是也。有鼓角者为横吹，用之军中，马上所奏者是也。”可见“横吹曲”原是在马上演奏的一种军乐，因演奏的乐器有鼓有号角，所以叫“鼓角横吹曲”。北朝民歌多半是北魏以后的作品，随着南北文化的交流，北方的歌曲陆续传到南方，齐、梁以后也常用于宫中娱乐，并由梁代的乐府机关保留下来，所以叫“梁鼓角横吹曲”。正如萧涤非《汉魏六朝乐府文学史》中所说：“所谓《梁鼓角横吹曲》者，实皆北歌，非梁歌也。”

北朝民歌原来大都是北方民族的歌唱，如《折杨柳歌辞》说“我是虏家儿，不解汉儿歌”便是证明，其中又以鲜卑语的歌辞居多。这些起初用民族语言歌唱的歌辞后来被翻译成汉语，有些齐言的句子变得长短不一。如《敕勒歌》，《乐府诗集》卷八十六引《乐府广题》说，“其歌本鲜卑语，易为齐言，故其句长短不齐”。其中也有一部分是北人直接用汉语创作的，有些则是经过了南方乐工的加工润色，还杂有少数北方汉人的作品。所以，北朝民歌是北方各民族共同创造的文化硕果。

敕勒歌

北朝民歌的数量虽然不如南朝民歌多，但题材内容却很广泛，反映了社会生活的各个方面，比如反映战争和人民的疾苦，反映人民的爱情生活，反映北方民族的尚武精神，反映北方民族的游牧生活和北国风光等。其语言质朴无华，抒发情感直爽坦率，风格质朴刚健、粗犷豪放。

《梁鼓角横吹曲》中的长篇叙事诗《木兰诗》是北朝民歌中最为杰出的作品。南朝陈沙门智匠《古今乐录》中收录此诗，可见此诗的创作时间最迟不晚于南朝的陈，应该是北朝后期的作品，但在后来的流传过程中可能经过了隋唐文人的加工。

《木兰诗》用叙事的手法，歌颂女英雄木兰女扮男装、代父从军的故事，成功地塑造了木兰这个不朽的艺术形象。木兰本是一个闺中少女，又是一个金戈铁马的巾帼英雄，在国家需要的时候，她挺身而出，女扮男装，代父从军，驰骋沙场十多年，立下汗马功劳。当凯旋还朝、朝见天子之时，唯一所求的便是“愿驰千里足，送儿还故乡”，表现出木兰对家乡亲人的思念以及多年征战中的隐忍与坚强，从而刻画了木兰勇敢机智、巾帼不让须眉的刚强性格和善良、淳朴的优秀品质。因此木兰的形象也就远远超出了流俗和一般的形象，成为典型的艺术形象。

《木兰诗》在艺术表现手法上有其特点：

首先，结构严谨，剪裁精当，描写有详有略。它作为长篇叙事诗，在广阔的时空背景下叙写木兰从军的故事，时间长达十多年之久，且地域辽阔，从家乡到战场，从朝廷到故乡。作品通过精当的剪裁，突出出征前、征途中、战场上和归来后几个场面，描写有详有略。

其次，诗歌通过人物的行动和气氛的烘托来刻画人物的性格，将叙事与抒情完美地结合在一起。这是一首叙事诗，但抒情的意味却很浓。诗中虽然没有正面描写木兰的相貌和武艺，也没有直接写她的思想、性格与情感，然而这一切都十分传神地呈现在读者面前。

这首诗歌的语言中既有朴素自然的口语，又有对仗工整、精妙绝伦的律句，诗风生动活泼、质朴刚健，代表了北朝民歌的最高成就。

《世说新语》与文言小说的兴盛

授课视频

最早提到作为文体概念的“小说”一词的是两汉之际的桓谭，他在《新论》中说：“若其小说家，合丛残小语，近取譬论，以作短书，治身理家，有可观之辞。”之后东汉班固《汉书・艺文志》的《诸子略》中把小说家列于诸子十家的最后，一一列举了十五家小说，最后总结说：“小说家者流，盖出于稗官。街谈巷语，道听途说者之所造也。孔子曰：‘虽小道，必有可观焉。致远恐泥，是以君子弗为也。’然亦弗灭也。闾里小知者之所及，亦使缀而不忘。如或一言可采，此亦刍荛狂夫之议也。”这是汉代人对小说所作的解释和评价。考虑到班固《汉书・艺文志》是在西汉刘向《别录》、刘歆《七略》的基础上删改而成的，我们可以推断，在西汉刘向、刘歆的著作中应该已经有“小说”一词了。

班固认为小说本是街谈巷语，由小说家采集记录，成为一家之言。小说中所讲虽是小道，尚有可取之处。班固指出小说起自民间传闻的说法对我们认识中国小说的起源有重要的意义。

小说发展到魏晋南北朝开始繁盛，不仅作品数量多，而且题材内容丰富，具有了情节化的叙事手段和富有个性的人物形象塑造。重要的作品如邯郸淳《笑林》、张华《博物志》、干宝《搜神记》、王嘉《拾遗记》、刘义庆《幽明录》和《世说新语》、沈约《俗说》、殷芸《小说》、王琰《冥祥记》、颜之推《冤魂志》等。

魏晋南北朝小说大致可以分为志怪小说和志人小说两类。前者以干宝《搜神记》为代表，后者以刘义庆《世说新语》为代表。

志人小说以记载现实人物事件为中心，又因为所记之事都是历史上实有人物的趣闻逸事，因此又称为“逸事小说”。

志人小说在魏晋南北朝的兴盛与士族文人品评人物和崇尚清谈的风气密切相关。这类志人小说既是品评人物和崇尚清谈的结果，又反过来促进了这种风气的发展。鲁迅《中国小说史略》中说：“汉末士流，已重品目，声名成毁，决于片言。魏晋以来，乃弥以标格语言相尚，唯吐属则流于玄虚，举止则故为疏放……渡江以后，此风弥甚，有违言者，唯一二枭雄而已。世之所尚，因有撰集，或者掇拾旧闻，或者记述近事，虽不过丛残小语，而俱为人间言动，遂脱志怪之牢笼也。”而且从志人小说在当时受到社会重视的情况，也可以看出它们的出现迎合了社会的需要。裴启的《语林》写成后，许多人争相传抄，可见当时重视这类人物逸事的社会风气。

今传志人小说按照其内容可分为三类：第一类为笑话，有魏邯郸淳《笑林》，用可笑的言行讽刺世态人情；第二类为野史，有东晋葛洪《西京杂记》，主要记载西汉的人物逸事；第三类为趣闻逸事，有西晋郭颁《魏晋世语》、东晋裴启《语林》、东晋郭澄之《郭子》、宋刘义庆《世说新语》、梁沈约《俗说》、梁殷芸《小说》等。其中刘义庆《世说新语》是成就和影响最大、最具有代表性的。

刘义庆(403—444)，彭城(今江苏徐州)人，是宋武帝刘裕的侄子、长沙王刘道怜次子，袭封临川王，官至尚书左仆射、中书令。他虽贵为皇室，官高位显，但生性简素，寡嗜欲，爱好文艺。

《世说新语》，又称《世说》《世说新书》《刘义庆世说》等。

《世说新语》的材料来源主要有三个方面。一是之前同一类型的记载人物言行的逸事小说，如西晋郭颁《魏晋世语》、东晋裴启《语林》、东晋郭澄之《郭子》等；二是当时的史书，如《魏书》《魏略》《蜀志》《吴书》《晋阳秋》《续晋阳秋》，以及多种的《晋纪》和《晋书》等；三是当时的杂史，如《名士传》《高士传》《先贤传》《逸士传》《列女传》《高僧传》，以及一些名门大族的《世谱》《家传》《别传》《家诫》等。

《世说新语》的体例主要是以类书的形式，按照内容来分类系事，根据人的品行、才华、气量、性格、外貌、特长、爱好甚至各种缺点和怪癖作为分类的标准，分为“德行”“言语”“政事”“文学”“品藻”“容止”“栖逸”“任诞”“简傲”“排调”“俭啬”等三十六门，将其作为独立的描述对象。从叙事来看，《世说新语》突破了传统的国别体或纪传体的叙事模式，而采取片段式叙事，截取人物一生历程或某个生活场景中的片段，记载逸闻妙语，篇幅短小，取舍灵活。

《世说新语》记述汉末至东晋时期的士族阶层的趣闻逸事和玄虚清谈，尤其以东

竹林七贤砖画

晋最多。虽采用片段叙事方式，但所涉及的内容却很广泛，从中可以了解魏晋士大夫的思想性格、生活细节和当时的社会现实。其中关于魏晋名士的种种品行如栖逸、任诞、简傲，多样的人生追求，以及种种的嗜好，都有生动的描写。综观全书，可以得到魏晋时期几代士人的群像。通过这些人物形象，可以进而了解那个时代上层社会的风尚。

《世说新语》虽为早期的志人小说，但由于记载人物事件博杂，保存了魏晋时期的部分史料，可以弥补史书的缺失或与史书记载相映证，具有重要的史料价值。当然，在文学方面的价值和文学史意义则更大。

《世说新语》具有较高的艺术成就。鲁迅在《中国小说史略》概括其艺术特色说："记言则玄远冷俊，记行则高简瑰奇。"

《世说新语》善于通过极具个性的言谈举止和细节来表现人物的性格和精神气度，使人物活灵活现，跃然纸上。如《忿狷》中绘声绘色地描写王蓝田（王述）吃鸡蛋时的种种令人捧腹的个性化行为来表现他的性急："尝食鸡子，以箸刺之，不得，便大怒，举以掷地。鸡子于地圆转未止，仍下地以屐齿碾之，又不得。瞋甚，复于地取内口中，啮破即吐之。"用几个极琐细的小动作就把王蓝田的性急绘声绘色地展现了出来。再如《俭啬》："王戎有好李，卖之恐人得其种，恒钻其核。"用极其简略的 16 个字，就活灵活现地把王戎吝啬的本性展露无遗。有的通过对比在同一环境中或同一事件中不同人物的反应和表现来展现不同人物的性格和精神气度，如《雅量》中记述谢安和孙绰等人泛海遇到风浪，谢安"貌闲意说"，镇静从容；孙绰等人却吓得脸色大变，奔走吵闹，无法安坐，从而展现出谢安临危不惧、镇定自若的"雅量"。再如《德行》中对比管宁、华歆锄菜见片金的不同反应，突出管宁的淡泊名利。

《世说新语》的语言具有"辞约而旨达"的总体特点，精练含蓄，隽永传神。常用极为细小琐碎的行动和简短的语言，恰似白描，寥寥几笔，就传达出了人物的性格、神态、情趣、志向、品行等极为丰富的内容，具有弦外之音、言外之意。胡应麟《少室山房笔丛・九流绪论》评价说："读其语言，晋人面目气韵，恍惚生动；而简约玄澹，真致不穷，古今绝唱也。"

在魏晋南北朝的志人小说中，《世说新语》成就最高，并对后世文学产生了深远影响，后世不断有模仿之作。宋代王谠的《唐语林》、孔平仲的《续世说》，明代何良俊的《何氏语林》、李仲文的《明世说新语》、清代王晫的《今世说》、李清的《女世说》等，都是对《世说新语》的直接继承与模仿。

中编　唐宋文学

唐代社会与唐诗的繁荣

授课视频

唐代是中国古代社会的鼎盛时期，起于公元 618 年，止于 907 年。我们一提起唐代，立刻就会想起唐诗，唐诗代表了唐代文学的最高成就，也堪称中国古典诗歌的“珠穆朗玛峰”。唐诗的繁荣主要有三个方面的表现：

第一，诗作数量庞大。据不完全统计，清朝康熙年间所编的《全唐诗》收录了唐代的诗人 2 200 多位，诗歌多达 48 900 余首。随着今天考古发掘和域外汉籍的回传，唐诗的数量已经到了 5 万多首，诗人有 3 000 多人，并且诗人的身份也是丰富多样的，上至帝王将相，下到贩夫走卒，都有诗作传世。比如说帝王，玄宗的诗就写得非常好；其次，唐太宗、唐中宗的诗歌艺术水平也比较高；至于武则天，她现存一首诗叫作《如意娘》，据说这首诗是写给唐高宗的，有四句说：

看朱成碧思纷纷，憔悴支离为忆君。
不信比来长下泪，开箱验取石榴裙。

此诗写相思愁苦之感，辗转凄切，打动人心。所以在唐代社会，诗歌创作是一项全社会的非常普遍的文学活动，唐代以科举取士，诗赋作得好就可以金榜题名，所以很多文人为了进士及第，苦练作诗的本领。

第二，唐诗的质量和艺术水平发展到了一个登峰造极的程度。像李白和杜甫这样的大诗人，不仅是中国古典诗歌的最伟大的诗人、超一流的文豪，而且也成为全人类共有的文化名人。唐代不仅出现了李白、杜甫这样享有世界声誉的伟大诗人和一批成就卓著的名家，而且也有一些来自民间的创作。比如在 20 世纪 80 年代长沙地区的考古发掘中，发现了一批民间文人、底层民众所创作的诗歌，其中有一首题写在陶瓷的器身之上，是这么写的：“君生我未生，我生君已老。君恨我生迟，我恨君生早。”这首诗的作者是无名氏，但是艺术水平非常高。另外在体裁方面，唐诗的成就也可以说是兼长众体，在近体诗、古体诗、乐府、歌行，包括杂言诗方面都取得了辉煌的成就。明朝的著名学者胡应麟在《诗薮》外编的卷三中曾经盛赞唐诗，他说：“甚矣，诗之盛于唐也！其体则三、四、五言，六、七杂言，乐府、歌行、近体、绝句，靡弗备矣。”诗歌在唐朝发展到了集大成的程度，众体皆备。

第三，唐诗繁荣的表现，还在于它的影响非常广泛和深远。随着时间的推移，唐代距离今天已经一千多年了，可是唐诗的艺术魅力和影响已经穿越了时光的隧道，抵达了我们现代人的心灵。比如我们今天思念家乡，会不由自主地想起李白的《静夜思》；我们想念自己的亲人，也会不由自主地吟诵孟郊的《游子吟》。古往今来，人同此心，心同此理。唐诗所描写的喜怒哀乐代表了人类共有的感情。而且唐诗还超越了国境的限制和地域的范围，不仅成为中国优秀的文学遗产，也成为全人类、全世界共同学习的世界性文化遗产。除了亚洲地区，在今天欧洲和美国的大学里，都有很有名的专家研究唐诗，比如说美国哈佛大学的宇文所安教授，他的唐诗研究非常著名，著作也被翻译成中文版本，在中国学术界传播很广。这也说明唐诗早已超越国界的限制，成为世界文学的共有遗产。

那么唐诗为什么会取得如此繁荣、辉煌灿烂的成就呢？我们分析唐代诗歌繁荣的原因，大体上可以总结出四个方面。

首先我们从文学的外部环境谈起。第一是唐朝国力强大，经济、文化繁荣，经过了开国以来不断的努力，出现了贞观之治、开元盛世这样的局面，在中国历史上留下了显赫的名声。唐王朝的版图也空前辽阔，据考证，它的东南西北四界，在鼎盛时期，向西抵达了中亚地区，甚至远到咸海，北界囊括了今天俄罗斯的贝加尔湖，东界抵达了朝鲜半岛，南面到了越南的河内。初唐四杰之一的王勃，他的父亲就曾经在越南的河内（当时叫交趾）做县令，交趾当时属于唐王朝，可见唐王朝的版图非常辽阔。

第二是唐代文化方面的原因，唐代思想文化的发展给文学发展提供的土壤，我们可以用八个字来概括：兼容并包，思想多元。唐代因为政治相对而言比较开明，所以思想和文化也特别宽松活跃，儒家思想、道家思想和佛教思想并行不悖，文人可以根据自己的兴趣爱好来比较自由地选择个人信仰。比如盛唐的三大诗人：李白号称诗仙，他主要信仰的是道家思想；杜甫号称诗圣，他主要信奉的是儒家思想；而王维，人称诗佛，主要信仰佛教思想。虽然他们各有信仰，但并不妨碍他们成为关系非常好的朋友，李白和杜甫有比较密切的交往，杜甫和王维也堪称诗友。所以在这样一个王朝，思想和文化比较多元，即使文人写诗有时候触犯了权贵，讽刺了朝廷，甚至批评了皇帝，也不会掀起像明清时期那么惨烈的文字狱。比如说杜甫曾经写过一首名作《兵车行》，其中有两句："边庭流血成海水，武皇开边意未已。"诗中的"武皇"就是借汉武帝影射当朝的圣上唐玄宗，这首诗批评的矛头是非常尖锐的，可是杜甫并没有因为写这首诗而受到政治上的迫害。另外，杜甫在唐玄宗时期、唐肃宗时期和唐代宗时期都生活过，他也写过批评唐肃宗的诗，比如其中有一句："张后不乐上为忙。"就是说唐肃宗本人非常的惧内，一旦皇后不高兴了，皇帝就左右为难，想尽办法博得红颜一笑。这样的诗歌讽刺甚至是嘲弄的意味是非常强的，但是唐朝还是能够容得下批评尖锐的诗歌。所以在漫长的封建时代，唐朝可以说是一个文化氛围相对非常宽松的王朝。

第三是唐代诗人的生活道路，我们也可以用八个字来概括，就是阅历丰富，多姿多彩。由于唐代是一个大一统的时代，版图非常辽阔，很多唐朝诗人都有过长期的漫游生活，他们走南闯北，游遍了祖国的大好河山，长期的游历生活给他们的诗歌创作带来了丰富的素材。李白就是一个漫游诗人，他曾经自称："五岳寻仙不辞远，一生好入名山游。"杜甫也曾经写过诗："放荡齐赵间，裘马颇清狂。"科举取士的制度也吸引文人从四面八方奔赴京城，希冀金榜题名，就算那些科场不如意的文人，他们也有自己的人生选择，或者到边塞去投笔从戎，弃文从武；或者到山林里隐居读书。这样就形成了唐代的两个诗派：一个是边塞诗派，另一个是山水田园诗派。文人的生活道路和文学的创作是密切相关的，而且生活在这个时代的文人，由于国力强大，文化多元，他们阅历丰富，天生又带有一种自信。李白有两句诗："天生我材必有用，千金散尽还复来"，就包含了对时代的信任和对自身的自信，它是双重的自信。

第四，唐代诗歌的繁荣，除了外部环境、思想文化的原因、文人自身的原因，还有文学内部的原因。中国古典诗歌经历了长期的发展，经过魏晋南北朝时期的不断演进，到了隋唐时期，南北的文风实现合流，南方的"文"和北方的"质"互相取长补短，达到了文质彬彬、尽善尽美的地步。因此唐代文学，尤其是唐代诗歌，它繁荣的原因是多方面的。

初唐诗歌的发展历程

授课视频

初唐的时间是从大唐开国(618)开始,到唐玄宗登基的那一年(712)结束,它是唐代诗歌发展的奠基期。学术界把这个时间段概括为"百年徘徊",在这个徘徊之中发生了诗歌、诗风的融合和诗歌艺术的演进。这个时间段按照时代顺序,基本上有以下几个环节:

第一个环节是贞观诗坛,主要是指唐太宗贞观年间,太宗和他的大臣进行诗歌创作的时代。他们的诗风沿袭了南朝的文风,表现为宫廷诗的风格。代表性的作家就是唐太宗李世民本人和他手下几位重要的文臣,比如"一代名相"魏征以及号称一代文宗的虞世南。李世民曾经写过颇具帝王气象的《帝京篇》,描写了长安的繁华景象。

第二个环节是初唐诗歌重要的环节——"初唐四杰",人称"王杨卢骆",即王勃、杨炯、卢照邻和骆宾王。闻一多先生用两句话、十个字非常精辟地总结了初唐四杰诗歌共同的特点:"年少而才高,官小而名大。"这十个字怎么解释呢?"年少"是指四杰年纪轻轻,就表现出很高的才华。比如骆宾王 7 岁就开始写诗,并且写出了那首咏鹅的诗;王勃享年只有 27 岁,可是在他 27 年的生命历程里,创作过大量的诗赋和著述,可谓是一个不折不扣的天才;杨炯和卢照邻也都在年轻的时候取得了辉煌的成就。同时这 4 个人又"官小而名大","官小"指的是他们政治地位不高,都没有做过什么大官。4 个人里面官做得最高的是杨炯,而杨炯也仅仅是盈川县的县令,是一个七品芝麻官。至于其他的 3 个人,他们的官职还不如杨炯,尽管他们官职很小,但是他们在诗坛上、文坛上的成就却很高。闻一多先生在《唐诗杂论》里有一段精彩的总结,他说:宫体诗在卢骆手里是从宫廷走向市井,五律到了王杨时代是从台阁移至江山与塞漠。这个总结说明初唐四杰在诗歌的题材和意境上有过全方位的开拓,他们转变诗风,下开盛唐,是联络初、盛唐的关键人物,是从隋代到贞观以来诗风演进的关键一环。4 个人可以分成两组:第一组是"王杨",他们擅长五言律诗。像大家非常熟悉的王勃的那首送别诗《送杜少府之任蜀川》,其中有两句"海内存知己,天涯若比邻",也成为今天大学毕业生互赠留言首选的唐诗。至于杨炯的诗歌,他写过一首《从军行》,其中有两句"宁为百夫长,胜作一书生",在某种程度上可以看作他自己的人生宣言,也可以看作唐朝前期众多知识分子的集体宣言。第二组是"卢骆",他们擅长歌行。卢照邻写过《长安古意》,这是一首描写长安风光和风情的长篇歌行。骆宾王曾经有过从军西域的经历,所以也写过很多关于边塞的诗歌。因此,初唐四杰从内容上到艺术上,对唐诗的演进都起了非常关键的作用。

初唐诗歌发展的第三个环节是"沈宋"——沈佺期和宋之问。在唐高宗、武则天时期,"沈宋"活跃于宫廷文化"沙龙",在宫廷诗歌"沙龙"的创作上力拔头筹,赢得了全方位的喝彩,是负有盛名的两位诗人。他们曾经依附于武则天两个气焰熏天的男宠"二张"——张昌宗和张易之,后来随着"二张"的倒台,沈佺期和宋之问在政治上也遭遇了打击。被贬官之后,他们的诗风发生了很大的变化,尤其是宋之问被贬岭南之后的创作,是非常具有真情实感的。像他的《渡汉江》:"岭外音书断,经冬复历春。近乡情更怯,不敢问来人。"尤其是第三句的这个"怯"字用得特别好,可以想想我们回乡的时候,心情恐怕也是"切",但是这个"切"是"急切"的"切",而宋之问用的这个"怯"的是"胆怯"的"怯"。这个"怯"字反映了宋之问特别矛盾的心情。一方面急于回到家乡,想要得到家人的信息。因为头两句有个铺垫说"经冬复历春",岭外已经断绝了书信,"岭外"就是岭南地区。他和家人失去联系了,所以不知道家人是否平安,因此有非常急迫的心情,希望得到家人的音讯;另一方面诗人又担心听到不好消息,因为他是以戴罪之身被贬官到岭南的,中国古代的法律有连坐和株连,他不知道家人是否受到了牵连。因此这个"怯"字反映了诗人忐忑不安的心情,他又想知道家人的消息,又害怕听到的消息是晴天霹雳。除此之外,"沈宋"在宫廷诗歌"沙龙"所创作的那一批诗歌,在艺术和形式上也具有卓越的贡献,在《新唐书·宋之问传》中有精彩的概括:"回忌声病,约句准篇,如锦绣成文,学者宗之,号为沈宋。"所以他们是近体诗的完成者。当然近体诗的完成是一代又一代的诗人接力赛跑的结果,而"沈宋"是跑完最后一棒的人。

第四个环节也是初唐诗歌的重点,就是大诗人陈子昂,他的代表作《登幽州台歌》和《感遇诗》38 首是中国文学史上的名篇。陈子昂不仅用诗歌创作的实绩丰富了初唐诗歌的百花园,而且是一位倡导文学复古的评论家。在《与东方左史虬修竹篇序》中,他批评了齐梁以来的靡丽诗风,举起了"汉魏风骨"的大旗,在肯定汉魏文学传统的基础之上,主张文学创作应该恢复"风骨""兴寄"的传统。可以说陈子昂的这篇序如平地一声春雷,拉开了唐诗发展的序幕。

初唐诗歌在这些诗人的努力下,经历了将近百年的徘徊、演进和融合,为盛唐诗歌的繁荣奠定了坚实的基础。

张若虚的《春江花月夜》

张若虚的《春江花月夜》被誉为“孤篇盖全唐”，是一首非常有名的唐诗。

授课视频

张若虚本人在历史上留下的资料非常少。其生卒年没有考证清楚，只知道他是扬州人，曾经当过兖州的兵曹，在山东做过官。玄宗开元初年，他和江南的几位文人贺知章、包融、张旭一起名动京师，并称为“吴中四士”。张若虚本人只有两首诗流传下来，其中一首是《代答闺梦还》，艺术水平一般；而另外一首就是《春江花月夜》，可以说是唐诗中的唐诗，经典中的经典，张若虚也因为这首诗而名扬千古。我们说一个人著作很多，叫作“著作等身”，但张若虚的创作实践说明，只要认认真真地写好一首诗，能够流传一千多年就是巨大的成功。

春江花月夜

《春江花月夜》这首诗题目有五个字，代表着这首诗的五个意象，中心词是“月”，所以中心的意象就是“明月”。月亮在中国人的心里，代表着吉祥、圆满、平安和永恒。关于天上这轮明月，古往今来无数的文人墨客写过无数脍炙人口的诗篇。张若虚的这首《春江花月夜》一共有三十六句，四句一转韵，我们可以把它切成九个绝句。诗歌一开始就展现了一个遥远的长镜头：“春江潮水连海平，海上明月共潮生。滟滟随波千万里，何处春江无月明。”这四句诗中春、江、月、夜四个意象逐一登场，把我们的视线带到了辽阔的海面，借着这轮明月，把我们的思绪也带到了千里之外。第二小节的“江流宛转绕芳甸，月照花林皆似霰。空里流霜不觉飞，汀上白沙看不见”中出现了花的意象，从而使五个元素都汇齐在这首诗的开头。接下来诗人用带有哲理性的问语展开他的思绪：“江天一色无纤尘，皎皎空中孤月轮。江畔何人初见月，江月何年初照人？”随着时序的推移，从诗歌开头的明月初升到月到中天，面对着天上的一轮皎皎明月，诗人不由自主地发问：这个世界是从什么时候开始的？又是什么人首先看到了天上这轮明月？“江天一色无纤尘，皎皎空中孤月轮”，描绘的是一种迷茫的、澄澈的景象，“江畔何人初见月，江月何年初照人”，又是对宇宙人生的发问。所以诗人接下来写道：“人生代代无穷已，江月年年只相似。不知江月待何人，但见长江送流水。”人生一代一代不断地延续消亡、消亡延续，人类的历史在变动之中延续并发展，而天上的明月则是永恒的，所以不知江月所待之人到底是谁呢？当然我们可以理解为，所待之人就是我们自己，面对这个世界，每个人心中都呈现出他自身个性的样态，所以每一个生命都是值得珍惜的。

诗歌到此主要就空中之月展开描写，接下来诗人通过月亮边上的一片白云漂亮地一转，把思绪从月引到了人。诗人写道：“白云一片去悠悠，青枫浦上不胜愁。谁家今夜扁舟子，何处相思明月楼。”长篇的乐府歌行在写作上有两个值得注意的地方：

一个是它的意象和情感的连续性，因为乐府歌行篇幅比较长，需要一个连绵不断的情感和意象；另外一点就是在转折之处，要转得非常自然。“白云一片去悠悠，青枫浦上不胜愁”这一转就非常自然，由月写到了人，意境浑融一体。“可怜楼上月徘徊，应照离人妆镜台。玉户帘中卷不去，捣衣砧上拂还来。”天上的明月是非常美丽的，月光是迷人的，也是撩人的，能够撩拨人的情思。由于它撩拨人的情思，诗歌所写的人物是游子思妇的主题——远在天边的游子和独守空房的思妇，因此月光不仅迷人、撩人，更是恼人的。思妇看到了这轮明月，想起了远方的亲人，平添了很多的忧愁，“玉户帘中卷不去，捣衣砧上拂还来”就是写她的情况，“捣衣砧”是古典诗词中特别常见的一个意象，因为古人所穿的棉质和麻质的衣服，到冬天的时候需要捣一捣，把它捣软之后才能上身，所以“捣衣砧”这个意象在诗词里头通常表达了一种妻子对丈夫的爱，或者说是女性对她的心上人、对她的亲人的一种关爱。比如李白的诗《子夜吴歌》：“长安一片月，万户捣衣声。”杜甫的诗《秋兴八首》(其一)：“寒衣处处催刀尺，白帝城高急暮砧。”这个地方也用了“捣衣砧”这样一个意象。接下来的这两句更漂亮：“此时相望不相闻，愿逐月华流照君。”“愿逐月华流照君”是一句唯美的诗句，我们可以把它理解为：我愿意化作那一片月光，轻轻地走进你的梦乡。

《春江花月夜》是一首唯美的诗篇，而且它的意象是连绵不断的，是一个没有切断的长镜头。顺着这样一个思路和这样一个意象，诗人接着写道：“鸿雁长飞光不度，鱼龙潜跃水成文。”可以想象女主人公化作鸿雁在天上飞，水面上有层层的波纹，女主人公飞向远在他乡的亲人，远在他乡的游子。所以接下来这个转折也很自然，马上又转到了游子：“昨夜闲潭梦落花，可怜春半不还家。江水流春去欲尽，江潭落月复西斜。”“昨夜闲潭梦落花”描绘了一幅非常漂亮的画面，非常具有镜头感。花瓣一瓣一瓣地飘零，“落花”预示着春天行将结束，也代表着光阴飞逝。什么时候才能回家呢？天上的明月又开始往西沉了，所以诗人接着写道：“斜月沉沉藏海雾，碣石潇湘无限路。不知乘月几人归，落月摇情满江树。”诗歌里面的“碣石”和“潇湘”可以解读为具体的地名，但总体而言，“碣石”写的是北方的一个地名，“潇湘”这个意象写的是南方的一个地名，同时女主人公所住的地方又和“潇湘”有关。“不知乘月几人归”的意思就是说希望远在他乡、远在天边的游子赶紧回来。这首诗到“落月摇情满江树”戛然而止，描写月光的余晖洒在了江边的树上，江树随风摇动，摇曳生姿。

全诗展现了宏大的自然和宇宙，在宏大的自然和宇宙之中，还有值得我们珍惜的爱情。诗人通过春、江、花、月、夜的背景逐层展开，使全诗笼罩了一层空灵而迷幻的色调，创造了一个美丽幽邃、澄澈邈远的意境。

盛唐山水田园诗人

授课视频

盛唐文人，有些喜欢去道观，有些又和佛教结下了不解之缘，还有一批文人在仕途不得意的时候，选择到山林间去隐居，他们接触了青山秀水，从而留下了大量的描写山水田园的诗篇。在这一批盛唐的山水田园诗人之中，最有代表性的是“王孟”，就是王维和孟浩然。孟浩然年岁稍长，他是盛唐这一批诗人里年辈最长的，而王维的影响力则更大。

王维(701—761，一说约690—761)，祖籍太原祁县，后来徙家于蒲州。他出生在一个有虔诚佛教信仰的家庭里，受禅宗的影响非常之深。王维字摩诘，他的名和字连在一起是佛教里一个著名居士的名字，所以后世称之为“诗佛”。王维和盛唐另外两个大诗人李白、杜甫相比，他的人生经历波澜不惊，虽然经历了安史之乱，但是有惊无险，而李白和杜甫的一生都是大起大落的。所以如果我们非要把盛唐的三个诗人王维、李白和杜甫分成两组的话，王维可以单独成为一组，他的文人气比较重一点。李白和杜甫在某些方面比较相似，比如他们骨子里面都有一种豪杰、英雄的气息。所以当李白和杜甫的名气如日中天的时候，还有一批后世的评论家非常固执地喜欢王维。在当年的盛唐诗坛里，王维的影响力是最大的，人们学诗的榜样是王维，不是李白或杜甫。李白主要是靠他的形象、个性和气质征服了那个时代；而杜甫在当时的诗坛和这两位相比是默默无闻的。

作为一个盛唐的大诗人，王维的主要成就是山水田园诗。当然他也写过一些边塞诗，比如大家都会背诵的《使至塞上》：“大漠孤烟直，长河落日圆。”他还写过很多关于友情的诗，如《送元二使安西》是大家耳熟能详的唐诗名篇。但是就影响力和成就来说，王维的诗歌中影响最大的还是山水田园诗。他的山水田园诗可以分为四个方面，用八个字来概括：诗情、画意、琴音和禅趣。这四个词分别代表了王维的四种身份：诗情，代表他是一个大诗人，这个尽人皆知；画意指的是他也是一个画家，他的绘画技巧高超；琴音，指的是他还是一个音乐家；禅趣，是说他有着比较虔诚的佛教信仰。因此，他的诗歌也是诗情、画意、琴音和禅趣的高度结合。诗情、画意，山水诗传统中的“诗情”有着非常悠久的历史，在魏晋南北朝时期就有很多山水诗的创作，其中大力创作山水诗的谢灵运就有不俗的成就。谢灵运笔下的山水诗往往追求形似，写景比较繁复，缺乏剪裁，看见什么写什么，见一个瀑布写一个瀑布，见一块石头写一块石头，见一片云写一片云，情和景两者之间往往处于割裂的状态。另外一个田园诗的传统以陶渊明为代表，陶渊明的田园诗以写意为主，并不追求景物的精雕细刻。在王维的笔下，写景的精工和写意的传神两者被很好地结合起来，从而达到了山水诗的巅峰状态。苏轼曾经评论王维的诗，他说："味摩诘之诗，诗中有画；观摩诘之画，画中有诗。"这可以说是对诗情、画意最好的概括。至于琴音和禅趣，主要是说王维的诗歌善于捕捉大自然的声响，诗歌里面也渗透了很多哲理，比如"竹喧归浣女，莲动下渔舟"是对声音的描写，而"空山不见人，但闻人语响"中的"空"字又带有一种禅趣。

关于王维诗歌的诗情、画意、琴音和禅趣，可以通过一个例子来具体分析、感悟和解读。王维长期在终南山过着一种半官半隐的生活，对终南山的山水非常熟悉，写过很多描写终南山的名篇佳作，其中有一首诗是《终南山》，这首诗是一首五言律诗，诗歌通过远观、近看、俯瞰这样一个连续的描写，勾勒出终南山山形的高大和山气的美丽。我们来看一下诗歌：

> 太乙近天都，连山到海隅。
> 白云回望合，青霭入看无。
> 分野中峰变，阴晴众壑殊。
> 欲投人处宿，隔水问樵夫。

这个"天都"既可以把它理解为苍天，也可以把它理解为长安城。"太乙"是终南山的别称，长安南面的终南山也叫"南山"，还叫"中南山""太乙山"或"太一山"。这些都是终南山的别称。说终南山山形高大，直插云霄，或者说它直逼长安，这两种解释都可以，诗无达诂，只要能够自圆其说都是可以的。"连山到海隅"是说山连着山一直到海边。终南山只是秦岭山脉中间这一段，秦岭山脉也没有到海边，更别说终南山了。这当然是文学的夸张，为了衬托终南山的高大。颔联写道："白云回望合，青霭入看无。"这两句诗写得更加传神，是说由于诗人登山的时候，山间云雾缭绕，走在山里面也就像在云雾之中行走一样，人走进云中，相当于小船走在水上分开了水波，人就把这个云彩分开了，所以回头一望，白云又合在一起。"青霭"的"霭"指的是水汽，这种水汽远看有大致的轮廓，可是近看看不到，但能够感受到它的湿润。所以这两句诗观察景物非常细致，写法也惟妙惟肖。接下来的颈联："分野中峰变，阴晴众壑殊。"这是写诗人登高望远的时候所看到的景象，古人认为天上的星宿和地上的区域是相对应的，终南山处于大地之中，也相当于天地之间的一块坐标，所以叫"分野中峰变"。由于它山形高大，有些地方长年照不到太阳，而有些地方又有向阳的一面，显示出和阴面不一样的状态，所以叫"阴晴众壑殊"。这两句诗衬托了终南山的雄伟。"欲投人处宿，隔水问樵夫"，这两句写诗人游兴未尽，然而天色已晚，想要住宿下来隔天再游，所以就隔着一条水问砍柴的樵夫，哪里可以住宿。当然这个问话诗人没有具体写出来，需要我们读者去想象：诗人问了什么，樵夫又是怎么回答的，诗人最后有没有住宿下来？诗歌没有写出来的内容需要读者加入自己的想象，把诗意补充起来。好的诗作从来都是诗人和读者的公共空间，诗人不能将公共空间占满，必须留白，让读者共同参与，使诗意得到更进一步的阐发。在这首诗中，诗人用移步换景之法，描写了远望、近观和俯瞰三个层面，因此堪称是一首“诗中有画，画中有诗”的名篇佳作。

另外一位山水田园诗人的代表是孟浩然，我们以他的一首田园诗《过故人庄》为例：

故人具鸡黍，邀我至田家。
绿树村边合，青山郭外斜。
开轩面场圃，把酒话桑麻。
待到重阳日，还来就菊花。

“故人具鸡黍，邀我至田家”，描写了友人非常友好，邀请诗人到他的田家做客。第二联写诗人眼中所看到的故人山庄的周边景色：“绿树村边合，青山郭外斜。”接下来又用形象的写法写到了和朋友会面的场面：“开轩面场圃，把酒话桑麻。”如果要考证“把酒话桑麻”这一句的用典，可以举到陶渊明的诗歌“相见无杂言，但道桑麻长”。可见一般和老朋友见面不会谈功名利禄，谈的是庄稼的收成，都是很质朴的、具有泥土气息的话题。最后一联“待到重阳日，还来就菊花”写明了到秋天的时分再次相约。通过景色可推测诗人写作这首诗的时间是夏天，夏天又引申到重阳九月九的时候，老朋友再见面共同赏菊，所以也给诗歌留下了余韵。闻一多先生曾经评论孟浩然的诗：“淡到看不见诗了，才是真正孟浩然的诗。”用在这一首诗上就非常恰当，我们读这首诗，好像在听一个老朋友拉家常，明白如话，朴实无华。所以孟浩然的诗又以意境完整、语言朴实而见长。

王维和孟浩然是盛唐山水田园诗诗人的代表，他们的诗歌创作也是盛唐山水田园诗的巅峰之作。

盛唐边塞诗人

授课视频

从诗歌的源头来说，盛唐的边塞诗有非常悠久的传统，在先秦时代的《诗经》里就已经有征役诗，那可以说是边塞诗的源头。而初盛唐时代，唐王朝不断地开边拓土，向外扩张，在边境发生了一系列的战争。这其中有些是保家卫国的，有些是穷兵黩武的，无论怎么样，整个社会都充满着一种尚武的精神和英雄的豪气。在这种时代精神的鼓舞之下，有一群文人弃文从武，到边疆去入军幕，建立功勋，其中代表性的诗人就有高适和岑参。

岑参祖籍是南阳，迁居于江陵，他其实是一个南方人，出生于一个官宦家庭，天宝三载(744)进士及第。他曾经在京城担任右内率府兵曹参军，在他的经历里，最大的亮点就是曾经两度出塞从军，出任安西节度使府掌书记及安西、北庭节度判官。所以岑参待在西域的时间长达六年之久。他作为一个南方人，突然到了西北的沙漠戈壁滩，他的眼界一下子变得很开阔，西域奇异的风光也给他带来了非常强烈的视觉冲击和心灵震撼。杜甫当年和岑参是好朋友，他曾评价过岑参的诗，说“岑参兄弟皆好奇”，用了一个“奇”字来概括。

岑参的《白雪歌送武判官归京》就是以雄奇壮丽而著称的：

北风卷地白草折，胡天八月即飞雪。
忽如一夜春风来，千树万树梨花开。
散入珠帘湿罗幕，狐裘不暖锦衾薄。
将军角弓不得控，都护铁衣冷难着。
瀚海阑干百丈冰，愁云惨淡万里凝。
中军置酒饮归客，胡琴琵琶与羌笛。
纷纷暮雪下辕门，风掣红旗冻不翻。
轮台东门送君去，去时雪满天山路。
山回路转不见君，雪上空留马行处。

首先来分析一下这首诗的描写方式，题目叫《白雪歌送武判官归京》，所以在内容上我们既可以把它当作一首咏雪的诗，也可以当作一首送别之诗，同时它还是一首边塞诗作。诗歌一开头就先声夺人：“北风卷地白草折，胡天八月即飞雪。”“白草”是戈壁滩里特有的一种草，它经霜易碎，宁折不弯，风一吹可能就折断了。“胡天”是指西域地区的天空，西域气候苦寒，到了农历八月就白雪飘飘了，所以这两句渲染了塞外的风光。“忽如一夜春风来，千树万树梨花开”，把塞外的雪花比作梨花，把寒冷的意象化作温馨的春景，所以这个比喻也是千古共赏的名句。“散入珠帘湿罗幕，狐裘不暖锦衾薄”，诗人的视野从外景转到了室内，“狐裘”就是非常保暖的裘皮衣服，此时此刻也显得禁不住塞外的苦寒。“将军角弓不得控，都护铁衣冷难着”，由于天气严寒，手指都冻僵了，连弓都拉不开，控制不了。“瀚海阑干百丈冰，愁云惨淡万里凝”，“瀚海”就是指沙漠戈壁滩，“阑干”就是纵横辽阔的样子；我们用毛泽东的诗词来解读这一句就是“千里冰封，万里雪飘”。“中军置酒饮归客，胡琴琵琶与羌笛”，这是写饯别的场面，在饯别的酒席宴上弹奏的是西域的乐器，这里写了三种乐器：胡琴、琵琶和羌笛。“纷纷暮雪下辕门，风掣红旗冻不翻”，描写红旗被冰雪冻住之后，无法随风摇摆，所以叫“冻不翻”。最后四句写送别的场面：“轮台东门送君去，去时雪满天山路。”这首诗所送之人武判官是岑参的好友和幕僚，所去的地方就是京城长安。长安在东边，所以写“轮台东门送君去”，诗人送别朋友顺着天山路向东走。“山回路转不见君，雪上空留马行处”，这两句也写得非常具有画面感，在天山路上行走，在大雪纷飞之中山回路转，朋友已经走远了，消失在视野的尽头，可是诗人还站在雪地之中，目送着朋友的背影，雪上只留下了马蹄的脚印。这两句和李白的《黄鹤楼送孟浩然之广陵》中的两句“孤帆远影碧空尽，唯见长江天际流”非常接近，通过一个画面写出了诗人和朋友之间深厚的友情。这首《白雪歌送武判官归京》把雪中的风光、送别的场景和大漠的风情结合在一起，写塞外军营送别之情，跳出了离愁别恨的俗套，我们读了之后不仅不会感到惆怅和伤感，而且充满了浪漫和豪迈的情怀。全诗融入了诗人强烈的主观感受，塞外的风雪和苦寒在诗人的笔下已经变为赏心悦目的人间美景，在歌咏西域风光的同时表现出雪中送人的真挚友情，内涵丰富，意境鲜明。

边塞诗也会写思乡，也会写送别，也会写友情，可是边塞所提供的写作场域会赋予这些常见的题材不一样的感受。所以边塞对于古典诗歌，既是写作的对象也是写作的环境，是诗歌创作的一个催化剂，具有全方位的功能。我们从岑参的边塞诗中可以体会到这一点。

李白的传奇经历与独特个性

授课视频

李白的一生充满了传奇的经历，堪称中国诗歌史上最具个性魅力的诗人。要了解他的诗，首先要了解他一生的经历。李白的一生可以分为五个时期：第一个时期，是从他的出生到他出川的时期。李白的出生就是一个谜，他字太白，号青莲居士。据专家考证，他出生在西域的碎叶城，在唐代属于安西都护府所管辖的地区，今天是吉尔吉斯斯坦的托克马克市，所以李白的身世具有迷幻色彩。

5 岁时，他随父亲迁居到绵州彰明，就是今天的四川江油，从此他在四川江油这个川北的小镇度过了美好的童年、少年和青年时代，美丽的巴山蜀水哺育了这位盖世天才。李白身上的很多个性都和巴山蜀水的地域环境密不可分。四川自古到今都是出诗人、出文豪的地方。李白青少年时期特别喜欢读书，从小接触文学。他曾经说“五岁诵六甲，十岁观百家”，可见他读书非常庞杂，这也养成了他广阔的视野和豪放不羁的个性。李白年轻时跟一个叫赵蕤的高士学过纵横之术。同时，他又被称为诗仙，跟蜀中的酒文化也是密不可分的。他在江油这一带寻仙访道，拜访过很多道士，他的身上具有诗人、道士、策士、纵横家、酒仙等多重色彩，都是蜀中文化的体现。李白 25 岁时，觉得蜀中的天地还是有点小，毕竟它是一个盆地，他的志向那么远大，他决心到大千世界去寻找自己的前途。所以他“仗剑去国，辞亲远游”，离开了这一方养育他的土地，从此再也没有回过江油。今天四川江油李白纪念馆中有一座李白雕像，塑造了他出川时意气风发的情景：眼光是斜向上的，可以说是抬头挺胸、昂首阔步。河南巩义杜甫故里纪念馆中的杜甫雕像与此形成了鲜明的对比，杜甫是斜向下看的，愁眉苦脸、心情沉重，注视着疮痍满目的苦难大地。这种对比恰好体现了诗仙和诗圣的不同性格。

李白 25 岁离开四川，他的人生也进入第二个时期。第二个时期就是李白第一次漫游时期，这个时间段是从公元 725 年到公元 742 年。他这个时期是以湖北安陆为中心漫游的，他在安陆成家，娶了已故宰相许圉师的孙女为妻，先后结识了著名的诗人孟浩然，还有著名的道士司马承祯和吴筠。孟浩然是李白心中非常景仰的人物。我们说李白一生个性狂傲、目中无人，可是他对孟浩然是非常佩服的。这也许是因为孟浩然那种世外高人、白衣飘飘的形象，符合李白对自己人生的期待。另外两位道士司马承祯和吴筠也是非常了不起的世外高人，他们曾经出入宫廷，替朝廷出谋划策。这个时期，他结识了这些诗人道士，包括地方官，他希望通过一种自我推销的方式、一种干谒的方式，使自己的声名和政治上的才干传播开去。据学者的考证，李白在开元时期也曾经到过长安，这次长安经历在他的诗歌里头留下的蛛丝马迹不多，而第二次到长安，形成了他一生的一个转折。所以我们重点讲他的第三个时期，也就是长安时期。这个时期非常短——742 年的秋天到 744 年的春天。

天宝元年，也就是 742 年的秋天，李白接到了朝廷的诏书——唐玄宗下诏宣李白进京。李白当时就是一介布衣，一文不名。李白什么官都不是，但是皇帝下诏宣他进京，所以李白接到圣旨之后，可以说是兴高采烈甚至有点得意忘形，他觉得满腹才华终于得到了朝廷的赏识，他这样一个大英雄终于有用武之地了，所以在临行的时候写了一首《南陵别儿童入京》。这首诗描写了李白即将进京的时候一种得意的心情，最后两句说“仰天大笑出门去，我辈岂是蓬蒿人”，他不甘心就这样庸庸碌碌地当一个百姓，所以他快马加鞭赶往长安。李白刚进长安的时候，迎接他的确实是帝王的重视和当时文坛的欣赏。传说玄宗在金銮殿上接见李白，有些故事写得很夸张，叫“御手调羹”，皇帝亲自给他调羹。皇帝见到了他，就像见到多年没有见到的老朋友一样，嘘寒问暖，非常亲切，这是政坛最高统治者对李白的重视。文坛的元老贺知章当时年已八十，根据一些笔记小说的记载，他亲自到驿馆去见李白，李白拿出他所写的诗给贺知章看，贺知章看了之后赞叹再三，说此诗可以泣鬼神，再一看李白的个性、李白的形象，真是气度不凡、超凡脱俗，所以当时贺知章就给他取了一个雅号叫“谪仙”，就是天上的神仙下凡来了。李白对贺知章送给他的雅号也非常欣赏，后来也自称谪仙。这是他在长安初期的经历，可以说是充满了鲜花和掌声。可是好景不长，李白感觉到长安的环境和自己的理想有很大的差距。他到长安是出于政治上为皇帝出谋划策、济世安民的理想，可是皇帝仅仅把他看作一个诗人，给他封的官叫翰林待诏，也叫翰林供奉。这其实不是一个官，而是一个差使，而这样的差使主要是陪皇帝娱乐的，政治上的问题、治国安邦的问题，皇帝是不需要李白去插手的，所以李白就觉得当这样一个御用文人非常憋屈。他这样一个心高气傲的人肯定不甘心担任这样一种角色，所以在长安城里倍感孤独。这个时期他写过一组诗《月下独酌》，包括四首诗歌，其中有一首写道：“花间一壶酒，独酌无相亲。举杯邀明月，对影成三人。”这也是当时他心态最直接的反映。到天宝三载的春天，玄宗皇帝也看出李白不适应长安的生活，所以就给了他一大笔盘缠打发他离开长安，这就是历史上的“赐金放还”：李白你不是一个闲云野鹤惯了的隐士和山人吗？你还是归山去吧！李白就怀着一种非常复杂的心情离开了长安，心中就像打翻了五味瓶，酸甜苦辣咸，什么滋味都有。

李白离开长安之后向东漫游，进入他人生的第四个时期，也就是他第二次漫游时期，这个时期的漫游以梁原、东鲁为中心。李白一路向东来到了洛阳，在洛阳结识了另外一个大诗人杜甫。44 岁的李白和 33 岁的杜甫意气相投，都是非常喜欢写诗又非常喜欢喝酒的性格豪迈的盛唐大诗人。那个时期杜甫的性格还是比较豪迈的，我们今天眼中忧国忧民的杜甫形象主要是他晚年的形象。两大诗人在一起写诗、一起饮酒、一起拜访名人、一起寻仙访道，结下了千古传诵的友情。可是两个人又各有各的人生规划，李白向东漫游，杜甫要向西进长安，所以两颗巨星从此再也没有碰面。李白继续向东来到了金陵，写下了著名的《登金陵凤凰台》。他又到了吴越之地漫游，甚至还到过幽州、范阳，就是安禄山盘踞的地区。他隐然以诗人的敏感觉察到了安禄山有反叛的野心，也在诗歌里头表达了对时局的担忧，可是不在其位也难谋其政，所以他在政治上似乎心灰意冷，决心当一个隐士，就在山东齐州的紫极宫接受道教的符箓，然后选择在庐山隐居。李白想安静地当一个道士，可是时代不允许他安静下来，所谓“树欲静而风不止”，李白隐居不久就爆发了安史之乱。当时永王李璘的军队路过庐山，听说李白在山上隐居，就三番五次请李白下山，李白就加入永王李璘的幕下成为一个谋士，而且写了《永王东巡歌》，将其视为人生的第二次政治机遇，“但用东山谢安石，为君谈笑静胡沙”，他以东晋的谢安自比。可是李白的政治眼光毕竟不如他的诗才那么高明。他没有看到李璘组织这支军队，其实是和李璘的大哥李亨兄弟内讧，李璘想自立为主。后来这支军队被朝廷所派的官军剿灭，李璘被杀，李白也稀里糊涂成了俘虏，下到浔阳监狱，不久又流放夜郎。当他走到白帝城的时候，却接到了朝廷的大赦令。李白接到大赦令之后非常高兴，立刻调转船头到了江陵，留下了一首诗：“朝辞白帝彩云间，千里江陵一日还。两岸猿声啼不住，轻舟已过万重山。”其实李白如果继续往西走，往西跨一步就是他的故乡，李白从 25 岁离开四川，现在已经年届花甲，三十多年没回家了。每当他抬起头来，看到明月，就想起故乡。可是他已经走到夔州，走到了离故乡只有一步之遥的地方，就是今天的重庆，但他没有往回走，他到江陵去了。所以，李白对乡土的依恋，也许仅仅是那种身在他乡，举头望月思念故乡的诗歌的感觉吧！

李白遇赦之后继续向东，他听说李光弼的军队在河北一带招兵买马，抗击叛军，所以又千里迢迢准备白发请缨，继续从军。可是走到安徽的当涂，他由于年老体弱病倒了。李白生命的终点就在当涂，关于他的死亡当时就流传着一些传说。比如李白在一个月夜在江边踏歌而行，看到明月倒映在长江水中，就跳进江水去捞那轮明月，把他的生命和滔滔的江水融为一体了。所以今天安徽的当涂还有一个捉月台，就是附会了这个传说。

李白一生经历传奇，个性浪漫，诗风飘逸，才华盖世，可以说是中国诗歌史上最具个性魅力的诗人。关于他的形象，他的朋友魏颢在《李翰林集序》里面说，他的长相是“眸子炯然”，就是两眼炯炯有神；“哆如饿虎”，哆就是张着嘴的样子，如同饥饿的老虎，非常具有精气神，可能还有点凶悍。魏颢还说李白“少任侠，手刃数人”，他身上有非常浓重的侠客的色彩。他的朋友杜甫曾经说“痛饮狂歌空度日，飞扬跋扈为谁雄”，概括了李白狂放不羁的个性特征。我国台湾诗人余光中在《寻李白》里边写道：“酒入豪肠，七分酿成了月光，余下的三分啸成剑气，绣口一吐就半个盛唐。”可以说是对李白精神和形象的最佳概括。

李白的诗风与影响

李白是中国历史上、中国文学史上最有影响的大诗人之一，晚唐的郑谷曾经有两句诗形容李白诗风的影响，叫“高吟大醉三千首，留著人间伴月明”，形象地概括了李白诗歌里面的酒意象和月意象所造成的影响。李白的诗歌艺术特征可以划分为四个方面。

授课视频

第一个方面是主观色彩。李白的诗歌极力塑造了一个豪迈激昂的抒情主人公的形象，具有浓厚的自我表现色彩。比如，他形容政治的昏暗和自己的怀才不遇，就写道“大道如青天，我独不得出”；写自己才华的时候又说“天生我材必有用，千金散尽还复来”；写朋友送别说“我寄愁心与明月，随风直到夜郎西”。他的诗歌处处凸显自我形象，所以他是自我情怀、自我感受非常突出的一个诗人。

第二个方面是想象奇特。李白的诗歌想象可以用“思飘云外，来去无迹”八个字来形容，完全是天才式的想象。比如李白的名作《蜀道难》：

> 噫吁嚱，危乎高哉！蜀道之难，难于上青天。蚕丛及鱼凫，开国何茫然！尔来四万八千岁，不与秦塞通人烟。西当太白有鸟道，可以横绝峨眉巅。地崩山摧壮士死，然后天梯石栈相钩连。上有六龙回日之高标，下有冲波逆折之回川。黄鹤之飞尚不得过，猿猱欲度愁攀援。青泥何盘盘，百步九折萦岩峦。扪参历井仰胁息，以手抚膺坐长叹。问君西游何时还？畏途巉岩不可攀。但见悲鸟号古木，雄飞从雌绕林间。又闻子规啼夜月，愁空山。蜀道之难，难于上青天，使人听此凋朱颜。连峰去天不盈尺，枯松倒挂倚绝壁。飞湍瀑流争喧豗，砯崖转石万壑雷。其险也如此，嗟尔远道之人胡为乎来哉！剑阁峥嵘而崔嵬，一夫当关，万夫莫开。所守或匪亲，化为狼与豺。朝避猛虎，夕避长蛇，磨牙吮血，杀人如麻。锦城虽云乐，不如早还家。蜀道之难，难于上青天，侧身西望长咨嗟！

他写蜀道之难，写蜀道的艰险，是把景物描写和神话传说连为一体的。蜀道这一条陕西关中通往四川成都的艰险道路，有很多人写过关于它的诗篇，李白这首诗可以说是最有名的诗篇。其实李白是没有走过这条山路的，他笔下的这些景象，蜀道的那些山水是全凭想象的。比如诗歌里写神话的时候：“上有六龙回日之高标，下有冲波逆折之回川。黄鹤之飞尚不得过，猿猱欲度愁攀援”；写道路的艰险：“青泥何盘盘，百步九折萦岩峦”。在写实之中插入神话，写蜀道的开通，又从遥远的蜀中的历史写起。蜀道的开通，把历史和神话传说以及自然的景色连缀得天衣无缝。这是李白诗歌想象的奇特。

第三个方面是意象设置。李白诗歌常见的意象是气吞山河的壮美意象，比如他诗歌里的长江、黄河。他写长江是“登高壮观天地间，大江茫茫去不还”，写黄河是“黄河之水天上来，奔流到海不复回”。我们读了这样的诗，的确是热血澎湃、精神鼓舞。可是李白的诗歌里面还有一些比较清新的、优美的意象，比如李白喜欢写花朵，喜欢写一些细小的意象，所以李白的诗歌里壮美意象和优美意象是兼具的。李白诗中的意象随着感情的跌宕起伏，也往往具有跳跃性。如“金樽清酒斗十千，玉盘珍馐直万钱。停杯投箸不能食，拔剑四顾心茫然”，就写了诗人从欢饮的场面到心情郁闷，无法举杯、无法宴饮的这样一个情感的跳跃，所以他的意象和情感也是相辅相成的。

第四个方面是语言特色。李白诗歌的语言，用他自己的诗来说，就是“清水出芙蓉，天然去雕饰”，有一种浑成的自然之美。李白之所以具有这种语言的风格，和他积极学习汉魏六朝的乐府民歌，吸收历朝历代的文学遗产是分不开的。

下面我们通过李白的一首代表作《将进酒》来具体地分析他诗歌的艺术特征。

君不见黄河之水天上来，奔流到海不复回！君不见高堂明镜悲白发，朝如青丝暮成雪！人生得意须尽欢，莫使金樽空对月。天生我材必有用，千金散尽还复来。烹羊宰牛且为乐，会须一饮三百杯。岑夫子，丹丘生，将进酒，杯莫停。与君歌一曲，请君为我侧耳听。钟鼓馔玉不足贵，但愿长醉不愿醒。古来圣贤皆寂寞，惟有饮者留其名。陈王昔时宴平乐，斗酒十千恣欢谑。主人何为言少钱？径须沽取对君酌。五花马，千金裘，呼儿将出换美酒，与尔同销万古愁。

我们说李白既是诗仙，又是酒仙，他有很多写酒的诗歌，其中特色最为鲜明的就是这首《将进酒》。《将进酒》本是酒席上的劝酒之词，李白在其中蕴含了很多人生的感受和生命的体悟。诗歌一开始，说“君不见黄河之水天上来，奔流到海不复回。君不见高堂明镜悲白发，朝如青丝暮成雪。”他写黄河，说“黄河之水天上来”，这是站在高处，用遥远的目光眺望黄河的滚滚波涛才能获得的一种感觉。“奔流到海不复回”，流水意象很自然地和生命的短暂联系起来。“高堂明镜悲白发”，早上还是青丝满头，晚上已经是白发苍苍，刻画人生苦短，“人生得意须尽欢，莫使金樽空对月。天生我材必有用，千金散尽还复来”，既然人生短暂，何不尽兴地享受人生呢？所以“人生得意须尽欢，莫使金樽空对月”这两句看似颓唐，其实包含了积极的人生态度。“天生我材必有用”就包含了两层自信、两层信心。“天生我材”，天生之我乃是才华横溢之人；“必有用”，我的才华、我的本领在这个时代必定会得到重用。我们说盛世的标志就是人尽其才、才尽其用，所以这两句可以说是作为盛唐代言人的李白对盛唐气象的最佳诠释，这八句堪称诗歌最精彩的部分。诗一开头就大发感慨，以排山倒海之势，写了黄河滚滚的波涛所带来的人生感受。接下来又回到酒席上，因为毕竟《将进酒》是和朋友饮酒的时候所写的，说“烹羊宰牛且为乐，会须一饮三百杯”。唐朝人所饮的酒不是我们今天用蒸馏工艺所做成的白酒，李白所饮之酒是发酵工艺所做的酒，酒精度不那么高，可以“会须一饮三百杯”，这一句体现了李白的豪情壮志。“岑夫子，丹丘生，将进酒，杯莫停”，本来是朋友请他，李白在这里反客为主，劝他的朋友岑勋和元丹丘，就是诗歌里所写的“岑夫子”和“丹丘生”尽兴喝酒，不要停下手中的酒杯。“与君歌一曲，请君为我侧耳听”，那么歌什么词呢，或者说诗人希望他的朋友听到什么样的歌曲？也许底下的内容就是“与君歌一曲”所唱的内容：“钟鼓馔玉不足贵，但愿长醉不愿醒。古来圣贤皆寂寞，惟有饮者留其名”。钟鼓馔玉都是外在之物，不足为贵，诗人希望沉入醉乡，尽享人生欢乐。古往今来，很多圣哲都人生寂寞，唯有饮酒之人留下美名。寂寞的圣贤包含了儒家的先哲孔子，周游列国处处碰壁，那么饮者又指的谁呢？竹林七贤里面的刘伶。这个人一生所留下的唯一一篇著作就和酒有关，叫《酒德颂》，在文献记载里面他所有的故事也和喝酒有关，所以他是典型的留名的饮者。“陈王昔时宴平乐，斗酒十千恣欢谑”，写的是陈思王曹植。“主人何为言少钱，径须沽取对君酌。五花马，千金裘，呼儿将出换美酒，与尔同销万古愁。”诗歌的末句特别耐人寻味，“与尔同销万古愁”，也许在我们一般读者的心目之中，忧愁是属于杜甫的，杜甫忧国忧民，而李白青春豪情，似乎没有伤感，没有忧愁。其实李白一生也充满了忧愁、伤感和痛苦，只不过他把这种悲伤和痛苦，用自己的豪情壮志抒发出来了。李白写忧愁也写得很大气，他的忧愁是巨人式的忧愁，这也是今天很多年轻读者喜欢李白痛快淋漓的诗风的一个重要原因。

社会动乱与诗人杜甫

授课视频

杜甫的诗歌是一代诗史，他又是千秋诗圣，可以说是中国诗歌史上最具盛名的伟大诗人。那么我们要了解杜甫，要读懂他的诗，首先要从他的经历开始探析。杜甫生于公元712年，卒于公元770年，他的一生可以划分为四个时期，我们先从第一个时期读书漫游时期开始。

杜甫出生的这一年，也是历史上的一个标志性的时间，是唐代著名的皇帝唐玄宗登基之年。杜甫出生在一个奉儒守官的书香门第和官宦家庭，他的十三世祖杜预，是晋代著名的学者和将军。他的祖父杜审言是武则天时期著名的诗人，杜预和杜审言也是大诗人杜甫做人和做事的榜样。我们都知道杜甫有几个别称，他自称少陵野老、杜陵野客；由于他做过工部员外郎，做过左拾遗，所以后世也称他为杜工部和杜拾遗。在杜甫读书漫游的时期，除了他自己“读书破万卷，下笔如有神”的自我历练之外，我们还得考察他和大诗人李白的交往。在天宝三载(744)，33岁的杜甫结识了当时离开京城的李白。在杜甫的眼中李白已经名满天下，所以他对李白既有志同道合者那种期许，也有一种粉丝对偶像的崇拜。与李白的交往，在杜甫一生中是非常具有影响的一段经历，杜甫给李白写了十多首诗，很多都是名篇。杜甫既有良好的家世、远大的理想、读书的经历、朋友的交游，也有对未来志存高远的期待，这个时期主要的作品就是他在泰山的时候所写的《望岳》，最后两句是“会当凌绝顶，一览众山小。”这两句不仅是对泰山的描写，可以说也是青年杜甫远大人生理想的写照。

杜甫人生经历的第二个时期是困守长安时期。它的起止的断限是746年杜甫进入长安到755年安史之乱爆发，这一时期前后有十年，所以习惯上又叫它“长安十年”。在这十年里，杜甫由一个官宦人家的子弟，经过了科举落榜、家庭变故，沦落为长安底层的一个平民。他在746年进长安，747年参加了一次制举，可是制举的主持者李林甫玩弄阴谋，使所有参加制举的举子全部落榜，诗人杜甫成了这个政治阴谋的受害者。再加上他的父亲杜闲不久又去世，他失去了生活来源。在制举落榜、家庭变故之后，他从一个官员的子弟沦落为长安城里的一个平民，过着“卖药都市、寄食友朋”的穷愁生活，尝尽了人间的辛酸。这个转变也引起了他诗风的转变。杜甫刚进长安的初期，他的眼光是向上看的，注视着高层的王公大臣；自己沦落为平民之后，开始眼光向下看，关注沦落在底层的那些民众，《兵车行》可以说是这种风格转变的一个典型的体现。在长安十年的后期，天宝十四载(755)，安史之乱爆发的前夜，杜甫写过一首名作《自京赴奉先县咏怀五百字》。这首诗是对长安漂泊经历的一个总结，也是对当时盛世的假象掩盖下的危机的深刻揭示，其中有两句大家都耳熟能详——“朱门酒肉臭，路有冻死骨”，虽然写的是一千多年前唐朝的社会现实，我们今天读起来仍然触目惊心，具有巨大的警示意义。所以这个时期对杜甫而言，人生充满了不幸，但是他的诗歌创作出现了高峰。

第三个时期是安史之乱爆发之后杜甫陷安史叛军和短期做官的时期。安史之乱爆发在755年的农历十一月，到763年的正月才结束，这场战乱持续了八年，给国家和人民带来了深重的苦难，无数的文人墨客也卷入到战乱之中，杜甫也不能例外。他是战乱的经历者，他目睹了人民流离失所的惨剧，以一种悲天悯人的情怀，用他那些光照千古的诗篇，深刻地记录了这个时代的悲剧。所以这个时期他写下了一些著名的作品，比如《哀江头》《哀王孙》，写的是长安城破之后安史叛军对京城的破坏；还写了“三吏三别”，忠实地记录了战乱之中生灵涂炭、民不聊生的惨剧；还有《羌村三首》，用个人的经历来揭示那个时代给人们心中留下的伤痕。在安史之乱中，公元756年，杜甫被叛军押往长安，他目睹了山河的残破，挥笔写下了《春望》。“国破山河在，城春草木深”，这也是诗史性的诗篇。第二年的春夏之交，杜甫趁乱逃出京城，投奔当时在凤翔的流亡政权。“麻鞋见天子，衣袖露两肘”，臣子参见天子的时候，一般都要峨冠博带，可是战乱之中的杜甫着破衣烂衫去拜见当朝天子唐肃宗李亨，李亨也被感动了，就授予他左拾遗的官职。本来这个官品级不高，可是他负有比较重要的政治责任，要向朝廷和皇帝进言，指出朝廷的过错。杜甫履行左拾遗职责的时候非常尽心，不久就因为他的书生意气而得罪了皇帝，所以他又被放假回到了安顿家小的羌村去探望他的家人，在羌村他写下了《羌村三首》。到长安收复之后，朝廷又回到了京城，杜甫也回到了长安，虽然还担任左拾遗，但由于受到了皇帝的疏远，当皇帝坐稳龙庭进行政治清洗时，杜甫就被贬为华州司功参军。这次贬官是人生的不幸，但又是他诗歌创作的一次高峰。他在华州司功参军的任上，曾经回过洛阳探家，当时河南地区叛军和官军在进行拉锯战，洛阳的百姓由于受到了威胁，又开始新一轮的逃难。杜甫从洛阳回到华州，华州这个地方就是今天陕西的华县，他看到了朝廷由于缺乏兵源到处抓丁的情景，写下了“三吏三别”这样的名篇。

公元759年，由于关中闹饥馑，杜甫在政治上也对朝廷颇为失望，所以就弃官不做，踏上了晚年的漂泊征程。他人生的第四个时期是漂泊西南时期。杜甫在公元759年离开长安，先到秦州投靠他的侄子杜佐，三个月之后又继续向南，投奔甘肃成县同谷的一位故人。在同谷，杜甫度过了一生之中最艰难的时期，他写过著名的《同谷七歌》，反映了他当时生活几乎陷入绝境。杜甫想到南方的气候比较温暖，物产也比较丰富，所以就跋山涉水，在759年的岁末终于抵达了成都。成都这座城市张开了温暖的怀抱，接纳了诗圣，四川人民也以好客的热情对杜甫给予了很多帮助。杜甫在成都西侧的浣花溪旁盖了三间茅屋，这就是杜甫草堂的前身。他在这里的生活相对而言比较安定，也可以暂时放下沉重的政治忧念。因为远离了北方的政治中心，所以可以欣赏一下美丽的巴山蜀水，他的诗风从前期的沉郁顿挫也一变转为潇洒清逸，比如“好雨知时节，当春乃发生”，心情是蛮愉快的；“两个黄鹂鸣翠柳，一行白鹭上青天”，也是一种非常快乐的生活。他在这里享受了和家人团聚的快乐，“老妻画纸为棋局，稚子敲针作钓钩”。可是好景不长，由于杜甫的朋友严武去世，他在公元765年的春夏之交离开了成都，继续顺江而下，他的计划是“即从巴峡穿巫峡，便下襄阳向洛阳”。但是走到夔州，由于年老多病，他就病倒了。在夔州杜甫诗歌创作出现了又一次高峰。诗人一方面要忍受病痛的折磨，另一方面又有非常深入的人生体验，在这里他写下了著名的《秋兴八首》和《登高》。《登高》里有两句“万里悲秋常作客，百年多病独登台”，“百年多病”是杜甫真实的写照。今天研究杜甫的学者往往在诗史之外还给杜甫的诗加两个别称，它既是诗史又是自传，它写了杜甫一生的经历；它还是图经，就如同一幅地图，杜甫走到什么地方都会有诗歌留下来。他的有些诗写到自己身体的病痛折磨，那些诗句又可以当成一种病历，比如说消渴，就是今天我们讲的糖尿病，还有肺疾、风疾、疟疾，所以百年多病不是无病呻吟，而是真实的写照。杜甫在夔州住了两年多，身体养得差不多了就继续前行，到湖北湖南去投亲靠友。他在晚年时登上岳阳楼，写下了著名的《登岳阳楼》，其中有两句“吴楚东南坼，乾坤日夜浮”，我们很难想象一个又老又病的诗人能写下如此气魄雄伟的诗篇。今天这诗联仍然挂在岳阳楼上，也感召了一代又一代的读者。

杜甫生命的终点是在湘江之上，他在大历五年（770）病死在湘江的一条小船上。他给我们留下了1 455首诗，这是他一生颠沛流离的总记录，也是大唐王朝由盛转衰的时代写照。

杜诗的诗史特征

杜诗的艺术成就可以总结出很多，但它的诗史精神是最明显的。作为一个生活在唐代社会由盛转衰这样一个转折时代的诗人，杜甫用他的生花妙笔给我们描绘了那样一幅广阔的时代画卷，既有向外的时代描写，也有向内的深沉独白，所以历来有很多对他的美称，他被称为“诗圣”，他的诗被称为“诗史”，他的艺术成就被称为“集大成”。杜诗中有很多忠实地记录了历史的诗篇，可以补正史的残缺。当然今天讲他的诗史精神，主要不是说他忠实地记录了历史，因为诗歌和历史还是有区别的。历史是客观的，诗歌是主观的，历史是冰冷的，诗歌是热情的。诗歌不能单纯地写成社会调查报告，那样的话就缺少韵味了。今天我们赞赏、推崇杜甫的诗史精神，除了他忠实记录了历史，更重要的是他能够把叙事、抒情、议论融于一体，他不是单纯地就历史而写历史，他有诗人的喜怒哀乐，他的诗歌是他生命和历史忧患的结晶，饱含着诗人的辛酸血泪，所以是以情动人的。我们举一首杜甫很有名的诗史性的作品《石壕吏》来说明这个问题。《石壕吏》和《新安吏》《潼关吏》《新婚别》《无家别》《垂老别》，这六首诗统称为“三吏三别”，是杜甫即事名篇的代表之作，这六首诗歌中写得最好的就是《石壕吏》：

“诗圣”杜甫像

授课视频

暮投石壕村，有吏夜捉人。
老翁逾墙走，老妇出门看。
吏呼一何怒！妇啼一何苦！
听妇前致词：“三男邺城戍。
一男附书至，二男新战死。
存者且偷生，死者长已矣。
室中更无人，惟有乳下孙。
有孙母未去，出入无完裙。
老妪力虽衰，请从吏夜归。

急应河阳役，犹得备晨炊。”
夜久语声绝，如闻泣幽咽。
天明登前途，独与老翁别。

“暮投石壕村，有吏夜捉人。老翁逾墙走，老妇出门看。”诗人写他从洛阳回到华州的路上途经一个叫石壕村的小村子，这个石壕村就是今天的河南省三门峡地区的陕州区，处于洛阳和华州之间。这“三吏”写作的顺序是比较明确的，写《新安吏》的时候经过新安县，在石壕村写了《石壕吏》，在潼关写了《潼关吏》，《石壕吏》是“三吏”的第二篇。在兵荒马乱的岁月里，杜甫在急匆匆地赶路，赶路的过程中他遇到了这个村子，他用了一个“投”字反映了战乱岁月里人们急匆匆的、迫切的心情。他没有用暮至石壕村、暮到石壕村、暮宿石壕村，用“投”字把人的心情写活了。“有吏夜捉人”，捉人指的是抓那些未成年的或者说已经年老的人上战场。这里有一个历史背景，就是经过了安史之乱的一大战役，即相州之战，也就是“三男邺城戍”中的邺城，史思明率领的叛军把以郭子仪为首的九个节度的官军击溃，九节度丢盔弃甲，溃回本镇，朝廷兵源严重不足。成年的男丁都已经上战场了，兵力不足怎么办？只好抓那些还没有成年的男孩儿和已经白发苍苍的老人，这是很不人道的抓丁政策。这两句话里也有一个时序的推移，由暮到夜，暮就是傍晚时分，夜就是夜深或者说中夜、夜半时分。“老翁逾墙走，老妇出门看”，“看”就是照应的意思，这里读一声。接下来写到石壕吏的神态和老妇的神态，说“吏呼一何怒，妇啼一何苦”，“一何”是唐朝人的口语，指的是多么、非常的意思。杜甫这首诗的写法有一个特征叫藏问于答。底下的“听妇前致词”后面都是老妇人的回答，石壕吏问了什么他没有写，他只写了答话，把问话暗藏在这个答话里。吏的问话是你们家三个孩子，或者你们家的男孩子都去哪里了？“三男邺城戍”，意思是我们家三个儿子都上了邺城的前线，“一男附书至”，其中一个儿子写家书回来了，报告什么情况呢？“二男新战死”，他的两个兄弟都已经死在了战场，非常不幸。“存者且偷生，死者长已矣”，“存者且偷生”是什么意思？唯一存下来这个孩子明天的命运如何，还很难预料。战乱之中，人的生命就跟琴弦一样，一不小心就崩断了。而老太太三个孩子中两个死在战场，这样一个家庭的悲剧也是大唐王朝战乱时代悲剧的缩影。

在安史之乱之前，全国的总人口约有 5 200 万，战乱之后全国的总人口只剩下了约 1 690 万，也就是十个人里面死了七个，或者说三个里面死了两个。所以老太太这一家的悲剧是非常典型的。后面写道“室中更无人，惟有乳下孙。有孙母未去，出入无完裙”，这是石壕吏第二次追问之后老妇的回答，说家里再没有别的人了，只有一个吃奶的孙子，可以想象那个吃奶的孙子，可能他已经失去了父亲；抚养孩子的妇女，已经失去了丈夫，孤儿寡母，孤苦伶仃。老太太回答的最后四句话是这么写的：“老妪力虽衰，请从吏夜归。急应河阳役，犹得备晨炊”，这当然是石壕吏第三次追问之下老太太的回答。她说她虽然年老了，但还是跟着吏一起回去，尽管不能上战场，还可以在前线做做饭，这是被逼无奈的体现。那么诗歌到这里，吏和老妇的对话就结束了，诗歌紧接着写道“夜久语声绝，如闻泣幽咽。天明登前途，独与老翁别”。恐怕“夜久语声绝，如闻泣幽咽”是诗歌里面最重要的两句话，我们以前解读这首诗，可能忽略了这两句话的深意。表面意思是说，老太太被这个石壕吏带走了，夜已经很深了，他们说话的声音也已经听不到了，整个村庄都安静下来了。“如闻”，就是似乎、大约听到“泣幽咽”，就是低声抽泣的声音，声音很小，所以好像听到了又好像没听到。声音非常小，表面意思是这个，但其实它暗含的意思是什么呢？我们调动自己的文学想象力想象一下，一个奔波了一天、行走了一天的行人，本来晚上已经睡下了，半夜被石壕吏的声音所惊醒。经过了这一番折腾，他已经是疲惫不堪了。夜已经静下来了，按照正常情况来说，他早该沉入梦乡鼾声如雷了，可是这首诗给我们的暗示是，诗人杜甫听到了有人低声哭泣的声音，说明他没有入睡。为什么没有入睡？不是说他精神很好一点都不困，而是面对此情此景，他辗转反侧睡不着觉。所以我们说杜甫的忧国忧民，不是他语言上说出的多么忧念国家，多么忧念人民，而是通过诗歌细致入微的描写来反映出他对当时时局和黎民百姓的关切。所以这两句反映出杜甫是安史之乱的见证者，他没有缺席这一出人间的悲剧。从这个意义上来说，杜甫描写时代、描写时局是有个人的喜怒哀乐，有个人的忧念之情的。《石壕吏》写了一个家庭、一个夜晚的悲剧，其他的五首诗和这首《石壕吏》一样，都是诗史性的名篇，共同构成了那个时代的广阔画卷，是反映时代苦难的一面镜子。

杜甫的接受与影响

授课视频

杜甫是中国诗歌史上的伟大诗人，这在今天已经形成了共识。但是在他生活的时代，他的影响和名气远远没有在后世那么大，甚至可以说是默默无闻的，有诗为证。大历四年的时候，晚年的杜甫漂泊湖南，曾写过一首诗叫《南征》，在这首诗歌里他喟然而叹："老病南征日，君恩北望心。百年歌自苦，未见有知音"。杜甫写了一辈子诗，漂泊了一辈子，追求政治功业也是一辈子，"百年歌自苦，未见有知音"是他怀才不遇、政治理想难以实现的感慨，也是他的诗歌难觅知音、无人知赏的一种真实描写。当时影响比较大的诗集是《河岳英灵集》和《中兴间气集》，《河岳英灵集》选的是盛唐年间的诗，多是王昌龄、王维、李白的诗，《中兴间气集》选的是中唐大历年间的诗，这两个选本都是和杜甫创作的时期相对应的，但是很遗憾，杜甫的诗一首都没有入选，只字未提。杜甫和盛唐的一些大诗人都有交往，我们前面曾经讲过，王维和杜甫是好朋友，李白和杜甫是好朋友，岑参和杜甫也是好朋友，还包括高适，高适在四川做官的时候，给予流落在四川的杜甫很大的帮助和接济。他和这几位大诗人都有密切的交往，对他们的诗歌也都非常推崇，比如他推崇李白的诗"笔落惊风雨，诗成泣鬼神"，说"岑参兄弟皆好奇"，可是遗憾的是，我们没有看到这几位诗人赞美和评价杜甫的诗。所以在那个年代，杜甫和其他几位大诗人相比，是默默无闻的。

杜甫之所以后来成为我们心目中的一代诗史、千秋诗圣，这是后人重新发掘了他的诗歌价值。我们说历史是最公正的审判官，有些人可能生前浪得虚名，成为大师级的人物，去世之后，过了多少年，历史对他进行了重新的评判，可能他名不副实。而另外一些诗人可能生前默默无闻，可是经过了历史的检验，他们诗歌的艺术价值被重新阐释，赢得了死后的名声。杜甫诗歌的价值，包括艺术价值和思想价值就是重新被发现的最典型的例子，他是诗歌经典化的一个标本。在这样一个经典化的过程之中，首先是诗史价值的发现。我们知道在中国古代典籍分类里，有一个次序叫经史子集，其实这个排序是按照重要性排的。经部排在第一位，因为儒家的经典是中国古代读书人必读的。史仅次于经，子部主要是一些难以归入经、集和史类的笔记材料之类的作品。诗歌属于集部，排名最后，所以杜甫诗歌经典化的第一步就是发掘他作品的诗史价值，甚至在宋代，杜诗可以当作史料去读，有些评论家把他的诗歌当作历史，把杜诗从排在第四位的集部抬升到排在第二位的史部。其实杜诗诗史价值的发现，最早在晚唐孟棨的《本事诗》里就有体现："杜逢禄山之难，流离陇蜀，毕陈于诗，推见至隐，殆无遗事，故当时号为'诗史'"。孟棨的《本事诗》归在"高逸篇"中，这一篇主要是讲李白的飘逸，由于李白和杜甫有交往，所以附带着谈到了杜甫，称其作品为诗史，但当时他的影响还没有那么深远。可是到了北宋欧阳修和宋祁修《新唐书》的时候,负责列传的宋祁就把杜甫诗歌的诗史价值通过正史形式加以确认,为其正名。《新唐书》作为一部正史,他的影响力就超过了《本事诗》,而且当时很多评论家对杜甫诗歌的历史价值也有非常深入的挖掘,诗史价值是杜甫经典化的过程中,其地位抬升的关键一环。

接下来一环是从历史的记载到忠义之笔,也就是说从杜诗入手挖掘杜甫的人格。王安石拉开了杜甫忠义人格挖掘的序幕,他写过一首诗叫《杜甫画像》,相当于一首题画诗,对杜甫的这种忧念苍生的仁爱精神非常推崇。到了大文豪苏轼,他则明确地提出了杜甫思想价值的"一饭不忘君"的忠君观点。这个观点写在他《王定国诗集叙》里:"古今诗人众矣,而杜子美为首。岂非以其流落饥寒,终身不用而一饭未尝忘君也欤?"古往今来的诗人有那么多,为什么杜甫独得大名,难道不是因为他流落饥寒、穷困潦倒、怀才不遇,但是一刻也没有忘记君主吗?看上去对忠君意识似乎强调得很厉害,其实苏轼这篇序的赠予对象王定国是他的朋友兼学生。苏轼遭遇乌台诗案之后深陷困境,王定国也受到连累,他为了鼓励王定国,用了杜甫的例子,鼓励他在困境之中坚持自己的人格,所以这篇序带有勉励朋友和自我勉励的意思。但是,由于苏轼本人名气特别大,他是北宋的文坛领袖,他这个观点一出来,立刻引发众人响应,为宋代杜甫诗歌评价体系里的忠君说推波助澜,进一步地把杜甫从一个才子形象塑造为唐代的一个忠臣形象。其实我们看到两《唐书》里,包括杜诗里他在自我观照的时候,他的才子个性是非常鲜明的。他曾经在四川成都写过一首诗歌《狂夫》,诗歌最后一句写道"自笑狂夫老更狂",说他年轻时候就很狂,到老了比年轻时候还要狂,所以"狂"是贯穿杜甫一生的一个关键词。如今普通的读者一提起杜甫,好像就是一个非常具有仁爱精神、非常忠厚善良的长者,其实杜甫的个性里还有盛唐狂士的影子。他给李白写的那首诗"痛饮狂歌空度日,飞扬跋扈为谁雄"(《赠李白》),既是写李白,也是他个性的"夫子自道",只不过生活的困境、人生的艰难,把他性格狂的那一面掩盖了,在特定的时期、特定的情况下,他这种狂还会偶尔露峥嵘,所以他身上的才子气、狂士气是很重的。但是宋人在将其经典化的过程中把这一点给遮蔽了,把他塑造成一个忠臣的形象,不仅是忠臣,宋人经典化杜甫的最后一步是把他从一个忠臣推向了至高无上的圣坛——成为圣哲。南宋时,可以说"千家注杜",当然千家是有些夸张了,至少有一二百家都在注释杜甫的诗,对他的诗进行重新阐释。甚至在学堂里,把他的诗和《论语》《孟子》相提并论,把他的诗和儒家经典相提并论了,在阐释杜诗的时候,也往往将其和《诗经》相提并论。

人成为圣,诗化为经,到了宋代,杜甫和杜诗经典化终于得以完成。这样一个过程中既有杜甫诗歌本来价值的体现,也有后世读者对他进行深度解读和重新阐释的体现;既有诗歌本身发展的原因,也有宋代的文化比较推崇君子人格的原因,是文化和文学共同作用的结果。从此之后杜甫成为中国古典诗歌至高无上的典范,产生了极其深远的影响,宋元明清的全部诗学,几乎无不笼罩在杜甫的万丈光芒之下。

盛极而衰的时代与大历诗坛

授课视频

大历(766—779)是唐代宗李豫的年号，这一时期王维、李白、高适、杜甫等诗人相继辞世，而新的一代文学巨匠还未出现。此时活跃在诗坛上的诗人们既无李白的磅礴气势，也没有杜甫的深广情怀，大多数作品表现的是孤寂冷落的心境和淡泊宁静的情趣。

大历诗歌主要由两大诗人群体的作品构成：一是“十才子”诗人群，作品以题赠送别之作为主，诗多无奈叹息和寂寞情调；二是江南的地方官诗人群，以描写山水风景见长。

一、大历十才子

“大历十才子”之名起于姚合的《极玄集》，其成员有钱起、卢纶、司空曙、皇甫曾、李嘉祐、吉中孚、郎士元、李益、耿湋、李端十人。他们因为于大历初年在长安参加唱和活动而为世瞩目，但其创作成就高低不一，所长各异。如李端才思敏捷，工于送别应酬诗体。司空曙则看破世情，诗中多悲秋抑郁之气。韩翃热衷于富贵，积极进取，诗中仍有盛唐余韵。卢纶则曾亲赴边塞，笔力雄健，如其《塞下曲》(其二)：

林暗草惊风，将军夜引弓。
平明寻白羽，没在石棱中。

《塞下曲》是边塞军歌之一种。在卢纶之前，高适、王昌龄、李白等先后以此为题作诗，描写边塞风光与战斗生活，气格雄壮。卢纶《塞下曲》一组共六首，分别写发号施令、射猎破敌、奏凯庆功等军营生活场景。这首诗取意于李广，主讲射虎，表现将军英勇善战、武艺高强的特点。又其三：

月黑雁飞高，单于夜遁逃。
欲将轻骑逐，大雪满弓刀。

这首诗写将军雪夜率军歼敌的决心。全诗虽无冒雪追敌的过程，也无直接激战的场面，但留给读者的想象空间却非常丰富。整体上看，卢纶边塞创作风格劲健，气势昂扬，颇有盛唐余响。

“大历十才子”中多数人擅长写送别诗，但多易落俗套。除应酬外，他们的诗还写日常生活细事、自然风物和羁旅愁思，抒发清冷孤独的情怀。如：

世事悠扬春梦里，年光寂寞旅愁中。劝君稍尽离筵酒，千里佳期难再同。（钱起《送锺评事应宏词下第东归》）

出关愁暮一沾裳，满野蓬生古战场。孤村树色昏残雨，远寺钟声带夕阳。（卢纶《与从弟瑾同下第后出关言别》）

钓罢归来不系船，江村月落正堪眠。纵然一夜风吹去，只在芦花浅水边。（司空曙《江村即事》）

春城无处不飞花，寒食东风御柳斜。日暮汉宫传蜡烛，轻烟散入五侯家。（韩翃《寒食》）

这一类作品是“十才子”诗中较为优秀的成熟之作，艺术表现上追求清雅闲淡，工于白描写景，技巧趋于细腻雕琢，虽无刘长卿那种浓厚的孤独寂寞感，但总表现出一种冷落萧瑟的衰飒气象，带有大历时期特有的情思韵味。

皎然《诗式》说：“大历中词人……窃占青山白云，春风芳草以为己有，吾知诗道初丧，正在于此。”“十才子”的诗，欲袭盛唐之境，却乏盛唐之骨，不免给人以浮浅之感，如李端《听夜雨寄卢纶》：

暮雨潇潇过凤城，霏霏飒飒重又轻。
闻君此夜东林宿，听得荷池几度声。

此诗借助自然风物和羁旅愁思，抒发寂寞清冷的孤独情怀，表现出超然世外的隐逸情调。总之，“十才子”的诗大都写得精致工整，在与诗的风格情调和写作技巧密切相关的词语色彩和意象构成方面，他们的诗歌有自己鲜明的特色。

因为生不逢时，所以他们缺乏盛唐诗人的昂扬进取的精神，受特定心境和意绪支配的诗歌其词语选择，往往带有凄清、寒冷、萧瑟乃至暗淡的色彩。类似秋风、落叶、夕照、寒雁等冷淡词语，在“十才子”作品中俯拾皆是。如钱起《谷口书斋寄杨补阙》中的“竹怜新雨后，山爱夕阳时”，耿湋《晚夏即事临南居》中的“树色迎秋老，蝉声过雨稀”，卢纶《至德中途中书事却寄李间》中“路绕寒山人独去，月临秋水雁空惊”。暗淡清冷的词语色彩，使他们的诗整体上给人以凄凉衰飒的风格印象。与词语选择相关的是意向的运用，他们喜用白描手法写诗，以求意象的创新，其寂寞冷落的情思多通过描述性意象表达出来。如钱起《湘灵鼓瑟》中“曲终人不见，江上数峰青”，司空曙《西外地卢纶见寄》中“雨中黄叶树，灯下白头人”，李端《过谷口元赞所居》中“重露湿苍苔，明灯照黄叶”。这些诗句均具有具体的写实倾向，常从极细微处感悟体认，逼真描绘出带有清幽韵味的小境界。其意象多由生活中常见的山峰、寒雨、落叶、灯影、蝉声、苍苔等组成，刻画精致细巧。

二、刘长卿与韦应物

与以长安、洛阳为中心的十才子诗人群同代的，还有长期任职于江南的地方官诗人群，他们的作品以描写山水风景为主，其清雅闲淡的艺术追求虽深受盛唐“王孟”诗风的影响，但在风格情调、意象营造等方面体现出大历诗歌的鲜明特色。刘长卿、韦应物即为其代表。

（一）刘长卿

刘长卿，字文房，生于洛阳，先世在宣州（今安徽宣城）。早年家贫，隐于嵩山读书。天宝十一年（752）进士及第，然由于“刚而犯上”（高仲武《中兴间气集》），负谤入狱，两遭贬谪，一生大部分时间是在逆境中度过的。长期的抑郁寡欢使其诗歌在冷落寂寥的情调外，又增加了一些惆怅衰飒色彩，颇显悲凉凄清。如《重送裴郎中贬吉州》：

> 猿啼客散暮江头，人自伤心水自流。
> 同作逐臣君更远，青山万里一孤舟。

同病相怜，不胜愁别，孤寂的生存体验与特定时代的萧瑟景象相结合，汇聚成生不逢时的冷落情调，在诗中回旋往复。

刘长卿善写五言诗，“尝自以为五言长城”，五言近体尤为人称道。其诗歌语言清秀淡雅而又流畅谐婉，造境幽远，抒情写景都能达到优美境界。如《送灵澈上人》：

> 苍苍竹林寺，杳杳钟声晚。
> 荷笠带斜阳，青山独归远。

平淡中蕴含了不尽的余意。又如《逢雪宿芙蓉山主人》：

> 日暮苍山远，天寒白屋贫。
> 柴门闻犬吠，风雪夜归人。

全诗极为简练地勾勒了一幅荒村雪夜归人的图画，烘托出一种茫茫然无着落的惆怅感。刘长卿自觉继承了盛唐诗歌的艺术经验，但“思锐才窄”限制了他的艺术创新，“大抵十首以上，语意稍同”（高仲武《中兴间气集》）。

（二）韦应物

韦应物（732？—789?），字义博，京兆万年（今陕西西安）人，出身于关中望族，父祖皆有名于画坛。他少年时以门荫授三卫郎，随侍玄宗，安史乱后流落失职，始折节读书。韦应物的生活经历与诗歌创作紧密相连。他早年的诗歌继承了盛唐诗人关怀现实、追求理想的传统，诗中充满昂扬开朗的人生意气，如《寄畅当》：

丈夫当为国，破敌如摧山。
何必事州府，坐使鬓毛斑。

此类诗作明显带有刚健明朗的盛唐余韵。但他的后期诗作充满对政治的灰心失望和看破世情后的散淡无奈，企慕淡泊脱俗、远离尘世的生活，向往隐逸的宁静，“气貌高古，清雅闲淡，自成一家之体”（白居易《与元九书》）。如《寄全椒山中道士》云：

今朝郡斋冷，忽念山中客。
涧底束荆薪，归来煮白石。
欲持一瓢酒，远慰风雨夕。
落叶满空山，何处寻行迹？

该诗情谊真挚，却出之以恬淡之语，诗境雅洁而意味深长。又如《滁州西涧》：

独怜幽草涧边生，上有黄鹂深树鸣。
春潮带雨晚来急，野渡无人舟自横。

该诗以简淡自然的语言传神地写出了闲适生活的宁静野逸之趣，表达了清幽空寂的人生情怀，古淡清腴，悠然意远。

（三）李益

大历时期，李益以边塞诗创作而饮誉当时。李益（748—829?），陇西姑臧（今甘肃武威）人。大历四年（769）进士，才名播于天下。从大历九年起，“从军十八载，五在兵间”。贞元中，入朝为官，任中书舍人、右骑常侍，以礼部尚书致仕。

李益的边塞诗在中唐独具特色，其内容丰富，既表现了爱国热情和民族自豪感，也表现了征人思乡的哀愁。他可以说是最能继承盛唐边塞诗风格的一位能手，始终不乏豪情壮志。他在《塞下曲》中云：

伏波惟愿裹尸还，定远何须生入关。
莫遣只轮归海窟，仍留一箭定天山。

诗中的英雄豪迈色彩，具有盛唐余韵。但李益活动的年代，因不满战乱而产生的厌弃远戍的哀怨伤感情绪急剧增加，反映在其边塞诗中，遂常于壮怀激烈中略带伤感和悲凉。如《夜上受降城闻笛》：

回乐峰前沙似雪，受降城外月如霜。
不知何处吹芦管，一夜征人尽望乡。

诗人简笔勾勒了边塞夜景，渲染出悲凉气氛，有力烘托出征人的无边相思，情韵兼美，悲壮婉转。又如《盐州过胡儿饮马泉》：

绿杨著水草如烟，旧是胡儿饮马泉。
几处吹笳明月夜，何人倚剑白云天。
从来冻合关山路，今日分流汉使前。
莫遣行人照容鬓，恐惊憔悴入新年。

盐州（今陕西定边）是唐和吐蕃反复争夺的重镇。诗人用明丽的色彩描写饮马泉的景色，表达了对失土收复的欣喜和对边防将士的崇敬，情思悠扬。全诗的基调是积极的，但结尾处却流露出远行出塞的悲凉。

李益诗各体皆工，尤以七绝成就最高，所以他的边塞诗也以七绝最为著名而流传于世。如《从军北征》：

天山雪后海风寒，横笛偏吹行路难。
碛里征人三十万，一时回首月中看。

诗中写景抒情注重在瞬间捕捉诗意，然已不像盛唐诗人那样着重总体感受的把握，而是偏于精细深婉的心态描写，成功表现了千百万士卒久戍思归的凄凉心境，并通过画外声来加强其悲怆情绪，韵味尤远。

白居易《长恨歌》的主题变奏

白居易(772—846),字乐天,原籍太原,晚年居洛阳香山,故号香山居士。以白居易、元稹为代表的元白诗派是中唐重要的诗歌流派,他们继承杜甫以及中唐前期元结、顾况等人的写实主义传统,尚通俗、求平易、重写实,积极发挥诗歌关注现实、经世致用的功能,形成务实尚俗的美学特征。

授课视频

白居易在《与元九书》中,将自己的诗作分为讽喻诗、闲适诗、感伤诗、杂律诗四类,并将感伤诗定义为:"又有事物牵于外,情理动于内,随感遇而形于叹咏者一百首,谓之感伤诗"。《长恨歌》就是白居易感伤诗中的代表作品:

汉皇重色思倾国,御宇多年求不得。
杨家有女初长成,养在深闺人未识。
天生丽质难自弃,一朝选在君王侧。
回眸一笑百媚生,六宫粉黛无颜色。
春寒赐浴华清池,温泉水滑洗凝脂。
侍儿扶起娇无力,始是新承恩泽时。
云鬓花颜金步摇,芙蓉帐暖度春宵。
春宵苦短日高起,从此君王不早朝。
承欢侍宴无闲暇,春从春游夜专夜。
后宫佳丽三千人,三千宠爱在一身。
金屋妆成娇侍夜,玉楼宴罢醉和春。
姊妹弟兄皆列土,可怜光彩生门户。
遂令天下父母心,不重生男重生女。
骊宫高处入青云,仙乐风飘处处闻。
缓歌慢舞凝丝竹,尽日君王看不足。
渔阳鼙鼓动地来,惊破《霓裳羽衣曲》。
九重城阙烟尘生,千乘万骑西南行。
翠华摇摇行复止,西出都门百余里。
六军不发无奈何,宛转蛾眉马前死。
花钿委地无人收,翠翘金雀玉搔头。
君王掩面救不得,回看血泪相和流。
黄埃散漫风萧索,云栈萦纡登剑阁。

峨嵋山下少人行，旌旗无光日色薄。
蜀江水碧蜀山青，圣主朝朝暮暮情。
行宫见月伤心色，夜雨闻铃肠断声。
天旋日转回龙驭，到此踌躇不能去。
马嵬坡下泥土中，不见玉颜空死处。
君臣相顾尽沾衣，东望都门信马归。
归来池苑皆依旧，太液芙蓉未央柳。
芙蓉如面柳如眉，对此如何不泪垂？
春风桃李花开夜，秋雨梧桐叶落时。
西宫南苑多秋草，宫叶满阶红不扫。
梨园弟子白发新，椒房阿监青娥老。
夕殿萤飞思悄然，孤灯挑尽未成眠。
迟迟钟鼓初长夜，耿耿星河欲曙天。
鸳鸯瓦冷霜华重，翡翠衾寒谁与共？
悠悠生死别经年，魂魄不曾来入梦。
临邛道士鸿都客，能以精诚致魂魄。
为感君王辗转思，遂教方士殷勤觅。
排空驭气奔如电，升天入地求之遍。
上穷碧落下黄泉，两处茫茫皆不见。
忽闻海上有仙山，山在虚无缥缈间。
楼阁玲珑五云起，其中绰约多仙子。
中有一人字太真，雪肤花貌参差是。
金阙西厢叩玉扃，转教小玉报双成。
闻道汉家天子使，九华帐里梦魂惊。
揽衣推枕起徘徊，珠箔银屏迤逦开。
云鬓半偏新睡觉，花冠不整下堂来。
风吹仙袂飘飖举，犹似霓裳羽衣舞。
玉容寂寞泪阑干，梨花一枝春带雨。
含情凝睇谢君王，一别音容两渺茫。
昭阳殿里恩爱绝，蓬莱宫中日月长。
回头下望人寰处，不见长安见尘雾。
唯将旧物表深情，钿合金钗寄将去。
钗留一股合一扇，钗擘黄金合分钿。
但令心似金钿坚，天上人间会相见。
临别殷勤重寄词，词中有誓两心知。
七月七日长生殿，夜半无人私语时。

在天愿作比翼鸟，在地愿为连理枝。
天长地久有时尽，此恨绵绵无绝期。

《长恨歌》共七言六十韵，是唐诗中少有的叙事长篇。关于它的创作主旨，据陈鸿《长恨歌传》云，白居易创作此诗，“意者不但感其事，亦欲惩尤物，窒乱阶，垂于将来者也”，即诗歌既有为李、杨爱情所感动的一面，也有以此为鉴、垂训后世的意味。然在后世流传中，此诗的主题众说不一，成为唐诗研究的热点之一，总的来看，有讽喻说（批判说）、爱情说（歌颂说）、双重主题说（批判兼歌颂）三类。之所以如此，与诗人的主观创作意图和实际创作效果之间表现出来的差距有关。

《长恨歌》的故事一方面是重大的历史题材和政治题材，另一方面又是来自民间的具有悠久传统的人性题材、心理题材。白居易在创作中服从于民族的文化心理和诗人的个性思想，即传统模式与诗人主观能动作用并存，这固然与诗人的生活经历和人生观是分不开的。白居易一生跨中晚唐，他的思想以贬官江州司马为界，经历了由积极入世到消极出世两个阶段，实践了他所信奉的“达则兼济天下，穷则独善其身”的儒家人生模式。白居易所谓“独善”的基本内涵是乐天知命、知足保和，并由此而与释、老相通，以随缘任运、委顺自然为应世态度。在他的整个思想体系中，“独善”与“兼济”并行不悖，它们是一个完整人生观的两个侧面。在遭贬以前，他胸怀大志，颇有挽唐室于既衰，拯生民于水火的政治气概，因此，在总结唐玄宗后半生政治得失的基础上写就了《长恨歌》。他心中的唐玄宗一分为二，必然要在诗歌的形象塑造中反映出来。正是因为“一往情深”的唐玄宗同重色轻国的唐玄宗是对立统一体，所以，白居易把这个故事写成了一个好皇帝的悲剧。好皇帝有所惑，终于造成了自己和百姓的悲剧。我们从作品中看到的唐玄宗性格的塑造已排斥了理想化，但又是另一种理想化的结果——排斥的是封建统治阶级为皇帝们头上加足光环使其上升为半神的理想化。而这排斥本身就包含了普通百姓的另一种理想，他们从现实生活中皇帝权威下降的土壤出发，把皇帝想象为和他们自己一样的普通人，一个有爱欲、有苦恼、有错误、有缺点的人情味十足的痴情皇帝，和一般爱情故事中的主人公并无差别，他们从另一角度把皇帝理想化了，理想化的皇帝应该和百姓一样是有血有肉的人，不是神。白居易从民本思想出发，有条件并有所扬弃地接受了这种对唐玄宗的理想化。诗人被贬江州后，“独善”与“兼济”的地位发生了转化，他的精神生活与仕宦生涯逐渐转轨，终于以“独善”消释了“兼济”。在精神自救的过程中，白居易逐渐从关注社会政治转向关注个体生命，对自由人格的钟爱逐渐超越了对道德人格的执着。

在《长恨歌》里，诗人以精练的语言、优美的形象、叙事和抒情结合的手法，叙述了唐玄宗、杨贵妃在安史之乱中的爱情悲剧：他们的爱情被自己酿成的叛乱断送了，可以说是自食其果。唐玄宗、杨贵妃虽是历史人物，但诗人并不拘泥于历史，而是借着历史的影子，根据民间传说和街坊歌唱，演绎出一个回旋曲折、宛转动人的故事，用回环往复、缠绵悱恻的艺术形式描摹、歌咏出来。因为诗中的故事、人物都是艺术化的，是现实中人的复杂真实的再现，所以能够在历代读者的心中漾起阵阵涟漪。

诗的开篇两句“汉皇重色思倾国，御宇多年求不得”，揭露玄宗后期贪恋女色、荒淫误国，具有强烈的批判性。然而接着的“杨家有女初长成”四句，却又为玄宗讳，这既体现出白居易作为封建文人的阶级立场和局限性，也体现出诗人对“大恶”与“小恶”的明智处理。接下来，诗歌极力渲染杨玉环的美貌风情和玄宗对她的极度宠爱，把一场宫廷爱情描写到极致，也为后面的悲剧埋下伏笔。安史乱发，玄宗仓皇逃蜀；马嵬赐死，玉环香消玉殒。长安收复后，作为太上皇的李隆基重返长安，途经马嵬，目睹伤心离魂之地，百转千回，感慨万端。回到长安以后的秋雨梧桐、孤魂夜永，渲染出玄宗对杨贵妃的思念之情。爱情的缠绵悱恻被描写得相当动人，洋溢着诗人的同情。诗的最后，诗人借助道士方术，安排玄宗与杨贵妃的魂魄在仙境相遇，重申盟誓，把李、杨之间“在天愿作比翼鸟，在地愿为连理枝”的爱情推向高峰，给后世留下一曲缠绵浪漫的爱情颂歌。

[元] 钱选《杨贵妃上马图》

《长恨歌》是一首抒情成分很浓的叙事诗，诗人在故事叙述和人物塑造上采用了我国传统诗歌擅长的抒写手法，将叙事、写景和抒情和谐地结合在一起，形成诗歌抒情上回环往复的特点。诗人时而把人物的思想感情注入景物，用景物来烘托人物的心境；时而抓住人物周围富有特征性的景物、事物，通过人物对它们的感受来表现内心的感情，层层渲染，恰如其分地表达了人物蕴蓄在内心深处的难达之情。唐玄宗逃往西南的路上，四处是黄尘、栈道、高山，日色暗淡，旌旗无光，秋景凄凉，这是以悲凉的秋景来烘托人物的悲思。在蜀地，面对着青山绿水，还是朝夕不能忘情。蜀中的山山水水原是很美的，但是在寂寞悲哀的唐玄宗眼中，那山的“青”、水的“碧”，也都惹人伤心。大自然的美应该有恬静的心境才能享受，他却没有，所以就更增加了内心的痛苦。这是透过美景来写哀情，使感情又深入一层。行宫中的月色，雨夜里的铃声，本来就很撩人意绪，诗人抓住这些寻常但是富有特征的事物，把人带进伤心、断肠的境界，再加上那一见一闻、一色一声，互相交错，在语言上、声调上也表现出人物内心的愁苦凄清，这又是一层。还都路上，“天旋日转”，本来是高兴的事，但旧地重过，玉颜不见，唐玄宗不由伤心泪下，叙事中又增加了一层痛苦的回忆。回长安后，“归来池苑皆依旧，太液芙蓉未央柳。芙蓉如面柳如眉，对此如何不泪垂”。白日里，由于环境和景物的触发，他从景物联想到人，景物依旧，人却不在了，禁不住潸然泪下，从太液池的芙蓉花和未央宫的垂柳仿佛看到了杨贵妃的容貌，展示了人物极其复杂微妙的内心活动。“夕殿萤飞思悄然，孤灯挑尽未成眠。迟迟钟鼓初长夜，耿耿星河欲曙天。”从黄昏写到黎明，集中地表现了唐玄宗夜间被情思萦绕久久不能入睡的情景。这种苦苦的思恋，“春风桃李花开日”是这样，“秋雨梧桐叶落时”也是这样；及至看到当年的“梨园弟子”“阿监青娥”都已白发衰颜，更勾引起他对往日欢娱的思念，自然黯然神伤。从黄埃散漫到蜀山青青，从行宫雨到奏凯回归，从白日到黑夜，从春天到秋天，处处触物伤情，时时睹物思人，诗人从各个方面反复渲染诗中主人公的苦苦追求和寻觅。现实生活中找不到，到梦中去找；梦中找不到，又到仙境中去找。如此跌宕回环，层层渲染，使人物感情回旋上升，达到了高潮。诗人正是通过这样的层层渲染，反复抒情，回环往复，让人物的思想感情蕴蓄得更加深邃丰富，使诗歌“肌理细腻”，更富有艺术的感染力。

白居易尝自云“一篇长恨有风情”(《戏赠元九李二十》)，可知诗人本人对这首诗颇为自许。唐宣宗《吊白居易》诗云：“童子解吟长恨曲，胡儿能唱琵琶篇。”可见此诗在当时即广为传唱。《长恨歌》所取得的艺术成就使它得到广泛的流传，对后世文学产生了深远影响。元代白朴的《唐明皇秋夜梧桐雨》、清代洪昇的《长生殿》等，俱取材于此。

与命运抗争的刘禹锡

授课视频

唐顺宗永贞元年(805)发生的“永贞革新”是一个对中唐政治和文学具有重要影响的事件。刘禹锡等是这场政治斗争的积极参与者和受害者。严重的政治打击，给他的政治生命带来了不幸，但也成就了他的文学事业，使成为他在“元白”“韩孟”之外，具有独特风格的诗人。

一、刘禹锡及其思想

刘禹锡像

刘禹锡(772—842)字梦得，洛阳人。贞元九年(793)中进士，登博学鸿词科，授监察御史。永贞元年(805)参与王叔文集团，推行新政，失败后被贬郎州(今湖南常德)司马。元和九年(814)十二月奉召回京，次年又因《戏赠看花诸君子》一诗触犯当政者，出为连州刺史，后迁任夔州、和州刺史，在外二十余年。宝历二年(826)被召回洛阳，历任苏州、汝州、同州刺史，太子宾客，秘书监分司东都，加检校礼部尚书衔。世称“刘宾客”“刘尚书”。

刘禹锡具有朴素的唯物主义思想，著有《天论》三篇，在继承荀子“人定胜天”思想的基础上，提出了“天人交相胜”的观点，认为“天”(自然)与“人”(社会)各有规律，相互区别又相互依存。受其哲学思想的影响，加上本人性格刚毅，饶有豪猛之气，刘禹锡始终对人生充满信心和进取精神。如《元和十年自朗州至京戏赠看花诸君子》：

紫陌红尘拂面来，无人不道看花回。
玄都观里桃千树，尽是刘郎去后栽。

该诗作于诗人被贬十年应召回京之时，诗表面上是写人们去玄都观看桃花的情景，内在却是对当朝权贵予以讽刺。前两句凸显看花的盛况，诗人先从京城道路落笔，以“紫陌红尘”衬托出川流不息的盛况，并以“无人不道”形容人们看花后的满足和愉快，桃花之繁荣美好则显而易见了。此处无一语赞花，但花之动人却已浮现纸面之上。后两句由物及人，绾合自己的境遇。玄都观里众多的桃花，自己十年前在长安的时候根本没有。去国十年，后栽的桃树都长大并开花了，因此，回到京城，看到的又是另外一番春色，真是“树犹如此，人何以堪”。这里的千树桃花，也就是十年以来因投机取巧而在政治上得意的新贵；而看花的人则是那些趋炎附势、攀高结贵之徒。他们为了富贵利禄，奔走权门，就如同在紫陌红尘之中赶着热闹去看桃花一样。诗人结句指出：这些似乎了不起的新贵，也不过是自己被排挤以后提拔起来的罢了。诗人这种轻蔑和讽刺使他的政敌感到非常难受，所以此诗一出，诗人便立即受到打击报复，再遭贬谪了。十四年后，刘禹锡再度被召回京，他又作《再游玄都观》：

百亩庭中半是苔，桃花净尽菜花开。
种桃道士归何处，前度刘郎今又来。

该诗的序文说得很清楚，诗人因写了看花诗讽刺权贵，再度被贬，十四年后，才又被召回长安任职。在这十四年中，皇帝由宪宗、穆宗、敬宗而文宗，人事变迁很大，但政治斗争仍在继续。诗人写这首诗，是有意重提旧事，向打击他的权贵挑战，表示决不因为屡遭报复就屈服妥协。诗中仍以桃花为喻，嘲笑政坛上的那些匆匆过客。屡屡讽刺、抨击政敌，导致一次次的政治压抑和打击，这却激起他更为强烈的愤懑和反抗，强化了他的诗人气质，体现出其雄豪的性格特征。

二、雄直刚健的诗风

刘禹锡的诗大都简洁明快，风情俊爽，将哲人的睿智和诗人的挚情渗透其中，极富艺术张力和雄直气势。如“芳林新叶催旧叶，流水前波让后波”（《乐天见示伤微之敦诗晦叔三君子皆有深分因成是诗以寄》）、“沉舟侧畔千帆过，病树前头万木春”（《酬乐天扬州初逢席上见赠》）都具有振衰起弱、催人向上的力量。其七言绝句也别具特色。如《秋词二首》其一：

自古逢秋悲寂寥，我言秋日胜春朝。
晴空一鹤排云上，便引诗情到碧霄。

这首诗是诗人被贬朗州（今湖南常德）司马时所作的。诗人因参与永贞革新而被贬，但并未在打击之后消沉下去，而是继续充满昂扬的斗志。“自古逢秋悲寂寥”，开篇就断然否定了前人悲秋的观念，表现出一种激越向上的诗情。第二句以“我言”直抒胸臆，表达自信，虽然当时遭遇了不幸，但诗人阔大的胸襟却非凡地溶解了这种不幸。“秋日胜春朝”，通过对比手法，说秋天比欣欣向荣的春天更胜一筹，从而对自古以来的悲秋论调予以否定。第三句诗人紧扣“一鹤凌云”的秋天景致，展现出秋高气爽、万里晴空的开阔景象。诗中那只凌云之鹤也载着诗人的诗情，一同遨游到了云霄，虽然其背影孤独，但气势非凡。此处，诗人可能是以“鹤”自喻，也可能视“鹤”为不屈的化身，从而使诗句既富有哲理意蕴，又有艺术魅力，耐人吟咏。第四句紧接上句直接抒写自己的感受，看到这一壮美的情境，诗人心中那激荡澎湃的诗情勃发出，也像白鹤凌空一样，直冲云霄了。诗人那乐观的情怀、昂扬的斗志也就喷薄而出了。

刘禹锡最为人所称道的是咏史怀古之作。在这些诗篇中，诗人常常超越历史与现实的时空距离，借怀古以伤今，在历史与现实的交融中，展开个人对人生的体认与感悟。如《西塞山怀古》：

王濬楼船下益州，金陵王气黯然收。
千寻铁锁沉江底，一片降幡出石头。
人世几回伤往事，山形依旧枕寒流。
今逢四海为家日，故垒萧萧芦荻秋。

这首诗是刘禹锡于唐穆宗长庆四年(824)所作的。该年，刘禹锡由夔州(今重庆奉节)刺史调任和州(今安徽和县)刺史，在沿江东下赴任的途中，经西塞山(位于今湖北黄石)，有感于国家短暂统一的政治形势而作此诗。

西塞山乃六朝要塞。西晋太康元年(280)，司马炎命王濬率战船顺江而下，讨伐东吴。诗人便以此事为题，开头写“楼船下益州”，“金陵王气”便黯然消失。益州、金陵相距遥远，一“下”即“收”，以速度之快渲染出一方势如破竹，另一方则闻风丧胆的情形，高下立判。第二联直写战事及其战果。东吴国主孙皓凭借长江天险，以千寻铁链横锁江面，自以为万全，谁知西晋王濬以计破之，直捣金陵，孙皓出降。第二联形象地概括了这一段历史，诗人写晋吴之战，重点是写吴，而写吴又着重点出那种虚妄的精神支柱“王气”、天然的地形、千寻的铁链皆不足恃。这就从反面阐发了一个深刻的思想，即“兴废由人事，山川空地形”(《金陵怀古》)，从而为其主题思想的表达作铺垫。第六句“山形依旧枕寒流”，诗到这里才点到西塞山，但前面所写并没有离题，而更多的是将其置放于六朝兴亡的大背景下予以书写的，所以大大开拓了诗的境界。诗人不去描绘眼前西塞山如何奇伟竦峭，而突出“依旧”二字，意在使人事变化显得短暂，而从另一个角度对上一句的“伤”字进行补充。第七句宕开一笔，直写“今逢”之世，第八句说往日的军事堡垒，如今已荒废在一片秋风芦荻之中。这残破荒凉的遗迹，便是六朝覆灭的见证，便是分裂失败的象征，也是“今逢四海为家日”、江山一统的结果。怀古慨今，直点现实。刘禹锡这首诗寓深刻的思想于酣畅流利的风调之中，他把嘲弄的锋芒指向在历史上曾经占据一方，但终于覆灭的统治者，这正是对重新抬头的割据势力的迎头一击。

刘禹锡还有受民歌启发而创作的诗篇，这些作品被黄庭坚誉为“道风俗而不俚，追古昔而不愧”。刘禹锡长期被贬南方，当地盛行的民歌对他的创作自然产生一定影响，如《杨柳枝词》《竹枝词》《堤上行》《踏歌行》等，风格自然朴实，清新活泼。如《竹枝词二首》(其一)：

杨柳青青江水平，闻郎江上踏歌声。
东边日出西边雨，道是无晴还有晴。

《竹枝词》是巴渝一带的民间歌谣，刘禹锡在任夔州刺史时，依照这种歌谣的曲调写了十来首歌词，以本篇最为著名。这首诗以少女口吻，写出少女听到情人歌声时乍疑乍喜的复杂心情，所以，从性质上看，这是一首用民歌体写的恋歌。首句“杨柳青青江水平”，即景起兴。这是一个春风和煦的日子，江边杨柳依依，柳条轻拂着水面；江中流水平缓，水平如镜。次句“闻郎江上踏歌声”叙事，在这动人情思的环境中，这位少女忽然听到了江面上飘来一声声小伙子的歌声。这歌声就像一块石头投入平静的江水，溅起一圈圈涟漪，牵动了姑娘的感情波澜。三、四两句“东边日出西边雨，道是无晴还有晴”，写姑娘听到歌声后的心理活动，诗人用谐音双关的手法，把天“晴”和爱“情”这两件不相关的事物巧妙地联系起来，表现出初恋少女忐忑不安的微妙感情。这首诗语言平易，诗意清新，情调淳朴，历来受到读者的喜爱。

李商隐无题诗的多维度解析

李商隐是晚唐时期的重要作家。他用丰富精妙的诗歌，展现了晚唐社会复杂的时代特色和多彩的文人心灵世界，把唐诗艺术推向了一个新的高度。

授课

一、李商隐生平

李商隐(812—858?)，字义山，号玉溪生，又号樊南生。原籍怀州河内(今河南沁阳)，自其祖父起移居荥阳(今河南郑州)。约10岁前后，他的父亲在浙江幕府去世，他和母亲、弟妹们回到了河南故乡，生活贫困。早年的贫苦生活对他性格和观念的形成影响很大。一方面，他渴望早日做官，以光宗耀祖；另一方面，早年的经历使他养成忧郁、敏感、清高的性格，这些特征既大量地从他的诗文中流露出来，也表现在他曲折坎坷的仕途生涯中。大和三年(829)，李商隐结识白居易、令狐楚等前辈。经过长期的悬梁苦学，加上令狐绹的延誉，李商隐进士及第。在步入仕途之后，李商隐深陷牛李党争的漩涡之中，一生都处于夹缝之中，“虚负凌云万丈才，一生襟抱未曾开”是他的生动写照。

李商隐曾三次离家远游做幕僚，十余年间辗转于各幕府，备尝艰辛。生活的崎岖坎坷，使他感伤、内向的性格变得更加细腻丰富。这一时期，随着对腐败昏弱政治现实的失望，文人们的心态也发生着由开放宏阔到内敛沉潜的转移，失望乃至绝望的心绪成了时代的主调，文坛弥漫着衰飒式微的末日情调。个性、经历、时代因素三者的合流，促成了李商隐敏感、细腻、复杂的内心世界的形成，并进而在他的诗歌创作中得到充分展现。

二、李商隐的无题诗

李商隐诗现存世约六百首。他的诗内容丰富，艺术精湛，在当时及后世都具有很大影响。但最能展现其艺术风格者，当首属无题诗。无题诗是中国古代诗歌中较为特殊的一类诗体，之所以用“无题”作题目，是因为诗人不便于或不想直接用题目来显露诗歌的主旨，此类诗往往寄托着诗人难言的隐痛、莫名的情思、苦涩的情怀、执着的追求等。无题诗有五言无题诗、七言无题诗等。李商隐是古代无题诗人中的代表。

他的无题诗或径以“无题”标目，或取诗首句的前两个字为题，等同于无题。李商隐大约有六十首无题诗。这类诗篇大多题旨隐曲，颇费索解，却缠绵精致，具有高妙的艺术美感。如《无题》：

相见时难别亦难，东风无力百花残。
春蚕到死丝方尽，蜡炬成灰泪始干。
晓镜但愁云鬓改，夜吟应觉月光寒。
蓬山此去无多路，青鸟殷勤为探看。

这首诗以女性的口吻抒写爱情心理，在悲伤、痛苦之中寓有灼热的渴望和坚忍的执着精神，感情境界深微绵邈，极为丰富。开头两句写爱情的不幸遭遇和抒发主人公的情感。由于外力阻隔，情人难会，分离的痛苦使她不堪忍受。首句的“别”字是指被迫分离。两个“难”字，第一个指相会困难，第二个是因重聚之难而感叹离别之苦。暮春时节，东风无力，百花纷谢，春光将逝，而自己的境遇不幸和心灵创痛，也同眼前这随着春天的流逝而凋残的花朵一样，令人无限怅惘与惋惜！“东风无力百花残”一句，既写自然环境，也是抒情者心境的反映，物我交融，心灵与自然取得了精微的契合。三四句，接着写别离之情。“春蚕到死丝方尽”是说自己对对方的思念，如同春蚕吐丝，到死方休。“蜡炬成灰泪始干”则比喻自己为不能相聚而痛苦，无尽无休。在这两句里，既有失望的悲伤与痛苦，也有缠绵、灼热的执着与追求。追求是无望的，无望中仍要追求，因此这追求也着有悲剧色彩。诗人用两个比喻圆满地表现了复杂的心理状态。“春蚕”句首先是人的眷恋感情之缠绵同春蚕吐丝绵绵不尽之间的联想，又从蚕吐丝到“死”方止而推移到人的感情之生死不渝，因此写出了“到死丝方尽”，使这一形象具有了多种比喻的意义。五六句转入写外向的意念活动。上句写自己，次句想象对方。“云鬓改”，是说自己因为痛苦的折磨，夜晚辗转不能成眠，以至于鬓发脱落，容颜憔悴。“夜吟”句是推己及人，想象对方和自己一样痛苦。她揣想对方大概也将夜不成寐，常常吟诗遣怀，但是愁怀深重，无从排遣，所以愈发感到环境凄清，月光寒冷，心情也随之更趋暗淡。想象如此生动，体现了她对情人的思念之切和了解之深。这首诗从头至尾都熔铸着痛苦、失望而又缠绵、执着的感情，诗中每一联都是这种感情状态的反映，但是各联的具体意境又彼此有别。它们从不同的方面反复表现着融贯全诗的复杂感情，同时又以彼此之间的密切衔接而纵向地反映以这种复杂感情为内容的心理过程。这样的抒情连绵往复，细微精深，成功地再现了诗人心底的绵邈深情。

《锦瑟》被公认为是李商隐无题诗中另外一优秀的篇章。

锦瑟无端五十弦，一弦一柱思华年。
庄生晓梦迷蝴蝶，望帝春心托杜鹃。
沧海月明珠有泪，蓝田日暖玉生烟。
此情可待成追忆，只是当时已惘然。

此诗是李商隐最难索解的作品之一，诗家素有“一篇《锦瑟》解人难”的慨叹。诗人在诗中追忆了自己的青春年华，伤感自己不幸的遭遇，寄托了悲慨、愤懑的心情，大量借用庄生梦蝶、杜鹃啼血、沧海珠泪、良玉生烟等典故，采用比兴手法，运用联想与想象，把听觉的感受转化为视觉形象，以片段意象的组合创造朦胧的境界，从而借助可视可感的诗歌形象来传达其真挚浓烈而又幽约深曲的深思。全诗辞藻华美，含蓄深沉，情真意长，感人至深。具体而言，该诗首联初句自喻诗人与众不同，多愁善感，锐敏幽微。对句中追忆青春恋爱的年华，但又美景不长，令人失落惆怅。颔联的上句用庄周梦蝶和杜鹃啼血的典故，写的是佳人锦瑟，一曲繁弦，惊醒了诗人的梦境，不复成寐，隐约包含着美好的情境，却又是虚缈的梦境。锦瑟繁弦，哀音怨曲，引起诗人无限的悲感、难言的怨愤，如闻杜鹃之凄音，送春归去。一个“托”字，不但写了杜宇之托春心于杜鹃，也写了佳人之托春心于锦瑟，手挥目送之间，花落水流之趣。颈联前一句把几个典故糅合在一起，沧海月明，珠生于蚌，在美好的民间传说中，皎月落于沧海之间，明珠浴于泪波之界，在诗人笔下，已然形成一个难以分辨的妙境。后一句的蓝田沧海，也并非空穴来风。陆机《文赋》云：“石韫玉而山辉，水怀珠而川媚。”蓝田在今陕西蓝田东南，是有名的产玉之地。此山为日光煦照，蕴藏其中的玉气冉冉上腾，但美玉的精气远察如在，近观却无，所以可望而不可置诸眉睫之下，这代表了一种异常美好的理想景色，然而它是不能把握和无法亲近的。诗中此句，用“蓝田日暖”给上句“沧海月明”作出了对仗，造成了异样鲜明强烈的对比。此联和上联共用了四个典故，呈现了不同的意境和情绪。庄生梦蝶，是人生的恍惚和迷惘；望帝春心，包含苦苦追寻的执着；沧海鲛泪，具有一种阔大的寂寥；蓝田日暖，传达了温暖而朦胧的欢乐。诗人从典故中提取的意象是那样的神奇、空灵，他的心灵向读者缓缓开启，华年的美好、生命的感触等皆融于其中，却只可意会不可言说。尾联拢束全篇，明白提出“此情”二字，与开端的“华年”相为呼应，笔势未尝闪遁。诗句是说：如此情怀，岂待今朝回忆始感无穷怅恨，即在当时早已是令人不胜惘惘了。普通人往往是人到老年，追思以往，深憾青春易逝，功业无成，光阴虚度，碌碌无为而悔恨无穷。但天资聪敏的诗人，则事在当初，就已先知先觉了，却无可奈何，无限惘然若失。这就是诗人李商隐借锦瑟而自况了。李商隐一生经历坎坷，有难言之痛、至苦之情，郁结中怀，发为诗句，幽伤要眇，往复低徊，感染于人者至深，才构成此诗无尽的艺术魅力。

有学者把李商隐的无题诗看作中国古代的朦胧诗，认为他的无题诗与当代诗坛的朦胧诗在艺术审美、艺术境界上有相通之处。李商隐的无题诗，通过运用含蕴丰厚的典故，选择具有神话色彩的意象等手段，表现人类复杂深幽的心灵世界。情感的朦胧幽邃，意象的恍惚迷离，构成了李商隐无题诗独特的艺术境界，为后世文人抒写心灵、抒发襟怀提供了一个兴寄的新范本，对后世的抒情文学产生了深远影响。

杜牧的怀古与咏史诗

李商隐和杜牧并称“小李杜”，是晚唐时期优秀诗人的代表。

授课视频

一、杜牧身世

杜牧(803—852)，字牧之，京兆万年(今陕西西安)人。他出生于一个富有文化传统的仕宦家庭。杜牧也常常以其家庭浓厚的文化传统为自豪：“旧第开朱门，长安城中央。第中无一物，万卷书满堂。家集二百编，上下驰皇王。”(《冬至日寄小侄阿宜诗》)文宗大和二年(828)杜牧 26 岁时进士及第，历任地方幕僚、佐官。宣宗大中五年(851)被召入京为考功郎中、知制诰，次年迁中书舍人，岁暮卒于长安，终年 50 岁。有《樊川文集》。

杜牧的一生，处于唐王朝意欲中兴最终却梦想破灭走向全面溃退的时期。杜牧的理想和抱负随着时代风云的变化呈现出一个动态历程。杜牧集落魄公子与风流文人的特点于一身，胸怀抱负却生不逢时，他对现实的观照、对历史的反思、对政治的感喟、对自身的抒写合构成他的文学世界，是唐王朝最后的士族对社会现实和自我心灵世界的深情吟唱。

二、杜牧的诗歌

杜牧诗文兼擅，其诗追求高绝诗风，不满绮丽俗艳的诗坛风气，但他自己又风流多情，故形成俊爽豪迈中又带柔美绮情的风格。

杜牧的诗歌内容丰富多样，展现了复杂的社会现实和诗人多彩的生活。

首先，作为出身世家又怀有雄心壮志的士大夫文人，关心政治、关注国计民生的淑世精神在他的诗歌里有着多方面的表现。如《河湟》：

元载相公曾借箸，宪宗皇帝亦留神。
旋见衣冠就东市，忽遗弓剑不西巡。
牧羊驱马虽戎服，白发丹心尽汉臣。
唯有凉州歌舞曲，流传天下乐闲人。

诗运用对比手法，围绕收复河湟地区一事，将当朝统治者与代宗时的宰相元载及前朝宪宗皇帝作比较。前朝君臣尚有收复之志，当今的统治者却不思进取，甚至沉溺于从河湟地区传来的凉州歌舞的欢乐，忘却了在沦陷区“白发丹心”的子民。诗歌充分运用对比手段，表达诗人的政治见解。又如《早雁》：

金河秋半虏弦开，云外惊飞四散哀。
仙掌月明孤影过，长门灯暗数声来。
须知胡骑纷纷在，岂逐春风一一回？
莫厌潇湘少人处，水多菰米岸莓苔。

《早雁》一诗则用比兴手法，同情受到异族侵扰的边地百姓，讽刺统治者的昏弱无能。

其次，写景、咏物、纪行是杜牧诗歌的又一表现内容。杜牧感情丰富，细腻多情，对自然和人事有着敏锐的感受。如他的《山行》诗：

远上寒山石径斜，白云生处有人家。
停车坐爱枫林晚，霜叶红于二月花。

此诗写诗人秋日山行的所见所感，色彩鲜艳，情感丰沛，随口道来，清新如画。又如《泊秦淮》：

烟笼寒水月笼沙，夜泊秦淮近酒家。
商女不知亡国恨，隔江犹唱后庭花。

“商女不知亡国恨，隔江犹唱后庭花”的犀利笔锋，在写景纪行的同时，融入对世风人心的感慨。

李商隐写给杜牧的《杜司勋》诗中尝云：“刻意伤春又伤别，人间惟有杜司勋。”说明杜牧那些伤春伤别的诗篇在当时就颇为人注意。如下列两首诗：

叹　花

自是寻春去校迟，不须惆怅怨芳时。
狂风落尽深红色，绿叶成阴子满枝。

赠　别

多情却似总无情，唯觉樽前笑不成。
蜡烛有心还惜别，替人垂泪到天明。

《叹花》诗借写春花凋落、子满枝头，感叹青春已逝，时不我待。《赠别》诗以蜡烛垂泪，替人惜别的绝妙想象，写离别的忧思，成为咏物抒情的佳篇。

再次，杜牧成就最高的是他的咏史怀古诗。晚唐五代时期是咏史怀古诗创作的高峰期，诗人们借助这一题材抒写他们因为社会现实的黑暗腐败和个人前途的暗淡而产生的落寞悲观的情绪。杜牧的三十余首咏史怀古诗，以其鲜明的艺术个性，和李商隐的咏史怀古诗一起，代表着这一时期咏史怀古诗的最高成就。杜牧的咏史怀古诗大体可以分为两类：

第一类借助典型画面和细节传达历史感怀，在杜牧尺幅短小的咏史怀古的七绝中表现得非常明显。如《过华清宫绝句三首》（其一）：

长安回望绣成堆，山顶千门次第开。

一骑红尘妃子笑，无人知是荔枝来。

华清宫

华清宫为唐代行宫，是唐玄宗与杨贵妃的游乐之地。后代多有作家以华清宫为题创作咏史诗，而杜牧的这首绝句尤为精妙绝伦。此诗通过送荔枝这一典型事件，揭露玄宗与杨贵妃骄奢淫逸的生活，具有以微见著的效果。起句描写华清宫所在地骊山的景色。诗人从长安“回望”的角度写，先展现一个广阔深远的骊山全景，“绣成堆”，形容骊山的美不胜收。接着，场景向前推进，展现雄伟壮观的行宫，并特写两个场面，即驿马风驰和宫外嫣然而笑，这几个场面貌似互不相关，却都包蕴着诗人精心安排的悬念。“千门”因何而开？“一骑”为何而来？妃子又因何而笑？诗人故意不忙说出，最后在神秘的气氛陪衬下才委婉地揭示谜底——“无人知是荔枝来”，从而透出事情的原委，前面的悬念顿然而释，前几个镜头也就自然地联成一体了。吴乔《围炉诗话》说：“诗贵有含蓄不尽之意，尤以不著意见声色故事议论者为最上。”杜牧这首诗的艺术魅力就在于含蓄、精深，诗不明白说出玄宗的荒淫好色，贵妃的恃宠而骄，而形象地用“一骑红尘”与“妃子笑”构成鲜明的对比，就收到了比直抒己见强烈得多的艺术效果。全诗不用难字，不使典故，不事雕琢，朴素自然，寓意精深，含蓄有力，是唐人咏史绝句中的佳作。又如《题桃花夫人庙》：

细腰宫里露桃新，脉脉无言度几春。
至竟息亡缘底事，可怜金谷坠楼人。

前两句描写息夫人忍辱偷生的孤寂生活图景，最后一句推出刚烈求死的绿珠坠楼的画面，两者形成鲜明对比，以此讽刺息夫人的懦弱。赵翼评曰：“以绿珠之死，形息夫人之不死，高下自见；而词语蕴藉，不显露讥讪，尤得风人之旨耳。”（《瓯北诗话》卷十一）。具体而言，“细腰宫里露桃新，脉脉无言度几春”，这一联形象概括了息夫人的故事。这里没有叙述，事件是通过描绘的语言和具体意象表现的。它是根据“楚王好细腰，宫中多饿死”的传说翻造的，也就间接指刺了楚王的荒淫。这比直言楚宫自多一层含意。息夫人的不幸遭遇，根源也正系于楚王的荒淫，这里，叙事隐含造语之中。在细腰宫内，桃花又开了，而“露桃”却翻出新的意象，似暗喻“看花满眼泪”的桃花夫人的娇面。“无言”是事件中主要情节，“无言”加上“脉脉”，形象生动，表达出夫人的故国故君之思及失身的悲痛。两句中，桃花与桃花夫人，景与情，难解难分，水乳交融，意境优美，诗味隽永。至第三句，则由脉脉含情的描述转为冷冷一问，读者才知道那不过是欲抑先扬罢了。“至竟息亡缘底事”这一问是对息夫人内心创伤的深刻揭示，这一点在息夫人对楚王问中原有所表现，却一向未被人注意。末句从对面着墨，引出另一个女子来，那就是晋代豪富石崇家的乐伎绿珠。其事与息妫颇类，但绿珠对权势的反抗是那样刚烈，相形之下息夫人只见懦弱了。这里既无对绿珠的一字赞语，也无对息妫的一字贬词，只是深情一叹：“可怜金谷坠楼人。”然而褒贬俱在此中，令人觉得语意深远。此外，直接对一位古代软弱女子进行指斥也不免过苛之嫌，而诗人把指责转化为对强者的颂美，不但使读者感情上容易接受，也使诗意升华到更高的境界。它意味着：软弱的受害者诚然可悯，还不及敢于以一死抗争者令人钦敬。见解新颖独到，富于含蓄的诗美，可称为咏史绝句的典范之作。

杜牧的另一类咏史怀古诗则好直接发表议论，表达自己对历史的见解。如《题乌江亭》诗：

胜败兵家事不期，包羞忍耻是男儿。
江东子弟多才俊，卷土重来未可知。

此诗通篇议论笔墨，诗人完全以一个政治评论家的身份发表见解。他的咏史怀古诗还好作翻案语。诗人在表达历史见解时，通过假设、运用逻辑对历史进行评说，体现了他本人的军事观点和政治谋略。《题乌江亭》诗就是通过假设历史来阐发己见。再如《赤壁》：

折戟沉沙铁未销，自将磨洗认前朝。
东风不与周郎便，铜雀春深锁二乔。

仍然假设历史，却通过“铜雀春深锁二乔”的假想画面来表达，前人因此对这首诗有“用意隐然，最为得体”的称颂（吴乔《围炉诗话》卷三）。又如《题宣州开元寺水阁》：

六朝文物草连空，天淡云闲今古同。
鸟去鸟来山色里，人歌人哭水声中。

深秋帘幕千家雨，落日楼台一笛风。
惆怅无因见范蠡，参差烟树五湖东。

这首诗当写于开成三年(838)，当时杜牧任宣州团练判官。这首诗是他游开元寺登水阁时由所见所闻触景所发而作的。此诗前六句以六朝文物消失和天光水色依旧对比，表达一种人事无常而自然永恒的感慨。后两句忽然又联想到范蠡，感慨“萧条异代不同时”，自己与他无缘相见，只能怀着仰慕的心情凭吊他的遗踪。在咏史怀古中阐发议论，表达自己对历史事件的反思和见解，这是杜牧咏史怀古诗的独到之处。这种带有反思和批判的理性精神，既与此前重在抒发历史感慨的咏史怀古之作有了区别，更直接影响到宋代咏史怀古诗的创作。

由怪而奇的唐传奇

授课视频

传奇是唐代小说之重要类别，是唐代文人表达人生感受的重要情感载体。就发展阶段而言，唐传奇可分作三期：初盛唐、中唐、晚唐五代。

一、创作历程

初盛唐是传奇初步发展的时期，作品数量不多，艺术上不够成熟。王度《古镜记》按时间顺序，将古镜灵异的十二个独立故事连缀成篇，内容兼及志怪与人事，注重渲染情节，颇具文采，显示了由短篇志怪向中长篇传奇过渡的特征。类似的作品有《补江总白猿传》《梁四公记》等。初盛唐传奇中，最独特的是张鷟的《游仙窟》，全文万余言，以自叙的方式记述作者奉使途中经过神仙窟，与崔十娘及其五嫂相会，一起饮酒赋诗，调情戏乐，留宿一夜离去的故事。故事情节并不复杂，但描写细腻生动。《游仙窟》值得注意的有两点：一是此作品所反映的现实内容应是文人纵酒狎妓的生活，完全脱离志怪而描写现实生活，这在唐传奇发展史上是有意义的；二是此作品在唐传奇中颇为特殊，基本用骈文写成，穿插大量诗歌，此种体制既有中土传统，又有异域之风。《游仙窟》语言浅显通俗，甚者至于低俗鄙俚，说明它受到了当时民间文学和佛教文学的双重影响。

中唐是传奇的兴盛期，作家众多，作品质量亦高。代表作品有陈玄祐《离魂记》、沈既济《枕中记》《任氏传》、李朝威《柳毅传》、白行简《李娃传》、元稹《莺莺传》、蒋防《霍小玉传》、陈鸿《长恨歌传》、托名陈鸿的《东城老父传》、李公佐《南柯太守传》《谢小娥传》。

陈玄祐《离魂记》是唐传奇走向成熟的标志，它是唐代最早将异闻与爱情结合起来描写的作品。沈既济《枕中记》《任氏传》被认为是唐传奇史上划时代的作品，《枕中记》重在刺世，主要表达的是对仕途追求的价值否定，富贵宦达不过是虚妄的黄粱一梦；《任氏传》则塑造了一位美丽绝伦而富于人性内涵的狐仙形象。李朝威《柳毅传》集志怪、侠义、爱情题材于一篇，表现出浓厚的浪漫主义色彩。白行简《李娃传》写歌妓李娃与贵家公子荥阳生的爱情故事，是唐传奇中最优秀的作品之一。

晚唐五代，传奇创作的高潮逐渐消歇。这期间的传奇发展，一是涌现了一批描写侠士题材的作品，如裴铏《传奇》中的《昆仑奴》和《聂隐娘》；二是出现了传奇集，如陈翰选编的《异闻集》，所收大概四十篇。

二、唐传奇的特质

（一）艺术构思奇妙

如《任氏传》，故事结构缜密，情节复杂。其主要情节可以概括为：艳遇、知情、订情、安家、抗暴、报恩、谋财、遇害。郑六于长安道艳遇任氏，同居一夜。而后，卖饼胡人告知郑六，所遇乃狐仙。郑六虽知实情，但仍十分思念任氏之美貌，十余天后，复于市中觅遇任氏，二人定情。郑六在任氏指示下租屋而居，于是他向韦崟借家居之物，引起韦崟之怀疑，乃派家僮暗中跟随，家僮归而述任氏之貌美。韦崟知道之后，便认真打扮一番前往郑六所租之宅，见任氏美，欲强暴之。任氏忠于郑六，力拒得免，交谈之下，任、韦二人也成为朋友，韦崟于是对郑六和任氏多方资助。任氏报恩韦崟，乃为韦崟诱致美女张十五娘和宠奴。任氏又教郑六借六千钱为资，得二万五千钱。最后，郑六调金城居官，强邀任氏同行，途中，任氏不幸为犬所杀。《柳毅传》的艺术构思也颇见独特之处，作者运用了铺垫、悬念、伏笔等手法，主要以柳毅的视角推动故事情节的不断发展。如柳毅虽拒婚于钱塘君，但临别龙女当面拜谢时，小说交代柳毅的心理活动说："毅其始虽不诺钱塘之请，然当此席，殊有叹恨之色。"辞别的场面则是"满宫凄然"。这些便为小说情节的发展作了必要的铺垫并设下伏笔。结婚生子之后，夫妻谈话时，柳毅又说："然而将别之日，见君有依然之容，心甚恨之。终以人事扼束，无由报谢。"呼应了前文的交代。

（二）通过人物形象，寄寓作者对人性的深度批判和对美好人生的追求

以《任氏传》来看，文中共有三个主要人物：狐仙任氏、贵族公子韦崟、韦崟从父妹婿郑六。小说中的任氏事实上是世俗生活中的女性形象，生动可感。作者先借卖饼胡人之口说"此中有一狐，多诱男子偶宿，尝三见矣"，道出了任氏性格中轻佻的一面。而当在市中再遇郑六，她先是以扇障面并说"事可愧耻，难施面目"，待知其狐仙身份的郑六表白衷情之后，她说"凡某之流，为人恶忌者，非他，为其伤人耳。某则不然。若公未见恶，愿终己以奉巾栉"，这又写出了任氏的对爱情的向往，道出了任氏性格中的聪慧与练达世情。在抗拒韦崟强暴的情节中，作者充分展示了任氏的专情、聪慧善辩和超出常人的识见，小说是这样写的："崟爱之发狂，乃拥而凌之，不服。崟以力制之，方急，则曰：'服矣。请少回旋。'既从，捍御如初，如是者数四。崟乃悉力急持之。任氏力竭，汗若濡雨。自度不免，乃纵体不复抗拒，而神色惨变。崟问曰：'何色之不悦？'任氏长叹息曰：'郑六之可哀也！'崟曰：'何谓？'对曰：'郑生有六尺之躯，而不能庇一妇人，岂丈夫哉！且公少豪侈，多获佳丽，遇某之比者众矣。而郑生穷贱耳，所称惬者，唯某而已。忍以有余之心，而夺人之不足乎？哀其穷馁，不能自立，衣公之衣，食公之食，故为公所系耳。若糠糗可给，不当至是。'崟豪俊有义烈，闻其言，遽置之。敛衽而谢曰：'不敢。'"任氏为报恩韦崟，百般设计为韦崟罗致美色供其享乐的情节，又写出了任氏性格中狡黠无情的一面。任氏为郑六买马谋财的情节突出了任氏相夫理财的贤德品性。郑六外调，任氏明知将有难，但迫于郑六的恳请，终随郑六赴任，结果路遇苍犬丧命，写出了任氏专情不避死的品格。以上，小说对任氏性格多侧面的描写，无疑兼及了生活真实与艺术真实，道尽了人性的复杂和世态的真相。

《李娃传》中的李娃世故练达，并在一定程度上泯灭了她本来的善良天性，而且作品也写出了职业与善性在李娃身上的矛盾表现。如荥阳生财物荡尽时，作者着意写

了这样一句:“迩来姥意渐怠,娃情弥笃。”可见李娃对荥阳生是有一些感情的。但她还是配合鸨母以换宅计友善地赶走了荥阳生。但后来当破衣烂衫的荥阳生雪夜乞讨误到李娃门上时,她的善性和感情又被唤醒了。在她的悉心照顾和帮助下,荥阳生终于取得了世俗的功名和成就。这种波折展现了人性的复杂。

(三) 细节刻画入神

《离魂记》中,王宙于船上见到倩娘,先是“惊喜发狂”,后则“欣跃特甚”,这些细节对人物的心理交代得都很充分。又倩娘的灵魂和肉体合一的描写:“室中女闻喜而起,饰妆更衣,笑而不语,出与相迎,翕然而合为一体,其衣裳皆重。”这一细节最具有浪漫色彩,读来也让人有怦然心动之感。

《霍小玉传》中的李益除了多才能诗,最突出的特点是不自信和多疑虑。如李益到了小玉住处,进了院子之后的心理表现:“庭间有四樱桃树,西北悬一鹦鹉笼,见生入来,即语曰:‘有人入来,急下帘者!’生本性雅淡,心犹疑惧,忽见鸟语,愕然不敢进。”见面之后,小玉母亲问她:“尔终日吟想,何如一见?”小玉和李益的对话也可以看出一些问题:“玉乃低鬟微笑,细语曰:‘见面不如闻名,才子岂能无貌?’生遂连起拜曰:‘小娘子爱才,鄙夫重色,两好相映,才貌相兼。’”可知他不够自信的原因,也是其生性多疑的一个原因,而多疑的性格是李益薄情的一个内在心理因素。他与小玉相守两年多,两情相得,而一旦两人分别之后,李益从来不曾想看看小玉,即便在小玉病重之时也不愿去看看她。什么原因呢? 这不仅仅是因为李益确实是一个薄情之人,而内在原因一方面可能是李益多疑性格的驱使,另一方面则是那个男性世界中男性的某种主体心理。也就是说,李益后来生活的“不幸”并非小玉造成,完全是他多疑的性格所致。

唐代小说除传奇外,又有沿袭六朝笔记传统的志怪小说和逸事小说。传奇、志怪、逸事三者,皆文人创作之文言小说。除此之外,唐代尚有白话小说,即话本。鲁迅在《中国小说史略》中认为,从中国小说史发展来看,唐代是中国小说发展的重要阶段,“小说亦如诗,至唐代而一变,虽尚不离于搜奇记逸,然叙述宛转,文辞华绝,与六朝之粗陈梗概者较,演进之迹甚明,而尤显者乃在是时则始有意为小说。”

从创作方法来看,与前代小说叙述粗略相比,唐代小说的叙事结构更加完善,注重描写细节和刻画人物形象,叙事语言更加华美。从创作目的来看,唐传奇虽然在内容上继承六朝志怪之发展,在内容上与前者有共通之处,追求奇情异事;但与六朝志怪“传鬼神明因果”的创作目的不同,唐传奇主要在于“文采与意想”,追求小说之文学艺术美与想象美,即《任氏传》所谓“著文章之美,传要妙之情”。

总之,在创作方法、创作观念和创作目的等方面,以传奇为代表的唐代小说均具备了近代小说的特征。另外,唐代小说对后来的戏剧小说有很大影响。就题材看,郑光祖《倩女离魂》取资于《离魂记》,王实甫《西厢记》改编于《莺莺传》,洪昇《长生殿》则得力于《长恨歌传》;就创作模式看,《李娃传》则对后来小说戏剧中落难公子中状元的写作模式有重要影响。

宋诗的典范：苏轼诗歌解读

授课视频

苏轼作为宋代最为优秀的文人，在诗、文、词等各个领域都取得了令人钦佩的文学成就。具体到诗歌而言，苏轼的诗歌创作与他一生的经历紧密相关。苏轼一生经历了两次在朝——外任——贬谪的过程，既经顺境，复历逆境，荣辱、祸福、穷达、得失兼于一身。这种坎坷的人生遭际，“身行万里半天下”的丰富经历，也促使苏轼在诗歌方面取得了令人瞩目的成就。

一、苏轼的诗歌内容

明代李东阳《怀麓堂诗话》曾指出：

> （杜诗以前）世间一切细事长语，皆着不得，赖杜诗出，乃稍为开扩，韩一衍之，苏再衍之，于是情与事无不可尽者。

李东阳认为，中国古代的诗歌题材在杜甫手中得到了极大的开拓，后经韩愈和苏轼的进一步推动，内容始达到了全备的境界，几乎可以达到“无不可尽者”的程度。苏轼在中国古代诗歌内容的题材开拓上具有重要贡献。具体而言，则主要体现在如下几个方面。

（一）政治讽刺诗

关心国计民生、同情百姓疾苦是苏轼诗歌的重要内容。与欧阳修、王安石一样，苏轼主张“诗须要有为而作”，反对“浮巧轻媚，丛错采绣之文”，创作了不少“悲歌为黎元”的诗篇。如《荔枝叹》贯穿了其“观古而知得失”的史识与劝诫之意，而《无锡道中赋水车》体现了苏轼体恤民情的思想。

（二）写景咏物诗

歌咏自然万象的作品，在苏轼集中亦非常多，如《饮湖上初晴后雨二首》：

其　一

朝曦迎客艳重冈，晚雨留人入醉乡。
此意自佳君不会，一杯当属水仙王。

其　二

水光潋滟晴方好，山色空濛雨亦奇。
欲把西湖比西子，淡妆浓抹总相宜。

苏轼极善于观察与捕捉自然景物千变万化的不同特征，以生花妙笔去描写刻画，构成独特而新颖的意象和境界。

值得一提的是，苏轼的写景诗不但善于观察与捕捉各地自然景物的风格特色，而且也能寓情于景，表现自己的哲思理趣和对事物的新颖见解。如《题西林壁》：

横看成岭侧成峰，远近高低各不同。
不识庐山真面目，只缘身在此山中。

又如《和子由渑池怀旧》：

人生到处知何似，应似飞鸿踏雪泥。
泥上偶然留指爪，鸿飞那复计东西。
老僧已死成新塔，坏壁无由见旧题。
往日崎岖还记否，路长人困蹇驴嘶。

北宋嘉祐六年(1061)，苏轼赴任陕西路过渑池。其弟苏辙难遣手足之情，写了首《怀渑池寄子瞻兄》寄赠。此诗为苏轼的和诗。全诗表达了对人生来去无定的怅惘和往事旧迹的深情眷念。首联两句以雪泥鸿爪比喻人生，感发喟叹，令人深思，并挑起下联议论。次联两句又以“泥”“鸿”领起，并就“飞鸿踏雪泥”予以发挥，感叹人生、世事之无常。五、六句言僧死壁坏，故人不可见，旧题无处觅，加深人事无常之感受。尾联针对苏辙原诗引发的往事追溯，回忆当年旅途艰辛，有珍惜现在、勉励未来之意，艰难的往昔化为温情的回忆。全诗悲凉中有达观、低沉中有昂扬，读完并不觉得人生空幻，反有一种眷恋之情荡漾心中。全篇圆转流走，一气呵成，涌动着散文的气脉，是苏轼的名作之一。

（三）题画、论诗诗

苏轼品评诗、画、书法、音乐的诗作数量也有很多，如《书鄢陵王主簿所画折枝二首》等。此外，举凡笔墨纸砚等文化用品，茶酒肴馔、果蔬药草等生活用品，以及亲友过往、喝酒相邀等生活细节，都被苏轼纳入诗歌创作中。

二、苏轼诗歌的艺术特色

首先，他的诗歌非常富有才气：“坡公天才，出语惊人。”(洪迈《容斋随笔》)如咏海棠诗，通过写海棠寄寓自身身世沧海之感。诗中海棠所处空谷幽独之地而天资独放之光华自适，却又是通过作者角度观察而得，文后又特地点明“无乃好事移西蜀”，由此海棠与作者就紧密地联系在一起。

苏轼的才气还表现为其诗具有细致的观察力和表现力，如《汲江煎茶》“雪乳已翻煎处脚，松风忽作泻时声”描写煎茶物态；《惠崇春江晚景》“蒌蒿满地芦芽短，正是河豚欲上时”，写尽物候季节兴象等。除才气外，东坡诗也表现出其富有学问的一面，突出体现在他的诗善于使事用典。前人有评：“诗家援据该博，少陵之后，仅见东坡。盖其学富而才大，自经史四库，旁及山经、释典、道藏、方言、小说，以至嬉笑怒骂，里媪灶妇之常谈，一入诗中遂成典故。”颇为准确。

其次，东坡诗注重使用艺术技巧来实现效果。他的诗善于抓住事物本身的独特之处，用准确而优美的语言表现出来，并注意抒写诗人自己的独特感受。在此一点上，他的题画诗表现得最为突出。他精通画理，所以在许多写景诗中追求“诗中有画”的效果，其《新城道中》中的“岭上晴云披絮帽，树头初日挂铜钲。野桃含笑竹篱短，溪柳自摇沙水清”，赋无情之物以有情。他的写景诗亦是如此。他写山势，则《游径山》云：“众峰来自天目山，势若骏马奔平川，中途勒破千里脚，金鞭玉蹬相回旋。”把远来的山势比作平原上狂奔之骏马突然受到御者的控勒，腾跨跳踉，势不可已。苏轼还善于描写瞬息万变的景物以展现变化的过程，富有动感美。如《望湖楼醉书》(其一)：

黑云翻墨未遮山，白雨跳珠乱入船。
卷地风来忽吹散，望湖楼下水如天。

诗篇描写了诗人在望湖楼上所见西湖夏天暴雨前后的奇特景象。前三句写出相互关联的三种自然物象连续的变化。第一句写云，用“翻墨”作比喻，形容突然涌起的黑云，还来不及把山遮住，大雨就迅速地向湖面倾泻下来，写出一种动的景象。第二句写雨，“白雨跳珠”描写急雨打在湖面上，形成大滴的雨珠，就像是跳动的白色珠子。“跳”和“乱”字写出暴雨之骤急，灵动而传神。第三句写风，“卷地”“忽吹散”，把风的气势写得很准确。风起云散而雨停，最后归结到湖，展现水天一色、开阔明净的景象，写的是静景。一句一景，在动和静的前后对比中生动地表现了夏日西湖暴雨的景象，充满画面感，令人有身临其境的感觉。另外，诗人对色彩的把握也十分到位，“黑云”和“白雨”在色彩上构成强烈的对比，给人留下鲜明的印象。

第三，苏轼诗歌重视提炼自然物象与事件中蕴含的哲理趣味。而苏诗中的理趣，更多的是通过灵动的意象来表达的。《题西林壁》云：

横看成岭侧成峰，远近高低各不同。
不识庐山真面目，只缘身在此山中。

此诗把生活观感和哲理阐释结合起来，给人以认识论上和生活态度上的重要启示。随着人们横侧、远近、高低的立足点的转移，所看到的庐山竟面面不同，从而实现了由对具体事物之形的特征总结，而归纳、发掘为对事物普遍规律、特性的认识上来，这与以儒道释等哲理入诗而达到的融理性与感性于一体的审美艺术在思维路径上是一致的。由此可见，苏轼以其杰出的诗歌创作而代表了宋人哲理诗的重要成就。

第四，苏轼诗歌留给人深刻印象的还有其善于生发议论和善用比喻的高超艺术技巧。他的诗或借助形象以发议论，如《王维吴道子画》从画中景物来猜测画者"皆神俊"；或于叙述中杂以议论，如《荔枝叹》先在叙述进贡荔枝的历史中杂以议论，再转入对现实的批判。苏轼诗歌就其议论本身而言，往往新奇警策，显示出作者的哲思深度和思想的敏锐。如《题西林壁》，论者以为"此诗有新思想，似未经人道过"。苏轼诗歌所用的比喻种类丰富，倒喻、博喻、曲喻、复喻等不一而足。用长喻的诗如《游金山寺》中"微风万顷靴文细，断霞半空鱼尾紫"，《次前韵寄子由》中"百年不易满，寸寸弯强弓"，《和子由渑池怀旧》中"人生到处知何似，应似飞鸿踏雪泥。泥上偶然留指爪，鸿飞那复计东西?"用博喻的诗如《百步洪》中"长洪斗落生跳波，轻舟南下如投梭。水师绝叫凫雁起，乱石一线争磋磨。有如兔走鹰隼落，骏马下注千丈坡。断弦离柱箭脱手，飞电过隙珠翻荷。四山眩转风掠耳，但见流沫生千涡。"以一连串的比喻摹写水流迅驰之意，形象逼真。又有以倒喻形成新奇效果的诗篇，如《饮湖上初晴后雨二首》中"欲把西湖比西子，淡妆浓抹总相宜。"古来都是以景喻人，而苏诗却以人喻景，却又精当恰切。

唐宋文化的转型，其完成期公认是在北宋的元祐时期。苏轼以其杰出的诗文创作成为这一时期的标志性人物，其贡献是多方面的。就诗歌而言，他开拓了诗歌的表现领域，丰富了诗歌的表现手法和艺术技巧，拓深了诗歌的审美意蕴和审美类型，宋诗的理趣化、学问化、议论化特征在苏诗中表现得非常突出。除此之外，苏轼还以其恢宏的气度和杰出的文化艺术修养，团结和培育了一大批文人，在其周围形成了"苏门六学士"等文人集团，为北宋文学艺术的繁荣作出了独特的贡献。苏轼作为中国文学史上最具有标志性的伟大诗人之一，成为代表中国文化和文学的重要坐标，而在世界文化的比较视野中具有独特的历史地位。

陆游的爱国思想与爱国诗篇

陆游是南宋中期著名的诗坛骁将，名列“中兴四大诗人”之首。他从小深受父辈爱国思想的影响，并承载了千百年来的爱国精神，从而使他的诗在其时代中焕发出新的光华。

授课视频

由于主张抗战，陆游在46岁以前仕途蹭蹬。乾道六年(1170)，46岁的陆游赴夔州任通判。三年后，四川宣抚使王炎聘他为干办公事。陆游得以亲到南郑(今陕西汉中)前线，实现了从戎之志。然仅8个月后，由于王炎被罢官，陆游不得不离开南郑，此后他只能借酒与诗回忆那短暂的军旅生活，抒发壮志难酬的悲愤。作于川、陕期间的这些作品成就了诗人陆游，后来他把自己的全部诗稿命名为《剑南诗稿》，就是因为这段生活承载了他最深的希望与失望。

淳熙六年(1179)，已经离开四川的陆游在建安任上回忆起剑南生活，百感交集地写下《忆山南》二首，其一曰：

貂裘宝马梁州日，盘槊横戈一世雄。
怒虎吼山争雪刃，惊鸿出塞避雕弓。
朝陪策画清油里，暮醉笙歌锦幄中。
老去据鞍犹矍铄，君王何日伐辽东？

这首诗可以说典型地体现了陆游对于南郑生活的记忆和感受。前六句回忆自己在军中的生活，颇有横刀立马之气势，即使从回忆回到现实之中，作者仍保持着他老而弥坚的豪情，然而“君王何日伐辽东”的反问却使豪壮变成悲慨，宛如大风陡起，使前面一再铺排表现的跃马横戈的报国豪情归于幻灭。从表现手法上来看，这种在七律之中以结句颠覆前面所反复表达的意思的创作特点，来自对黄庭坚《追和东坡题李亮功归来图》一类诗的借鉴。诗艺已极为成熟的陆游在这首诗中所展现的江西诗法，正说明两宋之诗在诗法精神上始终有着千丝万缕的联系，南宋诗之“中兴”不是对北宋诗歌的颠覆，而是在继承中的创新。

在陆游的“剑南”记忆中，“大散关”是一个寄托着他收复之梦的地方，因而也成为其诗歌作品中的一个突出意象。陆游诗中往往有多次出现的意象，有些是因作诗多而难免重复，有些则体现了陆游关注点之所在。“散关”意象正是后者。大散关位于陕西宝鸡大散岭上，在南宋是宋金边境的关防重镇，陆游从戎南郑时曾亲到此地，“一日岁欲暮，扬鞭临散关”(《怀昔》)。因此，对于陆游来说，大散关记载着他铁马金戈的光荣，也承载着他北伐收复失地的梦想。于是无论是在南郑、在成都，还是在远离了剑南的故乡山阴，“大散关”都时时萦绕在他的心头、笔下。

乾道八年(1172)，陆游在南郑各地视察后，于返回途中作《归次汉中境上》：

云栈屏山阅月游，马蹄初喜蹋梁州。
地连秦雍川原壮，水下荆扬日夜流。
遗虏孱孱宁远略，孤臣耿耿独私忧。
良时恐作他年恨，大散关头又一秋。

诗歌表达了作者的“喜”与“忧”。他所“喜”的是从歌舞升平的四川来到两军对峙的边塞，有了实现报国之志的机会；他所“忧”的是眼见壮丽的河流山川沦于敌手，不知何时才能收复。显然，作者的喜忧之念都系于家国之大事，而他复杂的思绪，最后都凝定于“大散关”这个标志性的地方。一个“又”字，将现实与过去以及“他年”联系起来，岁月的不断流逝，年年矗立于此的大散关，时间的变与空间的不变，体现的是作者对当政者一年年蹉跎岁月、坐失良机的无限慨叹。如果说亲历前线的陆游写到大散关时，还涌动着希望上阵杀敌的一腔热血，当他匆匆结束了军旅生涯、回到成都，就只能在想象中回忆大散关的烽火了。

同样体现陆游爱国激情的还有他继承传统而又充满创新的一批乐府诗，这些诗很多都集中创作于剑南时期。所谓继承传统，是指他的乐府诗往往直用乐府古题，如《战城南》《出塞曲》《长歌行》《关山月》等。以旧题写时事最为成功的则莫过于陆游的代表作之一《关山月》。《乐府解题》曰：“《关山月》，伤离别也。”唐人也多围绕这一主题，表现戍边者的离情别绪。李白之诗即为典型：“明月出天山，苍茫云海间。长风几万里，吹度玉门关。汉下白登道，胡窥青海湾。由来征战地，不见有人还。戍客望边色，思归多苦颜。高楼当此夜，叹息未应闲。”作品围绕关山月色，在开阔而苍凉的意境中抒写了戍边者无尽的思归之意。陆游的《关山月》则无论在内容还是表现手法上都要丰富复杂得多：

和戎诏下十五年，将军不战空临边。
朱门沉沉按歌舞，厩马肥死弓断弦。
戍楼刁斗催落月，三十从军今白发。
笛里谁知壮士心，沙头空照征人骨。
中原干戈古亦闻，岂有逆胡传子孙。
遗民忍死望恢复，几处今宵垂泪痕。

作者不仅关注触发征人离情的关山月色，而且以“关山月”为中心，描写了关内歌舞升平、无意北伐的统治集团，关山中空怀壮志、虚耗岁月的战士和关山外忍死度日、渴盼恢复的黎民百姓，“月”则成为照耀着这一切丑恶、悲凉与痛苦而贯穿始终的线索。诗歌四句一段，抑扬顿挫的声韵之中包含着作者情感的起伏转折。在乐府创作已经衰微的宋代，陆游运用这一古老的形式写出了蕴含着丰富时代精神的创新之作，成为乐府诗创作的一次“中兴”。

绍熙三年(1192)，闲居山阴的陆游已年近七十，但他从戎报国的激情似从未减退。这年冬天，他写下《十一月四日风雨大作》：

僵卧孤村不自哀，尚思为国戍轮台。
夜阑卧听风吹雨，铁马冰河入梦来。

该诗深切地表达了诗人的爱国之情。

淳熙八年(1181)，陆游作《十月二十六日夜，梦行南郑道中，既觉恍然，揽笔作此诗，时且五鼓矣》。“南郑”代表着诗人终生难忘的军旅生涯，出现于梦境，正是回忆的一种方式；而相比真实生活中的回忆，由于梦境通常具有迷离特性，它往往能够引发诗人更加丰富的激情与想象。诗歌先描写了南郑山川的险峻，以衬托其跋涉于其间的豪气；诗歌的高潮则是对一次猎虎经历的描绘。诗人满怀激情地描绘这次经历，并非自我炫耀，而是别有意图。在后续诗句中，与奋戈直前的诗人形成对照的“面青气夺”的“秦人”，是作者颇具意味的一个陪衬：他是以作为“南人”代表的英武豪壮的自我形象，表达北人不可惧、北地必可收复之意。

如果说“梦行南郑道中”诗还只是因梦而生慨，并非纯粹的纪梦诗，《九月十六日夜，梦驻军河外，遣使招降诸城，觉而有作》中则记录了一个内容丰富的梦，诗歌以昂扬激越的“漾”声韵，在一气直下的气势之中表达出军容的壮盛威严，也寄托着诗人不战而屈人之兵的美好理想。作品中对九月的北方朔风急雪的描写显然不是来源于作者的生活经验，而是“胡天八月即飞雪”一类书本知识的积累，它们与作者对威武王师收复汉唐故地的描绘共同形成一个完整的“梦”，这个“梦”因为过于完整和理性而并不像一个真实的梦，然而作者的目的也本不过是借以抒发内心激情而已，“梦”，为他提供了一个充分发挥想象力的载体。

《五月十一日夜且半，梦从大驾亲征，尽复汉唐故地，见城邑人物繁丽，云：西凉府也。喜甚，马上作长句，未终篇而觉，乃足成之》即借梦写收复旧地的代表之作。诗歌幻想朝廷进军边塞，尽复汉唐旧地，宣布大赦，共享太平的盛况。与上首诗一泻千里的气势不同，在这个要直追汉唐的更加恢宏壮丽的收复与中兴之梦中，诗人表达得更加声情婉转、壮丽多彩。诗歌四句一转韵，平仄之韵交错，与意思的转换相互辉映。而最后两句以“梳头已学京都样”的“凉州女儿”的形象定格全诗，既呼应了诗题中的“城邑人物繁丽”，同时以充满诗意的细节描写，使秋风鼓角的雄壮之外，别具温柔绮丽之美，宛如袅袅余音，使人回味。同样的手法还多次体现在陆游作品中。如《闻武均州报，已复西京》，诗歌表现作者在得知朝廷收复西京后的激动之情，七律的形式和明快的语言都使人想起杜甫"平生第一首快诗"《闻官军收河南河北》,然而杜诗是一快到底,陆诗却在最后说:"悬知寒食朝陵使,驿路梨花处处开。"以梨花盛开的景象结束全诗,既延续了热烈的情绪,又具有丰饶的诗意。《感愤》诗则在抒发了志士虚捐岁月、中原收复无期的愤怒情绪后,以"京洛雪消春又动,永昌陵上草芊芊"的景语结束,寓感伤之情于春意盎然之景,含蓄无穷。

收复之梦虽令人激动,然终究只是幻想,梦醒之后呢?无从回避的现实在鲜明的对照中更显残酷。正因如此,那些热烈的收复之梦只是诗人表达他的理想与渴盼的"白日梦"而已,融会着现实的忧愤的"梦"反而更加真实。如《异梦》:

山中有异梦,重铠奋雕戈。
敷水西通渭,潼关北控河。
凄凉鸣赵瑟,慷慨和燕歌。
此事终当在,无如老死何。

诗人梦见自己穿着厚厚的铠甲挥戈杀敌,这仿佛正是"铁马冰河入梦来"的续篇,作者实现了从戎报国的梦想,赵瑟燕歌之声似乎也代表着胜利的宴饮,然而为什么是"凄凉""慷慨"的呢?这不仅指燕赵之音的特点,更体现着作者内心的沉郁悲凉,因为杀敌与胜利都只不过是虚幻的梦,所以最后说,此事终究会实现的,只不过我行将就木,无法得见了!

诗学百代亦开百代的江西诗派

授课视频

南宋初期吕本中作《江西诗社宗派图》，以黄庭坚为诗派之祖，以下列陈师道、潘大临、谢逸等25人，江西诗派的名称从此确立。黄庭坚与诗派中11人为江西人，而“宗派”则带有标榜门户、衣钵相传的意味。江西诗派在宋代影响很深，后来陈与义、吕本中、曾几、赵蕃、韩淲等人也被看作诗派中人。江西诗派以“学杜”相号召，故方回《瀛奎律髓》提出“一祖三宗”之说，以杜甫为祖，以黄庭坚、陈师道、陈与义为三宗。

吕本中《江西诗社派图》所列的25位作家中，许多人都曾受黄庭坚的指点，或者与黄庭坚有过文学上的交往。到北宋后期，学黄蔚然成风。江西诗派诸诗人在诗学观点和写作风格上大体一致，学杜甫、黄庭坚，然大部分缺乏才力和思想，片面追求句法、用事等诗歌创作形式方面的东西，而对诗歌的内容、旨趣等没有给予足够重视，而且，诗派中人更缺乏黄庭坚对于儒释道哲理的深刻把握与自觉的文道融会贯通的意识。因此，虽然江西诗派人继黄庭坚、陈师道后，陈与义、吕本中和曾几在诗歌创作上取得了一定的成就，但较之黄庭坚而言，诗派中人及其后学在总体上继承多而创新少，重诗歌技巧而轻诗歌内容及境界。

一、诗学主张

“江西诗派”诗人尊崇杜甫、黄庭坚。其中，黄庭坚对杜甫的推崇，一方面强调学习杜诗的技巧、技法，尤其是其拗律、用典，另一方面也对其诗歌关注现实的诗旨有所推崇。对黄庭坚的推崇，主要是重视黄诗创作的技巧、技法，而对黄庭坚心性存养、以诗求道等调和道德践履与诗歌创作的道艺追求有所忽视，故他们所创作的诗歌往往呈现出诗境破碎、句意失当等弊病。

提倡“活法”说。吕本中在《夏均父集序》中说：“学诗当识活法。所谓活法者，规矩具备而能出于规矩之外，变化不测而亦不背于规矩也。是道也，盖有定法而无定法，无定法而有定法，知是者则可以与语活法矣。谢玄晖有言：‘好诗流转圆美如弹丸。’此真活法也。”吕本中的“活法”说其实是“把重规矩但又主张‘领略古法生新奇’的黄庭坚和重无法但又主张‘行于所当行，止于不可不止’的苏轼的精神统摄到了一起”。吕氏“活法”说在南宋影响很大。

二、创作成就

江西诗派成就突出者有黄庭坚、陈师道、陈与义、吕本中、曾几等人，其他人或因才力有限，或存世作品较少，对后世的影响并不大。

（一）曾几

曾几（1085—1166），字吉甫，号茶山居士。赣州人。前期诗歌多为抒发个人情怀之作，多似江西诗法，刻意炼字，务求生新，且学黄庭坚七律之体。两宋之际，金兵南侵，促使诗人从书斋生活中走出来，接触现实社会，故诗歌题材有所扩大，出现不少写时事、政事之作，表达诗人忧时伤世之情，如《寓居吴兴》：

相对真成泣楚囚，遂无末策到神州。
但知绕树如飞鹊，不解营巢似拙鸠。
江北江南犹断绝，秋风秋雨敢淹留？
低回又作荆州梦，落日孤云始欲愁。

此诗为曾几客居吴兴时所写，首联暗用《世说新语》典故，以东晋王朝比南宋偏安之势，感叹徒作楚囚而无计可施的悲痛苦怀。颔联又化用曹操《短歌行》“月明星稀，乌鹊南飞。绕树三匝，何枝可依”来说明自己流离失所的处境，如绕树之鹊无所栖处，又用拙鸠不善营巢之事表明自己不懂营私之习性。颈联写景抒情，先言江南江北对峙之局面，再写秋风秋雨，营造出一种辗转奔波、去留无计的凄凉氛围。尾联用王粲离开长安至荆州依刘表之事，表明自己无路可归之处境，化用李白《送友人》“浮云游子意，落日故人情”之句，以孤云自喻，无依无靠，愁从文出。全诗身世国事相渗透，情感伤感低沉，极具艺术感染力。

金兵南渡后，曾几诗风发生了很大的变化。他曾在《东莱先生诗集后序》中回忆自己向吕本中请教句律的情况，不仅赞同吕本中的“活法”说，且成为其积极的实践者。通过对吕本中“活法”的实践，曾几形成了自己以轻快活泼、清淡流畅为特征的诗歌风格，体现为用语自然，无奇字僻文；少用典故，自然妥帖；声调委婉，音节和谐，整体上呈现出轻快流动之风。如以下二首：

蛱　蝶

不逐春风去，仍当夏日长。
一双还一只，能白或能黄。
恋恋不自已，翩翩空复狂。
计功归实用，终自愧蜂房。

三衢道中

梅子黄时日日晴，小溪泛尽却山行。
绿阴不减来时路，添得黄鹂四五声。

第一首用语浅近，中间两联把夏日里几只上下翻飞而恋恋不舍的蝴蝶描绘得活灵活现、跃然纸上，刻画得细腻逼真。全诗语言平易轻快，形象鲜明活泼，充分体现出曾几诗歌轻快活泼之风。方回评此诗“自然轻快，近杨诚斋”。

第二首诗为后人极为称道之作，初看无规矩法度，用语平易近口语，然细加品味，耐人寻味。全诗平易近于口语，活泼近于民歌。第一句点明季候天气，正值江南初夏之时，与柳宗元《梅雨》中“梅实迎时雨”，及赵师秀《约客》中“黄梅时节家家雨”不同，此时黄梅季节“日日晴”，为下文写旅途风物作铺垫。第二句点明地点，即在“道中”，接着叙述行程，先泛舟而上，然后舍舟登陆，“却”字透露出诗人由水路转陆路的喜悦之情。第三、四句写所见所闻，不写“来时路”之景物，而是通过此时路的对比顺便提及，突出回程的新鲜体会。路边绿荫夹道，不改来时景，却平添了几声黄鹂清脆的叫声。其实在山路上看到绿树成荫，听到黄鹂啼叫本是一件极为平常的事，然而在诗人的笔下却极具诗趣。此诗用语自然，未用典故，看似平淡无奇，然却余味无穷，这正是曾几清新活泼诗风的具体表现。

曾几的诗自南宋后就毁誉不一，誉之者称其诗无一不好，毁之者则谓其诗粗鄙、笔气羸弱。平实而论，曾几诗才力显然不及杜、黄，诗的内容也不及二陈，诗风有时会失之浅近。然其接受吕本中的“活法”说，在实践中进行创新，在江西诗派袭旧成风之外形成自己轻快流动的诗风，在后期江西诗派中占有重要的地位，陆游和杨万里都受其影响。

（二）陈师道

陈师道(1053—1102)，字无已，又字履常，号后山居士，彭城(今江苏徐州)人，自幼好学，16岁以文谒曾巩，为巩所重。陈师道诗歌创作诸体皆善，生前与黄庭坚并称“黄陈”。

1. 陈师道的诗歌成就

从题材内容来看，陈师道诗歌不如苏、黄广泛，多写个人身世际遇，然其在相对狭小的生活范围内，寄情于诗，成就非凡。陈师道一生贫苦，故啼号饥寒成为后山诗作的一个重要内容，其诗作中亦体现其“固穷”之精神，以古人自励，从而获得精神支持来超越现实困苦。

陈师道笃于情谊，诗中多怀念妻儿子女、与亲朋好友唱和赠别之作，体现其对亲人师友的真心实意。陈师道自16岁见识于曾巩，便对恩师识拔之情终身未忘，有“从来一瓣香，敬为曾南丰”之句。曾巩逝世后，他写下《妾薄命二首》表达对恩师的沉痛哀悼之情。

其　一

主家十二楼，一身当三千。
古来妾薄命，事主不尽年。
起舞为主寿，相送南阳阡。
忍著主衣裳，为人作春妍。

有声当彻天，有泪当彻泉。
死者恐无知，妾身长自怜。

其 二

叶落风不起，山空花自红。
捐世不待老，惠妾无其终。
一死尚可忍，百岁何当穷？
天地岂不宽？妾身自不容。
死者如有知，杀身以相从。
向来歌舞地，夜雨鸣寒蛩。

陈师道首创以侍妾与主人之关系来言师生之深情。第一首先化鲍照《京洛行》中“凤楼十二重，四户八绮窗”及白居易《长恨歌》中“后宫佳丽三千人，三千宠爱在一身”之句言侍妾极受主人之宠爱，接着通过起舞与送葬情景之对比，乐未至而悲已继，然后表达不事他主的忠贞之心。最后，直抒胸臆，哭声彻天，泪流彻泉，生死相隔，空留生者独自悲叹。

写景咏物之作为后山诗歌之最，且各种文体均善，或以咏物细腻形象，或写景生动细致，语言简雅，色彩明丽，意境优美。

后山承杜甫“语不惊人死不休”之精神，极重炼字。如《春怀示邻里》中“雷动蜂巢趁两衙”之“趁”，《登快哉亭》“暮霭已依山”之“依”等，着此一字，境界完全不同，均为炼字之经典。

后山生前已具盛名，苏轼、黄庭坚对其诗多加称赞，陆游云“陈无己诗妙天下”。戴复古、王直方、吕本中、刘后村对其诗评价尤高。总的来说，陈师道对后世的影响虽不及欧、王、苏、黄等人，然其自成风格的“后山体”对后世影响很大。

2. 陈师道诗学渊源

陈师道对黄庭坚极为推崇。黄庭坚对陈师道诗的影响主要体现在章法方面，陈师道诗虽不如黄诗那样多层次，但上下句之间有着极大的跳跃性。如《妾薄命二首》中“起舞为主寿，相送南阳阡”通过跳跃的内容体现忧乐对比、时空跨度，前为主人祝寿，转瞬间却为主人送葬。节奏之快，变化之在，可谓得山谷之真传。

后山学杜，化杜诗或用其意，或学杜诗之句法，或学杜诗沉郁顿挫之风格。后山艺术视野较为开阔，其学杜、黄、韩、孟等人之长，博采众家且兼容并收，并在此基础上自我创造，形成“后山体”。严羽在《沧浪诗话·诗体》中言：“以人而论，则有后山体。”且有小注：“后山本学杜，其语似之者但数篇，他或似而不全，又其他则本其自体耳。”即后山虽学前人，但仍自创一体。

檠栝于雅俗之间的江湖诗派

江湖诗派是南宋后期重要的诗歌流派，其不仅在创作上颇具特色，而且在理论上也多独到见解。江湖诗派的论诗之作繁多，如姜夔《白石道人诗说》、敖陶孙《诗评》、刘克庄《后村诗话》等。大量的论诗之作，反映出江湖诗派诗人对待前人诗歌遗产的态度、审美情趣、诗歌理论及主张等。

授课视频

江湖诗派所面对的是比江西诗派更为丰厚的诗歌遗产，但江湖诗人却多是由才力不足以变化，同时也缺少超越精神之成员组成，面对五彩缤纷的诗歌遗产有些不知所措，他们开始盲从，向各家各派学习，继而努力辨别、选择、继承，几乎对所有的诗人、诗派都找出其优缺点，然后提出效仿的对象。刘希逸为刘翼的《心游摘稿》所作的序云："躔父鄙夷场屋之事技，独力于诗，自晋唐而下至我朝诸公遗集，掇撷数百家，所作不主一体。"刘克庄自言："初余由放翁入，后喜诚斋，又兼取东都、南渡、江西诸老，上及于唐人大小家数，手抄口诵。"姜夔、戴复古等江湖诗人都有学习效仿众多前辈的经历。除了对唐音宋调研讨、揣摩、效仿、反思、批评外，江湖诗人对唐以前的诗歌也都作了深入细致的研究，《诗经》、楚辞，尤其是"选体"，是江湖诗人关注的焦点。

与这种遍参百家、泛学各体理论及作法一致的是对"众体诗"的推崇，"圣代吟家众，无君众体诗"。对"众体诗"的欣赏可以说是江湖诗派比较特别的欣赏趣味，不仅表现出江湖诗派不拘一格的审美态度，而且开后人分体论诗无数法门。不少江湖诗人泛阅众作的目的就是希望最终超越前人，所谓"融液众格，自成一家"。但是与王安石、苏轼、黄庭坚及江西诗派、杨万里、陆游等人相比，江湖诗派无论从求新变的精神上还是从求新变的能力上，都不能与之相提并论。

宋诗从欧、梅起就崇尚气格、格力，把"格"看作品位和力量的标准，北宋后期到南宋前期，宋诗的审美思潮有所改变，诗坛普遍崇"韵"。到了南宋中后期，"韵"的概念发生了变化，与"格"不再相容，"韵"中力的因素逐渐减少，成为与"格"相对立的概念。人们将"格"和"韵"作为两个不同的标准来评论诗歌："诗有格高，有韵胜。""以气韵清高深眇者绝，以格力雅健雄豪者胜。"江湖诗派无疑沿承了新起的"韵"的概念，这种"韵"偏重于风韵、幽韵、清韵、韵致、韵度，与江西诗派的神韵、气韵截然不同。格高韵胜的梅花在江湖诗人那里只有韵胜了："勾引闲情何日了，形容幽韵入诗难。"因此，尽管江西诗派非常崇尚"韵"，但是在江湖诗派以及后来人看来，江西诗派仍然是"以力胜，少涵泳之旨"，生硬槎牙而缺少风韵。江湖诗派"韵"的概念，更接近后人心目中的"韵"。

江湖诗派崇尚格力、气韵的宋调，轻视晚唐诗，认为晚唐诗格卑气弱，不足为后世法，即便是奖掖四灵、提倡唐诗的叶适也认为"唐诗外物长，内性弱，故格卑气弱"，即便唐诗流行之后,“或者乃病格力(唐体)之浸卑”;但是南宋中晚期杨万里、四灵及江湖诗派不约而同引进晚唐诗,形成学晚唐的热潮,他们无疑是在晚唐诗的“格卑气弱”之外,发现了晚唐诗独具而宋调缺乏的长处——“涵泳之旨”,亦即与“格”相对立的审美范畴——“韵”,江湖诗派因而找到了超越或改变宋调的契机。富有情韵、风姿绰约的晚唐“异味”受到江湖诗人的赏爱,韵度飘逸成了不少江湖诗人的追求。“诗里玄机海样深,散于章句敛于心……韵胜想君言外得,字新令我意边寻。”江湖诗人对“风韵”的追求,使他们的诗比江西诗派等宋调平添了一些风致,后人读他们的诗,能感受到这一点:“然白石诗风致胜诚斋远矣。”“高菊涧翥诗,亦有风致,不减白石、方泉。”江湖诗派重韵轻气观念比较普遍,以至于其创作“卑弱”“卑靡”,在当时及后世都受到指责。

同所有的诗人一样,江湖诗人也追求高雅脱俗,与江西诗派相比,江湖诗派更加惧怕尘俗,标举清雅,如:

> 觉道近来全俗了,略无一语及梅花。(王琮《雅林小稿·旅兴》)
>
> 句律清圆蚌剖胎,断无尘土到灵台。(方岳《秋崖先生小稿》卷十五《次韵刘簿祷雨西峰》其一)
>
> 高标去尘远,古调少人知。(严粲《李贾携诗卷见访贾与严沧浪游》)

江湖诗人的诗中,这类惧俗、避俗、去俗的句子比比皆是,充分表明了江湖诗派对待俗的态度。而且,我们看到,为了高雅脱俗,江湖诗人不与“俗人”结交,不使“尘土”玷污心灵,而要高标出尘,要选择“不俗”的环境以保持“无俗意”,选择优雅的事物如梅花写入诗中,以便诗句清雅。这一切,可谓极尽避俗之能事。

江湖诗人欣赏“工巧”“巧对”“工致”“思致”,无论是谈到前人还是江湖诗人,都用这些词语表示赞赏,刘克庄曾说:“诗以体物验工巧,骆宾王《咏挑灯杖》云:‘秉质非贪热,焦心岂惮熬。终知不自润,何用处脂膏。’语简而味长。每欲仿此作数题,未暇也。”从刘克庄所举的诗例看,工巧、巧对、工致主要是指构思、命意以及对偶、用词造句的新颖巧妙。可知江湖诗人把工巧作为一种审美标准。

江湖诗派还提倡诗歌语言的流利圆贯,要求创作要“意连句圆”,当时人也欣赏使用这种方法所产生的效果。张端义《贵耳集》说:“作诗有句法,意连句圆,有云:‘打起黄莺儿,莫教枝上啼,几回惊妾梦,不得到辽西。’一句一接,未尝间断。作诗当参此意,便有神灵工巧。”

从欧、梅开始,宋人有意“以文为诗”,“以文为诗”的一个特点就是将文的语言思维习惯引进诗里,以改变唐诗以来诗歌的非常规、非逻辑性语言思维特征,欧阳修就试图把文的流动意脉贯穿到诗里,因此他的不少诗平易流畅,意脉连贯;苏轼如行云流水般的文风不仅使他的七古纵横恣肆,而且引起他的近体诗散文化,致有近体诗律不工之疑。江西诗派则不同,为了增强诗歌语言的张力,江西诗派采用杜甫式的“注坡蓦涧”法，除了用散语外，致力于造硬语，用反逻辑语序意脉来替代非逻辑语序意脉，造成江西诗派诗歌语境距离甚远，意脉如草蛇灰线，增加了读者理解欣赏的难度，所以江西诗派发生变化时，首先要改变的就是这种语脉、意脉断裂的状况，当时韩驹就提出以“打起黄莺儿”一诗为“标准”，“大概作诗，要从首至尾语脉联属，如有理词状”。张端义的“意连句圆”正是在此基础上发展起来的。江湖诗人的这种作法，显然是江西诗派正体的反动。

江湖诗人的大多数诗歌是这种创作方法和审美追求下的产物，所以诗风以流利浅易为主。宋诗自南渡以来日益向流利浅易方向发展，有白话诗迹象，杨万里甚至被视为白话诗人，诚斋体的流利浅易的确有白话诗的一些特点，稍后的江湖诗派顺应了这一发展趋势，更加白话化了。

总之，无论从道德的角度还是从审美的角度，江湖诗派都大大偏离了传统文化的审视标准。如果用气骨铮铮不凡、情趣高雅脱俗、气象雄浑阔大的传统文化标准来审视，江湖诗派可以说一无是处，而自宋至清甚而至今，人们大多采用这个标准，所以江湖诗派招致了口径一致的批评。倒是注重诗歌肌理细密的翁方纲说过几句相对公道的话：“当时书坊陈起刻江湖小集，自是南渡诗人一段结构，正何必定求如东都大篇，反致力不逮耶?”(《石洲诗话》卷四)审美观念的差异，会导致对江湖诗派的评价截然不同，我们如果换种思维方式和审美观念，可能会对江湖诗派有更深入的了解，也会对其成就作出新的评价。南宋文化是雅文化衰落俗文化逐渐兴盛的转折时期，江湖诗派泛学众体，选体、晚唐诗、宋调都是其明确的师法对象，以至于人们在谈到江湖诗派诗人时总是讲他们学某家、像某派，然而尽管大多数江湖诗人的新变精神和新变能力都不足以创造出崭新的诗歌风貌，但江湖诗派还是发展出不同于以往的这一些特色，这是一个值得探讨的现象，而雅俗文化消长的时代特色，无疑是江湖诗派形成总体特色的重要原因。江湖诗派在这个雅俗文化力量消长的关头，具有许多转折时期的特征——即雅即俗，雅俗杂糅，而且因为江湖诗人的社会地位更接近下层平民，所以其诗歌所表现出来的平民意识以及俗文化特色更加浓厚一些；如果把江湖诗派放在传统诗歌发展史上考察，将其作为传统诗歌由古典文言向通俗白话发展的一个重要环节，我们就会发现江湖诗派的浅易、率直、亲切、轻巧、凡熟、不乏机趣等，都与选体、唐音及典型的宋调不同，而具有更多的“白话”色彩。这些特点不仅反映在江湖诗派的自然观照中，也反映在其社会关怀中，同时还在其题材选择中有鲜明表现。

词的名称及起源问题

授课视频

词，原本有许多异称，称其为“词”是后来的事情。词，曾经被称为曲子、曲子词、乐府、诗余以及长短句等。

词称曲子、曲子词，是从音乐的角度说的，就像我们现在唱的歌词一样，有曲有词，所以称为曲子词。词称为乐府，也是从音乐文学的角度来说的，因为汉魏时期，配合音乐的歌词是乐府，所以词起初也被称为乐府。词称为长短句，是从词的句式角度说的。词的句子有长有短，所以称为长短句。此外，词还有其他很多名称，如歌曲、琴趣、乐章、遗音、笛谱、渔唱、樵歌等，只是没有上述几种常见。

与此相关，对词的起源学术界早先也有多种看法。

有人认为词起源于《诗经》，因为《诗经》中就有长短不一的句子。当然，这里也有“尊体”的因素，为了抬高词的地位。有人认为词起源于楚辞。这同上一点一样，有句式等的因素，也有“尊体”的因素。有人认为词起源于汉魏乐府，因为词一开始和“乐府”诗一样，都是配合音乐演唱的，当时词有一种名称就叫“乐府”。还有人认为词起源于唐诗，是从唐诗演变而来的，等等。

关于词的起源，学术界基本一致的看法是，隋唐之际，随着各民族的进一步融合，音乐也发生了新的变化，形成了一种新的音乐——燕乐。在唐代，燕乐有两个概念：一是当时的音乐分为多种类型，燕乐是其中一种；二是通俗音乐的总称，这里的“燕”，通“宴”。在词学的意义上，取后一种概念。

这种新兴的燕乐，其主要成分以胡乐为主，乐器有琵琶等，节奏复杂，曲调多变。不管是以胡乐为主还是以华乐为主，总之是与过去的音乐不同了，节奏复杂了，原来配合它演唱的歌词已经不能适应了。

此前，歌词是当时流行的诗歌，主要是体制短小的绝句。有一则“旗亭画壁”的故事，可以帮助我们了解当时的情况。薛用弱《集异记》中有这样的载述：

开元中，诗人王昌龄、高适、王之涣齐名。时风尘未偶，而游处略同。一日，天寒微雪，三诗人共诣旗亭，贳酒小饮，忽有梨园伶官十数人，登楼会宴。三诗人因避席偎映，拥炉火以观焉。俄有妙妓四辈，寻续而至，奢华艳曳，都冶颇极。旋则奏乐，皆当时之名部也。昌龄等私相约曰：“我辈各擅诗名，每不自定其甲乙。今者可以密观诸伶所讴，若诗入歌词之多者，则为优矣。”俄而，一伶拊节而唱曰：“寒雨连江夜入吴，平明送客楚山孤。洛阳亲友如相问，一片冰心在玉壶。”昌龄则引手画壁曰：“一绝句！”寻又一伶讴之曰：“开箧泪沾臆，见君前日书。夜台何寂寞，犹是子云居。”适则引手画壁曰：“一绝句！”寻又一伶讴曰：“奉帚平明金殿开，且将团扇共徘徊。玉颜不及寒鸦色，犹带昭阳日影来。”昌龄则又引手画壁曰：“二绝句！”之涣自以得名已久，因谓诸人曰：“此辈皆潦倒乐官，所唱皆巴人下里之词耳！岂阳春白雪之曲，俗物敢近哉？”因指诸妓之中最佳者曰：“待此子所唱，如非我诗，吾即终身不敢与子争衡矣！脱是吾诗，子等当须列拜床下，奉吾为师！”因欢笑而俟之。须臾，次至双鬟发声，则曰：“黄河远上白云间，一片孤城万仞山。羌笛何须怨杨柳，春风不度玉门关。”之涣即揶揄二子，曰：“田舍奴！我岂妄哉？”因大谐笑。诸伶不喻其故，皆起诣曰：“不知诸郎君，何此欢噱？”昌龄等因话其事。诸伶竞拜曰：“俗眼不识神仙，乞降清重，俯就筵席！”三子从之，饮醉竟日。（按：王之涣或作王涣之，“黄河远上”或作“黄沙远上”。）

这说明当时流行的歌词就是诗，是绝句。

当然，音乐不可能完全是整齐一致的调子，新词也可以有一点变化，如人们熟悉的《阳关三叠》，可能这样叠，如“渭城朝雨浥轻尘，浥轻尘”；也可能是“渭城朝雨，渭城朝雨浥轻尘”，等等。总之，在整齐的基础上会有变化，变得句式不一，有的句子长，有的句子短，目的就是和音乐相适应。

后来，音乐变得越来越复杂了，《旧唐书·音乐志》记载：“开元以来，歌者杂用胡夷、里巷之曲。”就是说，少数民族的音乐、民间的音乐，都被唱歌的人拿来“杂用”了。这样，乐曲就变得更复杂了。于是，那种句式整齐的诗句再作歌词就比较困难了，词作者们不得不想办法加以变化调整。比如，可能试着把诗的句式加以变化，如张志和《渔歌子》：

西塞山前白鹭飞，桃花流水鳜鱼肥。
青箬笠，绿蓑衣，斜风细雨不须归。

这显然是从一种七言绝句变化而来的，而把其中第三句改为两个短句子。后来，人们才慢慢有意识地创作句式长短不一的歌词，句式长短不一是为了适应音乐也就是歌谱的需要。

如白居易《忆江南》：

其　一

江南好，风景旧曾谙：日出江花红胜火，春来江水绿如蓝。能不忆江南？

其　二

江南忆，最忆是杭州：山寺月中寻桂子，郡亭枕上看潮头。何日更重游！

其　三

江南忆，其次忆吴宫：吴酒一杯春竹叶，吴娃双舞醉芙蓉。早晚复相逢！

［清］王原祁《西湖十景图》

再到后来，某种歌词逐渐有了“范式”的意义，比如刘禹锡也曾写作《忆江南》，词曰：

其　一

春去也，多谢洛城人。弱柳从风疑举袂，丛兰浥露似沾巾。独坐亦含颦。

其　二

春过也，共惜艳阳年。犹有桃花流水上，无辞竹叶醉尊前。惟待见青天。

白居易自注：“和乐天春词，依《忆江南》曲拍为句。”这两句话很重要，它说明当时的文人已经有意识地按某种格式来填词，从此以后，人们便在某种曲谱下，按照其谱式，将歌词的句式（如句子的长短、字数的多少）、平仄、韵脚等逐渐“规定”成某种固定的格式，以后再写词，只要是同一词牌，就按某种固定的格式来写。于是，词体正式诞生了。

“花间词人”温庭筠及其词作

中国文学史上最早的文人词的总集是《花间集》。后人把作品载于《花间集》中的词人称为“花间词人”。

授课视频

《花间集》是五代后蜀时一个叫赵崇祚的人编辑的，收录了当时 18 位文人的词作。关于编写的目的和意义，以及当时创作的具体环境和背景，同属“花间词人”的欧阳炯在《花间集序》中这样说：

> 绮筵公子，绣幌佳人，递叶叶之花笺，文抽丽锦；举纤纤之玉指，拍按香檀。不无清绝之词，用助妖娆之态……庶使西园英哲，用资羽盖之欢；南国婵娟，休唱莲舟之引。

就是说，这都是一些“绮筵公子”写了交给“绣幌佳人”去演唱的歌词，是让那些文人雅士在宴集时用来助兴的，为了让那些美丽的歌女不再唱采莲曲那样的民间歌谣。

《花间集》中，写词最多、成就最高的是温庭筠。

温庭筠，本名歧，字飞卿，太原祁（今山西祁县）人，晚唐时期的著名诗人、词人。温庭筠出生于一个没落贵族的家庭，是唐初宰相温彦博的后代。他富有文才，晚唐考试考律赋，八韵一篇，据说他叉手一吟便成一韵，八叉手八韵便轻松完成，时人称其为“温八叉”“温八吟”。温庭筠诗词兼工，诗与李商隐齐名，并称“温李”；词与韦庄齐名，并称“温韦”。

就词的创作而言，温庭筠的生平身世有这样几点值得注意：一，出身于一个没落的贵族家庭，一生沉沦下僚，郁郁不得志。二，不阿附权贵，甚至恃才不羁，耍些小聪明，因此而遭忌恨。比如当时的皇帝唐宣宗喜欢听《菩萨蛮》词，宰相令狐绹私下请温庭筠帮自己写几首《菩萨蛮》词冒充自己所写而呈给皇上，嘱咐温庭筠不要泄漏出去，而温庭筠一转身就将此事传了开来，而且还讥讽令狐绹读书太少，令狐绹大为不满。另外，他还经常在考场作弊，自然会受到当局的压制（以上两点，使他能够转移写作的注意力，写当时不被正统文人看重甚至轻视的小词。而当时一般的正统文人以及仕途或事业如意的文人，会把更多的精力放在“经国之大业、不朽之盛事”的传统诗文方面）。三，长期生活于南方（当代词学家杨海明先生曾经总结词的三大特点，其中之一是南方文学）。四，有很高的音乐天赋（这是他善于写词的前提条件之一）。五，“士行尘杂，不修边幅，能逐弦吹之音，为侧艳之词……”（《旧唐书》本传），他长期混迹于歌楼伎馆，为歌伎们写歌词。

温庭筠的词，《花间集》收录了 66 首。后来王国维辑有《金奁集》，共 76 首。温庭筠词的内容主要是写男女情爱，写女性的容貌妆饰、居住环境，也有写她们的心态的词。

温庭筠最善于写的词牌是《菩萨蛮》，他与宰相令狐绹的故事就和《菩萨蛮》有关。下面一首《菩萨蛮》是温庭筠最著名的作品：

小山重叠金明灭，鬓云欲度香腮雪。懒起画蛾眉，弄妆梳洗迟。　　照花前后镜，花面交相映。新帖绣罗襦，双双金鹧鸪。

前两句写一位女子睡醒梳妆的慵懒之状，有人称为“一幅美人慵睡图”。“小山”有两种理解：一种解释是床前屏风上画的山水，一种解释是女子散乱的乌发有如小山。如果按前一种解释，则“金明灭”是说绘画上的色彩在早晨的阳光映照之下闪闪烁烁；如果按后一种解释，则“金明灭”是说女子的发饰（簪子之类）在闪烁。“鬓云”是指女子的乌发，“欲度香腮雪”实际是说女子的脸上搭着一缕长发，像是要“度”过脸的另一边去一样。这两句用“明灭”“度”等词汇，写静态有动感；而用“香”“雪”来形容“腮”，反映出温庭筠词的特点，即“香软秾艳”。第三、四两句写女子起床梳妆，用“懒”“迟”写动态有静感，懒洋洋的动作也反映出主人公百无聊赖的内心。“照花”二句写女子打扮好了以后对着镜子观赏、检查妆扮的效果。这里又有多层的意蕴：字面写梳妆打扮，头上插花；进一层，花很美丽，有人欣赏；再进一层，人面如花，人和花同样美丽；再进一层，花有人来欣赏，而如花之美人却无人欣赏；再进一层，花总有凋谢之时，人亦终有衰老之日。于是逼出闺怨之情。结拍二句再作渲染：衣上鹧鸪成双成对，而人却孤孤单单。而且，鹧鸪的叫声听起来像是“行不得也哥哥”，更衬出闺怨之情。

温庭筠写闺怨的词很多，如下面一首《更漏子》：

玉炉香，红蜡泪，偏照画堂秋思。眉翠薄，鬓云残，夜长衾枕寒。　　梧桐树，三更雨，不道离情正苦。一叶叶，一声声，空阶滴到明。

上片“玉炉”“红蜡”“眉翠”“鬓云”等意象和“秋思”“薄”“残”等形成对比反差，下片梧桐秋雨、声响空阶，这些在寒夜的背景下，充分地渲染出离情之苦。

当然，温庭筠词也不都是香软秾艳的，也有少量作品写得比较清新疏淡。如下面两首《梦江南》：

梳洗罢，独倚望江楼。过尽千帆皆不是，斜晖脉脉水悠悠。肠断白蘋洲。

千万恨，恨极在天涯。山月不知心里事，水风空落眼前花。摇曳碧云斜。

前首写女子倚楼而望，期盼爱人回来的情形，“过尽千帆皆不是”，一次次的希冀与热望化为一次次的失望与忧伤，自然地逗出“肠断白蘋洲”一句。而由“梳洗罢”到“斜晖脉脉”又在字里行间不着痕迹地表现了由早起到黄昏的时间变化。后首以景造境，情思忧伤而境界优美、摇曳生姿。

温庭筠的很多词都有一个特点，即造句优美，造境优美，还相当含蓄，如“江上柳如烟，雁飞残月天”（《菩萨蛮·水精帘里颇黎枕》），“花落子规啼，绿窗残梦迷”（《菩萨蛮·玉楼明月长相忆》）等。此外，他很注意选取有特征的意象来造境传情，如鬓云、绣罗襦、金鹧鸪、红蜡、梧桐雨等。而意象和句子之间往往若断若续，给读者留下想象和补充的空间，如《菩萨蛮》：

> 玉楼明月长相忆，柳丝袅娜春无力。门外草萋萋，送君闻马嘶。 画罗金翡翠，香烛销成泪。花落子规啼，绿窗残梦迷。

每两句甚至每一句为一个独立单元，每个单元之间省却了相关的过渡，而读者又能通过自己的想象和联想很自然地还原整个故事。

温庭筠在词的发展史上有很重要的地位。首先，他是花间词人之首，作品数量多且特征明显，被人称为“花间鼻祖”；其次，他是中国文学史上第一个大力写词的文人。此前虽也有人写词，不过都是偶尔为之，而温庭筠则大力作词，对词脱离诗而形成独立的体裁，对后世文人写词，都有很大的影响；再次，他的词风开婉约词之先河，对后世词的整体风格有着很重要的影响，而且在词的修辞、格律、意境等方面对后世词人也有重要的影响。

雅俗并存的欧阳修词

授课视频

欧阳修是当时的文坛盟主、诗文创作的领袖，但在词的创作方面，却表现出比较特殊的情况。

在创作主张方面，欧阳修对新兴的词体文学是轻视的，他认为文章是关乎道德风化、时政现实的，他明确反对那种“弃百事而不关于心”、为作文而作文的倾向，提倡文章必须“中于时病而不为空言”；对于诗，他也自觉地矫正西昆体脱离现实的创作倾向，重视“触事感物”和“美刺”，并提出了著名的“诗穷而后工”的理论，认为诗人“内有忧思感愤之郁积，其兴于怨刺，以道羁臣、寡妇之所叹，而写人情之难言”，也是兴观群怨说的观点；而对于词作，他却这样自述：“因翻旧阕之辞，写以新声之调，敢陈薄技，聊佐清欢。”（《西湖念语》）这与欧阳炯的《花间集序》并无实质性的差别，依然是一种传统的、保守的观点，并有词云：“青春才子有新词，红粉佳人重劝酒。”（《玉楼春》）“鬓华虽改心无改，试把金觥，旧曲重听，犹如当年醉里声。”（《采桑子》）在他的眼里，词只是“佐欢”“劝酒”的“薄技”，与“风化”“怨刺”无涉。他有一部笔记《归田录》，里面记录了当时宰相钱惟演的一段话：“平生惟好读书，坐则读经史，卧则读小说，上厕则阅小辞。”表明对词这种体裁既非常喜爱，又觉得其不能登大雅之堂。这是钱惟演的看法，实际上也代表着当时主流文人的看法，包括欧阳修本人的看法。

欧阳修的词集在宋代大概有四种版本：《平山集》《六一词》《欧阳文忠公集》所收《近体乐府》三卷，以及《醉翁琴趣外篇》。流传至后世的是两种：一种是《欧阳文忠公近体乐府》，另一种是《醉翁琴趣外篇》。前者所收的作品大都比较庄严典雅，后者当中则有不少俗艳的作品。后人为欧阳修辩护，认为那是别有用心的人冒充欧阳修的名义而写的词。实际上，那些作品基本上都是欧阳修本人写的。

欧阳修的词既有雅词，也有俗词，还有艳曲。他的大部分词作和当时其他文人一样，也写男女情爱，写恋情相思，如《蝶恋花》：

> 庭院深深深几许，杨柳堆烟，帘幕无重数。玉勒雕鞍游冶处，楼高不见章台路。　雨横风狂三月暮，门掩黄昏，无计留春住。泪眼问花花不语，乱红飞过秋千去。

这首词写闺怨，具体说是写一位大户人家的少妇心中的幽怨。“庭院”三句写主人公的家是一个很大的院子，先写“庭院深深”，又强化、强调了“深几许”。接着两句进一步渲染“深几许”：院子里栽种着许多杨树柳树，远远望去，含烟惹雾。这里其实也通过对杨柳堆烟的描绘，暗示了季节是春天。同时，这户大院里房子很多，门窗上挂有帘子，“帘幕无重数”，写出房屋之多。所以，这三句写出了这是一座深宅大院，院子的主人自然是达官显贵之类的人了。接着“玉勒”两句写这户人家的男子去青楼游荡。“玉勒雕鞍”，写其所乘马之配饰的华美金贵，实际上是写人的骄奢。“游冶”就是游荡、风流快活的意思。下句“章台”原是汉代的烟花柳巷之地、青楼妓女聚居的地方，这里也是同义，“章台路”也就是前一句的“游冶处”。“楼高不见”，男子去游荡，“不见”的主体自然是女子。至此，点明这首词的主人公是一名女子。

下片，“雨横”三句写女子心中的痛苦：黄昏傍晚，本来是百鸟归巢、万家团圆的时候，而此时却只有她一个人独守空房、孤寂冷落。而且“雨横风狂”，更增凄冷。“无计留春住”，已到三月暮春了，没有办法把春光春色留下来。这里的春，指自然之春，也指人生之春，指女主人公的爱情之春。最后“泪眼”两句，满腹幽怨，无人理解，无人可与诉说，只得问花，花却不回答她；不仅不回答，花连自己的命运也掌握不了，被狂风吹得“飘过秋千”而去。而这秋千，可能就是她当年和爱人一同嬉戏之物，如今却也是孤零零地悬挂在那里，一任风吹雨打。至此，少妇的幽怨、凄苦被表达得淋漓尽致。

又如《踏莎行》：

候馆梅残，溪桥柳细，草薰风暖摇征辔。离愁渐远渐无穷，迢迢不断如春水。
寸寸柔肠，盈盈粉泪，楼高莫近危阑倚。平芜尽处是春山，行人更在春山外。

这首词与上一首相反，写一位男子的羁愁，就是行旅在外想家、想妻子的痛苦心情。“候馆”就是迎候旅客的馆舍。梅花凋谢，细柳摇曳，说明时令是春天。风暖草薰（薰，指青草散发出的清香），也是在写春天。梅花、柳枝、绿草、暖风，本来是令人愉悦的，然而一“残”字就暗含忧伤。紧接着的“摇征辔”三字，推出一位行客征人的形象。“离愁”二句直接写出男主人公行旅在外的愁苦，而这离愁，像路边那流不尽的河水一样绵绵无尽。

下片写家中的妻子，实则是“行人”想象中妻子在家中的情形，其实还是写“行人”的离愁。他仿佛看到妻子正倚靠着家里楼上的栏杆眺望远方，思念着远方的他。这里，“寸寸柔肠”写内心，“盈盈粉泪”写外表，“危阑”是指高楼上的栏杆，而不是危险的快要断裂的栏杆。最后两句是主人公想要对妻子说的话：“你不要在那里眺望了吧，因为你能看到的最远的地方是那一望无际的草地，草地的尽头是春天的大山，而我还在大山的另一边。”

总之，此词上片写行人忆家，言行者之离愁，由景至情，由情至景，行愈远，愁愈深；下片想象闺中佳人之离愁，从对方着笔，翻深一层，笔触由近及远，伸向天际。上片以春水喻愁，下片以春山况远，蕴藉摇曳，一往情深。

上面这两首作品符合词的“传统”——婉约、缠绵。

下面一首《南歌子》是欧阳修的俚词，即俗词（通俗词）的代表：

凤髻金泥带，龙纹玉掌梳。走来窗下笑相扶。爱道画眉深浅入时无？弄笔偎人久，描花试手初。等闲妨了绣功夫。笑问双鸳鸯字怎生书？

此词描写新婚小夫妻的生活片段及情趣。前面两句写新嫁娘的打扮：梳着凤凰一般的发型，并用泥金的带子扎起来，再插上一把刻有龙纹的玉质梳子。“走来窗下”两句写新娘子走过来扶着新郎，问：“我的眉毛画得时髦不？”这里其实是化用了唐代诗人朱庆余《近试上张水部》（又名《闺意献张水部》）中的诗句“妆罢低声问夫婿，画眉深浅入时无”。下片，前两句写新娘子依偎着新郎描花玩，第三句是新郎的劝告：“不要贪玩而妨碍了刺绣等女工的功夫。”最后一句则是新娘子的回答：“鸳鸯两个字怎么写呀？”整首词通俗活泼，尤其是末句“笑问双鸳鸯字怎生书”，把新娘调皮、活泼、狡黠的可爱形象写得栩栩如生。

另外，欧阳修还有一些写景的作品比较有特色。比如，他在颍州任时，写了十首组词《采桑子》，咏写颍州西湖的景致。十首组词的形式本就相当独特，每一首词的第一句又都用“西湖好”，具体的描写亦清新可人。如其中的“群芳过后西湖好”一首：

群芳过后西湖好，狼籍残红。飞絮濛濛。垂柳阑干尽日风。 笙歌散尽游人去，始觉春空。垂下帘栊。双燕归来细雨中。

颍州，隶属现在的安徽阜阳市。词写颍州西湖暮春景象。上片写百花凋谢后的情形，落英满地，飞絮飘扬，“垂柳阑干尽日风”一句，写出了一种恬静清幽之美。下片，“始觉春空”，写出了一种微妙的感觉，有一缕淡淡的孤寂与怅惘，而以“双燕归来细雨中”收尾，又洋溢出一种静谧和安宁。

除此之外，欧阳修的词也有一些艳曲，色情成分很明显，比之柳永的同类作品有过之而无不及。

欧阳修对宋词的贡献在于不仅创作了不少优秀的作品，更主要的是他以朝廷名臣兼文坛领袖的身份写当时不被人们看重的词，本身就有一种鼓励作用。

从《雨霖铃》看柳永的羁情词及其铺叙手法

柳永词的一个重要内容是写羁旅行役的感受，这是他的一个特点，也是对宋词的一种开拓。而在写法方面，柳词又以铺叙见长。他的名作《雨霖铃》正是这方面的代表。这里，我们就通过这首词来体会一下柳永的羁情词及其铺叙手法：

授课视频

寒蝉凄切。对长亭晚，骤雨初歇。都门帐饮无绪，留恋处、兰舟催发。执手相看泪眼，竟无语凝噎。念去去、千里烟波，暮霭沉沉楚天阔。　多情自古伤离别。更那堪、冷落清秋节。今宵酒醒何处，杨柳岸、晓风残月。此去经年，应是良辰好景虚设。便纵有、千种风情，更与何人说。

这首词是柳永的一篇传世名作。柳永本就以抒写离情别恨、描绘秋景而见长，这首词正是写秋天的羁愁别恨，而在写作技巧上又是铺叙的范例。此外，其高超的点染、虚实等技法也被后人奉为典范。

词一开始，“寒蝉”三句写一对情人离别前的情景。这是第一层的铺叙，重在渲染气氛。这几句写了所闻（蝉鸣）、所见（长亭、骤雨）、所感（寒、凄切），而且写出了节令（寒蝉——秋天）、时间（晚）、地点（长亭）、天气（骤雨初歇），并由此写出了离别之际的痛苦心情：此情此景，令人凄然欲绝；耳闻寒蝉哀鸣，更觉心碎。再以全篇来看，这短短三句渲染出了一种悲凉凄恻的气氛，为下文做好了铺垫。而且，以情理方面讲，这几句又紧紧连缀下文：“对长亭晚”见其不忍离别，引出下文“留恋处”；“骤雨初歇”写出不得不别，引出下文“兰舟催发”。

以下是第二层的铺叙，写离别时刻的情形，重在描摹情态，这又分为几个小层：

第一小层：“都门帐饮无绪，留恋处、兰舟催发。”这里，一方（情人）恋恋不舍，一方（船家）频频催行；不忍离别，又不得不离别。

第二小层：“执手相看泪眼，竟无语凝噎。”这是对离别时情态的细腻描摹。离别之际，难舍难分；手拉着手，四目相对，千言万语涌上心头，但一句也说不出来，只有一颗颗泪珠伴着喉头的阵阵哽咽簌簌落下。

下面又是进一层的铺叙：“念去去，千里烟波，暮霭沉沉楚天阔。”这是对离别后情形的推想。“烟波”表明行人要走的水路，“楚天”又表明了他要去的方向。烟波浩渺，暮霭迷蒙，犹如离人浓浓的离愁别绪弥漫于水天之间。

这几句由实入虚，化虚为实。景是实景，然冠以“千里”“沉沉”“阔”等词，并以“念去去”统领，表明是设想之辞，是虚景，但写来却犹如实景一般。

虚实一体，物我一境，一切景语皆情语也。

再就点染技法的角度看，“念去去”可谓“点”，“千里烟波”“暮霭沉沉”“楚天阔”则为“染”，写“去”后之情景，水遥天远，离情无限。实际上就上片而言，离别为点，别前情景及别后之设想均可谓之染。所谓点染：点，就是正面点出主旨；染，就是侧面渲染、烘托。点，是点出核心意思；染，是具体地描绘，形象地烘托，给人以更深刻的印象。

换头一句，“多情自古伤离别”，总结归纳上片，又引出下片，也点明了全篇的主题——“伤离别”。“更那堪”一句，把上片的时间、环境、气氛等进一步深化，在词意、和离情上又进了一层：本来就“伤离别”了，而又是在冷落的秋日，自然是伤情之上再加伤情了。

以下就层层铺叙，写这种“伤离别”之情。

“今宵酒醒何处？杨柳岸，晓风残月”，这是一层。这一层写的是虚景，是揣测之辞。“酒醒”承上面“帐饮”而来。不堪忍受别离的痛苦，只有借酒来麻醉自己，但醉后终归要醒，醒后如何呢？岸边愁柳低垂，欲系人住，晓风凄冷，残月失色。“不知魂已断，空有梦相随，除却天边月，没人知”，何其凄凉！

这几句素来被认为是点染的范例，清人刘熙载《艺概·词曲概》谓：“词有点有染，柳耆卿《雨淋铃》云‘多情自古伤离别，更那堪，冷落清秋节。今宵酒醒何处？杨柳岸，晓风残月’，上二句点出离别冷落，‘今宵’二句乃就上二句意染之。点染之间，不得有他语相隔，隔则警句亦成死灰矣。”确实如此。“杨柳岸”“晓风”“残月”三个意象构成一种凄清幽冷的意境，烘托离别之愁绪悲伤。而实际上，就此词而言，后面的每一组（每一层叙写）乃至全篇，都可谓之“染”，渲染、烘托“伤离别”之情。

再以虚实的角度看，这里景是虚景，情是实情，此组句子及以下数句皆为虚景。写来却都是化虚为实。

下面，“此去经年，应是良辰、好景虚设。便纵有、千种风情，更与何人说”。这仍是推想之辞，是推想分别以后更长更远的情形。这一层里又是一层套一层，层层推进：“此去经年”，这一分别就是许多年啊！在这许多年里，即使有良辰美景也是“虚设”；即使有“千种风情”也无人诉说；有好景、有风情尚且如此，没有好景、没有风情时的境况就更可想而知了。

这里的“风情”主要指男女之间的风月情怀，也有“情致”“兴味”等方面的意思，主要还是指男女之间的爱恋之情，这就更只能悄悄而尽情地与所爱的人说，而对方又远离而去——非负心，非薄情，非绝情寡义，此情何堪！

就是这样，全词通过层层铺叙，把一种难以描摹的离情别恨表现得淋漓尽致、荡气回肠。我们再来集中地看一下它的铺叙：从大的方面说，先写别前，次写别时，再写别后。而它的铺叙又很有层次，且始终不离“离情”这一主线，即以时间论：秋天→傍晚→今宵→经年；以空间论：都门长亭→执手相看（船旁）→千里烟波（江上）→晓风残月(远方)→良辰美景虚设(想象、推想之所)。次序井然。

除过成功的铺叙外,如前所述,这首词的点染手法也极为高明。前面说过:点,就是正面点出主旨,点明核心意思;染,就是侧面渲染、烘托,是具体描绘。这首词的主旨是“多情自古伤离别,更那堪冷落清秋节”。就全篇而言,可谓之“点”,全篇中的所有笔墨,都是围绕这两句作文章,可谓“染”。而且这首词有一个特点,“点”处都是情语,而“染”处皆为景语或情景杂糅之语,情是主,景为情服务。上片写别时情景,“都门帐饮无绪,留恋处、兰舟催发。执手相看泪眼,竟无语凝噎”是正面叙写,可谓之“点”,而前面“寒蝉”三句、后面“千里烟波”二句皆为景语,从环境上烘托、渲染。下片,换头两句为情语,这是主,是“点”,下面的几层皆围绕此而“染”:“今宵”二句,纯为景语;其后数句都是情景交融之语。

至于“虚实”,前面已经谈得很多了。眼前之现实为“实”,设想为“虚”。此词上片大都是实景,借景抒情;下片基本上都是推想假设之辞,想景之景,因情设景,是虚,又化虚为实。最后又以“此去经年,应是良辰好景虚设,便纵有、千种风情,更与何人说”作结。“良辰好景”“千种风情”都是想象之辞,可谓以虚作结,而就全篇而论,当前的景物实景可以随时间的推移而消失,但伤离别这种目前的实情因为结拍的虚写而显得更凝重、更持久。

总之,此词在铺叙、点染、虚实等艺术技巧方面都给我们提供了非常成功而珍贵的艺术借鉴。通过这首典型的作品,我们可以对柳永的羁旅行役之作及其铺叙手法,乃至其点染、虚实等写作技法有一个大概的了解。

梦境与恋情交织的晏几道词

授课视频

晏几道是北宋宰相、著名词人晏殊的儿子。晏几道本人也是北宋著名的词人。他的词从大的方面看有两个明显的特点：一是体裁上全写体制短小的小令，二是内容上几乎全是写男女之间的悲欢离合、爱情相思。

晏几道，号小山，其词集名《小山词》。打开一部《小山词》，我们会看到，二百多首词几乎全是写恋情相思的，而且常常通过梦境来表现。为什么会出现这种情况？我们知道，在北宋前期，词体尚未摆脱“艳体”之藩篱，仍自徘徊于“娱宾遣兴”的圈子之中。然而早在此前，就已有李后主以词体抒写悲怆心怀；在小晏的时代，先于他，也已有柳永，甚至晏殊、欧阳修等人为词体或多或少地注入了新的内容。为什么晏几道仍自以词体抒写恋情，而且总是对一“梦”字那样眷恋？据我们粗略之统计，小晏词中，直接点出“梦”字的就有 53 首，占其全部词作的五分之一，而且除个别篇目外，几乎全是写恋情相思的。

要解开这个疑团，我们首先还是要了解小晏的遭际、秉性与心态。

小晏约生于宋仁宗天圣十六年(1038)。那时晏殊正身居高位，门庭显赫，且此后晏殊又步步高升。出身于这样的家庭，小晏自然具有一切贵公子的优越条件。但后来却发生了两件事：其一是庆历四年(1044)晏殊罢相，以工部尚书知颍州，从此晏家地位日渐衰落。这时小晏才 7 岁左右。其二是至和二年(1055)，因病回到京师的晏殊不幸去世，从此晏家彻底衰败，退出了北宋的政治、经济、历史舞台，这时小晏 18 岁左右。这两个事件及其所造成的巨大的生活反差对小晏的刺激和影响很大。晏几道的青少年时期经历了家庭的急剧衰落，而他自己一生“仕宦连蹇”，陆沉下位，又曾因郑侠事牵连而致入狱(参见赵令畤《侯鲭录》卷四)。也许正是这些，使小晏深感官场难测，社会险恶，因而他把情感倾注于男女恋情上面，以此来求得一种慰藉与逃避。

再就性情而言，小晏也大有异于常人的秉赋与心性：他博学多才，自视颇高，“平生潜心六艺，玩思百家，持论甚高，未尝以沽世”(黄庭坚《小山词序》)。但他的才气却不为世人欣赏，不为世俗接受：他曾将自己的词作呈送其父旧属韩维，这自然是希望得到赏识与延引了，但得到的答复却是“盖才有余而德不足者。愿郎君捐有余之才，补不足之德”(《邵氏闻见后录》卷十九)。他自己也很清楚自己的这种处境，所以当黄庭坚问他何以持论甚高而未尝以之沽世时，他便答曰：“我槃跚勃窣，犹获罪于诸公，愤而吐之，是唾人面也。”(黄庭坚《小山词序》)这就必然造成了他人生历程的悲剧，正如黄庭坚所说：“磊隗权奇，疏于顾忌，文章翰墨，自立规摹，常欲轩轾人，而不受世之轻重。诸公虽称爱之，而又以小谨望之，遂陆沉于下位。”(黄庭坚《小山词序》)。正是因为这些，加上他先天的至纯秉性，形成了他痴怪的性格："仕宦连蹇，而不能一傍贵人之门，是一痴也；论文自有体，而不肯一作新进士语，此又一痴也；费资千百万，家人饥寒，而面有孺子之色，此又一痴也；人百负之而不恨，已信人，终不疑其欺己，此又一痴也。"（黄庭坚《小山词序》）于是，出现在世人面前的晏几道，便是一个活脱脱的耿介不俗、恃才傲物、痴情善感的贵公子形象。有时，这种秉性甚至发展到了怪癖的程度，有例可证：当时文名已满天下的苏轼想谒见他，他竟说："今政事堂中半吾家旧客，亦未暇见也。"（夏承焘《二晏年谱》引《砚北杂志》载邵泽民语）也许在他看来，只有那些与官场无涉、与污浊的社会现实渊源不深的纯情女子才可与之交往，才可倾诉心声。这也许正像《红楼梦》中的贾宝玉，认为"女儿是水做的骨肉"，只有她们才纯真可爱。所以，小晏才于花前酒边写下了那一首首恋歌，"期以自娱"（晏几道《小山词·自序》）。

然而，小晏的心中毕竟还是悲凉的，虽然他不阿权贵、不附世俗，但心中对现实还是很关心的，还是希望在社会上能够有所作为，这是几乎每一个中国封建士人都不可能摆脱的入世情结（自然，也有许多人高倡出世，那大都是因为入世愿望不得实现，因碰壁而失望乃至绝望，所以才走向另一极端）。就晏几道而言，他献词于韩维，本身就是一种含蓄而不失身份的干谒，其目的自然是为了得到赏识与荐举、提拔，也就是说，这一事件本身就是他渴望有所作为之心态的一个证明。然而，这一愿望竟不能实现，他只能"陆沉于下位"，无奈的现实处境再加上他自己的性情喜好，便使得他就自身方面而言，更用心地"潜心六艺，玩思百家"，而对小词一道尤为喜好投入；就外界的交往方面而言，也既不得已又很自然地对那些在他看来最为纯真的女子倾注了更多的注意力与感情。如此，他集中那么多的恋歌心曲也就不难理解了。然而，现实生活中，他的这种恋情实际上是充满了缺憾的：他所结交并喜欢的那些青楼女子，受各方面限制，并不能长久地厮磨相处；何况他最喜欢的竟是友人家的四位家伎歌女：莲、鸿、蘋、云，这种身份的限制就更使得他对她们只能是可望而不可即的"心仪"而已。于是，他就自然地对平日相见相处的每一个场景乃至细节格外珍视，频频回味，日有所思，夜有所梦，遂为常事常情；而且，由于他只能是"心仪"向往，许许多多的不满足也就只能在想象中、在梦中得以补偿，在他所能熟练驾驭、任意处置的小词中得到满足。弗洛伊德说："梦是愿望的满足。"（《精神分析引论》）梦境，正是对有缺陷的现实的补偿；写梦，正是对这一补偿的叙述和追求，或者正是其心中执着凝重之情结的外在表现，所谓魂牵梦萦者是，亦所谓情动于中而形于言者是也。

在这些不离"梦"字的恋情词中，有的回忆与对方初逢的甜蜜欢乐，有的写分别之后的刻骨相思。如下面两首：

临 江 仙

斗草阶前初见，穿针楼上曾逢。罗裙香露玉钗风。靓妆眉沁绿，羞脸粉生红。　流水便随春远，行云终与谁同？酒醒长恨锦屏空。相寻梦里路，飞雨落花中。

临江仙

小令尊前见玉箫，银灯一曲太妖娆。歌中醉倒谁能恨，唱罢归来酒未消。　　春悄悄，夜迢迢，碧云天共楚宫遥。梦魂惯得无拘检，又踏杨花过谢桥。

两首词上片都回忆初见时的甜蜜或欢乐，下片都写别后的孤寂与相思，情感是十分执着的，“相寻梦里路，飞雨落花中”，“梦魂惯得无拘检，又踏杨花过谢桥”，幽缈优美的境界中，盈溢着一腔执着绵缈的深情。

爱情向来是充满磨难的；情人，向来是离多聚少的。小晏的情形尤其如此。所以，他的词中更多的便是写别离后的孤苦相思。

采桑子

秋来更觉消魂苦，小字还稀。坐想行思，怎得相看似旧时。　　南楼把手凭肩处，风月应知。别后除非，梦里时时得见伊。

木兰花

初心已恨花期晚，别后相思长在眼。兰衾犹有旧时香，每到梦回珠泪满。
多应不信人肠断，几夜夜寒谁共暖？欲将恩爱结来生，只恐来生缘又短。

在这类词中，其情感同样是十分执着的：

梦入江南烟水路。行尽江南，不与离人遇。（《蝶恋花·别恨》）
几夜月波凉，梦魂随月到兰房。（《南乡子·画鸭懒熏香》）
一夜梦魂何处，揶回杨叶楼中。（《清平乐·幺弦写意》）
紫骝认得旧游踪，嘶过画桥东畔路。（《木兰花·秋千院落重帘幕》）

虽然现实中的人分离了，但是在梦境中，他那痴情的梦魂却总是可以飞到她的身边，甚至他的坐骑也都颇解人意地带他而去！

小晏结交的女子既多，其中自然不乏薄情负心之辈，每当遇到这种情况，小晏便慨叹“可怜人意，薄于云水”，“细想从来，断肠多处，不与者番同”（《少年游·离多最是》），慨叹“梦魂纵有也成虚，那堪和梦无”（《阮郎归·旧香残粉似当初》）。然而，在这些痛心的喟叹中，我们不也看到了小晏那“人百负之而不恨”的痴情秉性么？

小晏词中的恋情心曲，我们已约略有所了解。不过，我们实在应该知道，小晏的心中是充满了悲凉的。前面已提到，他渴望有所作为而无由实现，而自己所见所历的沧桑变化也足以让他悲怆不已。就其家庭而言，家道衰落，乃父谢世，生前荣贵的宰相死后墓穴也被掘盗；就其平日交游及词中所写之情事而言，亦正如其《小山词·自序》谓：“已而君龙（一作“宠”）疾废卧家，廉叔下世。昔之狂篇醉句，遂与两家歌儿酒使俱流转于人间。”“追惟往昔过从饮酒之人，或垄木已长，或病不偶。考其篇中所记悲欢离合之事，如幻如电，如昨梦前尘，但能掩卷怃然，感光阴之易迁，叹境缘之无实也。”正因为他这种悲凉的心境，所以他写别后相思的词大都充溢着悲凉之感。可以说，他时时处于一种几近绝望的心态中，因而，一旦与心上人意外相逢，他竟惊叹：“如今不是梦，真个到伊行。”（《临江仙·浅浅余寒春半》）甚至似信却疑，不敢相信这是真的现实：“今宵剩把银釭照，犹恐相逢是梦中。”（《鹧鸪天·彩袖殷勤捧玉钟》）实际上，这种“如幻如电，如昨梦前尘”“境缘无实”的悲凉绝望感受与心态，也是他频频写梦的一个重要缘由。由此，我们可以看出，小晏的那些充满恋情与梦境的词章，实在如他自己的词句所言，是“一春弹泪说凄凉”（《浣溪沙·日日双眉斗画长》）。而且，由于他自身孤高狷介的秉性及其自恃才高、“持论甚高”的行为，诚如缪钺先生所言，他“在官场中、文坛中都是孤独而寂寞的”（缪钺《不惜歌者苦，但伤知音稀——从更深广的角度看晏几道〈临江仙〉（梦后楼台高锁）词》）。而且，他偶尔也会从幻境中醒来，发觉自己精心编织的爱情美梦并不是他一厢情愿的那么完美，他心目中那些被他理想化了的女子并不像他想象的那么纯真，以致他发出“可怜人意，薄于云水”的喟叹。所有这一切都更加深了他心中与词中的悲凄苍凉感，在他的词作中，我们感受不到多少可令他“期以自娱”的作品，而“欲将沉醉换悲凉”（《阮郎归·天边金掌露成霜》），则是我们更真切的感受！

苏轼的密州词

授课视频

说到苏轼词，大家都知道他在黄州时期的作品写得最好。宋神宗元丰二年(1079)，苏轼以言辞毁谤朝廷的罪名被捕入狱。后经多方营救，免于一死，贬官黄州团练副使。黄州就是现在的湖北黄冈。这一年，苏轼44岁。

黄州时期，是苏轼一生中受挫折和打击最严重的时期，差点连命都丢掉了。而正是在黄州时期，苏轼的思想发生了很大的变化，真正地想开了，变得十分旷达。就词的创作而言，也达到了最辉煌的阶段。他最优秀的作品也大都创作于黄州时期，风格多样而成熟。"婉约"之作姑且不论，他最有特色的豪放与旷逸之作，多是在黄州时期所作，取得了最辉煌的成就。诸如"一蓑烟雨任平生""也无风雨也无晴""谁道人生无再少？门前流水尚能西""一点浩然气，千里快哉风"这样的名句以及《念奴娇·赤壁怀古》《念奴娇·中秋》这样的名作，都是他在黄州时期写的。

如果我们完整地了解苏轼一生词的创作，发现在密州时期，苏轼各种类型、各种风格的词作都已经有了，后来黄州时期的创作只是在此基础上更成熟、更丰富而已。如果以黄州词为参照来看密州词，便能更清楚地看到这一点。

宋神宗熙宁七年(1074)十月，苏轼由杭州通判调任密州知州。这一年，苏轼39岁。几年前，苏轼从京城去杭州，心情其实是不好的。当时，他与主持变法的王安石政见不和，在京城不如意，所以请求外任。此时来到密州，他心情也不畅快。他本是想离他的弟弟近一些(此时苏轼之弟苏辙任齐州掌书记。密州即今山东诸城，齐州即今山东济南)，然而到了密州，他却没有机会与弟弟见面，政治上此时也被压抑被排挤，时时想起去世十年的妻子，所以心情是比较抑郁的。这一点与后来在黄州时期差不多，只是此时所受的打击没有后来黄州时期所受的打击大，而他自己也没有后来黄州时期那样想得开、看得开。

密州时期，苏轼创作了婉约词的代表作《江城子·乙卯正月二十日夜记梦》，就是那首著名的"十年生死两茫茫"，词人怀念亡妻，一往情深，催人泪下，作品自不同于当时一般文人写男女恋情的词作，也不同于那些为歌女写的"歌者之词""伶工之词"。这也是词人对当时词坛的一种开拓。

十年生死两茫茫。不思量，自难忘。千里孤坟，无处话凄凉。纵使相逢应不识，尘满面，鬓如霜。　　夜来幽梦忽还乡。小轩窗，正梳妆。相顾无言，惟有泪千行。料得年年断肠处，明月夜，短松冈。

密州时期，更值得注意的是，苏轼写了著名的豪放词《江城子·密州出猎》：

老夫聊发少年狂，左牵黄，右擎苍。锦帽貂裘，千骑卷平冈。为报倾城随太守，亲射虎，看孙郎。　　酒酣胸胆尚开张。鬓微霜，又何妨！持节云中，何日遣冯唐？会挽雕弓如满月，西北望，射天狼。

谈到这首词，不能不提到苏轼一封著名的书信《与鲜于子骏书》，其中这样写道：

所索拙诗，岂敢措手！然不可不作，特未暇耳。近却颇作小词，虽无柳七郎风味，亦自是一家。呵呵！数日前猎于郊外，所获颇多，作得一阕，令东州壮士抵掌顿足而歌之，吹笛击鼓以为节，颇壮观也。写呈取笑。

这封信传达了这样几个信息：一、苏轼此时对词这种体裁很喜爱，别人向他索要一首诗，他说无暇——没空写，但却有暇写词；二、提出“自是一家”——就是说他开始追求自己不同于时人的创作风格，具体来说就是不同于当时流行的柳永词风，“无柳七郎风味”；三、进一步，他明确指出他这种“自是一家”的词作特点是“颇壮观也”。

这首词也确实是“壮观”。一起揭出一“狂”字。然而“聊发”，一“聊”字透露出心中的寂寞与抑郁。作者此时还不到40岁，自称“老夫”，多少也有些此类意绪。下面两句具体写一“狂”字，左手牵着黄犬，右手擎着苍鹰，都是打猎的辅助。“锦帽”二句，又写随从打猎的人。“千骑”写出人数之多，“卷平冈”，写出气势之盛。“为报”二句，以孙权自比，突出自己。这里，“为报”一句，过去人们的解释一般都是“为了报答全城的人跟随我来打猎”。“报”，有的人解释是“报答”，也有人解释为“报知”“通报”。“倾城”就是全城(的人)。近年来，南京师范大学钟振振教授提出一种新的观点，即“倾城”，指倾国倾城的美女，亦即营伎之类，可备一说。总之，上片写了形之狂，而下片集中写志之狂。“持节云中”二句用了一个典故：汉代时，云中太守魏尚守边，颇有功绩。但有一次上报战功，多报了六个杀敌数字，朝廷就免了他的职。后来，朝廷又委派一个叫冯唐的人去恢复了他的职务。所以本词的结尾诗人说，如果朝廷能像派冯唐去赦免、重用魏尚一样重用我的话，我的兴趣将不再是打猎，而是“西北望，射天狼”——领兵去与西北的外敌作战！

这首词无论是内容还是风格，均十分有力、豪放，词中虽有寂寥与抑郁之感，而一结“会挽雕弓如满月，西北望，射天狼”，真气充沛，有力如虎。后来在黄州时期苏轼写的豪放词的代表作《念奴娇·赤壁怀古》，真气弥漫，豪放有力，而结尾“人生如梦，一尊还酹江月”则不无苍凉之感。

苏轼在密州，苏辙在齐州。虽然离得不远，但也没有机会相见。下面一首《水调歌头》词，词序就明确写出其写作缘由为“丙辰中秋，欢饮达旦，大醉，作此篇。兼怀子由。”词曰：

> 明月几时有，把酒问青天。不知天上宫阙，今夕是何年。我欲乘风归去，又恐琼楼玉宇，高处不胜寒。起舞弄清影，何似在人间。　　转朱阁，低绮户，照无眠。不应有恨，何事长向别时圆？人有悲欢离合，月有阴晴圆缺，此事古难全。但愿人长久，千里共婵娟。

词一起便“把酒问青天”，问“明月几时有”，问得十分浪漫。这两句其实是由李白的诗句化用而来的，李白诗曰：“青天有月来几时，我今停杯一问之。”唐诗《春江花月夜》中也写了“江畔何人初见月？江月何年初照人？”浪漫情怀，前后承继。“不知天上宫阙，今夕是何年。”充满向往和感叹。《诗经》有句“今夕何夕，见此良人”，所以后世的诗句中，只要写到“今夕何夕”，更多的不是在问，而是侧重于感叹或赞赏。“我欲”以下五句说自己想要“归去”，回到“天上宫阙”，又怕那里太清冷孤寒，还不如在人间“起舞弄清影”。这里有两个意思：一是词人把自己当成了“天上”的人，称要“归去”；二是说还是人间好，有可留恋的东西。据说宋神宗读到此词，也说“苏轼终是爱君”。就词句来说，此处也是化用了李白的诗句“我歌月徘徊，我舞影零乱”。

过片“转朱阁”三句，说月光转过了“朱阁”，又低低地照进了窗户，照着屋里未眠之人。这里，“转”“低”“照”，写出了月移的过程，一方面是写月光，另一方面也写人之彻夜难眠。“不应”以下数句便写自己的人生感悟，“人有悲欢离合，月有阴晴圆缺”富含哲理，最后发出一种美好的祝愿：“但愿人长久，千里共婵娟。”“婵娟”指月亮，回应片首之“明月”，也呼应词序之“中秋”，紧扣主题。“海上生明月，天涯共此时。”无论身在何处，都能共对一轮明月，遥寄思念之情。

无论从内容还是风格的角度看，这首词都很旷达，表现出一种超逸的心境和词风，实则是苏轼的心态和人生态度的体现。

词人的这种心态、这种词风，在后来的黄州时期有了进一步的发展，同样是写中秋的一首《念奴娇·中秋》，很有典型性：

> 凭高眺远，见长空万里，云无留迹。桂魄飞来，光射处，冷浸一天秋碧。玉宇琼楼，乘鸾来去，人在清凉国。江山如画，望中烟树历历。　　我醉拍手狂歌，举杯邀月，对影成三客。起舞徘徊风露下，今夕不知何夕？便欲乘风，翻然归去，何用骑鹏翼。水晶宫里，一声吹断横笛。

与密州时期写的《水调歌头》相比，这首黄州时期的中秋词也写“邀月”，写“水晶宫”，写“玉宇琼楼”，但已经少了那种孤寂清冷之感，旷逸之中更多了一股清雄之气，而那种旷逸之气，在前后相隔六年之久写的两首词中是相通的。

所以说，苏轼黄州词的特点在密州时期已经存在了，到了黄州时期有了进一步的发展，更丰富更成熟了。

从《六丑》看周邦彦词的描绘、铺叙与抒情

授课视频

北宋词人最善于铺叙者，莫过于柳永与周邦彦。相比之下，柳永词的铺叙虽然次序井然，卓然成家，但还有些“平铺直叙”之感，回环曲折的变化比较少。而周邦彦则在柳永词的基础上作了进一步的改进，清真词(周邦彦号清真居士)的铺叙层次感更强，曲折变化更多。

王国维称周邦彦词：“言情体物，穷极工巧，故不失为第一流之作者。”(《人间词话》)清真词无论抒写情志，还是描摹情态，都能曲尽其妙。这种特点在他的许多代表作中都能综合地体现出来。《六丑・蔷薇谢后作》就是一首典范之作，全词如下：

> 正单衣试酒，怅客里、光阴虚掷。愿春暂留，春归如过翼，一去无迹。为问家何在？夜来风雨，葬楚宫倾国。钗钿堕处遗香泽。乱点桃蹊，轻翻柳陌。多情为谁追惜？但蜂媒蝶使，时叩窗槅。　东园岑寂，渐蒙笼暗碧。静绕珍丛底，成叹息。长条故惹行客。似牵衣待话，别情无极。残英小、强簪巾帻。终不似、一朵钗头颤袅，向人欹侧。漂流处、莫趁潮汐。恐断红、尚有相思字，何由见得。

这是周邦彦极负盛名的一首作品，对于这首词的艺术特色，历代学者有很多论述。我们就在前贤研究的基础上略作赏析。

《六丑》这个词调本身就为周邦彦所新创。据南宋周密《浩然斋雅谈》记载，某日朝廷赐宴，京师名妓李师师歌《六丑》一曲，徽宗“问‘六丑’之义，莫能对。急召邦彦问之。对曰：‘此犯六调，皆声之美者，然绝难歌。昔高阳氏有子六人，才而丑，故以比之。’”由此可知此调声律之严密。

这首词表现惜花惜春的伤悼之情。这本是一个传统的主题，但此词写得却极为精妙。“正单衣试酒，怅客里、光阴虚掷。”“正”是一个领字，领起下面“单衣试酒”四个字。“单衣试酒”，点明时令为春末夏初。据《武林旧事》卷三载，北宋时农历四月初有尝新酒的习俗。“怅客里”一句，点出久客在外的羁旅之慨。“虚掷”写出了一种莫名的怅惘。一“怅”字，为全篇奠定了基调。

“愿春暂留，春归如过翼，一去无迹。”这三句写春去之速，令人尤为怅惘，心中空空荡荡。

“光阴虚掷”，已是怅惘；“客里”光阴虚掷，更是怅惘；“愿春暂留”而又留春不住，更增怅惘；不仅留它不住，而且“归如过翼”，如飞鸟般急速而逝；而且“一去无迹”，一

点春花春色的痕迹也不留下。这样，就把这种难以名状的怅惘怨恨之情渲染到了一种无以复加的程度，沉重、压抑得令人喘不过气来。所以周济评“愿春暂留”这十三个字说：“千回百转，千锤百炼。”

下面就具体地描绘蔷薇花被风雨所摧残、糟践的情形，也就是进一步渲染“春去”的景象，也是进一步渲染惜花惜春的怅惘心情。“为问家何在”五字，有的版本作“为问花何在”，当以前者为胜，即全词叹花谢而字面并不出现“花”字。此五字扣题，问“花”之下落。陈廷焯评曰：“既突兀，又绵密，妙在五字束住。”(《白雨斋词话》)“夜来风雨，葬楚宫倾国”，承上作答：“风雨葬倾国”，无家矣！孟浩然《春晓》诗曰：“夜来风雨声，花落知多少。”只是叹“花落”，而这里却是“葬楚宫倾国”，全葬矣！

接下来，词人进一步具体地描绘落花的零落狼藉之状。“钗钿堕处遗香泽。乱点桃蹊，轻翻柳陌”，惹人怜爱的花朵被风撕成碎瓣，飘落得四处都是，埋没于泥土之中，又扣“葬”字。其形残香消之状，令人心颤。这里，前一句是总写，后二句是分写，先点而后染。

接着，“多情为谁追惜！但蜂媒蝶使，时叩窗槅。”窗槅，即窗格。叩窗格者，寻香觅花之蜂蝶也。这三句以蜂、蝶之寻觅残花，写蔷薇花凋谢后的孤寂落寞情形，实际上也是写词人的惜花之情。

词上片着重描绘了蔷薇花残败零落之情形，表明了作者惜花惜春之情，但重点是在写景象，亦即“体物”；下片则着重写词人惜春伤春的心态，亦即“言情”，而写来又独具匠心。“东园岑寂，渐蒙笼暗碧。静绕珍丛底，成叹息。”这几句写花谢之后东园孤寂落寞，无人来游园，只有作者一人在其中徘徊，嗟叹。“东园岑寂，渐蒙笼暗碧”，是正面具体描摹东园花谢后的情景。“蒙笼暗碧”指因花已凋谢，所以叶子益发显得茂密，使得园子显得深碧幽暗。这可以使我们想起唐人的诗句：“狂风落尽深红色，绿叶成荫子满枝。”(杜牧《叹花》)之所以有这绿叶成荫，是因为“狂风落尽深红色”啊！“岑寂”二字，可以见无人再来游园之孤寂冷落。“静绕珍丛底，成叹息”，写作者自己。“静”字承上“岑寂”，足见别无他人。“珍丛”即蔷薇丛，“绕”字足见其徘徊、留恋、嗟叹已久。见此景象，“成叹息”，叹息不已。

下面就写其嗟叹：

“长条故惹行客。似牵衣待话，别情无极”，一叹。

蔷薇的枝条(枝上有小刺)长长地伸出来，牵住我的衣袖，似乎要向我诉说什么，那依依不舍的样子，真似有无尽的离情别绪，令人心痛。拟人化的手法运用到了令人惊叹的地步，俨然一位“寸寸柔肠，盈盈粉泪”的多情佳人。

“残英小、强簪巾帻。终不似、一朵钗头颤袅，向人欹侧”，二叹。

仔细一看，原来枝头还有残存的尚未凋落的小花，于是摘下来，勉强插在头巾上。然而终究不如那盛开的花朵插在美人头上那样颤颤悠悠，摇曳多姿，不如那样迷人、媚人。用盛开的花朵与仅存的残英对比，更突出其怜惜之情。

“漂流处、莫趁潮汐。恐断红、尚有相思字，何由见得”，三叹。

真是奇想！“漂流”“潮汐”，远承前面“夜来风雨”。花已谢、已落，无可挽回，无可奈何，只得再劝它：不要随着潮水漂流到大海里去，也许有哪位多情的人在上面题了字呢！这里妙用唐卢渥舍人红叶题诗、终成婚姻的典故，令人称绝。

词写惜花，写得极为有致，周济赏析曰：“不说人惜花，却说花恋人；不从无花惜春，却从有花惜春；不惜已簪之落英，偏惜欲去之断红。”它很好地体现了作者“言情体物（尤其是体物），穷极工巧”的特点。其显著的特点就是将蔷薇花拟人化、人格化，赋予其人的情感和灵魂。上片以“楚宫倾国”来比喻，并拟人化曰“钗钿堕处遗香泽”（其用典之浑化无迹自不待说）。下片更是人格化，“牵衣待话，别情无极”等描写，活脱脱地推出一个“寸寸柔肠，盈盈粉泪”的多情佳人形象。

这首词，清人谓有寄托。是否有寄托，我们不敢肯定，但从词中的情调来看，我们觉得其中还是有一定的身世飘零之感的。《白雨斋词话》评曰：“满纸是羁愁抑郁。”看得很准。而在写法上，则很好地体现了清真词“言情体物，穷极工巧”的特色，又体现了其词曲折回环的特点。

李清照研究面临的三个问题

授课视频

李清照是中国千年词史上的一位奇女子。

关于她，有不少神奇的传说，如元伊世珍《琅嬛记》载：

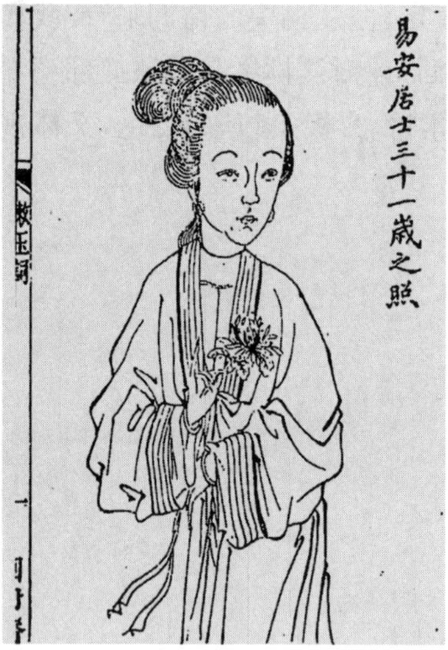

李清照画像

赵明诚幼时，其父将为择妇。明诚昼寝，梦诵一书，觉来惟忆三句，云“言与司合，安上已脱，芝芙草拔”。以告其父，其父为解曰：“汝待得能文词妇也。‘言’与‘司’合是‘词’字，‘安’上已脱是‘女’字，‘芝芙’草拔是‘之夫’二字。非谓汝为词女之夫乎?”后李翁以女女之，即易安也，果有文章。易安结褵未久，明诚即负笈远游。易安殊不忍别，觅锦帕书《一剪梅》词以送之。词曰：“红藕香残玉簟秋，轻解罗衫，独上兰舟，云中谁寄锦书来，雁字回时，月满西楼。花自飘零水自流，一种相思，两处闲愁，此情无计可消除，才下眉头，却上心头。”

易安以重阳《醉花阴》词函致明诚。明诚叹赏，自愧弗逮，务欲胜之，一切谢客，忘食忘寝者三日夜，得五十阕，杂易安作以示友人陆德夫。德夫玩之再三，曰：“只三句绝佳。”明诚诘之。答曰：“莫道不销魂，帘卷西风，人似黄花瘦。”正易安作也。

目前关于李清照的研究主要面临三个问题：

一、关于《词论》及其写作时间

《词论》可以说是中国词史上第一篇专业的词学论文，其作者向来被认为是李清照。但对其写作时间，有人认为写于李清照早期，有人认为写于晚年，还有人认为写作时间介于这两者之间。也有人认为这篇论文不是李清照所写。

作于早年说，代表人物有郭绍虞、夏承焘、王仲闻、吴熊和等著名学者。这一派观点认为，《词论》中没有提及徽宗时大晟府里的一派作家，尤其是周邦彦这样的大词人；没有一句涉及靖康之变；没有提到靖康之乱后的词坛情况；《词论》中的观点与其南渡后的创作实践不一致，南渡后诸名篇“并不都是很典重、尚故实、擅长铺叙的作品，除《声声慢》之外，也不见得都很讲究声律”，“到南渡那时，由于流离民间，生活激变，使她的创作实践能够突破早年保守的理论”（夏承焘《评李清照的词论》）。

南渡说的理由是，《词论》中提到的《声声慢》是宣和、靖康之后才普遍填写的，《词论》中力斥“郑卫之音”“流靡之变”“亡国之音”，与南渡文坛反思北宋词坛文弱苕秀之风所产生的种种弊端，大力提倡“复雅”的词坛主潮同出一辙；《词论》所极力提倡标榜的“五音”“五声”“六律”“清浊轻重”是北宋末年以后才在词作实践中逐渐完善起来的；《词论》出于《苕溪渔隐丛话》后集而不是前集，而此书是胡仔在 1148 年到 1167 年这段时间中收集的材料，此时正值李清照晚年，前集不载，是因为当时李清照还没有写《词论》，所以胡仔看不到；“后晏叔原、贺方回、秦少游、黄鲁直出，始能知之”等语，似为南渡后追记之辞；北宋后期，严禁苏黄文字，苏黄是非常敏感的话题，李清照身份特殊，此时不太可能写作针对苏黄的《词论》；《词论》可能是针对南宋词坛的现实而发，针对词坛学苏热潮所可能产生的粗制滥造的流弊，李清照想在《词论》中提出批评意见，是完全可能的。

后又有人提出了新的看法，认为《词论》当作于明诚起知莱州、清照独居青州的宣和二年（1120）至南渡之前（靖康元年）。作于早期不大可能，因为清照虽青年时期传有诗名，但词名未显，在词的创作实践与理论修养方面还缺乏写作《词论》的必要准备；作于政和年间也同样缺乏创作方面的积累与铺垫；作于南渡以后亦不大可能，因为按着清照《词论》中“声与政通”的思想脉络，南渡以后社会发生的巨大动荡不会不反映在《词论》中。

还有学者认为这是一篇伪作。如果事实如此，其在流传过程中必然存在严重的篡改和错讹。这一观点是马兴荣先生提出来的。马先生于 1984 年发表了《李清照〈词论〉考》（《柳泉》1984 年第 6 期，中国人民大学复印报刊资料《中国古代近代文学研究》1985 年第 2 期复印转载）。

马先生说：“从世传为李清照的《词论》的出处来源，流传情况以及《词论》本身存在不应有的疏失和《词论》的主张并不知道李清照的词作三个方面来看，可以说《词论》的作者不是李清照，它是一篇托名伪作。”主要理由如下：第一，胡仔在编纂《苕溪渔隐丛话》时，是选择不严、考辨不精的。第二，世传的李清照这篇《词论》，除南宋胡仔的《苕溪渔隐丛话・后集》记载之外，只有南宋魏庆之的《诗人玉屑》中引录了，而其他南宋人公私记载均未见。王灼的《碧鸡漫志》、洪迈的《容斋四笔》等书都谈到李清照的作品，但是却没有一个人有一句话提到《苕溪渔隐丛话后集》所载的这篇李清照的《词论》。如果所传可信的话，那么像这样比较全面论述词的作品，为何没有一个人从正面或反面提到过它呢？可见它在宋代就没有引起人们的注意，更说不到承认它了。第三，从金、元、明、清历代众多的笔记、词话来看，徐釚的《词苑丛谈》、田同之的《西圃词说》、冯金伯的《词苑粹编》、俞正燮的《癸巳存稿》、方成培的《香研斋词麈》及其他数十种重要的笔记、词话都谈到李清照，或谈到李清照的词作，但是就没有提到这篇世传的李清照的《词论》。可见金、元、明、清历代的词学家们对这篇《词论》一般是不注意的，更谈不上承认它了。

又有人依据元人陈世隆的《宋诗拾遗》"李格非，字文叔，自号易安居士"这一新的"证据"，大胆假设《词论》可能为李清照的父亲李格非所撰。并认为："《词论》一文从行文风格，成文的时间，论及的词人，所持的词学观等方面涉及的诸种问题，与李清照有矛盾处颇多，而与李格非却多有相通之处。"

二、李清照是否曾再嫁

有不少学人根据一些史料，指出李清照曾经改嫁张汝舟，后又离异，且检举张汝舟，差点坐两年牢。

宋人对李清照改嫁张汝舟是确认不疑的。明、清人提出怀疑和异议，使"改嫁"之说几被否定。新中国成立以后，黄盛璋先生发表了《李清照事迹考辨》(载《文学研究》1957 年第 3 期)，文中有《改嫁新考》一节，就"改嫁"事件作了考证，得出了李清照晚年改嫁张汝舟，但不久又离异的结论。王学初先生在《李清照集校注》中的《李清照事迹编年》里，还考证出了李清照再嫁张汝舟以及与张离异的具体年月。该文说：绍兴二年(1132)，李清照 49 岁，再适张汝舟。不久返回，到九月便离异。

然而，有些学者并不赞成李清照改嫁的说法，不断写文章提出异议。黄墨谷教授在《重辑李清照集》中附了《翁方纲〈金石录〉本读后》和《〈投内翰綦公崇礼启〉考辨》两篇文章，为李清照辨诬，认为李清照并未改嫁。夏承焘、唐圭璋先生等也撰文，对李清照改嫁之说提出了很多疑问。随着李清照研究的专著、选本、全集的陆续出版，李清照改嫁之争也成了一个"热"的论题，由此可见李清照问题的探讨之盛。那么"改嫁"说与"辨诬"说的分歧源于何处呢？

持"改嫁"说者主要以《上内翰綦公启》(即前面提到的《投内翰綦公崇礼启》)和《建炎以来系年要录》的记载为根据，认为赵明诚去世后，李清照孤苦伶仃，过着颠沛流离的生活，饱尝了人间的苦难。她希望有所依靠，能过上较为安定的生活。于是她被媒人"如簧之说"和"似锦之言"所迷惑，糊里糊涂地再嫁了张汝舟。婚后，她发现张汝舟像一个市侩，实难同他安度晚年，便想趁早离异。张汝舟则为了夺取李清照的书画、古器物等，想早点把她折磨死，所以经常虐待她。李清照无法忍受，提出离婚。为了诉讼的胜利，她不得不同时检举了张"妄增举数入官"的违法行为。按照宋代刑法，妻子告发丈夫，即使属实，也要判处徒刑两年。李清照明知如此，还是告发了他，同时也提出了离婚的要求。后来，这件事被她的亲戚翰林学士綦崇礼知道了，綦崇礼是宋高宗的亲信，出面干涉此事，才使李清照既离了婚，又免了刑事处分。为此，李清照特意写了一篇《上内翰綦公启》，向他表示感谢。

持"辨诬"说者认为：第一，《上内翰綦公启》的全文始见于李清照去世多年后赵彦卫的《云麓漫钞》，而这本书是杂记古今天文、地理、制度、故事的笔记之类的著作，其中有记载失实之处。据《上内翰綦公启》所述的内容、情节分析，很难判定它是李清照所作，至少已不完全是李清照的原作。第二，《建炎以来系年要录》是李清照去世四十多年后才降生的李心传所作。“要录”有关记载先说张汝舟有违法行为，被其妻李氏检举而入官定罪，而后又补上一笔说“李氏，格非女，能为歌辞，自号易安居士”，这种写法很不合乎行文的规律。上文的“李氏”只是与李清照同姓者，而下文显系攻击李清照者所加，可能与李清照写讽刺诗抨击时政有关，李心传不察，照搬了原材料。故而，由上述两种材料的记载就认为李清照改嫁张汝舟是不能成立的。

三、易安词是否有婕妤之叹

婕妤指汉成帝的妃子班婕妤，曾深得汉成帝的宠信。后来赵飞燕姐妹得宠，嫉恨排挤班婕妤，班婕妤恐日久见危，便向汉成帝请求到长信宫去供养太后，过起了与人无争但却十分寂寞的生活。班婕妤写了一首《团扇》诗，抒写自己的真实体会，其中有这样的句子：“弃捐箧笥中，恩情中道绝。”诗中以“团扇”自比，以秋扇见捐比喻自己失宠被弃。

称李清照有“婕妤之叹”，意思是说李清照因丈夫另有新欢因而像写《团扇》诗的班婕妤一样，在作品中表达其心中的幽怨。

李清照《金石录后序》是一篇带有作者自传性的散文，介绍了赵明诚、李清照夫妇收集、整理金石文物的经过和《金石录》的内容与成书过程。其中有这样的记载：

> 七月末，书报卧病。余惊怛，念侯性素急，奈何。病痁或热，必服寒药，疾可忧。遂解舟下，一日夜行三百里。比至，果大服柴胡、黄芩药，疟且痢，病危在膏肓。余悲泣，仓皇不忍问后事。八月十八日，遂不起。取笔作诗，绝笔而终，殊无分香卖履之意。

“分香卖履”是一个与曹操有关的典故。

曹操《遗令》：“吾婢妾与伎人皆勤苦，使著铜雀台，善待之。于台堂上安六尺床施穗帐，朝晡上脯备之属，月旦、十五日，自朝至午，辄向帐中作伎乐。汝等时时登铜雀台，望吾西陵墓田。余香可分与诸夫人，不命祭。诸舍中无所为，可学作组履卖也。”

翻译成白话文，就是：

> 曹操《遗令》中说：“我的婢妾和歌舞艺人都很辛苦，让他们住在铜雀台，好好安置他们，在台正堂上放六尺床，挂上灵帐，早晚上食物供祭，每月初一、十五两天，从早至午，要向帐中歌舞奏乐。你们要时时登上铜雀台，眺望我西陵的墓地。余下的香可分给诸夫人，不用它祭祀。各房的人无事做，可以学着制作带子、鞋子卖。”

后以“分香卖履”喻临死不忘妻妾。

李清照与赵明诚夫妻二人的感情问题，前人似乎没有提出什么怀疑，一致认为两人伉俪情深，志趣投合，拥有幸福美满的爱情。直到20世纪60年代，王汝弼先生的《论李清照》(《文史哲》1962年第2期)提出了疑议，认为两人感情上有矛盾，特别是李对赵不满，主要表现在两个方面：一是因赵明诚纳妾，《金石录后序》中的“殊无分香卖履之意”一语“无意中流露了赵明诚的蓄有姬妾”，又以《多丽·小楼寒》词为例，说明李担心丈夫的“外遇”，“带有她自己家庭生活的投影”，且认为《凤凰台上忆吹箫》一词中的“难言之隐”主要是对赵移情别恋的不满；二是两人对于书籍、古董的收藏态度不同，以为李“近于作家和学者”，而赵“则近于古董家、收藏家”，且在危急时刻，赵视珍贵文物比李还重要，“可以证明他对李清照的爱情到底如何了”。

二十多年之后，1989年，朱淡文先生在《论李清照〈漱玉词〉中的爱与忧郁》(《上海师范大学学报》1989年第3期)一文中又重申王先生的看法，认为“殊无分香卖履之意”一语“透露出赵明诚有不止一个侍妾”，而“余性不耐”“侯素性急”(《金石录后序》)诸语，显示了两人的性格差异。朱氏认为李清照笼罩在封建社会婚姻制度的阴影内，而“无子”又成为赵纳妾十分“正当”的理由，《多丽》词中“汉皋解佩”“纨扇题诗”诸典故正是清照对丈夫移情他人的忧郁表现。不过文中特别提出“她的忧郁并不会发展到不顾大体的怨恨指责”。

同在1989年，陈祖美先生发表《对李清照内心隐秘的破译——兼释其青州时期的两首词》(《江海学刊》1989年第6期)，在王汝弼先生的基础上着重论述了赵的“纳妾”问题及其对李内心世界的影响，并由此对《凤凰台上忆吹箫》与《声声慢》二词进行了新的诠释，认为《凤凰台上忆吹箫》中“欲说还休”的“难言之隐”是担心赵明诚有外遇，写此词的目的“是想感化丈夫不要忘掉她而另图新欢”。《声声慢》则是表达“无嗣”和因赵明诚的疏远而使她无嗣的“难言之隐”。此后，陈先生在一系列相关论著中重申了她对赵明诚纳妾问题的坚定看法，并对李清照内心隐秘进行了开掘，对其许多词作作了新的阐释。其相关论著有：

《李清照作品赏析集·前言》，巴蜀书社1992年版；

《李清照评传》，南京大学出版社1995年版；

《李清照有过“婕妤之叹”吗？——从她在江宁时的几首词谈起》，《文史知识》1998年第3期；

《对李清照身世的再认识：关于她的娘家与婆家》，《文史知识》1998年第10期；

《对李清照身世的再认识：在经历丧夫之痛后》，《文史知识》1998年第11期；

《李清照新传》，北京出版社2001年版。

综观这些论著，陈先生认为赵明诚纳妾的主要依据是：

其一，李清照诗词文中多次用“分香卖履”“武陵人”“秦楼”“长门宫”“汉皋解佩”“纨扇题诗”“公路可怜”等典故。这些典故及某些词义表明李清照有“隐衷”。

其二，赵、李二人“无嗣”。赵、李“无嗣”的记载出自南宋洪适的《隶释》(卷二六)。“无嗣”犯了封建伦理道德的“七出”之条，又加以赵明诚的家庭政治地位，赵必当纳妾。

其三，从时代背景来看，纳妾在当时是天经地义的事。赵明诚身为“富家子弟”，对于纳妾，他岂能例外。

在陈先生看来，认定了赵明诚的纳妾事实，就犹如找到了打开易安“心扉的钥匙”，从此可以探索出女词人“内心的种种隐秘”，可以正确解读那些幽微隐约的作品，还可以对李清照的生活和创作经历进行新的分期，改“靖康”前后二期说为早、中、晚三期说，即将大观二年（1108）至建炎三年（1129）居青州、莱州和建康的21年称为中期（《李清照评传》第8页），赵纳妾而李多“难言之隐”就在此期。陈先生认为，只有这样理解，李清照现存的近50首词的三分之一才能解读到位。

陈先生的观点日渐引起关注，特别是其《李清照评传》出版后，反响更热烈，有数十篇论文予以呼应，或支持，或反对，形成了一个争鸣的小高潮。关于这一问题，要详细了解，可以参看上述论文。简要了解，可以参看王兆鹏、郭明玉《李清照“内心隐秘”争鸣述评》（《文学遗产》2003年第1期）。本文也主要是引述了这篇评述。

以上三个问题，有的可以在短期内澄清，有的则不容易搞清楚，但对李清照的研究都有重要的影响。

辛弃疾的人生经历对其词作的影响

一、充满传奇与悲剧色彩的生平

授课视频

辛弃疾(1140—1207),字幼安,号稼轩,济南历城人。辛弃疾的一生可以分为三个阶段。

第一个阶段,23 岁以前。

辛弃疾出生时,他的家乡已被金人占领了十几年,宋政权已于 13 年之前南渡偏安。辛弃疾幼时生活在女真人的统治之下,经常被他的祖父带着"登高望远,指画山河,思投衅而起,以纾君父所不共戴天之愤"。他的祖父还曾两次令他"抵燕山,谛观形势"(辛弃疾《进美芹十论札子》)。推翻金人的统治、恢复宋室江山的信念,自幼便在他的心里扎了根。所以,22 岁时,辛弃疾便组织了一支两千余人的起义队伍。此时,金主完颜亮举兵南下,而后在长江边上被部下所杀,金政权内部发生混乱,原属北宋的汉人纷纷起兵。当时济南一带规模最大的起义军是耿京领导的农民起义军,有 25 万之众。辛弃疾也率众投奔了耿京,担任掌书记之职。

当时有一个名叫义端的和尚也组织了一支千余人的起义队伍。辛弃疾平时和义端有交往,劝他也加入了耿京的义军。可是不久这个义端偷了耿京的大印去投靠金人,辛弃疾便亲自追上义端,将其斩首,夺回大印,从此更得耿京的器重。

辛弃疾从天下大局考虑,劝耿京投靠南宋政权。绍兴三十二年(1162),耿京派辛弃疾、贾瑞南下同宋政权联系,在建康得到了宋高宗赵构的接见。高宗授耿京、辛弃疾等人以官职。当辛弃疾与宋廷官员一同回到北方传达旨意时,叛徒张安国已经杀害了耿京,并率众投降了金人。辛弃疾当即率五十余骑冲入金营,生擒正与金将酣饮的张安国,并号召耿京旧部万余人反正。众人突破金人的前堵后追,渡过长江,到达建康,将叛徒张安国交由朝廷处斩。这一壮举震动朝野。朝廷对他仍授以此前任命的承务郎、天平节度掌书记职务,改差江阴佥判。这一年,辛弃疾 23 岁。

第二个阶段,24 岁到 43 岁。

辛弃疾南归以后,先被任命为江阴佥判。6 年后,任建康通判。此时,南宋的皇帝为宋孝宗。孝宗有意恢复。辛弃疾抗战热情甚高,写有《美芹十论》《九议》等,献于朝廷,详细地提出了自己对天下大势的思考及对策。

此后,辛弃疾转展各地任职。在这期间有两件事情尤其值得注意。一方面是他平息了几起动乱,尤其是在江西提点刑狱任上镇压了著名的茶农起义,诱杀了其首领赖文政。对这些事情,今人往往多有批评。对辛弃疾而言,一则是时代及认识所限,再则也是其工作本分。另一方面,辛弃疾深刻地反思现实,反对官府"趣办财赋""并缘科敛”而“残民害物”，指出：“田野之民，郡以聚敛害之，县以科率害之，吏以乞取害之，豪民以兼并害之，盗贼以剽夺害之，民不为盗，去将安之？”希望皇帝“深思致盗之由，讲求弭盗之术，无徒恃平盗之兵。申饬州县，以惠养元元为意”（《宋史》本传）。二是在湖南安抚使任上，以雷厉风行的铁腕手段，甚至私藏皇帝的“金字牌”，建成了一支“雄镇一方，为江上诸军之冠”的飞虎军（《宋史》本传）。

而在南渡后的十几年里，辛弃疾始终没有得到施展抱负、收复中原的机会，尤其是他“归正人”的特殊身份，使得朝廷对他怀有猜忌。淳熙元年（1174），他到建康留守幕府做参议官时所写的《水龙吟·登建康赏心亭》就表达了心中的抑郁与悲愤。而从淳熙元年始，在不到10年时间里，他的职务就被调动了11次。再后来，朝廷中主战派的代表人物张浚、虞允文等相继谢世，孝宗皇帝的恢复进取之心亦渐趋消衰，辛弃疾在官场上愈加孤立，终于被人弹劾，于淳熙八年（1181）被免职。这一年，辛弃疾42岁。

水龙吟·登建康赏心亭

第三个阶段，43岁到68岁。

最后这一阶段又可以分为三个时期：第一个时期，十年闲居；第二个时期，被起用又罢免；第三个时期，参与北伐，力不从心，最终辞世。总之，最后这二十多年，辛弃疾除短暂地做过一些官职外，基本上是在江西农村度过的。

淳熙八年11月，辛弃疾被人弹劾，官职一并削夺。在本年的春天，他就在上饶带湖兴建庄园，称“人生在勤，当以力田为先”，将新居取名为“稼轩”，并以此为别号。年底，他被罢官，正好新居落成，于是便回到带湖新居，在这里一住就是10年。

淳熙十五年（1188），辛弃疾49岁。这一年他在铅山距鹅湖山不远处发现一口清泉，后改名为“瓢泉”，并在其旁修建了一座新居。冬天，陈亮来访，二人同游不远处的鹅湖，纵论世事，诗词唱和。这便是著名的“鹅湖之会”。

绍熙三年（1192）的春天，辛弃疾任福建提点刑狱。这一年他53岁。此后又升任集英殿修撰、福州知州兼任福建路安抚使。到庆元元年（1195），又被弹劾，回到上饶闲居。庆元二年（1196）正式移居带湖，再度退隐。

此后，宋宁宗即位，起用抗战派人士，嘉泰三年（1203），辛弃疾被再次起用为绍兴知府兼浙东安抚使。这一年，辛弃疾64岁。

一年后，辛弃疾被任命为镇江知府。到任后，积极作备战的准备，写有著名的词作《永遇乐·京口北固亭怀古》等。不久又被弹劾，重回铅山闲居。

永遇乐·京口北固亭怀古

开禧北伐开始后，朝廷再次启用辛弃疾，接连诏命他为两浙东路安抚使、龙图阁待制、兵部侍郎等。可辛弃疾已年迈体衰，只得回铅山休养。不久，前线吃紧，朝廷又任命辛弃疾为枢密院都承旨，令其速赴临安。可辛弃疾却于这一年（开禧三年，1027年）的9月10日不幸辞世，长眠于铅山，享年68岁。

我们可以看看辛弃疾同时代人对他的认识和评价：

义端对他说“我识君真相，乃青兕也”。陈亮称他“背胛有负，足以荷载四国之重”，将他比为真虎：“真鼠枉用，真虎可以不用。”（《辛稼轩画像赞》）姜夔将他比作诸葛亮，说“前世诸葛，来游此地，数语便酬三顷”（《永遇乐》）。朱熹认为他有“股肱王室，经纶天下”之才（谢枋得《祭辛稼轩先生墓记》）。

回顾辛弃疾的人生经历，再联系时人的评价，我们可以看出，辛弃疾不是一个一般意义上的文人，他是一位文武双全的具有雄才大略的帅才、将相之才，可惜终其一生未能施展抱负。

二、曲折的生平经历、抑郁不平的心态对创作的影响

辛弃疾的人生经历对他的创作有很大的影响。

首先，辛弃疾不是一个一般意义上的文人，他是一位在战斗中成长起来的英雄，是一位将帅之才。词，对他来说只是“陶写之具耳”。写词，只是他抒发排遣心中郁闷的一种方式。而所谓“器大者声必闳”，这就决定了他词的内容中多有抗敌报国之情，风格也比一般人更豪壮激烈。

其次，辛弃疾有管乐之才，时逢南北分裂，正可发挥其才能，为国出力。然而，由于当时特殊的朝廷环境，他坚持抗战的主张与很多当权者不合，也因为他是从北方“敌占区”反正过来的“归正人”，一直得不到朝廷真正的重用，相反却一直被猜忌，时时有一种“孤危”之感，正如他自己所说：“年来不为众人所容，顾恐言未脱口而祸不旋踵。”（《论盗贼札子》）所以，他的心中充满了悲愤，而这种悲愤又不能正面直接地表现出来，于是在创作中多有比兴寄托的手法，风格也在豪壮之中有了更多的苍凉沉郁。

第三，43 岁以后，辛弃疾长期在上饶一带闲居，所以他的词作中有很多表现闲逸之趣和农村生活的作品。但因为他闲居期间依然生活豪华，较少接近劳动人民，所以他的这类作品很少有表现民生疾苦的内容，更多的是表现宁静优美的田园风光、和睦安闲的农村生活以及自己陶渊明式的隐逸之趣。

张先《天仙子》与周邦彦《少年游》

词，不像小说、散文那样有充足的篇幅。因为有字数的限制，也因其有含蓄等方面的讲究，不可能什么话都明明白白、一览无余地说出来，所以读词与写词一样，需要细心体味，也需要掌握一点技巧。这一点与诗相似又有差异。这里，我们试以张先和周邦彦的两首词作为例，略作赏析。

授课视频

张先（990—1078），字子野，乌程（今浙江湖州吴兴）人，北宋前期著名的词人，曾任安陆县的知县，故人称“张安陆”。张先天圣八年（1023）进士，著名词人晏殊任开封府尹时曾辟其为通判，官至尚书都官郎中。晚年退居湖杭之间，与当地文人诗酒交游，悠游卒岁。

在北宋前期的词人中，张先是相当重要的一位。他的重要性在于：第一，他是宋代写词较早的词人，而且词作数量比较多；第二，他的词既有小令，又有慢词；第三，他写词，开始用题序，且数量相当多；第四，他晚年长期在湖州、杭州一带活动，与众多文人写词酬唱。前三点对后人写词都有很大的影响；而第四点，苏轼作杭州通判后开始大量写词，与张先的影响当不无关系。

时人称张先为“张三中”，因为他词作的内容不外乎“心中事、眼中泪、意中人”。而张先对这一称谓不太满意，他自己说与其称“张三中”不如称“张三影”，因为他的词中有三句写“影”十分出色。这三句分别是“云破月来花弄影”“娇柔懒起，帘幕卷花影”“柳径无人，堕絮飞无影”。于是，他便得了一个雅号“三影郎中”。当然，除过这三句外，他词中写“影”的句子还有二十多处，其中一些也颇为精妙传神，如“中庭月色正清明，无数杨花过无影”，“那堪更被明月，隔墙送过秋千影”等。他还因词中有“不如桃杏，犹解嫁东风”之句，被人称为“桃杏嫁东风郎中”。

张先之词，最著名的是这首《天仙子》：

水调数声持酒听，午醉醒来愁未醒。送春春去几时回？临晚镜，伤流景，往事后期空记省。　　沙上并禽池上暝，云破月来花弄影。重重帘幕密遮灯，风不定，人初静，明日落红应满径。

词前原有一个小序：“时为嘉禾小倅，以病眠，不赴府会。”交代了写作的地点及背景。意思是说，当时任嘉禾（今浙江嘉兴）判官（倅：副职），因生病休息，没有去参加府里的宴会。宋人写词大量使用题序，始于张先。这对后人有很大的影响。

词写伤春之情。一开始持酒听歌，本为乐事，然词人却愁情难解，因愁而饮，因饮而醉，以至于午醉醒来而愁仍然未醒，可见这愁情之浓郁。接着“送春”点出愁之因由乃是伤春惜春。“临晚镜”三句更进一步解释愁之缘由及内容。傍晚时分照着镜子，感伤流水一样逝去的年华，当年的往事以及对将来的约定只能是徒自记得。临镜自照，古来不外乎两种情况：高兴时孤芳自赏，郁闷时对影自怜。当然还有一种志士的照镜乃是“勋业频看镜”。这里，主人公揽镜自照，伤悼流水一样逝去的年华，慨叹美好的往事和对将来的期约俱如过往云烟，无由实现了。“伤流景”三字，实是上片之核心。过片写景，也是进一步解释愁的内容。禽鸟成双成对，而人却孤孤单单，虽能欣赏花影婆娑，心中难掩落寞忧伤。“云破月来花弄影”一句，写月亮冲破了云层，月光照在地上，地上的花朵婆娑摇曳。这一句是千古名句，王国维盛赞：“着一弄字而境界全出！”当代学者，也有人盛赞“破”“来”二字。下面，写“风不定”。这“风不定”三字，实为下片之主。正因为风不定，云才能“破”，月才能“来”；正因为风不定，花枝才被吹得晃动而婆娑婀娜；正因为风不定，才需要“重重帘幕密遮灯”；正因为风不定，才可能“明日落红应满径”。而就全篇来看，此词不仅“云破”一句写得十分精彩，为作者赢得了一个“云破月来花弄影郎中”的雅号。另外还有两个特点要留意：一是上片和下片的叙事写景各有一个重心，上片的重心是“伤流景”三字，其他文字全围绕这三个字做文章。同样，下片则主要围绕“风不定”三字渲染；二是一些过渡和暗示性词语的运用，全词通过“午”“晚”“暝”“月”“灯”“明日”等词暗示性词语，清晰地展示了时间流动的过程，写出了从午到晚到夜的时间变化，而又没有丝毫生硬多余的痕迹，令人赞叹。

这首词之外，北宋词人周邦彦有一首篇幅短小的小词，其叙事结构更值得玩味。

少年游

朝云漠漠散轻丝，楼阁淡春姿。柳泣花啼，九街泥重，门外燕飞迟。　而今丽日明金屋，春色在桃枝。不似当时，小楼冲雨，幽恨两人知。

已故著名学者吴世昌先生对这首词有极其精到的分析。词上片写春天的细雨。因为小雨打湿了翅膀，燕子飞得很迟缓，不轻快。柳叶和花朵上都挂着雨珠，大街上的泥土很“重”。这里，景物的描写实际上带着人的感情色彩。“春姿”本来是令人心愉的，而这里，主人公看到花柳上的雨珠，联想到的是“泣”“啼”，说明人的心情是痛苦的。而街上“泥重”，可能是看到街上的雨水和泥土而调动起来的一种生活体验的叙写，也可能是有人在行走，泥粘在脚上，走起来比较吃力，所以觉得“泥重”。人行走而“泥重”，燕飞而“迟”，都是一种压抑的沉闷感觉。

过片又完全是另一种景象：“而今丽日明金屋，春色在桃枝。”阳光明媚，桃花灼灼，春景是靓丽迷人的，人的心情自然也是快乐的。

这里就有一个问题，前面刚写了漠漠细雨，此处又是日丽花艳，是突然天晴了吗？不是，且看“而今”两字，说明这两句写的是现在，暗示前面几句（上片）写的是过去。这里“金屋”两字是用典，用了“金屋藏娇”的典故。汉武帝刘彻小的时候，他的姑姑问他将来想要娶怎样一个媳妇。他指着他的表妹，也就是他姑姑的女儿阿娇说："若得阿娇，当以金屋贮之。"词人在这里用这个典故，说明这两句写的是一对爱人在一起生活。这时我们再回过头来看上片，便可知上片是在回忆当年分别的事情：一对情侣分别时心情痛苦，所以眼里看到的春景都是"泣""啼"，而现在他们在一起生活了，看到的春景便是"丽日"和夭夭桃红，心情大不相同，投射在外景上亦自大不相同。这时再看最后三句："不似当时，小楼冲雨，幽恨两人知。""不似"与前面的"而今"两字一样，都是重要的连接过渡词，"小楼冲雨，幽恨两人知"，都是"当时"的情形。那时，两个人要分别了，难舍难分，心中充满幽恨；如今团聚，在一起生活了，细细回味起来，却又不似当时那样值得留恋，让人珍惜！真是"要失去的才是最美好的"。

这首词短短十句，上片五句写的是过去的故事；过片两句写的是现在，"不似"三句，又回写过去，同时又作今昔对比，真是回环往复，相映成趣。另外，读这首词，让我们知道，欣赏此类作品需要结合自己的生活体验，展开合理的想象和联想，还原出它所描绘的景象，才能有助于对作品的理解，才能领略作品所描绘的意境，体味作品的魅力。

下编　元明清文学

戏曲成熟于元杂剧

授课视频

作为我国传统文化一部分的戏曲艺术，尽管起源很早，但成熟比较晚。正如张庚所说："……中国戏曲的起源是很早的，在原始时代的歌舞中已经萌芽了。但它发育成长的过程却很长，是经过汉唐直到宋金即十二世纪的末期才算形成。"①

我国戏曲艺术经历了漫长的生长过程，到宋金渐趋成熟，为元杂剧的产生准备了充分的条件。王国维在《宋元戏曲史》中说："歌舞之兴，其始于古之巫乎？巫之兴也，盖在上古之世。"巫承担着以歌舞贯通鬼神的职责和功能。从《诗经》中有关祭祀的舞乐和《楚辞·九歌》来看，歌舞内容主要是对祖先或神灵的礼颂，但有些包含萌芽状态的戏曲因素。到春秋战国之际，又产生了专门供人娱乐的俳优，《史记·滑稽列传》中"优孟衣冠"的故事在中国戏曲的形成史上有极其重要的意义。汉代的角抵戏，源于上古祭祀战神蚩尤的"蚩尤戏"。据南朝人任昉《述异记》记载："秦汉间说蚩尤氏，耳鬓如剑戟，头有角，与轩辕斗，以角抵人，人不能向。今冀州有乐名'蚩尤戏'，其民两两三三，头戴牛角相抵。汉造'角抵戏'，盖其遗制也。"汉代"角抵戏"的代表作是《东海黄公》，《西京杂记》中对其作了详尽的描述：

> 有东海人黄公，少时为术，能制蛇御虎。佩赤金刀，以绛缯束发，立兴云雾，坐成山河。及衰老，气力羸惫，饮酒过度，不能复行其术。秦末有白虎见于东海，黄公乃以赤刀往厌之。术既不行，遂为虎所杀。三辅（关中一带）人俗用以为戏。汉帝亦取以为角抵之戏焉。

此戏由两个演员分别扮演"黄公"和"老虎"，敷演"黄公伏虎"的故事：黄公年轻时能杀虎，老了却被虎杀。该戏通过对黄公的拟演来嘲讽巫术符咒行为的荒谬、无能。《东海黄公》已经是按照假定情境的装扮性表演了，拟身特征相当明显，因此不少学者认为此戏为中国戏曲艺术由萌芽而创生的一个重要的里程碑。从南北朝时期到唐代，出现了"大面""踏摇娘""参军戏"等具有一定故事内容的艺术形式，为我国戏曲的形成准备了良好的条件。

"大面"，又叫"代面"，是演员戴着大面具进行表演的一种演出形式。崔令钦《教坊记》云：

① 张庚，郭汉城主编：《中国戏曲通史》，中国戏剧出版社1992年版，第75页。

> 大面出北齐，兰陵王长恭性胆勇，面貌若妇人，自嫌不足以威敌，乃刻木为假面，临阵著之。因为此戏，亦入歌曲。

兰陵王是北齐文襄王的四子，曾任并州刺史，他作战勇敢然貌俊故戴面具。齐人倾慕他的功绩，将其事编成舞蹈、配以歌曲，即著名的《兰陵王入阵曲》。扮演兰陵王的演员戴着面具，载歌载舞，作出种种挥剑、舞剑的动作。其眉目神情具有相当的夸饰效果，对后世戏曲脸谱的勾画有一定的影响。

“踏摇娘”是唐代歌舞小戏中最著名的剧种。《太平御览》引《乐府杂录》：

> 踏摇娘，生于隋末。夫河内人，丑貌而好酒，常自号郎中，醉归必殴其妻。妻美色善歌，乃自歌为怨苦之词。河朔演其曲而被之管弦，因写其夫妻之容，妻悲诉，每摇顿其身，故号踏摇娘。近代优人颇改其制度，非旧制也。

“踏摇娘”中的女主人公最初由男性演员来扮演，到唐代开元天宝年间，改由女演员扮演，同时加入了一个滑稽角色“典库”以逗乐调弄，从而形成了滑稽表演与歌舞、角抵相互融合的一门综合艺术。

“参军戏”出现在唐代，但可以追溯到十六国的后赵。《太平御览》引《赵书》：

> 石勒（后赵皇上）参军周延，为馆陶令，断官绢数百匹，下狱，以八议宥之。后每大会，使俳优著介帻，黄绢单衣。优问：“汝为何官，在我辈中？”
>
> 曰：“我本为馆陶令。”斗数单衣曰：“政坐取是，故入汝辈中。”以为笑。

周延原来的官衔是参军，于是以后被戏弄的角色也被称为“参军”。“参军戏”表演的基本角色为戏弄者与被戏弄者。“参军”即被戏弄者，戏弄者为“苍鹘”，李商隐《娇儿诗》有“忽复学参军，按声唤苍鹘”的句子，可见两者是对手关系。“参军”与“苍鹘”相互问答以逗乐，其意旨在讽刺，最后总是“参军”言语不济，挨了“苍鹘”的奚落和责打。晚唐以后，“参军戏”逐渐发展为由多人出场的表演，能够容纳更多复杂的故事。“参军戏”在中国戏曲史上起着承前启后、继往开来的作用，它奠定了后世戏曲脚色行当制基础。宋代的“杂剧”就是在此基础上发展而来的。

宋金时期是我国戏曲的形成期，宋杂剧、金院本是戏曲的雏形。杂剧分艳段、正杂剧、杂扮三部分演出，由“参军戏”两个角色扩充为四人或五人一场，《南村辍耕录》载有院本名约690种，如《杜甫游春》《陈桥兵变》《张生煮海》等剧目存备。

宋金说唱文学主要有鼓子词、词话和诸宫调，进行了说白和歌曲的分工，这直接导致以曲白结合表演故事的元杂剧的产生。

就目前所能见到的材料看，“戏曲”一词最早出现于宋元时期。宋元间人刘埙（1240—1319）的《水云村稿・词人吴用章传》载：“至咸淳、永嘉戏曲出，泼少年化之而后淫哇盛、正音歇。”

正式用“戏曲”一词指代中国戏剧的是20世纪初的国学大师王国维。他在《戏曲考原》《宋元戏曲史》中进一步对“戏曲”“戏剧”作了界定。“戏曲者，谓以歌舞演故事也。”①

王国维总结出戏曲的基本特征是运用歌舞等手段演唱故事，属叙事性文学样式。之后，戏曲研究专家周贻白在《中国戏曲发展史纲要》中对“戏曲”作了科学而全面的界定：“中国戏剧，或名戏曲，这是中国戏剧应用曲子这一文体作为剧本文词之后的称谓。如果以内容结合形式，由演员装扮人物而作故事表演可以称为戏剧的话，那么，故事的构成及其和艺术的相结合，便当是趋向于由演员装扮人物而作故事表演的先声。”②周贻白确认中国戏剧之所以称“戏曲”是因为它用“曲子这一文体作为剧本文词”，也就是说，“曲子”在中国戏曲中占主要地位。这正是作为我国传统戏剧艺术的戏曲所具有的民族文化特征。“戏剧”是个大概念，是全世界通用的一种文学样式，它包括话剧、歌剧、舞剧及影视剧；“戏曲”则是戏剧里具有我们中华民族戏剧特点的戏剧，它最大的特点是以“曲”为主，而“曲”的文学特征是更多地继承了我国古代诗歌的审美情趣，故“曲”可与诗、词并称，成为我国古代主要的文学品种之一。

元杂剧的直接源头主要是两个：一是从宋到金的说唱艺术——诸宫调；二是从宋到金的以调笑为主的短剧——宋杂剧、金院本。元陶宗仪《南村辍耕录》称：“金有院本、杂剧、诸宫调。院本、杂剧，实际一也。国朝院本、杂剧、始厘而二之。”

元杂剧是直接继承金院本，又糅合了诸宫调的多种特点，并从其他民间传统艺术中吸取了某些成分而发展起来的。其成熟兴盛原因如下：

(1) 城市经济的繁荣和艺术表演的社会化、商业化，是促使戏曲成熟和兴盛的必要基础。元代中西交流不断扩大，促进了城市手工业、商业的发展，市民阶层自然也壮大了。这些市民既不像传统文人士大夫那么高雅，又比乡村农夫见多识广，需要文化娱乐活动，具有较高艺术性的戏曲很符合他们的精神需求，他们是戏曲的热心观众，如杜仁杰【般涉调·耍孩儿】《庄家不识勾栏》具体描述了当时杂剧作为一种商业性演出的情形。

(2) 元杂剧因作为作家们揭露社会不公、歌颂人民反抗的有力武器而得到充分的发展。元代民族矛盾和阶级矛盾极为尖锐和复杂，蒙古贵族对各族人民实行残酷压迫和血腥统治，加之元代吏治腐朽、贪官污吏和高利贷者四处横行。以汉族人民为主体的各族劳动人民奋起反抗，向以蒙古贵族为主的统治阶级展开各种方式的斗争，严酷的斗争给作家们提供了激动人心的素材，戏曲这种形式又适合表现矛盾冲突，因此发展起来。

(3) 专业作家群形成。元代统治者对文人采取轻视的态度，科举考试受到冲击。

① 王国维：《王国维戏曲论文集》，中国戏剧出版社1984年版，第163页。

② 周贻白：《中国戏曲发展史纲要》，上海古籍出版社1979年版，第7页。

其间，大多文人流落民间，和人民产生了密切的联系，当时有所谓“九儒十丐”之说，大量儒生几乎成了卑贱而无用的废人。有些文人与民间艺人结合，组成“书会”，从事杂剧创作，他们熟悉人民的生活和语言，了解社会的黑暗，在学习民间文艺的过程中提高了创作水平，写出了战斗性很强的优秀剧作，推动了杂剧艺术的发展。

（4）儒家礼乐文化的松动，为戏曲成熟创造了空间。

毫无疑问，中国戏曲是植根于民间文化的沃土中成长起来的。中国戏曲对人物的评价、对道德的审视，及其审美情趣都具有明显的民间文化的品味。中国戏曲一直都被以儒家诗学精神为指导思想的官方正统文学视为不登大雅之堂的“俗”的东西而受到打压，比如在汉语里以“戏”为词素构成的词“戏弄”“儿戏”“游戏”等多含贬义。戏曲从她诞生的那时起就与民间文化有着千丝万缕的联系，盛行于商周时期并一直在民间延续着的“傩祭”活动直接影响了后世的某些戏曲现象的发生。傩祭是一种驱鬼、避邪、逐疫的仪式，傩舞几千年来一直在民间流传。历经南北朝、隋唐，民间以乐舞表演故事的形式终于产生了呈现戏曲雏形特征的演艺活动，其中具有代表性的有“钵头”“大面”等，这些表演形式始终都活跃在民间。宋元时期，戏曲主要的活动场所是勾栏瓦舍，这是在集市上供人们娱乐的大型综合性游艺场，它与宫廷、官府的演出不同，勾栏演出本质上是一种俗文化，是一种大众性的娱乐，演唱者以其为谋生手段，观众寻求消遣，故所演的东西以满足观众的审美趣味为准绳，因此，中国戏曲天然带有民间俗文化的精神，正是这种民间俗文化精神使中国戏曲与民众结下了不解之缘。戏曲既是民众喜闻乐见的娱乐形式，又是表现他们喜怒哀乐的情感宣泄场。

总之，中国戏曲成熟于元代是多种因素合力的结果，但其中最不可忽视的当是文化因素。元代，以重视娱乐精神的草原文化的介入暂时打断了中原以儒家礼乐精神为核心的农耕文化的链条，元杂剧正是在这一链条断裂处茁壮而出的艺术奇葩。

窦娥之冤大于天

授课视频

《窦娥冤》写于元世祖至元二十八年（1291）以后，是关汉卿晚年的作品。

《窦娥冤》写了一个冤狱平反的故事，故事原型为汉刘向《说苑·贵德》篇所记“东海孝妇”。《汉书》《后汉书》《搜神记》均记之。

> 汉时，东海孝妇养姑甚谨，姑曰：“妇养我勤苦，我已老，何惜余年，久累年少。”遂自缢死。其女告官云：“妇杀我母。”官收系之，拷掠毒治。孝妇不堪苦楚，自诬服之……自后郡中枯旱，三年不雨……长老传云：“孝妇名周青，青将死，车载十丈竹竿，以悬五幡，立誓于众曰：‘青若有罪，愿死，血当顺下；青若枉死，血当逆流。’既行刑已，其血青黄，缘幡竹而上，极标，又缘幡而下云。”（《搜神记》）

关汉卿的创作不是着意敷演这一流传故事，而是更加看重黑暗腐败的社会现实和含冤屈死的市井小民的不幸遭遇，从而深化作品的主题。他化用流传故事而不照搬流传故事，继承其精华而又不受其束缚，他将流传故事融入对黑暗现实社会的透视中，从人物塑造与关系安排、矛盾冲突与解决等方面，表现了更深厚、更强烈，也更具有批判精神的人道主义思想，从而使这部作品“即列之于世界大悲剧中，亦无愧色也”（王国维《宋元戏曲史》）。

《窦娥冤》插图

《窦娥冤》通过窦娥的冤狱，一方面揭露了社会的黑暗和政治的腐败，另一方面又通过窦娥歌颂了人民反抗压迫的斗争精神，从而凸显作品的主题。

窦娥是一个悲剧人物，她是中国漫长的封建社会中被压迫妇女的典型，她来到人世间尽管只有20年，但却承受了现实社会强加在妇女身上的种种苦难。她3岁丧母，7岁便成了高利贷的牺牲品，被父亲抵债与人做了童养媳；17岁圆房，丈夫死去即成为寡妇。不幸的生活也促使她对人生产生了怀疑：

> 莫不是八字儿该载着一世忧，谁似我无尽头。（【油葫芦】）
>
> 莫不是前世里烧香不到头，（致使）今也波生招祸尤？（【天下乐】）

经过对自己不幸命运的反思，她认为自己的不幸都是前世注定的，是命运的安排。结果她服从了命运的安排，今世里安分守己，逆来顺受，“我将这婆侍养，我将这服孝守，我言词须应口”。她准备按照封建礼教所宣扬的准则，做个“孝妻”“节妇”，不为今世修来世，这便是她忍受种种苦难生活的精神动力。如果没有张驴儿的诬陷、贪官桃杌的贪赃枉法，窦娥就会像中国封建社会里千千万万个年轻寡妇一样，在痛苦中默默走完人生路。

她的性格中既有善良温顺的一面，又有倔强反抗的一面。她对生活没有过高要求，不准备逾越封建礼教的束缚去谋求自己的幸福，只是恪守封建的伦理纲常，默默地忍受着命运加于她的种种磨难，安分守己地奉养婆婆，可随着恶势力的步步紧逼，她渐渐抛弃了逆来顺受的态度，表现出坚强的反抗性格。她的反抗性格在剧情发展中通过三次重大的戏剧冲突得以充分展现：① 在家中拒绝泼皮无赖张驴儿父子的无理纠缠；② 在公堂上和贪官酷吏桃杌据理力争，在刑场上指天骂地；③ 最后变成了鬼魂出来诉说冤屈。窦娥以死后仍不放弃斗争的行为彰显了她坚强不屈的反抗性格。“这都是官吏每无心正法，使百姓有口难言”，正是在冷酷现实的欺凌压迫下，窦娥改变了她那逆来顺受的性格，步入觉醒的新阶段：

没来由犯王法，不提防遭刑宪，叫声屈动地惊天！顷刻间游魂先赴森罗殿，怎不将天地也生埋怨。（【端正好】）

有日月朝暮悬，有鬼神掌著生死权。天地也，只合把清浊分辨，可怎生糊突了盗跖颜渊？为善的受贫穷更命短，造恶的享富贵又寿延。天地也，做得个怕硬欺软，却元来也这般顺水推船。地也，你不分好歹何为地？天也，你错勘贤愚枉做天！哎，只落得两泪涟涟。（【滚绣球】）

窦娥对“天地”的埋怨、否定，以及“三桩誓愿”的件件灵验，已经昭示出她那比天大的冤屈。

临刑前她立下的“三桩誓愿”正是她一种极度的反抗方式：

【要孩儿】不是我窦娥罚下这等无头愿，委实的冤情不浅；若没些儿灵圣与世人传，也不见得湛湛青天。我不要半星热血红尘洒，都只在八尺旗枪素练悬。等他四下里皆瞧见，这就是咱苌弘化碧，望帝啼鹃。（血溅白练）

【二煞】你道是暑气暄，不是那下雪天，岂不闻飞霜六月因邹衍？若果有一腔怨气喷如火，定要感的六出冰花滚似绵，免着我尸骸现；要什么素车白马，断送出古陌荒阡！（六月飞雪）

【一煞】你道是天公不可期，人心不可怜，不知皇天也肯从人愿。做甚么三年不见甘霖降？也只为东海曾经孝妇冤。如今轮到你山阳县。这都是官吏每无心正法，使百姓有口难言。（三年大旱）

“三桩誓愿”建立在中国传统“天人感应”的文化心理上，作者用“天人感应”观来甄别冤屈。对“天地”的信仰实际上就是人们相信有一个自然的客体在天地间主持正义，评判是非曲直，从而构成观众接受上的“期待视界”。尽管在现实中，“三桩誓愿”不可能实现，但在人们的接受心理上却对客观存在的“实现”充满着坚定的“认可”，这一“认可”，正是“剧作文本”与观众“期待视界”的融合。正如马克思所说：“弱者总是靠相信奇迹求得解放，以为只要他能在自己的想象中驱除敌人就算打败了敌人……因而失去对现实的一切感觉。”[①]在中国戏曲中，肉体的失败，往往用精神的胜利加以补偿；现实的痛苦，常常被诗意的幻想所取代。

“三桩誓愿”的实现，证明了窦娥的冤屈，使她的故事带有更为强烈的悲剧色彩。正因为窦娥性格不是单一的，她从忍受到觉醒有着令人信服的发展过程，所以这出悲剧具有激动人心的力量。而窦娥那种“理不明，仇不报则死不瞑目”的反抗精神也显示出更动人的艺术光彩。

①《马克思恩格斯选集（第一卷）》，中共中央马克思恩格斯列宁斯大林著作编译局编译，人民出版社2012年版，第673页。

智勇双全的赵盼儿

《救风尘》全名《赵盼儿风月救风尘》，它是关汉卿爱情风月剧的代表作，主要写赵盼儿搭救她的同伴宋引章，向纨绔子弟周舍展开斗争的故事，表现出关汉卿对处于社会底层的妓女和儒生的同情，揭露了官商的凶暴虚伪，赞扬了赵盼儿这样机智勇敢的风尘女子。

授课视频

宋引章为逃出妓院火坑，急于嫁人，在她面前有两个人可以选择：一个是穷秀才安秀实，一个是恶少周舍。由于她担心嫁给穷秀才到头来“一对儿好打莲花落”——乞讨为生，所以选了周舍。周舍有势有钱，更有讨取她欢心的手段——“夏天……他替你妹子打着扇；冬天替你妹子温的铺盖儿暖了”，哄得宋引章“一心则待要嫁他”。婚前，她是周舍追逐调笑的对象；婚后，为周舍一人所独占，她便成了丈夫淫威下的牺牲品，进门先是五十“杀威棒”，随即朝打暮骂。宋引章的悲剧不只是来自她性格的缺陷，也是来自社会的罪恶。她的性格缺陷是无知，不知道世态人情的虚伪，她不知道妓女没有取得正常夫妻生活的权利，故落入骗局。

赵盼儿是我国喜剧人物画廊中受观众喜爱的人物。她不仅机智勇敢，而且对现实生活具有清醒的认识，她在剧中的笑是含泪的笑，“抑圣为狂，寓哭于笑”（李渔），她久历风尘，对丑恶社会有深刻认识：“那做丈夫的，做不的子弟；做子弟的，做不的丈夫。”到妓院来的子弟只把妓女当寻欢作乐的消遣品，指望他们做赤诚的丈夫，那是异想天开！

【那吒令】待妆个老实，学三从四德，争奈是匪妓，都三心二意。端的是那里三梢末尾？俺虽居在柳陌中、花街内，可是那件儿便宜？

这里透露出一个更深刻的社会问题——妇不如妓，恩格斯在《家庭、私有制和国家的起源》中说：“妻子和普通的娼妓不同之处，只在于她不是象雇佣女工计件出卖劳动那样出租自己的肉体，而是一次永远出卖为奴隶。”妓女虽苦，比“张郎家妇，李郎家妻”多一件儿便宜——自由。“三从四德”的羁绊使人无法逃离，故赵盼儿终于死了嫁人的心思。她一眼就看穿了周舍虚假狠毒的本质，看穿了周舍是个寡情无义之人，然而涉世不深的宋引章却不听其劝告“我须有那该死的罪，我也不来央告你”，赵宋间小小冲突预示宋引章必有灾，为赵、周之间关系规定了性质——玩弄与被玩弄，压迫与被压迫。赵盼儿不是“独善其身”或者“明哲保身”之人。她的智勇善良使她有责任以自己的觉悟启发自家姐妹，去向玩弄者进行针锋相对的斗争。赵盼儿在这种斗争中表现出的大智大勇和善良，使人物形象光彩夺目，感人至深。

赵盼儿看透周舍的骗术，决定以其人之道，还治其人之身。她摸透了周舍贪婪好色的弱点，使用“风月手段”：

> 我将他掐一掐，拈一拈，搂一搂，抱一抱，着那厮通体酥，遍体麻。将他鼻凹儿抹上一块砂糖，着那厮舔又舔不着，吃又吃不着。赚得那厮写了休书，引章将的休书来，淹的撇了。

赵盼儿牺牲自己的色相将自家姐妹救出苦海，“赚得那厮写了休书，引章将的休书来，淹的撇了”，这体现了赵盼儿的侠肝义胆，并为她在第三折正面同周舍斗争作铺垫。她打扮得花枝招展，并随身携带了两箱子奁房作诱饵找周舍，诱周舍进入她预先设计好的圈套；她答应嫁给周舍，前提是他“舍的宋引章”，周舍随即答应“我到家里就休了她”，于是赵盼儿救出了宋引章。

赵盼儿取胜的原因在于她看透世间的沧桑，看穿周舍的骗局，采用“以其人之道，还治其人之身”的手段，以骗局反击骗局，从而表现出被压迫者同舟共济的优秀品质。她那种把玩弄者“玩弄”于股掌之上的胆略，更集中体现了被压迫者在同压迫者斗争中磨砺出来的大智大勇。作者描写赵盼儿的斗争全然依循现实生活的逻辑，是依据现实生活的可能性和必然性展现出来的，所以看起来既熟悉又新奇，既在情理之中又在意料之外，从而完成了对这位大智大勇、侠肝义胆者的塑造。

《西厢记》：热恋女子缕缕情

授课视频

金圣叹《读第六才子书〈西厢记〉法》云："若更仔细算时，《西厢记》亦止为写得一个人。一个人者，双文是也。"郑振铎在《文学大纲》中说："中国的戏曲小说，写到两性的恋史，往往是二人一见面便相爱，便誓订终身，从不细写他们的恋爱的经过与他们的在恋时的心理。《西厢》的大成功便在它的全部都是婉曲的细腻的在写张生与莺莺的恋爱心境的。似这等曲折的恋爱故事，除《西厢》外，中国无第二部。"确如斯言，《西厢记》最大的成功是它细腻地展示出恋爱过程中崔莺莺的心路历程。

崔莺莺在元稹的传奇小说中已经是一个较动人的形象。董解元的《西厢记诸宫调》进一步将她作为一位觉醒的贵族女子来刻画，但其中又有一些不合乎莺莺个性的细节描写。王实甫去除了莺莺身上的这些不合乎性格的描写，将其写成一位更加合情合理的完美的贵族少女。

崔莺莺美丽、聪明、温柔、多情，是背叛封建礼教的贵族女子的典型代表。她出身相门，深受严格的封建礼教的管束。她一上场的伤春曲子：

> 可正是人值残春蒲郡东，门掩重关萧寺中，花落水流红。闲愁万种，无语怨东风。

这道出她兰闺寂寞与苦闷的心情，她不满于命运的安排和礼教的束缚。当张生出现，她在红娘的催促下"回顾觑末下"，表现出她对张生一见倾心的爱慕，也说明她对父母给她安排的婚姻不满。爱情在她心里萌发，她身上被封建礼教紧紧包裹而陷于昏睡状态的青春与生命被惊醒了，开始思索青春与人生的意义。佛殿回眸，隔墙和诗，做佛事时"顾盼"，表明其对爱情的渴望和大胆追求，而她对"小梅香伏侍的勤，老夫人拘系的紧，则怕俺女孩儿折了气分"的环境更感到苦闷。突然，孙飞虎贼兵围寺院，王实甫又成功地展示了莺莺的灵魂之美：在遭遇被贼兵掳去的危险时刻，她首先想到的不是自己的安危，而是母亲、弟弟以及全寺僧俗几百人的性命如何保全。她连续提出了将自己献与贼人，在自己自尽后将尸体献与贼人和谁能退贼兵就嫁与谁的三条计策。这种自我牺牲的精神赋予了莺莺崇高的内在意义。

"孙飞虎围寺"给莺莺和张生带来了意外的欢乐，她原以为可因祸得福，但老夫人"赖婚"，让她把张生"拜了哥哥"，使她痛苦：

> 【得胜令】谁承望这即即世世老婆婆，着莺莺做妹妹拜哥哥。白茫茫溢起蓝

桥水，不邓邓点着袄庙火。碧澄澄清波，扑刺刺将比目鱼分破；急攘攘因何，扢搭地把双眉锁纳合。

她怨恨“口不应心的狠毒娘”，从而性格趋于愤懑至反抗，月夜听琴，传简约会，进而向封建礼教大胆挑战。但由于她的身世、教养，她走向反封建的步履显得尤为艰难，剧作家正是通过细腻描绘她叛逆性格的发展过程，使这一人物形象显得更生动丰满。

她内心对张生急切思盼，而外在又不得不掩人耳目，“开拆封皮孜孜看，颠来倒去不害心烦”，但读罢立刻翻脸，痛骂红娘用此等简戏弄她，要将此简给母亲。红娘看出她作假，将计就计，要送老夫人，她转而又求饶于红娘，但仍假装写信警告张生，暗里却写下更为大胆的约会诗。这回连红娘也瞒过了。但当张生逾墙践约时，莺莺又装出一副卫道者面孔，将他训斥一顿，弄得张生狼狈不堪。戏曲正是通过莺莺一系列装假作态，表现出她深受礼教束缚走向反封建礼教的艰难，更真实地展示出这位贵族小姐内心自我斗争的过程，反映出情与欲突破理与礼的合理性。

莺莺从小受到封建家庭礼教的教育，她要追求自己的幸福，就必须挣脱自己思想中无形的封建伦理的钳制，战胜自己。《西厢记》正是通过莺莺与红娘之间的矛盾及解决，将莺莺的自我斗争过程展示了出来。“赖简”一折，将红娘的机智、莺莺的“假意儿”都表现得淋漓尽致，正是在红娘的怂恿下崔莺莺终于实现了以情反理。

另外，“长亭送别”一折，展示了崔莺莺性格中尤为可贵的一面。老夫人逼迫张生进京赶考，在莺莺看来这是“蜗角虚名，蝇头微利，拆鸳鸯在两下里”，她把与张生的情爱远远放在功名之上：“但得一个并头莲，煞强如状元及第。”她淡泊功名，看重夫妻恩爱，这使她的形象更有光彩。

《西厢记》的喜剧效果

授课视频

作为中国十大喜剧之首的《西厢记》，其喜剧效果主要是通过崔莺莺、张生、红娘三者之间的性格冲突而产生的许多误会、矛盾表现出来的，剧情妙趣横生。

崔莺莺对爱情的追求与言不由衷的“假意”，以及红娘对“假意”的揭穿，给剧情带来许多幽默滑稽的戏剧场面，从而渲染出喜剧的欢快氛围。

“笑”是喜剧的美感特征，没有笑就没有喜剧，《西厢记》的主要人物性格中充满着喜剧性元素。王实甫采用了多种手法展示人物的喜剧性，主要有以下几个方面：

一、夸大人物性格中某些缺点和弱点

王实甫为了把张生这个人物刻画成喜剧人物的典型，采用“寓庄于谐”的手法以夸大他性格中的某些缺点，如“佛殿奇遇”，张生一开口便说：“呀！正撞着五百年风流业冤。”“【元和令】颠不剌的见了万千，似这般可喜娘的庞儿罕曾见。则着人眼花撩乱口难言，魂灵儿飞在半天。”“【后庭花】……刚刚的打个照面，风魔了张解元。似神仙归洞天，空余下杨柳烟，只闻得鸟雀喧。”一下子写出张生见莺莺时的“如醉如狂”。再如他向红娘自荐：“小生姓张，名珙，字君瑞，本贯西洛人也，年方二十三，正月十七日子时建生，并不曾娶妻。”“围寺”后，得知老夫人许婚便想入非非：“夜来老夫人说，着红娘来请我，却怎生不见来？我打扮着等他，皂角也使过两个也，水也换了两桶也，乌纱帽擦得光挣挣的。”“小生到得卧房内，和姐姐解带脱衣，颠鸾倒凤，同谐鱼水之欢，共效于飞之愿。”“幽会”“闹病”无不有喜剧色彩。

崔莺莺的温柔钟情、聪慧拘谨是其性格主流，王实甫为突出其钟情，将其稳重夸大为“假意儿”。初遇张生，她“临去秋波那一转”，对红娘说：“休对夫人说。”“听琴”后对张生神魂荡漾。“闹简”时“开拆封皮孜孜看，颠来倒去不害心烦”，看完后，板起脸孔训斥红娘：“我是相国的小姐，谁敢将这简帖来戏弄我……告过夫人，打下你个小贱人下截来。”“闹简”后她约张生，张生来时她却怒斥：“你是何等之人，我在这里烧香，你无故至此，若夫人闻知，有何理说。”当张生病了，她又让红娘送信给张生，却说是“药方”。莺莺作假越是认真，观众心里越明白，越显得莺莺的钟情。王实甫又让机灵的红娘常常当场挑逗，“（莺莺）对人前巧语花言，没人处便想张生，背地里愁眉泪眼”，以致莺莺欲盖弥彰，事与愿违，从而大大增强了戏剧的喜剧色彩。

二、突出人物性格中的幽默气质

幽默是一种“善意的讽刺”，幽默也是率真风趣的表现，艺术中的幽默是一种审美存在，是善的最高形式，而这种幽默是通过幽默性人物展示的，红娘正是此种人物。她是个丫头、奴婢，作者却赋予她机智大胆、热情泼辣的个性，例如，她对张生的善意讽刺——“傻角儿”“银样镴枪头”，对莺莺“假意儿”的戳穿，对老夫人貌似恭敬实则违抗，都体现了她这种个性。“拷红”里她机智地以退为进，将老夫人“拷红”变为红娘“拷问”老夫人。

莺莺与红娘

(夫人云)这端事都是你个贱人！(红云)非是张生、小姐、红娘之罪，乃夫人之过也。(夫人云)这贱人到指下我来，怎么是我之过？(红云)信者，人之根本，“人而无信，不知其可也。大车无輗，小车无軏，其何以行之哉？”当日军围普救，夫人所许退军者，以女妻之。张生非慕小姐颜色，岂肯建区区退军之策？兵退身安，夫人悔却前言，岂得不为失信乎？既然不肯成其事，只合酬之以金帛，令张生舍此而去。却不当留请张生于书院，使怨女旷夫，各相早晚窥视，所以夫人有此一端。目下老夫人若不息其事，一来辱没相国家谱；二来张生日后名重天下，施恩于人，忍令返受其辱哉？使至官司，夫人亦得治家不严之罪；官司若推其详，亦知老夫人背义而忘恩，岂得为贤哉？红娘不敢自专，乞望夫人台鉴：莫若恕其小过，成就大事，㨄之以去其污，岂不为长便乎？……(夫人云)这小贱人也道得是。

这段对白中，红娘粗人雅语，身份错位，充满了戏剧效果，人物性格显得生动可爱。再如第五本中红娘对郑恒嘲笑挖苦，无不具有喜剧性效果：

(净云)与了一个富家，也不枉了，却与了这个穷酸饿醋，偏我不如他？我仁者能仁、身里出身的根脚，又是亲上做亲，况兼他父命。(红云)他到不如你？噤声！……【调笑令】你值一分，他值百十分，萤火焉能比月轮？高低远近都休论，我拆白道字，辨与你个清浑。(净云)这小妮子省得甚么拆白道字？你拆与我听。(红唱)君瑞是个肖字这壁着个立人，你是个木寸、马户、尸巾。(净云)木寸、马户、尸巾？你道我是个“村驴屌”。我祖代是相国之门，到不如个白衣、饿夫、穷士！做官的则是做官。(红唱)【秃厮儿】他凭师友君子务本，你倚父兄仗势欺人。齑盐日月不嫌贫，治百姓新民、传闻。

三、故事安排的地点具有讽刺性喜剧效果

正如《十日谈》中那些所谓的淫秽肮脏的男女偷情故事大都发生在神圣的神甫和传教士身上一样，作者将佛教、儒教文化视为“淫奔”之事安排在佛门净地，发生在知周公之礼的书生与三从四德的小姐之间，甚至整寺僧人介入，从而使《西厢记》表现出喜剧讽刺、幽默的艺术效果。崔莺莺孝衣未脱，却将为亡父灵魂超度的庄严道场搅成了“情场”：“我则道这玉天仙离了碧霄，元来是可意种来清醮。小子多愁多病身，怎当他倾国倾城貌。”再见道场上僧人：

> 【乔牌儿】大师年纪老，法座上也凝眺。举名的班首真呆傍，觑着法聪头作金磬敲。
>
> 【甜水令】老的小的，村的俏的，没颠没倒，胜似闹元宵。稔色人儿，可意冤家，怕人知道，看时节泪眼偷瞧。
>
> 【折桂令】着小生迷留没乱心痒难挠，哭声儿似莺啭乔林，泪珠儿似露滴花梢。大师也难学，把一个发慈悲的脸儿来朦着。击磬的头陀懊恼，添香的行者心焦。烛影风摇，香霭云飘；贪看莺莺，烛灭香消。

一个女人竟使超凡脱俗、四大皆空的佛门子弟神魂颠倒，使戏剧充满喜剧、幽默、滑稽的情调。这具有西方喜剧意识的“狂欢节”效果——平常的社会秩序全部颠倒，原来的崇高与威严变得滑稽与渺小，国王与乞丐同乐。《西厢记》众僧卷入男女偷情之事，恰恰产生如此效果，当然这与元代宗教控制的松弛，人们精神空间相对扩大有关。

不能尽孝的“孝子”蔡伯喈

授课视频

孝是中国古代文化中一种最为根本也最为重要的道德品质，《论语》中就有“孝弟也者，其为仁之本与”的说法①。在中国，孝顺父母是对子女的基本要求。但是在南戏之祖《琵琶记》当中，却出现了这样一种奇怪的情况，那就是蔡伯喈一心想要尽孝，却因为种种情况，阴差阳错地不能尽孝，到最后是“可惜二亲饥寒死，博换得孩儿名利归”②。那么究竟是什么导致了蔡伯喈尽孝的愿望不能实现呢？在这种不能实现的背后又有着怎样的历史文化渊源？为什么我们称他为“孝子”，却要给这个“孝子”上打个引号？

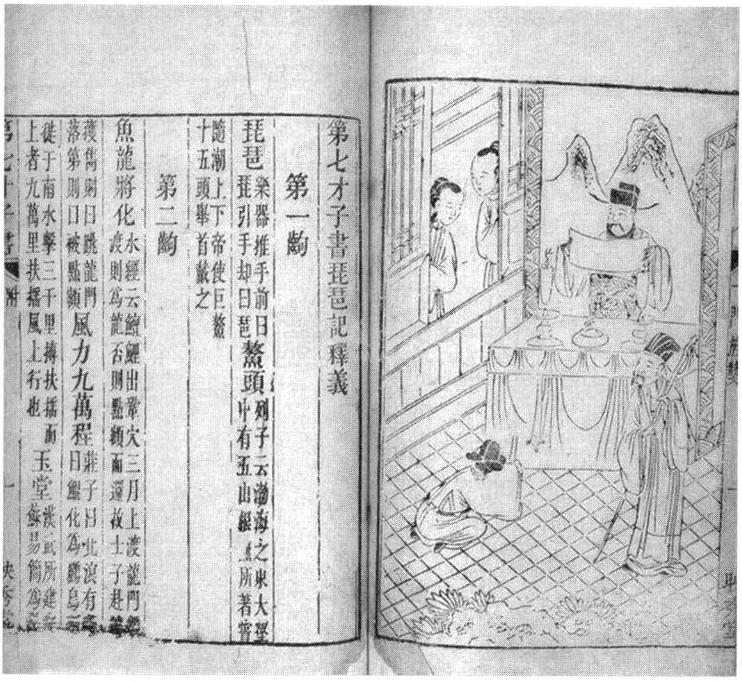

《琵琶记》书影

《琵琶记》写的是：蔡伯喈和赵五娘新婚不久，在父亲严命之下赴京应举，考中状元以后，他又被牛丞相强招为女婿，因而不能归乡。当时蔡伯喈的家乡正遭受着十分严重的饥荒，赵五娘历尽艰辛，忍受着各种委屈，伺候公公婆婆，但二老还是不幸去世

① 朱熹撰：《四书章句集注》，中华书局 1983 年版，第 48 页。

② 高明著，钱南扬校注：《元本琵琶记校注》，上海古籍出版社 1980 年版，第 231 页。

了。赵五娘埋葬了公婆以后,一路弹唱琵琶,上京寻夫。最终夫妻团聚,并得到了皇帝的旌表。

从剧本的情节来看,蔡伯喈不能尽孝的原因有哪些呢?前人一般把它归结为"三被强",或者说"三不从"。"三被强"是指:"被亲强来赴选场,被君强官为议郎,被婚强效鸾凰"。而与之相对应的是"三不从",也就是"辞试父不从,辞婚相不从,辞官君不从"。本来蔡伯喈是想要留在父亲身边尽孝的,但他父亲却说什么呢?你如果真的孝顺,那你就去考个状元,去做官,光耀门楣。蔡伯喈不去,他父亲就说,那我看你是舍不得你老婆。所以这种行为背后反映了中国父母的一种矛盾心理,那就是一方面想把孩子留在身边,但是另一方面,希望孩子能够有出息,能够飞黄腾达、出人头地。本来,蔡伯喈如果考中了状元,又回来了,那对于蔡家来说不是两全其美吗?但是人上升到一定位置的时候,往往就身不由己了。比如说,蔡伯喈中了状元,皇帝要让他在京师做官,牛丞相要强行招赘蔡伯喈,蔡伯喈原本想辞官一并辞婚,结果却是辞官最终还是当了官,辞婚最终还是结了婚,最后,甚至在父母死前连一面都没见上。这一过程显示出了蔡伯喈的个人意愿在皇权、相权面前是多么苍白无力。

那么,《琵琶记》中蔡伯喈的这种情况有没有现实依据呢?有的。

中国古代的选官有这样一个传统,就是"求忠臣于孝子之门"。在中国古代,忠和孝并不是完全孤立的两个概念,它们是密切联系的。忠由孝来推,而尽孝最终要在对皇帝的尽忠当中实现升华,达到圆满。所以古代在选拔任用官吏的过程中,孝始终是一个相当重要的标准。而孝子一旦被选做官,就要被"以礼遣送京师",发生"忠孝不能两全"、尽忠但不能尽孝的悲剧。

那么,牛丞相逼婚有没有史料或者事实作为支撑呢?也是有的。宋人有一部笔记《墨客挥犀》,其中就记载了唐宋时期"榜下择婿"的风习。

> 今人于榜下择婿,号"脔婿"。其语盖本诸袁山松,尤无义理。其间或有意不愿而为贵势豪族拥逼不得辞者。有一新先辈,少年有风姿,为贵族之有势力者所慕,命十数仆拥致其第。少年欣然而行,略不辞逊。既至,观者如堵。须臾,有衣金紫者出,曰:"某惟一女,亦不至丑陋,愿配君子,可乎?"少年鞠躬,谢曰:"寒微得托迹高门,固幸。待归家试与妻子商量,看何如?"众皆大笑而散。"①

当然,这种情况可能有一定的夸张,但是至少可以看出丞相招赘状元,有时甚至不顾状元是不是单身,这种事情在古代社会也是存在的。

在宋元戏曲,尤其是在南戏当中,存在着不少的"婚变剧"。在《琵琶记》之前,有一部戏也是写蔡伯喈故事的,叫作《赵贞女蔡二郎》。它写的是,蔡伯喈中举以后,抛弃了以前的原配。当原配赵贞女弹着琵琶来找他的时候,蔡伯喈不肯相认,甚至放马

① 彭□辑撰:《墨客挥犀》,中华书局2002年版,第284页。

踩踏赵五娘，最终引起了天神的震怒，蔡伯喈直接被天上的一个炸雷劈死了。所以，五雷轰顶，此之谓也。从社会层面上看，古代的科举其实伴随着一种士人由下层社会向上层社会的迁移与流动，而在流动的过程中必然会产生一些士子与父母妻子分离的情况，同时也会造成不少的家庭悲剧。虽然在《琵琶记》当中，蔡伯喈是软弱的，没有《赵贞女蔡二郎》当中蔡二郎的那些恶意、恶行，但是事实上他还是离开了赵五娘，并且娶了宰相的女儿。

那么，假如我们从封建伦理道德的角度来看待蔡伯喈的行为，又会得出什么结论呢？我们可以看出封建伦理道德内部的一些矛盾。首先，孝在中国古代有着多层面的意义。从基本的要求上来说，孝指的是“孝养”，我们平时说“子欲养而亲不待”，就是这一层面。但是另外一方面，光宗耀祖、光耀门楣，这些在古人眼里是不是孝？那可能是一种更大的孝，因为孝养的对象只是父母，但是如果能做官，能得到皇帝的褒奖，那光耀的是整个家族。所以从这一点上说，蔡伯喈不去赴举有他的道理，蔡公逼试也有蔡公的道理。蔡伯喈如果听父亲的话，那么就不能在父母面前尽孝，不能孝养；蔡伯喈不听父亲的话，坚持不去应举，那本身就是一种不孝。所以，从也不是，不从也不是，怎么做都是错。《琵琶记》的作者高明之处正是把蔡伯喈放到这样一种两难的处境中，放在一种道德的悖论中进行拷问：这样的情况为什么会出现？封建伦理道德到底出了什么问题？

接着我们刚才讲到的忠孝关系说，忠和孝是联系的，孝是忠的基础，忠是孝的推广与完善，这看上去没什么问题。但是假如说，尽忠和尽孝之间发生了冲突呢？毕竟忠和孝的对象还是有差别的。假如尽忠就不能尽孝，或者说尽孝就不能尽忠呢？这个时候，人们在忠、孝这两种重要的品质之间又该何去何从，作何选择呢？可以说，这依然是一个无解的问题，是一种两难的选择。

假如我们仅仅从封建伦理道德的角度来看问题，还是不够的。如果继续追问，这种事情是不是只有封建社会才有？原始社会有没有？古代有，今天的社会生活中有没有？我们中国有，那西方有没有？其实都有。钱锺书先生在《管锥编·四牡》当中就有一段话，说：“岂不怀归，王事靡盬，我心伤悲……不遑将父……不遑将母。”并且引用郑玄的笺注：“‘无私恩，非孝子也；无公义，非忠臣也。’……后世小说、院本所写‘忠孝不能两全’，意发于此。”①所以从这一段话可以看出，先秦时期就存在这种“王事”与“怀归”之间的矛盾。我们今天也一样。比如一个人因为工作，必须离开家乡，去一个新的城市，那么工作是为社会、为国家做贡献，是一种公；但是离开了家乡，就不能照顾父母，顾不了一家之私，这是不是也是一种矛盾？我们再来看西方：德国著名哲学家黑格尔在他的《美学》中也曾经提到过这种矛盾，那就是城邦与家庭两种不同伦理关系之间的矛盾。城邦与家庭事实上分别代表着公共的意志、利益与私人的意志、利益，这两者之间也不是完全统一的，也会发生冲突。而且他认为，古希腊悲剧

① 钱锺书：《管锥编》，上海三联书店2001年版，第264页。

中最常见的冲突正起源于此，这种冲突在任何时代、任何民族中都会引起一种普遍的同情。① 再比如，当代心理学里面那个经典的“海因茨偷药”的故事：海因茨的妻子生病了，有一种药特别贵，如果他偷了这种药给妻子吃，她就好了；如果不偷药，又买不起，那就只能眼睁睁看着妻子死掉。这个时候，到底是应该遵循一种社会的公共准则，还是为了妻子、为了个人的家庭而违背社会上的一些公认的原则？这也是一种两难的选择。

这种情况并不是一时、一地、一国乃至一种制度的产物，而是一个人身上多重身份之间的冲突。因为人活在世界上并不是孤立的，人活在种种的社会关系之中，这种关系非常多，包括人和父母之间的关系，包括人和爱人之间、朋友之间的关系，也包括和上下级之间的工作关系等。正因为有着这重重的关系，人才会成为社会的人，人才会扮演不同的角色，需要承担相应的义务。但是这种种责任与义务，有时人并不能完全顾及，因为在父母、爱人、朋友、上下级之间，往往也会有顾此失彼的情况出现。人往往会处在一种角色的选择之中、一种身份的选择之中。《琵琶记》永恒的价值就在于它以一种戏剧冲突的形式，揭示出了一种人类生存的普遍困境，这种困境过去有，现在有，将来还会有。所以当个人的身份、角色发生矛盾的时候，我们到底应该选择什么？放弃什么？这些都是值得我们不断思考的问题。同时，这个思考的过程也展现出一种普遍性的文化心理。

对于蔡伯喈，我们只能说他是一个不能尽孝的“孝子”。他有尽孝的意愿，所以从主观意愿上来说他还是个孝子，但是一个人孝或者不孝，不能仅仅看他有没有这份心，还要看他有没有孝行。蔡伯喈因为种种原因，到最后未能尽孝，所以这个“孝子”是要打上引号的。但是，话说回来，尽管他没有尽孝，谁又能理直气壮地去指责他不孝呢？因为蔡伯喈的两难处境可能发生在每一个人身上，所以指责他有可能就是在指责过去或者未来的自己。

① 黑格尔著，朱光潜译：《美学》，商务印书馆 2006 年版，第 307—308 页。

元散曲中言情曲的精神内涵

隋树森辑录《全元散曲》，载元代有姓名可考散曲作者二百多人，收小令 3 853 首，共计 457 套。从现存这些作品来看，它们描绘了元代社会的方方面面，表现了元代文人丰富的社会生活。总的来说，元散曲表现出四大主题：言情、纵酒、叹世和归隐。其中，言情散曲总量超过千首，约占现存元散曲的四分之一，是元散曲中最具有反传统倾向、最能体现元散曲特色的作品。

授课

一、歌情写欲

言情散曲与作家的生活态度、市井社会的观念形态关系密切。不少作品大胆突破传统观念，热情赞颂性爱情欲，撕去传统文人羞羞答答的伪善面孔，歌真性情，抒本能欲，表现出与传统决裂的“铜豌豆”精神。元代的“梨园领袖”关汉卿直言不讳自己对性爱的追求，“我玩的是梁园月，饮的是东京酒，赏的是洛阳花，攀的是章台柳”，并永不回头：“你便是落了我牙，歪了我嘴，瘸了我腿，折了我手，天赐与我这儿般儿歹症候，尚兀自不肯休。”痛快淋漓，嬉笑怒骂，表现出他风流倜傥的奇特个性。他赞赏地描写男女私情，乐于暴露个人私生活，这是由于作家对伦理教条的淡薄与人情的归复，而儒家传统的“温柔敦厚”“含蓄蕴藉”的美学规范很少受到他的重视，他大多直率表达自身感受，寻求最能刺激感官的意象和语汇来表达情绪，此正与市井的审美趣味相接近，如关汉卿【仙吕・一半儿】《题情》(四选一)：

碧纱窗外静无人，跪在床前忙要亲，骂了个负心回转身，虽是我话儿嗔，一半儿推辞一半儿肯。

郑振铎说：“没有一首不是俊语连翩，艳情飞荡的。”(《中国俗文学史》)此曲借女子之口写其与情人约会的场面，热烈奔放。先以窗外的“静”衬托室内的“动”，“忙要亲”“骂”字形象，既状出对情郎鲁莽、急不可待求欢之指责，又显然含有一往之深情。“回转身”细腻描摹女子以身相许的矛盾心态。最后两句，突翻新意。一个“嗔”字，尽显媚态，又似回绝情郎，可最后一句，形象生动地勾画出女子半推半就答应情郎求欢的形态。明人王骥德说：“诗不如词，词不如曲，故是渐近人情。”曲学大师吴梅亦云：“余尝谓天下文字，惟曲最真。”此首小令，尽有此特点，不像诗词写情重在含蓄典雅，缠绵婉约，而是以直率爽朗、热烈奔放为美。再如白朴的【中吕・阳春曲】《题情》：

笑将红袖遮银烛，不放才郎夜看书，相偎相抱取欢娱。止不过迭应举，及第待何如？

从来好事天生俭，自古瓜儿苦后甜。奶娘催逼紧拘钳，甚是严，越间阻越情忺。

小令篇幅虽短小，但往往抓住人物情感细节以状其神情，言约意丰，活泼有致。此曲如此，第一首将热恋中女子的情愫毫无遮掩地表现了出来。这位女子把男女的欢娱置于功名之上，认为及第还不如两人相偎更富有人生的乐趣。小令藏问于答，写人叙事，富有情致，三言两语，勾勒出奇。第二首既是对奶娘的反对，也是对男子的鼓励，更是对爱的表白。开篇两句，用民间俗语形象地说明一个普遍道理。第三句提及奶娘的阻隔拘钳，最后一句表现出女子的大胆追求，为爱可以冲破一切羁绊，揭示出心理学所说的逆反心理，说明男女之爱是人的基本权利，是任何外在的约束难以消解的，从而肯定了对爱情的追求是天赋与人的权利。

贯云石的【中吕·红绣鞋】：

挨着靠着云窗同坐，偎着抱着月枕双歌，听着数着愁着怕着早四更过。四更过情未足，情未足夜如梭。天哪，更闰一更儿妨甚么。

此为写男女欢会的名曲。全曲描摹细腻，声态并作，把一对"偷情"人的热烈相爱，既怕分离，但又不得不离的心态描绘得细腻逼真，洋溢着人性美的气息。以时间飞快来展示两情之浓之深。结句希望天遂人愿，延长一更，更为警句，设想奇特，使全曲境界翻出新意，情之欢快、浓烈，全然展出，犹任讷云："余最喜贯酸斋【红绣鞋·别情】，云：'挨着靠着……'结语声情凄楚，沁人心脾。"再如商挺的【双调·潘妃曲】：

煞是你个冤家劳合重，今夜里效鸾凤。多情可意种，紧把纤腰贴酥胸。正是两情浓，笑吟吟舌吐丁香送。

无名氏的【双调·水仙子】：

后花园里等才郎，相抱相偎入绣房。笑吟吟先倒在牙床上，羞答答怎对当。不由人脱了衣裳，锦被里翻了红浪。玉腕上金钏响，恰便似戏水鸳鸯。

【商调·梧叶儿】《题情》：

解不开同心扣，摘不脱倒须钩，糖和蜜搅酥油。活摆布千条计，死安排一处休，恁两个忒风流，死共活休要放手。

兰楚芳的【南吕·四块玉】《风情》：

我事事村，他般般丑。丑则丑村则村意相投，则为他丑心儿真，博得我村情儿厚。似这般丑眷属，村配偶，只除天上有。

此曲一反郎才女貌的传统爱情观，表现出重在情投意合的新爱情观。起笔以“村”“丑”直写二人，以突出“意相投”，进而强调“他丑心儿真”与“我村情儿厚”。这种两情相悦的爱情，具有浓厚的市民色彩，是一种进步，超越了郎才女貌的爱情观，故作者认为他们的爱情“只除天上有”。全曲语言质朴、率真，更显情之真切。其实，此曲作者所写之事正是他朋友刘庭信与其情人“马般般”之事，故刘庭信给女艺人“般般丑”写的【双调·折桂令】《题情》可谓姊妹篇：

心儿疼胜似刀剜，朝也般般，暮也般般。愁在眉端，左也攒攒，右也攒攒。梦儿成良宵短短，影儿孤长夜漫漫。人儿远地阔天宽，信儿稀雨涩云悭，病儿沉月苦风酸。

“般般”，乃“如此这样”之意；“攒攒”，乃“聚拢”之意。此曲写相思之情。前六句写作者从早晨到黄昏，从内心到外表，无不为思念所苦。后五句写梦中相会，但好梦易醒，孤灯只影，长夜难挨，人在天涯，音讯杳无，相思者只落得疾病缠身。词语真切，率意而为，绝无造作，感人至深，尤其是叠字巧用，音韵婉转，愁绪绵绵，将对马氏（般般丑）的思念之情表达得淋漓尽致。

二、别情相思

男女相爱是美好的，但离别是痛苦的，正如李商隐诗“相见时难别亦难”。离别后的相思如藕丝一般剪不断、理还乱。因此，古今文学作品中留下了大量描写离别、相思之苦的诗篇。狂热的情爱是短暂的，离别后的相思是夺人心魂的。元散曲可以说把两性间的思念之情写到了极致。如关汉卿的【南吕·四块玉】《别情》：

自送别，心难舍，一点相思几时绝。凭栏袖拂杨花雪。溪又斜，山又遮，人去也。

此小令为写送别的名篇，描写主人公离别瞬息的心灵颤动。“一点相思”难以忘怀，主人公久伫楼头，任凭杨花沾满衣袖，山水遮目，相思之情难以摆脱，饱含惆怅、无奈之感慨。语言朴素清新，情意真切，毫无做作虚假之态。再如【双调·沉醉东风】：

咫尺的天南地北，霎时间月缺花飞，手执着饯行杯，眼阁着别离泪。刚道得声“保重将息”，痛煞煞教人舍不得，“好去者，望前程万里。”

此曲写女子为情郎饯行。起首两句从时空角度极写离别之悲苦，第三、四句状摹女子送别场景：手执酒，眼含泪，悲诉离别苦楚，却突然转入对离别人的祝福“望前程万里”。以乐衬悲，又显示出女子复杂变化的心理。全曲尽用近乎口语的白描，无典故，去华饰，抓住女子瞬息情感的变化，以表现其真挚感情。

王实甫的【中吕·十二月过尧民歌】《别情》：

自别后遥山隐隐，更那堪远水粼粼。见杨柳飞绵滚滚，对桃花醉脸醺醺。透内阁香风阵阵，掩重门暮雨纷纷。　怕黄昏忽地又黄昏，不销魂怎地不销魂。新啼痕压旧啼痕，断肠人忆断肠人。今春，香肌瘦几分，搂带宽三寸。

此为王实甫仅存小令，写女子独处深闺对远去情郎的思念，以暮春景致衬托怀念之情。作者善用叠字与复字句，以增强节奏感与韵律美。

在元曲众多曲家中，最擅长写离别相思之情的要推甜斋之主徐再思。徐再思，其名即“再三思量”之意，其曲也大多有再三思量的意蕴。他写的相思曲缠缠绵绵，用词和情感都能营造出回环往复的艺术效果。如【双调·水仙子】《春情》：

九分恩爱九分忧，两处相思两处愁，十年迤逗十年受。几遍成几遍休，半点事半点惭羞。三秋恨三秋感旧，三春怨三春病酒，一世害一世风流。

“迤逗”，指吸引、挑逗。“受”，指遭受相思之苦。“病酒”，意为以酒浇愁。此曲未采用借景抒情而是将十年久蓄的情感直抒：九分恩爱成了九分担忧，十年挑逗成了十年相思之苦，三春思念化为三春哀怨，只能以酒消除。由忧至愁，由愁至恨，由恨生怨，小令已将二人情之生、情之分、情之忧、情之怨的全部过程抒写出来，语若贯珠，音韵和谐，情之真切，“得相思三昧者”。再如【双调·蟾宫曲】《春情》：

平生不会相思，才会相思，便害相思。身似浮云，心如飞絮，气若游丝。空一缕余香在此，盼千金游子何之。证候来时，正是何时？灯半昏时，月半明时。

此曲显然写的是情窦初开的少女的相思之情。开篇三句，以“相思”二字突出“春情”，总领全篇。“身似”三句以形象的比喻，对“相思”进行捕捉描写，使之多层次多角度映现：“害相思”便浑身无力，好像生了重病，眩晕得如置身云端，心如飞絮，气若游丝。接着一“空”一“盼”，点出相思之缘由。最后写出相思症候来临的时候，若任讷先生所评：“首尾各以数语同押一韵，全属自然声籁，何可多得！末四句仅各四字，而唱叹转折，能一一尽其情致，真是神来之笔。”(《曲谐》)还有【双调·清江引】《相思》：

相思有如少债的，每日相催逼。常挑着一担愁，准不了三分利，这本钱见他时才算得。

作者紧紧抓住相思无法摆脱、总置心里的心理特征，以债务巧比，将难以名状的相思之情描绘得形象可感。他把相思比作欠债，而且这债还不起，还每天来催逼。主人公终日背负沉重的愁苦，不知何时能还完，恐怕只有见了思念中的人时，才知道如何计算本钱加利息。整个小令，语俗情真，俗而工巧。“语质而喻工，亦复散词上乘。……此等曲读来但觉其为说话，并不知其为韵文，而且有对仗于其间也。以放债喻相思，亦元人沿用之意，特以此词为著耳。”（任讷《曲谐》）

由以上作品可以看出，散曲与诗词最大的不同是其“俗”“直率”“奔放”的特点，正如任讷先生在《散曲概论》中概括的那样：“曲以说得急切透辟，极情尽致为尚；不但不宽弛，不含蓄，且多冲口而出，若不能待者，用意则全然暴露于词面。”“词静而曲动；词敛而曲放；词纵而曲横；词深而曲广；词内旋而曲外旋；词阴柔而曲阳刚；词以婉约为主，别体则为豪放；曲以豪放为主，别体则为婉约；词尚意内言外，曲竟为言外而意亦外。”清代曲学家徐大椿在《乐府传声》中论曲说：“若其体则全与诗词各别，取直而不取曲，取俚而不取文，取显而不取隐，盖此乃述古人之言语，使愚夫愚妇共见共闻，非文人学士自吟自咏之作也。若必铺叙故事，点染词华，何不竟作诗文，而立此体耶？譬之朝服游山，艳妆玩月，不但不雅，反伤俗矣。但直必有至味，俚必有实情，显必有深义，随听者之智愚高下，而各与其所能知，斯为至境。”这些论断，能使我们准确理解曲的特点，能帮助我们体悟出曲的妙处。

杜丽娘生命意识的觉醒

鲁迅先生在小说《伤逝》里面曾经说过这样一句话，叫："人必生活着，爱才有所附丽。"①爱情的存在，是建立在生命的基础之上的，没有生命也就不会有爱情，这是现实生活中一个最基本的逻辑。然而，明代著名的文学家汤显祖曾经构建了一个奇妙的艺术世界，在这个世界里，不仅男女主人公的相识、相遇都是在一个非现实的世界中，而且情也成了一种超越生死的力量。在传奇《牡丹亭》中，杜丽娘因梦生情，因情而死，又因为情，死而复生。正如作者在《牡丹亭·题词》中所说："情不知所起，一往而深。生者可以死，死可以生。生而不可与死，死而不可复生者，皆非情之至也。"那么，杜丽娘为什么要通过死这种方式来实现自己对爱情的追求？她又是怎样一步一步实现爱情在现实世界中的回归的？

授课视频

《牡丹亭》一共五十五出，从第一出《标目》到第二十出《闹殇》是前半部分，这一部分讲的是杜丽娘由生到死的过程，同时也是杜丽娘的生命意识不断觉醒的过程。那么到底是什么障蔽着、压抑着杜丽娘的生命意识？

我们不妨来看一看杜丽娘其人和她的生活环境。杜丽娘是南安太守杜宝的女儿，杜宝和杜夫人一心想把杜丽娘培养成为封建时代标准的大家闺秀，而且他们的家教非常严格，在第三出《训女》中，就有许多细节反映了这一点。比如他们要求杜丽娘"也长向花阴课女工"，做刺绣，刺绣余闲做什么呢？有架上图书可以寓目。所以杜丽娘的生活非常单调、枯燥，甚至白天小睡一会儿也会成为罪过，要遭到父母的指责。而杜宝为了把女儿教育成封建时代的淑女贤妇，还专门为她请了一个塾师，叫陈最良。陈最良在剧中是一个典型的腐儒，一上来就演了一出《腐叹》，他教杜丽娘读书也以符合封建道德礼教为第一要义，他之所以要教杜丽娘学《诗经》，是因为《诗经》开篇便是吟咏后妃之德的。杜宝和杜夫人对杜丽娘管束的严格还可以从《闺塾》一出中看出来，在《闺塾》中，丫鬟春香上课途中出恭(上厕所)，她无意间发现了一座大花园，而这座大花园，杜丽娘在官衙中生活了那么多年，竟是完全不知道的！那么大的一座花园，杜丽娘从小到大不仅从来没有去过，而且闻所未闻，这是在现实中几乎是不可能发生的事情，但是在《牡丹亭》中却发生了，所以它象征着什么？它象征着杜宝夫妇对杜丽娘的管教到底有多么的严格。春香回来的时候，因为淘气冒犯了师父，杜丽娘不得不拿出大家小姐的架子来教训她，怎么教训的呢？她说"手不许把秋千索拿，脚不许把花园路踏"，这种教训其实何尝不是杜宝夫妇平日里对杜丽娘教训的一种再现。

---

① 鲁迅：《彷徨》，中国青年出版社 2017 年版，第 122 页。

在杜丽娘生活的环境中，除了父母、丫鬟就是迂腐的塾师，甚至没有一个年龄相仿的朋友和她做伴；她的日常生活除了刺绣就是读书，连后花园都不能涉足，这是一个非常严格地以封建礼教对女儿进行管教、熏陶的家庭，这种环境对杜丽娘的天性也造成了严重的压抑。

但是，这种外在的压抑真的能够摧毁杜丽娘那种自然的天性吗？并不能。在《牡丹亭》的前二十出中，总有一些零星的"火花"在黑暗中不断地闪现，到最后终于连成一片，照亮了杜丽娘的整个青春生命，同时也让她付出了宝贵的生命。

让杜丽娘萌发生命意识的媒介是什么呢？恰恰是《诗经》。《诗经》开篇就是："关关雎鸠，在河之洲。窈窕淑女，君子好逑。"当杜丽娘读到这一句的时候，她作为一个少女，是怎样一种心情呢？她"悄然废书而叹曰：'圣人之情，尽见于此矣。今古同怀，岂不然乎？'"可见，从《诗经·关雎》一篇里，陈最良读出来的是礼教，是后妃之德，而杜丽娘读出来的却是情，是"今古同怀"的男女恋情，是人所共有的青春之情。作者通过这种方式，和封建礼教、封建家庭开了一个玩笑：本来杜宝、陈最良是想拿这些来禁锢人性的，但是没想到恰恰是这些使杜丽娘情窦初开，这个安排是很耐人寻味的。

另一个让杜丽娘的青春之情得以勃发的媒介是什么呢？那就是杜宝家中的那个后花园。当她从春香口中得知自家有个后花园时，她虽然在老师面前狠狠地教训了春香，但是老师走后她却问春香：花园在哪里？可有什么景致？并且说："原来有这等一个所在。"当春香提出要去后花园玩耍的时候，杜丽娘不是说不想去，而是说："老爷闻知怎好？"前后行为的反差其实反映了杜丽娘的矛盾心理，也反映出了她在封建礼教与自己内心真实意志之间的一种徘徊。而后花园的发现，正意味着杜丽娘对自己生命的一种重新发现。

《关雎》点燃了她生命意识的火苗，而后花园又为她提供了一个可以消遣玩乐的场所，在这种情况下，杜丽娘生命意识的觉醒就大大加快了。她让春香吩咐花郎扫除花径，在一片大好的春光当中，她和自己的丫鬟一起游园。而园林中，此时正是姹紫嫣红、莺歌燕舞，一派生机盎然的景象，她情不自禁地感叹道："不到园林，怎知春色如许。"而大自然强大的生命力，又不断催发着杜丽娘的自然本性，她将自己打扮得闭月羞花、沉鱼落雁，而且自称是"一生儿爱好是天然"。当她抛开了封建礼教束缚的时候，我们看到的是一个崭新的杜丽娘，一个光彩照人的青春少女。《诗经》中"关关雎鸠，在河之洲，窈窕淑女，君子好逑"，这是一种起兴的手法，而当杜丽娘看到外界美好的春光，联想到自己的青春生命，这又何尝不是起兴呢？

然而，杜丽娘的这种春情却慢慢演化成了一股浓浓的春愁。为什么会发生这种变化呢？"不到园林，怎知春色如许。"这么美好的一个园林，假如你不来看它，假如你没有主动去发现它，它在你的生命当中，就好像真的不存在一样，你又如何知道这里面蕴含了一个怎样五彩斑斓、生机无限的世界呢？杜丽娘的生命恰是如此，她的生命正处在最美的季节，就像一座美好而又空寂的园林，虽然里面是"姹紫嫣红开遍"，但是最终也只能付与一片断井颓垣，由于外界的束缚，没有人能够走进来。在生命最美好的时刻，无人共赏这种美好，她由此产生了一种对自身青春的爱怜与珍视，一种对时光流逝、生命不再的哀愁与悲叹。

杜丽娘这种生命意识的觉醒，集中地表现为她爱情意识的觉醒。所以，在游园之后，她就长叹一声说："吾生于宦族，长在名门。年已及笄，不得早成佳配，诚为虚度青春，光阴如过隙耳。可惜妾身颜色如花，岂料命如一叶乎！"她深深地感受到，自己的生命被弃置，希望有人能够走进自己的生命，有人能够欣赏自己的青春，有人能爱上自己。

在这种心情之下，杜丽娘做了一个梦，在梦中她遇到了自己的如意郎君——柳梦梅，并且享受到了美好的爱情。在梦中，柳梦梅对她说："则为你如花美眷，似水流年，是答儿闲寻遍。"柳梦梅对杜丽娘的生命有着一种珍惜和发现。这种素昧平生，甚至不知姓名的爱情，看上去不可思议、过于大胆，但是蕴含着对美好事物的欣赏。正如汤显祖所说的"情不知所起，一往而深"，你对一个人产生感情、产生爱意，往往说不出原因来。正因如此，这种忽然来临、不可捉摸的爱情才显得宝贵，而在消逝的时候，杜丽娘才会显得特别不舍。

然而梦毕竟是梦，梦醒了还是要回到现实。当杜丽娘梦醒以后，面对的现实是依然如故。老夫人依然是只准她做针指、读书史，不准她昼寝，不准她游园，甚至连衣服上绣上一对颜色鲜艳的花鸟，都会招来老夫人的指责。作者在《惊梦》之后紧接着写《慈戒》不是没有深意的，这种安排恰恰是为了形成一种对比，构成一种梦境和现实的反差。如果杜丽娘的生命意识没有觉醒，或者说生命意识没那么强烈，或许不会对这种束缚产生反感。但是在她游园以后，她的生命意识、爱情意识已经像熊熊烈火一般燃烧起来了，所以这个时候再拿封建礼教去约束她、劝说她，她就难免感到厌烦，产生抱怨了。

《牡丹亭》插图

正因为梦境太过短暂，爱情太过美好，所以杜丽娘不但有"惊梦"这样一个过程，她还要再去寻梦。"惊梦"是一种不期而遇的邂逅，而寻梦则是一种有意识、主动的追寻。它体现出杜丽娘对梦境的一种留恋与珍惜。可是梦又如何能寻得到呢？梦境本身就是虚幻的，梦中的事物也是虚幻的，真实的东西丢失了都不一定能够找得回来，何况梦中的事物。而梦中的感情，可以说是一种虚幻中的虚幻。梦中的景还依稀可见，但是梦中的人、梦中的情早已经无从寻觅了。一方面，杜丽娘寻梦是对梦中之情的回味与追忆，有着一种希冀的意味；另一方面，寻梦的结果又注定了是寻而不得，寻而不得又必然带来怅惘与失落。因此杜丽娘不得不悲叹："牡丹亭、芍药阑，怎生这般凄凉冷落，杳无人迹？

好不伤心也!”

杜丽娘的美梦已经失落不可再寻了,现实中礼教的禁锢依然严厉,而杜丽娘自身对情的追求又如此热烈,这种种因素相互交织、不断碰撞,最终留给她的只有死路一条,因为除了死以外,没有别的道路可走,也没有什么方式能够表达她内心对爱情的那份强烈眷恋。

从另一个角度说,杜丽娘体会到了爱情的美好,却不能在现实中去追寻,只能悲悲戚戚地寻梦,而且即便是寻梦还不能让老夫人知道,这本身就揭示了这种爱情在现实世界中是没有“存活”的可能的。从这一点来说,杜丽娘的由生到死不是对生命的一种遗弃,恰恰相反,这是出自一种对生命的热恋,对青春的珍惜,对爱情的执着追求。她的死,看上去是生命的结束,但也是一种开始,是一种对梦中之情苦苦求索并努力实现的开始。

杜丽娘爱情的现实回归

《牡丹亭》前半部分写的是杜丽娘生命意识尤其是爱情意识的觉醒，是“由生而死”的过程。后半部分则主要写的是杜丽娘和柳梦梅的爱情，从非现实世界向现实世界回归的过程，用四个字以概括，可以说是“由死而生”。

授课视频

杜丽娘死后，她的灵魂并没有完全归于寂灭，而是跑到了阴间向判官诉说自己的不幸遭遇。后来判官查明了婚姻簿，发现杜丽娘和柳梦梅确有一段姻缘，于是放她回到了人间。但是这个时候，杜丽娘还不是人，而是一个鬼魂、一个游魂。因此作者在这里采取了一种象征性的、浪漫主义的方式，抛却了肉身的束缚，让杜丽娘的一缕“精魂”可以上天入地，而支撑她的正是汤显祖所极力标举的“至情”。

杜丽娘感情的形态以及感情实现的方式，在后半部分有很大的不同。在杜丽娘作为一个游魂的时候，她是相当大胆主动的。比如第二十八出《幽媾》中，杜丽娘主动寻找拾得自己画像的柳梦梅，柳梦梅刚一开门，杜丽娘就笑着闪入，给他拜了个万福，并且说：“为春归惹动嗟呀，瞥见你风神俊雅。无他，待和你剪烛临风，西窗闲话。”“待和你剪烛临风，西窗闲话”这句曲词化用的是唐代诗人李商隐《夜雨寄北》中的句子——“何当共剪西窗烛，却话巴山夜雨时”，用在这里颇有愿和柳梦梅结百年之好的意思；又说“还怕秀才未肯容纳”。此时的杜丽娘和元杂剧中的许多女性形象是一脉相承的，都是一个敢于大胆主动追求自己婚姻爱情的人物。这个时候的杜丽娘依然保持着对情的纯粹与痴迷，她在“魂游”的过程中说：“生生死死为情多，奈情何?”又说自己“前日为柳郎而死，今日为柳郎而生”，甚至和柳梦梅夜共枕席，以鬼魂的身份和柳梦梅有了婚姻之实。这个时候的杜丽娘在精神上是剧作前半部分的一种延续，也是一种至情的化身。

这样一种人鬼之恋怎么样才能回归现实呢？回归现实以后，爱情的形态又有什么不同呢？这是剧作后半部分要描写的一个重点。杜丽娘为了实现自身爱情向现实的回归，不得不重视起人间的礼法来。例如在《冥誓》一出中，她先是说：“秀才有此心，何不请媒相聘？也省的奴家为你担慌受怕。”虽然之前她和柳梦梅已经有婚姻之实了，但是在她看来这还不够，还要请媒相聘，为什么呢？因为要回归现实，她就必须遵循世间的礼法、人间的礼教。拿杜丽娘的话来说，就是“俺则怕聘则为妻奔则妾”。

这种倾向在她被柳梦梅开棺见尸、死而复生以后，表现得更加明显，因为之前她还是鬼魂，现在她已经是现实中的人了，所以她更要请个媒人，并且劝告柳梦梅，成亲“必待父母之命，媒妁之言”，说“鬼可虚情，人须实礼”。原本是以情为依托、以情为宗旨大胆冲破封建礼教的一个形象，忽然之间又回到了封建礼教的老路上来。因此可以说剧作后半部分杜丽娘形象的魅力，远远不如前半部分，尤其是无法与“游园惊梦”时候的杜丽娘相媲美。那时的杜丽娘光彩照人，大胆叛逆，但这个时候的杜丽娘却像是一个迂腐的封建女子，已经融入了她一开始想要冲破的那个环境。

然而，我们一方面可以站在今人的角度对古人加以评判，但另一方面，也要对古人有一种理解之同情。从另一个角度来说，杜丽娘的爱情要回归到现实世界当中，不如此又能怎样呢？面对迂腐的陈最良，面对顽固而执拗的父亲南安太守杜宝，面对如夜一般浓重而又漆黑的封建制度和礼教，杜丽娘的这种转变实际上也是一种必然，因为除此之外，她别无其他的路可走。所以在这种必然当中，作品彰显出了杜丽娘的一种无奈，喜剧性的结局无意中却形成了一种悲剧性的意蕴。也就是说，杜丽娘叛逆了，她冲破了，然而最后又能怎样呢？就好像鲁迅先生在《伤逝》中问的那个问题：娜拉走后怎样？如果大的社会环境不改，社会氛围不改，整体的文化制度没有发生质变，出走的结果最终还是要回来，就好像杜丽娘冲破封建礼教以后，最终还是要回归现实一样。

《牡丹亭》的结局，杜丽娘和柳梦梅为什么能够在一起呢？一方面是因为柳梦梅中了状元，另一方面也有皇帝圣旨的帮助，这两方面的合力最终才勉强战胜了杜宝的阻挠。这看上去是一个大团圆的结局，但是在团圆当中又有着很多难以让人满意的地方。假如柳梦梅没有中状元呢？假如当时的皇帝是一个昏君，不准他们成婚呢？也就是说，他们追求的自主婚姻与爱情到最后还是无法自主的，甚至可以说，他们之所以能够在现实当中团圆，依靠的恰恰是他们曾经极力反对的封建礼教那一套。所以《牡丹亭》中的爱情可以说是以叛逆始，而以顺应终。团圆的结局掩盖不了封建社会中万千的男女无法团圆的社会现实，也正是因为在现实当中难以团圆，所以作者才让他们在戏曲里团圆，以一个看似圆满的结局来慰藉人们的心灵，从而给人一种虚幻的希望。

这仅仅是就剧作而言的。假如结合汤显祖的生平来看，我们不难发现，杜丽娘身上有着汤显祖本人的情感寄寓。汤显祖曾经说：“一生四梦，得意处惟在《牡丹》。”①《牡丹亭》中的杜丽娘，其实是汤显祖本人人生理想、社会理想的一个化身。

汤显祖生活在心学思想鼓荡一时的晚明，受到左派王学的影响很大。与朱熹的心理二元论不同，王学主张“心即理”，将外在世界的理放置到个体的内心当中，由此也导致了晚明时期个人主体意识的张扬。这种张扬在晚明思想家李贽那里表现得尤为突出。李贽提倡“童心说”，他说：“夫童心者，绝假纯真，最初一念之本心也。”②因此提倡真、提倡个人真实的情感乃至欲望成了晚明文学的一大主流。汤显祖的人生观和文艺观正建立在“情”的基础之上。他曾经说过：“世总为情，情生诗歌，而行于

① 李鸣选注：《王季重小品》，文化艺术出版社 1996 年版，第 212 页。

② 李贽：《焚书·续焚书》，中华书局 2009 年版，第 98 页。

神。"①他把"情"作为世界、诗歌的一种至高理想。但是这样一种人生的理想、社会的理想在晚明时期可以说又是格格不入的。

首先,从汤显祖的个人仕途来说,他本人是一个比较纯真自然、刚正不阿的人,因为胸中自有一股真情在,所以往往不愿意趋炎附势。比如当时张居正网罗海内名士,就曾经邀请过他,想让他和自己的儿子交往,并让他们一同中第。在一般人看来,这是一个求之不得的好机会,但是汤显祖却两次拒绝了这样的邀请,导致他屡试不第。一直到张居正死后,汤显祖才中了进士。而汤显祖为官也不避权豪势要,对朝廷的一些腐败现象进行严厉的抨击。做出这种行为的时候,他胸中的那股真情倒是得以抒发了,但是在现实当中却是处处碰壁,异常苦闷。从张居正到申时行,再到沈一贯,基本上每一个当权者对他都不怎么赏识。

其次,从他的社会理想来说,汤显祖有着自己的政治理想和抱负,他期待通过自身的努力能让天下太平、官场清廉、百姓丰衣足食。在遂昌做知县的时候,他也曾在小范围内进行过自己政治理想的实践,并且取得了良好的效果。但是面对晚明那样一个"醉梦之局",无论再怎么努力,他的社会理想也只能体现为一种地方官个人的勤勉、廉政,而无法在更广阔的范围推行开来。

杜丽娘想要冲破现实,到最后却不得不回到现实中来,这何尝不是汤显祖人生经历的一个写照?那就是:无论个体再怎么想要打破旧的社会制度、社会形态,个人再怎么想改变黑暗的社会现实,最终的结果都是徒劳无功的,都是要归于失败的,都是要被社会这个大染缸不断同化的。而拒绝同化的人,在那个时代或被抛弃,变成孤魂野鬼;或被命运无情地吞噬,归于寂然。晚明思想家李贽想要在思想上寻求一条新路,最终却只能以剃刀在狱中自刎,晚明政治家张居正想要在政治上寻找一条新路,但最后却落得身败名裂、家破人亡的下场,这些何尝不是牡丹亭"生者可以死"在现实世界中的一种演绎?因此,汤显祖用他敏锐的直觉捕捉到了这样一个人生、社会的难题,捕捉到了晚明文人所面临的一种共同的时代问题,并用戏曲这种艺术形式将其有力地表现了出来。

毋庸讳言,《牡丹亭》的后半部分多少有些让人难以满意,但恰恰是这种不完美向我们揭示了晚明文人心中的那份郁结与彷徨、挣扎与苦闷。《牡丹亭》中的杜丽娘形象之所以能在那个时代引起极大的共鸣,恰恰是因为它符合了晚明文人当时的文化心理,迎合了当时人那种独特的时代情绪。

---

① 汤显祖:《汤显祖诗文集》,上海古籍出版社 1982 年版,第 1050 页。

从“杀吕伯奢”看曹操的“奸雄”性格

授课视频

东汉末年擅长人物评论的许劭曾经这样评价曹操：“治世之能臣，乱世之奸雄。”[1]这两句话可以说深得曹操性格之三昧，连曹操听了以后也大笑，可见他自己应该也比较认同这一说法。

那么在《三国演义》中，曹操的奸雄性格是怎样展现的呢？中国古代小说往往采用的是出场定型和反复皴染相结合的手法，在一开始先通过一件事情对人物的性格作一个基本的定型，然后在不同的环境、不同的场景中将人物的性格不断地复杂化、多元化、立体化。而《三国演义》中第一个较为充分地展现曹操“奸雄”本色的情节，便是第四回“废汉帝陈留践位，谋董贼孟德献刀”中的“杀吕伯奢”。

“杀吕伯奢”大致讲的是曹操在行刺董卓不成以后，仓皇出逃，飞奔谯郡，路经中牟县的时候，被县令陈宫捉住。陈宫问他，丞相待你不薄啊，你为何要行刺董卓，自取其祸呢？曹操慷慨陈词说：“吾祖宗世食汉禄，若不思报国，与禽兽何异？”陈宫听了，感于曹操之忠义，放弃官职，工作也不要了，收拾盘缠和曹操一起出逃。

逃到成皋的时候，曹操说这里有我父亲的结义兄弟吕伯奢，我们不如在他家休息一晚。吕伯奢也很痛快地答应了。后来吕伯奢出去打酒，曹操听到庄后有磨刀之声，当下心中疑云四起，悄悄走到草堂，听见有人说：“缚而杀之，何如？”曹操一听这话，心想：吕伯奢的家人要杀自己啊，于是一不做二不休，和陈宫拔剑直入，杀了吕伯奢家人八口，后来才发现原来他们想“缚而杀之”的不是自己，而是一只猪，这才恍然大悟，自己误杀了好人。

误杀了吕伯奢的家人之后，曹操也不敢久留，他赶紧出逃，谁知路上就遇见了吕伯奢，吕伯奢很奇怪地问他：正买酒买菜杀猪准备招待你们呢，怎么就走了呢？曹操先是不顾，策马便行，走了没多久又转过身来挥剑将吕伯奢斩杀，陈宫说：“知而故杀，大不义也！”曹操由此抛出了他那个非常著名的论调：“宁教我负天下人，休教天下人负我。”

这是曹操杀吕伯奢的大致情节。关于这段历史，一些史书、杂记当中也是有记载的。裴松之为《三国志》所作的注中引了三条材料，其中一条是《魏书》中的记载：“太祖以卓终必覆败，遂不就拜，逃归乡里。从数骑过故人成皋吕伯奢；伯奢不在，其子与宾客共劫太祖，取马及物，太祖手刃击杀数人。”[2]这是一种说法。还有一种说法就是

① 余嘉锡撰：《世说新语笺疏》，中华书局 1983 年版，第 382 页。

② 陈寿撰：《三国志》，中华书局 1959 年版，第 5 页。

《魏晋世语》和孙盛《杂记》的记录，这两条材料其实和《三国演义》的情节是大体一致的，都是说曹操疑心过重，怀疑这家人谋害自己，把这几个人全都杀了。

那么，这两种说法到底哪一个真，哪一个假？哪一个说法更加符合历史的真相，我们先不去辨别。因为小说是小说，历史是历史，我们不能把历史上的事实和小说中的人物混为一谈，这是小说研究的一个基本常识。重要的是要研究小说家为什么选取了后面一种说法，他又对这些材料进行了怎样的加工，在这种加工当中反映了作者怎样的主观意识，产生了怎样的艺术效果等。

首先，作者没有采取第一种对于曹操有利的说法，因为如果是按照《魏书》的记载，吕伯奢家人错在先，曹操被抢，肯定也要防卫，只不过曹操这个防卫有一点过当。但是面对劫匪，该杀的时候还是要杀，曹操并没有太大的过错。如果按照第二种说法，那么这场惨剧的责任就完全在曹操，因为他的疑心过重，杀了好人，杀了好人了以后还说："宁我负人，毋人负我。"①这就真的像《三国演义》中陈宫所评价的那样，曹操是一个狼心之徒。

作者为什么要采取后一种说法，其实是跟作者的主观意识、作者对曹操的感情色彩有着密切的联系。也就是说《三国演义》更多的是想要把曹操塑造成一个奸诈、狠毒、多疑的反面角色。

当然这种塑造不仅仅是采取哪一种说法的问题，还有对原来史料的加工和修改。因此，我们对比一下上两条史料和《三国演义》，你会发现一些明显的不同。

第一，《魏晋世语》和孙盛《杂记》当中没有提到吕伯奢，也没有说曹操杀吕伯奢，但是小说却把吕伯奢放到最后，而且让曹操在明知误杀吕伯奢家人的情况下，再次杀人。这就有一个性质上的差别了：前面曹操还有怀疑，还有一个杀人的理由，但是后面他知而故杀，这是非常心狠手辣的，也是情理说不通的。

第二个不同是什么呢？史料当中的记载"太祖闻其食器声，以为图己，遂夜杀之"②而到了小说中变成了缚猪磨刀，这个改动一方面把细节做得更实，这也是小说叙事的一个特点，另一方面也凸显了吕伯奢一家人的热情好客，这种热情好客和曹操的无情杀戮之间又形成了一重对比，突出了曹操的凶狠残暴。

第三个不同是曹操在杀了人以后的反应，在孙盛《杂记》中，曹操是凄怆曰："宁我负人，毋人负我。"也就是说曹操原本杀了人以后，他的心中不是没有后悔，不是没有难过，但是在《三国演义》中，把"凄怆"这两个字给去掉了，我们看不到曹操在说这句话时的心情。再者，他加上了"天下"两个字，变成了"宁教我负天下人，休教天下人负我"，这把原本可能是针对一个个体事件的评论变成了曹操所秉持的一种人生态度、处世原则，这也成为对曹操的一个诛心之论。

无论是在史料的择取方面，还是在史料的加工方面，我们都能够看出《三国演义》的作者在"杀吕伯奢"这件事情上想要把曹操塑造成一个多疑、狡诈、狠毒、残暴的角

①② 陈寿撰：《三国志》，中华书局 1959 年版，第 5 页。

色，小说当中有很多地方都在暗示这一点，比如在听到磨刀声的时候，曹操说：“吕伯奢非吾至亲，此去可疑，当窃听之。”再比如，曹操杀吕伯奢的时候不是直接杀，而是先喊一声：“此来者何人？”等吕伯奢回头看的时候挥剑把他砍杀。种种细节让人觉得曹操非常的阴险、毒辣，这也是他奸的一面。

那么在“杀吕伯奢”当中，或者说“杀吕伯奢”前后的一些情节中，我们能不能读出他的那股英雄气概呢？也是可以的。首先，曹操“杀吕伯奢”的背景是他去刺杀董卓，假如没有刺杀董卓，也就不会有后面“杀吕伯奢”的产生。当时董卓废了汉少帝，立了汉献帝，满朝文武束手无策，聚到王允的后堂痛哭。正哭着呢，曹操忽然之间抚掌大笑，说你们一群人哭，从夜哭到明，从明哭到夜，能哭死董卓吗？他提了一个办法是自己去行刺，说要“……入相府刺杀之，虽死不恨”。从这里我们可以看出曹操是一个很有主意的人，遇见事情有自己的办法，有自己的主见。行刺成不成另当别论，但总归是一种解决问题的办法，比起一群人哭要高明多了。其次，他是有一定的担当的，去行刺是要冒着生命危险的，古代的刺客行刺不成就不说了，即便行刺成功也往往会死于乱刀之下，但是曹操愿意去，这说明他有着一股英雄的气概。

行刺董卓是“杀吕伯奢”的一个背景，行刺失败，曹操被董卓通缉，曹操处在一个亡命逃跑的过程中，在这个过程中人多疑，像一只惊弓之鸟，对风吹草动做出过于夸大的判断是可以理解的。所以当听见有磨刀之声，听见别人说“缚而杀之”的时候，当他处在这样一种境况下难免会产生联想，那就是这个人可能会出卖我，可能会杀了我去向董卓请赏，更何况生性多疑的曹操？在这样一种情况下，曹操表现得非常果断，没有丝毫的犹豫，他害怕不杀吕伯奢家人必遭擒获，在一种误判的前提下，有这种想法也是合理的，而且体现出了曹操的杀伐决断、当机立断的性格。这种气质、这种品质和他在群臣痛哭之中提出刺杀董卓一样，也是非常果敢、干练的。他没有太多情绪上的波动，他想的是在这种情况下应该怎样做才能解决实际的问题，这个是一个优秀政治家的品质。

至于曹操杀吕伯奢，毫无疑问是应该受到道德上的谴责的，我们这里无意给他翻案。但是，现在不妨抛开这种道德上的正误进行一种人物性格上的解读。在知道误杀的情况下，曹操面对着吕伯奢，到底应该怎么办？曹操的思路很清楚：“伯奢到家，见杀死多人，安肯干休？若率众来追，必遭其祸矣。”杀还是不杀？杀了的话，吕伯奢死，不杀的话，曹操自己肯定得死，没什么好说的。那有没有其他的办法？比如说让曹操给吕伯奢道个歉，“吕伯奢对不起，我把你家八口人全都杀了”，那行得通吗？所以在这样一种情况下，到底是顾全道德，还是顾全自己的性命，这本身就是一个非常艰难的选择，每一个人面对这种情况都会感到非常为难。作者正是把曹操放到这样一个处境当中去展现他的选择、他的性格，他杀吕伯奢可以说杀得义无反顾：“宁教我负天下人，休教天下人负我。”面对在他人与个人利益之间进行抉择的时候，曹操坚定不移地站在自己一方，而且处理事情毫不拖泥带水，毒辣当中又显示出他不同于常人的一些个性品质。因此，到晚明时期，有很多王学左派的思想家强调人要有自己的一些私心，要知道给自己讨一些便宜，如李贽在《与杨定见》中说："人生世间，一点便宜亦自不知求，岂得为智乎？"[①]在他们眼里，这样的言行其实是无可厚非的。毛宗岗也延续了这一思路，在对《三国演义》第四回的评点中，他说："试问天下人，谁不有此心者，谁复能开此口乎？"[②]很多人心里可能都是这样想的，但是真正能像曹操这样正大光明、毫不掩饰地说出来的又有几人呢？

作者对"杀吕伯奢"这个情节位置的处理也很耐人寻味，他将其放在曹操刺杀董卓和倡议讨伐董卓之间，似乎在有意提醒人们，曹操的"奸"和"雄"这两种品格是彼此渗透、互为依倚的。在曹操进行一些颇富英雄气概的举动时，他的英雄气概其实并不那么单纯，在某些时刻，他会展现出狰狞毒辣的面目；而在阅读类似"杀吕伯奢"这样的情节时，我们也要反思这种毒辣的背后和他的某些英雄气概之间有没有内在的关联？也许可以说，没有曹操的"奸"也就没有曹操的"雄"；换句话说，他的"雄"恰恰来自他的"奸"。

① 李贽：《焚书·续焚书》，中华书局 2013 年版，第 19 页。

② 毛宗岗：《毛批三国演义》，天津古籍出版社 2010 年版，第 23 页。

“三顾茅庐”：一场名臣圣主的风云际会

授课视频

诸葛亮是大家非常熟悉的一个古典文学人物，同时也是《三国演义》中非常重要的一个角色。有学者甚至说，《三国演义》从第三十七回到第一百零三回，写的是一部“诸葛亮传”[①]，可见诸葛亮在这部小说中所占的分量有多重。那么诸葛亮是如何被刘备发现，又如何出山的呢？这就不得不从“三顾茅庐”开始说起。

现在人们讲“三顾茅庐”，一般都是指《三国演义》小说中的“三顾茅庐”，事实上，这件事情在历史上有相关的记录。首先，诸葛亮在《前出师表》中说：“先帝不以臣卑鄙，猥自枉屈，三顾臣于草庐之中，咨臣以当世之事，由是感激，遂许先帝以驱驰。”[②]这是诸葛亮自己的表述。其次是陈寿在《三国志》中的记录，大致意思是说：徐庶向刘备推荐诸葛亮，并且说，此人“可就见，不可屈致”。[③] 于是刘备去拜访诸葛亮，“凡三往，乃见”。[④]这两条材料可以说是“三顾茅庐”故事史料上的来源。当然还有一些不同的记载，比如裴松之在给《三国志》作注的时候，转引了一条《魏略》的材料，其中说的并不是刘备“三顾茅庐”主动去见诸葛亮，而是诸葛亮主动北行去见刘备。但是裴松之认为，诸葛亮自己有“三顾臣于草庐之中”这样一个说法，所以《魏略》的记载不可信。

这是“三顾茅庐”在史书中的大致情形。《三国演义》能够成书，能够成为一部经典，并不是罗贯中一个人的功劳，用徐朔方先生的说法，它是一部世代累积成型的作品。在《三国演义》之前，还有一些平话、杂剧作品写到过“三顾茅庐”的故事，比如《三国志平话》、元杂剧中的《诸葛亮博望烧屯》。那么这些作品又是怎样塑造诸葛亮和刘备形象的呢？

在《三国志平话》中，当刘备拜访诸葛亮的时候，诸葛亮其实是在家的，但是他却对道童说，你出去和刘备说先生外出了，第一次的理由是参加“八俊饮会”，第二次的理由是去游山玩水，反正就是不见。后来诸葛亮与刘备见面的时候却将责任推到道童的身上，说不是我不想见，是道童不来报。所以《三国志平话》里面的诸葛亮多多少少有一点虚伪和做作，这种故意不见可以有多种理解，可以理解为一种推脱，我不想见你，也可以理解成一种行事策略，一种对刘备的“欲擒故纵”。再者，诸葛亮之所以愿意见刘备，愿意随刘备出山，一方面是因为刘备的三次来访让他感动，另一方面也

---

① 郭英德著：《中国四大名著讲演录》，广西师范大学出版社 2006 年版，第 21 页。

②《诸葛亮集》，北京：中华书局 2012 年版，第 6 页。

③④ 陈寿撰：《三国志》，中华书局 1959 年版，第 912 页。

有着他自己的功利性目的，那就是他认为刘备日后能当皇帝，比如他说："我观皇叔是帝王之像，两耳垂肩，手垂过膝，又看西墙上写诗，有志之辈。"①诸葛亮不仅仅是为了报刘备的知遇之恩，也是有自己的私心夹杂在里面的。从这些片段来看，《三国志平话》当中的诸葛亮形象其实并不怎么高大和完美。而刘备呢？刘备的目的也有着一定的功利色彩，比如他说："刘备故来请先生出庵伐曹，但得一郡安身处可矣。"②因此，从这一点来说，刘备拜访诸葛亮的实际目的，不过是想借诸葛亮之力在群雄割据中找到自己的一席之地。

元杂剧《诸葛亮博望烧屯》描写了诸葛亮急于用世的一面，比如他说："有朝一日，出茅庐指点世人迷，凭着我肠撑星斗。如还我志遂风雷，立起天子九重龙凤阙，显俺那将军八面虎狼威。"③可见他是早有志向去建功立业的。而当刘备来拜访他的时候，他是既惊又喜，先是让道童安排接驾，准备烹茶，但寻思了一会儿又说："你休铺藤簟，且掩柴扉。"④这种既急于用世又故作高深，既想要见刘备又先故意吊刘备胃口的做法，实在和《三国演义》中的诸葛亮形象差别甚大。而且和《三国志平话》一样，诸葛亮出山也是因为看到刘备有帝王相，甚至一开始还嫌刘备只有三年帝王命，还是不愿意出山，后来看到刘禅，说刘禅有四十年帝王命，这才打定主意出山。诸葛亮变成了一个斤斤计较、精于算计，为自己前途考虑的文人，这与我们心目中的诸葛亮形象还是有很大出入的。

那么《三国演义》又是怎样处理人物形象的呢？如果和前代的史书、平话、杂剧进行对比，会发现作者更多地赋予了刘备、诸葛亮儒家理想道德的色彩，让他们的形象变得非常高大，也非常单纯，成为古代文人心目中圣主、名臣的典范。

首先我们来看刘备，《三国演义》中的刘备，他去请诸葛亮并不仅仅是为了求得一片栖身之地，那样的话就显得志量太小了。《三国演义》沿袭了长期以来流传在民间的"拥刘反曹"的传统，以刘备为正统，说刘备是"中山靖王刘胜之后""汉景帝阁下玄孙"，因此从身份上来说，刘备就和曹操、孙权等人不一样。中国人非常重视名分，在继承汉朝天下的资格问题上，刘备的条件可以说得天独厚。

其次，刘备有着许多仁爱之君的品德，比如《三国演义》中多次渲染他"远得人心，近得民望"，对百姓非常仁爱，甚至在逃难途中也不愿意抛下百姓。所以他去请诸葛亮的时候，理由庄严正大，他说的是要匡扶汉室，救万民于水火。比如他第二次寻访未遇，留给诸葛亮的书信里面就说："窃念备汉朝苗裔，滥叨名爵，伏睹朝廷陵替，纲纪崩摧……备心胆俱裂。"当诸葛亮说自己"……久乐耕锄，懒于应世"的时候，刘备说的是："先生不出，如苍生何！"而且说完泪如雨下，衣襟尽湿。因此，《三国演义》中的刘

① 古本小说集成编委会编：《古本小说集成·三国志平话》，上海古籍出版社1990年版，第65—66页。

② 古本小说集成组委会编：《古本小说集成·三国志平话》，上海古籍出版社1990年版，第67页。

③④ 宁希元校点：《元刊杂剧三十种新校》，兰州大学出版社1988年版，第199页。

备完全是一副忧国忧民的仁爱之君的形象。

刘备在"三顾茅庐"中还展现出其非常重要的一种品格，那就是重视人才、尊重人才、礼贤下士、求贤若渴。刘备"三顾茅庐"的时候年纪要比诸葛亮大，地位也比诸葛亮高，但是刘备却一次又一次地去拜访，甚至冒着严寒，冒着大雪，一次又一次地欲见而不得，这既说明了见孔明之难，又说明了刘玄德礼遇人才的那股诚心。作品当中为了凸显刘备的求贤若渴，甚至还以张飞、关羽作为一个反衬。比如第二次访孔明的时候，天降大风雪，张飞就说，天寒地冻，见这些无益之人干什么？但是刘备却说："吾正欲使孔明知我殷勤之意。"第三次访孔明，关羽说，兄长两次亲自拜访，这个礼数太过了吧？估计诸葛亮是徒有虚名。张飞就更加急躁了，说你不用去了，他如果不来，我拿一条麻绳把他捆来。但是刘备却举出齐桓公见东郭野人、周文王拜谒姜子牙的历史典故，说古人尚且如此敬贤，我们怎么能着急、无礼呢？关张的怀疑、粗鲁，更加体现出了刘备礼贤下士的坚定与耐心，而这也正是古代文人对君主的一种殷切期望。

和《三国志平话》、元杂剧《诸葛亮博望烧屯》中的诸葛亮相比，《三国演义》中的诸葛亮，更多地被赋予了一种被动性。也就是说，《三国演义》中的诸葛亮更像是一个隐士、一个高士，他不是主动去求仕的，更没有耍一些欲擒故纵的花招，而是在山中等待刘备的发现与拜访。这种被动性表现在"三顾茅庐"当中，就是作者往往不直接描写诸葛亮，而是通过诸葛亮生活的环境、诸葛亮交往的友人、诸葛亮的亲人甚至周围人的一些吟咏，给我们塑造了一个神龙见首不见尾、高深莫测的隐士形象。关于这一点，毛宗岗有一段评论说得好，他说："且孔明虽未得一遇，而见孔明之居则极其幽秀，见孔明之童则极其古淡，见孔明之友则极其高超，见孔明之弟则极其旷逸，见孔明之丈人则极其清韵，见孔明之题咏则极其俊妙，不待接席言欢，而孔明之为孔明，于此领略过半矣。"[①]因此，我们看古典小说一定要注意这种不写之写，看上去没有写诸葛亮，但实际上处处都在从侧面烘托诸葛亮的清高与逸趣。

《三国演义》中的孔明虽然有较为强烈的隐逸色彩，但是他有远大志向，有很高的才华。比如他常常自比为管仲、乐毅，司马徽甚至还将他比作姜子牙和张子房。那么他有这么高的才华，又为什么要隐逸呢？因为他在等待时机，确切来说是在等待明主。所谓："凤翱翔于千仞兮，非梧不栖，士伏处于一方兮，非主不依。"[②]诸葛亮的这种等待体现出一种文人对君主的择取意识，不仅君主可以择臣，文人有才华、有本事了以后，他还可以挑选君主，从这一点来说，诸葛亮体现出古代文人那种独特的清高、骨气。不是谁我都愿意侍奉，而且我不是着急去求仕，而是要等着别人来请我，请一次还不行，还要请三次，这样才显示出我地位的尊贵，才显示出我个人才华的价值。这种意识和古代儒家思想中的那种君臣关系、仕隐观念有着密切联系。孔子说："天

① 毛宗岗：《毛批三国演义》，天津古籍出版社2010年版，第271页。

② 同上，第313页。

下有道则见,无道则隐。”[①]“邦有道则仕,邦无道则可卷而怀之。”[②]所以古代文人的仕和隐,是和天下的有道、无道密切相关的。再比如孔子说:“君使臣以礼,臣事君以忠。”[③]臣子的忠心也是有条件的,那就是“君要使臣以礼”,而刘备在“三顾茅庐”当中所展现出来的那种谦卑与诚意恰恰是礼的一个很好的表现。

诸葛亮是有大智慧的人,他足不出户就知道天下大势,一见面就能给刘备定下“三足鼎立”的战略方针,这真的是非大手笔不能办也。他有匡国安民的大才,他的出山并不是像平话、杂剧描写的那样,为了个人的功名、个人的前途,而是有感于刘备的知遇之恩,为了挽救天下苍生。刘备一开始请他出山的时候,他还是以“久乐耕锄,懒于应世”婉言拒绝,但是当刘备说“先生不出,奈苍生何”的时候,诸葛亮便答应了。而且他的出山并不是不回来,他临走之前嘱咐诸葛均说:“汝可躬耕于此,勿得荒芜田亩。待我功成之日,即当归隐。”所以他出山的目的不是为个人的功名富贵与飞黄腾达,而是辅国安民,救万民于水火。当一切平定之后,他又可以功成身退,做一个隐士。这也是古代文人的一种至高理想,有能力建立起一番功业,但是生而不有,为而不恃,功成而弗居,这样才能给自己的人生、功业画上一个完美的句号。

通过以上的分析我们可以发现:《三国演义》中的“三顾茅庐”,更多地赋予了诸葛亮以儒家理想士人的品格,而且也塑造了刘备仁爱厚德、礼贤下士的圣主形象。这两个人物形象相比以前的平话、杂剧,更加高大和单纯,而且是交相辉映、相互成全,最终构成了古人心目中一种标准的、理想的君臣关系模式。“三顾茅庐”其实不是一个孤立的事件,而是古代君主求贤、求才这一类事件的一种抽象化与完美化,而它之所以能够成为经典流传开来,恰恰是因为它符合古代文人期待被仁君发现的文化心理,同时也符合古代士人的仕隐观念。

① 朱熹:《四书章句集注》,中华书局1983年版,第106页。

② 同上,第163页。

③ 同上,第66页。

《水浒传》的人物描写特点

授课视频

《水浒传》全书出场人物八百余人，除108将外，有上自皇帝、宰相、知府、知县、地主、豪绅，下至农夫、和尚、媒婆、婢女等各色人物。

一、身份的变化

《水浒传》主角由《三国演义》的“帝王将相”变为“农民、渔民、城市平民”出身的英雄；《三国演义》写“帝王将相”生动传神，写平民苍白无力；《水浒传》写市民、江湖豪侠生动，写“帝相将相”形象模糊，如高俅发迹时的市井无赖相颇为生动，当了太尉后其形象则被概念化了。

二、打破典型形象的类型化格局，注重人物的性格特征

金圣叹说：“叙一百八人，人有其性情，人有其气质，人有其形状，人有其声口。”《三国演义》人物较为类型化，如刘备“仁”，曹操“奸”，诸葛亮“智”，关羽“义”；而《水浒传》英雄性格的形成与环境关系密不可分，人物身份、经历虽基本相同却有不同的性格特征。如鲁达、李逵性格相似，却各有特点：同是粗鲁，鲁达性急，李逵蛮气；鲁达老练，李逵老实。故金圣叹说：“《水浒传》只是写人粗鲁处，便有许多写法，如鲁达粗鲁是性急，史进粗鲁是少年任气，李逵粗鲁是蛮，武松粗鲁是豪杰不受拘勒，阮小七粗鲁是悲愤无处说，焦挺粗鲁是气质不好。”（《读第五才子书法》）

三、人物性格有发展变化

《水浒传》人物性格不是定型化、凝固化的，往往是复杂的，甚至充满矛盾，如对林冲、宋江、石秀等的刻画。如宋江是《水浒传》“忠义”的化身，他出于兄弟之义，给晁盖通风报信，又杀了阎婆惜，江州提反诗，被迫走向与朝廷对抗又成了梁山义军领袖；但由于他思想中的“忠”作怪，他最终走上招安道路，成了义军的叛徒，朝廷的降将。宋江性格复杂，完全按照其生活发展逻辑发展。

四、善于运用各种艺术手法塑造人物性格

（1）情节渲染与逼真的细节描写相结合。如“武松打虎”整个故事情节高度紧张，重点突出武松哨棒打折这一细节，既表现出武松打虎时的神情紧张，又显示出他赤手空拳打虎的神勇；他打虎后精疲力尽，见披着虎皮的猎人时感到紧张，这些描写非常真实，以显现出人物的性格特征。《水浒传》的细节描写往往达到惊奇与逼真相

结合，具有很高的艺术性。“拳打镇关西”“大闹野猪林”“杨志卖刀”等事件情节亦是如此。

(2) 作者由远渐近进行描写。茅盾先生说：“《水浒》人物描写的又一特点便是关于人物的一切都由人物本身的行动去说明，作者绝不下一按语……这就好比一人远远而来，最初我们只看到他穿的是长衣或短褂，然后又看清了他是肥是瘦，然后又看清了他是方脸或圆脸，最后，这才看清了他的眉目乃至声音笑貌：这时候，我们算把他全部看清了。《水浒》写人物，用的就是这样的由远渐近的方法，故能引人入胜，非常生动。”(茅盾《谈〈水浒〉的人物和结构》)如鲁达、林冲、杨志、武松等都是如此。

(3) 作者用侧面描写以烘托人物性格。如鲁达嗜酒，但至少华山，动员史进入梁山，知史进因杀强夺民女的贺太守不成反被监，为替史进报仇，鲁达发誓不喝酒，金圣叹评曰：“四十九回之前，写鲁达嗜酒如命，乃四十九回之后，写鲁达涓滴不饮，然而声情神理无有非鲁达者。夫而后知今日之鲁达涓滴不饮，与昔日之鲁达以酒为命，正是一副事也。”

再如石秀性格中有他阅历丰富、机敏精细的一面，又有他疾恶如仇、拼命三郎的一面，他处理潘巧云与裴如海的奸情，到祝家庄探路，表现出他的机敏、机智，大名府跳楼劫法场又表现其英勇的一面。

(4) 作者通过不同的几件事和不同人做相同的事展示人物性格的不同侧面。如写武松打虎、杀嫂、杀西门庆、打蒋门神，金圣叹说：“看他打虎有打虎法，杀嫂有杀嫂法，杀西门庆有杀西门庆法，打蒋门神有蒋门神法。”这些描写各有不同，从而表现人物勇、狠、细、趣等不同侧面。

再如，通过雷同的情节、相似的故事，表现人物不同的性格。金圣叹说：“如武松打虎后，又写李逵杀虎，又写二解争虎；潘金莲偷汉后，又写潘巧云偷汉；江州城劫法场后，又写大名府劫法场。”“写武松打虎纯是精细，写李逵杀虎，纯是大胆。”“若要李逵学武松一毫，李逵不能；若要武松学李逵一毫，武松亦不敢。”武松杀嫂“全是为兄弟报仇，而已不曾与焉”。石秀杀嫂，“不过为己明冤而已，并与杨雄无与也”。武松表现为义烈，石秀则为狠毒。

总之，《水浒传》在人物塑造方面，已经从《三国演义》的静态描写和平面刻画向动态发展与立体渲染转换，人物由类型化向丰富化、复杂化递进。尽管一些人物甚至是主要人物，如二号人物卢俊义形象不够丰富，面日模糊，性格不够鲜明，“但全书重要人物中至少有一打以上各有各的面目，却是事实”(茅盾)。

《水浒传》的女性观

授课视频

施耐庵的妇女观是儒家封建文化观念的派生物。传统的女性观认为“女人是祸水”，“男尊女卑”，如三国人程晓《女典篇》言：“若夫丽色妖容，高才美辞，貌足倾城，言以乱国，此乃兰形棘心……在邦必危，有家必亡。”欧阳修《新唐书·玄宗本纪赞》：“女子之祸于人者甚矣，自高祖至于中宗，数十年间，再罹女祸，唐祚既绝而复续，中宗不免其身，韦氏遂以灭族。玄宗亲平其乱，可以鉴矣，而又败以女子。”元稹《莺莺传》：“大凡天之所命尤物也，不妖其身，必妖于人。”在《水浒传》中施耐庵对女性的书写基本持传统的女性观。《水浒传》中的女性可分为英雄类、淫妇类、善良类三类，其中写得最精彩的是淫妇类女性。

一、英雄类女性

得到作者肯定的梁山泊三位女将领是孙二娘、顾大嫂和扈三娘。她们都是被作者雄性化了的女人，武艺高强，杀人放火胜似男人。“母夜叉”孙二娘开黑店，卖人肉包子。“母大虫”顾大嫂在第四十九回打祝家庄时把祝家女眷全杀了，毫无怜惜之情。“一丈青”扈三娘虽外貌有女子的秀美，但情商低，仅凭宋江一句话就甘心情愿地嫁给人品、武功、相貌与之都不般配的矮脚虎王英；在排座次时也不公，她的手下败将郝思文排第41位，她却排第59位，还排在她丈夫王矮虎之后。对这三位女将领的描写，显然是作者从男人的视角将其雄化、丑化的结果。

二、淫妇类女性

《水浒传》中淫妇类女性主要有：

（1）潘金莲：勾引武松，与西门庆通奸，毒死亲夫武大郎并与人合谋掩盖罪行。

（2）卢俊义发妻贾氏：与管家李固通奸，默许李固谋害卢俊义。

（3）潘巧云：与和尚裴如海通奸，离间杨、石二人兄弟之情。

（4）阎婆惜：与张文远勾搭成奸，借晁盖信敲诈勒索宋江。

这些女人共同特点：美貌、淫荡、心似蛇蝎、下场悲惨。如潘金莲：

> 眉似初春柳叶，常含着雨恨云愁；脸如三月桃花，暗藏着风情月意。纤腰袅娜，拘束的燕懒莺慵；檀口轻盈，勾引得蜂狂蝶乱。玉貌妖娆花解语，芳容窈窕玉生香。

再如潘巧云：

> 黑鬒鬒鬓儿，细弯弯眉儿，光溜溜眼儿，香喷喷口儿，直隆隆鼻儿，红乳乳腮儿，粉莹莹脸儿，轻袅袅身儿，玉纤纤手儿，一捻捻腰儿，软脓脓肚儿，翘尖尖脚儿，花簇簇鞋儿，肉奶奶胸儿，白生生腿儿。

她们颇有姿色，但为人淫荡，不守妇道，与人勾搭成奸。如潘金莲：

> 西门庆连忙蹲身下去拾，只见那妇人尖尖的一双小脚儿，正跷在箸边。西门庆且不拾箸，便去那妇人绣花鞋儿上捏一把。那妇人便笑将起来，说道："官人休要啰唣。你有心，奴亦有意。你真个要勾搭我？"西门庆便跪下道："只是娘子作成小生！"那妇人便把西门庆搂将起来。当时两个就王婆房里，脱衣解带，共枕同欢。

潘巧云与裴如海：

> 那妇人拿起一盏茶来，把帕子去茶钟口边抹一抹，双手递与和尚。那和尚一头接茶，两只眼涎瞪瞪的只顾看那妇人身上。这妇人也嘻嘻的笑着看这和尚。……那妇人张着手，说道："和尚家倒会缠人，我老大耳刮子打你！"和尚嘻嘻的笑着说道："任从娘子打，只怕娘子闪了手。"那妇人淫心也动，便搂起和尚道："我终不成真个打你。"和尚便抱住这妇人，向床前卸衣解带，共枕欢娱。

这些淫妇类女性的下场是被开膛破肚，割头暴尸，而且作者都是带着道德的正义感以鄙视和贬斥的态度描写她们的下场的。

三、善良女子

这类女子是林冲的娘子、金老头的女儿金翠莲和刘太公的女儿等，以及李师师。前三位恰恰都是被鲁达所救的女性，正如金圣叹所评："鲁达凡三事，都是妇女身上起：第一为了金老女儿，做了和尚；第二既做和尚，又为刘老女儿；第三为了林冲娘子，和尚都做不得。"这些女子善良，知恩图报，但都不是作者描写的主要对象，只是为表现英雄鲁达、林冲的涉及性人物。倒是李师师的形象被作者描写得相对客观，没有有意丑化。

从《水浒传》中对女性的描写可以看出，作者继承了中国传统文化中将"女儿情"与"英雄气"对立、"女儿情"瓦解"英雄"间"同生死、共患难的兄弟之义"等观念，故《水浒传》作者带有强烈的厌恶女性的意识。作者赞赏的是没有女性情欲如同男性般的威武勇敢、雄性化的女性，厌恶的是具有女性特质，敢于大胆追求情欲满足的女性。

故《水浒传》里的英雄多半是光棍，如史进、鲁达、武松、杨志、阮氏兄弟、李逵、刘唐、石秀、燕青等，即使有女家眷的宋江、卢俊义、杨雄，他们连家眷正常的情欲要求都不予理睬，作者只写了林冲对妻子的深厚感情。《水浒传》作者宣扬的是不近女色方是英雄本色，如燕青面对李师师的色诱，只承认其为姐姐，他对戴宗说："大丈夫处世，若为酒色而忘其本，此与禽兽何异？燕青但有此心，死于万剑之下。"这是燕青的表白，也代表作者的观点。第二十四回写潘金莲与西门庆偷情时诗云：

水性从来是女流，背夫常与外人偷。金莲心爱西门庆，淫荡春心不自由。

这充分体现出作者对女性的偏见，反映了男权社会对女性的要求和评价尺度，是完全不顾及女性的需求，视女性为祸水，并告诫绿林好汉应避之、戒之，正如孙述宇先生说："我们发觉强人与僧人一样避忌妇女，这两种人处处南辕北辙，然而为自己生命的焦虑则一，所不同的是强人焦虑的是肉身生命，僧人则是精神生命而已。我国过去的盗匪有劫财不劫色的规条。"施耐庵将妇人写得如此，盖有戒绿林好汉"淫欲邪心"的用意，故施褒扬的女人是顾大嫂、孙二娘，其武艺高强且能结交豪杰，帮助丈夫闯江湖；讨恶的女子，如潘巧云、潘金莲之流，妻不贤夫事多。总体说来，《水浒传》作者的女性观是落后的。

大闹天宫的文化意蕴[①]

授课视频

在中国，孙悟空可以说是一个家喻户晓的古典文学人物形象。那么孙悟空过得最自在、最逍遥、最无拘无束的日子是在什么时候呢？我想大部分人都会觉得是他在花果山的时候。那么孙悟空是怎样一步步由自由走向不自由的？他的大闹天宫最终走向失败，他被压在五行山下，是一种偶然还是一种必然？这其中又包含着怎样的文化意蕴、人生哲理？我们重点分析一下《西游记》的前七回。

孙悟空刚出生的时候无疑是非常自由的。首先他和我们正常人不一样，我们一般人都是父母生、父母养的，从一生下来就有着一重伦理关系的束缚，要听父母的管教，受他们的约束。但孙悟空不是，我们有时开玩笑说别人：你是石头里蹦出来的么？孙悟空还真就是从石头里蹦出来的。《西游记》第一回当中说花果山上有一块仙石，一日迸裂，化作一个石猴，这个石猴就是后来的孙悟空。因为孙悟空从一生下来就超越了常人所面临的那种伦理的束缚，他没有父母，更没有七大姑八大姨这些亲戚，所以他有一种伦理上的自由。

其次，孙悟空还具有经济上的绝对自由。孙悟空在花果山上的生活，可以拿四个字来概括，那就是“衣食无忧”。小说里写他的食，说“食草木，饮涧泉，采山花，觅树果”，又说他：“春采百花为饮食，夏寻诸果作生涯。秋收芋栗延时节，冬觅黄精度岁华。”他吃的都是一些纯天然无公害绿色食品，而且想吃的大自然都可以提供给他，不像我们人类，要通过货币来购买，要赚钱养家，有经济上的压力。孙悟空不仅仅吃是自然提供的，住也是自然提供的。作品当中描写了一个非常自然且有诗意的存在，那就是花果山水帘洞。水帘洞里不仅有一座石房，而且各种家具也一应俱全，如石锅、石灶、石碗、石盆、石床、石凳等。他不用买房，而且因为他是第一个钻进水帘洞的，有胆量、有本事，所以众猴拜他为王，他处在猴群中地位的最高点，不受任何人的管束。

从伦理关系上、经济上、地位上看，花果山时期的孙悟空都是一个自由的象征，拿作品当中的话来形容就是“不伏麒麟辖，不伏凤凰管，又不伏人家王位所拘束，自由自在”。

尽管孙悟空拥有诸多的自由，但他还有着一种不自由，就是他最终是要死的。他可以不受人间的拘束，但是要受死亡的拘束。孙悟空有一天想到这一点就不禁悲从中来，掉下泪来。他对众猴一说，众猴一个个也是掩面悲啼。孙悟空为了摆脱这种时

① 本文主要思路与观点来源于郭英德著：《中国四大名著讲演录》第十二讲《斗战胜佛孙悟空》，广西师范大学出版社 2006 年版。

间的限制，为了摆脱这种不自由，下定决心去学道。一路上他跋山涉水，最后终于找到了菩提祖师。在找寻菩提祖师，以及跟菩提祖师学艺的过程中，孙悟空逐渐地被人化，或者说被社会化，比如他开始穿人的衣裳，开始学人的礼仪，开始学人的说话。他一开始连姓名都没有，菩提祖师给他取了个法名叫孙悟空，他越来越多地具备人类的特点。

孙悟空在菩提祖师那里学到了什么本领呢？一个是学了七十二般变化，一个是学了筋斗云，可以将四海之外，一日都游遍。孙悟空本事大了以后，他的自由也就越来越多，比如他以前只能在花果山这样一个比较小的范围内遨游，现在一个筋斗就有十万八千里，他可以在一个更大的范围当中遨游。他接触的范围越大，欲望也就越多，野心也就会越大。当他学道回来了以后，有一个比较大的变化就是他开始敢于跟其他妖魔鬼怪斗了，比如他打跑了一个想强占水帘洞的魔王；再者，他对外界开始有所求了，比如他跑到东海龙王那里去要兵器。从外在看，他越来越自由了，但是内心里，他开始受到自己意志和欲望的一些束缚，因为人一旦对外界有所求，那就肯定会有求不到的时候，若求不到，就必然会有争斗，会有对抗。

正是因为有所求，孙悟空开始对天宫的正常秩序造成了一定的破坏，比如每个人有生有死，这是自然常理。但是他却跑到森罗殿里，把生死簿里的猴类都一笔勾销了，勾了还说："了账了账，今番不伏你管了。"看上去痛快，但整个世界也就乱套了。

当然，长生不死对孙悟空来说还是比较容易达到的，难达到的是地位的尊贵。本来孙悟空是不懂尊卑贵贱这一套的，见了玉皇大帝，也不拜伏参见，就唱一个大喏而已。玉皇大帝一开始封了他一个养马的官——弼马温，他还欢欢喜喜的，养得特别带劲。后来他慢慢就知道了，弼马温是个不入流的官，我们一般说七品芝麻官，弼马温连个品级都没有，是最低最小的下贱之役。知道了这些，孙悟空就不干了，他说我本是在花果山称王称祖的，这种官岂是我做的？他开始有一定的尊卑意识了，讨厌这种卑微的官职，想要和玉皇大帝平起平坐，要做齐天大圣。后来齐天大圣的名号是有了，但是也就是个虚名，是天界糊弄他的一个把戏，没有任何的实际价值和意义，蟠桃大会都不请他。齐天大圣的名号反映出孙悟空想要与天同尊的心理愿望，但是现实一次次地告诉他，这是不可能的。

这些必然会导致孙悟空与天宫各路神仙发生冲突，比如蟠桃大会不请他，他就搅乱蟠桃会；太上老君的九转金丹，本来是给玉皇大帝的丹元大会用的，结果被孙悟空像吃炒豆似的都吃了。孙悟空对天宫的正常秩序造成了影响，天宫必然要对孙悟空大闹天宫的这种行为进行镇压，最后，他被如来佛压到了五行山下，失去了行动的自由。

之前学术界的一个主流观点，往往侧重于对孙悟空自由反抗精神的褒扬，把孙悟空看作一个敢于斗争的斗士，这种观念当然受到很多外在因素的影响。但是假如我们回到作品当中，作者是不是也想要褒扬这种自由反抗的精神呢？假如是的话，他为什么不让孙悟空坐了玉皇大帝的宝座，把如来佛或者玉皇大帝压到五行山下呢？这是解释不通的。针对这个问题，我们不仅仅要站在孙悟空的角度来看，还要站在社会的角度、秩序的角度来看。

人类社会和作品中的天宫一样是有等级、有秩序的，人不能随随便便逾越等级。孙悟空认为："老孙有无穷的本事，为何教我替他养马？"但是天宫有天宫的说法，人家说："凡授官职，皆由卑而尊，为何嫌小？"不仅仅是天宫，这也是等级社会的一个基本的特征。就拿蟠桃大会不请孙悟空来说，一个宴会请谁不请谁，那都是有讲究的，拿作品中的话来说，"上会自有旧规"，要按以前的规矩办事。可以反过来想一想，把一个养马的官和一群神仙放在一个桌子上，这样做到底合不合适？孙悟空是高兴了，但是其他神仙心里会怎么想呢？天界当中有这样一种等级秩序，但是孙悟空作为其中一员，偏偏不认同这种秩序，想要破坏这种秩序，到底是以等级、尊卑为秩序，还是以个人的本领、能耐为秩序，这正是孙悟空与天宫诸仙佛之间冲突的根本。在小说第七回中就有一段对话非常集中地反映了这一点。在第七回中，如来佛跟孙悟空解释，为什么玉皇大帝能够当皇帝呢？他说："他自幼修持，苦历过一千七百五十劫。每劫该十二万九千六百年。你算，他该多少年数，方能享此无极大道？"但是孙悟空却说："他虽年劫修长，也不应久占在此。常言道：'皇帝轮流做，明年到我家。'只教他搬出去，将天宫让与我，便罢了；若还不让，定要搅攘，永不清平！"

我们仔细思考一下孙悟空的这段话，从一种浪漫的、反抗旧世界的角度，我们可以去赞扬他，但是如果从现实的角度，从社会安定发展的角度，这种设想无疑是不现实的，甚至可以说是十分幼稚的。

孙悟空提出靠本事来定尊卑，说："老孙有无穷的本事，为何教我替他养马？"本事重要不重要？重要；才能重要不重要？重要。我们经常说要唯才是举。但是一个人的才能不是地位高低的唯一决定因素。比如孙悟空本事大，那孙悟空就当了天宫的皇帝了，那如来佛本事更大，如来佛是不是也要当皇帝呢？假如有人比如来佛本事更大呢？天宫是不是过一段时间就要经历一场政权的更迭呢？因此，对孙悟空来说，有本事重要，但是更为重要的是怎么样运用自己的本事，怎么样合理地克制自己的性情。从这一点上来说，孙悟空不能坐玉皇大帝的位子，如果这个时候的孙悟空做了天宫中的皇帝，那天宫也就成为另一个花果山了。

在小说当中，为什么孙悟空被压到了五行山下，这里有一种文化的必然，那就是作为一个自然人，作为一个自由的人，当进入人类社会时，他不能随心所欲、为所欲为，最终还是要受到社会关系、社会等级的制约。一个人本领越大，意味着责任也越重；责任越重，意味着越要更好地克制自己的私欲来履行自己的责任。因此，孙悟空被压到五行山下，包括后来跟随唐僧取经，恰恰是他从绝对自由走向相对自由，由无限制自由走向受制约自由的这样一个过程，同时，也是他由一个"自然人"向一个"社会人"逐渐演化的过程。这大概就是大闹天宫中所展现的文化意蕴。

猪八戒的贪吃与好色[①]

授课视频

猪八戒可以说是一个大家非常熟悉，也非常喜爱的古典小说人物形象。《西游记》中如果没有猪八戒，那么我们的阅读、欣赏将会丧失很多乐趣。猪八戒为什么招人喜欢？有一个很重要的原因，就是他不像孙悟空那样不食人间烟火，孙悟空往往给我们一种距离感。猪八戒虽然出身也是神，之前是天蓬元帅，但是他身上更多一些人类的特点，比如他特别贪吃，是一个名副其实的吃货；比如他好色，一见漂亮姑娘马上两眼放光；再比如他偶尔也会对唐僧、孙悟空阳奉阴违，偷一下懒，耍一点滑头等。他特别贴近现实生活中的人，有着较强的人情味。那么猪八戒的贪吃与好色到底在小说中是怎样表现的？作者对这些特点又持怎样一种态度？猪八戒的这些特性又有着怎样的文化渊源？

在《西游记》小说中，猪八戒的贪吃有着怎样的特点呢？

首先，他食量非常大，好像基本上就没吃饱过。在小说第十八回中，猪八戒的丈人“高老”就这样说猪八戒：“食肠却又甚大：一顿要吃三五斗米饭；早间点心，也得百十个烧饼才够。喜得还吃斋素；若再吃荤酒，便是老拙这些家业田产之类，不上半年，就吃个罄净！”按理说他吃了那么多，应该感觉到饱才对，但是猪八戒却好像一直感觉很饿。他最为积极主动的事情就是去别人家化斋，刚跟唐僧没多久就抱怨说：“我从跟了师父这几日，长忍半肚饥。”长忍半肚饥不是因为没食物吃，而是他食量太大，去别人家里吃饭，埋着头吃了十数碗，把别人一家人的饭都吃尽了，对他来说也就是半饱。他食量惊人，这是他贪吃的第一个特点。

猪八戒贪吃还有一个特点，就是不管食物美味不美味，只要能吃他就很开心，他不挑食，这一点很难得。小说第五十四回中，女儿国国王给师徒四人安排了酒席，猪八戒是怎样的表现呢？文中说：“那八戒那管好歹，放开肚子，只情吃起。也不管什么玉屑米饭、蒸饼、糖糕、蘑菇、香蕈、笋芽、木耳、黄花菜、石花菜、紫菜、蔓菁、芋头、萝菔、山药、黄精，一骨辣噇了个罄尽。”猪八戒的吃可以说非常简单粗暴。

本身一个人能吃、吃得多并没有问题，但是猪八戒的吃在小说中多少带着一定丑角的意味，因为他的吃相实在是有点难看，好像啥都没吃过似的。大家对他偷吃人参果的印象应该比较深刻。孙悟空偷回来三个人参果，猪八戒一见到果子，马上拿过来，张开口囫囵吞了下去，吃完了又死乞白赖地缠着孙悟空，说不知那人参果有籽没

① 本文的思路与观点主要来源于郭英德：《中国四大名著讲演录》第十三讲中的“美丑兼具的喜剧形象——猪八戒”，广西师范大学出版社2006年版。

籽，有核没核。真是丢人现眼。在自己人面前丢点人也就罢了，在外人面前也一样，为了吃往往是不顾脸面，没有礼数。在第二十六回中，猪八戒见了福寿禄三星中的福星，一见面就扯住人家要果子吃，像个没教养的小孩似的。而且去人家袖子里、腰里乱摸，揭人家衣服找吃的，弄得唐僧也很尴尬，笑着问，八戒你那是什么规矩啊？猪八戒还很会说话，说不是没有规矩，这叫作“番番是福”。猪八戒从来不以向人要吃的为耻，也不以吃相难看为耻。在第九十三回中，沙僧提醒猪八戒吃饭要斯文，猪八戒直接说：“斯文，斯文，肚里空空！”猪八戒的人生哲学是很实际的，肚子都吃不饱，在那里假装什么斯文呢？

猪八戒有的时候为了吃，可以埋怨师父，讨厌师兄。为了吃，也就顾不得什么师徒情分了。在第九十六回中，唐僧因为取经心切要离开寇员外家，这个时候猪八戒就极力反对，说“师父忒也不从人愿！不近人情！……放了这等现成好斋不吃，却往人家化募！前头有你甚老爷、老娘家哩？”猪八戒在这里话说得非常难听，原因其实很简单，就是寇员外家有好吃的，离开了他就吃不上了。

尽管猪八戒贪吃，吃相又难看，而且有的时候为了吃不讲人情，但是小说整体上对猪八戒的吃还是持一种肯定态度的。首先作者是肯定猪八戒的能干的，能吃不能干那叫饭桶或者叫废物，但是猪八戒不是。“高老”第一次跟唐僧说猪八戒能吃的时候，唐僧就说：“只因他做得，所以吃得。”的确如此，猪八戒也说，他自从到了高家，虽是吃了些茶饭，却也不曾白吃，也曾替高家“扫地通沟，搬砖运瓦，筑土打墙，耕田耙地，种麦插秧，创家立业”。猪八戒吃得多，但是干起活来也一个顶十个，没什么太大毛病。取经路上也是如此，许多脏活、累活、重活到最后还是猪八戒来干的，可以说劳苦功高。

其次，从小说对猪八戒结局的安排上也可以看出，作者对猪八戒的贪吃是肯定的，至少愿意让他得到满足。唐僧师徒四人到了西天，修成正果，别人都封了佛，唯独给猪八戒封了个净坛使者，为什么给他这么个名号呢？如来也是考虑他“口壮身慵，食肠宽大”，所以四面八方的贡品都让他掌管，供他吃喝，对猪八戒也算是物尽其用、人尽其才了。在小说当中，作者对猪八戒贪吃的这个特点有夸大、有戏谑，但是整体上还是一种善意的玩笑，是持肯定态度的。

再次，对猪八戒的好色，小说的态度就不那么简单了。这表现在，作者几乎从来不满足他的色欲需求。贪吃，隔三差五还让他吃上一顿，但猪八戒对色的追求几乎从来就没有成功过，而且猪八戒只要动了色心，之后往往都会受到相应的较为严厉的惩罚。例如，猪八戒是怎么下凡的呢？是因为动了色心，按照猪八戒的自供：“我本是天河里天蓬元帅，只因带酒戏弄嫦娥，玉帝把我打了二千锤，贬下尘凡。不期错了道路，投在个母猪胎里，变得这般模样。”下凡就是因为动了色心，他在凡间本应好好吸取教训，收敛一点，但猪八戒从来不收敛，只要是一见到美女，马上就丑态毕露。比如在第二十三回中，黎山老母等几位菩萨变成一个老妇人和三个美女，有意想试探一下师徒四人取经的信念到底坚定不坚定。见面以后，唐僧是合掌低头，孙悟空是佯佯不睬，沙僧是转背回身，但是猪八戒是“眼不转睛，淫心紊乱，色胆纵横”，直接把老妇人都叫娘了。这在《西游记》小说当中并非孤例，猪八戒的色欲可以说是屡教不改，隔三差五就发作一回。比如在第二十七回中，白骨精变成了一个花容月貌的女子来给唐僧师徒送饭，猪八戒见人家生得俊俏就动了凡心，忍不住胡言乱语，跟人家说了几句话，就满心欢喜，急抽身，跑了个猪癫风。还有第五十四回中，猪八戒见了西梁女国的国王，看得直接口水都流出来了，小说中说他是“心头撞鹿，一时间骨软筋麻。好便似雪狮子向火，不觉的都化去也”。甚至都快到西天了，他见了嫦娥还是情不自禁，难以自持，直接上前把嫦娥抱住，说：“姐姐，我与你是旧相识，我和你耍子儿去也。”

对猪八戒的好色，小说明显是有一定的惩戒意味的，最典型的例子就是他在第二十三回中和真真、爱爱、怜怜“撞天婚”以后，穿人家织的珍珠汗衫，刚穿上就被几条绳紧紧绷住，疼痛难禁，被吊在树上一晚上。猪八戒虽然因为自己的色欲吃过很多次亏，也受过很多次罚，但是一旦遇到合适的机会，他老毛病还是会犯，而且从来就没想过改，这也真符合他对自己的一个评价，那就是“色胆如天叫如雷”。因此，在最后五圣成真的时候，虽然佛祖肯定了他挑担有功，但是也指出他有顽心，色情未泯。佛祖可以满足他的食欲，但是不能满足他的性欲，而且对猪八戒的色欲有一定的惩罚和批评，这就是小说整体上的一个态度。

解释猪八戒的贪吃与好色有很多不同的思路。北京大学的林庚先生更多的是从社会阶层的角度来解释，他认为猪八戒的原型来自农村，所以更多地反映了农民的意识和心理。① 但是这种解释方法有一定的问题，那是不是所有的农民都很贪吃和好色呢？或者说农民是不是就一定要比市民更加贪吃好色呢？其实并不一定。《西游记》本身还是一本游戏性质的小说，具有很强的象征性意味，一旦把其中的人物固定化，肯定会出现一些问题。还有一种思路，是从思想史的角度来看问题，认为猪八戒是受明代心学思潮影响的产物，因此有肯定人的基本欲望的特点。心学的确对《西游记》有着一定的影响，比如孙悟空从大闹天宫到被压在五行山下，到西天取经，他确实有一个“求放心”的象征性意义。但是如果说肯定人的基本欲望的话，那为什么肯定人的食欲而不肯定人的性欲呢？这又该怎么解释呢？在晚明也出现了很多以描写情、描写性著称的小说，但为什么在《西游记》的猪八戒身上又体现出一种对色或者性的克制呢？这好像又无法解释。还有学者是从文化的角度来解释猪八戒的贪吃和好色的，比如钱锺书先生在《管锥编》中就说：“古罗马哲人言，人具五欲，尤耽食色，不廉不节，最与驴若豕相同；分别取驴象色欲，取豕象食欲。是故《西游记》中猪八戒‘食肠’如壑，‘色胆如天’，乃古来两说之综合，一身而二任者。”②

我们认为，猪八戒这个人物本质上还是一种象征，他的贪吃与好色其实象征着人类最基本的两种欲望——食欲与性欲。首先人要吃饭，吃饭是延续生命的基本条件；

① 林庚著：《西游记漫话》，北京出版社 2004 年版，第 96—98 页。

② 钱锺书：《管锥编》，生活·读书·新知三联书店，2001 年版，第 58 页。

人人都有色欲，不好色子孙也无法继续繁衍。所以先秦时的告子说：“食色，性也。”《礼记》也说：“饮食男女，人之大欲存焉。”食与色是人人都有的基本欲望，没什么好丢人的。只不过作者采取了一种夸大的手法，让猪八戒特别能吃，特别好色，才以“食”“色”为特征，塑造出了一种喜剧化的人物形象。也就是说一方面，猪八戒具有人类的特点，但是另一方面，人们在看猪八戒的时候，又有着一种独特的优越感，认为自己至少不会像猪八戒那样，或者说自己虽然贪吃好色，但是比猪八戒要强。这样人们的阅读过程也变得比较轻松，比较愉悦。至于为什么肯定食欲而不肯定色欲，这可能与中国传统文化对于食和色的态度有一定关系。因为一个人贪吃是不具有道德色彩的，但是一个人好色却是具有道德意味的。换句话说，古代社会对色的包容程度其实要比食小得多，当然这可能还有一定的宗教因素掺杂其中。总而言之，关于猪八戒的形象，还有很多可阐释的空间。

金瓶梅花寓意深

授课视频

《金瓶梅》以潘金莲、李瓶儿、庞春梅三人名字合成书名，其用意如东吴弄珠客序云："然作者亦自有意，盖为世戒，非为世劝也。如诸妇多矣，而独以潘金莲、李瓶儿、春梅命名者，亦楚《梼杌》之意也。盖金莲以奸死，瓶儿以孽死，春梅以淫死，较诸妇为更惨耳。借西门庆以描画世之大净，应伯爵以描画世之小丑，诸淫妇以描画世之丑婆、净婆，令人读之汗下，盖为世戒，非为世劝也。余尝曰：'读《金瓶梅》而生怜悯心者，菩萨也；生畏惧心者，君子也；生欢喜心者，小人也；生效法心者，乃禽兽耳。……奉劝世人，勿为西门之后车可也。""金瓶插梅花"实际是"金钱和美女"的象征。本文主要分析这三个人物，把这三个人物理解透彻了，《金瓶梅》的寓意也就理解了。

一、潘金莲

潘金莲生于裁缝家，九岁卖于王招宣府，聪明美丽，会刺绣，会弹丝。王招宣死，她又被转卖给张大户，被色鬼霸占。她后被嫁与武大，其遭遇值得同情，她用琵琶弹出胸中怨恨："不是奴自己夸奖，他乌鸦怎配鸾凤对？……他本是块顽石，有甚福抱着我羊脂玉体？"她性格表现为自尊、自傲、自信，可谓其人性的觉醒，但嫁于武大摧毁了其对美的憧憬，生活使之或顺从命运或抗争。

武松的出现使潘金莲一度兴奋，然而武松概不理会她的感情，反而让武大严守之，从而更激发了她对武大的嫌憎，寻找机会发泄感情的寄托，此刻她是一位有血有肉的妇女。在封建社会，像她这种人要求有感情的夫妻生活是如此难。

遇到西门庆，潘金莲庸俗性的追求迅速膨胀，也使自己一步步走向自我毁灭的道路。西门庆看重她的美貌，满足其淫乐，因而同她打得火热。然闻富有的孟玉楼要嫁自己，便撇下她一个多月，忙办娶孟之事。在西门庆的众妾中，唯有潘金莲完全凭借姿色，要凭此拴住本来就花心的西门庆就必须有高招。于是，她的自尊变成了嫉妒，她的聪明伶俐变成了工于心计，她的泼辣变成了狠毒，她对感情的渴望变成了纵淫与放荡。因此，她想方设法除掉一切对自己构成威胁的人：逼死宋惠莲，害死官哥儿，气死李瓶儿，欺负孙雪娥，挑拨吴月娘与李瓶儿的关系，挑拨吴月娘与西门庆的关系，让吴月娘房中丫环玉箫报告吴月娘的一切踪迹。她完全堕落成一个坏女人，成为一个被扭曲了人性的市侩妇女。

尽管潘金莲绞尽脑汁，忍受屈辱，达到"得宠"地位，但没等到成为"正室"那一天，西门庆就一命呜呼了，于是她的处境急剧下降，小妾与正妻的社会地位仍有天壤之别。

西门庆临死时：

> 见月娘不在跟前，一手拉着潘金莲，心中舍他不的，满眼落泪，说道：“我的冤家，我死后，你姐妹们好好守着我的灵，休要失散了。”那金莲亦悲不自胜，说道：“我的哥哥，只怕人不肯容我。”西门庆道：“等他来，等我和他说。”

等吴月娘进来，西门庆云，吴未回答。后来，吴月娘便对潘金莲限制行动，潘金莲又不像李瓶儿敛财，她经济上一贫如洗，只知迎合西门庆的欢心。因此，她重新考虑自己在这一大家庭的位置，于是同西门庆女婿陈经济勾搭上，结果经常被她打骂的丫头秋菊发现后告发了她。吴月娘卖了春梅，把金莲又推给贪财的王婆。潘金莲后被武松杀死，结束了罪恶的一生，亡时三十二岁，正如李渔点评：“读至此，不敢生悲，不忍称快，然而心实恻恻难言哉！”小说在此加的悼诗写道：

> 堪悼金莲诚可怜，衣裳脱去跪灵前。谁知武二持刀杀，只道西门绑腿顽。
> 往事堪嗟一场梦，今身不值半文钱。世间一命还一命，报应分明在眼前。

潘金莲为了争宠，用尽心机，害死多人，但其充其量是西门庆众多泄欲对象中的一个，最后却成了武松报仇的牺牲品。她的狠毒、荒淫以及畸形的精神追求本应受到人们的唾弃，但我们也应看到逼她走上这条道路的封建社会吃人的本质和罪恶。

二、李瓶儿

李瓶儿是大名府梁中书的小妾，在梁山攻打大名府时，她带一百颗西洋大珠、一对二两重的雅青宝石跑至东京，被花太监纳为侄媳妇。花子虚是个纨绔子弟，撒漫使钱，宿娼嫖妓，丈夫整夜不归使她感到精神空虚和痛苦。此刻，“风流男子”西门庆闯入她的生活，“朋友妻，不可欺”之古训对这个无道德标准的暴发户早已一钱不值。西门庆利用与花子虚的朋友关系勾引李瓶儿，当花子虚惹上官司时，他乘虚而入。李瓶儿一方面可怜花子虚，求西门庆救之；另一方面与西门庆打得火热，并将花家财产转移到西门家，决心嫁之。作品真实地展示了李瓶儿性格的复杂性：对丈夫的同情与背叛混合在一起。花子虚被放出时财已荡尽，气病身亡。正当李瓶儿待嫁时，西门庆因杨戬案牵连，暂无心顾及她，李难忍寂寞，听信医者蒋竹山语，嫁之。蒋乃猥琐无能之人，既不可填补李精神空虚，又难满足其性欲，故厌之。时西门祸过，知之，怒，使无赖讹诈蒋。李瓶儿终委身西门庆——其心中理想之男子汉。

李瓶儿性格为痴情而幼稚，善良而软弱，较之金莲，金莲只有淫欲，没有情爱，瓶儿却多份痴情。金莲嫁于西门庆，但又同琴童、陈经济私合，被逐出门，又与王婆儿王朝苟且；瓶儿对西门庆则缠绵委婉，百依百顺。她的痴情太不理智，过门头三天，西门庆有意冷落她，她便上吊自杀，落得笑柄。为在西门家安稳度日，她一味讨好西门庆的妻妾，但西门庆这一市侩家庭，内部斗争有着原始的野蛮性和残酷性。尽管她美丽、温柔，带来许多财产，又有儿子，但缺乏自我保护意识，结果被市井出身、狠毒泼辣的潘金莲击败，被野蛮的暴发户家庭吞噬了，当她临死时有所悟，小说第六十二回写道：

> 独月娘在屋里守着他，李瓶儿悄悄向月娘哭泣道："娘到明日好生看养着，与他爹做个根蒂儿，休要似奴粗心，吃人暗算了。"月娘道："姐姐，我知道。"

李渔眉批："金莲毁瓶儿千万言，不如瓶儿此一言之毒，岂可欺不言人无口哉。"张竹坡批："瓶儿与月娘，始疏而终亲，金莲与月娘，始亲而终疏。"

李瓶儿吃了"痴"的亏，"痴"的根源仍是"淫"，诚如张竹坡说："……女人贪色，不害人即自害也。"她自嫁于西门庆，满以为有西门庆保护，自己又是妻妾中唯一有儿子的，本应母以子贵，可在西门家获优越地位。但她却处处退让，以泪洗面，不愿恃宠害人，结果被算计她的人"吃掉"，当儿子官儿被雪狮子吓死，西门庆仅摔死雪狮子之后，她完全看清了这个家庭斗争之残酷。作者对其死也充满着同情。

《金瓶梅》对李瓶儿之死写得极其动人，在中国古代小说中还没有如此淋漓尽致地描写一个"淫而痴"的妇女被逼死的篇章。她临死时梦见花子虚带着官儿找来，证明其内心的负疚，意识到自己的罪孽；同时，她又对西门庆一片痴情，牵肠挂肚，怕花子虚报仇伤害西门庆，要西门庆"还往衙门去，休要误了公事"；她还交代死后不要花太多金钱买棺材。她给服侍过她的奶妈、丫环一一留下纪念品，感谢她们对自己的关心和帮助。这个温柔善良而又因情欲作孽的女人，在临死前灵魂受着煎熬，显示其悲剧的人生。《金瓶梅》写人死亡往往是赤裸裸地摆在读者前，如西门庆、潘金莲、春梅等，但对李瓶儿的死，作者不惜笔墨极尽渲染，大概出于一种深沉的哀怜。李瓶儿一生有价值的东西很少，绝不会使人产生敬意，但她的死却有一定的价值，她那样一个痴心而温良、柔弱的女人，却被市侩家庭、黑暗社会一块块地撕碎吞噬，使人深深感到社会的黑暗。

在中国传统的文学作品中，妇女一旦沾上"淫"字，作者就不能原谅她，必写其坏，《水浒传》即如此，但《金瓶梅》在对待妇女道德观念上有所突破，打破了传统文学的"善美联盟"，而将"真"置于首位，作者遵循写实主义的方法描写几个淫妇，她们的性格摆脱了道德的笼罩，具有生活的真实内容，李瓶儿"淫"而不恶不丑，使人同情。这一形象正是《金瓶梅》对现实主义小说艺术发展的伟大贡献。至于作者写她死后还多次托梦给西门庆，梦中与之交欢，表现了她作为"痴情女子"对生的眷念、对情感的追求以及她纯真善良的一面。

三、庞春梅

春梅是潘金莲的贴身丫头，为西门庆"收用"，深得西门庆宠爱，又与陈经济通奸。

西门庆死后，她被赶出家门，卖于周守备为妾，因生子成为守备夫人。她又与陈经济通奸，后与周守备家人周义通奸，因淫欲过度，暴亡。

春梅虽是丫头，但其心性高傲，正如张竹坡评："于春梅纯作傲笔。"她生性聪慧，又生有几分姿色，又喜谑浪，善对应。西门庆贪恋其美色，潘为讨好西门庆，默契允之，潘对其另眼看待，其亦保护潘，当潘与小厮私通事被西门问起时，她为潘解脱，从而潘认为她"忠诚"。春梅的自傲是建立在潘、西门的"放纵"上，其包含着自信自尊的成分，但更多的是自以为是，故作姿态，有时还欺负地位更低的丫头。

春梅渐把丫头出身的四妾孙雪娥不放在眼里，对潘金莲房中另一丫头秋菊比潘还残忍，常痛打之。春梅的自傲也表现在对卖唱女申二姐大施淫威。春梅派春鸿令申二姐唱曲，申二姐从一般常情出发，以为春梅不过是个丫头。春梅于是将其大骂一顿："贼狗攮的瞎淫妇，你来俺家才定了多少时，就敢恁量视人家？"致使申二姐哭着离去。

吴神仙相面时说春梅有贵相，吴月娘不信她有夫人福分，可春梅却很自信，说："凡人不可貌相，海水不可斗量……莫不长远只在你家做奴才吧？"如春梅性格中的合理因素向正确方向发展，会爆发出反抗的火花，即《红楼梦》中的晴雯"心比天高，身为下贱"，可春梅的自尊、自信被扭曲了，向恶的一方发展，她恃仗西门、潘，狗仗人势，凶残不亚于潘金莲。

后来春梅当了周守备夫人，对孙雪娥实行残酷的报复，但对在永福寺偶遇的吴月娘却以礼相待，不记旧恨。当吴典恩忘恩负义，陷害吴月娘时，还伸出援手。她对潘金莲的忠诚未变，劝周守备娶金莲，自己愿做第二。金莲被杀，她为之收尸，到清明为之上坟，这些也表现出她人性中善良的一面。

春梅的性格是复杂的，作者通过她寄寓了对人生动荡多变的感叹，而且把她作为西门庆家兴衰的见证人。小说第九十六回，"春梅姐游旧家池馆"看到西门庆家花园台榭，都已墙倒楼斜，昔日的繁华已冰消瓦解。（李渔评："燕去巢空，一片荒凉情境，那能不伤心堕泪！"）她并没有从西门庆家破败中吸取教训，依然步其后尘，走纵欲而亡身的道路，如此安排，作者显然有深意。

《金瓶梅》通过对潘金莲、李瓶儿和庞春梅这三个人物淫荡而悲惨生活的描写，揭示出封建社会婚姻的不合理性和封建家庭激烈的矛盾及其对人性的扭曲乃至毁灭。小说第七回说："世上钱财，乃是众生脑髓，最能动人。"两性间的"滋味"更是"美快不可言也"。对女性的压抑和苦闷，作者也表现了一定的同情，这与晚明"好货好色"的人性思潮是一致的。当然，人性的本能欲望与理性的关系就如弗洛伊德所说，是"骑马人与马"的关系，如任马骋驶，人性必受到扭曲，甚至毁灭。《金瓶梅》作者正是以冷峻的笔触，客观地描写了若放纵人性本能，追求腐朽的感官享受乃至放纵无限膨胀的占有欲，其结果只能是理性的淹没、人性的扭曲乃至自身的毁灭。西门庆的贪财好色完全是建立在摧残他人人性和戕害自身人性基础上的，他对人欲的贪求完全变为了兽欲，毁灭了人性。另外，以金、瓶、梅等女性为代表的女性因受封建婚姻制度的影响，她们将欲变成生命的原动力，以此撞击吃人的封建礼教，但各自为了自己的利益在争风吃醋、钩心斗角中变得心狠手辣，失去人性，结果一个个因贪淫而葬送了年轻的生命。这正是《金瓶梅》深刻之处，它不是仅仅停留在对丑恶灵魂的揭露上，也不是在一般道德层面上劝人戒贪、戒淫，而是在更深层次上告诫人们，兽性毕竟不等于人性。人欲的放纵与人欲的压抑一样，都是在毁灭着人的自身价值，腐朽的必然走向死亡，新兴的同样前途渺茫。因此，清人张潮说："《金瓶梅》是一部哀书。"它展示出一片冰冷黑暗的世界，令人感到悲哀、窒息，看不出新时代的光亮。因此，作者只能用因果报应和道德惩处来要求人们节制情欲，以恢复社会的秩序。

富贵必因奸巧得：西门庆形象论

授课视频

西门庆不是一个意念化单一性格的平面人物，而是一个具有全新内涵的典型形象，是一个亦官亦商的恶霸形象，在中国小说史上是独一无二的，此乃《金瓶梅》的伟大之处。

西门庆一生追求的是金钱、权势和女人，他不择手段、不顾一切地疯狂追求，最终纵欲身亡。作者以此告诫世人，欲壑难填，贪欲无尽，无理性、无道德约束，最终必坠入深渊。

西门庆经商但他非地道商人，“富贵必因奸巧得”：他通过巧取豪夺获得孟玉楼、李瓶儿、陈经济的财物。

西门庆步入官场，把当官作为敛财的手段。再用这些财物拉拢关系，如给蔡太师送一份厚重的生辰礼，换得山东提刑所理刑副千户的官职，又巴结朱太尉、翟官家及韩御史等，于是腰杆硬了，枉法贪赃，偷税漏脱，投机盐引，财富像雪球一样愈滚愈大。他的财富不是靠商业利润的积累，而是依仗官府特权巧取豪夺而来的。

小说对西门庆的商业活动轻描淡写，而主要描写他对权势、金钱和女人的追求，重点写西门庆和潘、李、庞等人的淫乱行为，暴露其卑劣的人性乃至兽性，达到揭露社会黑暗的目的。但小说对其描写不是简单化的，而是表现出人性的复杂性。

西门庆不择手段地追求金钱、权势、女人，尤其是淫欲无度，构成其性格主体的是贪欲、鄙俗。他没有文化教养，从小浮浪，擅长赌博，掌握一套混迹社会的本事。他不信神佛，没有精神的寄托，同潘金莲、春梅只有私欲，信奉“人生在世，且风流了一日是一日”。

西门庆一生经历了三次危机。一是武松报仇：此时他翅膀未硬，求清河知县、皂隶。二是被杨戬案牵连：金钱又使他化险为夷，他给宰相李邦彦送500两金银，把“西门庆”名改“贾庆”，从而脱险。三是被山东巡按曾孝序弹劾：此时他羽毛已丰满。之后，他把权势与金钱、精力全用在女人身上，除妻外，还有妾李娇儿、孟玉楼、潘金莲、李瓶儿、孙雪娥。其他与他有不当关系的有丫头春梅、迎春、绣春、兰香等，仆妇宋惠莲、王六儿、如意儿、贲四嫂等，外遇林太太，妓女李桂姐、吴银儿、郑月儿。西门庆与她们大多是一种鄙俗的、低级的肉体关系，精神世界是一片空白，美德、理智，他全然没有，只有一种动物式的欲望，甚至不分美丑，只有冲动，直至腰酸背痛，渐已成疾，医生让其节欲他不听，甚至变本加厉追逐女人，勾上林太太，收揽贲四嫂，与王六儿欢欲之后，金莲又不放过他，使其昏厥床上，一病不起，临死，“声若牛吼一般”，实则他连动物都不如。这些表现了人性的劣根性，一种与动物一样的兽性。

然而，西门庆不是魔鬼，是个活生生的人。他淫滥无度，但不等于他没感情。他对李瓶儿的感情是真挚的，李瓶儿病重时，他千方百计为其治病，不顾病房恶臭，守在李瓶儿身边，闻其卒，捶胸号啕，奔至房中，不顾血秽抱尸痛哭：

> 我的没救的姐姐，有仁义好性儿的姐姐，你怎的闪了我去了？宁可教我西门庆死了罢。

他对李瓶儿的感情只有这点人性味，绝上升不到爱情，因为他是卑下的，而爱情是渗透着道德、审美、理想、精神的爱。爱情是自私的，又是无私的，爱情往往表现为自我牺牲，表现出高度的义务感和责任心。

另外，小说写西门庆一方面疯狂追求财富，另一方面却仗义疏财，接济朋友，救济朋友，不想来日图报。这些又表现出他身上人性与兽性的并存，但其性格的主色调是“疯狂追逐物色的兽欲”。

《金瓶梅》形象地勾勒了西门庆从一个小生药铺店主发展成资产达十万两白银的官商一体的富翁，而又由于纵欲突亡的人生轨迹。小说以西门庆为叙述中心，构建了他以钱财、权势、女人为追逐目标的社会活动网，“著此一家，即骂尽诸色”（鲁迅语），深刻反映了晚明社会市侩的封建官僚化与封建官僚的市侩化。西门庆这位集奸商、贪官、淫棍、狐朋狗友的老大与和尚尼姑的“善人”于一身的人物，成为中国古代小说画廊里富有丰富意蕴的典型形象，正如清末小说点评家文龙所说：“《水浒传》出，西门庆始在人口中；《金瓶梅》作，西门庆乃在人心中。”尽管西门庆是个“混账恶人”（张竹坡语），但作为成功的艺术形象，西门庆的名字，将“与日月同不朽”（文龙评语）。

独抒性灵的晚明才子袁宏道

授课视频

明清时期的散文大家繁若星辰，晚明的散文大家袁宏道就是其中之一。

袁宏道，字中郎，号石公，别号六休。明穆宗隆庆二年(1568)生于今天的湖北公安。一提起公安我们会下意识地联想到“公安派”。袁宏道有一个哥哥叫袁宗道，还有一个弟弟叫袁中道，三个人文章写得都很有名气，组成了晚明著名的文学流派——公安派。

传说袁宏道小的时候就非常聪明，用我们现在的话来说，属于那种早聪早慧的儿童。在袁中道给他作的一篇行状当中记录了这样一则趣事：袁宏道四岁的时候，他的舅舅看他穿了一双新鞋，于是说：“足下生云。”袁宏道立马回了他四个字：“头上顶天。”他舅舅听了感觉非常惊诧，认为这个小孩日后必有大成。[1] 为什么呢？因为古代人判断一个人是否聪明，有一个很重要的标准，就是这个人对对子对得怎么样。袁宏道丧母比较早，八岁的时候母亲就去世了，传说他很少哭，但是一哭就必定悲痛得昏厥过去，可见他是一个非常富有真情实感的人。

明清的文人要考科举，要做官。一提起科举，可以说是很多古代文人心头永远的痛，其中一个比较极端的例子就是蒲松龄，蒲松龄从不到二十岁开始参加科考，考到五六十岁，成了个白胡子老头还是没有考中。相比之下，在科举这条路上袁宏道走得还是相当顺利的。他二十一岁中举人，二十五岁中进士，中间除了有一次会试落第以外，其他都可以说是一帆风顺。中进士两年以后，他就当上了吴县县令，吴县在今天的江苏苏州，在晚明吴县可以说是一个人文荟萃之地。按照常人的思维，袁宏道科举一帆风顺，又得了吴县县令这个美差，理应过得很滋润才对。但是袁宏道在吴县当县令的日子过得并不愉快。因为袁宏道有着自己比较独特的、放荡不羁的个性。他的弟弟袁中道在《吏部验封司郎中中郎先生行状》中曾经这样提及二位兄长个性之不同，他说：“伯修则谓居人间，当敛其锋锷，与世抑扬，万石周慎，为安亲保身之道。而先生则谓凤凰不与凡鸟共巢，麒麟不共凡马同枥，大丈夫当独往独来，自舒其逸耳，岂可逐世啼笑，听人穿鼻络首！”[2]

袁宏道的性格是比较张扬的，拿我们现在的话来说，这个人比较高调。而且他生来爱好洒脱自由，不愿意受到官场琐事的羁绊。当官场琐事压得他喘不过气来的时候，他就开始抱怨。他在写给好友丘长孺的书信里这样说：“弟作令备极丑态，不可名

---

① 袁宏道著，钱伯城笺校：《袁宏道集笺校》，上海古籍出版社 1981 年版，第 1649—1650 页。

② 同上，第 1651 页。

状。”说我遇见上级官员就好像是一个奴才，接待过往的客人，简直就像是一个妓女，治理钱财粮谷，就像是一个看仓库的老人，教育百姓苦口婆心、婆婆妈妈，就像是一个说媒的媒婆。因此，“一日之间，百暖百寒，乍阴乍阳，人间恶趣”，我全都已经尝尽了。最后长长感叹两声，苦哉！毒哉！[①] 他又在《沈广乘》中说：“人生作吏甚苦，而作令尤苦，若作吴令则其苦万万倍，直牛马不若矣。”[②]中国人有句老话说我来世做牛做马也要报答你，可见做牛做马是件非常苦的事情，但是在袁宏道眼里，做吴县的县令甚至连做牛马都不如，可见他是多么不习惯官场的生活。

也正是因为这一点，他后来虽然还有两次出仕，但都在短短不到两年的时间里请假告归，归隐田园了。而在他人生中第三次告归后不久，他就因病去世了。他去世的时候非常年轻，只有四十三岁。他的一生虽然短暂，却为后人留下了许多珍贵的文学作品。尤其是他的山水游记，清新俊俏，自成一家，写得非常漂亮。像我们大家熟知的《虎丘记》《满井游记》等都是出自他的笔下。现在比较好的其作品的点校本有钱伯城先生笺校的《袁宏道集笺校》。

袁宏道的生平大致如此，那么他又有怎样的文学主张呢？

提起文学主张，大家首先要清楚一点，那就是古代文人的文学主张往往不是凭空提出的，而是有着一定的现实针对性的。那么袁宏道的文学主张主要针对的是什么？换句话说袁宏道文学主张提出的背景到底是什么？明代中叶以后，文坛主要被“前后七子”的影响所笼罩，主张文学要拟古、复古，当时一个提得比较极端的口号是“文必秦汉，诗必盛唐”。我们说诗文写作要从前人那里汲取营养，这是无可厚非的，因为任何伟大的创作都要从模仿学习开始，没有人一生下来就会创作。但是，文学真正的生命力在于创新，如果简单地认为古代的文学就一定比现在的好，现在的文学就一定不如古代，那么无疑会限制到当代人的文学创造力。

针对这种情况，袁宏道首先旗帜鲜明地反对拟古与复古。他提了这样一个问题：我们亦步亦趋地去学秦汉人，学唐人，但秦汉人、唐人是不是字字都学六经、学汉魏呢？假如是的话，那么还有我们今天看到的秦汉之文、唐人之诗吗？所以他说了这样一句话：“唯夫代有升降，而法不相沿，各极其变，各穷其趣，所以可贵，原不可以优劣论也。”[③]

这可以看成袁宏道对“前后七子”的破，但是就像辩论一样，你把别人的观点驳倒了，那么你的观点是什么呢？你的立论是什么？这也正是我们要说的第二点：独抒性灵，不拘格套。袁宏道认为，每个人有每个人的个性，每个人有每个人的性情，这种灵性的东西、活泼的东西，是每个人独有的，是不可再造的，他人想学学不来，想偷也偷不走。文学作品正应该体现作者独一无二的个性，抒发自己胸中的真情。真情到

① 钱伯城笺校：《袁宏道集笺校》，上海古籍出版社 1981 年版，第 208 页。

② 同上，第 242 页。

③ 同上，第 188 页。

了，自然就可以打动他人，这样的诗叫“真诗”，这样的文，叫“真文”，真诗“真文”，都可以经受住时间的洗礼，流传百世。他在《叙小修诗》中就曾说：为文要“大都独抒性灵，不拘格套，非从自己胸臆流出，不肯下笔”。① 一旦外在事物与主观的情感发生碰撞共鸣，这个时候就可以顷刻千言，如水东注，令人心魂为之震撼。

不拘格套说的是要从一种外在的行文套路、格式、方法当中解脱出来。不拘格套并不是说没有方法，而是要创造属于自己的句法、字法和调法，并且根据自身抒发感情的不同、所表达对象的不同，来自发、自主地选择句法、字法、调法。正如他在《答李元善》当中所说的那样：“文章新奇，无定格式，只要发人所不能发，句法字法调法，一一从自己胸中流出，此真新奇也。”②袁宏道论文特别爱用一个“流”字，他认为写文章就好像流水一样，是自然而然地流淌出来的，而这反映的正是他本真、自然的审美追求。

这是文学创作方面。袁宏道的文学主张在文学批评方面又有着怎样的表现呢？简而言之，就是他对通俗文学的大力提倡。大家都知道，明代是通俗小说繁荣发展的一个时代，但是当时许多正统文人士大夫对小说都抱有一定的偏见，认为这些是末流小道，难登大雅之堂。袁宏道并不这样认为，他说《金瓶梅》是“云霞满纸”，说《水浒传》“文字奇变”，甚至把它们和“六经”、《史记》等古代经典相提并论，这在当时是一个非常大胆，也非常离经叛道的言论。而被他加以大力肯定的还有当时流传的一些民间歌谣，他甚至说，现在文人所作的诗文不一定会流传，但是民间妇女、小孩所唱的一些歌谣小调却是有可能流传下去的。因为民间歌谣一类的作品，大多是一些没有太多文学素养的人所作的，正因为没有太多文学素养，所以他们喜便说喜，忧便说忧，感情比较真挚，这样反而更容易引起读者的共鸣。

袁宏道的生平与文学主张大体呈现在大家眼前了。假如用一个字来概括袁宏道的一生，就是贯穿他一生的关键字——“真”。正因为“真”，他不愿在官场上俯仰逢迎；正因为“真”，他不满于“前后七子”的模拟复古，而要写出发自内心的性灵文字；也正因为“真”，他对明末迅猛发展的小说戏曲、民间歌谣等文学样式，有着当时人较为缺乏的宽容与大度，而这对今天的学习与创作也有着一定的启发意义。

① 钱伯城笺校：《袁宏道集笺校》，上海古籍出版社 1981 年版，第 187 页。

② 同上，第 786 页。

冯梦龙“情教观”与“三言”的女性形象

授课视频

“我欲立情教，教诲诸众生。”这是冯梦龙“情教观”的观点。

冯梦龙编纂的“三言”共收集我国古代短篇白话小说120篇。与冯梦龙同时代的凌濛初在《初刻拍案惊奇》序言里说，“三言”把“宋元旧种，搜括殆尽”。冯梦龙在选择作品时，“抽其可以嘉惠里耳者”(《古今小说序》)进行加工、修订。无论是对人物事件的加工和改写，还是对主题思想的提炼，都表达了“我欲立情教，教诲诸众生”(吴人龙子犹《情史叙》)的编纂目的。

这点冯梦龙在“三言”序言中也有清楚的表达：“明者，取其可以导愚也。通者，取其可以适俗也。恒则习之而不厌，传之而可久，三刻殊名，其义一耳。”“以《明言》《通言》《恒言》为六经国史之辅，不亦可乎?”他明确指出，“三言”是作为六经国史之辅来喻世、警世、醒世的，也就是说以适俗的方式使人们明晓事理，从而达到长久地教育世人一心向善的目的。那么，用什么作为劝诫的工具和手段呢？他认为只有“情”，即以情来劝导世人，教诲众生，从而使世人皆有情，使整个社会都充满情。因此，“情教观”是冯梦龙编写“三言”的主导思想。“情教观”包含三个方面：

其一，冯梦龙认为“情”是高于天地万物而存在的，没有“情”就没有一切。

> 天地若无情，不生一切物。一切物无情，不能环相生。生生而不灭，由情不灭故。(《情史序》)
>
> 草木之生意，动而为芽，情亦人之生意也，谁能不芽者？……然必曰草木可不必芽，是欲以隆冬结天地之局。吾未见其可也！”(《情史·孙氏》)

这些都表明冯梦龙对天地间情爱的本源、力量、表现及其永恒精神和存在的各种问题进行了多方位的探索。

其二，冯梦龙认为“情”是维系世界万物和人与人之间关系的重要线索和纽带。

> 万物如散线，一情为线索。散线就索穿，天涯成眷属。(《情史序》)

不仅如此，它还有陶冶人性、转移世风的巨大功用。

其三，冯梦龙认为“情”必须是真情、至情。

> 四大皆幻设，惟情不虚假。有情疏者亲，无情亲者疏。无情与有情，相去不

可量。(《情史序》)

文学作品中只有表现了真情，才真正能达到长久地教诲众生的目的。

从“情教观”出发，冯梦龙力主文学创作必须是真实感情的自然流露，人物要成为有血有肉，具有真情的“情种”。冯梦龙认为，最能表现这种真性情的是通俗文学，因此，“谐于里耳”的“三言”，其字里行间的真情感人“捷且深也”(《古今小说序》)。

冯梦龙编纂和创作的“三言”以“情教说”为基础，充分反映了时代生活的方方面面，尤其是对大量女性形象的塑造，他细腻地描写了她们在真情与理性之间徘徊的内心世界，这些投射了作家深沉的理性思考、对人欲问题的深切关注。我们看到大量女性形象在婚恋自由、情爱自主、欲望张扬等方面有着空前解放的行为表现，同时也看到，她们虽用一片真情追求自己的幸福，但行动的归宿往往止于礼教，作者总是陷在倡真情又要“止乎礼仪”的矛盾之中，这似乎给我们透出一种信息，即那个时代的女性，她们的追求得以实现的基础仍是社会传统的伦理规范。妇女解放是要“发展妇女的自主性、创造性，使其成为具有自主意识的，具有完整人格的人”，这点在明代还是一个遥不可及的梦想，可以说，明代女性依然是以恪守“妇德”为行为规范，因而小说中比比皆是贞女烈妇；而大量突破礼教规范，展现自我个性的女性，也仅仅是从表面满足了提倡人欲的明代社会的欲望追求。我们从“三言”呈现的女性形象各种行为中都可窥见这一事实，从中我们看到了核心的三种冲突，即婚恋自由与礼仪原则之间的冲突，情爱自由与贞操观念之间的冲突，教化目的与人欲观之间的冲突。本文重点探讨情爱自由与贞操观念之间的冲突。

中国传统贞操观念作为一种社会伦理规范，最初的产生仅仅限于婚姻之内，是为了维护一夫一妻制家庭并生育纯正父系血统的继承人。然而宋明理学之后，它却蜕化为男性控制女性的工具，越来越严重地体现着女性是男性私有物的观念。它以女性对某一男性忠贞为核心，通过对女性的单向约束和摧残而得以实现；在贞节道德的幌子下，女性某种程度上丧失了精神、情感、选择生活的自由甚至生命的自由权利，丈夫成为她生存正当性的唯一证明。到了晚明，在“心学”影响之下，主体意识形态的变化使风尚的变化成为可能，世人开始重新审视贞操这一伦理原则，于是我们在“三言”中看到了许多对女性真情实感的刻意描写，对其守节“苦处”的详细描述，这些描述一定程度上体现了作家对旧的“妇德”观念的反思以及对女性生存处境的同情。然而，贞操观念在某种程度上的淡化，并不意味着晚明时期对女性的自身权利有了清醒的认识或自觉有意识地抛弃封建社会的贞操观，那些女性解放的行为仅仅是在她们及时行乐思想和原始情欲激发下的背叛之举，而且对这种背叛，女性内心也充满了矛盾。

“三言”的开篇之作《蒋兴哥重会珍珠衫》就是一篇最典型的作品，故事写的是王三巧与丈夫蒋兴哥情投意合，但兴哥为生活所迫远涉经商，三巧儿忍痛送走丈夫，此后“果然数月之内，目不窥户，足不下楼”，可是约期已到仍不见丈夫踪影，三巧儿于是卜卦，说“月尽月初，必然回来”，这使三巧儿更加焦虑，便时常到楼前张望，以致意外认识陈商，陈商惊羡于三巧儿的美貌，转求卖珠婆子从中斡旋，最后以风情打动，骗奸了三巧儿。乍觉被骗失贞，三巧儿的自我人格经历了剧烈的震动，理性使她不能忘情于丈夫，她有着沉重的心理负载。但是三巧儿和陈商两人很快就“两下恩深义重，各不相舍”，理性的召唤并没有经得起欲望之潮的冲击。这时的三巧儿在小说中却并没有被描写成一个耽于淫乐的恶妇，作者用细致的笔触深入人物的灵魂深处，去探索人性的奥秘。后来当陈商不得已要回新安时，三巧儿以蒋家祖传的珍珠衫相赠，旅途上陈商睹物思人，常常泪眼汪汪。另一方面，蒋兴哥在得知妻子的行为后，先是自责，“当初夫妻何等恩爱，只为我贪着蝇头微利，撇他少年守寡，弄出这场丑来，如今悔之何及”，在忍痛休弃王三巧时，他虽在休书上写了“本妇多有过失，正合七出之条”，但也“因念夫妻之情，不忍明言”，连王三巧用过的箱笼他也不忍打开看，及至王三巧改嫁，他还把这些箱笼原封不动连钥匙一并交割与王三巧当陪嫁。小说写王三巧被休改嫁后，她对兴哥也是一直不忘旧情。当她得知兴哥吃了官司时，“想起旧日恩情，不觉酸痛”，几次三番哭求吴杰开脱兴哥，最后两人终于破镜重圆，但是小说对人物结局的安排令人深思，虽然二人破镜重圆，但三巧儿从妻降为妾，用此身份以示惩戒。作者用诗表明态度：“恩爱夫妻虽到头，妻还作妾亦堪羞。”对三巧儿的这些行为，叙述者的态度是暧昧不明的，一方面似在颂扬三巧儿和陈商的情爱，以及三巧儿和蒋兴哥执意不变的真情；另一方面又似不遗余力地从正统的立场出发谴责她的失贞。

在“三言”的许多故事中，冯梦龙明确表达了对守贞节女子的态度是必受善报，而失节的女子一定要遭受恶报。《喻世明言》卷四《闲云庵阮三偿冤债》中的陈玉兰对守节与失节的抉择也充分体现了冯梦龙在真情与礼教之间的徘徊。小说写陈玉兰与阮三一见钟情，在闲云庵尼姑的帮助下两人成其好事，阮三却因纵情过度而暴死，陈玉兰很快又发现身怀六甲，面对此种情况，冯梦龙为人物选择的出路是生下孩子，同时陈玉兰又坚决表示要“……从一而终，虽是一时苟合，亦是一日夫妻，我断然再不嫁人。若天可怜见，生得一个男子，守他长大，送还阮家，完了夫妻之情。那时寻个自尽，以赎玷辱父母之罪”。最终陈玉兰果然一生守寡，又教子有方，儿子成名后将母亲的贞节贤惠之事表奏朝廷，遂启建贞节牌坊。《喻世明言》卷二《陈御史巧勘金钗钿》中阿秀的故事也是这样的。

有的作品更是将女子守贞节推向极致，成为评判女性的唯一标准。如《醒世恒言》卷三十六《蔡瑞虹忍辱报仇》中的蔡瑞虹，《喻世明言》卷二十七《金玉奴棒打薄情郎》中的金玉奴。女性总是挣脱不出“男德在义，女德在节”的怪圈，为了遵循封建礼教，作者安排她们以自杀的悲剧结局来洗刷所谓的“不贞”和“污点”。不管她们的肉体被玷污是源于何种理由，不管是自愿还是被迫，都会成为女性产生自卑心理和自戕意识的理由。显然，女性的一生不是因生活而存在，而是因“名节”而存在，“名节”是女性生活于世间的基本理由。

由此来审视“三言”中众多的女性形象，我们不由得哀叹，在伦理道德的背后，大量女性在情爱的追求过程中往往只能陷入两难的迷茫，陷入一种无可逃遁的悲哀。

吴伟业《圆圆曲》与“梅村体”叙事诗

授课视频

清代文学最突出的特征是前朝文学各种文体的总汇，呈现出集大成的景象。一方面元明以来新兴的小说、戏曲入清以后依然蓬勃兴盛，另一方面元明以来呈现弱势的诗、词、骈文入清以后又重新振兴起来。

在诗歌创作领域，唐代诗歌形式已基本定型，元明步趋其后，缺少创新。明清鼎革之际，诗歌创作转向伤时忧世。遗民诗人之呼号、悲愤，沧桑之感，缘事而发，较之明代，诗人更关注国运民生。如屈大均推尊屈原；顾炎武继承杜甫；吴伟业开创歌行体，创作《圆圆曲》《鸳湖曲》等，开辟出叙事诗的新境界。王士禛追踪六朝以来冲和淡远的神韵，将中国诗推崇含蓄蕴藉的特征推向极致。乾隆时代，沈德潜倡导以“温柔敦厚”为准则的“格调说”，翁方纲倡导重学问、重义理的“肌理说”。与之相反，袁枚高扬“性灵论”大旗，对理学家矫性、道貌者的虚假加以讽刺挖苦，他在《清说》一文中提出“好货好色，人之欲也”，继承了“公安派”的理论。另外，赵翼、黄景仁重视诗中有“我”，重视诗歌的艺术独创性。

清初诗坛，吴伟业和钱谦益并称，吴伟业的“梅村体”叙事诗更是风行一代。两人对清诗的发展都具有重要影响。两人在入清后都曾出仕，因而两人诗文均表现出悲叹、懊悔之情。但两人的政治思想和创作情况是不同的。吴伟业诗歌是“征词传事，篇无虚咏”的“诗史”，而钱谦益诗歌则系统地总结批判了明代诗文理论，探索了诗作规律。两人的创作风格和艺术成就也各有千秋。

吴伟业（1609—1671）字骏公，号梅村。《清史稿》有《吴伟业传》，云：

> 明崇祯四年进士，授编修。充东宫讲读官，再迁左庶子。弘光时，授少詹事，乞假归。顺治九年，用两江总督马国柱荐，诏至京。侍郎孙承泽、大学士冯铨相继论荐，授秘书院侍讲，充修太祖、太宗圣训纂修官。十三年，迁祭酒。丁母忧归。康熙十年，卒。
>
> 伟业学问博赡，或从质经史疑义及朝章国故，无不洞悉原委。诗文工丽，蔚为一时之冠，不自标榜。性至孝，生际鼎革，有亲在，不能不依违顾恋。俯仰身世，每自伤也。临殁，顾言：“吾一生遭际，万事忧危，无一时一境不历艰苦。死后敛以僧装，葬我邓尉、灵岩之侧。坟前立一圆石，题曰‘诗人吴梅村之墓’。勿起祠堂，勿乞铭。”闻其言者皆悲之。着有《春秋地理志》《氏族志》《绥寇纪略》及《梅村集》。

吴伟业《梅村集》40卷，收其诗、文、词。宣统三年(1911)，又有武进董氏所刻《梅村家藏编》58卷、补遗1卷，比40卷本多诗73首、词5首、文61篇，另增有诗话。除此，还有戏曲3种。吴伟业诗作有一千余首，集中表现了他在文学方面所取得的成就。

与钱谦益比，吴伟业更得盛名，他以榜眼、复社领袖身份主持湖广乡试，"为海内贤士大夫领袖"，名垂一时。然明亡后，吴伟业不愿仕清而违心仕之，丧失士大夫立身之本，遭世讥讽，深感愧疚，诗歌便成为他的寄托，感慨兴亡和悲叹失节是其诗的主要内容，"千古哀怨托骚人，一代兴亡入诗史。"(陈文述《颐道堂诗集》卷一《读吴梅村集，因题长句》)入清后，他不参与政治性活动，为保全家族又违心仕清，仕清又感"名节"丧失，自愧平生之志，其《自叹》诗云："误尽平生是一官，弃家容易变名难，松筠敢厌风霜苦，鱼鸟犹思天地宽。"

吴伟业的诗歌风格以明清易代为界而表现出较大的差异性，《四库全书总目提要》有言："其少作大抵才华艳发，吐纳风流，有藻思绮合、清丽芊眠之致。及乎遭逢丧乱，阅历兴亡，激楚苍凉。风骨弥为遒上。"而最能代表其成就的也是那些遭逢丧乱之后充满郁愤，"感怆时事，俯仰身世"的作品。主要表现在以下三方面：

一是沉痛的故国哀思。吴伟业写了大量身阅鼎革后大动荡中的有关政治事件和人物的诗歌。这些诗作大都从吊明之亡的角度抒发自己各种复杂的感情，如《临江参军》《雁门尚书行》《圆圆曲》等。

二是表现英雄失路的幽愤和被迫屈仕清朝的悔恨情怀。吴伟业不愿仕清而又违心出仕的经历造成他复杂的内心矛盾与痛苦。《行路难》十八首是一组仿古题而备言世路艰难、寄托故国哀思、感叹身世的幽愤之作。《过淮阴有感》二首则比较典型地反映了他因身事二朝的思想痛苦。《过吴江有感》《怀古兼吊侯朝宗》、组诗《遣闷》等都从不同的情境抒发沉痛的心境。

三是少数诗歌把视野投向动乱年代下痛苦呻吟的下层百姓。如《临顿儿》写被迫卖身学艺的歌舞艺人的不幸遭遇，还有《直溪吏》《捉船行》《马草行》《芦州行》《织妇词》等。

在吴伟业的诗歌中，还有一些借古讽今的咏史作品，有描绘山水风光和追求闲适生活的作品，也有不少以爱情为题材的作品以及酬和赠答的作品。

在这些诗歌中最能反映诗人艺术个性的是被称为"梅村体"的歌行体诗歌。吴伟业以唐诗为宗，五七言律具有声律妍秀、华艳动人之风格，而其最大贡献在七言歌行，《四库全书总目提要》评说："其中歌行一体，尤所擅长，格律本乎四杰而情韵为深，叙述类乎香山而风华为胜，韵协宫商，感均顽艳，一时尤称绝调。"他在继承元、白诗歌的基础上，自成一种具有艺术个性的"梅村体"，吸取白居易《长恨歌》《琵琶行》、元稹《连昌宫词》等歌行写法，重在叙事，辅以初唐四杰的采藻缤纷，温庭筠、李商隐的风情韵味，融明传奇之戏剧性，形成其叙事诗之独特风格，"可备一代诗史"(尤侗《艮斋杂说》)。

"梅村体"叙事诗约有百首，如《圆圆曲》《听女道士卞玉京弹琴歌》《临淮老妓行》

《楚两生行》《永和宫词》等，其诗往往以人物命运浮沉为线索，叙写实事，映照兴衰，组织结构，设计细节。这些诗歌把古代叙事诗推到新的高峰，对当时和后来的叙事诗创作具有很大影响。

“梅村体”叙事诗最具代表性的是写于顺治八年（1651）的《圆圆曲》，全诗以陈圆圆和吴三桂悲欢离合的曲折经历为线索，反映了明末清初社会的重大变化，着重评判了吴三桂“冲冠一怒为红颜”的行径。相传“三桂赍重币求去此诗，吴勿许”，其诗为艺术的实录，故称为“诗史”。诗歌穿插叙写了陈园园一生的主要经历，她先为皇戚田畹买来送给崇祯解闷，因皇帝没兴趣，仍归田畹。后被吴三桂看中，田畹送之为妾。李自成进京，大将刘宗敏又占为己有；吴三桂领清兵进京，重新夺回陈圆圆，这样的历程说明人处在历史造成的困境中无法作出两全的选择，不得不承担悲剧的命运，这包含着诗人自身的人生体验。

关于本诗主旨，有三种观点：

一是“刺吴”说。陆次云《圆圆传》：“梅村效《琵琶》《长恨》体，作《圆圆曲》以刺三桂，曰：‘冲冠一怒为红颜’，盖实录也。三桂赍重币求去此诗，吴勿许。当其盛时，祭酒能显斥其非，却其贿遗而不顾，于甲寅之乱，似早有以见其徹者。鸣呼，梅村非诗史之董狐也哉！”钱仲联、钱学增选注《清诗三百首》谓此诗“意在斥责吴三桂背叛明王朝，失节降清的罪行”。冯其庸、叶君远《吴梅村年谱》中说：“此诗中若‘恸哭六军俱缟素，冲冠一怒为红颜’‘若非壮士全师胜，争得蛾眉匹马还’‘妻子岂应关大计，英雄无奈是多情。全家白骨成灰土，一代红妆照汗青’诸语，其嘲讽吴三桂之意甚明，无须赘论。”

二是“美吴”说。章培恒《元明清诗鉴赏辞典·序》：“这首诗最动人的所在，并不在于批判了吴三桂的罔顾君亲大义（其实，诗里是否存在着这样的批判也还是问题），而在于讴歌了陈圆圆的美丽，她那可怜的身世和在爱情上的悲欢；也在于讴歌了吴三桂对爱情的坚贞、捍卫爱情的勇敢（至少在诗中是这样），并倾诉了个人在群体缠缚下的悲哀与痛苦。试看：‘痛哭六军俱缟素，冲冠一怒为红颜！’倘若我们不是存着封建道德的先入之见，认为一个人只该为皇帝复仇，而不应为解救和夺回自己的爱人而战斗，那就不免将这诗句看作为对一种为爱情而不顾一切的英雄气概的歌颂，从而受到感动。实际上，诗人自己恐也具有同样的感受。‘妻子岂应关大计，英雄无奈是多情！’这与其说是对‘英雄’的讽刺，还不如说是对‘英雄’的同情甚或赞叹。……‘全家白骨成灰土，一代红妆照汗青！’这绝不是批判，而是悲慨，是深沉的叹息。”又《说“冲冠一怒为红颜”》：“……《圆圆曲》要告诉人们的，是个动人而悲惨的故事。动人，是由于我国历史上第一次出现了不计利害、为‘红颜’而战的行为（吴三桂虽然‘借’了清兵，但也难保必胜），以前却更多为‘红颜’而死，例如焦仲卿、梁山伯。悲惨，是不仅吴三桂‘全家白骨成灰土’，而且还带来了全国性的浩劫。而对着这一切，吴伟业既感动，又悲慨，但却并不作任何简单的结论。”①

① 章培恒：《说“冲冠一怒为红颜”》，载《上海文学》，1995 年第 6 期。

三是“羡吴”说。宋谋玚《吴梅村〈圆圆曲〉疏解》：据说吴三桂曾厚赂梅村求毁板，恐怕主要就是因为这类意有讽刺的个别句子。至于全诗的基调，还是以讴歌艳羡为主，还不是吴三桂及其庇护者、追随者所不能接受的。正像《长恨歌》主要不是讽刺诗，还能为唐玄宗的继承人所容忍一样，我们也不能把《圆圆曲》看作纯粹是谴责吴三桂的作品。……吴梅村创作《圆圆曲》的动机和清初大多数创作类似题材的人都是差不多的。他们深受儒家封建伦理观念和正统思想的影响，特别是梅村这种在明朝有过功名的人，仇恨农民起义军，怀念故国，是很自然的。对吴三桂，既嘉许他击溃农民军为君父报仇的“义”举，又埋怨他引进清兵终于招致了明朝的覆亡。而封建阶段知识分子自命“风流”的庸俗情趣又引导他们特别注目于风云变幻中的儿女之情。于是，吴三桂与陈沅的故事就被他选中了。①

《圆圆曲》一诗主旨各有评论。诗歌的成就也体现在艺术上很有特色，叙事上突破古代叙事诗单线平铺的格局，采用双线交叉，纵向起伏，横向对照。全诗以吴三桂降清为主线，以陈圆圆复杂经历为副线，围绕“冲冠一怒为红颜”的主旨，通过倒叙、夹叙、追叙等方法，将当时重大的政治、军事事件连接起来，打破时空限制，使情节波澜曲折，富有传奇色彩，细腻地刻画心理，委婉地抒发感情，比喻连珠的运用，典故与前人诗句的化用，增强了诗的表现力；而且诗歌注重转韵，每一转韵即进入新的一层，增强语言的音乐美。故袁枚称：“公集以此体为第一”(《吴梅村全集》卷二附“评”)，赵翼评：“以唐人格调，写目前近事，宗派既正，词藻又丰，不得不推为近代中之大家。”(《瓯北诗话》卷九)

① 宋谋玚：《吴梅村〈圆圆曲〉疏解》，载《晋阳学刊》，1981年第1期。

洪昇《长生殿》的“情至”精神

授课视频

唐明皇与杨贵妃的生死离合之情，习称天宝遗事，因与安史之乱紧密相系，故有其深邃的历史底蕴，所谓“杨贵妃马嵬之变，千古伤心之事也”，文人喜为之感慨咏叹。唐人诗歌有白居易《长恨歌》，小说有陈鸿《长恨歌传》，笔记有《明皇杂录》《开元天宝遗事》，元明清以来戏曲领域则首推元人白朴的杂剧《梧桐雨》，另有关汉卿《哭香囊》、岳伯川《梦断杨妃》、屠隆《彩毫记》、尤侗《清平调》等，存目更多。清代洪昇“断送功名到白头”的传奇《长生殿》则是李杨故事集大成的作品。清人焦循《剧说》卷四评曰：《长生殿》“荟萃唐人诸说部中事及李、杜、元、白、温、李数家诗句，又刺取古今剧部中繁丽色段以润色之，遂为近代曲家第一”。[①]

纵观有关《长生殿》主题的阐释研究，观点主要有爱情主题说、政治主题说、人生思考主题说、双重主题说、多重主题说等，剧本主要表达了对忠贞、至死不渝的爱情的向往；对唐明皇任人唯亲、穷奢极欲、沉溺声色而害民、误国的批判；对乱臣贼子、变节乞怜者的痛恨和对忠臣良将的赞许；故国之思、兴亡之感等。

《长生殿》第一出《传概》【满江红】开宗明义，阐发了洪昇的创作主旨：“今古情场，问谁个真心到底？……借太真外传谱新词，情而已。”《长生殿》剧本是要借“今古情场”的李隆基和杨玉环的爱情故事表达时代的“情至”精神。

从历史题材的处理看，《长生殿》要书写唐明皇与杨贵妃的爱情故事，必然涉及两个问题。一是杨贵妃曾嫁寿王，二是野史、民间传说、文学创作中描写的杨贵妃与安禄山的“秽迹”。对这些材料的取舍，《长生殿》采取“回避”的方式，认为“若一涉秽迹，恐妨风教”，标榜“义取崇雅，情在写真”（《例言》），因此“凡史家秽语，概削不书，非曰匿瑕，亦要诸诗人忠厚之旨云而”（《自序》）。作者刻意对这一历史故事在道德上加以“净化”，其用意很明显，剧本并非以李杨二人故事来探寻政治之失和历史反思，而是要凸显全剧的“情至”精神。

从剧本线索结构看，《长生殿》全剧共五十出，分上下两部。整部作品场面壮丽，情节曲折，而组织相当严密。剧本有两条线索：

一是以李杨爱情为经线，以朝政军国之事为纬线，结构全剧，体现出作者“占了情场”“弛了朝纲”的创作意图。洪昇在《自序》中说要“借天宝遗事，缀成此剧。……然而乐极哀来，垂戒来世，意即寓焉。且古今来逞侈心而穷人欲，祸败随之”。表明作者借书写李杨故事，揭示社会矛盾，挖掘安史之乱根源，广阔而深入地书写了宫廷之荒

① 焦循：《剧说》，古典文学出版社1957年版，第97页。

淫，外戚之专权，边将之跋扈，人民生活之艰苦。

二是以“钗盒”为经，以李杨二人盟言为纬，形成波澜，铺叙二人的真情、至情。这是一条主线，故事描写始终以一组道具（一对金钗、一只钿盒）贯穿始终，随情节变化由合而分，由分而合。剧本一开始就直接书写李杨二人以金钗钿盒为定情信物，而后经过一番波折，至七夕长生殿盟誓，形成一个高潮；紧接着安史乱起，马嵬坡兵变，杨贵妃惨死，李杨的爱情转化为悲剧，而作为信物的金钗钿盒成为随葬品；其后再描写他们“两心那论生和死”（《传概》）的深情，已成蓬莱仙子的杨贵妃拆金钗一股、钿盒一扇托道士转交唐明皇，又坚前盟；最终二人在天宫团圆，金钗再成双、钿盒又重合，刻意描写“钗盒情缘”。正如剧本一开场就慷慨淋漓地唱一曲【满江红】：“今古情场，问谁个真心到底？但果有精诚不散，终成连理。万里何愁南共北，两心那论生和死。笑人间儿女怅缘悭，无情耳。　感金石，回天地。昭白日，垂青史。看臣忠子孝，总由情至……借太真外传谱新词，情而已。”作者要借“今古情场”极力铺叙李杨之间的爱情，以其爱情悲剧宣扬“情至”精神。

《长生殿》对李杨情爱“至情”的书写主要表现在三个方面：

第一，刻意设计情节关目，呈现理想化的爱情。

全剧以李杨爱情为中心，核心剧目有《定情》《春睡》《禊游》《幸恩》《复召》《进果》《制谱》《舞盘》《窥浴》《密誓》《陷关》《埋玉》，随着剧情的深入，将李杨二人爱情理想化。《埋玉》一出后，剧本极力描写李隆基赐死杨玉环的痛苦，反复描写其刻骨相思和无限深情，突出强调李隆基对爱情的专一和坚守前盟：“纵别有佳人，一般姿态，怎似伊情投意解？”“惟只愿速离尘埃，早赴泉台，和伊地中将连理栽。”杨玉环亦然：“倘得情丝再续，情愿谪下仙班。”作者要把李杨爱情写出生死不渝、感天动地的理想境界，借历史人物表达一种爱情理想，故超越生死，超越天上人间，让他们感动织女，在月宫重圆，即“感金石，回天地。昭白日，垂青史。看臣忠子孝，总由情至”。在以往同类题材作品中，虽都有对李杨二人感情的描写，但“女色亡国”的批判都不同程度地存在，而《长生殿》把李杨二人之情作为一种超越生死的力量贯穿全剧，不仅写出了双方感情必然会出现的波澜，更是以现实主义的情感逻辑写出“至情”产生的必然性和真实性，谱写了包括帝王将相在内的所有人理想的爱情模式。

第二，在书写李杨之间不断深化与升华的情爱过程中，重置历史人物形象。

中国古典戏曲小说写男女情爱实现的过程，多是以偶然相会开始，一见钟情后又因某事纠葛，经历许多曲折后最终才子及第，奉旨成婚而得成眷属，如《西厢记》《牡丹亭》等，明末清初大量的才子佳人小说表现的男女情爱基本就是这种模式。《长生殿》所写系历史上真实人物，对李杨情爱过程的描写必然要大致符合史实，因此不可能使用现成的套路，而是另辟蹊径，以书写李杨二人之间的“至情”为创作核心，写出二人不断深化与升华的情爱过程，重置历史上李杨二人的形象。这主要表现在两个层面：一是《长生殿》中杨玉环是因钦命与李隆基结合的，与李隆基并非一见钟情，剧本一开场第二出《定情》就直接描写了多情的李隆基以赠授钗钿将二人的关系确定下来，反复吟唱“惟愿取，恩情美满，地久天长”“惟愿取情似坚金，钗不单分盒永完”。作者不铺叙爱情的曲折，直接把圆满团圆的结局展示给观众，看似缺少了情感期待的空间，实则为后来书写李杨之间不断升华的情爱奠定了基础，也突破了常规帝王情感世界的理性刻画。二是在书写李杨之间不断深化与升华的情爱过程中，作者以俗常的情爱必有的嫉妒和分离来刻画人物的至情追求。如《献发》和《复召》不仅写杨妃态妒情真，也写明皇受离别之苦的煎熬。《夜怨》和《絮阁》不仅写杨妃妒意横生而言辞微妙，也写明皇为情忍受而不愿呵斥。《密誓》写杨妃软语乞盟，明皇欣然迎合。《埋玉》不仅写明皇执着于真情，宁可国破家亡，不肯抛舍杨妃；也写杨妃深明大义，主动请死，请求明皇舍去己身以保社稷。这几出将李杨二人之间的情感表现得非常细腻曲折，二人在一系列现实的矛盾与冲突中，不仅情感自然地得到深化，更是写出了任何个人情感在历史现实境遇中的最常见的、不自由的真实生活图景，突破了历史人物的刻板形象。

第三，化用织女牛郎故事作合李杨的天上之情，彰显至情的爱情结局。

写李杨天上人间离别相思之情的以《长恨歌》为早，如陈寅恪所言：“其畅述人天生死形魂离合之关系，似以长恨歌及传为创始。”《长生殿》就是据此而铺展，以生花妙笔牵合嫦娥与织女，遂使二人的情爱故事更为曲折，情境更加具体。如第十一出《闻乐》写杨妃以蓬莱玉妃的身份被嫦娥邀至月宫听曲，第二十三出《密誓》写织女牛郎鹊桥证盟，第三十三出《神诉》写织女垂询杨妃怨情，第三十七出《尸解》写杨妃尸解上升，第四十四出《怂合》写织女与牛郎费七夕之夜议论李杨事，第四十八出《寄情》写杨妃以钗钿传情，第五十出《重圆》写李杨因真情而越生死界限于天上重合等，都极富虚幻浪漫气息。

《长生殿》蕴含的精神内质与前代写同一故事的文学作品明显不同。剧中对“情”这一全剧的核心作了充分的描写和反复的渲染，并把故事的结局写成一方虽死，犹抱痴情，一方虽生，而痛不欲生，共守前盟，因此感动天地鬼神，得以共升仙宫，永久团圆。虽然“情”本是李杨故事的核心，但《长生殿》的写法，却把“情”从故事中抽象出来，作为具有普遍意义和超越生死的力量来歌颂。正如剧本开场曲写道：“今古情场，问谁个真心到底？……借太真外传谱新词，情而已。”即点明这一主旨。

洪昇《长生殿》“仙梦团圆”的结局

授课视频

张法在《中国文化与悲剧意识》一书中认为，中国悲剧意识的消解因素大致可以列出四种：仙、自然、酒、梦。在李隆基与杨玉环爱情故事题材中最突出的便是“谪仙”与“梦”的异域书写。

“谪仙”是明清剧本创作中最常见的形象，尤其多将剧中女性形象刻画为谴谪到人间的仙子，以自我定义的方式构建了戏曲表现性舞台意象的虚拟空间和想象。日本学者松浦友久认为：“谪仙人”这一观念的意象结构非常复杂，但其主要属性可以集中在下面三点：一是才能上的超越性、超俗性；二是社会关系上的客体性、客寓性；三是言论行动上的放纵性、非拘束性。

正因为“谪仙”具有这样的属性，在中国古代文学中，作家们经常将那些身上具有诗才、慧眼、洞见和专情，令人望尘莫及，灵慧清雅却又因为才情横溢而命运多舛，有难以言及的苦楚以及深埋心底的理想的女性视为女仙。这不仅构成了“谪仙”悠久而丰富的文化内涵，而且通过“下凡”与“归仙”的一番演绎，她们更成为彼岸世界中终不可及的理想，这可能正是“谪仙”形象具有永恒魅力的一个要素。

在明清剧作中，剧作家刻画的“谪仙”形象，一方面表现在剧作家眼中，这些女性形象与众不同，超出凡俗，非一般人眼中泛泛女流辈可比；另一方面，“谪仙”所预设的最终回归仙界的可能，又意味着女性可以无拘无碍，从现实社会的限制中永恒地解放出来，仙子身份的个体独立性与能动性，实际上蕴含着弥补女性在现实中的欠缺之意，把她们拟想为女仙也许是对女性精神自由的最好选择与写照。

关于戏曲“写梦”这种结构图式的精心构制，郭英德在《明清文人传奇研究》一书从梦的寓意性、梦的虚幻性、梦的短暂性等特征，阐释并论证戏曲梦境即梦幻思维与神秘的宗教思维有深刻的思想渊源。胡邦炜认为戏曲这种梦幻模式在中国古代文学中经常出现，实际上是国人“……儒道互补的思想意识、感情心理在叙事文学中的形象化表现而已”。确实，宗教思想和儒道互补意识对中国戏曲创作特别是梦境构建有着深刻而持久的影响，然而，审视戏曲梦幻思维，即写梦手法的内在形式及艺术构思，则不难发现，戏曲创作中梦的意象的构建，及其深刻的寓意要给观众展现的是赋予人物身上的作家真实的情感体验和生命感悟。

由于梦境不受时空的限制，可以给作家留下驰骋想象的广阔天地，故同其他描写手法相比，梦境描写最为自由。它可以超越时空，跨越生死，可以表现激烈的情感活动，写极喜极悲之事，可惊可惧之情，亦真亦假，时幻时奇，可以展现人物形象的深层心理，用幻化表现被理性观念抑制的真实的思维，真实的情感。

中国古代戏曲对梦的描写一般有两种情况：一是全剧皆为写梦或主要情节是写梦，并以梦作为剧名，如关汉卿《西蜀梦》《蝴蝶梦》、马致远《破幽梦孤雁汉宫秋》、李开先《园林午梦》、徐渭《玉禅师翠乡一梦》等；二是剧本题名虽无梦字，但其中却有写梦的情节，有的甚至是关系全局的重要情节，如汤显祖《牡丹亭》、王实甫《西厢记》、白朴《唐明皇秋夜梧桐雨》、朱素臣《十五贯》等。

"梦"和"仙界"在写李隆基与杨玉环故事的《长恨歌》《梧桐雨》《长生殿》中都有涉及。不同的是，洪昇《长生殿》将其作为悲剧的消解因素，构想梦中相会的可能，安排仙界重圆的喜庆。

《长生殿》五十出，从第二十五出《埋玉》到第五十出《重圆》，作者对李杨情爱发展的描写，以"乐极→哀来→悔罪→精诚→重圆"作为剧本情节发展的逻辑，重圆在仙界的结局是喜剧性结局，但大量曲词写出的却并非是悔罪后的团圆，反复吟唱的是人世间情缘归于仙界虚幻的悲剧性结局。洪昇在《长生殿》自序中说："且古今来呈侈心而穷人欲，祸败随之，未有不悔者也。玉环倾国，卒至陨身。死而有知，情悔何极。苟非怨艾之深，尚何证仙之与有。"从自序来看，洪昇似乎为了表达政治批判，特意设计情爱的女主角杨玉环为自己的耽于情、痴于情以至国家祸败而后悔，"情悔何极"，但洪昇谱写的大量曲词并非如此，我们先看一下第三十出《情悔》【三仙桥】第三支曲：

> 【前腔】对星月发心至诚，拜天地低头细省。皇天，皇天！念杨玉环呵，重重罪孽，折罚来遭祸横。今夜呵，忏愆尤，陈罪眚，望天天高鉴，宥我垂证明。只有一点那痴情，爱河沉未醒。说到此悔不来，惟天表证，纵冷骨不重生，拚向九泉待等。那土地说，我原是蓬莱仙子，谴谪人间。天呵，只是奴家愆般业重，敢仍望做蓬莱座的仙班，只愿还杨玉环旧日的匹聘。

按照一般逻辑，"情悔"应是杨玉环对自己在人世间沉溺感情的后悔或自忏，然而洪昇《长生殿》却把情悔写成了杨玉环死后仍不愿放弃对唐明皇的一片痴心，"只有一点那痴情，爱河沉未醒"。即使是列入仙班，身处蓬莱仙宫，"只愿还杨玉环旧日的匹聘"，也宁愿回归昔日的夫妻。忏悔中道出的竟是一种痴心不改而坚贞不渝的感情。这使"情悔"的内容特质是"情痴"。

剧本写杨玉环对感情的"怨"和"痴"是随时突出、随处可见的，在剧本后半部更是反复表现，如《埋玉》《哭像》《尸解》《弹词》等出，杨玉环唱词所表现的这种情绪比比皆是。正是"悔深顿令真元露"，"一悔能教万孽清"。朱彝尊《长生殿序》说洪昇的用意在于"……一洗太真之秽，俾观览者只信其为神山仙子"，真是切中肯綮之语。

洪昇对"史载杨妃多污乱事"不满，因此他"尽删秽事"的目的，就是一改有关杨贵妃红颜祸水的一切诬蔑不实之词，令读者看到一个天生丽质、洁来洁去、情真意切的杨贵妃。杨贵妃的举动不仅赢得了剧中织女的原谅，也必然会使观众理解、同情。洪昇为了表现杨贵妃的情怨、情痴，为了慰藉观众的心情，便写了《神诉》《怂合》和最后的《补恨》《重圆》。从这个角度，我们也就可以较好地理解《长生殿》的“仙梦团圆”的结局与人世间情缘的悲剧性关系。

白居易《长恨歌》中仅有“梦”和“仙界”的想象与构设，唐明皇与杨贵妃不曾相见，更是连魂魄都不曾梦见，只是请道士代为寻找，也仅带回信物和誓言，“天长地久有时尽，此恨绵绵无绝期”，实际上否定了“重圆”的可能性。

比较《梧桐雨》《长生殿》的结局，《梧桐雨》根本没有“仙界”情节，而《长生殿》却有大量关目描写梦和仙界，并化用牛郎织女故事对应李杨爱情故事。这些看似美好的爱情主人公终于在仙界重圆的结局，却并没有表达出喜剧的大团圆意蕴，在李杨二人升入忉利天宫的情节中，洪昇却用大量唱曲唱出人世间情缘“总空花幻影当前”，人世间不过就是“……凡间梦，悲欢和哄，恩与爱总成空”。忉利天宫的情缘也早已是空虚而幻灭的。

《重圆》一出写李杨二人月宫相会时，嫦娥恭喜二人“仙果重成，情缘永证。”希望二人“打破情关开真面，前因后果随缘现”。织女对他们的点化之语更是对人世间情缘的否定，织女说：

> 【三月海棠】忉利天，看红尘碧海须臾变。永成双作对，总没牵缠。游衍，抹月批风随过遣，痴云腻雨无留恋。收拾钗和盒，旧情缘，生生世世消前愿。
>
> ……（帖向旦介）羡你死抱痴情犹太坚，（向生介）（向李）笑你生守前盟几变迁。总空花幻影当前，总空花幻影当前。扫凡尘，一齐上天。……
>
> 【永团圆】……尘缘倥偬，忉利有天情更永。不比凡间梦，悲欢和哄，恩与爱，总成空。跳出痴迷洞，割断相思鞚。金枷脱，玉锁松。笑骑双飞凤，潇洒到天宫。

仙人们对李杨的启发充满着佛家的“色空”观念，认为死抱痴情也罢，坚守前盟也罢，都是“空花幻影”，“凡间”的悲欢、恩爱都是空虚的东西，一场梦而已。织女、嫦娥劝他们一切都看破，把人间情缘收起来，把生生世世愿为人间夫妇的“前愿”打消掉，跳出痴迷洞，彻底醒悟。

由于仙人的教导，李杨二人顿然醒悟，齐唱道：“历愁城苦海无边，猛回头痴情笑捐。”他们觉醒了，认识到人间情缘是愁苦的根源，捐弃了风月云雨的痴情，于是在一派仙乐声中被送上了忉利天宫。所谓“重圆”只是在月宫会面而已，最后的归宿是在忉利天上。

但是，唐明皇却是愿终老温柔之乡不想成仙的。杨妃重做蓬莱仙子后也说：“倘得情丝再续，情愿谪下仙班。……又何惜人间再受罚折！”（《补恨》）他们愿在人世间世世为夫妻，是要享受人间的恩爱与欢乐。

在忉利天宫的重圆，二人不过就是做了一对纯理念的、纯精神的夫妇。也许在洪昇看来，人世间的情欲，如果抽掉了风月、云雨、相思、悲欢、恩爱等具体内容，“情”也不过只是一个空壳。在忉利天宫中似乎能使“情留万古无穷”，却是抽离了“情”之本质的幻梦。

张大千《长生殿》

《桃花扇》的历史沉思主题

授课视频

康熙年间，随着清朝统治趋向稳定，明亡的阵痛归于平静，文人们开始更多地以一种空幻与伤感的情绪来看待明清之际的历史兴亡。这时在戏曲方面出现了洪昇的《长生殿》与孔尚任的《桃花扇》两部名作，前者以安史之乱为背景，后者直接以南明政权的覆灭为背景，把美好爱情的丧失和政治的变乱相联系，取得了极大的舞台效果。洪昇、孔尚任因而获得了"南洪北孔"的称誉。

学界对孔尚任《桃花扇》主题的讨论有多种意见，概括说来，基本有以下几种观点：

一是表现民族意识说。这种观点多从明末清初民族矛盾的角度，诠释《桃花扇》的民族主义精神，点明《桃花扇》是为明朝唱挽歌的。

二是救末世之人说。学者认为《桃花扇・小引》中孔尚任所说"亦可惩创人心，为末世之一救"是《桃花扇》的主旨。并指出所谓"末世"不特指南明王朝，也不指清廷，而是指那些具有"亡国之恨"的人。剧本主要写了三类人：一类是明朝孤臣，如张瑶星、老赞礼；二类是清流儒士，如侯方域、蓝田叔；三类是下层市民，如说书者柳敬亭、唱曲者苏昆生。这些人在崇祯、弘光政权相继而亡之际，怀有的唯有兴亡之感、亡国之恨。如何抒发这种感慨？末世之人只有归隐桃源。

三是拥护清廷说。有学者认为《桃花扇・小引》所说"知三百年之基业，隳于何人？败于何事？消于何年？歇于何地？不独令观者感激涕零，亦可惩创人心，为末世之一救矣"，即体现了孔尚任创作主旨：利用戏剧形式，总结历史教训，让人们了解明王朝所以灭亡的前因后果，以达到"惩创人心""救末世"的目的。

四是挽明拥清说。有学者认为孔尚任避开清廷入主中原和农民起义等主要矛盾写南明亡国，无情揭露"权奸误国"，从根本上说是要巩固清朝的统治。但"《桃花扇》回避了明末清初国内民族矛盾的具体描写，却不等于作者无视当时的民族斗争，剧本字里行间明显地流露出民族情绪"。（黄天骥《孔尚任与〈桃花扇〉》）因此，《桃花扇》的主旨既是诫"清"又是悼"明"。

五是历史沉思说。《桃花扇》以对历史的沉思为创作主旨。《桃花扇》不是在反映南明历史，文学不负载"真实"描写历史的使命；不是在总结亡国教训，它超越了深层次的功利目的；没有为清王朝的长治久安出谋献策；也不是写宗教，人物是避世而居的贤者，不是斩断情丝的道徒，侯李二人虽最后双双入道，也只是理想破灭后的迷惘困惑，非入道也。作品追求的是富有哲学性的悲剧目的而不是历史目的。作者只是借历史的框架抒写"天崩地解"历史巨变之后对士林群体人格的反思，成为吴敬梓《儒林外史》的先导。因此，在“天崩地解”之时，“士大夫支撑着封建的大厦，是社会的栋梁，但这栋梁已支撑不住倾斜的大厦了”。作家“意识到传统道德已无力挽救社会的危亡。作家是在用心灵感悟历史，借历史抒写心灵，写对人生对历史对社会的探求，充满了天才的孤寂之感和历史的沉思”。(张燕瑾《历史的沉思——〈桃花扇〉解读》)

郭英德《桃花扇底系兴亡——〈桃花扇〉的历史意识》一文也认为，孔尚任正是带着关心天下的经世精神、难以解脱的兴亡感慨和反思历史的现实态度，创作了《桃花扇》传奇，表达了他对明末清初动荡历史的深刻反思，对封建社会江河日下的忧虑哀伤。

孔尚任《桃花扇》剧凡四十出，以复社文人侯方域和秦淮名妓李香君的爱情发展为线索，描写南明王朝的兴亡历史。这不是爱情剧，是历史剧，作者是借此剧表达对历史的思考，总结出权奸亡国的历史规律，“借离合之情，写兴亡之感”。这样的创作主旨在剧本开篇便作了明确的交代。

《桃花扇·本末》：

《桃花扇》一剧感此而作也。南朝兴亡，遂系之桃花扇底。

《桃花扇·先声》：

借离合之情，写兴亡之感，实事实人，有凭有据。

《桃花扇·小引》：

《桃花扇》一剧，皆南朝新事，父老犹有存者。场上歌舞，局外指点，知三百年之基业，隳于何人？败于何事？消于何年？歇于何地？不独令观者感慨涕零，亦可惩创人心，为末世之一救矣。

《桃花扇·小识》：

传奇者，传其事之奇焉者也，事不奇则不传。桃花扇何奇乎？妓女之扇也，荡子之题也，游客之画也，皆事之鄙焉者也；为悦己容，甘剺面以誓志，亦事之细焉者也；宜其相谑，借血点而染花，亦事之轻焉者也；私物表情，密缄寄信，又事之猥亵而不足道者也。

桃花扇何奇乎？其不奇而奇者，扇面之桃花也；桃花者，美人之血痕也；血痕者，守贞待字，碎首淋漓不肯辱于权奸者也；权奸者，魏阉之余孽也；余孽者，进声色，罗货利，结党复仇，隳三百年之帝基者也。

帝基不存，权奸安在？惟美人之血痕，扇面之桃花，啧啧在口，历历在目，此则事之不奇而奇，不必传而可传者也。人面耶？桃花耶？虽历千百春，艳红相映，问种桃之道士，且不知归何处矣。”

《桃花扇·拜坛》的眉批云：

私君、私臣、私恩、私仇，南朝无一非私，焉得不亡！

由此可知,孔尚任的创作目的,就是在《桃花扇》中总结南明王朝兴亡的历史经验,剧本承载着孔尚任对历史的思考。在这场历史经验的探寻中,孔尚任一改历史剧的传统写法,以秦淮名妓李香君与侯方域二人爱情发展为引线,将特定历史时期中大江南北的政治风云和一代王朝的兴衰际遇系于笔端,由二人将南明小王朝当时面临的内外困局充分展示出来,在全剧四十出中有二十五出直接描写南明王朝的灭亡过程。作者将人物的活动与王朝的覆灭这两方面的内容组织起来,细针密线,秩序井然,构成了一个有机的庞大情节体系和"借离合之情,写兴亡之感"的整体格局。

剧本历史兴亡之感的陈述是借助离合之情来写的。在象征二人爱情的定情物"诗扇"变为"桃花扇"的过程中,在"桃花扇"赠扇→溅扇→画扇→寄扇→撕扇的悲剧化过程中,作者写出的不是李香君的爱情观,而是其政治气节与政治观念。

我们看到,全剧有《听稗》《传歌》《访翠》《眠香》《却奁》《闹谢》《辞院》《拒媒》《守楼》《寄扇》《骂筵》《逢舟》《题画》《栖真》《入道》共十五出戏专写"离合之情"。在这十五出戏中,核心人物就是李香君。

剧中的李香君是一个处于社会底层的秦淮歌妓,也是一个巾帼英雄。她聪明美貌,具有政治眼光。她痛恨奸臣,在国家危难之际决不随波逐流、同流合污。她爱侯方域,是因为侯方域是复社文人;但她并没有附和他。《却奁》一出,侯方域沉浸在爱河中忘乎所以,李香君头脑清醒,警惕地问杨龙友:"为何轻掷金钱,来填烟花之窟?"杨龙友实情相告,李香君质问侯方域:"阮大铖趋附权奸,廉耻丧尽;妇人女子,无不唾骂。他人攻之,官人救之,官人自处于何等也!"在大是大非面前,李香君明辨是非。后来阮大铖派手下人冲进媚香楼,强迫李香君嫁给田仰,此时李香君知道阮大铖、田仰同是魏党,因而誓死不从,手持扇子,前后乱打,最后一头碰地,血溅妆台,"竟把花容,碰了个稀烂"。为了不让自己的人格受到玷污,宁为玉碎,不为瓦全,李香君用自己的鲜血捍卫自己的爱情信念和政治理想。李香君后来受到阮大铖、马士英的迫害,被关进宫中,面对权奸,她更是大声地控诉权奸的祸国殃民。《骂筵》一出,她手指阮大铖、马士英,大声痛骂:

> 【五供养】堂堂列公,半边南朝,望你峥嵘。出身希贵宠,创业选声容,后庭花又添几种。把俺胡撮弄,对寒风雪海冰山,苦陪觞咏。
>
> 【玉交枝】东林伯仲,俺青楼皆知敬重。干儿义子从新用,绝不了魏家种。

这是李香君最痛快淋漓的一场演出,她义正词严,历数"半边南朝"中"堂堂列公"的种种罪恶,公开表明对"魏家种"的痛恨和对"东林伯仲"的敬重。为了正义,她已置生死于度外。此时在她身上呈现的高洁似冰雪、坚强如铁石的高贵品质,既是孔尚任渴慕的时代人格,更是作者政治理想的寄托。

李香君并没有被写成政治概念的传声筒,而是有着自身丰富性格因素的个体。在与侯方域的爱情发展过程中,她有少女的天真、羞涩和幸福感;在被迫与侯方域分离后，她有着独守空楼的孤寂和烟花命薄的哀伤，有着说不尽的千愁万苦和诉不完的朝思暮想，也有着与侯方域重会、共赴锦绣前程的企盼。但是这一切个人情感不得不与当时错综复杂的政治斗争形势相融在一起。

当二人历经磨难和分离的痛苦之后，终于在栖霞山重逢时，已是国破家亡。而正当他们互诉衷肠，柔情似水之际，张道士一句“国在那里，家在那里，君在那里，父在那里”的质问，使他们顿然大悟，割断“花月情根”，双双出家。

这种打破大团圆结局的处理，既是孔尚任表达社会政治逻辑的必然，也符合李香君性格发展的逻辑，由此寄托了作者的兴亡感叹：“悟道语，非悟道也，亡国之恨也。”《入道》一出的这一批语，揭示了作者对这一情节处理的良苦用心。

李香君是有着清醒的政治头脑、坚定的政治气节，主动与权奸抗争的烈女子，这一形象寄托了孔尚任对政治历史的反思。

《桃花扇》中人物归宿的抉择

授课视频

孔尚任《桃花扇》全本共四十出，角色多是以历史人物为原型而进行艺术再创造的结果。孔尚任“以离合之情，写兴亡之感”进行关目处理。

从第一出《听稗》至第六出《眠香》，主要写侯方域、李香君的结合，同时展开了复社文人与阮大铖的斗争。第七出《却奁》至第十二出《辞院》写侯方域、李香君由合而离，明末局势的发展，阮大铖等人攻击逼使侯方域投史可法。第十三出《哭主》至第十六出《设朝》写北京失守后的历史大事；马士英、阮大铖拥戴福王建立南明王朝，复社文人所拥戴的史可法遭到排挤，为侯李二人以后的种种遭遇埋下伏笔。第十七出《拒媒》至第三十出《归山》一方面写李香君，揭示出南明朝廷的腐朽，表现李香君的忠贞；另一方面写侯方域，展现出南明的内讧以及权奸对东林、复社党人的迫害。第三十一出《草檄》至第四十出《入道》写南明的内讧，史可法无援，最终南明覆亡，侯方域、李香君两人由离而合。整本四十出都以侯方域、李香君的离合为线索，展开南明一代兴亡的场景。

在《桃花扇・纲领》中，孔尚任把戏中人物又分为左、右、奇、偶、总五部。第一出之前有“试一出”《先声》，即以张道士、老赞礼为传奇的经纬，由他们“总结兴亡之案”“细参离合之场”。第四十出之后又有“续四十出”《余韵》，则是全剧之“结”。这两出中的“老赞礼”、苏昆生、柳敬亭，既是历史变迁的见证人，又是《桃花扇》传奇的观众。孔尚任通过这几个特殊人物，直抒胸臆，更深切地表达他对人生归宿的抉择，以此寻找世外桃源的心路历程。

梁廷枏《曲话》卷三云：

> 《桃花扇》以《余韵》折作结，曲终人杳，江上峰青，留有余不尽之意于烟波缥缈间，脱尽团圆俗套。乃顾天石改作《南桃花扇》，使生旦当场团圆，虽其排场可快一时之耳目，然较之原作，孰劣孰优，识者自能辨之。

我们可看到，孔尚任在《桃花扇》中对明亡历史教训的总结并不是其最终的创作目的。剧作家在个人命运与国家命运密切相关的历史时刻，面对一个破碎的国家和呻吟的民族，内心翻滚不息的是深沉的破灭感，是对封建末世刻骨铭心的感受，对急剧下沉的时代趋势无可奈何的叹息，因而孔尚任以人生的空幻意识探寻、抉择着历史际遇中的人生归宿。

孔尚任为剧中的正面人物设计了种种人生归宿的形式：或投江自尽，或皈依佛门，或入道升仙，或隐居山林。这种种选择皆源于有明三百年帝国大厦旦夕间的崩溃，其中满含着深深的痛楚与悲凉。

孔尚任在交代这些人物的结局时，既基于历史，又不拘泥于历史。剧本中侯方域和李香君最终以入道为结局。孔尚任还写出了"南明三忠"——史可法、左良玉、黄得功的人生结局，作为国家栋梁的他们最终未能在历史关键时刻承担起社会责任。

史可法是孔尚任极力赞扬的人物。孔尚任曾到过扬州的梅花岭，那里有史可法的衣冠冢。孔尚任曾经写过《梅花岭》诗，诗曰：

梅花岭亦倾，人来立脚叹。岭下水滔滔，将军衣冠烂。

他在《桃花扇》里，把满腔的热情倾注在史可法身上，重现这位将领独撑危局、慷慨捐躯的局面。史可法是南明王朝内部最可敬的人物。他一心为国，不谋私利。但是他上得不到朝廷的信任，下无众将支持，有志难伸。《誓师》一出，正面表现史可法的忠肝义胆。扬州战败，史可法缒城而出奔。他曾经想过"满拚自尽"，但"忽然想起明朝三百年社稷，只靠俺一身撑持，岂可效无益之死，舍孤立之君"。正是怀着恢复山河的一线希望，他忍死须臾，在空江野路上狼狈奔跑，直至听到南京失陷的消息，感到复国无望，才投江自杀。

在沉江前，史可法唱一曲【普天乐】，有一番自白：

【普天乐】撇下俺断蓬船，丢下无家犬，叫天呼地千百遍，归无路，进又难前。(登高望介)那滚滚雪浪拍天，流不尽湘累怨。(指介)有了！有了！那便是俺葬身之地。胜黄土，一丈江鱼腹展。(看身介)俺史可法亡国罪臣，那容冠裳而去！(摘帽，脱袍、靴介)摘脱下袍靴冠冕。……你看茫茫世界，留着俺史可法何处安放？累死英雄，到此日，看江山换主，无可留恋。(跳入江翻滚下介)

史可法以悲剧的方式结束了悲剧的生活，成为一个悲剧英雄。史可法在历史的重大关键时刻作出了自己的选择。

黄得功为座次尊卑挑起内讧，听从马士英、阮大铖调遣，与左良玉内战，最终以身殉国。左良玉不识大体，率兵东下"清君侧"，而最终自己气死。第三十七出《劫宝》总批称："南朝三忠，史阁部心在明朝，左宁南心在崇祯，黄靖南心在弘光。心不相同，故力不相协。"第三十八出《沉江》尾评曰："左宁南死于气，自气也；黄将军死于刃，自刃也；史阁部死于溺，自溺也。"南朝三忠竭忠尽力也无法挽回南明王朝灭亡的命运，他们自己成为南明王朝的殉葬品。孔尚任在剧中对"南明三忠"人生抉择与归宿的书写，充满无奈与叹息。

剧本刻画的另一类人物，如说书艺人柳敬亭、唱曲艺人苏昆生代表着又一种选择。他们反对马士英、阮大铖的倒行逆施，支持复社文人。他们不喜空谈，遇事沉着冷静，敢于承担责任，他们是民间的士大夫，这一点有别于复社文人。

明末清初是“天崩地解”、舆图换稿、江山易代的时代，一些人苦闷彷徨，不知道路在何方。孔尚任称其创作《桃花扇》，“不独令观者感慨涕零，亦可惩创人心，为末世之一救矣”（《桃花扇·小引》）。

这里所谓“末世”指穷途末路的人。荀子《劝学》称：“则末世穷年，不免为陋儒而已。”孔尚任在《桃花扇》中写了各色人物在朝更代易的历史关键时刻，因各自不同的选择导致了不同的人生道路，不同的人生道路又决定了不同的选择。他本来要为迷津之人指明方向，但在他笔下，封建士大夫已经不能够承担起治国、平天下的历史重任，弘光皇帝荒淫，马士英、阮大铖乱政，江北四镇私争，推行亡国之政，就是“南明三忠”也无力回天，解民于倒悬，“朝中军中，无处不难；佞臣忠臣，无人可用。此兴亡之大机也”（《争位》尾评）。东林党人及复社文人侯方域、吴次尾、陈定生等更是不能承担起治国、平天下的历史重任。

可以说，孔尚任对传统的封建士大夫阶层已经失望，这导致了《桃花扇》充满了人生空幻感。《桃花扇》与《长生殿》一样，作者以离合悲欢来寄托兴亡之感，这种兴亡之感不是肤浅、表面的。这种兴亡之感并不是停留在家国悲痛中，而是通过一姓的兴衰、朝代的改易，透露出者对整个人生的空幻之感。两者对比，在《长生殿》中，这种兴亡之感与人生空幻之感在《弹词》中倾泻而出。在《桃花扇》中，《余韵》一出痛快淋漓地抒发了兴亡之感与人生空幻之感：

> 【哀江南】【北新水令】山松野草带花挑，猛抬头秣陵重到。残军留废垒，瘦马卧空壕；村郭萧条，城对着夕阳道。
>
> 【驻马听】野火频烧，护墓长楸多半焦。山羊群跑，守陵阿监几时逃。鸽翎蝠粪满堂抛，枯枝败叶当阶罩；谁祭扫，牧儿打破龙碑帽。
>
> 【沉醉东风】横白玉八根柱倒，堕红泥半堵墙高，碎琉璃瓦片多，烂翡翠窗棂少，舞丹墀燕雀常朝，直入宫门一路蒿，住几个乞儿饿殍。
>
> 【折桂令】问秦淮旧日窗寮，破纸迎风，坏槛当潮，目断魂消。当年粉黛，何处笙箫。罢灯船端阳不闹，收酒旗重九无聊。白鸟飘飘，绿水滔滔，嫩黄花有些蝶飞，新红叶无个人瞧。

《桃花扇》展现出的这种兴亡之感与人生空幻感，是作者心血眼泪凝结而成的，也是一种时代情绪的反映。

孔尚任《桃花扇》中的悲观情调比《长生殿》更为浓厚。全剧临近结束时，苏昆生感叹旧日繁华全成残山旧梦，唱了一套【哀江南】：“眼看他起朱楼，眼看他宴宾客，眼看他楼塌了。”三句道尽世事沧桑，可称是千古名句。

孔尚任眼中的明清易代之际是个颠倒混乱的时代，悲剧主人公的不幸不在于个人的特殊遭遇，而在于整个混乱的环境中任何正面人物都无法避免，都会陷入无能为力的困境。在中国传统剧作中，多数悲剧主人公，他们的命运虽然是不幸的，但在个人不幸的背后存在着肯定其主体价值的更高的正义。不论伦理主体的不幸是殉道，是服从伦理正义的牺牲行为；还是情感主体的不幸是殉情，是对人的情感需要的高扬，都是有所依附与寄托的。然而，《桃花扇》中主人公的不幸却是对虚无的确证。这种观念体现于整个故事中主人公作为悲剧主体的无能为力上，孔尚任在最后一出《入道》中通过道士张瑶星与侯方域的一番争论特别强调了出来：

(外)……当此地覆天翻，还恋情根欲种，岂不可笑！

(生)此言差矣！从来男女室家，人之大伦，离合悲欢，情有所钟，先生如何管得？

(外怒介)呵呸！两个痴虫，你看国在那里，家在那里，君在那里，父在那里，偏是这点花月情根，割他不断么？

【北水仙子】堪叹你儿女娇，不管那桑海变。艳语淫词太絮叨，将锦片前程，牵衣握手神前告。怎知道姻缘簿久已勾销；翅楞楞鸳鸯梦醒好开交，碎纷纷团圆宝镜不坚牢。羞答答当场弄丑惹的旁人笑，明荡荡大路劝你早奔逃。

在一番争论中，侯方域和李香君大彻大悟，可见故事中的主人公作为悲剧性主体，并没有接受伦理或情感价值的承诺，他们最终体现出来的是作者对历史意义的形而上的解释。按照故事最后所揭示的，从更高层面的哲理意义上讲，主人公的困境是人的必然命运。

这样的意境后来又重现于另一个梦、另外一部更伟大的悲剧性的叙事文学作品中，这就是小说《红楼梦》中甄士隐为跛足道人的《好了歌》作的解："陋室空堂，当年笏满床；衰草枯杨，曾为歌舞场……"

中国思想史的研究者们常常会注意到中国传统的乐天、入世的精神，从《桃花扇》以前的大多数古典悲剧来看，这种精神的表现是很明显的。然而《桃花扇》却与这种传统精神背道而驰。这并不是偶然现象。明朝的灭亡给遗民们带来的深重的亡国之痛当然是产生这种悲观主义思潮的重要原因。历史上每一代王朝的危难和灭亡都会给人们带来巨大的精神创伤，并往往因此而产生一些带有浓厚的悲怆情绪的优秀艺术作品，像屈原的楚辞、李煜的词、文天祥的诗都可算作此类。但从晚明到清前期的百年中形成的相当普遍的悲观主义和虚无主义思潮则显然不能简单地用兴亡之感来说明。这不仅是因为这种悲观主义思潮延续的时间要远远长于前朝遗民发兴亡之感的朝代更替时期，更重要的是，这种思潮不是一般意义上的亡国之痛，它是一种以出世解脱为归宿的虚无主义情绪，是一种真正面对痛苦和绝望的悲剧审美趣味。这是中国传统的悲剧精神走向蜕变的一个标志。①

① 高小康：《〈桃花扇〉与中国古典悲剧精神的演变》，《文学遗产》，1999年第4期。

蒲松龄的科举之路与《聊斋》

授课视频

与《聊斋志异》在中国古代文言小说史上的大放异彩相对比，作者蒲松龄的科举之路却显得黯淡无光，走得异常艰难。而这种光辉与黯淡，共同交织成了蒲松龄的大半生，让我们为之赞叹、为之景仰，同时也为之扼腕叹息。

或许每个人的心中都有解不开的一个心结，而对于蒲松龄而言，这个心结便是科举。蒲松龄出生于山东淄川蒲家庄的一个书香门第，年少时就聪颖过人，19 岁“初应童子试，即以县、府、道三第一，补博士弟子员，文名籍籍诸生间”。[①] 在科举之路的一开始，他就取得了一个开门红，这个开门红给了他很大的希望，但是之后几十年间的乡试，却把他的科举美梦击得粉碎，屡屡的科场败北让他的希望一次又一次落空。这个过程对于蒲松龄来说，无疑是巨大的折磨，从他的一些诗文作品中，我们能够感受到他巨大的心理落差。例如他在《寄紫庭》诗当中所写的：“三年复三年，所望尽虚悬。午夜闻鸡后，死灰复欲燃。”因为明清时候的乡试，一般是三年一次，所以说三年复三年，但是人这一生又有几个三年呢？在一次次的科场败北之后，蒲松龄往往感觉自己是心如死灰，但在第二天听到鸡鸣以后，他又开始对科举重新报以热情和希望。

蒲松龄为什么如此钟情于科举呢？找一条其他自我实现的方式不行吗？这就要结合他的生活环境来说明。

首先，这与他的家庭环境有着密切的关联。虽然蒲松龄的祖上没有出过什么达官显宦，但终究是诗礼传家的书香门第，蒲松龄自己也曾经以祖上的“科甲相续”引以为傲。他在《族谱序》中说：“万历间，阖邑诸生，食饩者八人，族中得六人焉。嗣后科甲相续，虽贵显不及崔卢，而称望族者，往往指屈之。”在蒲松龄眼中，祖上科甲相续，不能到自己这里中断或者没落了，那样自己也就真的成为不肖子孙了。古代家庭中的成员不仅是一个个体，而且也和整个宗族相关联。继承祖上的事业，振兴宗族、光耀门楣，无疑是蒲松龄作为一个家庭成员所要扛起的责任。

其次，这也和古代儒生建功立业、积极入世的心态有关。蒲松龄深受儒家思想文化的熏陶，在他的意识里，科举不仅仅是出于对家庭的责任，也是出于一种对社会的责任。他在《咏史》诗当中就曾经以咏诸葛孔明来抒发自己的心志：“从容起南阳，谈笑魏吴惊。男儿事蚕桑，后世有何称？”也就是说，他也希望自己有一天能够像诸葛亮一样出山，建立起一番功业，而对于纯粹的躬耕陇亩、老死山林，是不抱太大兴趣的。

---

① 朱一玄编：《〈聊斋志异〉资料汇编 · 柳泉蒲先生墓表》，南开大学出版社 2012 年版，第 285 页。

再次，在封建时代，文人科举及第，其实也是在寻求一种社会认同。因为人活在世界上，并不是孤立的，社会衡量一个人的标准难免会对他的选择产生一定的影响。在蒲松龄生活的那个时代，大部分文人都在考科举，蒲松龄的家人、友人，还有他周围的士子，都以科举表现作为一个衡量文人是否成功的重要标准。在这样一种环境下，蒲松龄很难作为一个超越时代的异类，把科举轻易地抛开。

那么蒲松龄大概考到什么时候呢？根据蒲箬《柳泉公行述》的一个记录，说蒲松龄是"……惨淡经营，冀博一第，而终困于场屋，至五十余尚希进取"。[①] 他从二十多考到五十多，由原本的"朱颜绿鬓少年郎"，考到白发苍苍。我们一方面不得不佩服蒲松龄考科举的那份执着与坚韧，但另一方面我们又会想，一个人抱着一颗热望的心，到底能承受住多少次的打击与失望？当看到日子一天天过去，容颜一天天衰老，生命一点点逝去的时候，蒲松龄有没有在某些时候觉得，其实科举根本不值得自己投入这么大的心力呢？可能这就是所谓的当局者迷吧。到后来反而是他的妻子刘氏劝他，说不要再这样了，如果命中该做官的话，现在早已经官至台阁了，山林自有乐地，做个普普通通的老百姓不也可以很快乐么？为什么非得要当官才满足呢？从那以后，蒲松龄才对科举渐渐心灰意冷，但是直到 72 岁高龄的时候，他还冒着大风雪，去博一个岁贡的功名，可见他对科举是多么痴迷，多么放不下。

蒲松龄科举的屡试不第，对他个人来说无疑是一种不幸，因为他的心灵在一次又一次的科场败北中遭到了严重的打击、摧残。但是对于文学来说，又是一种幸运，科举的不幸和《聊斋志异》的成书是密切联系在一起的，甚至可以说，没有科场的屡次失利就没有如此伟大动人的《聊斋志异》。

首先，中国古代讲穷愁著书，讲不平则鸣，意思是一个人在逆境当中，在愁苦当中，在生命的低谷当中，往往能够爆发出惊人的精神力量，发出震撼心灵的最强音。屡次的科举不第，使蒲松龄形成了一种独特的孤愤心态，他在《大江东去·寄王如水》一词中写道："天孙老矣，颠倒了天下几多杰士。蕊宫榜放，直教那抱玉卞和哭死！"又说："每每顾影自悲，可怜肮脏骨销磨如此！糊眼冬烘鬼梦时，憎命文章难恃。"从这些作品当中，我们不难读出作者那种悲愤无处说的凄凉心情。而正是这种孤愤，为《聊斋志异》注入了不朽的艺术灵魂与动人的精神力量。他在《聊斋自志》当中有这样一句话来自明心迹："浮白载笔，仅成孤愤之书。寄托如此，亦足悲矣！"作者其实正是想借《聊斋志异》来长歌当哭，抒发胸中长期郁积的悲愤与失望，浇自己胸中科场屡次失利之块垒。在这样简单的一句话中，有自悲，有自怜，也有自嘲，他觉得自己一辈子就这么过去了，正事一件也没干成，所谓"落拓功名五十秋，不成一事雪盈头"。于是他只好寄情于小说，寄情于鬼狐花妖这些虚无缥缈的东西，在这种情况下，《聊斋志异》的写作也就成了蒲松龄至为重要的精神寄托。因此，《聊斋志异》是不得不写的，一个人的精神或者才华在这个方面受到了压抑，必然会在另一个方面爆发出来。晚明思

① 朱一玄编：《〈聊斋志异〉资料汇编》，南开大学出版社 2012 年版，第 282 页。

想家李贽有一段话说得好:“且夫世之真能文者,比其初皆非有意于为文也。其胸中有如许无状可怪之事,其喉间有如许欲吐而不敢吐之物,其口头又时时有许多欲语而莫可所以告语之处,蓄极积久,势不能遏。一旦见景生情,触目兴叹;夺他人之酒杯,浇自己之块垒;诉心中之不平,感数奇于千载。”①这段话用来形容蒲松龄的写作,可以说是恰如其分。从写作心理、写作动因来说,蒲松龄的《聊斋志异》和司马迁的《史记》在某种程度上有着异曲同工之妙,《聊斋志异》何尝不是蒲松龄精神世界的一部《史记》?一个心平气和的人,一个金榜题名、春风得意的人,又怎会写出《聊斋志异》这样的著作呢?

其次,当一个人在现实世界当中寻找不到出路和希望的时候,他往往会让自己的精神意志驰骋于一个虚幻的、非现实的世界,因为在虚幻的世界里,他可以任意抒写自己的理想与寄托,自由自在地畅游,以虚幻世界的美好与希望来慰藉自己在现实世界中受伤的心灵。《聊斋志异》中五彩斑斓的鬼狐世界,恰恰是蒲松龄在抑郁不得志的人生当中做的一场又一场美梦。在《聊斋志异》中经常有这样一种情节模式,那就是落魄文人往往在现实世界中处处碰壁、不合时宜,但是却有大批年轻貌美的女性人物对他们青睐有加。《白秋练》中的慕蟾宫、《连城》中的乔生、《连琐》当中的杨于畏,这些书生都凭借着自己的才华、自己的诗文吸引了美貌聪慧的女子。这实际上反映了蒲松龄的一种心理,那就是:他希望自己能够被外界所认可,在现实中不能被科举所认可,那么在虚幻中被一群妙龄女性所认可不是也可以得到一种心灵的安慰吗?正如他在《青梅》一篇末尾所说的:“天生佳丽,固将以报名贤;而世俗之王公,乃留以赠纨袴,此造物所必争也。……独是青夫人能识英雄于尘埃,誓嫁之志,期以必死;曾俨然而冠裳也者,顾弃德行而求膏粱,何智出婢子下哉!”在贫穷、卑微而琐碎的生活中,青春美丽女子的慧眼识人也便成了蒲松龄的诗和远方,他期待着能有一个“青夫人”一般的知己,把自己在科举中所遇到的种种不幸全都抹平,也期待着在与精神知己的相互欣赏、相濡以沫中忘却俗世的苦难与伤痛。

再次,我们说科举和《聊斋志异》有密切关联,还因为《聊斋志异》当中写了不少揭露科场黑暗、抨击科举弊端的篇章,而蒲松龄个人的科举经历无疑为这部分作品提供了现实的来源。在这部分作品中,蒲松龄的矛头往往不是指向科举制度本身,而是科举制度当中产生的一些不公平现象,也就是“黜佳士而进凡庸”,“……陋劣幸进,而英雄失志者”。蒲松龄把批评的对象集中到了考官身上,认为他们的学识不够,不足以衡量士子的水平。例如在《司文郎》当中,他写了一位盲和尚,这个和尚能够用鼻子闻出文章的好坏来,而且屡试不爽,但是真正到了科举场中,盲和尚嗅出来好的文章却被黜落了,盲和尚一闻就恶心的文章却得以高中。盲和尚知道以后,不禁感慨说,我虽然盲于目,但是不盲于鼻,而那些帘中的考官们“并鼻盲矣”。这句话意味深长,说出了封建时代落第文人的心声。正因为这些考官目盲鼻盲,不辨好坏,所以有才华的

① 李贽:《焚书·续焚书》,中华书局2013年版,第97页。

文人往往得不到赏识，没有出头之日。除此以外，像《叶生》《贾奉雉》《考弊司》等，也都从不同的角度揭露了封建科举中的黑暗，而假如没有多次科举的经历，作者的描写不会如此真实，揭露也不会如此深刻。

站在今天的角度来看，蒲松龄的科举不第到底是一种幸运还是一种不幸？对于他个人来说，一辈子的努力没有得到回报，无疑是一种不幸。但如果他真的考中了进士，他还有时间、精力，还有那样一份孤愤的心情去创作《聊斋志异》这样一部不朽名著吗？大概是没有的。而如今，整个清代的状元、榜眼、探花，我们又能记住几个呢？但是蒲松龄和他的《聊斋志异》却早已经家喻户晓，而且被翻译成了外文，流传到了国外。我们并不缺一个及第的进士，但我们缺少蒲松龄这样能够站在底层文人的角度，向我们展示他们的生活、揭示他们的心态、吐露他们的心声的伟大作家。倘若蒲松龄地下有知，他会不会觉得当年的科场不利，反而是自己人生当中最大的幸运？

狐女婴宁的“笑”与“不笑”

授课视频

清代，文言小说出现了一座高峰，这座高峰就是蒲松龄的《聊斋志异》。《聊斋志异》写了很多鬼狐花妖的故事，这些鬼狐花妖并不是作为一种纯粹异类的形象出现的，他们既有着本身的一些奇异特点，又有着人的七情六欲。拿鲁迅先生的一句话来说，就是“使花妖狐媚，多具人情，和易可亲，忘为异类”。而在这些花妖狐媚中最为光彩照人的，莫过于狐女婴宁。蒲松龄在篇末的议论中甚至直接称婴宁为“我婴宁”，可见他本人也是非常喜欢这个人物的。说起婴宁，我们就不能不说她的笑。

婴宁这个人物形象的塑造是和笑密不可分的，而且她的笑有着不同的文化层次，展现出不同的文化内涵。当王子服初见她的时候，她就在笑，当时正值上元佳节，良辰美景、赏心乐事，在茫茫人海之中王子服看到了婴宁，她“捻梅花一枝，容华绝代，笑容可掬”。古代女子笑的方式有很多种，诗经中的《硕人》是“巧笑倩兮，美目盼兮”，白居易《长恨歌》中的杨玉环是“回眸一笑百媚生，六宫粉黛无颜色”，而婴宁却是拈花一笑，梅花与少女的笑之间形成了一种意象的搭配，是两种美好事物的组合。这真的是一个非常能够打动人心的场景。而王子服也被婴宁深深地吸引，是“……注目不移，竟忘顾忌”，“非礼勿视，非礼勿听”之类的圣人之训全都忘得一干二净。婴宁的离去也是非常具有中国古典美的韵味，是“遗花地上，笑语自去”。人虽然走了，但是笑声余音袅袅，而且留下了一朵花，到底是有心留下的还是无心留下的呢？这里面有很多可供读者猜测、阐释的空间，文中处理得非常含蓄。这个时候，婴宁的笑更多的是一种少女天真烂漫的笑，是一种自然意义上的笑。

随着故事的发展，读者会发现婴宁的笑和常人不同，她的笑太过频繁了：可笑的东西笑，不可笑的东西她也笑；该笑的时候笑，不该笑的时候她还在笑。笑几乎成了婴宁的一种标志、一种象征，甚至内化成了她的一种性格。比如，当王子服忍受不了相思的煎熬跑去找她的时候，婴宁的母亲说：“唤宁姑来。”结果等了一会儿，未见其人，先闻其笑，“闻户外隐有笑声”；进来以后，她也是“笑不可遏”。她的母亲看不下去了，就说，有客人在呢，你这样笑来笑去的，像个什么样子呢？这个时候，婴宁才“忍笑而立”。但是没忍多久，她又“原形毕露”，一会儿笑得不可仰视，一会儿又大笑，刚一走出门，“笑声始纵”，这就叫“江山易改禀性难移”，笑是婴宁的天性，不让她笑真是能把她憋坏了。这个时候的笑可以看成一种异样的笑，换句话说，无时无刻不在笑成了婴宁与外在世界中的人不太一样的一个特征。

那么为什么会有这种不同？这就必须深入文化的层面，或者说礼教的层面来解释。中国古代对女子的行为举止是有一定标准的，也是有一定约束的，女性要端庄淑雅、温柔敦厚，这样才符合儒家的审美标准。因此，笑也是要有礼的，要根据场合进行区分，要知道什么时候该笑、什么时候不该笑，而且要有所顾忌；作为一个窈窕淑女，哈哈大笑肯定是不行的，要笑不露齿。像婴宁这样动不动就笑得不可仰视的，无疑是儒家文化的一个异类。婴宁的母亲也说她是“但少教训，嬉不知愁”，又说她“年已十六，呆痴裁如婴儿”。她是没有受到儒家礼法熏陶的、没有被封建礼教所摧残的一个天真少女，她保持着自己胸中的那股真情、真气。她想笑就笑了，笑还需要理由吗？还需要看别人的脸色吗？而这种特征与她作为一个狐女的身份很好地结合了起来，正因为她不同于常人，所以也没必要拿人间的礼法来约束她。

当不拘人间礼法的婴宁和熟读圣贤之书的王子服对话时，这种自然与礼教的冲突就马上浮现了出来。当王子服掏出上元节婴宁所留下的花的时候，婴宁不解王子服何意，说你要是喜欢花的话，等走的时候，我让家里仆人给你折上一捆背回去。王子服哭笑不得，说：“我非爱花，爱捻花之人耳。”就好像《诗经》当中的《氓》一样，“匪来贸丝，来即我谋”。一般人看到这里，王子服的心意早已经是洞若观火了，但是婴宁的话依然是一句痴似一句：

> 女曰：“葭莩之情，爱何待言。”生曰：“我所谓爱，非瓜葛之爱，乃夫妻之爱。”女曰：“有以异乎？”曰：“夜共枕席耳。”女俯思良久，曰：“我不惯与生人睡。”

看到这里，我想大家都会发出会心的微笑。因为婴宁甚至不明白：瓜葛之爱和夫妻之爱有什么区别。向婴宁这样的女孩表白是有一定难度的，王子服以为已经说得很明白了，但是婴宁根本没理解他的意思。于是王子服接着给她解释，说男女之爱是要“夜共枕席”的，这句说得已经是相当直白了，但婴宁的回答却是“我不惯与生人睡”。大家注意她的反应，她不是害羞，而是说不习惯。如果是害羞，说明她的意识里还是有封建礼教的因素存在的，但婴宁不是，表现得非常淡定，说我不习惯，完全是从个人喜好的角度来说的，把“夜共枕席”看得非常自然。婴宁完全以一种自然天真的眼光来看待人间之事。

如果说这里表现的是婴宁对礼教的一种不理解，那么当婴宁把这件事情告诉母亲的时候，就几乎是以一种天真的方式来戳穿礼教的虚伪了。婴宁的母亲问她，饭熟这么久了，你们有什么话说不完？婴宁冲口而出：“大哥欲我共寝。”王子服听了大窘，连忙用眼神示意她别说了。不仅仅是王子服，任何人遇到这种情形都巴不得赶紧找个地缝钻进去。婴宁后来就很奇怪地问王子服，我刚才这句话不应该说吗？王子服就说，这是背人语，是我们之间私下才能说的话，婴宁就问：“背他人，岂得背老母？且寝处亦常事，何讳之？”你说婴宁说的有没有道理？有道理，按照她的逻辑完全可以讲得下去。我们经常说童言无忌，孩子说话是不懂伪装的，也是不讲太多技巧的，呈现更多的是一种真实的状态，但往往这种真实会让成人有点窘迫和难堪。而这正是婴宁说话的一个特点，她用她的天真撕破了礼教虚伪的面孔，她的痴不是傻、不是笨、不是呆，而是一种逍遥于人间礼法、世俗礼教之外的自然本真状态。

在婴宁嫁给王子服的过程中，她的性格慢慢开始发生一定的变化。因为当她嫁到人间，必然时时处处面临着人间礼法的约束，拿以前那种天真的做派来行事肯定是要出问题的。在王子服带婴宁走的时候，婴宁的母亲就说她："若不笑，当为全人。"当然，这个全人指的是社会意义上的人，也暗示了婴宁日后的命运。她嫁到王子服家后依然笑声不止，王子服的母亲就说："此女亦太憨生。"之前她在自己家狂笑不止可以，现在到了婆家好歹得收敛点吧？但是她没有，是"禁之亦不可止"。

爱笑有其好处，当王子服母亲忧怒的时候，只要婴宁一来，她的忧怒很快就能消解掉；但是爱笑有的时候也会招惹不必要的麻烦，比如她经常爬得很高摘花来玩，跟淘气的小孩一样。有一天就被邻居家的儿子看见了，她不但不回避，反而接着笑，结果邻人的儿子就会错意了，以为婴宁对他有意思，并且看见婴宁示意他晚上来墙底下约会，以为大事成矣，没曾想晚上婴宁使了个诡计，让一个蝎子狠狠地蜇了他一下，最后一命呜呼。出了人命，邻居当然会向官府告状，虽然邻居的告状被判为诬告，但人命官司毕竟不是什么光彩的事。因此，事情发生以后，王子服的母亲就好好地教训了婴宁一顿："憨狂尔尔，早知过喜而伏忧也。"的确，在她的世界里，每天嘻嘻哈哈没有关系，但是在其他人那里，很有可能会起一些不必要的麻烦。就本质而言，婴宁错了吗？并没有，错就错在天真的婴宁来错了地方。以她的这种做派，在人世间必然会惹出很多的麻烦，所以不得不努力去收敛自己的一些天性。当王子服的母亲告诉她"人罔不笑，但须有时"的时候，婴宁从此便不再笑，甚至有人逗她她也不会再笑了。

看到这里，我们的心中多少会有一丝失落和怅惘。婴宁的笑是她天真自然本性的流露，当她不再笑的时候，恰恰意味着这种自然本性的遗失。自然本性遗失了，婴宁还是婴宁吗？从"笑不可遏"到"不复再笑"，恰恰是婴宁由一个天真无邪的狐女，一步一步被人间社会的礼法、礼教所同化的过程，或者说是一颗单纯如婴儿般的心灵在经历了一系列的怀疑与误解之后，逐渐成长、逐渐复杂的过程。小说的结尾部分写她思念母亲以至于涕泪交零，正是为了渲染她已经开始领悟到了人伦礼法；又写她生了一个儿子，在人怀抱中，见人辄笑，这一方面告知我们婴宁现在已为人母，另一方面孩子的笑又让我们不由自主地联想起婴宁初遇王子服时的情形。这种今昔的对比，令人不禁感叹，婴宁的结局在现实中可能是一出喜剧，因为她很好地融入了人间的环境，进入了一个伦理的链条；但是在精神上，这个结局无疑又是一个悲剧，因为，她是以压抑自己爱笑的天性为代价才换来这样一个结果；也是以障蔽自己的童心为代价才做到与现实的世界勉强交融。这个时候再回想起她之前的拈花一笑，想起她之前的"嬉不知愁"，想起她"不惯与生人睡"的那些痴言痴语，我们难道不会更加怀念那个天真烂漫、无拘无束、自由自在的婴宁吗？婴宁的悲剧，其实不仅仅是一个狐女的悲剧，也是整个封建时代里那些自由心灵的一曲挽歌。作者通过婴宁叩问社会，也叩问人们的心灵，为何如此纯洁美丽的灵魂只能存在于异类的世界里，而到了这个现实的世界中却会消失得无影无踪。

《儒林外史》马二先生的“举业”观

《儒林外史》假托明代故事，除了第一回楔子写元明易代时王冕的故事外，正文从明宪宗成化(1465—1487)末年写到明神宗万历二十三年(1595)，历时一百多年。其实小说展示的是18世纪清代中叶的社会风貌，尤重“穷极文士情态”(程晋芳《文木先生传》)，生动地展示了清代科举制度下读书人的生活状况和精神面貌。

授课视频

吴敬梓以耳闻目见的文人士大夫为蓝本，在《儒林外史》中生动地展现了清代社会中的儒林群相。《儒林外史》涉及的社会生活层面虽然很广，但正如鲁迅所说：“机锋所向，尤在士林。”吴敬梓根据自己长期的体察和分析，描绘了一轴色彩斑斓的士林人物长卷，居于画卷中心位置的是形形色色的儒士和名士，小说可以称为封建末世士林百态的“浮世绘”。作者通过对一代文士生活和思想的现实主义描写，深刻揭示了封建末世精神道德和文化教育的严重危机，并探求疗救的出路。

闲斋老人在《儒林外史序》中简要地说明了小说的基本思想：

其书以功名富贵为一篇之骨：有心艳功名富贵而媚人下人者；有倚仗功名富贵而骄人傲人者；有假托无意功名富贵而自以为高，被人看破耻笑者；终乃以辞却功名富贵，品地最上一层，为中流砥柱。

无名氏评语也说“功名富贵四字是全书第一着眼处”，“是此书之大头脑”。

《儒林外史》正是以“功名富贵”为焦点，站在俯视整个封建文化的高度，对科举制度下的儒林群相和儒林心态作了深刻的剖析，因此堪称一部“儒林心史”。功名富贵是封建文士围绕着旋转的轴心。“功名”的概念在科举时代常用以指称科第，及由科第取得官职。“功名富贵”作为集体概念，它的核心是做官，有官就有权势和钱财，就又贵又富。对待功名富贵的态度是对明清文士的试金石，也是灼照他们灵魂的最佳处，由此烛幽索隐，足以使其灵魂最深处的纹理都纤毫毕露，无所遁形。

在封建社会，科举是读书人走上仕途的唯一通道。文士皆醉心于科举，在功名利禄引诱下，士风败坏，世风日下。吴敬梓痛感科举制度对文人之毒害，有心警醒世人，恢复淳良世风。在一系列迂腐的儒士群像描写中，吴敬梓更借马二先生这个人物直接陈述了对“举业”的认识。

小说中的马二先生，名马静，字纯上，人称马二先生，是著名的制义选家。马二先生不仅自己醉心于举业，执着追逐功名富贵，而且苦口婆心，劝说他人也要“以举业为主”。他的言谈举止虽然有着浓烈的陈腐庸俗气息，但在人际交往中，却能诲人不倦、诚挚恳切，又能仗义疏财、救助友朋。像这样古道热肠的制义选家，在醉心于举业的士人队伍里着实少见。吴敬梓以极其冷静的目光考察他性格的复杂性，以十分精细的笔触去描写他形象的多面性，展示了一个被科举制度异化的读书人的迂腐灵魂，一个麻木愚昧、精神世界一片荒芜的人。小说刻画了三个层面的马二先生。

第一层面是功名际遇的马二先生。

马二先生热衷于功名，为举业空耗终身，却从未博取功名；他循循诱导他人从举业"出头"，自己却功名沦落。他的一生就是在事与愿违中度过的。

马二先生醉心于举业，而且还是小说中对举业有着清醒理性认知的第一人，他明确指出举业是求取功名的唯一手段。他对匡超人说"人生世上，除了这事，就没有第二件可以出头"，即所谓"只是有本事进了学，中了举人、进士，即刻就荣宗耀祖"。这就是他心态最坦白的表露。小说中许多士子却隐讳甚深，绝不言利禄，反作出清高姿态。马二先生与匡超人初次相识，即能披肝沥胆，坦率言之。吴敬梓让马二先生对举业宣讲了一套贯古通今的宏论，概括了各个朝代的功名之路：

> "举业"二字，是从古及今人人必要做的。就如孔子生在春秋时候，那时用"言扬行举"做官，故孔子只讲得个"言寡尤，行寡悔，禄在其中"，这便是孔子的举业。讲到战国时，以游说做官，所以孟子历说齐、梁，这便是孟子的举业。到汉朝，用"贤良方正"开科，所以公孙弘、董仲舒举贤良方正，这便是汉人的举业。到唐朝，用诗赋取士，他们若讲孔、孟的话，就没有官做了，所以唐人都会做几句诗，这便是唐人的举业。到宋朝又好了，都用的是些理学的人做官，所以程、朱就讲理学，这便是宋人的举业。到本朝，用文章取士，这是极好的法则。就是夫子在而今，也要念文章、做举业，断不讲那"言寡尤，行寡悔"的话。何也？就日日讲究"言寡尤，行寡悔"，那个给你官做？孔子的道也就不行了。

因此，贤良也好，唐诗宋词也好，一旦走到明清，必须被无情地抛于脑后，想要参加科举的知识分子只能做八股文章。马二先生这番议论极其深刻地反映了旧时士人头脑中根深蒂固的学而优则仕的观念。这番议论也说出旧时士子生活目标的精髓：要行孔子之道，就要做官；要做官，就要有功名；要有功名，就要做举业。而所谓的"举业"亦非一成不变的"学问"，马二先生业已看出随着封建王朝的不断更迭，"举业"的内容也屡有变化。不过，万变不离其宗：所谓的"举业"终究只是"货与帝王家"的"文武艺"而已。

马二先生是一个被科举文化异化了的正派人物。尽管马二先生能揭示出旧时士子读书仕宦的生活之路，痴迷八股文，精通八股文，但他却科场不利，与功名无缘，于是他将毕生精力都贡献给八股选文，逢人便讲八股是举业的必由之路。在封建社会中，从举业谋求功名从而出仕的士子毕竟是少数，更多的读书人则长年蹭蹬场屋。尽管在小说最后"幽榜"一回中，马二先生被赐为进士出身，但这种死后追认的方式，更为深刻地反映出旧时士子的悲哀，是对封建社会更辛辣的讽刺。

第二层面是制义选家的马二先生。

功名不第的秀才于教馆之外的又一谋生之路就是成为一个八股时文的“选家”。作为时文选家的马二先生，他的遭际却十分艰辛。马二先生个人的不幸也是世风日下的深刻反映。在《儒林外史》塑造的一批制义选家中，马二先生应该说是庸中佼佼。

首先，他对学问的见解尽管也免不了一般制义选家的迂腐空疏，但也有着不同于一般制义选家的通豁脱俗。例如他虽不做诗，小说中的陈和尚就说“就如这个马纯上，生平也不会做诗”，但他却不冒充风雅，假装斯文，不像卫体善、随岑庵那样的制义选家竟然将“且夫”“尝谓”等八股熟语也写入诗中。他又不像制义迷鲁编修那样，对他人创作的诗词故意“愁着眉”，做出一副假正经、伪道学的姿态。

其次，他能广泛阅读，容纳汲取多方面的知识，眼界并不狭隘。对于制义以外的学问，他也有所涉猎，例如他就读过《纲鉴》，“知道南渡是宋高宗的事”，更不像鲁编修那样把制义以外的学问都看成“不是正经文字”。再如他对文章有自己的观点和评述，不仅有自己的读书心得、衡文标准，而且在批文中也努力实施他的宗旨，态度极为严肃认真。他“时常一个批语要做半夜，不肯苟且下笔”，“要那读文章的读了这一篇，就悟想出十几篇的道理”，务使对读者“有益”。不过，马二先生批文如此认真严肃，并未见得受到欢迎。倒是匡超人等人，文章仅仅“成过篇”，被文瀚楼主人邀去选文，草率从事，一个晚上“就批出五十篇”，反倒得到店主的称赞，说“将来各书坊里都要来请先生，生意多哩”，这不仅讥讽了“时目”的浅薄，也表露出举业的衰败没落，这又何尝是马二先生一人的悲哀！

马二先生一生的功名际遇总是事与愿违；他对读书作文的见解，又是瑕瑜互见。而小说细致描写的马二先生游西湖却将其迂腐的一面写得十分深刻，也剖析了这位制义选家的复杂性格。

马二先生认为“那西湖山光水色，颇可以添文思”，所以表示要到那“天下第一个真山真水的景致”西子湖畔去徜徉游赏，领略秀丽景色，启迪自己文思。可是马二先生所到之处，都是“五步一楼、十步一阁”，“士女游人，络绎不绝”的繁华之地，他“独自一个”穿梭其间，其乐陶陶。一旦走过六桥，“便像些村乡地方”，他就感到“甚是可厌”“欲待回家”了。幸亏遇到一个“走路的”，回答他前面还有“好顽的所在”，他方继续前去。前面又是茶馆酒楼鳞次栉比，他游兴再度大发，“前前后后跑了一交”。第三日游城隍山，他也是看人请仙，自己求签。“春来江水绿如蓝”的钱塘江，他只看见“过江的船，船上有轿子”；“浓妆淡抹总相宜”的西子湖，他只看到如同“小鸭子”的渔船“浮在水面”。马二先生眼目中的山光水色既然如此，那么这样的湖光山色又能启迪他什么样的文思呢？幸亏他熟读《四书》，他站在城隍山上搜肠刮肚，挤出两句：“真乃‘载华岳而不重，振河海而不泄，万物载焉’！”赞叹方已，腹中已空，赶紧买来薄饼、牛肉充饥。

“马二先生游西湖”，西湖的美景引不起他的美感愉说和审美想象。吴敬梓如实地描写了马二先生对西湖美景的麻木不仁，把八股造成的人性灵魂的庸陋、精神世界的枯朽准确地揭示出来，有着严肃的批判和讽刺意味。

第三层面也刻意描写了仗义助人的马二先生。

马二先生虽是一个平庸的制义选家，但与友朋相处时不但能循循善诱，劝人上进，而且能解衣衣人、推食食人。特别是朋友出事，他更能“仗义疏财”，救人危难，不失为一个“有意气、有肝胆”的男子。

马二先生对蘧公孙、匡超人等人不仅仅是激励其读书上进，更是接济匡超人之窘迫，解救蘧公孙之危困，令人肃然起敬。他与匡超人、蘧公孙都没有利益往来，却资助前者回乡奉养父母，帮后者销赃弭祸。小说还写了他认定洪憨仙是神仙无疑，轻易地相信可以将黑碳烧为银子的“烧钱”术。及至后来洪憨仙死去，骗术败露，马二先生也无抱怨，依然仗义疏财，为其装殓送殡。这里的马二先生是那么的古道热肠，对人真诚，不求回报地帮助困境中的读书人。

吴敬梓“礼乐兵农”“文行出处”的理想

吴敬梓是一位灵魂的探索者，他在《儒林外史》中绘制了一幅幅以知识分子为主的众生相，表现出了强烈的忧患意识。吴敬梓又是一位社会思想家，他站在时代的高度，对传统文化进行了深刻的反思，显示出了在理想精神支撑下的非凡的批判意识和超越意识。

授课视频

《儒林外史》作为一部讽刺小说，以当时的知识分子为批判与揭露对象，作者哀其沉沦，怒其堕落，以入木三分的文笔，犀利而尖刻地挞伐了当时儒林的种种丑恶。尽管如此，小说依然透露出文人任重道远的弘道使命，提倡“礼乐兵农”，强调“文行出处”，以拯救文厄，复古人心，寄托理想。

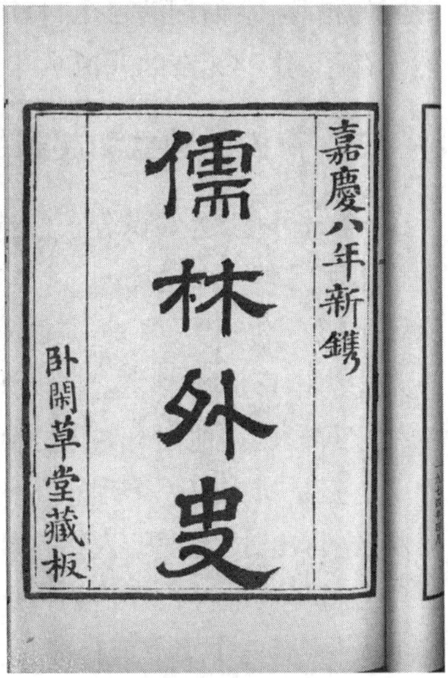

《儒林外史》书影

一、贤人的政治努力——“礼乐兵农”

吴敬梓在《儒林外史》中塑造了一批真儒贤士，他们始终保持着独立的人格，有着“修身齐家治国平天下”的政治理想，有着“仁义”的责任意识。他们努力寻找并实践着一条可以挽救世俗颓风的道路——“礼乐兵农”。

小说借颜元之口言：“如天不废予，将以七字富天下：垦荒，均田，兴水利；以六字强天下：人皆兵，官皆将；以九字安天下：举人才，正大经，兴礼乐。”小说详细描写泰伯祠古礼古乐的祭祀，萧云仙的青枫城改革，都是这一思想的体现。

祭泰伯祠是全书的高潮所在，体现了作者以及书中贤人们对礼乐的重视，他们希望用上古的“礼乐”来改变当代儒学所面临的困境。“而规范礼之仪表，也即礼仪的制订固然要顾及人的社会行为的方方面面，而行礼、照礼仪办事的具体过程里，也就是实际实施的时候是有原则的。”在祭奠时，作者详细地写出了各人的职责，站立的位置，掌管的器物，怎样行礼，怎样奏乐，怎样走路，程序清晰，不厌其烦，从中可以看到，正面文人大多态度认真，推行礼乐。

虽然“礼乐”可以化育世人，但是吴敬梓认为，“礼乐”并非政治生活的全部，“兵农”也是根本。《儒林外史》还重点描写了萧云仙的青枫城改革。

萧云仙“有体有用之才”，富有才干，在青枫城被占领的时候，他冲锋陷阵，指挥有方，收复了这座城市，又治理了数年。他修复城池，安抚百姓，开垦田地，兴修水利，栽种果木，在“兵农”上取得了成绩；他又兴办学堂，教育儿童，尊崇文人，使荒凉的边塞之地礼乐兴盛。

吴敬梓借用这两个事件，为知识分子们设计了一条“礼乐兵农”的政治道路，然而这条道路在当时是行不通的，并不能起到矫世变俗的作用。萧云仙治理青枫城，他可谓“礼乐兵农”学说的有力实践者，他战功赫赫，政绩斐然，最终却落了个“任意浮开”的罪名和勒限“严比归款”的下场。

祭泰伯祠是推行礼乐文化，培育人才的根本之举，虽然称盛一时，最后也渐渐陷于冷落凄凉，贤人们风流云散。这些体现着真正文化精神的人物是现实中的失败者，他们活得沉重而又悲凉，内外交困，无路可走，最后只能是宿命般地不了了之。随着时间的推移，泰伯祠满目尘封，后来大殿破败，大门倒塌，连放置祭器乐器的柜子也荡然无存了，这种无奈的悲凉意味着“礼乐兵农”并不能拯救当时的知识分子。

二、奇人的独立和超越的理想人格追求——“文行出处”

《儒林外史》为知识分子们选择的政治出路是“礼乐兵农”，在人格出路上则为他们指出了另外一条道路——“文行出处”。作者为此刻画了众多他肯定、赞颂的人物，大致可以分为三类：一类是隐逸名流，如王冕；二类是士林中为数不多的贤者，其理想人物为南京莫愁湖名士杜少卿、庄绍光等；三类是市井百姓，其中包括普通民众和“市井四奇人”。他们有共同之处，即信守自身的人生原则。

王冕是文中第一个理想化的人物，他最看重的就是“文行出处”，而更能体现吴敬梓对“文行出处”态度的人物是杜少卿这个奇人。

王冕是吴敬梓在开篇第一回中写的一位“隐括全文”、表达自己理想的人物。对这个人物，有三个细节值得注意。一是当朱元璋平定方国珍后特意前去拜访，向王冕征询：“浙人久反之后，何以能服其心？”王冕道：“若以仁义服人，何人不服，岂但浙江？若以兵力服人，浙人虽弱，恐亦义不受辱，不见方国珍么？”小说借王冕之口，开宗明义地提出了“以仁义服人”的政治理想。第二个细节是当秦老将邸抄交给王冕，王冕看到礼部议定以八股文取士之法后，王冕道：“这个法却定的不好！将来读书人既有此一条荣身之路，把那文行出处都看得轻了。”这是对朝廷实行的八股取士之法的否定，明确提出文人的人生道路应追求“文行出处”。第三个细节是王冕向秦老道：“你看贯索犯文昌，一代文人有厄！”他观看星象，见有百十个小星都坠向东南角，王冕道：“降下这一伙星君去维持文运，我们是不及见了！”文中虽然暗示了“一代文人”将面临种种磨难，但这也正暗含着孟子所谓的“天将降大任于斯人也，必先苦其心志”之意，而且小说中明言，这“一代文人”是要“维持文运”的，而维持文运要推重“文行出处”，并不是投身科举去做官。后来朝廷要征聘王冕出来做官，他就连夜逃到会稽山中隐居去了，“借名流隐括全文”的深意也就在此。

再看杜少卿。杜少卿被誉为“品行、文章是当今第一的”，是作者自身形象的写照，又是王冕形象的延伸、丰富和发展。他出身于“一门三鼎甲，四代六尚书”的门第，但他蔑视功名，不求闻达，“……眼里又没有官长，又没有本家”，一味做“慷慨仗义的事”。巡抚荐举他入京做官，他装病不去。县令罢官无处安身，他请其到自己家住。他无视礼教，与妻子携手游山饮酒。因此，杜少卿这一形象有三点值得注意：

第一，内在人格的觉醒。小说写了人物两件事：

一是他敢于携着娘子的手，走出园门，一手拿着金杯，大笑着在清凉山上走了一里多路。背后三四个妇女嘻嘻笑笑跟着。“两边看的人目眩神摇，不敢仰视。”这种举动在当时来说是非凡的，是对“视听言动”的礼教的反叛和对抗，表现出一种独立的人格意识。有趣的是，他还自注《诗经》，对朱熹的注也作了批判，认为《溱洧》之诗也只是夫妇同游，并非淫乱，为他那种无拘无束、旁若无人的自由行为找理论依据。

二是他辞避征辟，弃绝功名，向往看花吃酒、逍遥自在的快活生活。小说写杜少卿的娘子问他：“朝廷叫你去做官，你为甚么装病不去？”杜少卿道：“你好呆！放着南京这样好玩的所在，留着我在家，春天、秋天同你出去看花、吃酒，好不快活！”又说：“好了！我做秀才，有了这一场结局，将来乡试也不应，科岁也不考，逍遥自在，做些自己的事罢！”后来又对迟衡山说：“这征辟的事，小弟已是辞了。正为走出去做不出甚么事业，徒惹高人一笑，所以宁可不出去的好。”杜少卿的话是值得玩味的。表面看来，他是追求无拘无束、逍遥自在的生活；深一层看，还有两种意思：第一种是“走出去做不出什么事”，说明他并非无意做官，而是他清醒意识到，自己想有所为而深知不可为。为什么呢？“借名流隐括全文”中已隐含着个中原因。第二种是“做些自己的事罢”，就是注《诗经》，著书立说；祭泰伯，以礼乐教化人心。可见，他追求的并非只是自由自在的快活生活，他要做自己的事，有自己的理想追求。

第二，民主平等思想。他看不起那些进士秀才，当他被要求去拜会王知县时，他轻蔑地说：“王家这一宗灰堆里的进士，他拜我做老师我还不要，我会他怎的？”他还对王胡子说：“这学里的秀才，未见得好似奴才。”而对普通百姓，他却和他们平等相与。高老先生背后说他：“和尚、道士、工匠、花子都拉着相与，却不肯相与一个正经人。”这正好从反面说明杜少卿对尊卑有序的封建等级观念的蔑视，具有一定的民主思想。

第三，尊重他人，维护他人的人格尊严。小说特别写了沈琼枝这一女性形象，写她不愿做妾，逃出盐商孙为富家，“独自在外，又无同伴，靠卖诗文过日子”。杜少卿对这个有独立精神及人格尊严的女子大加赞赏：“盐商富贵奢华，多少士大夫见了就销魂夺魄；你一个弱女子，视如土芥，这就可敬的极了！”如果说，作者写王玉辉女儿是对残酷现实中女子生命的关注，是对女子不幸命运的深切同情；那么，关于沈琼枝形象的描绘则表达了作者对女子个性的尊重，对女子做人权利的尊重，对女子叛逆思想的认同。

除了杜少卿，虞育德、庄绍光、迟衡山等无不如此。他们的共同特点就是淡泊功名利禄，在仕和隐之间追寻“文行出处”。虞育德身为官场中人，却并不热衷于功名，他本来可以选做翰林，却被委派做了一个闲官，补了南京的国子监博士，他不仅没有沮丧，反而欢喜道："南京好地方，有山有水，又和我家乡相近。我此番去，把妻儿老小接在一处，团圞着，强如做个穷翰林。"所以杜少卿说："他襟怀冲淡，上而伯夷、柳下惠，下而陶靖节一流人物。"小说中另一人物庄绍光也是如此，他虽然被朝廷征辟，却不肯为官。他向娘子辞行时说："你但放心，我就回来。"后来他果然回到南京，在玄武湖著书。

这些真儒名贤，体现了吴敬梓改造社会的理想。小说最后一回还塑造了四个自食其力，置身于功名富贵之外的市井奇人。全书的结束词《沁园春》中写道："今已矣！把衣冠蝉蜕，濯足沧浪。……从今后，伴药炉经卷，自礼空王。"寂寞空虚之感、悲观消沉之意跃然纸上。吴敬梓也陷入了理想幻灭的苦闷中。

《红楼梦》中神话故事的意义

曹雪芹为什么要写《红楼梦》，他要在这部书中讲什么？这在小说的第一回就有明确的交代：

授课视频

> 作者自云：因曾历过一番梦幻之后，故将真事隐去，而借“通灵”之说，撰此《石头记》一书也。……自又云：今风尘碌碌，一事无成，忽念及当日所有之女子，一一细考较去，觉其行止见识，皆出于我之上。何我堂堂须眉，诚不若彼裙钗哉？实愧则有余，悔又无益之大无可如何之日也！当此，则自欲将已往所赖天恩祖德，锦衣纨袴之时，饫甘餍肥之日，背父兄教育之恩，负师友规训之德，以至今日一技无成、半生潦倒之罪，编述一集，以告天下人：我之罪固不免，然闺阁中本自历历有人，万不可因我之不肖，自护己短，一并使其泯灭也。

可见，小说初名《石头记》，就是要写无材补天的顽石在人世间的历程，并重点写及当年历历有人的行止见识。此石幻化为贾宝玉，在人世间经历了“木石前盟”和“金玉良缘”的爱情婚姻悲剧，并切身目睹了“金陵十二钗”等女儿的悲惨人生，体验了贵族家庭由盛而衰的巨变，从而对人生和尘世有了独特的感悟。全书以贾宝玉为轴心，以他独特的视角来感悟人生。小说前五回以贾宝玉的来历为中心扼要介绍了天上的太虚幻境和尘世的荣宁两府。《好了歌》、“护官符”与“红楼梦十二支曲”等揭示了贾宝玉所经历的种种悲剧，作家的寓意和人物的命运巧妙地隐伏其中。

《红楼梦》的创作主旨历来歧说甚多。开篇即言“大旨谈情”，“情”便成为小说的核心意旨，而“情”却是梦幻的。小说第一回就明确交代“此回中凡用‘梦’用‘幻’等字，是提醒阅者眼目，亦是此书立意主旨”。可见，书写情之梦幻意蕴是曹雪芹创作之倾向，小说在进入描述人世间贾府故事之前，首先构设了由“顽石无材补天”“神瑛侍者与绛珠仙草还泪”“贾宝玉游太虚幻境”三个具有隐喻象征功能的神话故事所组成的神话体系。

第一个神话故事是“顽石无材补天”：

> 原来女娲氏炼石补天之时，于大荒山无稽崖炼成高经十二丈、方经二十四丈顽石三万六千五百零一块。娲皇氏只用了三万六千五百块，只单单剩了一块未用，便弃在此山青埂峰下。谁知此石自经煅炼之后，灵性已通，因见众石俱得补天，独自己无材不堪入选，遂自怨自叹，日夜悲号惭愧。（第一回）

这块顽石原为女娲炼石补天之用，最终却被弃置在大荒山青埂峰下，但因经女娲补天时的锻炼，顽石已不再是普通的石头，而是灵性已通的奇石。正当这块石头为“独自己无材不堪入选”自怨自叹之际，恰好一僧一道飘然而至，石头听到二人高谈阔论红尘中的荣华富贵，便动了凡心也要到人间走一遭。

第二个神话故事是“神瑛侍者与绛珠仙草还泪”。

小说把石头来历讲完，紧接着就写了“神瑛侍者与绛珠仙草还泪”的故事。这石头随了僧道二人而去后，不知经历了几世几劫，后来到了警幻仙子处就有了第二则神话故事。

> 那僧笑道：“此事说来好笑，竟是千古未闻的罕事。只因西方灵河岸上三生石畔，有绛珠草一株，时有赤瑕宫神瑛侍者，日以甘露灌溉，这绛珠草始得久延岁月。后来既受天地精华，复得雨露滋养，遂得脱却草胎木质，得换人形，仅修成个女体，终日游于离恨天外，饥则食蜜青果为膳，渴则饮灌愁海水为汤。只因尚未酬报灌溉之德，故其五内便郁结着一段缠绵不尽之意。恰近日这神瑛侍者凡心偶炽，乘此昌明太平朝世，意欲下凡造历幻缘，已在警幻仙子案前挂了号。警幻亦曾问及，灌溉之情未偿，趁此倒可了结的。那绛珠仙子道：‘他是甘露之惠，我并无此水可还。他既下世为人，我也去下世为人，但把我一生所有的眼泪还他，也偿还得过他了。’因此一事，就勾出多少风流冤家来，陪他们去了结此案。”（第一回）

这里，神瑛侍者就是那块无材补天的顽石，后来投胎到贾府成了本书的主角——那个衔玉而生的贾宝玉。绛珠仙草则投胎到林府，成了本书的另一重要主角林黛玉。

第三个神话故事是“贾宝玉游太虚幻境”。

太虚幻境

人世间贾家有宁荣二府，这日，宁府中梅花盛开，尤氏请贾母等人到会芳园赏梅。年幼的贾宝玉跟随，因一时倦怠，便在秦可卿卧室午睡小歇，于是梦游太虚幻境。在警幻仙姑的指引下，他来到太虚幻境，先见一副对联：

> 假作真时真亦假，无为有处有还无。

转过牌坊，又见一座宫门上面横书：“孽海情天。”旁边又有一副对联：

> 厚地高天，堪叹古今情不尽；

痴男怨女，可怜风月债难偿。

贾宝玉还翻看了载有黛玉、宝钗、元春等人判词的《金陵十二钗正册》和载有晴雯、袭人、香菱等人判词的《金陵十二钗副册》，听了悲金悼玉的《红楼梦曲》。

《红楼梦》原名《石头记》，又名《情僧录》《金陵十二钗》，都与上述神话故事有关。作者感叹："满纸荒唐言，一把辛酸泪！都云作者痴，谁解其中味?"真正读懂《红楼梦》确非易事。小说开篇曹雪芹就开宗明义，讲清楚本书的主题，接着写这些扑朔迷离的神话故事，小说前五回完全是人物纲领、场景纲领、理论纲领。作者列出了无材补天的顽石与宝玉人生命运的对应关系，木石前盟的还泪故事与宝黛爱情悲剧的对应关系，《金陵十二钗正册》和《红楼梦曲》与贾府十二钗人生命运的对应关系，太虚幻境与大观园的对应关系。这开篇所构设的三个神话故事都承载着小说的思想文化意蕴。

"石头"故事具有神话的象征寓言性，寄寓着作者对人生意义和生命价值的哲理性思考。贾宝玉最初是大荒山青埂峰下的顽石，下凡历劫后，最终"待劫终之日，复还本质"，又成为青梗峰下的一块顽石。这种物—人—物的过程也是生命从无到有、从有到无的循环过程。而"历劫"阶段就是人从出生到死亡的人生历程，是人从入世到出世的人生经历和遭遇。曹雪芹借用石头故事，以一僧一道解读人世间的历程"终究是到头一梦，万境归空"，"因空见色，由色生情，传情入色，自色悟空"，是由"无(空)"到"无(空)"的虚无和梦幻。

跛足道人念的《好了歌》：

世人都晓神仙好，惟有功名忘不了；古今将相在何方？荒冢一堆草没了。
世人都晓神仙好，只有金银忘不了；终朝只恨聚无多，及到多时眼闭了。
世人都晓神仙好，只有姣妻忘不了；君生日日说恩情，君死又随人去了。
世人都晓神仙好，只有儿孙忘不了；痴心父母古来多，孝顺儿孙谁见了？

甄士隐的解释：

陋室空堂，当年笏满床；衰草枯杨，曾为歌舞场。蛛丝儿结满雕梁，绿纱今又糊在蓬窗上。说什么脂正浓、粉正香，如何两鬓又成霜？昨日黄土陇头送白骨，今宵红灯帐底卧鸳鸯。金满箱，银满箱，展眼乞丐人皆谤。正叹他人命不长，那知自己归来丧！训有方，保不定日后作强梁；择膏梁，谁承望流落在烟花巷！因嫌纱帽小，致使锁枷扛；昨怜破袄寒，今嫌紫蟒长：乱烘烘你方唱罢我登场，反认他乡是故乡。甚荒唐，至头来都是为他人作嫁衣裳。

但在这个空空道人"空—色—情—色—空"的转换中，也昭示出石头下凡历劫的历程也不都是"空"和虚无，而是有一个核心——"情"。以至于空空道人"自色悟空"后仍然难以忘“情”而改名“情僧”。可见，“情”就是曹雪芹从石头神话中抽象出来的人生的终极意义。作者表达了对生命价值及人生终极意义的思考，阐释了自己“情”的价值观。

“绛珠还泪”的神话故事讲述绛珠仙草历劫下凡、还泪报恩、泪尽而逝、仙草归真的经历，也暗含了“原始—历劫—回归”的生命历程。绛珠在人世间的历劫就是现实世界中林黛玉与贾宝玉的爱情悲剧。有人认为绛珠仙草是生有大红珠状果实的植物，即古代神话中记载的瑶草，又叫“灵芝草”。据《山海经》及宋玉《高唐赋》载，灵芝草又是由炎帝未嫁而逝的女儿瑶姬死后精魂所化。她死后葬于巫山之阳，又化作屈原《九歌·山鬼》中的巫山神女，曾与楚襄王幽会。从这个角度讲，绛珠仙草修成女体凡身的林黛玉，就含有女性情欲的内蕴，是多情、痴情的化身。在与贾宝玉的关系中，林黛玉的终极目标不是止于纯精神层面的恋爱，而是夫妇相合的婚姻。因此林黛玉应该是曹雪芹理想中的一个“性”“情”合一的女性形象。在这段神话中，使绛珠仙草久延岁月、成为女人的是神瑛侍者用以浇灌的“甘露”。神瑛侍者的“甘露”也可指向贾宝玉作为男性的“生命之水”。而正是神瑛侍者的甘露浇灌，使这棵柔弱的绛珠仙草获得了生命延续，并成为女人，具有了人的性情，于是“终日游于离恨天外，饥则食蜜青果为膳，渴则饮灌愁海水为汤”，以致“五内便郁结着一段缠绵不尽之意”，一心要偿还神瑛侍者的甘露灌溉之情。因“无此水（甘露）可还”，只得“但把我一生所有的眼泪还他”。而“泪”无疑又是“情”的产物，是“情”和“愁”凝结而成的“水”，它同样是绛珠仙草（林黛玉）的“生命之水”。可见，“泪”从本质和价值上来说，与“甘露”是同等的，都是“生命之水”，也都有“情”“爱”的隐喻，曹雪芹以此阐释“情”的价值观。

“太虚幻境”出现在第五回贾宝玉的梦中。警幻仙姑是太虚幻境的仙界之主，其神职角色具有掌管男女风月相思的职能，她在曹雪芹笔下是个融合了中国古代神话中的女神与文学描写中的花神而塑造出的一个至美至情的“爱神情仙”。太虚幻境与现实世界中的大观园相对应，“是现实中之省亲别墅即大观园的一个象征性投影”，因而太虚幻境与大观园都是曹雪芹的“理想世界”。太虚幻境是小说中所有女儿们入世历劫之旅的始发地，又是她们最终出世的归宿地。第一回特意写甄士隐的梦幻，在梦幻里，那僧道：“因此一事，就勾出多少风流冤家都要下凡，造历幻缘；那绛珠仙草也在其中。今日这石正该下世，我来特地将他仍带到警幻仙子案前，给他挂了号，同这些情鬼下凡一了此案。”可见，那些风流冤家，包括石头、绛珠以及所有的女儿们在下凡历劫以前，都要先到太虚幻境警幻仙子案前“挂号”，然后从太虚幻境出发，奔赴她们现实世界的目的地。在红尘劫满、夙缘了断之后，再回归太虚幻境，到警幻仙子案前对册“销号”。

这些到人世间走一遭的人们，其人生都是一个从原点回到原点，即“原始—历劫—回归”的人生历程。她们从来处（太虚幻境）来，最终又回归到原处。太虚幻境作为人生的始发点和最后归宿，是曹雪芹对人从哪里来、到哪里去的哲学追问，是其理想世界与终极价值的寄托，更是为了抚慰、安顿那些现实世界中薄命悲苦的女儿们的痛苦心灵，他以无限的体贴悲悯之情构建出了一个理想的天国、灵魂安栖的家园。而现实世界中的大观园也正是那些风流多情的女子们情感寄寓之所，是人世间最美最有诗意的精神栖息地。为了“情”，她们无怨无悔地来，受尽无数苦痛而去；但离开人间回归太虚时，她们仍然满怀着深深的眷恋，终难忘情。“情”既是她们生命的本源，失去“情”的浇灌，也就意味着生命的死亡、人生的终结；“情”也是她们飞离太虚、下凡历劫的缘由和人生的终极价值。

可见，《红楼梦》开篇的神话构设，虽相对独立而又以“情”贯之，构成了一个完整的神话体系。它由个体到群体，在“物—人—物”“原始—历劫—回归”中书写“悲喜之情、聚散之迹”的历程，探寻人的生命本源和人生历程的终极意义，寄寓了曹雪芹对生命的深刻感悟和对人生的独特体验。

《红楼梦》中的爱情婚姻悲剧

授课视频

贾宝玉与林黛玉的爱情、贾宝玉与薛宝钗的婚姻悲剧是《红楼梦》的灵魂。甲戌本第五回脂评:“悲金悼玉,大有深意。”悲念宝钗,伤悼黛玉。

我们从《终身误》来看:

> 都道是金玉良缘,俺只念木石前盟。空对着山中高士晶莹雪,终不忘世外仙姝寂寞林。叹人间美中不足今方信,纵然是齐眉举案,到底意难平。

《终身误》显示了贾宝玉思想情感与世俗观念之间不可调和的冲突,也明确提出了对世俗的“金玉良缘”与精神意念的“木石前盟”不同特性的解读。曹雪芹刻意设置了“金玉良缘”与“木石前盟”,其实质性内涵可以从三个方面来看:

第一,在“金玉良缘”与“木石前盟”的表现形式上,“金玉良缘”是世俗婚姻的象征,而“木石前盟”是知己之爱的隐喻。尽管小说赋予其“命定”的性质,但“命定”的内涵却截然相反。

所谓“木石前盟”,小说在第一回就已经借茫茫大士之口作了交代。原来现实世界中的林黛玉,在太虚幻境的意念世界中乃是西方灵河岸上三生石畔的一株绛珠仙草,因蒙赤瑕宫神瑛侍者每日以甘露灌溉,故得久延岁月,最终修成了女体。适逢神瑛侍者凡心偶炽,“意欲下凡造历幻缘”,绛珠仙子便趁机随其下世,用自己一生所有的眼泪来回报他的灌溉之恩。太虚幻境意念世界中的神瑛侍者投胎到现实世界中成了贾宝玉,这便构成了他和林黛玉的前世之盟。

与之相反,“金玉良缘”的说法则起因于贾宝玉有通灵宝玉,薛宝钗恰好也有一金项圈。这两样现实世界中的物品不论从功用还是外部特征看,都有很多巧合之处。一方面,不论是通灵宝玉还是金项圈,对它的主人来说都是性命攸关的,即必须随身携带,不能一刻失去;另一方面,通灵宝玉上刻的“莫失莫忘,仙寿恒昌”这两句话,与金项圈上刻的“不离不弃,芳龄永继”两句又正好成对,这无形中就暗合了中国民俗金配玉的思维习惯。因此,在第八回“比通灵金莺微露意”中,连宝钗的丫头莺儿听了宝钗念出通灵宝玉上的两句话后,都不由得说:“我听这两句,到像和姑娘的项圈上的两句话是一对儿。”这种不期而遇的事实就为“金玉良缘”的说法提供了现实依据。在人们的世俗观念里它是一种美满婚姻的暗示。

第二,反映在“木石前盟”与“金玉良缘”所对应的爱情主人公上:黛玉以“知己”为其爱情选择的核心,宝钗则以传统门第观念和父母之命为其婚姻的原则。

黛玉以“知己”为其爱情选择的核心是建立在前世之盟的基础上的。在感情世界中，“盟”就是指男女双方之间的内在期许和承诺，它发轫于心灵上的认同和精神上的同归。正因为林黛玉与贾宝玉有前世之盟，所以小说第三回写两人初次相见时都有一种似曾相识的感觉。黛玉一见宝玉，“便吃一大惊。心下想道：‘好生奇怪，倒像在那里见过一般，何等眼熟到如此。’”宝玉看罢黛玉，则笑道：“这个妹妹我曾见过的。”在遭到贾母驳斥后，他又说：“虽然未曾见过他，然我看着面善，心里就算是旧相认识，今日只作远别重逢，亦未为不可。”这种看似无心随口而出的话，其实有很强的双关意义。小说特意安排这么一幕，绝非毫无目的。当然，这只是开头，后面还多次反复提示点染，来暗示这种令双方心惊的相逢是以前世之盟为基础的。相反，“金玉良缘”则是男女双方因某种外在因素而促成的人生遇合。它发轫于生活的实际需要，同时也带有很大的偶然性。支持着它的往往不是双方心灵的相互认同和吸引，而是某种外部条件的巧合。因此，宝钗处处遵循门第观念和父母之命，以其为婚姻的原则。

在薛宝钗和贾宝玉初次见面的情景和过程中，《红楼梦》基本未提二人之间的关联，从某种意义上就暗示了他们的相逢有不期而遇的性质。也就是说，它和通常陌生人之间的相遇没有什么特别的地方，所以自然不会有那种令人心惊的感觉。小说借宝钗的贴身丫头莺儿之口专门交代了宝钗金项圈的来历，项圈上的话“是个癞头和尚送的，他说必须錾在金器上”。读到这里，我们难免要问：一是和尚为什么要送这两句话？二是为什么又“必须”把它錾在金器上？其实，这是曹雪芹特意留下的一个破绽，它向我们透漏了一个重要的信息，即“金玉良缘”乃和尚所设的迷局。这说明“缘”在本质上是一种人为性很强的东西，而且永远是今世的。因为联系着它的不是内在的精神力量，只是某种外物的偶合，所以它是可以人为地去制造的。因此在小说第十八回中，林黛玉就曾打趣贾宝玉说：“你有玉，人家就有金来配你。人家有冷香，你就没有暖香去配？”

“盟”与“缘”的区别并不完全是内在和外在的问题，在“金玉良缘”与“木石前盟”的悲剧冲突中，它还代表着前世与今世的时间差异，现实世界与精神世界的距离与隔阂。①

《红楼梦》是通过精神世界和现实世界，太虚幻境的前世与现实世界的今世来塑造人物的，这样就可以打破时空的局限。小说把前世与今世联系起来，把精神与现实联系起来，可以更加充分地展示人生的复杂性。对某些在现实世界中无法解释的东西，作者借助虚幻世界作了清楚的回答。这样既保证了全书逻辑的统一，完成了对人物生存状态的真实写照，又进一步突出了“盟”与“缘”的差异。小说第五回的宝黛判词前两句云：“可叹停机德，堪怜咏絮才。”分别对宝钗和黛玉进行了概括性评价。就这两句来说，“德”是指一个人后天的教养，“才”则指一个人先天的禀赋。这种素质的先天生成与后天养成既象征着人物的身份与个性，也暗示着她们对宝玉的感情属于两种不同性质，它从更深的层次上又代表着前世之盟与今世之缘的差别。这一点在

① 周绚隆：《“金玉良缘”与“木石前盟”的悲剧冲突》，载《红楼梦学刊》，1998年第3辑。

第二十回中借贾宝玉之口得到了证实。此回写黛玉得知宝玉去了宝钗那里，心中不快，宝玉听说忙上来悄悄地对她说："你这么个明白人，难道连'亲不间疏，先不僭后'也不知道？我虽糊涂，却明白这两句话。"前世之盟与后世之缘在时间上的距离，在现实世界中被对等为血缘距离，并间以先来后到的思维惯性，这是作者遵守现实逻辑所作的更改。但它却清楚地说明前世之盟与后世之缘有根本的区别。这种区别又决定了"盟"是一种内心自发的根深蒂固且刻骨铭心的精神认同，"缘"则是一种由外部条件决定的随机的人生遇合。在《终身误》中为这一点做了注解："空对着，山中高士晶莹雪；终不忘，世外仙姝寂寞林。"从"空对着"三个字中，人们不难体会到一种心理的距离感与隔阂感，而在"终不忘"这三个字中则可以感受到感情承诺的分量。很显然，前者针对的是所谓"金玉良缘"，后者针对的是"木石前盟"。这是判词的暗示，是我们理解这部作品的一把重要钥匙。

第三，"金玉良缘"与"木石前盟"也反映了爱情婚姻主人公的人生态度和价值选择。

小说刻画的"木石前盟"知己爱情的代表人物林黛玉和"金玉良缘"世俗婚姻的代表人物薛宝钗，都是美丽多才的女子。但一个"孤高自许""目下无尘"，有时不免任性尖酸；另一个"行为豁达、随分从时"，有时则矫揉造作。一个执着于感情，具有诗人般热烈的感情和冲动；另一个倾向于理智，是"任是无情也动人"的冷美人。一个以感情的追求作为人生的目标；另一个以现实的利害来规范自己的言行。

作为爱情婚姻男主角的贾宝玉则"重情不重礼"。"木石前盟"是重"情"。在人生态度的价值选择上，宝钗与黛玉不同，黛玉重"情"，而宝钗守"礼"。

王昆仑《红楼梦人物论》言："宝钗在做人，黛玉在作诗；宝钗在解决婚姻，黛玉在进行恋爱；宝钗把握着现实，黛玉沉酣于意境；宝钗有计划地适应社会法则，黛玉任自然地表现自己的性灵；宝钗代表当时一般家庭妇女的理智，黛玉代表当时闺阁中知识份子的感情。于是那环境容纳了迎合时代的宝钗，而扼杀了违反现实的黛玉。黛玉的悲剧就是由于这样的性格与时代之矛盾而造成的。"①

黛玉焚稿

重"情"的黛玉孤高自许，多愁善感，心胸狭窄，语言尖刻，在封建家庭曲高和寡，但与宝玉为知音。薛宝钗美貌而性格温顺，城府很深，喜怒不形于色，顺从环境，既会对上逢迎，又会安抚下人，博得上下一片赞扬。她规劝宝玉注重"仕途经济"，她有浓厚的封建等级观念，又有家庭背景，故"金玉良缘"更合乎贾府的家族利益，也更合乎封建礼教要求。因

① 王昆仑：《红楼梦人物论》，岳麓书社 2010 年版，第 217 页。

此，贾府不顾宝玉、黛玉的愿望扼杀了他们的爱情，象征着知己知心的“木石前盟”被象征着富与贵结合的“金玉良缘”所取代。但是，贾宝玉与薛宝钗结婚，“到底意难平”，最终“悬崖撒手”，造成宝玉、宝钗没有爱情的婚姻悲剧。前世之盟的爱情双方未能成为现实生活中的眷属，却带走了对方的心；今世之缘的婚姻虽得以结成，却永远也找不到精神的归宿。这是人生之大不幸，也是人生之大尴尬。

《红楼梦》并不是简单地讲述一个“金玉良缘”与“木石前盟”的悲剧冲突的故事，不论从人物塑造还是结构安排，它都包含着很强的象征性，其中所涉及的一些人和事也远远超越了现实的经验与逻辑。曹雪芹通过极端冷静的叙事，探讨了生命之真实性与个人意志之间的冲突，即存在与意志的冲突。

参考文献

[1] 司马迁.史记[M].北京：中华书局,2013.
[2] 班固.汉书[M].北京：中华书局,1982.
[3] 萧统.文选[M].李善,注.北京：中华书局,1977.
[4] 郭茂倩.乐府诗集[M].北京：中华书局,1979.
[5] 黄庭坚.山谷诗集注[M].任渊,史容,史季温,注.上海：上海古籍出版社,2003.
[6] 朱熹.诗集传[M].北京：中华书局,1958.
[7] 冯梦龙.情史[M].长沙：岳麓书社,2003.
[8] 茅坤.茅坤集[M].杭州：浙江古籍出版社,2012.
[9] 方玉润.诗经原始[M].北京：中华书局,1986.
[10] 焦循.剧说[M].上海：古典文学出版社,1957.
[11] 梁廷枏.曲话[M].上海：有正书局,1916.
[12] 庾信.庾子山集注[M].倪璠,注.北京：中华书局,1980.
[13] 王文诰.苏轼诗集[M].孔凡礼,点校.北京：中华书局,1982.
[14] 吴见思.史记论文[M].上海：上海古籍出版社,2008.
[15] 姚际恒.诗经通论[M].北京：中华书局,1958.
[16] 赵尔巽,等.清史稿[M].北京：中华书局,1977.
[17] 卞孝萱.刘禹锡评传[M].南京：南京大学出版社,2011.
[18] 曹道衡.南朝文学与北朝文学研究[M].南京：江苏古籍出版社,1999.
[19] 谢朓.谢宣城集校注[M].曹融南,校注.上海：上海古籍出版社,1991.
[20] 陈伯君.阮籍集校注[M].北京：中华书局,1987.
[21] 陈大康.明代小说史[M].北京：人民文学出版社,2007.
[22] 陈美林.《儒林外史》人物论[M].北京：中华书局,1998.
[23] 陈尚君.行走大唐[M].桂林：广西师范大学出版社,2018.
[24] 陈书良.江湖：南宋"体制外"平民诗人研究[M].北京：中国国际广播出版社,2013.
[25] 陈铁民.王维孟浩然诗选[M].北京：中华书局,2005.
[26] 陈寅恪.元白诗笺证稿[M].北京：商务印书馆,2015.
[27] 陈子展.诗经直解[M].上海：复旦大学出版社,1983.
[28] 程国赋.唐五代小说的文化阐释[M].北京：人民文学出版社,2002.
[29] 程千帆.古诗考索[M].上海：上海古籍出版社,1984.

[30] 辛弃疾. 稼轩词编年笺注：增订本[M]. 邓广铭，笺注. 上海：上海古籍出版社，1993.
[31] 方东树. 昭昧詹言[M]. 北京：人民文学出版社，1961.
[32] 费振刚，胡双宝，宗明华. 全汉赋[M]. 北京：北京大学出版社，1993.
[33] 顾颉刚. 古史辨：第一册[M]. 上海：上海古籍出版社，1982.
[34] 顾绍柏. 谢灵运集校注[M]. 郑州：中州古籍出版社，1987.
[35] 郭英德，过常宝. 中国古代文学史[M]. 成都：四川人民出版社，2003.
[36] 郭英德. 明清传奇史[M]. 北京：人民出版社，2012.
[37] 郭英德. 中国四大名著讲演录[M]. 桂林：广西师范大学出版社，2006.
[38] 洪业. 杜甫：中国最伟大的诗人[M]. 曾祥波，译. 上海：上海古籍出版社，2011.
[39] 欧阳修词校注[M]. 胡可先，徐迈，校注. 上海：上海古籍出版社，2015.
[40] 曹操，曹丕. 魏武帝魏文帝诗注[M]. 黄节，注. 北京：人民文学出版社，1958.
[41] 黄新亚. 司马迁评传[M]. 北京：光明日报出版社，1991.
[42] 霍松林. 西厢汇编[M]. 济南：山东文艺出版社，1987.
[43] 霍松林. 西厢述评[M]. 西安：陕西人民出版社，1982.
[44] 姜剑云. 太康文学研究[M]. 北京：中华书局，2003.
[45] 蒋寅. 大历诗人研究[M]. 北京：北京大学出版社，2007.
[46] 金圣叹. 第五才子书施耐庵水浒传[M]. 郑州：中州古籍出版社，1985.
[47] 刘辉，吴敢. 会评会校金瓶梅[M]. 香港：天地图书有限公司，1994.
[48] 李剑国. 唐五代志怪传奇叙录：增订本[M]. 北京：中华书局，2017.
[49] 李景星. 史记评议[M]. 上海：上海古籍出版社，2008.
[50] 李修生. 元杂剧史[M]. 南京：江苏古籍出版社，1996.
[51] 李长之. 司马迁之人格与风格[M]. 北京：生活·读书·新知三联书店，1984.
[52] 李长之. 陶渊明传论[M]. 天津：天津人民出版社，2007.
[53] 李宗为. 建安风骨[M]. 北京：中华书局，2004.
[54] 林兴宅. 艺术魅力的探寻[M]. 成都：四川人民出版社，1985.
[55] 刘乃昌，朱德才. 宋词选[M]. 北京：人民文学出版社，2003.
[56] 刘学锴，余恕诚. 李商隐诗歌集解[M]. 北京：中华书局，2016.
[57] 刘学锴. 李商隐传论：增订本. [M]. 增订版. 合肥：黄山书社，2013.
[58] 刘跃进. 门阀士族与永明文学[M]. 北京：生活·读书·新知三联书店，1996.
[59] 鲁迅. 中国小说史略[M]. 上海：上海古籍出版社，1998.
[60] 逯钦立. 先秦汉魏晋南北朝诗[M]. 北京：中华书局，1983.
[61] 罗宗强. 玄学与魏晋士人心态[M]. 天津：南开大学出版社，2003.
[62] 马积高. 赋史[M]. 上海：上海古籍出版社，1987.
[63] 马茂元. 古诗十九首初探[M]. 西安：陕西人民出版社，1981.
[64] 莫砺锋. 杜甫评传[M]. 南京：南京大学出版社，2019.

[65] 莫砺锋. 江西诗派研究[M]. 济南：齐鲁书社，1986.
[66] 彭庆生. 陈子昂集校注[M]. 合肥：黄山书社，2015.
[67] 齐裕焜. 明代小说史[M]. 杭州：浙江古籍出版社，1997.
[68] 钱锺书. 管锥编[M]. 北京：中华书局，1979.
[69] 陆游. 剑南诗稿校注[M]. 钱仲联，校注. 上海：上海古籍出版社，2005.
[70] 乔力. 唐五代词选[M]. 北京：人民文学出版社，2000.
[71] 邱鸣皋. 陆游评传[M]. 南京：南京大学出版社，2011.
[72] 隋树森. 古诗十九首集释[M]. 北京：中华书局，1957.
[73] 隋树森. 全元散曲[M]. 北京：中华书局，1989.
[74] 周邦彦. 清真集校注[M]. 孙虹，校注. 北京：中华书局，2002.
[75] 孙明君. 三曹与中国诗史[M]. 北京：商务印书馆，2013.
[76] 孙望. 韦应物诗集系年校笺[M]. 北京：中华书局，2002.
[77] 汤用彤. 魏晋玄学论稿[M]. 上海：上海古籍出版社，2001.
[78] 刘禹锡. 刘禹锡全集编年校注[M]. 陶敏，陶红雨，校注. 北京：中华书局，2019.
[79] 王国维. 校注人间词话[M]. 徐调孚，校注. 北京：中华书局，2003.
[80] 王国维. 宋元戏曲史[M]. 上海：上海古籍出版社，1998.
[81] 王季思. 全元戏曲[M]. 北京：人民文学出版社，1990.
[82] 王昆仑. 红楼梦人物论[M]. 长沙：岳麓书社，2010.
[83] 王双启. 晏几道词新释辑评[M]. 北京：中国书店，2007.
[84] 王水照. 苏轼研究[M]. 北京：中华书局，2015.
[85] 王仲闻. 李清照集校注[M]. 北京：人民文学出版社，1979.
[86] 闻一多. 神话与诗[M]. 上海：上海人民出版社，2006.
[87] 闻一多. 唐诗杂论[M]. 上海：上海古籍出版社，1998.
[88] 吴在庆. 杜牧集系年校注[M]. 北京：中华书局，2013.
[89] 吴丈蜀. 词学概说[M]. 北京：中华书局，2000.
[90] 夏承焘. 唐宋词欣赏[M]. 北京：北京出版社，2002.
[91] 萧涤非. 杜甫诗选注：增补本[M]. 北京：人民文学出版社，2017.
[92] 萧涤非. 汉魏六朝乐府文学史[M]. 北京：人民文学出版社，1984.
[93] 徐震堮. 世说新语校笺[M]. 北京：中华书局，1984.
[94] 柳永. 乐章集校注[M]. 薛瑞生，校注. 北京：中华书局，1994.
[95] 薛天纬. 高适岑参诗选评[M]. 西安：三秦出版社，2010.
[96] 扬之水. 诗经别裁[M]. 南昌：江西教育出版社，2000.
[97] 杨海明. 唐宋词史[M]. 天津：天津古籍出版社，1998.
[98] 杨明. 南朝诗魂[M]. 北京：中华书局，2004.
[99] 陆机. 陆机集校笺[M]. 杨明，校笺. 上海：上海古籍出版社，2016.
[100] 杨义. 中国古典小说史论[M]. 北京：中国社会科学出版社，1995.

[101] 游国恩. 楚辞概论[M]. 上海：商务印书馆，1934.
[102] 余冠英. 诗经选[M]. 北京：人民出版社，1979.
[103] 郁贤皓. 李太白全集校注[M]. 南京：凤凰出版社，2015.
[104] 袁行霈. 陶渊明集笺注[M]. 北京：中华书局，2003.
[105] 袁行霈. 中国文学史[M]. 3 版. 北京：高等教育出版社，2014.
[106] 张大可. 史记研究[M]. 兰州：甘肃人民出版社，1985.
[107] 张庚，郭汉城. 中国戏剧通史[M]. 北京：中国戏剧出版社，1992.
[108] 张宏生. 江湖诗派研究[M]. 北京：中华书局，1995.
[109] 张廷银. 魏晋玄言诗研究[M]. 北京：商务印书馆，2008.
[110] 张新科. 史记学概论[M]. 北京：商务印书馆，2003.
[111] 张新科.《史记》与中国文学：增订版[M]. 北京：商务印书馆，2010.
[112] 赵敏俐. 汉代乐府制度与歌诗研究[M]. 北京：商务印书馆，2009.
[113] 曹植. 曹植集校注[M]. 赵幼文，校注. 北京：人民文学出版社，1984.
[114] 周勋初. 李白评传[M]. 南京：南京大学出版社，2005.
[115] 周贻白. 中国戏曲发展史纲要[M]. 上海：上海古籍出版社，1979.
[116] 白居易. 白居易集笺校[M]. 朱金城，笺校. 上海：上海古籍出版社，1988.
[117] 朱一玄，刘毓忱.《水浒传》资料汇编[M]. 天津：南开大学出版社，2002.
[118] 朱一玄.《金瓶梅》资料汇编[M]. 天津：南开大学出版社，2002.
[119] 朱自清. 诗言志辨[M]. 南京：凤凰出版社，2008.
[120] 邹同庆，王宗堂. 苏轼词编年校注[M]. 北京：中华书局，2002.
[121] 宇文所安. 初唐诗[M]. 贾晋华，译. 北京：生活·读书·新知三联书店，2004.
[122] 宇文所安. 晚唐：九世纪中叶的中国诗歌(827—860)[M]. 贾晋华，钱彦，译. 北京：生活·读书·新知三联书店，2011.

后　记

本教材为中国大学 MOOC“中国古代文学”课程的配套教材。慕课是近年来比较常用的教学方式之一，它利用现代化的手段，把教学内容可视化，而且教师可通过与学生网上交流的方式，达到传道、授业、解惑的目的。对于学生来说，可以在课外任何时间进行学习，这种学习方式具有更多的灵活性和自主性。尤其是随着科学技术的不断发展和网络的普及，社会各类人员也可以在任何时间、任何地点选择感兴趣的课程进行自主学习，扩大知识范围，提高文化素养。因此，慕课也具有广泛性和普及性。

陕西师范大学“中国古代文学”这门慕课开设以来，得到了校内外广大学生和社会各界人士的关爱和好评，学习的人数也在不断增加。当然，慕课视频字幕有一定的局限性，它是移动的，速度较快，有时甚至一闪而过，学习者难以仔细回味和琢磨。为了帮助广大学习者学好这门课程，我们把课程的文字部分加以整理出版，既可以对照慕课视频阅读，也完全可以作为课外书进行阅读。

本教材的编写人员共 9 人，都是“中国古代文学”慕课的授课教师，多年从事中国古代文学的教学与研究工作。教材内容与慕课讲授内容一致。为了适应慕课的特点，我们不求全面系统讲授几千年的中国古代文学发展历史，而是依照历史的线索，选取每个阶段最有代表性的作家作品或有关重要问题进行讲授，总共 90 个专题。这些问题如同一颗颗珍珠、一朵朵鲜花，串联起来、组合起来就是中国古代文学史的一条美丽的项链、一座多彩的花园。因为每个问题讲授的时间有一定的限制，所以文字表述尽量简洁明了。由于讲授时不能大段引用原作品，尤其是长篇文学作品，为了弥补这一缺陷，我们特意把部分原作品用二维码的形式在教材中呈现出来，这也是现代教材的新特点。另外，为了阅读方便，我们对慕课讲授的一些题目进行了优化统一。

本教材在编写中，也参考了古今学者的有关研究成果，在此表示诚挚的谢意。同时，我们也得到了高等教育出版社同仁的大力支持和帮助，对于他们的辛勤劳动，我们表示衷心感谢！

编　者

2020 年 3 月于陕西师范大学